長汀當代文學作品選

长汀县文学艺术界联合会　瞿秋白文学院　选编

乙未 有顺题

2000年—2017年

海峡出版发行集团｜海峡文艺出版社

图书在版编目(CIP)数据

长汀当代文学作品选：2000年－2017年/长汀县文学艺术界联合会,瞿秋白文学院选编. －福州：海峡文艺出版社,2018.8
ISBN 978-7-5550-1659-5

Ⅰ.①长…　Ⅱ.①长…②瞿…　Ⅲ.①中国文学－当代文学－作品综合集－长汀　Ⅳ.①I218.574

中国版本图书馆CIP数据核字(2018)第198265号

长汀当代文学作品选(2000年－2017年)

长汀县文学艺术界联合会　瞿秋白文学院　选编
责任编辑　蓝铃松
出版发行　海峡文艺出版社
经　　销　福建新华发行(集团)有限责任公司
社　　址　福州市东水路76号14层　　　邮编　350001
发 行 部　0591－87536797
印　　刷　福州万紫千红印刷有限公司　　　邮编　350013
地　　址　福州市北环东路15号红星工业区12栋
开　　本　787毫米×1092毫米　1/16
字　　数　430千字
印　　张　31
版　　次　2018年8月第1版
印　　次　2018年8月第1次印刷
书　　号　ISBN 978-7-5550-1659-5
定　　价　98.00元

如发现印装质量问题,请寄承印厂调换

《长汀当代文学作品选（2000年—2017年）》

编 委 会

永远的汀州

　　闽西客家八县县城我都去过。无法尽数的是武平，那是我的故乡，县城里有我的亲人和同学；可以尽数而到得最多的，要算是长汀了。长汀县城山环水绕，不仅是我们客家最秀美的县城，也是中国两个最漂亮的县城之一，这是有新西兰友人路易·艾黎的话为证的。不过，对我这个客家后裔而言，长汀不只是一个旅行观光者流连忘返的去处，而是一部必须经常温习、不断重读的经书。

　　不过这部书的"经文"不是印在书页上，而是保留在有关汀州的遗迹和客家子民口耳相传的记忆中。自唐开元二十四年（736）取汀溪名置汀州之始，到辛亥革命革除府制，其间一千多年客家人的心血、智慧、精神都在这里汇集沉淀，汀州一直作为"客家首府"名扬天下。你看看位于城市中轴线上背靠卧龙山、正对三元阁、遥望宝珠峰的汀州试院，那种大气、庄重和静穆，会让你理解一个崇尚耕读传家民系的敬畏和念想。你再想想"汀州八景"与"闽西八大干"，那是客家人日常生活和文化趣味的体现。然而汀州就是不同于其他客家各县，"八大干"每县都可以入选，"汀州八景"却专属汀州并且广为人知，景致好、命名好是肯定的，但主要是因为它们是客家首府的"汀州八景"。

　　在这个意义上，长汀县城是长汀人的，而曾在长汀真实存在过一千多年的汀州，却是我们闽西（甚至是全体）客家人共有的。正因为汀州是我们客家人的汀州，我也从来不把自己当外人。前年从龙岩再次专程寻访汀州时，看见中轴线上显眼摆放的那个当代著名作家的题字，直率地说它配不上有一千多年历史的汀州古城，配不上前面的汀州试院和后面的三元阁，题字书功不济还在其次，重要的是它缺少气骨。博大精深、气韵悠远的汀州不需要任何

序
永远的汀州 ｜ 1

时尚的装饰，它自己能够说明自己。可不，即使它不再出现在当代行政版图上，它的子民依然以它为荣，外人也心驰神往。以前我的一个熟人赴任闽西行政，就曾为其职务没有充满历史感的汀州名分而觉得遗憾，因为客家民系主要分布于福建、广东、江西的接壤处，历史上从来就是汀州、梅州、赣州三州并立，经济、文化上也是关联互动的，"我们不能为了眼前的利益和行政便利，放弃历史、文化的价值，那是更高和更重要的东西，就像为了发展旅游放弃徽州而更名黄山，到意识到是短见时再改回来就费事了"。

行政地域上的汀州一百多年前就在人们的视野中消失了，但文明自有一种不可思议的力量：假如辉煌不曾有过，倒也罢了，一旦拥有，就永远难以放下。这是长汀的魅力所在，总是勾起人们对客家文化的怀想，总让人感到古汀州的遗韵。而当代的长汀人，也以自己有如此辉煌的过去而感到荣耀。可不，明明知道行政区域的当代归属，但文联办的连续出版物却是《汀州客家》；而我的校友吴浣，对本城雅俗文化在之念之，即使自掏腰包，也要让图文并茂的《名城汀州》广知于天下。

这是汀州人的情怀，不局限于一时一地，总觉得自己是有一千多年历史的汀州子民，对有深远文化渊源的城市，对整个客家传统的传承，负有一份责任。这也是身份认同、文化认同的神奇力量，只要是存在过的美好的东西，有价值的东西，就不会让它在生活中消失，即使一时不能与现实相融，也要在语言和想象中挽留它、重建它。

《长汀当代文学作品选（2000年—2017年）》正是这一情怀的最新和最重要的见证。这是一部有相当质量的地方文学作品选集，《秋白之死》《客家某地古今节考》《如何完成中国故事的精神》《梦记汀州》《一千棵大树和一座小城》《九月十四赶圩去》《水晶刻就的灵魂》《火车（外二首）》《你的眼睛里有个我》《人鲸传说》等，都给我留下较深的印象。虽然这部选集的作者并不局限于地区的限制，虽然文类包含小说、散文、诗歌多种体裁，作品的内容也是有虚有实，历史记忆与现实经验各显异彩，但都体现着对那片热土的"黍离之思"和赤子之情。《河里的乡愁》是一支带着淡淡伤感的悠扬的牧歌，那优美的音符穿过江面的晨雾和两岸炊烟,让我已经变得遥远的少年时代在今天显得格外真切。文章读完后,看到作者介绍"赵汀生,福州人",心里不由得一乐:原来是非我客系子孙的"乡愁",真是他乡成故乡啊!而《"音乐母语"的召唤》《长汀师范:回不去的美好教育》这两篇散文的作者,都曾经是我的同事,也同我一样自上大学以来就离开了生养自己的土地,从此成了贺知章诗《回乡偶书》中无限伤痛的"故乡的他乡人"。然而,无论走得多么久远,魂牵梦绕的还是汀江两岸的山水人文。王耀华先生是民乐领域的著名专家,我在福建师范大学任教时,是我们的副校长。记得当年学校给十几位"首批重点扶持对象"培训,他在给我们谈治学经验时,情不自禁地唱起了客家山歌,让我感到格外亲切。如今读到他写的《"音乐母语"的召唤》,看到从小听惯、唱惯的客家民乐、民歌对他人生与志业的"召唤",使我对渗透在民情民俗中的客家文化,更加肃然起敬。而涂秀虹教授是长汀涂坊人,这地方我在2017年7月随同作家重走红色交通线访问团去过,参观壮观的涂坊围屋时曾想到这个有气质有学问的女后生,虽然可能有穿凿附会之嫌,但在我心目中她理应是大围屋的后代,格局与家风所致,大家闺秀的举手投足是不同于小家碧玉的。《长汀师范:回不去的美好教育》尽道30年前教育和关怀自己成长的老师:"在我的记忆深处,长汀师范每一位老师的美好教育都清晰如昨。写出这句话,老师们的面容真如过电影一般叠加在我眼前……"文中的虔敬与真诚,是客家文化中敬畏知识、耕读传家传统的典型体现。

然而,让人难免怅然若失的是,无论是赵汀生童年记忆中江上的乌篷船、吊脚楼和码头,还是涂秀虹笔下铭心刻骨的"美好教育"连同承载它的校园,也包括王耀华先生念念不忘的一些民艺、民乐、民风和民俗,都像回不去的青春一样,成了"回不去的美好记忆"。是的,我们只能过未来的生活,却不能走回历史中去重新生活,这是人的宿命。但是,既然我们曾经有过美好,"美好记忆"还留在我们心中,我们就会以"美好"为镜像,追求有价值的生活。这一点也可以在不少现实题材的作品中得到印证。董春水的小说主要以当代悲哀与无奈小人物的生存境遇为题材。收在本书中的《硕士妹》,讲的是一个哲学硕士为留学下深圳筹措学费的故事，其中穿透整部小说喜剧气氛的，是华丽时代的丝丝寒气。不过，同样是时代的故事，在写客家人时，董春水显然更加得心应手。他以"村水"为笔名发表的长篇小说《下广东》是当代客家人的"浮世绘"。这部小说以转型社会历史与现实、城市与乡村、金钱与尊严的冲突为背景，写了一群习惯于农耕生活"洗脚上田"的客家人，在全新的商业舞台上扮演新的角色的故事。城市、商业、金钱，社会转型如此的迅速和戏剧化，工商舞台的灯光如此强烈刺眼，那些主动或被动上演时代悲喜的人物，不免有些恍惚，有些晕眩，不少人还付出了迷失和堕落的代价。然而，客家人究竟是客家人，他们不仅能够面对不定的现在，而且不忘生存发展的初衷。客家文化不可思议之处在于"我生得你出／也能收你回去"——这是小说主人公"野蛮老妈"威吓儿女们的"行板"，却也象征着民系文化的力量。

当然，无论是历史中的美好记忆，还是被现实表象遮蔽的民系真质，都必须通过有心人的发现、辨析才能得以昭彰，成为当代客家人的人生财富。这一点我想多说几句北村小说《家族记忆》的"考古"意义。北村最早是以文体实验的先锋性成名的，《陈守存冗长的一天》《聒噪者说》等作品努力探索一种对应人物与主题的叙事方法，后来又尝试过宗教、影视等方面的写作，是一个有相当影响的作家。他有关故乡近代问题的小说有以前的《长征》和收入本书的《家族记忆》。《长征》探索闽西后来成为将领的红军当年参加革命的动机与意识的复杂性，他们用双脚丈量两万五千里，九死一生，完成了长征的壮举；但完成了革命的长征并不意味着也走完了自己的长征，跨越了内心的沟壑和阴影。而《家族记忆》写的是作者那个人丁兴旺的大家族近百年来的离散飘零。这部作品说是小说，其实是文学性的现代家谱，背景、事件、人物应该都是真实的，想来作者期待的就是"家族记忆"的真实可信，因此不追求结构、叙述和人物塑造的艺术性。这是另有期待的写作，作者以本地近百年的历史变化为经，一个大家族三代人的遭遇为纬，编织一姓家族的传奇人生，想要探讨的或许正是一种文化性格面对现代社会的两难：那个"用脑子生活"的祖母，能让康家在乱世躲过灭族的危机，却无法阻止自己的小儿子患上乌托邦的狂想症，更不能制止她的孙子用钱计算人的价值。这让我们意识到，聪明机灵的脑子固然重要，但不是根本，最重要的还要看聪明用在什么地方。记得哈佛大学有位校长，一次对新入学的学生发表演说："读理科的孩子们，欢迎你们，你们是未来列车的发动机！"说得理科学生欢欣鼓舞。但这校长接着又说："读文科的孩子们，我也欢迎你们，你们是未来列车的司机。"动力与方向缺一不可，但价值观决定着智力运用的方向与境界，价值取向决定着会有什么样的未来，小至一姓家族的兴衰，大至一个集团、一个民族的存亡。

文学书写是一种纸上的建筑，不能替代一城一地的生产与建设，也无法容留我们疲倦的身体。但文学和文化可以让我们心灵有地方可以安顿，能传承美好的历史记忆，启迪我们过有价值的生活。虽然汀州已经在版图上消失了，但在文字建筑中，依然天天在打开城门，迎接自己的客家儿女，迎接天下友朋。虽然客家文化也不全是粒粒珠玉，但是经过一代代儿女的鉴别选择，披沙拣金，仍然会照亮我们未来的生活。

在客家文化和客家人的心中，汀州是永远的。

2018 年 6 月 6 日于北京四季青

作者简介

王光明，1955 年生，首都师范大学博士生导师、著名文学评论家。

目 录
CONTENTS

散文卷

诗歌卷

儿童文学卷

附录

小说卷

家族记忆

◎ 北 村

    某一天，我开始关注起自己的家族历史。原因很简单，我在一次寻找中学毕业照片的时候，突然发现了我父母的结婚证，在那张大如奖状的结婚证上，我母亲比我父亲整整大出了九岁。这使我大吃一惊，母亲在十五年前称病提早退休的内幕被揭开。有一种秘密，对我和我的兄弟们是遮蔽的。这就是我对家族历史追根溯源的开始。

    但我的计划不久就受挫。因为康家没有族谱。不但我们这些李岭村的康家旁系没有族谱，就是汀州城里康球升的后代也没有族谱。这是很奇怪的一件事，因为在昔日汀州府所辖范围，康姓几乎成了读书人的代名词。有一则笑话说，康姓男人有两大能耐：一是会读书，二是能吃肥肉。这两种相去甚远的特长不知为什么会并列在一起。而康姓女子据说除了在啖吃猪肉方面有一手，读书上尚无圈点之处。康姓人知书达礼的证据有二：一是在长汀西门口龙山的一座大墓，这里葬着先祖康球升。康球升是当时江南五省的巡按，巡按就是中央政府特派的视察员，按现在级别推论，该在省长之上。第二个证据就是汀州城的康姓人康其中，这个人曾留学日本，回国参加了同盟会，后来创办了长汀一中。

    然而，这些显赫的历史似乎与我的家族无关，当康其中在汀州热热闹闹创办一中时，我的太公却在汀州大同乡李岭口村（他叫李岭村）的江上撑船。这条因毛泽东一句诗出名的汀江当年是闽西的一条重要的水上交通干道。在汀州尚未通公路之前，大批的货物通过汀江运到广东，直到抗日时期，汀州仍非常繁荣，素有"小上海"之称。厦门大学迁址长汀，以及美国航空队驻扎长汀机场，竟使这个县城空前繁荣。所以斯诺说，中国有两个最美丽的小城，一个是湖南凤凰，一个是福建长汀。

在长汀大同乡的李岭村，住着一户人家，就是我的太公、太叔公和太伯公一家四人及其子孙，连我的父亲也忘记了他们名字，他们的绰号依次为河田佬、广东佬、古田佬和宁化佬。他们个个身材高大、膀阔腰圆、一身横肉。在父亲的叙述中，祖父曾描述过宁化佬一只手折断一根粗竹的细节。这四个人及其后代都住在一栋巨大的屋里，总人数达五十人之多，是当时长汀罕有的大家庭之一。

在这个大家庭里，宁化佬说了算。我奶奶王二哩嫁到康家时年仅十七岁，她抱着巨大的饭樽摇摇晃晃地走路。她抱不动它，因为有五十人吃饭，所以我家的饭樽达一米之高，奶奶比它高不了多少。她用力地抱起饭樽，饭樽就抱着她跌跌撞撞地向前奔去。在这个五十人的大家庭中有一个规矩，男人日日出工，是下田还是下城运粪由宁化佬安排；女人则按日轮流做饭，一组四人轮一天。一到吃饭时间，男人们精着赤膊鱼贯而入，好像开会一样，四桌一字排开，女人则和孩子在一起。我们家是李岭村唯一的富农，这个富农是勤劳加节俭积攒下的，所以平时吃肉的机会是很少的。大约半个月吃一次肉，平时皆以自种蔬菜充饥。吃肉那一天是有规矩的，二十斤猪肉，先切下瘦的，小孩子先吃；其次是肥瘦相间的，女人吃，因为她们吃不了太肥的；最后只剩下大块大块的肥肉，用酱油一煮，发出一种香味，男人们一拥而上，像嚼食豆腐一样风卷残云，十几斤肥肉就这样一扫而光。所以，我爷爷追忆说，他在30岁下城之前，竟一次也没吃过瘦肉。难怪康家男人会有吃肉方面的名声，一个吃了三十年肥肉的人，该是什么肉都能吃了。宁化佬有一句名言：一碗肥肉一碗饭，蹲茅房也吃得香。这就是七十年前李岭口一位富农的心声。

我奶奶能嫁到这个汀州有名的大家庭来，她和她家庭都觉得满意，并不是这个家庭多么富裕，而是人丁兴旺，一路走出去踩动地皮就能把人震死。

进入到这种大家庭无疑是个保护。事后证明这种想法是错的，这个家成了整个大同乡最多灾多难的家庭。

奶奶没有留下一张年轻时的照片，但据上了年纪的人回忆，她生得瘦削弱小，人虽说不上漂亮，但也足可称为秀气了。她是祖父的第二任妻子。祖父的前妻据说是一个傻大姐式的人物，身材高大，头脑简单，单手能提起一只尿桶。这样的人对康家是非常合适的，说康家是为了娶媳妇，毋宁说是为了多一个强劳力。白天，这个富农家庭的男人一律下田劳作，或者撑船沿汀江到汀州城里运城里人的粪便；女人们四人一组做饭，其余的纺线织布做家务带孩子。晚饭过后，无论男女一律在厅堂破竹扎灯笼，孩子十岁以上也得来做灯笼，不到十点钟谁也不能上床睡觉。男人们负责破竹削篾，女人们负责把油纸糊在竹骨上。只有一人可享到清闲，那就是我爷爷的弟弟元水佬，整个康家只有他一个人读书，而且读完了高中。他负责往灯笼上描画，画一些亭台楼阁和仕女，然后用楷书写下买主姓氏。

我爷爷生得膀大腰圆，看上去身体很好。他一生没生过病，直到临死前才第一次打针，结果效果奇佳。他的眉毛非常粗重，眼眶深凹，据说壮年时相貌堂堂颇有气概。可是到了老年，他的相貌却越来越与猩猩的形象接近，以至我儿子有一天指着动物园的一只猩猩说，瞧，它多像太公。

这种相貌没有遗传到我的身上，因为我像母亲。这种特殊的相貌使我发生了追根溯源的兴趣，经过调查我发现，中国的康姓（至少南方的客家康姓）来源于两支，一支是山东一支是陕西。陕西叫京兆堂，我家的牌位就是京兆堂，上面写着京兆堂康氏祖妣一脉宗亲。陕西京兆堂康氏是从新疆迁过来的，就是现已消失的西域康居国，位于新疆西北部，这一支东迁的人取汉姓康氏，而康居国人则是东迁的波斯人，就是现在的伊朗。按这种推论，我居然是伊朗人，跟哈梅内伊有点关系，不禁吓了一跳。

我祖父叫康绍同，他有三个弟弟和若干堂兄堂弟。他的三个弟弟依次名叫康绍成、康绍仁和康绍升。四兄弟中的中间两个面目不清没有特点，在此不加赘述。祖父是四人中最愚钝也最正直的一个，四弟康绍升（也就是元水佬）

生得聪明伶俐，五岁时连私塾也没上，就能算一百以内的加减，让人非常奇怪。有人劝我太公河田佬说，康家虽家大业大，却没一个读书人，将来免不了被欺负，这娃儿天资聪颖，不读书可惜了。于是全家开会决议，让元水佬读书。果然，元水佬一上学校，年年第一，一直读到高中毕业。而我祖父却厌恶读书，就是让他读他也不会去读。他最崇拜的叔叔宁化佬，斗大的字不识却能管理全家。祖父日后在为人和劳动方面的知识皆来源于经验，他有一套属于自己的生活准则，比如"端凳给人坐等于端给自己坐"，"害一人九代都要报仇"之类，统统来源于生活。让他最快乐的事就是跟着宁化佬下汀州运大粪。从汀江一路撑船上来，天气一热就打赤膊光屁股撑船，竹篙铜头打得鹅卵石啪啪地响，引得两岸洗衣的女人笑，他就更高兴，在水里扎上扎下。但奇怪的是，在八十三年的生涯中，祖父除了娶过两个老婆，没跟第三个女人有染，这是很奇怪的一件事。

某日，我祖父遇上了我祖母。我的第一任祖母刚死不久，她死于肺病。祖父心中寂寞，上山扫墓，突然看见了一个瘦小的姑娘在坟地间跳跃，吓了一跳，以为是鬼魂。第二天清晨他又上山，又看见了那个穿花衣裳的姑娘，不过，这一次他不但看见了她在跳舞，还看见了她的身后跟着一个瞎眼的老人，这个人就是她的养父。

祖母住在张家陂，离李岭口五里路。她的真正家乡在汀州的新桥镇，离张家陂十里。她刚一生下来就被父母送给了张家陂的神算王土，换回了五块大洋和一副寿板。长到五六岁，祖母在计算方面的天才就显示出来了，养父给人占卦算命、做坟看地理，钱都从她手上过，算得一分不差，回家交给养母。到了十岁，她在经营方面的才能逐渐显露，开始接洽养父的风水生意，她知道往哪里去有生意，养父全靠她一根棍子领路。

有一回，她领着养父在汀江边上歇息，江面上突然响起一阵山歌，一溜十条运粪船溯流直上，一行男人精着赤膊膊稳立船头，唱歌喊号子，逗得岸边洗衣的女人咯咯笑。祖母问："洗衣妇他们是什么人？"洗衣妇说："你还不知道？这是李岭口有名的康家男人，他们家大着哩，有五十人。"祖母又看见祖父在水中扎猛子,洗衣妇说:"这是康家二代老大,刚死了媳妇。"坐在石头上的瞎子问女儿:"你在看什么?"祖母答道:"有一个船队过汀江。"

"那一定是运布匹下广东。"养父道。"不是,是运香油上龙门。"女儿说。把大粪说成香油,是为了让养父日后同意这桩婚事的铺垫。虽说在养父家祖母生活也过得殷实,但从小被卖的经历使她羡慕有一个大家庭的保护。于是三天过后,她突然出现在祖父的视线里。他被迷住了,以为是鬼魂在跟着他,渐渐他才发现,这个眼中闪动机灵的女孩是一个矮小瘦弱的人。祖父离开了前妻的坟墓,朝她走来。他们在墓地旁做了那事,也许是受了诅咒,结婚后生下的三个孩子都夭折了,直到1936年迁到汀州之后才生下一个儿子,就是我父亲康如松。

祖母嫁到康家半个月就后悔了。这个用根棍子牵着养父就能赚饭吃的女人,一贯是用脑子生活的。可是一到康家,根本没有她说话的地方,上有宁化佬这些主事的男人,旁边围着一群比她资格老的女人,她不过是一个刚过门的丫头片子。一天下几十斤米煮饭,把她累得头昏眼花。她抱着巨大的饭樽摇摇晃晃地走路,心想总有一天她要因摔碎这个饭樽而遭殃。于是她用替人看相积攒下来的钱买通妯娌,让她们替她做饭,当然这一切都是男人们出工后进行。祖母的主要精力用于向过路的游商兜售灯笼,结果销路奇好。同样的灯笼,过去销不出去,经她的口一说,竟然赶做都来不及。这不能不说是个能耐。不久,宁化佬宣布,王二哩可以不煮饭了,专门兜售灯笼。

这是祖母的第一次胜利。据我的堂哥说,祖母如果有文化,可以当总理。我一笑置之。不过,从这件事看,她确实是个人物,尤其在日后的劫难中,她的表现使宁化佬黯然失色。

而在当时的情形下,女人是上不了桌面的。无论哪一个娘家来客,宁化佬是首席陪同,坐宴席上位,他的旁边是那个女人的丈夫,娘家客人坐在另一边,女人不上席。这些都是规定的。但祖母对严密的家规嗤之以鼻,说,是老鼠还是过江龙,比一比才知道。这句话与"不管白猫黑猫,抓住老鼠就是好猫"的意思有点相似。

李岭口的邱姓是第一大姓，却被第三大姓的康家压得喘不过气来。邱姓也到城里运大粪，却争不到水道。汀江多险滩，有时只有很窄的水道，谁先争到水道就可以早到城里拉到粪，拉到粪也可以早回家吃饭做灯笼。邱家的人长得矮小，很难争到水道，宁化佬指挥十条船的人用竹篙一打水，邱姓人立即吓得魂飞魄散。邱家的掌家人邱全挑着一担地瓜粉到了康家，上面贴着红纸，来找宁化佬，让他分给邱家一口饭吃。

宁化佬叫他把那担地瓜粉挑回去，说："船上不过是一些大粪，你还有田嘛，再说，你也可以学我们做灯笼。"

邱全说："我们有船，只会运粪，不会做灯笼。"

宁化佬笑着说："难怪你们邱家败倒了，原来什么都不学。"

后来听说邱家也开始学做灯笼，可是做了一屋子也销不出去。他们的灯笼大而粗糙。康家的灯笼油纸上的图案变化多端，那是宁水佬的妙笔。不过，他是受制于祖母的，市面上流行什么，祖母就让他画什么。她让祖父从汀州带回信息，然后把灯笼直接运到城里卖，回头再捎上大粪。

邱家彻底垮了，他们放弃了做灯笼的活计，把船卖了，只种几亩地。

他们合计，哪一天用锄头扒平康家大屋，掘了康家大墓。

祖母嫁过康家四年整，康家的田已经占到整个李岭口的四成，他们的灯笼销到了潮州。

祖母开始考虑全家迁到汀州时，发生了一件事，红军来了。

红军是从宁化和清流过来的。他们大多数没有统一着装，有些人头上戴着斗笠，有些人戴军帽，上面用红布缝了个五角星。一半人提着枪、一半人拿着长矛，他们走过雨后的烂泥滩，脚和裤上沾着泥巴。宁化佬拄着锄头看他们走过，对我太公说，原来红军也是庄稼人嘛。

这些庄稼人很快就击溃了白军旅长郭凤鸣，占据了长汀大部分乡镇。大同乡迅速建立了农会，主席是邱全。宁化佬说，邱全做了主席，我们康家却没一个人当干部，会被人欺负。我祖父就说，元水佬有文化，让他去试试吧。我太公河田佬不同意：三十年河东，三十年河西，以后白军打回来，元水佬要被拖去枪毙的。宁化佬一挥手：现在管不了那么多了，总之康家要一个人去政府。只有祖母默不作声。

想不到第二天，红军找上门来。一个姓董的高个子红军带了两个兵拍响了我家大门。"听说你们家有一个高中生，到苏维埃政府当文书吧。"他一边说话一边笑，不停地在身上抓痒，他说他正在长疥疮，浑身痒得很。宁化佬很高兴，说他有一种草药可以煎来治疥疮，于是董红军让两名士兵在门外看着，他脱下衣服，在我们家天井上洗了一盆草药浴。

他望着厅堂说："你们家真大呵，是地主吧，要打你们土豪，分你们田地。"

宁化佬连忙说："我们算不上地主，我们从不租田，都是自己下田的。"

董红军问："你们家有多少人，能种这么多地？"

宁化佬说："我们家五十个人，男人下田，女人做饭。"

"哦。那至少也是个富农。"董红军穿上衣服。祖母从门后出来，对董红军说："我们虽说是农民，但方圆十里，人家还是听我们的。整个李岭口只有元水佬一个读书人。"

她递给他一个元水佬画的灯笼。董红军说："那就让他跟我们走吧，到政府去当文书。"

董红军提着灯笼走了，元水佬跟在后面。那时候的文书，相当于现在的秘书，吃用公家的，还有一定的权力。邱家想整垮康家的计划没有成功。有好长一段时间很平静。

有一天，农会主席邱全对董红军说，河田塘里的温泉才能治疥疮。

"那为什么宁化佬说草药可以治疥疮？他是骗你的。"邱全说，"宁化佬一家专门骗人，这才把灯笼销到潮州，我家那么好的灯笼却没人要。"

"无奸不商。"董红军点点头。他下河田洗了一盆温泉，回到大同就把元水佬找来问："邱全说河田的温泉才能治疥疮。"

元水佬说："草药也能治疥疮。"董红军说："可是我洗了你家的草药，疥疮并没有好。"

元水佬不知道说什么。第二天，一份杀头的名单放在他面前，十个人当中有四个是康家的人，他们分别是河田佬、宁化佬、广东佬和古田佬。元水佬吓坏了，去找董红军。董红军说，这是镇压反革命。元水佬说，我们不是反革命。董红军说，邱全报告你们用船给白军运过木材。元水佬说，那是白军的寿板。董红军说，不管是什么板，这就是证据了。元水佬辩解道，那邱全还给城里的白军送过酒呢。董红军一摆手：一个一个查清楚。元水佬哭丧着脸说，我们的草药是能治疥疮的，治好了好几个。

董红军说，不是因为疥疮的事，你们家是富农，富农就是反革命。

祖母从元水佬处得到消息，赶紧安排四个人逃跑。宁化佬和古田佬被抓了回来，我太公河田佬和太叔公广东佬逃到江西去了。宁化佬被抓到苏维埃政府，关在一个磨坊里。董红军允许元水佬弄一些菜给他们吃，说："你去砍一斤猪肉给他们吃，要瘦的，催死不催吃嘛。"

他们不吃瘦肉。元水佬说，要吃肥肉。宁化佬一边吃肉一边对窗外的侄子元水佬说："你快去跟他们说，不要杀我了，杀了我也没有用，快去，让他们不要杀我。"

元水佬说："我去说过了，可是没有用。"宁化佬说："你再去说一遍，劝劝他们，不要杀我了，我不是反革命，是我让你跟政府的，我没害过人，杀我是没有道理的。再说，那盆草药治好了很多疥疮，他要不信，再洗几盆试试。"

元水佬说："我说过多少遍了，不是因为疥疮的事。"

宁化佬："你跟他说，让他就放过我吧，高抬贵手，就这最后一次，我已经这么老了，去年牙齿都松了，今年掉了两颗，过两年我的脸就会老得跟猪肚一样，不枪毙我，我也会自己死掉的，你再去说说，让他放过我吧。"

元水佬听不下去，走掉了。宁化佬还一直在说："我不明白他为什么要杀我，对他有什么好处？真的，没什么好处。我们无冤无仇，杀死还得花他的力气，杀了我他不会胖一斤肉，而且我这么老了，我自己会慢慢死掉的。"

宁化佬说话这当儿，古田佬已经把一大盆肥肉全部吃光了。宁化佬说："你怎么把肥肉全部吃光了？"古田佬说："我以为你不想吃了。"宁化佬哀叹道："人都要死了，连一块肉也吃不上。"

十几分钟后，宁化佬和古田佬被拖到政府后面被处决了。

我太公河田佬出逃后一直未归，估计在外面死了，至于怎么死的，谁也不知道。广东佬于两年后回到李岭口，但他已经疯了，在猪圈里抓猪屎吃，不久就摔进粪坑里淹死了。

奇怪的是，元水佬一直当他的文书，董红军经常带着他去河田洗澡，终于，董红军的疥疮好了。

"宁化佬是骗子。"他对元水佬说："会发家的人都是骗子，我要不把他们杀了，你们家就发展成地主了。"

我一直对上述这段历史的真实性表示怀疑，因为整个过程跟儿戏一样。父亲在叙述四个祖宗的死亡时，就像讲述别人的故事一样平静，其中有一个还是他的亲爷爷。不过，我相信父亲是不会拿这种事情开玩笑的，而且，他爷爷在他出生之前就已死掉，因此他记忆淡漠。只有一点深刻在我的印象中，七十年前，死人是很容易的。我决不相信那四个人的死亡跟一次疥疮发作有关，它必定有更深刻的原因，就像那个董红军所说，他不杀了那四个人，我们家必定发展为地主，必定彻底击败邱家，使之成为佃户，然后我们把田租给他们，我们自己不劳动，接着一代一代蜕化为老爷，四体不勤的寄生虫，靠剥削为生。从一个勤劳的家族发展成腐朽的家族，这是铁的规律。我爷爷对此深有感触，他对我父亲说，幸亏死了四个人，否则变成地主，全家死光光。

只有一个人不信这个邪，那就是我祖母。她的远大目标是在控制李岭口的大部分良田后，下汀州做生意。现在看来，第一个愿望是无法实现了，第二个愿望却仍存在希望。不过，目前当务之急不是做生意，而是活下来。

康家被处死两个人、跑了两个人之后，似乎平静了几日。祖母去找元水佬，要他召集全家计议一下。元水佬说："人都死了两个了，难道还要再杀不成？"祖母摇摇头："很难说。"元水佬说："如果那样，那这里的人都疯了，再说，我还在政府当文书，不看僧面看佛面啊。"

祖母说："元水佬，我看你最要小心。"元水佬说："为什么？"祖母说：

"你离得近呐，要跑都来不及。"元水佬说道："王二哩，共产党是讲主义的，什么叫主义你懂吗？"祖母摇头："我不懂什么叫主义，我只懂得保命，生活。"

元水佬说主义就是道理，讲主义就是讲道理。我们家是富农，死个把人是不奇怪的，往后就不会死人了，何况我还在政府。

祖母还是摇头："我不懂主义，只知道生活。"说不动元水佬，祖母开始劝说我的祖父，让他离开李岭口。祖父也不相信还会杀人，他说："我也不懂主义，但我知道做人，死了两个跑了两个，够本了，没人会把事情做绝。"

祖母却相信直觉："我昨天晚上做梦了，梦到你衣服挂着血来找我，不行，你得离开。"

祖父急了："我离开李岭口，去哪里赚饭吃？你现在还想怎么赚饭吃？"祖母说："能把命保住就算不错了。"

"将心比心，我没有对不起政府，他们没有理由杀我。"祖父还是不相信。

祖母不跟他啰嗦了，又去找元水佬，她把元水佬叫到政府后面的竹林里，说："你不走，你哥哥要走，没有路条走不了，你签一张路条吧。"

元水佬很为难，说："这路条签不出来，上面会查出来的。"

祖母说："现在这么乱，查不出来。"元水佬说："一查出来，他也走不了，这路条不好开。"

……祖母好久没说话。元水佬说，不是他不开，是开不了。

祖母没责怪他，临走时对他说，你要小心，早走为好。

元水佬张了张嘴，没说什么。祖母一转身，迅速消失在暮色中。

当晚十点，祖父被祖母强行带离李岭口，走了五里路，在她娘家瞎子老爹家里过了一夜，天蒙蒙亮又离开张家陂，走了几个小时的路，来到她的出生地新桥乡。这一切连家里人都不知道。

新桥乡有苏维埃区政府，祖母有一个妹夫也在那里当文书，这个政府比大同的政府要大。祖母找到妹夫，把情况一说。妹夫沉默了好一会儿，说："这样吧，和武平交界有一个地方叫四堡，哥哥先到那里避一避，我开一张路条，就说你是政府的工作组。"

"可是我什么字也不识啊。"祖父不肯，害怕了。"再说，那些主义我一句也讲不出来。"

"工作组也有不识字的。"妹夫说，"你先去，别人干什么你也干什么，少说话就是了。主义也不是一两句就能说清楚的。"

祖母骂他："叫你去你就去嘛。"祖父瞪她一眼："我长这么大没骗过人呢。"妹夫说："我也是官，就算我任命你，你还骗谁哩。"

拿了路条，两人走了三天，来到四堡。祖父大字不识，连街上的标语也认不出来。到得政府说是派来的工作组，就安排住下了。对方什么也没问，交给他一面锣，上街宣传时敲锣。祖母对祖父说："好了，现在你就藏在这里，哪里也不要去了，我先回去看看动静，有事我会来找你，你不能动，你一动我就找不着你了。"祖父说："好吧，敲锣我会。"

于是祖父就在四堡住下来，一住就是半年多。别人上街他也上街，让他敲锣他就敲锣，混了半年多没人发现他是个冒牌货。如果不是父亲对我亲口所述，我很难相信这些都是确凿的事实。祖父事后回忆起这段闲适生涯毫无得色：我不懂主义，我也不想白吃饭，我只想老老实实种田，你让我种田就好了，我一辈子不会害人。

祖母回到李岭口，几天后政府有人来问康绍同哪里去了。祖母说她也不知道，说是去江西跟人卖菜籽，到现在都还没回来。来人说："哦。"

到了半夜，狗突然大叫起来，祖母一听动静就知道坏了，有人很重地拍门。门一打开，门口站着一队红军，为首的一个脸相不凶，但也没有笑意，表情非常冷淡。他带了三个人走进去，把祖父的七个兄弟和堂兄弟从床上叫起来，按名字查对。那些人干了一天的活，睡意未消，不知道把他们叫起来干什么，以为要交公粮。只有一个人知道，她的猜测全部变成了现实。

还有一个人不在家里，那就是元水佬。在前来带走七兄弟之前，元水佬已经被五花大绑在苏维埃政府大院的屋柱上。七兄弟被关在后院。元水佬也是在睡梦中被叫醒的。叫醒他的是刚治好疥疮不久的董红军。董红军拍拍他的门说，康绍升，快穿衣服来一下，急事。拍完就走了。元水佬穿戴整齐，还不忘带上笔和笔记本，来到大院，两个红军把他拽到柱子边，绑了起来。

元水佬一被绑上就知道意味着什么。但他还是不愿意相信。他不停地咳嗽，想着办法。董红军披着衣服从厅里走过。他大叫："老董，老董！"董红军装作没看见他，加快脚步过去了。元水佬没有办法，头转来转去，背上的毛孔竖起来，一种恐怖感朝他压过来。

祖母带着女人们跪在政府门口。董红军出来说了句："我们不会错杀一个人。"然后让人把她们轰走了。祖母又提出要送酒菜给他们。董红军想了一会儿，说："我们会煮给他们吃。"

第二天早上，绑在柱子上的元水佬已奄奄一息。这里并不是指他的身体，而是精神。他终于逮住一个机会把董红军叫住：老董，帮我松松绳子！董红军回过头，叫人给他松了绑，还给他端了一碗水来。但元水佬不喝水，要和董红军说话。老董看着他："你想说什么？"元水佬问："为什么杀我？是谁告的？"老董说："这个不能告诉你，但我们不会错杀一个人。"元水佬咽了一口唾沫，说："老董，什么叫主义？"老董没听清楚："什么？"元水佬说："我嫂嫂不懂什么叫主义，我说'主义就是讲道理'，老董，你要讲道理。"董红军皱着眉想了一会儿，说："主义不只是讲道理，不，不对，不只是讲道理，主义是一个伟大的目标。"

元水佬哀哀地说："再伟大也得讲道理。""不错。"董红军说，"但仅仅讲讲道理这些事，和那个伟大目标简直没法比。"

说完董红军让人把元水佬绑回去，然后就走了。元水佬毫无希望地看着他远去。董红军走到后院，伙房上来问真的要给八兄弟做酒菜吗？董红军想了想说，就给康绍升一个人做。

酒菜做好了，一碗大肥肉，就是长汀人说的"烧大块"，一碟炒鸡蛋，一壶米酒。元水佬吃不下去，喃喃自语："不讲道理怎么成，错了怎么办……"

董红军过来看，说："你怎么不吃？听说你们康家男人很会吃肉的，吃掉。"

元水佬看着他，张了张嘴。那碗肉还是没吃掉。

结果那肉和米酒就给了七兄弟吃。他们见到了康绍升。一个兄弟对他说：

"元水佬，我们落到这一步全都是你的错，你要不去当那个文书，说不定我们什么事也没有。"另一个兄弟说："这事怪不得元水佬，是宁化佬要送他去当文书的。"又一个兄弟大声嚷嚷道："这些事跟当不当文书没有关系，都是邱全那王八搞的，诬告，当了农会主席，报复了。"刚才那个又说："元水佬也是文书呢，有屁用！"整个过程元水佬一声不吭。第一拖出去的是元水佬。他被押到祠堂前面，与他一起被处死的还有两个白军的探子，江西人。群众都出来看了，包括康家的人。

临刑前，元水佬示意站在前排看行刑的他的七岁的儿子，儿子走到他面前。他双手被绑着，就用嘴唦了唦衣袋，意思是口袋里还有两个大洋，拿回去交给妈妈。儿子果然从他口袋里掏出两个光洋。

下午，祖母和元水佬的妻子火秀去收尸。她们借了一把梯子，两个女人把元水佬抬到对面山上埋了。

第二天，另外七兄弟被一起处决了。在当时，杀所谓的 AB 团正时兴。

迄今，我无法对这段历史的真实性表示怀疑，让我迷惑不解的是，这八兄弟被杀的理由在我父亲的讲述中语焉不详。我父亲说我爷爷给他讲时也是着重在讲述事情经过，对死因几乎只字未提。这在我是很难理解的：一个个宝贵的生命就这样不明不白地、如此轻易地像蚂蚁一样死掉了。在那个年头，死人的事是经常发生的，无论是打仗，还是内部错误的路线斗争，连共产党自己的高级干部也未能幸免，何况农民？但总有一些原因能解释他们的死因，比如他们是白军奸细，或者是政府的变节者，抑或完全是邱全诬告所致？可是，什么解释也没有。我问及父亲时，他显得很茫然，说，反正死掉了，就这样。

这个秘密最终未能揭开。因为康家人断定为与邱家结仇所致，这样就与共产党没有什么关系了。

七兄弟的后事办妥后七天，祖母突然在一个午后消失了。她辗转来到了四堡乡，把家里发生的事告诉祖父，祖父惊呆在那里。祖母一边讲述，他的身子一边发抖。

祖母说："你要不走，今天你就在那边吃黄土了。"

祖父吓得语无伦次："那我怎么办？"祖母说："你还是躲在这里别动，我什么时候让你回去你才回去。"

祖父问："你会不会被他们杀掉？"祖母摇摇头："杀女人的军队是打不了天下的，不会。我先回去，家里的田要作，船我都卖掉了，以后当作生意的资本。"

祖父用手拍打床帮："这样还过什么日子嘛，去死了算了。"

祖母说："说什么话？我妇道人家都不说这个话，我只知道要好好活着。"

祖父一直在四堡住到红军长征。不久，白军打回长汀，祖母来通知祖父，两个人一起回到李岭口。农会主席邱全躲在家里不敢出来，祖父说："这下好了，要报仇，不报仇对不起父母兄弟。"祖母沉默了半天，说："还是不要报仇了，三十年河东，三十年河西，谁知道以后会怎么样。"

祖父没想到她会说出这样的话来，破口大骂她没有良心，只顾自己。你说的是人话吗？他对祖母吼道，王二哩呵王二哩，想不到你是这样的人，茅坑里的石头还知道高低，你只知道自己。

"我只知道活下去，活不下去什么也没有，孩子咋办？谁来续香火？"祖父大吼大叫。祖母任他骂，就是不让他出去。

村里另外几家被邱家害的却报了仇，他们向白军指认了邱家，邱全逃走了，白军只抓到他的两个弟弟，就架在火上烤。火堆设在离康家大院不远的河滩，只差个几十步。邱全的两个兄弟被绑好吊在火堆上，又够不着火，是慢慢烤死的。两个人不断地惨叫，有苦苦哀求的，有破口大骂的，就这样叫到半夜。后来他们的肚子不断鼓胀起来，终于"嘭"的一声炸开。祖父被吓得目瞪口呆，一直大喊大叫要报仇的他变得鸦雀无声，双手掩住耳朵，惊恐万分。不一会儿，奇异的肉香飘了进来，非常浓烈的一股香味。

他这才知道，人烤了跟猪肉一样，也是会发出香味的，没有什么不同。

将近有半年，祖父再也不敢碰猪肉，一吃就吐。

祖母说："看见了吧？这就是报仇，这个仇可是报到家了，报仇的人，不等报应，自己也会被自己吓死。"

我祖父一生连一只鸡也没杀过，他的报仇仅仅是说说而已，此后他再也没提报仇的事。

后来他对我父亲说，杀一个人，子孙报仇到九代。这句话的意思是千万不要害人，否则九代都不得安宁。我问父亲，祖父是很讲原则的，但在报仇这件事上，他实际上已经默认了祖母的观点。不过，难道十个人就让邱全白杀了？"这是不公平也是没道理的。"我说。

"杀人已经是不对了，难道再用杀人来反对杀人？"父亲问。

……我沉默了一会儿，说："我还是没想清楚这里头的公平在哪里。"

祖母没有文化，一句道理也讲不清楚，从她处理事情的方法看，完全是个机会主义者，而且一切为了生存。与某种伟大目标比，她显得自私和无比渺小。

她对祖父说："现在，康家已经衰了，我们到汀州去。"

祖父茫然地说："我只会作田，去城里会饿死的。"

"有两只手在身上就不要怕。"祖母说，"李岭口的田，闲时还可以上来种。"

于是祖父和祖母迁到了长汀，在水东街忠诚巷典了一幢屋，开始做换米生意。所谓换米，就是从江西人那里低价买来米，然后再卖出去，或者购来糙米，舂成新米后卖出去。

生意一做起来，祖父就只能在一旁打下手了。他只会使死力气，最多扛几包米，就无事可干了。早晨天还没亮，祖母就要背着小孩去太平桥头买米，祖父却在家里睡大觉。天蒙蒙亮时，江西人汗流浃背地把米挑到太平桥头，祖母用手拣一拣，说，你的，你的，还有你的。被她点到的就跟了她往家走。

走到家里天已经亮了。接着就是过秤，祖母的秤会短个一两斤。祖母说九十八斤。江西人说，我称明明是一百斤嘛，你再称称。祖母就称给他看，江西人一看，果然是九十八斤。这时祖父已经醒来，在天井旁打呵欠。祖母在跟江西人争斤两，祖父不但不帮她的忙，反而帮江西人的忙，高声道："王二哩，差不多了吧？"祖母还在争，他一言不发地走过去，把秤砣捋到一百斤，然后高声叫道："一百斤，没错。"气得祖母要割颈。

事后祖父还说，我叫王二哩，差不多了吧？是让你自觉，你不自觉，只好我出面来解决。

祖父心地好，但十分懒惰。里里外外的事全由祖母操持，除了扛几袋米，他连抱小孩也手酸，听说他很少抱我父亲，整天放一张竹椅在厅里躺，大声说话，不满意就咒骂，他咒骂的对象主要是祖母，可以说，祖母是在祖父的咒骂声中度过一生的。对祖父的咒骂，祖母从不还口，她的哲学是，让他骂，一直骂，总会骂到嘴酸，嘴酸了，自然就不骂了。

当然，这些都是后来的事了，我们再往前头说。

红军长征后，还留了一些部队在闽西和白军周旋，大同一带不时有打仗的风声传来，有时还可以听到枪声，响一昼夜，却看不到打仗的人。有一天祖父正下田，就被几个白军团团围住，抓了绑上，当天就送到长汀，关在长汀一中的一个大食堂里。当时祖父居然还不知道这就是抓壮丁，以为自己犯了什么事。他说，我没有干过对不起白军的事。可是人家不听他争辩，把他塞到人堆里。

一连三天，祖母得不到祖父音讯，三天后，有人通知李岭村的保长，保长再通知祖母，让她去告别。

祖母在长汀一中的槐树下和祖父见了面。祖父说："被抓了，没办法。"祖母说："有办法，只要活着回来就成。"祖父说："我不会打仗，我也不想打仗。"祖母说："你这一辈子连一只鸡也没割过，叫你冲，你让别人先冲，你弯下腰系鞋带，人家冲上去了你再冲。"

"你这是要我骗人。"祖父说。"我没叫你骗人，我只是叫你系鞋带。""长官刚刚教导，军人服从命令为天职，再说，这是去剿匪。"

"谁是匪还说不清呢。"祖母说，"你不是兵，要记住你是老百姓，老百姓就得好好活着回来，还要好好地活下去。这里有几个钱你带上给长官，争取去伙房干活，就吃不着子弹了。"

祖母已把大洋缝在裤子的裤裆里，让他马上换上。祖父一边穿裤子一边说："你让我又骗人又贿赂，我这一辈子名声都要让你败光了。"

祖母说："你要不聪明点，半辈子也活不了。"临走时祖父说："王二哩，不要克扣江西人的斤两，差不多就可以了，不要太过分。"

"放心吧。"祖母说，"我是按秤头称的……"祖父一去就是两年。祖母除了下田，还要做粉条卖。有一天，保长来收人头税，连祖父也算在内，祖母不服气，说人都去当兵了，这个人头不能算。保长说："我可不敢答应，你去找政府说吧。"

祖母真的一个人背了女儿去找区政府。她背的是我大姑，当时才两三岁。祖母一个人闯进区政府大院，卫兵说区长正在开会，她就背着孩子闯进会场，开会的人都吃了一惊。祖母说："区长，我丈夫当兵去了，不能扣我的人头税。"区长说："你到外面等一下，我开完会再说。"会开完了，外面也开饭了。区长走出来，说："你告诉我，扣你人头税的保长是谁。"祖母报了保长的名字。区长说："你小孩哭了，让她吃一点肉吧。"于是让伙夫盛了半碗肉给她吃。后来区长说，干脆你也一起来吃吧。

祖母只身闯政府的事传遍了李岭口，保长咬牙切齿地对她说："王二哩，好，你就等着瞧。"

祖母说："你说瞧什么吧，我又没害人，我不过是保自己不吃亏。"

但祖母最终吃了大亏，两个月后，打起大仗来。保长使了诡计，祖母和元水佬的老婆火秀被白军抓去。

她们被抓到武平，去那里抬伤兵。按规定两个人抬一个伤号，而且要保证在抬的过程中伤员不死去。祖母和火秀刚好摊上一个被炸掉整条大腿的江西兵，一路上大喊大叫，把她们的胆都喊没了。她们抬了三昼夜，过了长汀，来到江西于都。祖母说，这么下去不是办法，这人都快死了，人一死，我们也非死不可。

火秀问："那怎么办？"祖母说，"扔下他，咱们走。"伤兵叫道："你们别扔下我，我会死的。"祖母说："不是我们心狠，我们就是把你抬到赣州，你也一样会死的。你已经活不了了，我们逃掉或许还能活。而你一死，就要一下死三个人。"

伤员听了没话说。祖母把食物留给伤员，伤兵叹道："不值呵……不值。"祖母说："本来就不值，打仗就更不值，打仗是人做下的最笨的事。"

祖母说完就拉了火秀走了。她们走了两天，不敢回家，来到她的出生地新桥，投了生父生母。两人住在家里，白天出去帮人做粉干，谎称是夫妻不和跑回娘家的。

做了两个月，李岭口搭来口信，说她的女儿掉进潭里淹死了。

祖母哭了一夜，咒天咒地。祖父跟队伍来到广东，驻扎在汕头。一天黄昏，他对团长说："我老婆把大洋缝在我裤裆里，说遇到当官的就交上大洋，让给安排一份好差事做。"

团长觉得他说话很奇怪，就问："你老婆说什么是好差事？"祖父把裤裆里的大洋给团长，说："她说，伙夫是好差事。"

团长笑了："她倒真聪明，又有吃的又打不死。你说说看，你会烧什么菜？""我一个菜也不会烧。"祖父说，"在家里连开水都没烧过。"

团长大笑起来，说："那你就去炊事班吧，大洋你给我收回去，你想让我吃官司不成？"于是祖父干起了伙夫的活计。他仍不会煮饭，人家煮好了让他去送饭。有一天，排长来找他，说："听说炊事班来了一个傻瓜老康，让我瞧瞧。"祖父走出来，排长说："人家说你老婆让你带了钱出来贿赂军官讨个好差事做。"祖父说："那是我老婆的主意，不是我的主意。"排长伸出手："把钱拿出来让我瞧瞧。"祖父就把大洋一个一个放到他手里，放完了，排长问："还有吗？"祖父说："没有了。"排长就合拢手掌说："好，归我了，你归我管。"

祖父看着他："团长都不敢拿，你敢拿？"排长说，"他拿大我拿小，人家拿得不爱拿了，稀罕你这几个小钱？"祖父等饭一煮好，就挑着送上去。伙夫老张说："老康，就你这么笨的人，也活得好好的，真是傻人有傻福。"祖父说："我不笨，我知道怎么做人。"老张说："你知道个屁，照你这个脾气，早被长官一枪毙了。"

"我老婆整天担惊受怕，想着怎么活下去。"祖父说，"可是依我看，要是命中注定，牛屎草也能活过三秋。"

"国民党讲三民主义，共产党讲共产主义，你老康什么主义？"老张问。

"我没主意。我不识字。"祖父说，"我心里想这个事儿可以干，那个事儿不可以干，我心里有个当家的，它拿主意。"

祖父又说："我老婆也没主意，但她做生意持家有主意，她没害过人，可是做起生意来，别人甭想赢她一分钱。"

仗打了一场接一场，从广东打到香港。汽轮从江面过，祖父抓住栏杆翻肠绞肚。不过，他终于看到了香港。祖父是我们家族第一个去过香港的人。

有一天，山上的仗打得凶。祖父等饭煮好了送到山上，只见人被打得七零八落，已几乎没有人要饭吃了。祖父把饭桶一扔，跑下山来，大喊："人都像踩倒的松树子，死光光了，死光光了。"

老张说："老康，原来你这么怕死，还说你心里有个当家的。"

祖父惊魂未定，只是大口大口喘着气。后来他说，难怪我老婆说活下去就是好的，原来死人那么可怕。

"如果被抓了，你会不会反水？"老张问他。祖父不知所云地道："我只是老百姓，我老婆说，我们什么也不是，只是老百姓。"

可是，祖父不久就惹事了。军饷发下来层层克扣，司务长再扣一遍，士兵就只能喝稀饭汤配蕨菜，吃了一个一个拉稀，今天死一个，明天又死一个，然后就用担架抬去埋掉。

祖父对老张说，国民党要倒了，几个大官贪污还不要紧，到了层层贪污，就一定要倒了。

几天后老张说，排长怎么知道你讲过贪污这话？祖父说，我不知道哇。老张说，看来我们俩都要遭殃了。祖父想了一下，说，那就跑吧。

老张笑道，看来你也不是傻瓜嘛，不过，逃兵抓住要杀头的。

两人也顾不了杀头不杀头了，当夜卷裤腿溜出了军营，走了三天三夜，来到龙岩，身上的钱都花光了，两人饿得形影相吊。

祖父想起一个人来，就是让他当伙夫的团长，已经调到龙岩当参谋长了，祖母要去找他。老张一听喊了起来："你这不是找死吗？"祖父说："不找怎么办？我们只有爬着讨饭回去了。团长是龙岩老乡嘛。”

"总之你是发神经了。"

"团长能不收我大洋，就是好人。"祖父说，"我心里当家的告诉我，没错的。"

老张心惊肉跳地跟着祖父去找团长，居然被他找到了，是龙岩驻军的师参谋长。

参谋长看见他们吓了一跳："你们怎么来了？"祖父说："我们卷裤腿了。"

参谋长说："卷裤腿是要砍头的。"祖父说："我们一分钱也没有了，回不了家……"参谋长说："这样，我给你们一点钱，你们马上走。"说着掏出三十块钱给他们。祖父吓了一跳："给那么多钱干什么？我们不要那么多钱。""留着慢慢用吧，卷裤腿的人是回不了家的。"老张说："团长，你真是个好人。"

祖父想起一个问题来，说："团长，我有些事情想不明白，共产党杀过人，国民党也杀过人，还抓过我的丁，到底是共产党好还是国民党好？"参谋长说："这不是你考虑的问题。快走吧。""我虽然是一个老百姓，可是跟他们有些关系了。"祖父说，"共产党杀人只不过枪毙，国民党却把人放在火上烧，那人烤起来闻着也是很香的。"

参谋长思忖了一下，说："打仗嘛，总要死人的。"

"我说层层贪污国民党就要垮了，有没有说错？""错没有说错，就是说不得。"参谋长说。"原来团长想的跟我一样。"祖父高兴地说。"唉，店是人家开的嘛。"参谋长叹道，"不那样说，人家就不让我们打工了。"

祖父一听笑着说，你和我老婆一样，原来都是没主意的。

什么没主意？参谋长听不明白。"他是说三民主义的主义。"老张说，"大部分老百姓都是没主义的。"祖父终于明白了。

走出参谋长家门，老张说："老康，你真了不起，敢跟团长这样说话。"

祖父说，他是这么个人嘛。老张嗤了一声："屁！他是怕黏上他，丢了他的乌纱帽，逃兵逃到他家里，他怎么说得清。"

祖父说："反正我当家的告诉我，他是这么个人。"

"总有一天你要因为你这当家的吃大亏。"老张说。

……祖父回到李岭口，没见着祖母，才知道她在新桥躲保长。他也没法在李岭口待下去，去新桥找祖母。两人见面因为女儿死了，哭了一阵子。祖父说，这是个什么世道嘛，为了一个什么打生打死，打得我们作田都作不得，可是问他们自己，连什么都不知道。

"好比开一个店要招牌，大家都在里面赚一口饭吃。"祖母说。

"咦，你跟团长讲得一样的。"祖父指着她说。"现在，你哪儿也不能去。"祖母说，"就跟我弟弟去永定做生意吧。"

祖母的弟弟很会做小生意，在永定开了一个卖盐、酱油等调味品的小店。祖父当夜就跟妻弟下了永定，一待又是一年。

祖母在1936年生下了我父亲康如松，1937年生下我大叔康如槐，1950年又生下我小叔康如柏。我对父亲的最早印象是每当他来到我和母亲居住的乡卫生院，他都会抱一抱我，然后和我亲嘴。我说的亲嘴，不是一般的长辈吻儿女的脸那种，他简直是在和我嘴对嘴接吻。我很不习惯父亲把舌头伸进我的嘴，幸亏我是个男孩。不知是当时环境封闭，中国人不知何为亲吻，还是父亲早已深谙真正的接吻之道。

我父亲年轻时是典型的奶油小生，在他教书的小学里有一张照片被压在玻璃板底下，浓浓的眉毛，微凹的眼睛，无可挑剔的鼻子和略小的嘴，使得现时银幕上的小生与之无法相比。我母亲则长得漂亮脱俗，已是公认的事实。如果要准确描述她的长相，我只能打比方，她长得与《望乡》中的栗原小卷如出一辙，只是稍胖一点。在这两个英俊小生和美女面前，作为后代，我们却长得一个比一个退步，不知道是什么原因。

我父亲属于这样一种性格，为人随和，从来不发脾气，懒惰，活到六十多岁连开水都不会烧，遇上我母亲不在，他只好到我姐家吃饭，甚至发生过他用自行车把同事的老婆驮回家帮忙添煤球的故事，因为他不会添煤球。他从来都是远远地离开煤气罐或高压锅之类的危险物品，尽可能地不使用这些危险品。小时候他告诫我们不要乱动自行车时用了这样一句话："开玩笑，这是什么？这是机械！"长大了他坐上我们的汽车，我们就笑他："怎么样？这个机械比你那个机械复杂吧？"有时候他会大喊大叫耸人听闻，其实并没有发生什么事。从年轻到老，他唯一的家务就是扫地，因此我母亲叫他"清洁班长"。

但他认识许多的人。他去倒垃圾途中可以跟一个邂逅的人聊一个钟头之久。他好像认识半城的人，人人都知道有一个康校长，是很好的聊天对象。每次我回家往他身边一坐，就像拧开了收音机开关，国际新闻、时事经纬、人物专访节目就一个一个播出来。我惊诧于他知识的广博，他连车臣首领马斯哈托夫女儿的名字都知道，不知他是从哪里听来的，但我相信绝非一日之寒。

有关他的正业，诸如教书，父亲乏善可陈，但一些边边角角的技能他却十分擅长，比如吹拉弹唱、游泳、打球样样来得。尤其他对穿着的讲究更是有目共睹。有一次参加救火，他也要穿上黑而锃亮的皮鞋后才冲向火堆，为此成为"文革"中批斗他的一条罪状，大家只要一听到救火也要穿皮鞋，就知道指的是康如松。

我母亲在遇见我父亲之前已经结婚。她在十七岁与一个国民党军官结婚后，分别在十八岁和二十岁生下两个儿子。后来军官生病退役去了南洋，本想把妻子接过去，不幸病情加重，死在了南洋。婆家把两个孙子收回，母亲到二十九岁那年从龙岩随解放军来到长汀时，是一个医校毕业生。谁也看不出她生过两个孩子，看上去顶多二十二三岁，这是很奇怪的一件事。

父亲疯狂地爱上了母亲。当时母亲的追求者甚多，因此对这个奶油小生不甚感兴趣。父亲每天摘一朵花塞进母亲宿舍的窗户里，居然塞了一年。一年后的一天，父亲穿戴整齐把母亲约到河边，手上拿了满满一束鲜花。

"你嫁不嫁给我？"他问母亲。"不。"

"为什么？"他又问。

"你看上去很风流，中看不中用，靠不住。可我知道怎么爱一个人。我不能嫁给你。"母亲决然地摇摇头。

"那我就去死。"父亲说。

母亲不相信他会去死。分手后，父亲把花撒向河面，纵身跳了下去。

他几乎就淹死了。一百米的下游浣衣的妇女们突然看见河面一片灿烂，无数的花瓣中浮现一个男人躯体，以为是在做梦。直到男人和花瓣一起漂到面前，她们才惊叫起来。就像神话中的仙子来临，她们简直不敢相信自己的眼睛，漂亮的男人似乎还在呼吸，鼻翼中还有花瓣随着呼吸颤动，她们用挑水的扁担把他钩过来，惊讶地发现他还活着。

母亲看到浑身沾满清香花瓣的父亲，彻底投降了。作为儿子，我从后来的几十年的生活迹象分析，母亲似乎并不怎么爱父亲。母亲之所以同意嫁给父亲，完全是因为一种"震惊效应"。她突然看到一个几乎死去的浑身沾满花瓣的人，在河面漂荡，这幅景象是很具有震撼力的，它会使人作出超越理智的行动和决定。在那个封闭的年代，父亲的举动传遍了长汀，成为一件很奇怪的事情。

当父亲在医院里醒来后，第一眼看到的就是母亲的脸。这是他一生中最幸福的时刻。他对母亲说，如果我对你变心，我就再跳一次河，你们也不要再救我了。

父亲最后终于变了心，但他却没有跳河。我找不到父亲不爱母亲的任何证据，要说母亲一辈子不怎么爱父亲倒是事实，但她却为他做了一辈子奴隶，因为父亲除了高谈阔论什么也不会，母亲只好包揽了所有家务。说母亲不喜欢父亲，却一生没有背叛过父亲一次。说父亲喜欢母亲，却屡次失足，并且愈演愈烈。这些都是很奇怪的事。

父亲的性格和祖父类似，除了在女人方面。他为人善良、真诚随和。我觉得他除了心中有祖父说的"当家的"，在其他方面是毫无原则的，他许诺过一百件事可以改变九十九件。他不在乎说话不算数，他认为这不是什么缺点，他感兴趣的是国家大事或者国际大事，与这些伟大目标相比，那些缺点何足挂齿。

我的大叔康如槐是和父亲完全相反的另外一种人。他从不关心国家大事，连居委会主任的名字他都不想知道。他关心的是这个月有多少钱买米，多少钱买菜。还在他七岁的时候，他就精熟于加减乘除的心算，如果他和他的伙伴手中都有零用钱，他有办法使伙伴的钱花光，而他自己手中的钱分文不动。他除了读好课本，从不看别的书，他关心的事也很大，都是一些该大人考虑的事，诸如这一担米不能买，价贵了一块钱，或者出门后担心门户没有关牢，有时还非得自己用手试一试才放心。那时他才不过七岁。

我的小叔康如柏已经死了，死时才 20 岁。我对他的记忆已经变得模糊，可是在另一些特别的事情上又十分清晰。由于他的性格、他所从事的事业以及他的死，使得我对他的回忆中笼罩着一种神秘感。他是三兄弟中最高大的一个，也是最英俊的一个，我说他比父亲英俊，是因为他脸上的线条比父亲刚硬，鼻梁比父亲陡峭，唇线下撇，使得小叔在气质上更胜父亲一筹。

我可以用简单的方法来区别这三个人，如果说父亲属高谈阔论的一类，大叔则喋喋不休，而小叔却沉默寡言，很少张口。

在我的记忆中，小叔对我很好，每当我从母亲工作的农村回到县城，小叔总要抱抱我。他的胸怀很温暖，笑容很亲切。在某种程度上，他比父亲对我还好，至少在我的感觉中是这样的。除了喜欢小孩，他还喜欢动物，他养了一条狗叫阿帝。他在抱我时总微笑着。可是其余的大部分时候，他显得很忧郁，不作声，经常和狗一起坐在门边，望着外面淙淙流动的河，很久很久不说一句话。一抹金黄色的光照射在他挺拔的鼻子上，仿佛一座雕像。

对于小叔迄今最近的一次记忆，就是他在厅堂上拉二胡。那已是他"文化大革命"参加武斗之后，在家赋闲的一段日子，他显得比任何时候都忧郁。过去那种激情在他脸上荡然无存，他不停地拉着二胡曲子。当时我靠在他膝边揪他二胡弓尾上的马尾，我揪一下，他只好无奈地停一下。

十天后，他就死了。

我记得小叔能讲一口很好的俄语。他那高中毕业的程度是不可能让他熟练操纵这门语言的，这完全是自学加天赋的结果。我至今还记得他念"杜波罗留波夫"和"勃列日涅夫"时的弹舌音，令人印象深刻。从他那里我才知道俄语是一种不知其意仍能读出其音的特殊的语言。

在他死前两年，他正在苦读两本书，一本是《资本论》，另一本是《乌托邦》。这两本书都是他从他当中学图书馆长的父亲的一个同学那里借来的。

在我父亲高谈阔论、我大叔拨打算盘时，小叔却在静静地看书。他看的书我父亲不感兴趣，父亲只热衷看报纸。我大叔更是对书报瞅都不瞅一眼。有一次，大叔竟然把小叔的一堆旧书都自行拿去卖掉换回买酱油的钱，包括一本《联共（布）党史》。两人为此大吵了一场。

我记忆中他有一本带插图的书，看了以后令人觉得恐怖。书中先渲染了一场大饥荒中一个家庭所遇到的饥饿，描写了孩子们如何望穿眼珠地期待吃饭，如何把碟子上的最后一颗饭粒舔尽。有一天，这个家庭突然炖了一只鸡，而且只给一个人吃，就是年老的爷爷。素来喜爱孩子的爷爷今天一反常态，面对饥肠辘辘的孙子们仍一个人独自吃完整只鸡，然后在父亲阴沉的目光下与孙子们一一吻别，拎起一把斧头，两人走进丛林……几天后我才渐渐读懂这本书，那是祖父为了减少人口而自杀的故事。我被这个故事吓坏了。尤其是祖父自己拎着一把斧头走入丛林的画面，让人生出无限恐怖。我不知道他儿子为什么要他拎一把斧头去，而不是握一把短刀。丛林里将发生的事小说并没有写，却让我绵延数月地进行恐怖的想象。

我问小叔："这个老爷爷是不是去自杀？"小叔说："不是，他是不愿意死的，是他的儿子将砍死他。"

"可是，为什么老爷爷自己愿意走进林子里去呢？""因为饥饿。"小叔深凹的眼睛仿佛有两道看不见的光射向前方。他对我说，小洪你还小，但你要记住，人跟人是平等的，谁欺负别人，别人就要革他的命，不能允许有人富足，有人贫困。

我不明白："什么叫革命？""革命，就是为大多数人谋利益，小叔就是干革命的，为了革命去死都成。"他握住我的小手，看着我说，"小洪，记住，长大了千万不要做一个自私的人，千万别像你大叔那样，把书卖了换酱油，千万别只想着钱，人总是要有理想的。"

除了卖书换酱油的事我听懂了，别的我都没听懂。小叔当时是因为孤独，才跟我讲这些的，家里只有我一个人可以和他对话。

"文革"一开始，他立即卷入了运动。他是凭着一种卓越的理想参与这场史无前例的斗争的。那段时间，他早出晚归，后来甚至日日不归。一进入运动，他像渴在岸上的鱼突然回到水中，立刻活跃起来，他那沉默寡言的性格随即大变，成了出色的演讲者，声名传遍整个县城。他从不以喊口号式的大嗓门压服别人，他的语调低沉，很小声，迫使听众都安静下来，他的语速也很慢，但声音富有磁性。他说出的话大大超越了《毛主席语录》的范围，能引经据典地从马恩那里找到陌生的段落，甚至从空想社会主义者那里找到论据，使那些只会死背语录的人望其项背。据还活着的他的同事回忆，即使从今天来看，他的演说还是值得一听，因为有哲学的味道。但是当时的人只能听个一知半解。在分析这个原因时，人们判断康如柏肯定自己一是看过很多别的书；二是他比任何人都真诚地相信那为之奋斗的圣洁伟大的目标。全城参加运动的女孩子都知道康如柏，梦想成为他的战友和妻子，最后，一个叫马晴的中学生成为他的女友。那时候叫对象。

　　我的祖母和祖父为儿子卷入运动心急如焚。不久，武斗开始了，"新公"（新汀州公社）和"革联"（革命联合会）在黄岗岭打起来了。我父亲身为长兄，担负劝说他的责任。小叔一向非常孝敬父母，唯独在参加运动这件事上没有商量的余地。大叔的话他是嗤之以鼻的，所以，只有父亲的话他有可能听。但父亲一直没找到适当的机会。

　　父亲理所当然地成了逍遥派，他认为自己并非是没有使命感的人。他的观点是：社会是不可能通过激烈的方式（诸如革命）来改进的，甚至不需任何实际的行动，因为任何行动都必有其副作用。社会良好的具体体现在于人心。到了一定时候，社会自然会进步，达到完美或较完美的阶段。就像一个姑娘长到十八岁自然会漂亮一样，他把它称为自然规律。在小叔沉醉在运动的梦想里时，父亲却与一位女教师来往甚密，恋爱成了当时的主要工作。

　　有一天，父亲的工资突然被停发了。他觉得很奇怪，去教育局问，这才知道凡逍遥派一律停发工资，直到表明态度为止。父亲吓坏了，但他还是不肯参加运动，就去找已经是造反派副头头的小叔。小叔听了父亲的请求，一言不发地写了一张条子。父亲拿着条子到教育局，教育局立即同意发放他的工资。

但小叔在签条的过程中一句话也没说，甚至看也没看父亲一眼，把条子递给他的时候还不易察觉地在鼻子里哼了一声。

父亲没有一点察觉。不久，冲突终于发生了。

小叔的女朋友马晴爱上他后，有一段时间疯狂崇拜康如柏，两人如胶似漆。马晴认为她遇上了世界上最好的男人。可是，三个月之后，当父亲看见马晴时，发现她整个人一下子憔悴了，显得非常忧愁，忧愁使她神色灰暗。她不愿意提及她和康如柏的事，但在好事的父亲一再追问下，最后她说，我爱他，但他使我太累了。

在马晴的叙述中，康如柏渐渐地浮现出这样一副形象：对理想无限忠诚，果断，坚韧不拔；对马晴也十分专一，但他从来不说温柔的话，甚至对马晴有的时候的儿女情长嗤之以鼻，他认为他们两个人只要像一对革命夫妻或红色恋人那样并肩战斗就行了，这才是最重要的，至于别的东西却都是不重要的。有一次，马晴从乡下回来，采了一束花放在他的茶杯里，被他痛骂了一顿，他说他的茶杯是用来喝水的，他一演讲就要不停地喝水。他说着把那束花拎起随便往窗台一插。马晴当时心里非常难过。

还有一次，他们在三十里外的一个乡镇集会，已经是夜里十点多了。康如柏因为一份材料还在城里，就叫马晴骑车回去拿。马晴正来月经，骑了三十里路回城累得人快休克了，要再返回三十里，一共六十里。黑黑的夜路，让马晴无限恐怖。材料交给康如柏时，她眼中噙着泪水低声说了一句："你没有看见我脸色很白吗？"康如柏看了她一眼，没有一点反应。她又说："今天我来月经了。"他又只是"哦"了一声，立即转身走上讲台，继续他的演讲。

会开到下半夜两点，马晴累得疲惫不堪。两人回到房间，马晴不理他。他说："你发什么火，没看见今晚的集会吗？有谁像你这样没被振奋？只有一个人呜呼哀哉，而这个人恰恰是我的女朋友！""你就不能体谅一下我来例假吗？"马晴委屈地叫道，"我摸黑为你骑车来去六十里，还嫌不够吗？""那你要我怎么样？"康如柏莫名其妙地暴怒起来，"要我跪在你面前感恩戴德吗？不，我不会跪在你面前的，我的膝只能跪在真理面前。"

"你就不会想一想我如何如何为你吗？"马晴喊。

"那我又是为了谁？"康如柏大喊大叫起来，把马晴吓坏了。他过去从来不会这样，他拍着桌子叫："我整天奔跑，讲得声嘶力竭，走得全身都要散架了，我为了我自己吗？我今天才认识你，你其实从来没看见过那个伟大目标！从来没有。我们是不一样的，你毁了我！混蛋。"

脏话第一次从他嘴里蹦出来，连他自己都吃了一惊。

马晴悲伤地哭了起来。

这一下，干部们都要听到了。他握着桌沿的手颤抖着，压抑着声音说道，我的形象全给你毁了。

马晴站起来。康如柏见状吃了一惊，以为她要离开他，他眼中立即闪过一丝恐惧的光。马晴看到了，这种光在康如柏的眼中是从不轻易出现的。那是一个真实的康如柏。他带着颤音问："你要去哪里？"马晴不吱声。他仍拉长着有些发抖的声音说："不要离开我……你说过和我一起追求的……"

"可是……我觉得没有幸福感。"她饮泣道。他走向她，托起她的脸："追求那样一个伟大的理想，你会没有幸福感？"他不解地望着她的眼睛，一种失望侵上他的脸，他重重地垂下手。

马晴惊慌地上去抱住他，说："对不起，是我错了，我不离开你！你也不要离开我。"

"这要看最终我们是不是能走到一块。"他没回头，瓮声瓮气地说，"这是谁也决定不了的。"

……

马晴向我父亲叙述完这一切，呆在那里。

父亲没有吱声。马晴的叙述使问题复杂化了，有些事情连他也觉得有些恍惚。

不，你不要把我的话跟他说，千万不要！马晴心有余悸地摆手。

父亲觉得奇怪，她怎么会那么害怕康如柏？在他看来，什么话都是可以说的。

11月的一天，康如柏回到家中。他卸下武装带，枪套里塞着一把五四式手枪，弹盒一打开，一堆子弹像金灿灿的稻米一样倾倒在桌上。他左手拎着一个圆饭盒，里面炖着一只鸡，这是他提回来给父母吃的。

但父母吃不下鸡。父亲心领神会，把小叔叫进房间说："马晴昨天来找过我了。"

"什么事？"小叔一边整理材料一边问。"如柏，我们该好好谈一谈了。"父亲直截了当地说，小叔一听转回头看他。父亲又说："你这样下去，真让我们担心。"

"什么？"小叔奇怪地问，"干吗让你担心？""马晴说她怕你了，在一起不快乐怎么行。""这是我们俩的事。"小叔又低头整理材料。

"不是你们俩的事。"父亲提高声音说，"我是长兄，有权管你的事，弄得家不像家，朋友不像朋友，运动运动，弄到家败人亡才甘心！""现在我才明白马晴为什么变成那样了，鼠目寸光，对革命理想麻木不仁。"小叔看着父亲："也许真是你跟她说了什么？你当你的逍遥派吧，不要管马晴，也不要来管我！""我就要管，我是长兄！"父亲又提高声音道，并用手按住手枪，"明天你不要去了，枪也不能带去。"

小叔轻蔑地把父亲的手拨开，也高声说："够了！你真是我长兄吗？我一直期待一个哥哥作为榜样引导我，可从来没有，除了让我看见你和别的女人在河边散步，你还教给我什么？如槐是个守财奴，本来我以为你还算条汉子，但自从你那天来找我签工资时我就明白了，你根本不配教训我！……"父亲一句话也没说，脸色苍白，这样沉默了好久。

小叔也不说话了，但神情缓和了一些，手指摩挲着子弹。

父亲低声说："行，我不会管你，我这是替爸妈在说话，你不听可以，你也很少听他们的话。"

小叔脸色浮现出痛苦："我很难理解一个人怎么能没有理想，能当得了逍遥派？你怎么知道我没有理想？"父亲说，"总有一天，这个社会会变得更好。"

"没有人推动，它怎么变得更好？"小叔问。"可是拿起枪把人杀了就是推动历史发展？"父亲反问，"爸爸没杀过一只鸡，我也没有，你也是一个非常有同情心的人，你孝敬父母，爱孩子和狗，我就不明白你怎么竟然热衷于武斗？""我从来没热衷武斗。"小叔说，"有些事是不得已的，为了达到一个更完美的目标，有时必须付出代价。阶级斗争是一个阶级对另一个阶级的暴动。"

"什么阶级？无产阶级反对资产阶级。"小叔说："难道你不认为资产阶级不但很不合理，而且糜烂丑恶吗？"小叔说到资产阶级时露出厌恶神情，说明他真的是从内心不认同这个阶级。

"可是资产阶级在哪里？"父亲摊开双手，"我怎么没看见？我一个月领三十六块半，半个月才吃一次猪肉，资产阶级在哪里？看来，你真的是无可救药了。"小叔说，"资产阶级是一种意识，它比暴露出来的资本家更可怕，不过我一眼就可以认出它来，你，你自己，不就是去救火也要穿上皮鞋的吗？"小叔说这话时眼睛中已有一种奇怪的神色。父亲目瞪口呆，无话可说。小叔说："所以，请你以后不要来劝我了，我还尊重你是我大哥，但我们是两种人，一个人怎么能没有理想和伟大目标？这样的人生不是太可怕了吗？整天吃了睡，睡了拉屎又生孩子，不，我不做这种人，你可以没有主义和原则，我不能没有！我在我的战友中听不到这样的怪论，在家里却听到了。"

父亲笑了一声："你以为你们那个'新公'的头头，叫什么来着？曹成，真的是个好人？他至少有三四个姘头，你不知道吗？""我不相信。"小叔说，"他绝不是那种人，你不要说了，我要走了。"

他胡乱地收拾好东西，竟忘记跟父母告别，推开门就走了。

小叔的死使祖母和祖父悲恸欲绝。他们最喜欢这个小儿子，也最为他担心。医院始终没有给出一个明确的死亡原因，急性脑膜炎的说法只是一种在症状上较接近的诊断。因此，死因不明倒是真实可靠的说法。

祖母坚持要做尸体检查。可是尸检结果除了诊断出他患有空洞性肺结核之外，并没有发现急性发作致命病症的依据。肺结核也是一种严重病，但小叔的肺结核不可能导致猝死。家里人没一个人发现他有肺结核。连他自己也不知道,小叔长期过劳,饮食简单,营养不良,是导致肺结核的原因。可见他过去对自己是非常严苛的。

二十年后父亲对我说,小叔不是病死的,他是忧愁而死。他这个人有时把一些问题看得很重,注定早夭。既然如此,真正的死亡原因就不值得去探究了。

康如柏死后十年,马晴随丈夫移居香港,两年后又移居美国。她在1975年嫁给了一个赤脚医生,他的母亲1949年去了香港。康如柏万万不会想到,他一生中最爱的人最终还是成了"资产阶级"。

1979年开始的变革改变了一切。这倒应验了父亲的话,时候一到一切都要自然而然改变,他等到了这个时候,小叔却死了,但小叔理想中的新世界可能不是这种样子的。

我大叔和我父亲依然朝着他性格逻辑的方向向前发展。大叔继承了康家的传统,每天全家必须干活至晚上10点才能睡觉,不过,他们不再扎灯笼了,而是糊火柴盒,糊一个火柴盒一分五厘钱。他们硬是靠糊火柴盒建起了一幢四层楼的房子,真是难以想象需要堆起多少火柴盒。

直到进入90年代,我大叔仍未改掉其吝啬的本性。有一天,我那受尽大叔压迫的婶婶前来向父亲哭诉,她已经因为对大叔失望吃了长素了,终日孤灯黄卷,但大叔仍买最差的菜油给她吃,吃得眼睛都快看不见了。父亲把大叔找来,狠狠地说了一顿。大叔始终沉默不语。一个月以后,婶婶来说,他已经改买花生油了,但仍是最差的一种。

我父亲却一事无成。大叔建起四层高楼时,他仍由典屋变成了租屋居住,要不是后来我给他盖了一幢两层半的房子,他大概一辈子都得租屋居住。退休后他更变成了一个时事评论家,从中东局势到车臣战争,一天一个焦点。所以,当他吃饱饭骑上车出门时,我们都会笑称,他又去"焦点访谈"了。

我大叔生了两个儿子一个女儿,大儿子康明,上山下乡赶上了最后一班车,后来当了民办教师,两年后进了县报道组,又过了两年,进了县委宣传部，又过了两年，当了一个乡的书记，又过了两年，因受贿罪判刑。

女儿康华在饮食服务公司当职工。小儿子康亮考进中国科技大学，毕业后分配进一个研究所，半年后辞职，先后干过动物饲料推销、手机公司业务经理、电脑公司业务经理，两年前出国到了美国，听说自己开了一家软件公司。

我父亲生下我姐姐康梅，康梅开水果店。我于1985年从厦门大学毕业，后来当了作家。

去年10月，我堂弟康亮从美国回来，我见到他时，他满口英语，穿着打扮连手势都完全美国化了。这并不奇怪，在大学时他就坚持不用筷子，而用叉子吃饭。奇怪的倒是，当我为了写家族小说向他询问一些情况时，他显得不胜厌烦。他说："你写这些干吗？你写一篇能赚多少钱？"他撇开我提的问题，建议我在网上设立主页，用个人网站推销自己。他解释说："你一定弄不明白在网上怎么赚钱，但我有一套办法，我可以教你，但利益必须分我二成。"

我不禁笑出声来了："一来我对这些东西不感兴趣，二则你怎么知道我能赚钱？""我告诉你我有办法。"他笑着。望着他的笑容，我知道要得到他的帮助是徒劳的，他甚至连小叔的名字都忘掉了，叫他康如白。在他看来，怀着那样一种理想是可笑的。我说："那总得要一种东西来衡量我们存在的价值吧。"他说："有啊，钱。"

几天后我去监狱看望他哥哥康明，昔日颐指气使的他现在显得情绪低落。他对自己的罪毫无悔改之意，反复说着一句话：全国此类事甚多，容当统筹解决。

我给他带去一些食品，他撕开其中一袋酱牛肉狼吞虎咽起来。吃完后他说，监狱里认得我的人还是叫我康书记。

他是我的兄弟中年纪最大的，所以我向他询问一些康如柏的事。他一直摇手，说，过去的事情没意思，写它干吗，不要写。

我不认为这种尝试毫无价值，因为在我的记忆中，康家的人还是讲求做人原则的，我祖父晚年被人用自行车辗断大腿骨，街上的行人抓住肇事者，他却把人家放走掉。我父亲和大叔服侍了他两个月，实在忍无可忍，终于把肇事者找到。祖父竟大发脾气，称那人是乡下人，生活贫苦，不该对人雪上加霜。

"他们都是傻瓜。"康明说，"我是醒悟的最后一人，上山下乡已经浪费了我的时间，所以我的时间不多了，我不赚点钱，我这一辈子活着干吗？"我无言以对。我想了想，说："你可以去做生意赚钱嘛。"

"你给我出本钱？"他把手伸给我。"所以这个社会谁都在捞，有本事的人捞得多，没本事的人挨饿。"他固执地望着铁窗，说："我没本事，所以进来了。"

康亮于十五天后重返美国，在候机厅他向我讲了这样一个故事。他说他有一个朋友的叔叔，因为入团而兴奋异常，从团支部跑出来，跑下操场时竟被一根横着的铁线勒进脖子，当场削去半个颈死亡。

第二个故事是他在国外看见的一件真实的事情，一个中彩票的人狂喜地大吼一声，结果心脏病突发死亡。

讲完这两个故事他说："这两个都是笨蛋，要是我，决不会这么脆弱，我会很好地控制自己的情绪，保存好一副好身体，然后慢慢地享受幸福。"

"无论发生在'文革'中也好，还是在今天也好，我都会这样做。"康亮说："我并不冷漠，但我很冷静，今天也需要冷静。"

我明白了，这是他拐弯抹角回答我那天提出的问题。我想了想，说："为什么一定要用钱来计算人的价值呢？"这时广播催人登机了，他匆忙地收拾行李，我跟在后面。他回过头说："用钱来衡量，只是因为它比较好计算罢了，没有什么特殊原因。"

（选自《大家》2000 年第 1 期）

作者简介

北村，本名康洪，1965 年生，中国先锋文学的代表作家。出版长篇小说《施洗的河》《玛卓的爱情》《周渔的喊叫》《望着你》等。著有诗作《北村诗集》，电影作品《周渔的火车》《武则天》等，电视剧作品《台湾海峡》《风雨满映》《城市猎人》等。

阿莹失踪的那个夜晚

◎ 李西闽

一

那天天气还算不错，阳光充足，可以感受到温暖。初冬的上海，只要在阳光下，并不会觉得阴冷。悬铃木的叶子并没有黄透，但有风吹过，叶子还是会飘落。只有进入更深一点的冬季，几场雨后，悬铃木的枯叶才会掉光，那时寒冷才会真正降临。

整个早晨，我的状态异常亢奋。狭小的出租屋里，充满了荷尔蒙的味道，那张不大不小的床嘎嘎作响。阿莹的呻吟兴奋而又凄凉，我仿佛是在强暴她，她不时可怜楚楚地说："轻点，痛。"我对她的哀求置若罔闻，以自己的意志行事。我瘫软下来后，阿莹将我从她身上推下来，长长地呼出了口气。她的左手轻轻地放在我胸膛上，柔声说："你没有死掉吧。"我微微笑了笑，有气无力地说："放心，死不了。"接着，她说："让我睡会吧，昨夜那么晚下班，一早又被你闹醒，太累了。"不一会，她就沉睡过去。我侧过脸，看着她，伸手轻轻摸了摸她潮红的脸，心里有了点怜爱。

我没有往常一样在她熟睡后逃掉，因为今天是她生日。我承认，最初那段时间里，我和她交往是出于情欲，爱情的成分很少，每次欢愉之后，我就想一走了之，再不和她见面，那种想法十分卑鄙。可是我和她分别后，就会想她，想得受不了了，就会去找她，她让我迷恋。阿莹喜欢吃火锅，她说好久没有吃了，我答应她，在她生日的中午吃火锅。我昨天就和老板请了半天假，并且和工友王秋雨借了五百块钱，今天好好陪阿莹吃生日火锅。

阿莹是漕东路红房子足浴店的技师，认识她，就在足浴店里。我酷爱洗脚，每月发完工资的那个晚上，我就会像幽灵般闪进红房子足浴店，点7号技师的钟，然后在一个小房间里等待7号技师的到来。等待的过程中，内心忐忑，像是干什么见不得人的事情。7号技师就是阿莹。她吃力地端着一木盆水放在我脚下，帮我脱掉袜子，将我的脚放进水里，微笑地问："水温可以吗？"我注视着她的大眼睛说："可以。"她的脸圆，有点婴儿肥，白嫩嫩的，有点可爱。每次她给我捏脚，我们有一搭没一搭的说话，我偷偷地用手机拍她，留来回住处躺在床上看。她的双腿长，有时，我的目光会粘在她大腿上，想一些心惊肉跳的问题，尽管黑色的裤子会阻断我的想象。

有一次，她微笑着问我："你每次都点我，是不是喜欢我？"

我的脸滚烫起来，没有回答她这个问题。她也没有再问，卖力地捏脚，她知道我特别受力。没话可说的时候，我就闭上眼睛，享受着她的服务。我告诉过王秋雨，喜欢阿莹给我捏脚。王秋雨对洗脚十分排斥，有两方面的原因，一是舍不得花钱，在老家有老婆孩子要养；二是他不习惯洗脚，怕痒。他比我大几岁，显得老成，他经常语重心长对我说："贵成老弟，钱还是省着点花，碰到困难，没钱会逼死人的。"我对他的话十分抵触，说："你又不是我爹，管那么多干什么，有钱不花王八蛋。"他叹了口气，摇了摇头，觉得我是块厕所里的石头，又臭又硬。后来，王秋雨听说我和阿莹好上后，也劝过我，让我不要鲁莽行事，他对按摩、足浴店里的女子都有偏见，认为她们不干净。我当时怒气冲冲地告诉他："你才不干净，你祖宗八代都不干净，阿莹和你一样，都是凭手艺吃饭，怎么就不干净了！"他见我发火，就不说什么了，但我知道他是好心。

如果不是因为一个老头的猝死，我也不可能那么快就和阿莹相好。

我没有见到老头的尸体，天黑后来到红房子足浴店时，老头的尸体已经被殡仪馆的车拉走了。据说那是个干瘦的老头，也喜欢做脚，他的退休金基本上送到了足浴店。他和我一样，都喜欢点阿莹的钟，来之前都会打电话到足浴店，约好时间，以免错过阿莹。这天下午一点，他如约而来，捏了半个小时之后，脑溢血猝死在阿莹面前。虽然老头是猝死的，但老头的家属认为是阿莹害死了他。

我踏进足浴店，就看到两个中年男子和一个中年妇女，指着阿莹骂，骂得十分难听，在他们嘴里，阿莹是个十恶不赦的杀人凶手。阿莹眼泪汪汪地辩解，圆脸蛋涨得通红。站在她旁边的足浴店经理，那个瘦小的男人也在说着话："老人家不幸去世，我们也很难过，我们刚从派出所录完口供回来，派出所会安排尸检，会作出公平的结论，如果是我们这里的责任，我们会承担的。"他们根本就听不进阿莹和经理的话，其中一个男子扬起手，噼里啪啦，在阿莹的脸上扇了几个耳光。他还飞起一脚，踢在阿莹肚子上，怒气冲冲地说："老子打死你，一命抵一命。"阿莹倒在地上，捂着肚子，泪流满面。我从小到大，很少和人打架，而且惧怕凶恶之人，但我见阿莹被打，想也没想就冲过去，挡在了那男子面前，大喝了一声："不许打人！"

他指着我的鼻子，瞪着眼睛嚎叫："你他娘的是谁，滚开！"

我心中的怒气顿时升腾起来，大声说："我是她男朋友！"

我的话激怒了他，也激怒了他的同伙，他们一起朝我扑过来，拳打脚踢。我没有战斗经验，很快就被他们打倒在地。我对阿莹说："阿莹，快跑！"接下来，我就说不出话来了，他们的脚纷乱地踢在我身上，还有不堪入耳的怒骂声冲击着我的耳鼓。我抱着头在地上翻滚，悲惨极了，心想不被打死，也会被打残。警察来了，他们才停止殴打和怒骂，装得很无辜的样子，好像我罪该万死。我被小个子经理扶起来，他说："对不起你。"我没有理会他，目光四处寻找阿莹，她不见了。我身上每一块肌肉都在抽搐，疼痛。警察带我和打我的人到附近医院检查了身体，开了些药，就一起到派出所录口供。我对警察有种天然的恐惧，在派出所里，一直瑟瑟发抖，心惊胆战。打我的人对警察点头哈腰，用我听不懂的上海话和警察说着什么。而我却没有太多的话，警察问我一句，我回答一句。一直到深夜，警察先让打人者走了，然后让我走。我算是白白挨了顿暴揍，警察说，达不到轻伤，不能拘留他们，调解了一下，事情就拉倒了。警察让他们给我六百元钱，我没要，我只是想早点离开派出所。出了派出所的门，后面一个年轻的警察追上来，对我说："委屈你了，以后要学会保护自己。"

我没说什么，一个人走在空荡荡的马路上，内心凄凉，觉得自己是个孤魂野鬼。走着走着，我听到了身后传来的脚步声。回头，看到了阿莹，她停住了脚步，站在那里。我心里涌过一股热流，颤抖地说："你没有回去？"她镇静地说："我怎么能丢下你不管，我在派出所外面等你，就在那个角落里，你为我出头，我不能一走了之。"我什么话也说不出来。她走过来，搀扶着我，轻声说："走，我们回去。"那时我想，在这个巨大的城市里，我并不是孤单的人。

阿莹带我回到了她的出租屋里。那是个老旧的小区，有十几幢五层楼的住宅楼，阿莹的住处在其中一幢楼的底层，一居室的小房间。来上海后，我梦寐以求有个属于自己的房间，哪怕只能够放下一张床的小房间，可是没有，来上海三年了，我还是和王秋雨他们一起住在员工宿舍里，放个屁，旁边铺位的同事都能闻到。阿莹的小房间收拾得十分整洁，她在墙上贴满了大大小小五颜六色的蝴蝶贴纸，这就是一个蝴蝶的世界，还有种淡淡的香味，也许是阿莹的体香。阿莹的脸还是红肿的，让我心疼，我记得那踢在她肚子上的一脚，关切地说："阿莹，你肚子没有问题吧？"她笑了笑："没事，小时候，我爸打我更狠。"我说："你不恨他们？"阿莹说："不恨，老人死了，他家人气愤是正常的，换着你，你也会那样。"我说："我恨他们。"阿莹笑了："小肚鸡肠。"

阿莹看着我，突然说："把衣服脱了。"

我吃惊地说："脱衣服？"

阿莹说："脱衣服。"

我脸热了。她看出了我的心思，说："脱吧，我又不是没有见过男人的身体，别像个小姑娘那样害羞。我没有别的想法，只是看看你伤得厉害不厉害。快脱吧，别磨蹭了。"

我脱掉了衣服，只剩下一条内裤。我身上青一块紫一块，伤痕累累。阿莹的眼睛里闪动着泪花，喃喃地说："从来没有一个男人为我挺身而出，从来没有一个男人为我挨过打。"我趴在床上，她用我从医院里带回来的药水，给我涂抹伤处，边涂抹边轻声和我说话，她的声音很好听，说不上像什么，就是很好听。我的嘴唇触碰到了一根头发，细细的绵绵的，我伸出舌头舔了舔阿莹落在床上的头发。她在说那个死去的老头的事情："他是个很好的老人，每次来，开始都在夸我长得好看，我有自知之明，我不是那种漂亮的女人。夸着夸着，他就睡着了。给他做完脚，他要还是在睡，我就会悄悄出去，他醒了也会默默离去。他和我说过一些话，说他儿女不搭理他，他也不管他们，自己独住，有时会想起死去的老伴，觉得她活着是美好的。老头还对我说过，每次来洗脚，他心里都很快乐。有时，他会摸摸我的手，说我的手很嫩，像他老伴年轻时一样。你知道，我平常不让客人碰我，但他不一样，他摸我，我不在意。"我突然想摸摸她的手，但我没动，就这样躺着，也是蛮幸福的。她的脸贴在我背上，双手搂住了我，她的脸很烫很烫。

　　……

　　阿莹睡了两个小时回笼觉，醒了，问我："几点了？"

　　我看了看手机，说："十点半。"

　　她打了个呵欠，说："该起床了。"

　　阿莹生日那天天气真的很不错，阳光照在她脸上，有种奇妙的光泽，散发出甜味。我拉着她的手，走在路上，有种踏实的幸福感。一片悬铃木的叶子飘落，恰巧落在她头上，她惊奇地笑了。我们路过锦江乐园的时候，同时停住了脚步。我们听到了巨大的声响和众人的尖叫声。我们一起抬头，看到了路边空中的过山车。过山车急速飞奔的景象让我们口呆目瞪，我们仿佛发现了一个奇妙的世界。阿莹说："来上海几年了，我怎么就没有去锦江乐园玩过呢？"我说："我也没有玩过。"阿莹的眼中闪烁着天真的光泽："我们去玩玩？"我说："不去吃火锅了？"阿莹双手抓住我的胳臂，摇了摇，娇嗔道："去嘛，去嘛，今天我生日，得听我的。"我怎么能够和她拗呢，于是，我买了两张门票，和她一起进入了锦江乐园。我们在锦江乐园里逗留了三个多小时，该玩的都玩了，中午一人吃了个汉堡，还有一杯可乐，阿莹说这是她这些年来最开心的一天。到时间了，我们分头去上班。我一直记得我们坐过山车时的情景，阿莹的手死死地抓住我的胳臂，指甲都抠进我的肉里了，大家都在尖叫，包括我，只有她没有叫。下来后，我问她为什么没有尖叫，她喘了口气说："我吓得叫不出来了，好刺激，我想我要飞到太空里去了。"过了会，她又说："人要是能飞，该有多好，想到哪里就飞到哪里。"

这是两年前阿莹生日发生的事情。

二

阿莹有可能在那个寒冷的深夜长翅膀飞走了，或者她根本就不是人，而是潜入尘世的妖精，回她修炼的地方去了。我很难想象，她会突然失踪。阿莹的失踪没有什么预兆，最起码我没有发现什么迹象。在同样一个寒冷的夜晚，我独自来到那个老旧的小区。

夜太深，小区里一片沉寂，亮着灯的窗口已经不多了，但还是有一些灯固执地亮着，就像我固执地认为阿莹还在世间存在。我来到阿莹曾经住过的出租屋门口，敲了敲门。我希望门突然洞开，阿莹笑盈盈地站在我面前，告诉我只是和我开了个失踪的玩笑，考验我是否真的爱她，我伸出手去摸她有温度的圆脸蛋，然后将她拥在怀里。门里没有一点动静，我想开门进去，可是我没有钥匙，当初要是配把钥匙就好了。我默默地离开，失望而又焦虑。

我朝小区大门走去，突然发现有个人鬼鬼祟祟地趴在一个底层窗户上，那个窗户透出亮光。我悄悄走过去，他竟然没有发现我。我鬼魂般站在他后面，轻轻地咳嗽了一声。他惊骇地转过身，昏红的路灯照在他满是胡茬的脸上，他的眼睛直勾勾地看着我，张着嘴巴，没敢喊出来。他只要喊叫，房间里的人就可以听到，偷窥的丑行就会暴露。他穿着黑色的制服，我认出了他，是这个小区的保安张小五。我进来时，他还在门岗里打瞌睡。呆立了一会，他看清了我，朝我做了个不要发声的手势，轻手轻脚地走近我，低声说："跟我走。"

我跟着他进了门岗，关上了门。他低声咆哮："你他妈的吓死我了。"

我冷笑了一声说："不干亏心事，怎么会害怕，我就不怕。"

以前，我不敢这样和穿制服的人说话，无论是警察还是保安，或者城管，和阿莹在一起后，我胆子大了些，阿莹失踪前，还说我越来越像个男人了，这话是对我的褒奖，也是对她自己的褒奖，女人让男人成长。

他坐在椅子上，拿起桌上的保温杯，拧开盖子，喝了口水。他看着我，冷冷地说："坐吧。"我坐在他面前，想问他一些事情。我说："十二月二十五日那天晚上，你看到过阿莹出去过吗？"他认识阿莹，那些深夜，我送阿莹回来，他的目光就会贼溜溜地在她身上乱转，阿莹鄙夷地投向他一眼，嘴里吐出两个字："色狼。"张小五点燃了一根烟，深深地吸了一口，说："我记不得了，小区里那么多人出出入入，我的脑袋又不是计算机，怎么数得过来。"看得出来，他对我的问题有抵触情绪，可他的回答也没有什么问题，况且时间已经过去一年多了，如果不是有特别的记忆，一切都是模糊的。这个老旧小区竟然没有摄像头，想找些证据都困难。那个深夜，我离开阿莹，走出小区时，张小五还是在门岗里打瞌睡。

张小五吐了口烟雾，说："那么久了，你还在找她，你也够痴情的了，也许她是和别的男人跑了，心里根本就没有你。"

他的话是把锋利的刀子，无情地刺进我的心脏。

我也这样怀疑过阿莹，她无情地抛弃了我，可是我一直不愿意接受这种情况的发生，每次阵痛之后，我还是会相信这是不可能的，我相信她爱我，就是不爱了，她也会和我说明白，她是那么真实的一个女人。

我说："她不会平白无故地离开我。"

张小五冷笑道："嘿嘿，你认为她是什么好东西！"

"你怎么能这样说阿莹，你才不是好东西！"我怒了，谁羞辱阿莹，我都会和他急眼。

"你和她在一起那么久，难道不知道在你之前，她有过一个相好的？"

"你胡说！"

"你去问问这个小区里的老住户们，他们都知道这件事情。有天晚上，阿莹相好的老婆找到这里，在她门口大喊大叫，男的开门后，她冲进去，抓住阿莹的头发，用脚不停地踢阿莹的下体。男人是个软蛋，在两个女人撕扯的时候，他溜了。我看着他跑掉的。他老婆是个厉害角色，阿莹根本不是她的对手，被她压在地上，脖子被她双手死死掐着，脸都发紫了。阿莹门口围满了人，有人在大叫：'不好了，杀人了——'他们只顾叫唤，并没有去救阿莹。那女人疯了，指定要掐死阿莹，嘴巴里还不停地咒骂阿莹，说阿莹是臭婊子，是臭不要脸的小三，说杀了阿莹也不解恨。女人要是耍起狠来，也是很可怕的。要不是我，阿莹肯定被那女人掐死了。我赶过去时，阿莹已经没有力气反抗了。我一看，乖乖，要出人命了，这可了得，我是小区里的保安，这事情我得管呀。我二话不说，上去掰开女人的手，然后将她赶出了阿莹的房间。女人还不依不饶，不停叫骂。我朝她怒吼，又对她讲道理，说杀了人你就什么都没有了，还要坐牢。在我的软硬兼施下，她终于哭哭啼啼地离开了小区。那件事情让大家都知道了阿莹，也知道了那个男人和阿莹有一腿。"

我不相信他说的是真的，既然如此，阿莹为什么还要住在这里？

张小五接着说："你要不信，我告诉你那个男人是谁，他就是新兴软件园的经理朱向阳。"

我什么话也不想说了，站起身，默默地走出门岗，朝小区外面走去。寒风呼啸，天空中飘起了雪花。记得阿莹失踪的那个夜晚，也是寒风呼啸，风中有无数鬼魂在疾走，但是，那个夜晚没有落雪。我漫无目地走在街上，雪越下越大，我的心越来越冷。如果阿莹还在，在这个寒冷的夜晚，我们也许会相拥在一起，我抚摸在她的短发，她给我讲她的故事。那是多么温馨的场面，却不会再重现。

在阿莹的嘴里，张小五不是个东西，这个四十多岁的老光棍是个偷窥狂，是条臭烘烘的蛆。某个夏天的深夜，阿莹回到出租屋里，脱了衣服，去卫生间洗澡。她忘记了将卫生间的窗帘拉起来。洗着洗着，她突然发现水雾迷蒙的窗户玻璃上贴着一张脸，那张满是胡茬的脸贴得很紧，鼻子和嘴唇都压扁变形了。就是这样，阿莹还是知道这个人就是保安张小五。阿莹赶紧捂住自己的私处，大喊着："臭流氓，滚开——"跑过去拉起了窗帘。她气呼呼地站在窗边，听到一阵脚步声远去。当时她气坏了，决定天亮后去物业投诉张小五。一夜未眠，越想越生气，那天上午，阿莹来到了物业，找到了物业经理。物业经理是个五十多岁保养得很好的女人，她戴着一副红色边框的眼镜，笑眯眯地接待了她。阿莹气呼呼地将张小五偷窥的劣迹陈述了一遍，希望物业经理对他作出处理。物业经理听罢，笑了笑说："你确定他就是偷窥你的人？"阿莹点了点头说："是的，就是他，剥了皮我都认得他。"物业经理收起了笑容，严肃地说："说话要有证据，如果没有证据，那就是诬告。你能拿出他偷窥你的证据吗？"阿莹一时语塞。的确，她拿不出任何证据，她默默地站起来，离开了物业经理办公室。后来，她才知道，张小五是物业经理在乡下的亲戚。阿莹还说，她踢过张小五一脚。那次偷窥之后，张小五还会在她下班回来的时候用语言骚扰她。一个深夜，阿莹拖着疲惫的步子走进小区，张小五又喊住了她："阿莹，你等等。"阿莹知道他要说什么，就没有理会他，径直往里走。张小五走出门岗，追上来，对她说："阿莹，我知道你是做什么的，能够和你交个朋友吗？"阿莹站住了，问他："我是做什么的？"张小五摸了摸下巴，淫笑道："不就是做那种事情的嘛。"阿莹气不打一处来，飞起一脚踢在他的裤裆里，然后扬长而去。张小五捂住裤裆，蹲在地上，痛苦地说："你他妈的真踢呀，哎哟，痛死我了。"阿莹扔下一句话："不要以为我好欺负，你要再胡言乱语，我还踢。"阿莹还是有点怕，怕张小五报复她。

三

阿莹失踪后，我怀疑过张小五，也许是他对阿莹下了毒手。我曾经在小区里的每个角落检查过，没有发现新挖出的土，也就是说，阿莹就是被张小五害死，尸体也没有被埋在小区里。我是个傻瓜，纵使张小五杀了阿莹，也不可能将她的尸体埋在小区里，可能被分尸扔在垃圾桶里当垃圾清理了，也可能被埋在这个城市另外的一些不容易被发现的角落里，甚至扔进黄浦江被江水冲进了大海。我像个傻瓜一样，在城市的一些掩蔽的角落里寻找，也沿着黄浦江一直寻找，甚至到很远的垃圾存放地寻找，还是找不到阿莹，一个小指甲都没有找到，阿莹喜欢在指甲上涂上蓝色的指甲油，我迷恋阿莹的身体，同样迷恋她涂着蓝色指甲油的手指。

我对张小五毫无办法，我不能确定是不是他杀了阿莹，也不清楚那个晚上到底发生了什么。就是他杀了阿莹，我也没有证据报警抓他，我也不能将他杀了，我还没有杀人的勇气。在我父母亲眼里，或许我还不老成，不过，在和阿莹相爱的时光里，我的确是个男人了，我从心里感谢阿莹。我原本想在过年或者适当的时候，带阿莹回老家去的，我父母亲和乡里的人们会觉得我是个有本事的人，连女朋友都带回来了。阿莹的失踪对我来说是个巨大的打击，但我没有一蹶不振，我希望能够找到她，努力工作等她回来，至于带不带她回老家，已经不重要了。

我还是不相信张小五会杀了阿莹，这当然是我一厢情愿的想法。

阿莹失踪这一年里，我了解过很多情况，朱向阳这个名字还是第一次通过张小五的嘴巴传递到我的耳中。我决定去找这个人，不过，除了晚上，要在白天里抽出时间去找他，也不是那么容易的，因为我还要工作，要养活自己。我在一家汽车美容店上班，其实就是修车洗车的营生，我是一个汽车修理工。我成为一个汽车修理工，还得感谢我的亲叔，那年我没有考上大学，他看我百无聊赖，就收了我这个徒弟，在他的修车店做事。要不是因为那个叫杜可可的姑娘，我也不会离开那个尘土飞扬的西部小镇，来到光怪陆离的大上海。杜可可是我的高中同学，她和我一样没有考上大学，但她爸爸是我们镇最有钱的人，她不在乎。她爸爸在镇上给她开了家手机店，卖手机。手机店就在我叔叔修车店的斜对面，每天，我都可以看见她，有时，她会坐在店门口嗑瓜子，瓜子皮从她嘴巴里蹦出来，子弹般到处飞溅，我可以感觉到她的口水也随着瓜子皮飞溅到我脸上。她是个肥胖的姑娘，又喜欢穿紧身的短裙和无袖T恤，鼓鼓囊囊的肥肉随时都有可能爆炸，她身上的衣服随时都有可能变成碎片，像她口中蹦出的瓜子皮一样四处飞溅。最要命的是，她竟然喜欢上了我，经常会跑过来，边嗑瓜子，边和我搭讪。她总是碍手碍脚，我央求她："你回你的手机店里好不好，你不好好看着你的手机店，跑这里来干什么。"她笑嘻嘻地说："我喜欢你，看着你我开心。"我说："可是我不开心。"她霸道极了："你不开心无所谓，我开心就可以了。"她还在我下班后，拉我去下馆子，下完馆子，带我去唱歌。我实在无法忍受她跑调到万米高空的歌声，而且还怪里怪气，仿佛是一只老鹅在呱呱直叫。最让我受不了的是，她拼命灌我酒，我喝醉了就亲我，舌头在我脸上一气乱舔，她口水的怪味洗了三天也洗不干净，我怀疑她从来没有好好刷过牙，像她的暴发户父亲那样。因为我酒醉她亲过我，她就到处扬言我是她的人了，她父亲还装腔作势地到我家提亲。我想到如果要和她过一辈子，那是多么残忍的事情，于是我就逃离了那个尘土飞扬的西部小镇，逃离了杜可可的魔掌。我怕她追到上海，让我父亲千万不要告诉她我在哪里。直到有天，我父亲告诉我，她喜欢上别人了，我心里的一块石头才落地。

好不容易熬到一个不是周末的休息日，我就决定去找朱向阳。起初我以为张小五随便编个故事来糊弄我的，没想到还真有这个人。我在新兴软件园打听到了他后，就直接闯进了他的办公室。办公室有三张办公桌，每个办公桌前都坐着一个人，两女一男，他们都神色庄重地面对电脑屏幕，我不知道他们脑瓜里此时都在想着什么，也许是男盗女娼的事情。

我怯生生地问："谁是朱向阳？"

男人抬起头，一本正经地审视我："你是谁。"

我的目光躲闪了一下，说："我叫沈贵成，是李阿莹的男朋友。"

他听完我的话，屁股上像装了弹簧，猛地弹了起来，走到我面前，拉着我的手，轻声说："走，我们到外面说。"那两个女人都抬头看着他，像是看一只动物园的猴子，当然，我在她们眼里，或者连猴子都不是。他的脸色变得十分难看，像块猪肝。走到门口，他让我等等，折回办公室去了，和那两个女人交代了几句，又出来了。他一直掐着我的胳臂，走出街道办事处，来到一个街角，厉声地质问我："你为什么到办公室找我。"我瞪着他，说："放开我的手！"他松开了手，眼睛冒着火："你想怎么样？"我说："我不想怎么样，只想问问，你知道阿莹在哪里吗？"他恼怒地说："我怎么会知道，她去哪里又不用向我汇报，我和她有什么关系。你不要再来找我了，明白吗！"说完，他扭头就走。他个子高而瘦，背有点躬，像是被什么压弯的。我默默地注视着他的背影，心里突然有点难过，不知道为什么难过。

走出了一段路，他又回转身，走到我面前，压低了声音说："她到底怎么了？"我说："谁到底怎么了？"他的眼神慌乱："阿莹。"他的话证实了他的确和阿莹有非同一般的关系。我叹了口气说："她失踪了，已经一年了。"他显得焦虑："为什么？"我摇了摇头。他突然抓住我的衣领，凶狠地说："你不是她的男朋友吗，为什么不照顾好她！"我冷冷地说："你放开手。"他松开了手，眼睛里有泪光。

朱向阳找了家咖啡馆，我们在一个角落里，说话，关于阿莹的话题。他是我的敌人，我也是他的敌人，我们因为阿莹的失踪坐在了一起，本来我们可以永远没有交集的，像两条毫不相干的河流，现在，阿莹就是让我们交汇在一个地方。他应该是我叔叔那样的年龄，可我们是平等的，都是曾经和阿莹有过亲密关系的男人。

他有点瞧不起我："阿莹怎么会看得上你？"

我没有回答他这个问题，我也不知道怎么回答，世间有些问题根本就无法回答。我觉得他有点迂腐，怎么会问这样的问题。我说："你伤害了她。"

朱向阳沉默了一会，叹了口气说："是的，我伤害了她。"

我没料到他如此诚实。也许我涉世不深，容易被蒙骗，连老实巴交的王秋雨也知道很多人都是演员，每天都在演不同的戏，见人说鬼话，见鬼说人话。我不管朱向阳的诚实是否装出来的，我希望从他口中能够得到有关阿莹的蛛丝马迹，以便我寻找到她。

朱向阳喝了口咖啡，注视着我说："我承认，我和阿莹是有段过往。那时我十分苦闷，和老婆处在一种冷战状态。我不是在足浴店认识阿莹的，和她相处后，才晓得她的具体工作。人有的时候是不顾一切的，会失去思辨的能力。应该是三年前的一个夜晚，和老婆吵完架，独自到茂名路的莱宝酒吧去买醉。我注意到一个和我一样孤独的女子，她坐了一个角落里，喝了一瓶又一瓶的啤酒。她好像在审视酒吧里的每一个人，沉默的、疯狂的、装疯卖傻的、相互挑逗的、吹嘘的、热情的、冷漠的……我觉得她与众不同，有点冷艳，又像一道光，照亮了我黑暗的世界。也许她也注意到了我，感觉到她朝我笑了笑，是的，朝我笑了笑，然后又恢复了冷艳的表情。我心动了。我端着酒杯走过去，坐在她面前。她瞥了我一眼，微微笑了一下，你应该知道，她笑起来是很迷人的。我平时说话很多的，可是在她面前，我一下子没话可说了，只是看着她，不停地喝酒。没有语言，也是交流，用目光和微笑，用酒杯相碰，我相信我们渐渐有了种默契。最后，她喝多了，我要送她回家，她没有拒绝。在出租车上，她的头靠在我肩膀上，我抱着她。她的身体热烘烘的，而我的身体像块冰，她在融化我。"

我不相信，阿莹不会去酒吧，也不会喝多，在和我交往的两年多里，她从没喝过酒，就是我生日，和我的工友们一起喝酒，王秋雨非要逼她喝，她也没喝，她说对酒精过敏。朱向阳说的是不是事实，我无法探究，毕竟我也没有见过阿莹喝酒，更不用说她真的会不会因喝酒而过敏。阿莹到底是个谜，和她在一起的那些日子，都似梦幻。

"我和阿莹在一起，是种解放。我想过，离婚娶她。每次提出这个问题，她都淡淡一笑，说那是不可能的。她是个看问题很清楚的女子，一开始，她就没有对我抱多大希望。我说出钱给她租个好点的公寓居住，她拒绝了，说哪天我们分手，她还是要回到廉价的出租屋里，还不如不搬。我说让她不要去足浴店上班了，她也反对，说足部按摩是她唯一的手艺，离开了足浴店，自己一无是处，什么也干不了。我尊重她。有时候，我会给她一点钱，她会收下，说下次吃饭她来买单。我和她相处了半年多时间，那半年多时间是我最放松，最开心的时光。尽管半年时间里，我们在一起也就十几个夜晚，我还是觉得在一起很久很久。她对我从来没有过特别热情，每次在一起，都是淡淡的，像她的微笑一样，就是在床上，也是低声的呻吟，她越是这样，我就越觉得离不开她。我来，我走，她都那么的淡定，我不知道她内心是否火热，我的心却一直在燃烧。我一直想去足浴店找她帮我洗个脚，她不让我去，十分决绝，说如果我去，就不要再见她了，她不想让我看到她工作的样子。"

听朱向阳说这些，我心里十分嫉恨，胃里的酸水涌动。我不恨阿莹，她的过去其实和我没有任何关系，我恨的是眼前这个人模狗样的男人，他在向我说这些话的时候，他心里到底有没有一点愧疚？

"我以为我们的关系能够持续很长很长时间，直到我老婆同意和我离婚，那么我就可以名正言顺地娶她了，那时她一定不会拒绝。可事情还是发生了。我误判了老婆对我们婚姻的看法，也低估了她的能力。她觉察到了什么之后，就在暗中调查我。她雇了个私人侦探，跟踪我，将我和阿莹的事情摸了个底朝天。说到底，我还是个懦弱的男人，我没有勇气面对血淋淋的撕裂，最终还是离开阿莹，回归了家庭。老婆威胁我，如果再和阿莹来往，就将我八岁的儿子杀死，不管她能不能做出这种事情，我还是充满了恐惧，退缩了。我离开了阿莹，她也没有找过我，连微信也删除了。我心里并没有将她放下，有几次，我偷偷电话她，她也没有接。我只想告诉她，我还爱着她。但是，我害怕她来找我，她真要找我了，要是被我老婆知道，又将是一场轩然大波。我就是这么一个优柔寡断的人，也是个很要面子的人。我伤害了阿莹，却找不到补偿的机会。"

我不理解朱向阳这样的男人，他们的内心世界都是狗屎，肮脏的狗屎，却还要用爱这个字眼来掩盖他们的肮脏。我想吐，一口吐在他那张虚伪的脸上。我克制住了自己。我说："你知道她会去哪里吗？"朱向阳停顿了一会，喝了口咖啡说："不知道。兴许回老家去了吧，她好像和我说过，不太想在上海呆了，等赚够钱后，想找个安静的小地方过平静的生活，她老家那地方也许是很平静的。"阿莹和我在一起两年多，没有和我说过这样的话，也没有表露出要离开上海的意向。我心里痛苦的还有一点，她很多话都来不及和我说，就消失了。

四

阿莹失踪后的那个春节，我没有回老家，而是去了大别山区的一个小城，那是她的家乡。我也想过，她是不是回家了。阿莹失踪后，我去派出所报过案，警察做了笔录，受理了案子。可是，没有任何迹象证明阿莹的失踪和被侵害有关，要找一个人，犹如大海捞针，问题是，我不能出具阿莹的身份证明，就连她的身份证号码我都不知道，更难以寻找。我和她在一起时，从来没有看过她的身份证，她也没有看过我的。

知道我要去阿莹家乡，王秋雨建议我不要去。他怀疑阿莹在家乡有老公，她的消失可能是被老公叫回去了，说我到底是被她骗了。他知道得还挺多，说很多那样的妹子，碰到人就说自己出来做那种事是生活所逼，家里有得绝症的父亲或母亲，还有弟弟妹妹没钱上学，希望多赚点钱拿回家，装得凄凄惨惨的。我对王秋雨说，阿莹不是做那种事的人，她和我好并不是图我的钱，而我是穷光蛋一个，根本不值得她骗，至于她有没有老公，我去了才知道，如果真有，我会默默离开，回来打工，但我必须知道她还活着。王秋雨叹了口气，说："那你去吧，要注意安全。"

上了开往北方的高铁，我才发现根本就不知道阿莹家乡的住址。那个大别山里的小城再小，要找个人家也是相当困难的。我的心被焦虑填满，就像清澈的溪流堵满了淤泥。我突然想到了微博，前些年，我就注册过一个微博账号，那个叫我心飞翔的微博账号很久没有使用了，不知道还能不能用。以前我迷恋过一段时间微博，老是在上面写几句不咸不淡的句子，冒充自己是个有文化的人，我粉过一些名人，自己的粉丝却少得可怜，几乎没有和什么人互动过，在现实生活中，我是一粒尘埃，在网络上同样如此。我试着登录微博，竟然还能用，心里有了点小惊喜，希望能够通过微博，找到阿莹的住址，微博经常有寻人的帖子，我还转发过。我突然觉得自己是个笨蛋，阿莹失踪两个多月了，也不知道在网上发帖寻找她。

我于是发了一条寻找女朋友阿莹的帖子，帖子写了阿莹失踪的日期，表达了我的思念和担忧，并希望能够有知情人提供她家乡的住址，因为我要前往寻找，还放上了阿莹的照片。这张照片是某个休息日，我和阿莹一起去上海植物园拍的。她在鲜黄的菊花丛中，笑面如花，这是我用手机给她拍过的最好的一张照片，她自己也特别喜欢，当时她还说我的摄影技术不错，等有钱了，买个相机去学摄影，说不准可以当个摄影家什么的。

帖子发出去后，我在等待网友的回复，每隔几秒钟就刷新一次。车窗外的苍凉的景色电影画面般飞速掠过，我的心情也越来越忐忑不安。像我这样的超级草根，发的帖子是不会有人转发的，时间过去一个多小时，还没有一个转发和回复，仿佛我的帖子根本就不存在。网上网下，都是残酷的现实社会，我必须求人。我找到那些粉过的名人们，挨个挨个私信哀求他们，希望他们能够帮我转发。又过了几分钟，终于有的名人帮我转发了，那是个叫午夜的女作家，午夜的转发让我看到了一线亮光。

不到半小时，我的寻人帖子就转疯了。大量的转发和留言让我有点恐慌，大部分转发和回复都希望我能够找到阿莹，也有骂我的，比如骂我是个渣男，一定是我对不起阿莹，阿莹才不辞而别的。还有比这更难听的话，看着骂我的留言，我的心一阵阵刺痛。可是，如果能够找到阿莹，那些恶毒的语言又算得了什么呢，我在承受善意时，必须忍受恶意。我的目光一直粘在手机屏幕上，不漏过一条留言。没有人告诉我，此时阿莹在哪里，她是这个世界上最普通的女子，没有坐过什么惊天动地的事情，谁又会知道她在哪里呢？就在我下车前几分钟，我发现了一条留言："博主，我知道这个李阿莹，但是我离开家乡已经五年了，现在的情况也不清楚了，他们家原来住在新民街，不知那里拆迁没有，你可以去那里打听打听。只能帮你到这里了，真心希望你能找到所爱。"

我只能说我运气不错，在两千多个回复中，找到了这一条最有用的信息。下了高铁，坐两个多小时的汽车，走完那弯弯曲曲的山间公路，才到达那个小县城。我一直以为阿莹家在乡下，没有想到是在县城里，县城虽然不大，找到新民街，还是花了不少时间。当我走进新民街时，太阳就要落山了。

这是一条很短的小街，街道两旁都是老砖瓦房，每家人的墙上都用白色涂料写着大大的拆字，拆字的外面，画着一个不规则的圆圈。我提心吊胆，担心找不到阿莹的家。我看到街边一个卖烤红薯的老头，走过去问道："老大爷，请问，你知道李阿莹家怎么走吗？"

老头说："李阿莹是谁呀？"

我噎住了，不知怎么回答他。这时，旁边的小卖部窗口探出个头，那是个中年妇女，她说："老关头，这位小伙子问的是不是李老倔家的姑娘？"老头拍了拍脑袋，说："你看，我都老糊涂了，李老倔家的姑娘是叫阿莹。"

我笑了笑说："老大爷，你想起来了。"

老头笑着说："想起来了，想起来了。李老倔家就在街尾左边倒数第二个房子。对了，小伙子，你找李老倔做什么？"

我说："我想去看看阿莹回家没有。"

这时，那个中年妇女走出来，站在老头旁边，说："阿莹都走了好多年了，李老倔坐牢那年，她就离开了，一直都没有回来。两个多月前，听李老倔喝多了嚷嚷，说要去找阿莹回来，他出去了几天，一个人孤零零回家，也没有见阿莹跟他回来。"

我心里凉飕飕的，中年妇女的话让我觉得希望很快破灭。

老头说："对咧，对咧，阿莹好多年没见人影了，也不知是死是活，这都是李倔头造的孽。"

中年妇女用手捅了一下老头的背，示意他不要说下去了，老头尴尬地笑了笑。中年妇女问我："小伙子，你从哪里来？"

我说："上海。"

中年妇女说："上海是大地方，好呀，你们上海人的钱很好赚吧。"

我不想和她唠叨下去了，说："阿姨，我得走了。"

中年妇女说："好咧，好咧，去吧，去吧。"

我走了几步，回头看到中年妇女和老头在窃窃私语。阿莹一定和他父亲有什么不能言说的事情，我的想法很快得到了证实。我来到了李老倔的家门口，敲了敲那看上去古旧的榆木门。里面传来沙哑而又苍老的声音："谁呀？"我心惊肉跳，有些害怕。我说："是我。"老人愤怒了："鬼知道你是谁，你不说名字，我知道你是张三李四王二麻子！快给老子报上名来！"

我鼓足勇气说："伯父，我叫沈贵成，是来找阿莹的。"

他没有马上回答我，我听到的是忽高忽低的脚步声和木棍敲击地面的声音渐渐临近。门吱哑了一声开了，我看到一个高大魁伟的老汉站在我面前，瞪着眼睛说："你刚才说什么，来找阿莹？"我点了点头。他又说："你为什么找她？"我说："她不见了，所以我来找她，我以为她回来了。"他咬了咬牙说："你是她什么人？"我脸发烫，但还是如实说了："我是她男朋友。"

他突然暴怒了，抡起手中的拐杖劈头盖脸地朝我打过来，边打边吼："原来是你这个王八羔子拐走了她，老子打死你！"我的头上被击中了一下，身上也挨了好几下，赶紧忍痛跑开了。他拄着拐杖走出门，要追上来，被赶过来的几个人拦住了，将他送回了家里。

我站在小街的一旁，眼中流出了泪水，我不是因为挨打而哭，是因为没有找到阿莹而悲伤。天很冷，我的泪水也冰凉。一个身材高大的汉子走到我面前，关切地说："小伙子，你没事吧。"我擦了擦眼睛，嗫嚅地说："没事。"他叹了口气说："这老东西还是这样，活该他孤老！走，小伙子，到我店里去，喝碗羊汤暖暖身体。"

他的羊汤店就在这条街上，几步路就到了。他叫李兴元，是阿莹的堂哥，李老偏是他的堂叔。羊汤店里十分温暖，我热得脱掉了羽绒服，这羽绒服还是阿莹给我买的。李兴元弄了几个菜，拿了一瓶白酒，说："别难过了，我们喝两盅，去去寒。"这时，我才发觉肚子饿得咕咕叫了。我狼吞虎咽地吃了个馍馍，喝了一碗羊汤，才缓过劲了。我的头上鼓起了一个大包，疼痛极了。李兴元用块毛巾包了些冰块让我敷在头上。我们边喝酒，边说话。我将和阿莹相识相爱的过程以及她突然失踪的事情告诉给了他。

他听完后，眼睛红红的，喝了口酒说："我这可怜的妹子！"

李兴元一五一十地给我讲了一个让我震惊而又悲愤的故事，那是阿莹和她父亲的故事。李老倔青年时期，参加武斗，弄残了一条腿。他的暴脾气在小县城里出了名，加上他是个瘸子，没有女人愿意嫁给他。在他四十岁那年，走了狗屎运，碰到流落到这里的异乡女人，嫁给了他。那女人对他百依百顺，在家里做牛做马，还要挨他的打，一年四季，女人的头脸上都有伤痕。而且，他是个酒鬼，每天喝得醉醺醺的，到处惹事，因为醉酒惹事，就被派出所拘留过多次。阿莹出生后，他收敛过一段时间，不久又故态复萌。他不仅仅打骂妻子，还打骂童年的阿莹。阿莹的母亲是个苦命的女人，还没到阿莹长大，就在一场车祸中丧生。如果她不过早离世，或许会改变阿莹的命运。在阿莹十七岁那年，她被醉酒的父亲强暴了。阿莹走进了派出所，报了警。父亲还没有判刑，阿莹就悄无声息地离开了家乡小城，远走他乡。

虽然李兴元的描述十分简单，但我听了还是泪流满面。阿莹和我在一起时，从来没有说过这些悲伤的事情，而总是用微笑面对我，想起她清澈明亮的大眼睛，我的心被千刀万剐，疼痛不已。

李兴元告诉我，李老倔出狱后，四处寻找阿莹，无功而返，他寻找阿莹，不知道是想忏悔，还是想报复。突然有一天，李兴元接到了阿莹的信，她把电话号码告诉了他。他们联系上了之后，阿莹每个月都会打笔钱到他账上，让他交给父亲，并且不让他告诉父亲是她给的钱。李兴元叹了口气说："我多么希望阿莹能和我们见上一面呀，可是，她怎么就失踪了呢，怪不得我两个月没有接到她的电话了，也没有收到她的钱了。那老东西也真是有狗屎运，阿莹也不应该再给他钱了，一个月前，确定我们这片要拆迁，老东西可以拿到一大笔拆迁费，到死他也花不完。"

五

当时我离开那个小县城前，给李兴元留下了手机号码，让他一有阿莹的消息就要通知我，他答应了我。在回上海的火车上，我想到一个问题，那个中年妇女说李老倔离开过几天，是不是来了上海，他是不是找到了阿莹，阿莹不愿意和他回去，他就……我不敢往下想，因为残酷。一晃一年过去了，我还是没有接到过李兴元的电话，也许他早就忘记了我。

这个冬天特别寒冷，天上又飘起了雪花。上海的冷是透骨的冷，下雪天，潮湿而又阴郁。在汽车美容店，干活的间隙，我走出去，看天上飘飞的雪花。雪花落到地上就死了，我突然冒出这样的想法。老板走到我身后，拍了拍我的肩膀，没好气地说："大家都在忙碌，你倒好，在这里看雪花飘呀飘，看出什么来了吗？小老弟，天上飘的是雪花，不是钞票。"我被他说得脸红耳赤。里面的工友们听了老板的话，笑成一片，我灰溜溜地回到工作现场，赌气地说："你们笑个屁，笑能够笑出钞票来吗！"老板笑了，指着我说："小子学我。"

我突然想起阿莹，就在她失踪的那个夜晚，说过希望看到落雪，那个让我伤感的夜晚竟然没有落雪，阿莹是不是寻找雪花去了。

这天中午，我端着饭盒做在门边的小板凳上，边吃饭边看飘雪，边想念着阿莹，也许她没有离开上海，只不过换了一个地方，换了手机号码，她也和我一样在看着雪花飘落，只是心里早已经没有了我。不，不，这不可能。我经常这样否定自己的想法，却得不到她的消息。

手机突然响了，一看号码，就知道是以前阿莹的房东打来的。因为我曾经帮阿莹去交过房租，她就留了我的手机。我很清楚她找我的目的，果然，又问我有没有朋友要租阿莹住过的那个房间，我是想租下来，可以在那房间里闻到阿莹残留的味道，问题是老板不让我们在别的地方居住，这样会影响工作。我对房东说，我没有办法，你找中介去呀。她说找过中介，那房子死活就租不出去。我冷笑地说，你是不是太狠心了，房租开得太高了，你们这些人，就是太贪婪了。她用上海话骂了声小赤佬，就挂了电话。

阿莹的失踪，是不是和房东有关？

这个问题在阿莹失踪不久，我就想过。阿莹失踪的前几天，她和房东吵过一架，那天上午，阿莹正在补觉，听到了敲门声。阿莹以为是我，爬起床开了门，发现是房东，这个小老太太身后站着一个彪形大汉，那是她的儿子，据说是健身教练。阿莹穿着睡衣，发现不是我，赶紧关上门，穿好了衣服才再打开门。阿莹说:"你们这是干什么?我的房租不是交过吗?怎么又找来了。"房东笑了笑说:"我们是来和你商量事情的,你看看,现在房价都涨了好几倍,房租还没有涨,是不是该考虑涨涨房租了。"阿莹被吵醒,又听了这样的话,生气地说:"去年不是刚刚涨过吗,怎么又要涨,你们干脆拿把刀去街上拦路抢劫好了。"房东儿子怒了:"你怎么这样说话,我们来好好和你商量,你还冲我们发脾气,难道我不会发脾气吗。"他说着要动手的样子。这时,阿莹也恼了:"你以为你个头大我就怕你,像你这样的男人我见多了,有种你打我呀,我告诉你,这事情没得商量!"房东儿子吼叫道:"你以为我不敢揍你!我一巴掌把你拍扁了!这房租涨定了,从下个月开始,每个月涨两百,不交就给我滚蛋!"阿莹冷笑着说:"你要是敢动我一下,你试试!你威胁我也没有用,我们按合同办事,合同上该交多少就交多少,我不会多给你们一分钱!你要是敢赶我走,法庭上见!"房东儿子气得眼睛冒火,又拿阿莹没有办法。这种情形,并不是房东想看到的,见阿莹根本就不吃他们这一套,就拉着儿子走了。

阿莹失踪后的第三天,我去找过房东,为提防她儿子对我下手,我还带了把水果刀插在腰间。水果刀只是壮胆,其实,就是他儿子打我,我也不敢拿刀捅他,只能威慑他。下班后,我晚饭都没吃,就找上门去了。房东接待了我,让我进了家门。我坐在干净松软的布艺沙发上,心里很不是滋味。她的儿子不在家,她老伴见到我,面无表情进房间里去了。客厅里就我和房东,还有一只白猫坐在窗台上,用舌头舔身上的毛。

房东脸色苍白,皱巴巴的眼皮耷拉下来,她整张脸皮都耷拉着,看上去像是假的。她笑了笑说:"你找我有事?"

我坐在那里,腰间的水果刀要露出来,我用手按着它,不想让老太太看见。我皮笑肉不笑地说:"是的,是有点事情。"

房东说:"是不是阿莹让你来谈涨房租的事情?她想明白了?"

我心里有点紧张,说:"不是,房租肯定不答应涨的。可是,可是——"

房东说:"可是什么?"

我的额头一定冒出了汗珠，浑身热得难受。我讷讷地说："阿莹，她不见了。"

房东惊讶的样子："啊，怎么不见了？"

我摇了摇头说："不知道。"

房东轻声说："怎么会。"

这时，白猫跑过来，跳在她的膝盖上，房东顺势将猫揽在怀里，轻轻地抚摸它的背。房东神情淡定的样子，让我着急，我说："是不是你们对阿莹做了些什么？她的失踪是不是和你们有关系？"

房东笑了，笑得很平静："怎么可能，你看我是那样的人吗，我是信佛的，连一只蚊子都不敢拍死，怎么会让一个大活人消失？猫咪，你说是不是？"猫叫了声，从她怀里挣脱，跳了下去，来到我的脚下，望着我。我看了看白猫，它眼睛里有种说不清楚的阴气，像它主人的眼睛。

我不知道说什么好了。

她又笑了笑说："其实房租涨不涨都无所谓，我们也不缺那几个钱。我们不可能因为一个月两百块钱，害一条人命吧，看你也是个聪明人，用脚趾头也可以想明白这个问题。不过，你也不要着急，上海还是治安很好的城市，不就是三天没有见着她吗，也许她突然有什么重要的事情要办，暂时离开而已。回去耐心等几天再说吧，实在是找不到了，你可以去报警，警察也会帮你找的。"

她说的话也有道理。

我突然想逃，浑身又热又痒，如坐针毡。她说："我给你倒杯茶吧。"我站起来，慌乱地说："不要了，不要了。"说完，我就离开了她的家。下了楼，走出楼门，冽风吹过来，我浑身颤抖了一下，脑袋里一片空茫。

阿莹失踪一个月后，房东打了个电话给我，让我去出租屋一下。我以为是有阿莹的消息了，请了个假，匆忙赶过去。出租屋的门开着，房东一个人坐在床沿上，等待我的到来。以前，阿莹也经常那样坐着，和我说话。房东笑了笑说："阿莹真的找不到了？"我点了点头。她站起来，在狭小的房间里走了几步，回过头对我说："既然这样，也不能总让这个房子空着，你说对不对？"我又点了点头。她又笑着说："刚才，有人来看过房子了，他们要租，这样吧，你把阿莹的东西收拾一下，拿走，我不要她留下的东西，等找到她，你让她来找我，我会退还押金和这个月的房租。你说怎么样？"

我什么话都说不出来，还是点了点头。

阿莹的衣服和被褥，还有一些化妆品都还在。我用床单打了个大包袱，将她留下的东西都装进了包袱里。在床单上，我看到了一根头发，触景生情，我的泪水情不自禁地流下来，我想起了第一次趴在这张床上的情景，想到了我用舌头舔的那根头发，那有阿莹的味道，这个房间里还有阿莹的味道，那种淡淡的香味。我将那根头发用张纸巾包起来，放在口袋里，以后念想她的时候，可以拿出来吻吻，就像吻着阿莹光洁的身体。

六

自从和阿莹相好之后，我没有去红房子足浴店洗过脚。那些美好的时光里，每天晚上，在深夜时，我会到足浴店门口等她换完衣服出来，然后送她回出租屋。一般情况下，我送完她，稍微和她缠绵一会，就会回到我的集体宿舍，只有第二天是她或者我的休息日，我才会留下来过夜，和她一起共度爱河。那些日子真是我有生以来最幸福的时光，可是，那些美好的日子渐渐远去了，留给我的是绵绵无期的忧伤和思念。

有时，我怀疑阿莹这个人是不是真实存在过，也许那只是一场梦幻。以至于我在这个雪夜，时隔两年多，重新走进红房子足浴店，见到那个瘦小的经理时，会莫名其妙地问道："宋经理，你们店里真的有过一个叫阿莹的女子吗？"宋经理吃惊地望着我，惊讶地说："沈先生，你难道失忆了吗？"我苦笑了一下，说："我现在记起来了，她真的存在过。"宋经理说："她是个好姑娘。"我骄傲地说："当然，我的眼光不会错的，她是个好姑娘。"

宋经理的眼中闪过一丝阴霾，幽幽地说："我说一句话，你不要生气，好吗？"

我故作大方地说："你随便说，我不是小肚鸡肠的人。"

宋经理说："其实，我也喜欢阿莹。"

我心里十分难过，说："我知道，她和我说过。她还说过让我小心点，害怕你找人打我，说你特别恨我。"

宋经理惨淡一笑："那都是过去的事情了，你不要放在心上，那只是我一时的气话。一直没有她的消息，你知道她现在在哪里吗？"

我摇了摇头。

他给我安排了一个年轻美丽的女技师，帮我做脚。还是以前阿莹给我做脚的小间，我半躺在沙发上，眯着眼看眼前这个秀气的姑娘。我问她："你知道阿莹吗？"她笑着说："不知道，我刚刚来不久。"是的，足浴店里除了宋经理外，都是陌生的面孔，这个行业，人员流动也是十分频繁的。我告诉她，这个房间曾经死过一个老头，她惊叫道："你别吓我，我胆子小，晚上会做噩梦的。"我恶作剧般笑了，有点无耻。我闭上了眼睛，我感觉就是阿莹在给我捏脚，时光好像回到了两年前。房间里还是那种按摩膏腻腻的香味，这种香味让我昏昏欲睡。我没有睡，脑海里在回忆着阿莹，回忆着她失踪的那个寒冷的夜晚。

那个深夜，我站在足浴店门口等待阿莹，街上行人车辆都十分稀少了，这个城市的大部分人都已经进入了梦乡。冽风呼啸，我穿着阿莹给我买的羽绒服，并不觉得寒冷。阿莹出来了，穿着红色的呢子大衣，笑着对我说："贵成，让你久等了。"我笑着说："我乐意。"她说："傻瓜，让你不要管我，你非要来，多睡会觉多好。"我说："我不放心。"

从足浴店到出租屋，骑自行车需要二十分钟，走路需要四十多分钟。我们有时走路，有时骑车。这个夜晚，阿莹没有骑车，意味着要走路回去。一路上，她总是哆哆嗦嗦，很冷的样子。我提议打个出租车回去，她不答应，说辛苦赚下的钱，不能就这样给了出租车司机。我要将羽绒服脱下来给她穿，她制止了我，说她不冷，只是今天多做了两个客人，有点累。我说，那我背你走吧。她笑着说，好呀好呀。

我背着她，她双手搂着我的脖子，在我耳边说："贵成，你会一辈子这样背我吗？"我说："会的。"她又说："可是我比你大几岁，我老了你还年轻，你一定会嫌弃我的。"我说："不会。"她不说话了，用双唇含着我的耳朵，我的耳朵暖暖的痒痒的，我想笑，又觉得爱欲横流，不忍笑出来，否则她会松开口。走出老长一段路，她从我背上挣脱下来，摸了摸我的脸说："不能再让你背了，看你累得喘大气了。"

　　她跑到前面，面对着我，仔细端详，然后说："我的目光不错，这件羽绒服穿在你身上，有模有样的。我发现，你还是长得很帅的。穿上得体的衣服，就显得更加精神了。人就是要好好倒腾自己，哪怕地位再低微，也要穿戴整齐，干净利索，这样才更有勇气面对生活。"

　　她的话十分有哲理，第一次听她说这样的话，我有点意外。我冲过去，一把抱住她，要吻她。她说："别急，回去再说。"于是，我们手拉着手，有说有笑地走在路上。

　　她抬头望了望天空，说："要是能够下场雪多好呀。"

　　我说："天气预报说，晚上会有雪的。"

　　阿莹说："天气预报也有不准的时候。"

　　路过一个桥洞的时候，我们看到一个乞丐裹着被子在一边睡觉。走出桥洞后，阿莹说："那个乞丐很讨厌的，我给过他一次钱，然后每次看到我都追着要钱，很凶的样子，我有点怕他。"我拍着胸脯说："有我在，你什么也不用怕。"阿莹认真地说："其实我不要你保护，我害怕你被伤害，我要你平平安安，知道吗？如果有人对我下毒手，你要跑开，不要为我去和别人拼，你拼不过的，只要你好，我怎么样都无所谓，答应我，好吗？"我没有说话，只是握紧了她的手。

　　走进小区的时候，保安张小五站了起来，用怪异的目光看着我们。阿莹挽着我的手，朝他瞥了一眼，仿佛在向他示威，我听到他冷笑了一声。回到出租屋，我抱紧阿莹，吻她，吻得上气不接下气。松开后，我笑了笑说："我该回去了，你好好休息吧。"她坐在床沿上，微微一笑："你真的要走吗？"我走过去，拉起她的手，抚摸着，我摸到了她食指和中指突出的厚厚老茧形成的包块，心里一阵疼痛。每个做足浴的技师，手指上都有这样的包块，那是他们辛劳的见证，也是岁月给予他们的勋章。我吻着那包块，喃喃地说："以后我有出息了，一定不让你干这种活了，你的手指多么漂亮，那么修长，我要它们恢复原来的样子。"阿莹一把将我搂在怀里，双手抚摸着我的头，喃喃地说着："傻瓜，贵成，你是个傻瓜。你要吗，我给你，现在就给你。"

我含着泪说："我要。"

我们融为一体，那一刻，相信永远不会分开。我被甜蜜的水包裹，让干渴的大地滋润，开出花朵，又揉碎花朵……突然，我的手机响了。她气喘吁吁地说："不要接。"我没有接。手机声一次次响起，不依不饶。她叹了口气："接吧。"

接通手机，听到了老板咆哮："你这个小赤佬，跑哪里鬼混去了，赶紧给老子滚回来，二十分钟之内要不回来，你明天就给我滚蛋！"阿莹也听到了老板的咆哮，她笑着说："回去吧，听话。"她的笑容有点凄楚，我不忍心抛下她，在这个寒冷的夜晚。她抱着我，在我额头上深深吻了一下，说："快回去，听话，你要好好的，不能出任何问题，否则我会不安心的。"

我默默地离开了她，离开了温暖的充满爱意的出租屋。那个夜晚，老板的一个朋友的车坏了，要连夜赶修，天亮要用车，老板就将我叫回去了。我走在街上，一路狂奔。一个醉鬼在路边嘶声裂肺地喊叫，仿佛整个城市都充满了他嘶声裂肺的喊叫……

我的泪水又流了下来。美丽的女技师说："你怎么哭了？"我说："我想阿莹了。"她微笑着问："阿莹是谁？"我说："以前就坐在你这个位置上的人。"她不说话了。

回到宿舍，工友们都睡了，王秋雨还在打呼噜，刚刚来时，我不习惯他的呼噜声，后来习惯了。可是，我不能习惯没有阿莹的日子。我躺在床上无法入眠，我在想着阿莹，我看着手机里她的照片，心想，是不是到最后，每个人都会消失得无影无踪，像一只鸟儿飞走了，再也不会飞回来。阿莹就是那只鸟儿，可我还是希望她飞回来。

窗外还在落雪，是阿莹喜欢的雪花。

我写下了这样一条微博：如果你碰到一个个子高挑，短发，有着圆圆的脸庞，明亮的大眼，名字叫李阿莹的姑娘，请让她回来找我，我还爱着她。

2016 年 12 月 9 日完稿于上海家中

（选自《青年作家》2017 年第 1 期，《小说选刊》2017 年第 3 期转载）

作者简介

李西闽，1966 年生。出版《狗岁月》《血钞票》《尖叫》等 30 多部长篇小说。有 6 卷本《李西闽文集》以及 12 卷本《李西闽经典小说文集》出版。纪实作品《幸存者》获"2009 华语文学传媒大奖年度最佳散文大奖"。现居上海。

未 亡 人

◎ 王槐荣

这条"红军巷"是五十多年前某野战军驻守当地时留下的一处马厩，部队调防后，这地方就闲置了下来，无人问津。十年后，一位将军级的老红军择居于此，盖了一幢米黄色的小楼，垒起一圈森严的围墙。于是，在围墙和居民的住宅之间，便夹出一条勉强可以通过美式吉普车的小巷。后来，人们为纪念这位去世的老红军，取之名为"红军巷"。

八十年代初，红军巷里大兴土木，拔地而起的是一幢幢漂亮的小楼，紧接着从四面八方搬来了大批的军人和他们的家人。当年，红军巷干休所这个大院分外显赫，房主都是"老资格"的——有参加长征或坚持南方三年游击战争的老红军，有和日本鬼子拼过刺刀的老八路和新四军，他们资格老职务高，光副司令员就有七八位。每天早晨与黄昏，小巷就涌出许多散步的老人，他们的衣着各式各样——穿灰色海军制服的，穿蓝裤子空军制服的，更多的是穿着陆军清一色的绿军装。王司令、李副政委、张军长、方部长、梁参谋长……各种称谓的招呼声在巷道里不绝于耳。

那会儿，在这座城市，红军巷干休所是大名鼎鼎，如今这城市就像一滴落在宣纸上的墨，正迫不及待地向四处洇去。各种建筑仿佛在一夜之间拔地而起，夹在其中的红军巷干休所大院，活像一个年老而伸展不开四肢的老妪。幸好葳蕤茂密的树木遮掩了大院的破败，门前那块刻着"军事重地"的铜牌早已锈迹斑斑，失去了往日的荣耀与尊贵。

如今，大部分的"老资格"都已驾鹤西去，剩下的也都是抗日战争尾巴上参军或解放战争时期入伍的"三代后"了，于是，老资格们的遗孀们便成了理所当然的房东。

　　现在，红军巷干休所平时就像一个普通的大院，落寞而悄无声息，只有双休日和节假日，才有了难得的喧哗与笑声。出入大院的多是有着军警牌照或机关牌照的小轿车，从车上下来的都是拎着大包小包携子看望老娘、老爷子的子女们。在拥军优属的日子里，当地政府才会想起那些"老资格"的未亡人，他们会送来一封涂有夺目鎏金而淡如白水的慰问信。春节时，干休所有一个保留节目，就是给所有的遗孀奉上一箱水果，给她们一些提醒和宽慰。

　　春节后的一天，韦大姐突然在家犯了病。

　　干休所医务室的王军医，带着四个战士把年过八旬的韦大姐用担架抬着，一路嚷嚷着向医务室狂奔。

　　韦大姐在红军巷干休所是让人敬畏的，就连当年大院资格最老、离休前职务最高的王坤司令员健在时，见了她也不得不屈尊叫她一声"老大姐"，就更别说那些资历嫩多了的"三代后"了。那些平时至今放不下首长遗孀架子的女人们，常为了一点鸡毛蒜皮之事喋喋不休时，只要一听说韦大姐来了，顿时都会闭上尊口，鸦雀无声。

　　韦大姐这次病得不轻，王军医不得不给她开了病危通知，可拿着这病危通知书他却犯了难，因为不知该发给谁。韦大姐没有亲人，大院里的人都知道在干休所里所有遗孀中，她的"寡"龄是最长的。韦大姐现有的几个"孩子"，那都是她老战友或烈士的子女，虽然他们就像她的孩子一样经常去看望她孝敬她，但毕竟与她没血缘关系。在她的老家，据说还有沾亲带故的亲人，可她在履历表上却从没有填上一个人。干休所的成员来自各军种兵种的若干个单位，而韦大姐离休前，是武阳军需仓库主任。这个军需仓库离干休所很远，自然没有袍泽故旧可以走动。这么多年，人们只知道她的一些传奇故事，但并不知她的身世，更无从了解她老家还有什么人。据知情人讲，她参加革命后，就与老家再没了联系，以至于当地在抢救党史资料时还误把她列入了烈士名单里。

现在无奈之下，王军医干脆给她本地的几个"孩子"都打了电话，也算是发了病危通知。放下电话，干休所的张政委和金所长匆匆赶来了。他们现在遇到一个棘手的问题，不知该把韦大姐送到省城的军区医院还是地方的中心医院去。根据规定，干休所的病号必须送往省城部队医院就诊，在地方医院治疗经费无法开支。但往省城送，如今高速公路也就个把小时，只是韦大姐的病情是否经得住路上的颠簸与折腾。

张政委的意见是赶紧往地方中心医院送吧，去省城部队医院太远，路上有个三长两短，谁也担不起这个责任。

金所长很犹豫，送当地中心医院吧，给韦大姐开了这个头，以后这口子就别想再关上。

她是老红军，特殊对待嘛！张政委据理以争。

在这个干休所里，韦大姐的确是剩下的最后一个老红军了，此举可行，无可厚非。

可经费到哪儿报销？金所长提出一个很现实的问题。

张政委说，今年，地方政府不是给了她这个老红军十万元的补助吗？

韦大姐都给退回去了，听说捐给了山区的希望小学。

顾不上这么多了，抢救要紧，还是先送中心医院吧。张政委下了决心。

韦大姐离休前是团职，离休后逐步从副师到正师，因离休前职务限制，没有像其他老红军那样上到副军或正军的待遇。为此，干休所也没少向上级打报告为她争取，可终没个结果。她倒也不在乎，可来看她的"孩子"太多，有时从外地回来的媳妇子女来了，要住宿，老太太喜欢享受天伦之乐，岂能让孩子们去住招待所？但是副师职干部的住房容纳不下这么多人，要求按规定给个正师职的房子，可干休所一时又调整不出。老太太转来转去，看上了四号楼那套闲置多年的副军职住的小楼。去年秋天一个下午，她用拐杖戳开了张政委办公室的大门，向他说明了来意，一再申明是借，到时一定归还。张政委刚到任二天，对情况不熟，也不会说话，搬出了规定，大意是你韦大姐资格不够。大姐眯着眼凑到张政委跟前，模样怪怪的，冷不丁捆了他一巴掌。张政委一愣，不敢发作，呆在那里，他以前还从来没有碰上过这样的"待遇"。

韦大姐拄着拐杖掉头出门，恰巧，金所长闻讯推门而入，刚要问候，话没出口，也被韦大姐顺势补了两个耳刮子。

"居然——还有这样敢打人的老婆子？"张政委关上门，气得摔了手上的杯子，"就是老资格，也不能这样动粗啊！"

金所长捂着脸，一脸苦笑。他在韦大姐手下当过兵，知道她的暴脾气。这个出生入死的老太太到了晚年，更是什么都敢说而敢为。

"你不了解情况，千万别计较，让她这样的老革命打你两巴掌，就当是奶奶打孙子吧。"

金所长不会计较韦大姐这两巴掌，但张政委却是地道的外来人，平白无故挨这老太太两巴掌，他摔个杯子并由此对韦大姐心存芥蒂，也是可以理解的。不过到了救人的关口，张政委却是大度的，金所长心里一热，赶紧打电话向地方医院要救护车。

此刻，韦大姐躺在干休所医务室急救病房的床上，紧闭双眼。有了氧气的接济，她的呼吸开始均匀，眼皮动了几下，似乎有了点意识。她觉得躺在病床上自己仿佛是穿行在黑色隧道里，耳边都是些轰轰隆隆的声音，这次，死亡之神还会像以往那样无数次悻悻地把她送回来吗？

早年，她差点儿就死在故乡。

在韦大姐老家闽西松毛乡，至今上岁数的老人，提起当年"闹红"时打不死的"韦老虎"，仍会津津乐道而又绘声绘色。人们自她很小离开后，就没有再见到过她。韦大姐没想到多少年来，当地的乡亲把她描绘成了一个富有传奇色彩的女人，说她手使双枪，说打眼睛，绝不挨眉毛……不过，韦大姐当年带的模范少先队屡建战功是事实，她曾得过一枚第二次全国苏维埃大会发的三等红星奖章。据说，得了这种荣誉犯了死罪都可以罪减一等。

一九三四年的松毛岭保卫战，韦大姐带着施文辉等一拨少先队员，只是间接参加了松毛岭战斗。娃娃们只晓得"为保卫苏区而战"，贴贴标语口号，动员人们用财物支援前方。那时，她并不明白松毛岭保卫战是她人生的一个重大转折。

当时国民党东路军六个师一个炮兵团进逼中央苏区东大门——松毛岭，红军总司令朱德指挥红一军团、红九军团和红二十四师阻击。战斗进行了差不多一个月，双方伤亡惨重，红军工事多次被摧毁，后来被迫撤离松毛岭，进行战略转移。

很多年过去之后，韦大姐咀嚼着"被迫撤离"这几个字，发出一声长长的叹息。

一九五三年，在松毛岭凹上建了松毛岭战斗烈士纪念碑，战事过去了近二十年，猩红惨淡的光影仍然笼罩着这松毛岭，当地人说起松毛岭仍然忍不住会为之打个寒噤。战斗结束后很久，山上常有闷声响起，那是日晒雨淋后的尸体发胀爆裂的响声，响声之后就恶臭盈天，成群的苍蝇被喂得很肥，羽翅油光闪亮。每临雨天，山岭隐约可闻千军万马的厮杀声，有人甚至信誓旦旦说亲眼看见了搏斗的鬼魂。据参加修建纪念碑的人说，时隔多年，在松毛岭上，仍可隐隐嗅到尸腐的臭味，随手抓一把土，就可筛出一捧弹片，随处可见锈蚀的枪刺、腐烂的枪托，以及分不清是敌是我的尸骨。被岁月掩盖的堑壕，还依稀可辨弯曲的走向，树上石头上还残留着明显的弹痕……那一年，韦大姐的部下施文辉省亲回来还告诉她，就在竖碑那块地方，树隙间当年曾立着两个经过搏斗死去的人——一个手里端着枪，显然朝对方胸部开了一枪；另一个拿着梭镖扎进对方心窝里，刀尖穿过胸腔扎在后面的树身。两人各自倚靠在背后树上站立，保持着临死前的姿势——五脏六腑都没了，只剩下骨头架子，一碰轰然倒地，尸骨混到一起，只好一起埋了，因为实在分不清谁是红军谁是白匪。施文辉说这话时，嘴唇微颤，脸色白里透青。

韦大姐眼眶里蓄满了晶亮的泪水，她翕动着嘴，沉默不语。

当年，光她老家就有两万多人参加红军。那年，中革军委把红色"五一"扩大红军的模范奖旗授予她老家县。要不是松毛岭血战，如今也会出百多个将军，与江西兴国县湖北红安县一样，也可以算是闻名的将军县了。

松毛岭战斗后，主力红军大迁徙，缩小的苏区形势骤然紧张起来。由于当时损耗人财物过度，只好把赤卫军、少先队也组成主要武装。韦大姐的少先队升格成南山游击队，隶属谢福寿大队长的游击大队。

残酷的斗争，艰难的岁月，总会有软骨头经受不住考验而叛变。当时，驻粤赣边油山的特委并不清楚环境的险恶。叛徒带敌人诱捕特委机关，特委领导险遭不测。特委转移后发现一个警卫员失踪了，他是韦大姐推荐的，于是，韦大姐一干人成了敌人"打进来"、"拉出去"的怀疑对象。大队夏特派员未经请示（与上级联系困难），鉴于特殊危急情况，当机立断，请韦大姐带部队下山，用武力解决南山游击队。当谢大队长带着大队主力与夏特派员会合后，知道了情况，他大惑不解。

谢大队长坚持情况没弄实，不能随便杀人。他们是幸存的红军骨干分子，就这点本钱了，不能内讧火并。谢大队长说，缴了他们枪他们还可以去从敌人手里弄回来，丢了命就什么都没有了。经过一番激烈争执，夏特派员才算妥协，表示同意。但对此，韦大姐却一无所知。

夜与昼的交割时分，韦大姐带领游击队奉命到大队部集结。韦大姐两侧腰际插两把二十四响盒子枪，腰后斜别一把大刀，兴冲冲向大队部报到。一声呼哨，她被出其不意地五花大绑起来，八角帽上的红星也被摘了下来。

她挣扎着破口大骂："我怎么会是内奸？你们放我回去，姑奶奶让你们看看，我是真革命还是反革命……"

这时有人报告敌人突然来了。

"准是你带来的。"特派员似乎得到了印证，说，"把她拉出去处决了。"

"枪毙了我，谁去打仗？"韦大姐愤怒地挣扎，"让我这样死，还不如让我去战死！"

"你先去阻击敌人，掩护大部队转移。你如是真革命，完成任务以后，自己到油草坑来报到，接受组织审查。"谢大队长果断地放人，不容置疑，不顾特派员难看的脸色。

"我活是共产党的人，死是共产党的鬼！"韦大姐重新披挂，带着以女人为主的游击队担负起掩护男人们撤退的重任。

大部队转移了，女游击队员也都撤走了，可韦大姐身负重伤，被围困在山上。

韦大姐窝在山洞里，屏住呼吸，侧耳谛听。她待在这儿已经是第三天的傍晚了。前两天，她是在戒备森严的敌人鼻子下度过的，眼睁睁地看着敌军的刺刀晃来晃去。她贪婪地呼吸篝火堆上煨着野味飘来的香味，肚子饿得咕咕响。这南山连绵起伏，密林覆盖山谷，莽莽苍苍，向无垠的远处延伸。搜山是大海捞针，既然不能活捉"韦老虎"，那就烧死"韦老虎"吧。

敌人开始放火烧山。

茂盛的灌丛蒿草被点燃，顷刻间四下蔓延，连成一片火海。一条火带迅速向洞口推进，即刻，韦大姐感到灼灼烈焰朝洞内扑来，她被浓烟呛得呼吸困难，眼前一片模糊。又饥又渴的韦大姐体力不支，头部似要炸裂开来，终于昏厥了过去。

韦大姐是傍晚时分醒过来的，这时敌人已退了。三天了，饥饿还可坚持，没水喝可受不了，她的忍耐已到了极限。她将起衣袖，用舌头往伤口的血痂上舔，待血痂稍稍发软，闭起眼睛将血痂揭下来。随着一声大叫，伤口的血像岩缝里流出的一缕山泉，她用嘴吮着冒血的伤口，已不觉得伤口的疼痛了。

几天后，蓬头垢面的韦大姐出现在油草坑营地，等待她的仍然是扣押。不过这一回，她没有反抗。这时谢大队长已有了一个大胆而稳妥的想法，让他们独立作战，在真枪真刀中证明自己。

一天，经过一场浴血厮杀，游击大队跳出包围圈时天已黑了。行军途中，谢大队长突然站下，悄然把她带到一条岔路上。她想他会不会在危急情况下，把她像俘虏那样悄然秘密处决。约莫走了二三里地，站住了，谢大队长拔去塞在韦大姐口中的碎布，用匕首割断了绳子，低声对韦大姐说："大路朝天，各走一边，革命的后会有期。"

韦大姐眼中流出了两行泪水，拔腿就跑。过了一会儿，传来了谢大队长的喊声："站住，再跑就开枪了！"

随后就响起一阵枪声……

一九三八年初春，韦大姐带着她百余人的游击队奉谢大队长命令，开到浙江开化县集结整编，改编为新四军。在讨论韦大姐能不能当连长时，又有人搬出这笔旧账。这时候，谢大队长已是改编后的独立营长，他不以为然地说："我看不需要怀疑了。她是反革命，打敌人会这么不要命？这么艰难的三年游击战争她都坚持过来了，就是最好的证明。足够了，这个连长你们不要，我要。"

从此，韦大姐跟着谢营长，在他手下当上了连长，还入了党。

现在韦大姐努力想睁开眼睛，可是眼皮很沉——这是什么地方？窗台上这盆映山红是在什么时候绽放的？她记忆深处故乡的映山红的花朵没有这么大，且开在山野，灼灼的，若霞若火。当年，映山红映着她的脸，她走出了大山，东拼西打，一走就是六十多年。

她记得，今天好像她刚吃过早饭，她的好朋友老于阿姨就来了。

老于阿姨是王坤司令员的夫人，她是遗孀中幸存不多的曾上过战场立过战功的女人。兴许都是饱尝战争艰苦的女兵缘由吧，两人是惺惺相惜。初次在干休所见面时，彼此心底即涌起一种似曾相识的亲切，一来二往，两人的关系好得用穿一条裤筒还嫌肥来形容也不过分。

老于阿姨每次探亲回来都给她捎来家乡土产，韦大姐品尝着清脆可口的腌咸菜时，老于阿姨关切地问："韦大姐，听说你参加革命后，就没有回过故乡？你也该回去看看了。"

韦大姐沉默了："我不是不想回老家，我是不能回呀。我多想回去把父母遗骸合葬在一起，多想——唉，不能啊！我怕！"

"怕什么？"

"'闹红'时，我从家乡动员三十多个伢崽参加了红军，现在就剩下我和施文辉。我回去，他们家人向我要人，我怎么交待哟。"

韦大姐的眼圈红了。

"这有什么关系？打仗哪有不死人的？那次我陪我们家老头子回江西老家，可风光啦，省地县领导层层陪同，很让老家人羡慕，许多人都懊悔自己当时怎么就没有想到出去革命。再说，牺牲的同志，政府有优抚，和我家老头子一块出去当红军牺牲的陈飞家，每个月当地都要补贴——"

见韦大姐不吭声，老于阿姨打住了话头，她看见韦大姐眼里有浓浓的哀伤。

"可是，他们许多人，至今，连个名分都没有啊！"韦大姐说完垂下了头。

她的思绪回到在归乡的古驿道上，行进在粉墙、鱼鳞瓦、轩窗斗牖、竹篱斜径间，她踏着鹅卵石铺就的小巷，已经望见青瓦白壁的马头墙边那边上的家——杉树皮搭顶的土屋。她突然觉得迈不动脚了，两腿发软，眼前一片模糊，小巷变长了，土屋变远了……倏忽间，一个个身影纷至沓来，肩扛大刀手持红缨枪的伢子、毛伲子、细妹子、米家山……三十多位少先队员集合在她面前，一双双眼睛在她眼前晃悠……

我不能回去，想起他们我就钻心地疼啊！她从心底大喊一声。

急救中心的救护车顶闪着蓝光，鸣叫着，朝市中心医院疾驰。

老于阿姨坐在救护车里望着韦大姐，金所长王军医也在一旁守护着。她心里忽然一个闪念：会不会是今天上午，自己说回老家的话题刺激了韦大姐，让她病倒的？不会吧？一个月前韦大姐从省城军区医院出院回来时还好好的，没有征兆呀。更何况，干休所老头子老娘们谁没个病？

老于阿姨记得那年军委发布命令，军队离休干部不再配发新制式军装，每人去领四百元当代服装费。韦大姐听了传达，咕哝了一句"老子又不缺钱花"便一下子晕了过去，吓得干休所的军医护士手忙脚乱，抢救了一夜。她还记得有一个秋末的晚上，老于阿姨去韦大姐家串门，她正在看电视《南征北战》，和以往一样，老于阿姨一声不吭，坐在沙发一侧陪看。只见韦大姐全神贯注看得津津有味，看到战斗激烈处，两眼炯炯放光，一会儿捋袖子，一会儿推帽檐，咂巴着嘴，最后竟然晕倒在老于阿姨怀里。老于阿姨连忙从兜里掏出速效救心丸，撬开她的嘴往里塞。

当老于阿姨拿起电话要往医务室挂的时候，苏醒过来的韦大姐说了一句"老毛病了"，就摆着手硬是把老于阿姨手里的电话给夺了过去。

"老毛病了，老毛病了。"老于阿姨喃喃自语。眼下干休所幸存的老同志和遗孀们年事都已高，健康状况每况愈下，还都说是老毛病了，可这一次，她隐隐觉得韦大姐病危跟自己有脱不了的干系。

老于阿姨以前略知一些韦大姐老家的事儿。她的丈夫王坤司令健在时曾给她讲过韦大姐，是听老战友谢福寿军长转述的。一九二八年湘南起义后，韦大姐的父母随陈毅统领的农军向井冈山进发，陈毅这路人马，少说有六七千人，男女老幼都有，韦大姐是她父亲用箩担挑上井冈山的。韦大姐父亲牺牲后埋在了井冈山。一九三〇年六月，红四军第四次入闽西，其母亲顺便把她带回家乡。母亲随队攻打长汀，受了重伤，伤势过重，在汀州福音医院牺牲。韦大姐一九三四年参加红军，这自然令一向讲究革命资历的老于阿姨肃然起敬。之后，互相交往就日渐频繁起来，有些事老于阿姨至今仍记忆犹新。

去年春节前，深居简出的韦大姐拄着拐杖正在七号楼转悠。快到吃中饭时，老于阿姨从李副司令家中出来，一脸怒容，一见到韦大姐，她就忍不住把内心的不平连锅端给了这位老资格——春节前，地方上慰问了干休所几十箱油，说好每家四桶。结果，按老规矩，健在的老同志家分四桶，遗孀们分两桶。以往也是如此。可这次是按户数送的，油就多出来了，于是，遗孀们有了想法，议论纷纷。老于阿姨本来就对这种分配方案很有意见，认为是歧视，她才不在乎这两桶油，是咽不下这口气。于是，她就向李副司令反映。李副司令是四九年参军的，刚够上住部队干休所的资格，可比起先他离休的干部，官职虽大，年龄却相对年轻，才刚当上老干部管理委员会主任。不知是既得利益使然，还是刚退下来余威尚在，李副司令不仅不接受老于阿姨"代民请命"，反而批评她是"绝对平均主义"。

"奶奶个熊，摆什么架子，老娘打日本佬时，他还穿开裆裤。没有我们家那批老头打江山，有你副司令当吗？"

听了老于阿姨骂骂咧咧，韦大姐什么也没说，拉着老于阿姨上了李副司令家。

李副司令正在吃中饭，见老于阿姨拉扯来了韦大姐，一肚子不高兴。一见韦大姐的神情，他心里不免发怵，一脸讪然，招呼一声"坐"，仍喝酒夹菜，似乎是为了杀杀她们的锐气。

韦大姐屁股还没在沙发上坐热，便发话了："小李，这油是怎么回事？"

曾在将军位置高坐多年的李副司令，已经久违了这种居高临下的口吻，他乜了韦大姐一眼，举起酒杯啜了一口，说："这是照章办事。"

"谁定的狗屁规矩？规章制度不合理的就要改革。"

韦大姐对李副司令的轻慢态度很恼火，她噌地起身，举起了拐杖。

李副司令一愣，手上的筷子掉了。从厨房端菜出来的李夫人，进也不是，退也不是。她第一次见到这种场面，连老于阿姨也想不到韦大姐会有如此举动，屏声敛气地看着这拐杖如何打在李副司令的秃头上。拐杖画了个漂亮的弧线落了下来，没有落在李副司令头上，而是把他桌上的酒杯击了个粉碎。

愠怒的韦大姐拖着老于阿姨夺门而去。

她们并没回家，而去摆放油的库房"侦察"了一番，以便动员遗孀们晚上一块去砸窗户，拿回属于自己应得的荣誉与福利。可是，还没付诸行动，傍晚，另二桶油已由干休所挨家挨户如数发放到了遗孀们的手中。据说，下午李副司令在家召集了老干部管理委员会的紧急会议，废除了这项歧视性规定，并上报了干休所领导，干休所领导当场批准了这项决议。此举，受到好评。大家伙都说李副司令为民办实事，功德无量。韦大姐当然不会说什么，这件事她毕竟有恐吓之嫌。李副司令更不会说，说了岂不是自取其辱，唯有老于阿姨独自掩嘴窃笑。

从此，老于阿姨成了韦大姐家的常客，时不时帮手脚不利索的韦大姐捎带买菜，代领物品与离休工资，家里的琐事也常给韦大姐唠叨几句。

一天上午，老于阿姨在客厅里与小儿子王跃进正为一位早已身故的老首长的是非功过而大声争论，这时韦大姐摇晃着走进房门。

"妈妈，那位老首长受迫害多年，早就恢复了名誉，你可别乱说。"小儿子王跃进对她的责怪提出质疑。

老于阿姨余怒未消，仍坚持那句话："当然怪他，当初他是领导，文件是他签发的，他伤透了十多万女军人的感情，不是错误是什么？"

韦大姐静静地坐在沙发上，点起一支烟，她看见老于阿姨泪眼婆娑。

"韦大姐，你还记得啵，五十多年前国防部《关于处理和留用妇女工作人员的决定》那份文件吗？这么跟你说吧，文件规定我们这批女兵在一九五五年六月底(除师属卫生营外保留军籍)按转业复员处理，后未处理者，停发薪金。"

韦大姐点了点头。那一年她本来也是要脱军装的，是这位老首长发话了——韦彪能打仗，留着，打起仗来我还要用她。

"接到命令那天，我们这些女军人哭天抹泪抱成了一团。哼，江山打下来了就不要我们了！打鬼子、打老蒋那会儿在前方抢救伤员时怎么不说不要我们？现在嫌弃我们啦？过河拆桥嘛！让我们当家属，伺候老公，早知道，哼！我逃婚出来参加革命，就图当太太？笑话。是嘛，嫌女人累赘，那还找女人结婚干什么？歧视妇女嘛，还说解放妇女，男女平等，放屁！"说到这里，老于阿姨停顿一下，"你知道是谁传达的命令？"

韦大姐从容不迫地吸起一支烟，好半天从鼻孔徐徐喷出一缕淡淡的烟云。

"是我们警备区我家老头的搭档周兴，就是迟敏家的那个。嘿，他连个屁也不敢放！"说到这儿，老于阿姨一脸鄙夷。

其实那会儿，前来传达命令的周政委也是一筹莫展，埋头吸着烟，一声不吭地听着女军人们的数落。思想工作难做，且不说他面对的这些女军人都是老战友的妻子，而且战争年代在枪林弹雨里救护伤员、架线查线、战地演出，当时被誉为战地女神。现在要脱下深情眷恋的军装，说实话他也很同情。他家里那位迟敏就闹得天翻地覆了，要不是政委的职责，他才不会来这里做这场艰难的动员。

"你猜，我是怎么给他们难堪的？"老于阿姨面带几分得意。

韦大姐嘴里叼着烟，看着这位也是心直口快的女人。

"我记得很清楚，五五年十月一日军区礼堂举行授衔、授勋仪式。当身着海蓝色礼服，扎武装带，胸挂叮当作响的勋章，肩扛金星肩章的男兵，神气活现踩着激越的《解放军进行曲》节拍步出礼堂时，看见了我，都一脸的诧异。"老于阿姨用手比划，"我把军帽军衣军裤解放鞋染成黑色，立在出口'示众'。"老于阿姨呷了一口茶，扫了在一侧默不做声的小儿子一眼，"你爸爸和周政委有说有笑步出礼堂看到这一幕，周政委大惊失色，你爸爸也傻了。老周，我老婆闹得也太不像话了，你来收拾吧。说完，你爸爸装作没看见，扬长而去。周政委一把拽住我的手，拉到一侧。他明知故问，你这是干什么？我说，黑人。他说，出什么洋相？我处分你！我说，处分个屁，老子现在是老百姓，你管不着。他说，可你要考虑老王的影响，你这样闹，以后让他怎么带兵？哼，我四二年参加新四军，本来也可以闹个离休，唉。"

那天，老于阿姨讲述往事后，发出这一声喟然长叹，这是她心中永远的痛。

那时，老于阿姨看见韦大姐连连猛吸着烟，喷出短促的密密的烟雾。她捻灭烟，说："嗯，你有种！唉，你们这一批人是最委屈的女兵。"她侧眼望着王跃进，"跃进，你妈妈不容易啊，你们可要孝敬好你妈妈哟。"她接着说："比起牺牲的同志，我们享福啰！"她说这话的时候，和老于阿姨眼光一接触，立马跳开了。也许，老于阿姨的话触动了她的恻隐之心。相比老于阿姨一批女军人被扒了军装，自己是幸运的，至少还有军籍、军衔与军职。

"韦妈妈，为什么你能保留军籍？"一直不语的王跃进直截了当地问。

"吊儿郎当当副官，老老实实当军需。"韦大姐发了一句牢骚，她没有直接回应。新中国成立后，部队进入正规化，保留军籍的女兵韦大姐已不适应留在野战军工作，她被调去当了军需仓库主任。

"韦大姐，我听说组织上原来是安排你回家乡任职，担任后勤某分部部长，你放着好好的师职不干，偏要到了邻省的武阳军需仓库当团职主任，你这是何苦？"老于阿姨说。

韦大姐一愣，摆摆手："我没文化，不怕飞机大炮，就怕总结报告，大老粗当什么部长？把这么个要文化水平的工作放在我这个泥腿子身上，岂不是有意逼我犯错误？"

救护车赶到市中心医院时，重症抢救室一阵忙乱，在采取急救措施后，韦大姐仍在昏睡。

刚做完大手术的郦萍匆匆赶到了抢救室，身为院长的她，从守候在病床边的内科主任手里拿过病历夹翻阅着，眉头不由得紧紧蹙起。她看了一眼病床上戴着氧气罩的韦大姐，心里涌起一种难言的滋味。

韦大姐是她父亲郦挺的老战友，过去关系一直很不错。困难时期，她父亲常带她们几个小姐妹去韦妈妈家串门蹭饭吃，韦妈妈也视她们为己出。记得一九八〇年自己结婚，在父亲陪同下给韦妈妈送结婚喜糖，当她说起丈夫是国军将领的儿子时，正在满脸笑容地喂"外孙女"金铭吃饭的韦大姐当即沉下了脸，放下饭碗，瞥了郦萍一眼："哼，你们'国共合作'啦，是不是？"郦萍嗯了一声，可她没想到，这韦妈妈竟然勃然大怒，当即抓起桌上的喜糖，走进厕所，全都扔进了抽水马桶中。

一阵冲水声，把两个老战友情谊一笔勾销，两家从此断了往来。

为这难言的误解，郦萍记得父亲在临终前，从鼻腔里拔出氧气管，痛苦地说："我很敬重韦大姐，为这个事，她对我有意见，我也理解她。"

望着身子似乎缩小了的韦大姐，现在郦萍难以置信，这位英雄一世的韦大姐似乎将要走完她生命的最后历程。她想，韦妈妈若此刻醒来，看到是她站在一旁，会不会一跃而起，拔掉插管，拂袖而去？

那天，送结婚喜糖被韦妈妈赶出后在回家的路上，郦萍不解地问父亲，都是上一辈人的事了，难道还要我们世世代代仇恨下去？父亲感慨地说，你没经历过战争，你不懂。末了，又补充了一句，你韦妈妈吃亏就在这个脾气上，当年和她抗日战争开始就当连长的那一拨人，在解放战争都是团职了，她还是个营长。

当然这都是我们这一代人的事，你可能还不能够理解。父亲说，你不知道，韦大姐这一生可是不容易，她经历的事可是太多了。

这一天走了一路，父亲也说了一路。

四七年的秋天，韦大姐又受处分了，这可不是第一回。在战争年代，干部犯了错误，都有被罚去炊事班背锅的经历，打仗了再回去担当原来的职务，仗打完了继续回来背锅。倘若有了新战功，功过相抵，就不用再去背锅了。她是营职，一般是处罚到团部炊事班"帮伙"，但这次不是在团部，而是在师部伙房。这次"升级"似乎意味着什么，她不在乎，她不认为这次错误性质严重。

郦萍早就听父亲说过韦妈妈不少犯纪律的事儿，所以丝毫也不觉奇怪。据说，有一次她打了胜仗回来，她把打了败仗的兄弟部队从宿营点热烘烘的被窝里撵了出去，错误算严重了吧？背了几天锅后，后来还是谢福寿师长替她说了一句好话：主力就是主力嘛，官复原职。

有一年，部队撤到长江以北的泰顺地区，泰顺地区的老百姓世代都认为最好的细粮是小米。可小米沙子多，嚼起来满嘴嘎巴响，你韦妈妈是南方人，吃不惯这小米，带头发牢骚说怪话——肚子吃得像沙包，打仗省得做工事。气呼呼地把小米倒在大路上，吼道：沙子是铺马路的，难道我们肚子也要造马路不成？

引得当地百姓众怒。

驻地老百姓吃的是高粱煎饼、柿子蒂、豆饼末子、山芋干，省下的小米交公粮供应部队，谁见了都生气。要不是施文辉教导员在村干部的陪同下，挨家逐户做检讨，你韦妈妈早就去团部伙房背锅了。泰顺地区是新解放区，群众不了解解放军，可韦大姐一句"落后"，为她再犯错误埋下了伏笔。

我们营那次是打阻击战，战斗即将打响了。我陪韦营长和施教导员在作最后一次视察，一阵哭喊声吸引了我们。一个白发苍苍的老头儿见到我们一行，便伏在地上直磕头：俺家四间屋，长官要扒了修工事，好歹给我留一间呀，庄稼人盖个房子不容易呀，我上有老，下有小，十多口子……

韦营长皱着眉头，冲施文辉甩下一句"乱弹琴"，兀自架起望远镜观察敌情。

施教导员耐心地说，动员会上不是说了，毁坏的房子，政府会来处理的。这房子不扒掉，打起仗来敌人的炮火也会毁掉呀！

可老头儿是个顾家不顾命的主儿，死活不让拆房。

说到这里，郦挺很有些感触地说，战争不是个好东西，倒霉的永远是老百姓。

郦萍追问，后来呢？

战斗打响了，你韦妈妈大怒，叫人把那老头儿捆了带到营部。阻击战后，虽然我和你施伯伯、"伢子"副营长一个老窝子的人给她"打补丁"遮掩，无奈老头儿是个认死理的人，告了上去：解放军能这样要态度？毛主席朱总司令怎么教育你们的？纵队发了通报，这可不是在老根据地，这是在新区作战，关系人心向背，非同小可。于是，撤韦营长的职、送师部禁闭的命令是谢师长亲自下达的。可韦大姐还认为是老一套，晚上她被带到师部厨房一间独房里，倒头就睡，竟然没一丁点心思。

第二天，天蒙蒙亮，她被一阵喧哗搅了好梦。她按捺不住了，骨碌起身拔出手枪，冲出门，朝天就是一枪。可她立马呆了。门外是一个汉子在砍柴火，毫不在意，手握一把斧头，左抡右劈。他上身穿一件粗布汗褂，黝黑的手臂隆起一块块肌肉，凸出的筋脉，随着他每一下劈砍，张扬收缩，汗水顺着满脸胡子朝下流。

许多年后，你韦妈妈给你妈妈讲体己话时透露了她当时这一瞬间的感受。你韦妈妈说，她第一次这么近距离看男人，哈，那一坨坨的肌肉里，藏着多大的劲儿！那一条条脉管，记载着多少次搏击的战史！她心微微一颤，产生一种从未体验过的感受。韦大姐从对方那只独眼证实了他的身份。

你是——独眼龙吧？

那汉子反问，你是韦老虎？

这时，传来一阵急促的脚步声，三个战士从不同方向端着枪跑来，看着韦大姐手中的手枪，如临大敌。"当啷"一声，那汉子扔掉了斧头，抹了一把脸上的汗水，那一圈零乱的胡丛中的阔大嘴巴翘起一角，露出几颗黑黄的牙齿说：她枪走火了，紧张什么？三个战士打量一眼韦大姐，退下。他们对她很熟悉，她是师部伙房的"常客"，对她没戒心。

当"独眼龙"听了韦大姐此番到师部蹲禁闭的缘由，也不顾男女界限，就像平常对老部下一样，拍着韦大姐肩膀，说："咱俩对脾气，犯同样的错误哩。"然后，又安抚道，"别急，就当在师部打牙祭，到打仗时候，哼，国破思良将，家贫思贤妻——"说到这，似乎提醒了他，搭在韦大姐肩上的手火烙般抽了回来，不好意思地"嘿嘿"笑了。于是，两个老"背锅"的人一见如故地攀谈起来。

郦萍听到这儿，不由又问："这独眼龙，后来就是韦妈妈的丈夫任团长吧？"

"就是！"郦挺回想起往事，思绪也信马由缰，继续滔滔不绝地说了下去。

说起任团长，在我们红星纵队可是赫赫有名，他的一只眼睛是被日本鬼子打瞎的。"独眼龙"的独立团可是谢师长的宝贝疙瘩，打起仗来，谢师长是不轻易把这个团撤出去的。这个团由"老骨头"组成，营连职都是幸存的老红军，战士大多是四二年前参军的老兵。"独眼龙"在一次酒后就拍着胸脯口出狂言：娘的，老子团里随便拎出一个班长，到其他团当连长都委屈。独立团能打仗，别个团一天攻不下的山头，独立团一个营上去，不消半天就攻下来了，不服行么？"独眼龙"和他的"独立团"合称"独团"，不仅团长"独"，几任政委因脾气不对，都被他撵走了，他是全师各团中独一个将团长政委集于一身的人。这次幸会，对韦大姐来说，很有英雄相见恨晚的感觉。部队整编后，编在一个部队，她对"独眼龙"早就敬重有加，只是一直没机会相遇。

这次"独眼龙"犯的错误，也是与韦大姐类似。就在我们营打阻击战的时候，我们师的大部队正在攻击一个高地，久攻不下。纵队司令员在电话里发狠了，大发脾气：奶奶个熊！敌人四个整编师已经围在我纵队四周，你必须在天黑前，把高地这个敌人的轴心敲掉，不然我们就腹背受敌，敌我态势就要逆转！你打完一个营，我补你一个营，打完一个团，我补你一个团。你拿不下来，哼！老子先杀四条腿(指骑马的师团干部)，再斩两条腿！

谢师长急了，把帽子一甩，下令动用最后的预备队嫡系独立团，连刚成立的只有两门山炮的炮连也压了上去。接替九团攻击任务的独立团果然厉害，不消一锅烟的工夫，就攻上去了，可是，就在离主峰一百米的地方，被敌火力点压制了。谢师长从望远镜里看得真切，立马下令炮兵连支援。"咣当"、"咣当"，两发炮弹落到正在朝前推进的自己的阵地上，"独眼龙"跳脚大骂。谢师长丢下望远镜，急得直喊"帮了倒忙"就向炮兵阵地跑去。那会儿，部队刚有炮，几发炮弹可是心肝宝贝，没放准，谢师长能不急？其实，也不怪炮兵连，组建才三天，唯一的炮兵是个俘虏，他也不懂步炮协同，只会教怎么把炮弹打出去。战前演习舍不得呀，打一发少一发，师长有令，动一发都要他肯首。

阵地上，任团长布满血丝的眼睛看了看警卫员手提闹钟，又瞄瞄用血肉之躯在密集的火网中翻滚送炸药包的战士，高叫起来：毛主席来电话啦，说独立团能打！这下子，下面来劲了，很快拿下了高地。"独眼龙"乘胜追击，消灭了残敌，回过头来打扫战场。炮连长正在指挥炮兵和俘虏搬运敌人遗弃的大炮和弹药。见状，他火了。占领山头时，他见过炮兵阵地，就在思忖自己团建立炮兵的事儿，这会儿正冲这个而来。妈的，敌人是老子打跑的，任团长居高临下地说。炮连长向任团长敬了个礼，报告，我是师属炮兵连连长，随后就呆立着，也没马上命令停止搬运。一提炮兵连就勾起任团长的火，一见还在搬运，他更为恼怒：老子部队在前方流血拼命，你在后面捡洋捞。连长回过神了，不甘示弱，我们也打了敌人呀，他们是向我们投降的。在一侧的几个俘虏点头证实。他似乎得理了，接着说，我们是师部的，你命令谁？你算老几！炮连长是个老资格，给纵队司令当过警卫员，下放到战斗部队，刚从团副参谋长撸下来当新组建的炮兵连长，正委屈，不买账。谁敢抢老子的战利品就突突谁！炮连长嗖地拔出了佩枪。见状，任团长的警卫员们也掏出了枪。炮连长刷地扯下了军装，裸露的上身布满了疙疙瘩瘩的伤疤，迎着警卫员们的枪口，来呀，朝这来。他指着胸前的伤痕，老子可是经过南方三年游击战，八年抗战，老子不是吓出来的，有种的来呀！那伤疤证明他无数征战并不是浪得虚名。警卫员步步后挪，握枪的手抖了起来。你反啦！任团长呵斥，把他给我捆了！警卫员们一拥而上把炮连长像捆粽子似的绑了。谢师长闻讯策马赶到，给炮连长松了绑。你们真没出息！居然当着战士和俘虏的面，丢人！谢师长鼻子一哼，打孟良崮歼灭74师，有的部队打援，有的主攻，打下来了，谁抢过功？谁说是自己打的？大家合力嘛。这样吧，刘邓二野千里跃进，辎重丢了不少，他们需要补充，这次缴获的全部交二野的部队吧。

当夜，任团长被叫到师部，他被发配到师伙房。

炮连长也受了处分，降为副连长，不到三天又官复原职。那天，纵队司令去师部，他躲着不见，说不好意思见司令员。司令一句话：三一年的老红军了，不多了，那个连长还给他吧。对此，"独眼龙"很是耿耿于怀，老子还是长征过的红军呢。

"韦妈妈怎么会和任团长好上呢？"郦萍一脸疑惑，韦妈妈年轻时照片她看过，说不上很漂亮，但很端庄，嫁一个独眼，让她不解。

郦挺淡淡一笑说，"独眼龙"和韦大姐那时还说不上恋爱，只是彼此认为对脾性，谈得来，至多是些互相牵挂的感觉而已。在"背锅"时，每天傍晚，常可见到他们骑马在师部炊事班附近的一条小道一前一后奔跑，两匹马时而狂奔，时而并排悠闲溜达……炊事班长发现他们关系有些"那个"了，很负责地做了汇报。谢师长听了，不以为然地说了一句"乱弹琴！"炊事班长见师长没有下文，把目光投向政委，他不知道师长是指他们"乱谈情"，还是批评自己多管闲事。政委低头咕哝一句：孤男寡女的……他抬头瞥了一眼等回话的炊事班长，挥挥手，知道了，你回去吧。

就在炊事班长"打小报告"后不到一个星期，命令下来了，"独眼龙"官复原职。

接到命令那天，"独眼龙"利落地打好背包，又要打大仗了！他跨上战马，没有和以往一样迫不及待向师部急驰，双手拉住缰绳，对愁眉不展前来送行的韦大姐低声说：莫急，根据我的经验，你也快了！"独眼龙"走的那天，韦大姐一直把自己关在房间里，饭菜不思，倒头大睡。她是个"好战分子"，一听枪响就急，捞不上仗打就疯。炊事班长见惯了这种"闹情绪"，闹一阵就好了，自然不管不问。果然，晚上掌灯时分，韦大姐自己到灶台上开始找东西吃。

韦大姐终于意识到自己的错误性质严重了，同样绑人，"独眼龙"犯内部军纪，自己可是犯了群众纪律，掂出政委批评的分量。这是在新区，你还以为是老根据地的群众啊，会谅解！她懊悔，但没有后悔药可吃，无非多惩罚几天，这么一想，也就通了。

可是，一天又一天过去了，她没有等到命令，倒是等来了任团长。"来看看你。"出来散心的"独眼龙"给她带来令她沮丧的消息："这段时间无仗可打！"这次"独眼龙"回去，不仅是以团长身份发号施令，而且还要履行他兼任的政委职责。原来，红星纵队远离根据地，行动频繁，长期处在战争艰苦环境，部队缺乏系统的政治思想教育，加上用大炮欢迎过来的"解放"战士增多，需要提高部队阶级觉悟，纯洁内部和加强纪律性。根据命令，红星纵队在驻地进行了三个月的整训。这次整训主要是开展民主，揭发部队内部各种类型的个人主义意识、非无产阶级思想，批判违反政策、破坏纪律行为，提高政治观念。"独眼龙"自然被"刮"到，也就有"散心"之说。难怪，韦大姐没被"复职"，她的部队有负责政工的施教导员，不打仗，暂时用不着韦营长。韦大姐的党组织关系在师部炊事班，在这过组织生活，参加这里的整顿。况且她是基层干部，正面教育、自我教育为主，挨批没有"独眼龙"所在团的"火力"猛，自然无所谓堵心和需要散心。

你韦妈妈给你妈妈说过，那三个月内，她过着安逸的生活，享受师部首长的"小灶"伙食滋养，按部就班充足的睡眠，多年爬冰卧雪造成的内分泌失调恢复了正常，有了姑娘家的"来红"，脸上也有了一抹红晕。

可能与"独眼龙"时不时来散心，有了好心情吧。郦萍插话。

可能吧。父女相视一笑。

郦挺说，整顿中，当然涉及了她那些打骂群众、侵害群众利益的事儿，尽管韦大姐还是那副直白脾性，叉腰骂娘，有理大吵大闹，无理大吼出气走人，但同志式和风细雨的批评还是灌进了一些，有所收敛，做了自我批评检讨。日常学文化积极，主动劈柴烧饭刷锅，还教炊事班同志打枪、骑马，用行动表现悔过。这一切，很有组织性的炊事班长都如实地报告了师首长。

那天，郦萍不明白，父亲说到这儿就没有再说下去，以后也绝口不提韦妈妈的过去。

韦大姐病重的消息在最短的时间里传遍了整个干休所，医院重症监护室外的过道上的两条长椅，坐满了干休所来探视的人。他们一来就相互打听着，目不错珠地盯着"重症病房，闲人莫入"的两扇玻璃门，希望能看见躺着进去的韦大姐能笑呵呵地走出来。

说来也是，干休所的人从来就对韦大姐是七分尊敬，三分畏惧，因为韦大姐刚进干休所，就给大伙来了个下马威！

过去，这些老军人在位是有严格职级区分的，刚离休时习惯成自然，首长是首长，下级是下级，但时间一长，渐渐就"官兵一致"了。这是麻将的功劳。为了麻将，大家走到了一个桌上。每个人的个性也得到了充分的表现和张扬，依次就有了"楼七对"、"瞿门清"、"张自摸"、"龙碰碰"、"全求李"之类的绰号。边打麻将当然还边聊天，自然少不了争吵。都是生死场上赌过命的人，退下来了，赌性找到了新的发泄方式，在麻将桌上乐此不疲废寝忘食者大有人在。为此，老太太们有了怨言，干休所领导也没办法。老同志啦，就这么个乐子，说重了不敢，说轻了，等于没说。"首长，天色不早了，该休息啦，年岁不饶人哩。"所领导提壶给老首长们续茶，把下面半句"不要影响其他首长休息"改换成"你们声音小些哟"。"好，好。"首长们一口应承，过一会儿又为"抢和"争得面红耳赤，喊惯口令的嗓门又高了好几个分贝。

稀里哗啦的洗牌声、争执声惊扰着大院的夜空，夜不成寝的老首长老太太们没有任何办法，都在一个大院里，低头不见抬头见，谁也不好意思说谁。

干休所曾采取措施，晚饭后就锁上棋牌室的门，可锁被拧了不知多少把了，一次拧锁的一位老首长也被抓了个"现行"。没办法，上有政策，下有对策，牌友们索性发扬当年连续作战的作风，占着牌桌，轮番回家吃晚饭。更有甚者，叫家里送饭，还敢撵他们不成？干休所支部会上也就此批评过几次，但收效甚微。

那天，韦大姐刚住进干休所，被棋牌室的喧哗声吵得睡不着觉，勃然大怒，披衣风风火火地闯进了棋牌室："妈的！老命不要了啊？你们有力气是么？统统给我去挖坑种树去！"哗啦啦，她一把掀了麻将桌。首长们面面相觑，没人敢吭声，相机溜出了棋牌室。"哼，都还是带过兵的人，什么影响？还有没有组织纪律，让兵们学你们这个屌样……"韦大姐的骂声尾随着他们的身影。

以后，每到晚上九点，棋牌室就没了灯光，谁也不敢再这样"放肆"。

尽管类似的事儿挺多，韦大姐也曾让其中一些老同志难堪过，但他们才不会计较，老同志间有种天然的感情。这不，韦大姐一病倒，大家伙儿不都心急忙慌地赶来了！

老于阿姨坐在板凳上一言不发。她陪送韦大姐到中心医院急救室后被礼貌地请了出来，一声不吭找了个座位坐下来。她是个很固执的人，当年在警备区和周政委的夫人为争当家属委员会主任有了间隙，虽然挑起"第一夫人"之争的责任在周夫人，可周夫人也是新中国成立前参加革命的老同志，和她境遇差不多，但老于阿姨就是看不起她，嘴一撇："喊，她又没上前方打过仗，不就在文工团唱唱跳跳，靠一张脸蛋吗？"以后，她们先后住进干休所军职干部的连体小别墅，前门后楼就是互不来往。

现在，老于阿姨环顾四周，干休所能动弹的老同志都来了。他们彼此点头招呼，或用无言的目光会意。咦，迟敏怎么没来？一股愤懑之气，从她心中油然而生：再怎么，也不至于……咦，自己小儿子王跃进怎么也不来？老于阿姨轻轻骂了一句"畜生"。

重症监护室外等候的一圈人外，一个人从角落里闪了出来。

她是干休所原先地位略次于王坤司令的周政委的遗孀周夫人迟敏。她年近古稀，虽然白霜爬满了她的双鬓，可举手投足间依旧颐指气使，是干休所至今还端着首长夫人架子的女人。

刚才她躲在一角，不在老于阿姨的视线之内。

渡江战役胜利后，全国胜利指日可待。与她相仿年龄的女军人都嫁了师团职干部，唯她不为所动。她不能随便嫁人，她知道女人嫁人无异于第二次投胎，她才不愿意像母亲那样嫁个小职员，一辈子受穷受累。文工团员迟敏在一个战地黄昏成了军政治部主任周兴的妻子。她在衾枕酥软的婚床上，享受着丈夫的恩泽，同时，品尝着命运给她送来的胜利果实。她用美貌和洁白的胴体牵住了周兴惠赐的衣角，丈夫拼死征战得到的，她一结婚就轻而易举地得到了。

迟敏和老于阿姨这一批女军人是一九五五年一起复员的。她毕竟也是知识女性，又没有老于阿姨那类女军人有战功的资本，只是在家里与周政委闹了一阵，也就偃旗息鼓了。她没有辙，这事不赖周政委，况且她有义务维护周政委的形象，夫贵妻荣嘛。那时，学习苏联老大哥，做英雄母亲，她的肚子就没空过，一气生了四个女儿，取名为"多来"、"米发"、"索拉"、"西多"。当时正值取消供给制，实行薪金制，孩子已不能由公家抚养了。没了保育员，得自个儿照料，她就一心一意当了家属。

周夫人与王司令的妻子老于阿姨本来关系是不错的，和平环境时期，首长们按部就班上班，家属们闲来无事串门聊天。这些首长夫人都打过仗，自然免不了会说起想当年，这周夫人就没了谈资，就不去扎堆。她们是资格高，文化浅，而她是资历浅，文化高，她要跟她们争的是警备区最高政治领导周政委夫人身份相匹配的地位。

为此，她和老于阿姨没少明争暗斗。

按理说，周政委家和王司令家先后搬进了红军巷干休所，两家老头子先后谢世，她们都是遗孀，这把年纪了，不必斗气了，可周夫人仍喜欢争个高低。

有一年春节，干休所分苹果，每家分四箱，考虑迟敏是干休所第一位遗孀，所长和政委商量后，决定减半，发给迟敏两箱。那会儿，王坤司令刚住进干休所，战士们自然按首长离休前职阶高低挨家挨户送到各首长家门口。送到迟敏家是最后一户。以前分东西，第一家总是最先送到离休前职务级别最高的周政委家，现在这顺序一调换，迟敏就发了火："拿回去，我不吃苹果。"战士手足无措，直纳闷：过去送东西来，她从没拒绝过，还挑挑拣拣呢。

这天傍晚，一辆小三轮拉着十余箱苹果，招摇地开进了迟敏家，卸下小半院子的苹果，是她让女儿女婿买来的。干休所院内立刻围起一群老娘们，在她们惊讶、惶惑、愠怒之际，突然人群里一阵骚动，只见韦大姐拄着拐杖来了，人们闪出了一条路。

韦大姐左手用拐杖"笃笃"敲着水泥地面，冲周家门口吐了一口："呸！你算个什么东西！"老于阿姨上来挽扶韦大姐，韦大姐挣脱了，"我还没老哩！"余怒未消继续训斥，"老骨头们还在，还轮不到你逞脸，哼！"

闻讯急急赶来的金所长隐在一棵树后，压下暗自的喜悦，偷窥韦大姐如何调教周夫人。周夫人是干休所最难缠的老娘们，是个剥了皮都会跳的人。

可是事实并没朝所长设想的方向发展。

周夫人装作没有听见，掩上了门，拒"敌"于门外。周夫人素来不买任何人的账，换了别人早就跳起来了，可这是韦大姐，老周活着时对她也得让三分，周夫人不敢造次。

许久，周家忽然爆发出一阵压抑的哭泣声。

还有让周夫人堵心的一件事。老于阿姨的小儿子王跃进当上了副市长，听说是韦大姐找了省委组织部戚副部长办下来的。迟敏得知此事，心里很不是个滋味。她现在离休了，可是依然希望子女们能继续她过去的辉煌。几个女婿女儿虽说都在部队里有不低的官职，但小女儿西多却是在区统计局当了五年芝麻大点的办公室主任。

迟敏很策略地找到了冷眉阿姨，冷眉阿姨是老于阿姨圈子里的人，她委婉地托冷眉阿姨去找韦大姐出面，为西多说说好话。冷眉阿姨果然当了说客，谁知韦大姐顶了回来，冷冷一句："她自己有腿，自己怎么不去找？"

于是，迟敏出现在省委组织部戚副部长办公室里。戚副部长客气地把她让进了办公室，细心地听她叙述来由。未了，戚副部长说："老迟啊，干部提拔是有程序的，周西多是区管干部，不像王司令的小四，是省委组织部管的干部，我无权插手下面的干部使用啊。周政委就是活着，他也会同意按规定办的。我们都是党的高级干部，都应带头执行组织纪律……"

"你算什么高级干部？"迟敏气咻咻说了一句，甩门而去。

戚副部长被弄得很狼狈。按过去划分，他这个职务至少是十三级以上，属于高干；按现在划分，高干是省部级以上，他还不够资格。

迟敏羞辱了戚副部长，出了一口气，事情没办成，在床上哼哧了有小半个月。她觉得自己老周家已被别人弃之如秋扇了，同样类似的两件事，却是两种不同的结果。韦大姐是厚此薄彼，偏袒老于阿姨，对她却是太不够意思。

接下来发生了一件事，让她与韦大姐势不两立。

三八妇女节，地方上召开座谈会，邀请红军巷干休所的老革命参加。周夫人也收到了请柬。老同志参加座谈会，喜欢穿上老式将校制服，在胸前缀佩象征他们革命历史的勋章、纪念奖章和军功章。大清早，迟敏早早穿上那件发黄的五十年代的双排扣女式军装，把头修剪成五十年代流行的齐耳短发，对镜照了一下，可是胸前总缺点儿什么。她灵机一动，翻箱倒柜，找出周政委那两枚"独立"、"解放"勋章，缀在了胸前。

周夫人到会的时候，座谈会已经开始了。

韦大姐正在发言，她穿着脱壳黑棉衣，左胸缀着"八一"、"独立"、"解放"勋章，右胸缀着苏维埃时期的三等奖章、八十年代军委发的二级"红星"奖章……依次而坐的老于阿姨胸前挂着"独立"、"解放"奖章，还有一枚新近发的抗日战争胜利六十周年纪念章。

周夫人的目光落到了胸前只有一枚"解放"奖章的冷眉阿姨身上，垂首瞄了一下自己胸前的勋章，嘴角掠过一丝自得的微笑。她款款走向标有她姓名的座位，含笑四顾，向四周的人点头示意。

她落座时看到，正在说话的韦大姐迅速扭头望她一眼，浑浊的眼睛忽闪了一下，眉毛拧了起来。她别过头，装作若无其事，拿起茶杯，掀开杯盖，轻轻吹着杯中漂浮的茶叶。

　　大概是周夫人胸前的勋章起的作用，会一结束，肩扛摄像机的记者把周夫人引向会场一侧："阿姨，您能接受我们的采访吗？"周夫人矜持地点点头。

　　陶醉的周夫人摆好姿势，准备接受电视台那位漂亮的女主持的采访。

　　冷不丁，伸过来一只苍筋凸现的手，一把扯掉了周夫人胸前的勋章——是韦大姐。

　　"出什么洋相！你凭什么佩戴它？你打过一枪吗？你！"

　　众目睽睽之下，满脸通红的周夫人掩面而逃。

　　奇耻大辱啊，韦大姐让她丢尽了颜面，她健在，就让周夫人没脾气也没法神气。韦大姐住院后周夫人是赌气不去探视她，可她又不能不去看望她。说来韦大姐是个粗人，无儿无女，比她不幸多了，况且也战友一场，人心毕竟是肉长的，她不能老了，还让别人说她狭隘与小气。再说，谁也逃不过这一天啊！

　　周夫人轻轻地走到重症监护室的玻璃门前，忐忑不安地踮起脚朝里张望。

　　接到韦大姐的病危通知，施文辉的家乱成了一团。

　　年迈的施夫人拿电话的手抖个不停，小兵，小兵，她呼喊着儿子，一股温热的液体顺着她的裤管流到了脚面，在地板上汪成一摊水。施小兵把母亲扶上床，安顿好，溜了一眼另一张床上的父亲，欲言又止，转身跨出家门。

　　韦大姐的老部下施文辉此时已患老年痴呆症，完全不认识家人。有人来看望他，他也不能对话，别人离开时，他要么行个军礼，要么就是拉着手久久不放。

　　施小兵大汗淋漓地骑着一辆自行车去火车站买票，他要尽快赶去看望韦阿姨。军区干休所小车很多，但父亲从不准家人乘坐，干休所给他配的小车，施文辉从来就非常自律，也几乎没用过。

　　车票未买到，车站出了告示：受台风暴雨影响，浙赣线发生泥石流，最早要到明晨六点才通车。

　　"妈妈，只有向干休所要车了。"小兵回到家里俯在母亲床头轻轻说。

施夫人半睁着眼睛，把目光投向侧边那张床。循着母亲的目光，小兵看见另一张床上的父亲，睁着无神的眼睛看着他，仿佛在他脸上搜索与自己有关的记忆。一贯对父亲言听计从的母亲，到这时候也不敢擅自作主。施小兵急得瞄了一眼手表："妈，现在不赶过去就来不及了！"

扑通一声，把正欲起身的小兵吓了一跳，一回首，见桌上父亲那只宜兴紫砂壶滚落到地上，施文辉那只手颤颤巍巍地在抖动。

"爸，要喝水吗？"小兵俯下身子。施文辉枯瘦的手一把抓住他的手，攥得很紧。他眼睛居然发出光来，喉结滚动了一下，喊："派车。"

一九五五年，施文辉携妻回闽西老家。那时，部队刚授军衔，身穿黄呢子将校服，肩挎武装带，脚踩咯吱作响的硬底皮鞋衣锦还乡，成了革命老区的一道风景。当初出去的乡村子弟，如今都是大干部了，骑高头大马，坐吉普车，前呼后拥。那一年，施小兵尚小，留在寄宿幼儿园，陪同父亲回老家的母亲后来向他转述了这次回家的经过。那天下着毛毛细雨，当地驻军派的苏式拉炮小车，勉强开到乡政府后，就不能动了，前面没有了公路。父母亲高一脚低一脚走了十几里，回到了老家那个半山腰的小村子。确切地说，村子只剩下一些杉树皮搭建的窝棚，多数是烟熏火燎过的残墙断壁，依稀可见残存的红军时期的标语。

施文辉好不容易找到了一个远房堂兄弟，在故居的遗址上立了好一会儿，然后在父母坟茔前凭吊了一阵，又到韦大姐母亲的坟上培了土。回到村里，刚端上饭碗，就被闻讯赶来的乡亲们包围了。毛伲子的母亲，颠着小脚从几里外颤颤巍巍赶来，她抖索着枯叶似的两片嘴唇，拉住施文辉的手就不放。他们都是当年"闹红"外出的少先队员的亲属，他们要打听自己亲人的下落，同时也打听韦大姐。看得出，他们许多人已知道亲人过世了，他们领到了抚恤金，他们来看施文辉，是来寻些寄托。有的人，因为没有抚恤金可领，想来找些线索，尽管亲人可能早化成黄土，但没见到韦大姐，他们还不甘心。

施文辉来前与韦大姐定好了口径，回来见到大家就说韦大姐早已牺牲。听到这一消息，人们沉默了，他们干涸的眼窝没有一丁儿湿润，也许他们的眼泪早就流干了，只有无奈无助的目光互相望着，无声地交流。他们作为"匪属"能幸存至今，说来每家也都是十分幸运的。

施文辉把带来的糖果分散给前来的乡亲，他用这点"甜"来宽慰他们，除此，他又能干什么呢？

就在施文辉夫妇将上小车的时候，细妹子出现了。她头戴斗笠，浑身湿透，那双纺锤一样的小脚经雨水浸泡，宛若一对胀裂的三角粽子。

少时伙伴相遇，情不自禁，相挽痛哭。

"皖南事变"被俘的细妹子，因是个女娃，又是小脚，很快被释放了。她辗转回到故乡，很快嫁了人，生儿育女。她婆家住在离乡政府二十里外的小村庄，是当邮差的丈夫在乡政府里听到她常唠叨的施文辉省亲的消息，报了信，她特意赶来的。

当她从施文辉口里知晓韦大姐牺牲了，竟哭得晕了过去。

那天晚上，县委设便饭给施文辉送行。施文辉建议，请政府在故乡立个少先队员碑，祭悼亡灵。县领导满口应允，说一定好好研究。这一"研究"，几十年过去了，碑也没有立起来。当下，施夫人还扯出了细妹子的"荣军"问题，但县民政科长说出的第一句话，就让施文辉夫妇失望了。

"她不属于荣誉军人。"怀抱着一沓名册的科长十分肯定地说。

"细妹子我了解，一九三四年和我一起参加的红军。"施文辉提醒道。

"这个我知道。荣誉军人是给参加过红军的人，细妹子当过红军不假，可她后来被俘了。党员被俘之日起，就算自动脱离了组织关系。"

"来，吃菜吃菜，这可是家乡土产豆腐干，薄得像纸。"县领导赶紧打起圆场。

施文辉只好作罢。战争时期类似细妹子遭遇的人很多，统称为"开小差"。

自此，施小兵就有了一个叫"细妹子"的姑姑，施文辉按月给她寄钱，从不间断。那时候，韦大姐也每月给施文辉寄钱，和交纳党费一样很准时。为此，施小兵曾问过韦妈妈，韦妈妈不经意地说是她以前买建设公债，向他爸爸借了一笔钱，欠债还钱，理所应该。

施小兵退伍那年，跟父亲回闽西老家认祖归宗。回来途中，在市里下了火车，施副政委带着小兵去见韦大姐。

"迫击炮打麻雀，不够分呀！"施副政委讲到故乡之行，脸色阴沉。这次回老家他父子倾囊而出，可是依然难解乡亲的贫苦之急。

"乡亲们送我们上车时，不说话，一个劲儿抹眼泪，看着让人难受。我是手表、衣物全留下了，只差没脱裤衩了。你瞧，我这套衣服还是爸爸的换洗衣服哩。"小兵指指自己身上洗得发白的黄军装。

不久，部队交旧换新，韦大姐擅自下令，将旧被服、蚊帐、胶鞋装了七车，运到闽西故乡。助理员拿着账册来请示："主任，那批旧物如何处理？"……"折成价，算算多少钱，从我每月工资里扣。对了，还有利息和运费。"她见助理员不走，立马明白了助理员的意思：这笔不菲的钱，就是她一辈子工资扣完也未必还得清。她一瞪眼，"怕我连本带利还不上是吗？我还不上，你找我的干儿子们要，干儿子们还不清，让他们的儿子继续还，从他们工资里扣。"说着，她掏出铅笔，用铅笔头在一张香烟壳上写下干儿子们的名字和单位。

她写的时候，绝对不会想到这些干儿子们中有的以后会下岗，会没有固定工资，会生活没着没落，差点沦落为城市贫民。

部队旧物按规定是逐级上交的，军需仓库是保管职责。韦大姐越俎代庖，总后分部不干了，研究了处分决定，上报军区审批，被分管干部工作的施文辉一句话给挡了回去："她又没亲属，没放自己腰包，是自己赊账，是没处理好大家和小家的关系，通报批评教育一下吧。"

九十年代初，细妹子姑姑去世后，施小兵才知道，韦妈妈多年来一直寄钱来，都是以他父亲的名义在资助这位"开小差"的女红军。

邱援朝是韦大姐身边"孩子"中赶到医院最早的一位。在韦大姐的孩子中，他是现在混得最落魄的一位。

小时候，邱政委家的四个孩子都是韦主任家的常客。邱家孩子多，四个男孩衣裤特费，那会儿买布是要布票的，为了节约，韦大姐常去布店里"淘"便宜的零头布给孩子们缝制衣物。有时，索性买两块不要布票的大手帕，前后一拼就是一件"娃娃衫"。邱家孩子吃饭时，喜欢端着饭碗去韦主任家吃菜。有时晚上少不更事的四个孩子索性就一溜并排横睡在韦大姐的大床上。邱政委的妻子冷眉为此没有少打骂孩子，但韦大姐一句"我乐意"，让冷眉听罢既感慨又感激。

邱援朝兄弟都是五六十年代成长起来的，继承了父辈的光荣传统：服从领导，忠心耿耿。当兵的都加入了党组织，退伍回到地方后，都在国营工厂当了工人。当时国营单位还很不错，孩子们都有"铁饭碗"，这对冷眉阿姨是个安慰。孰料，到九十年代，国企不行了，他们相继下了岗。子女们且不说放不下曾经是"高干子弟"的架子，就是抹下了面子，曾经的"金枝玉叶"也是残枝败叶——身无绝技，年龄太大，就业机会太少。

冷眉想让老邱发挥"余热"，对他说："你出面找人想想办法，给他们找份工作吧。"

"要找你去找。别看老子八十了，身体还硬朗，我养着！以后儿孙自有儿孙福，我管不了那么多。"直到邱政委去世，也没为孩子的工作说过一句话，找过一个人。

住进干休所的邱家孩子，时常和小时候一样，来韦妈妈家串门。

韦大姐在干休所真正过起了解甲归田的日子，"晨兴理荒秽，带月荷锄归"，在空地上种菜养鸡，很是悠然自得。邱家兄弟时常相帮韦妈妈种菜，给鸡鸭喂食，把多余的农产品送给左邻右舍。后来，韦大姐年事已高，手脚不利索了，就把打理的事交给了邱家兄弟。邱家兄弟有的是时间，渐渐把富余的农产品弄出去卖，韦大姐嘉许他们有自食其力的精神。

韦大姐平常的日子是电视频道一个接一个换，电话一个接一个打，香烟一支接一支吸，偶尔在老于阿姨等几个老太太之间走动，活动范围极小。兴许是年龄大了，晚年的她不知是珍惜生命，还是害怕孤寂，开始"作"了，且把"作"的矛头对准了最亲近的人。

以往，邱家兄弟和米可可经常都相邀一起携媳妇孩子来看望她。后来就轮换来，他们认为与其呼啦一下全去，呼啦一下全走，不如分开，细水长流，给韦妈妈有个常回家看看的感觉。

"你还记得有这个老娘？"每当干儿子来，她先是红头涨脸地责怪一番，然后开始数落起他们和媳妇的种种不孝顺。她是无话找话，平日里没人和她说话，好容易逮住亲近的干儿子，自然要狠着劲儿地宣泄。好在兄弟间了解她的脾性，对她不着调的话，任她喋喋不休，不传播不求证。

每当接到干儿子要回家来的电话，她会显得激动无比，当门铃响起，她就眼睛放光，一迭声"来了，来了"，拄着拐杖跟跟跄跄地去开门。干儿子们来了，即使吃过饭了，她也会变戏法似的把早就准备好的绿豆汤、红枣汤、莲子羹之类端到他们跟前去。

但这样的看望随着时间的推移便日渐少了，毕竟都有各自的小家。

先是干儿媳们，总是嫌韦妈妈说话没轻重，来往有些若即若离；接着是米可可，房地产生意太火，身为老总的米可可是身不由己；邱家的老二、老三和老四，邱政委去世，断了生活来源，出去打工，如今个体老板管得很严，休假还得加班，往往连节假日都不能休息；邱援朝，由韦大姐说情，王跃进副市长介绍到鑫富小区当物管公司保安，夜间巡逻，白天补觉，节假日连轴转。

对于这些行为，韦妈妈一概斥之为久病无孝子！

不过，韦大姐有办法让他们回家，她才不管干儿子和媳妇们在干啥，只要她愿意，就电话召他们。她才不会像隔壁的黄副军长，患了肺气肿，整天抱着氧气袋，不吱声，隐瞒病情，不让子女分心担忧，说子女们又不是医生。至死，孩子们才知道其父的肺已经烂成了豆腐渣。

韦妈妈把孩子们的手机、单位和家里的电话，让邱援朝抄成拳头大小，贴在床头柜上方醒目处，她想让孩子们来时，时不时真真假假发一下病，曲里拐弯宣泄对孤独的恐慌，弄得干休所军医难辨真伪，久而久之也心甘情愿成了替她召唤子女的传令兵。

有一次，养女韦闽西正在北京出差，从手机接到干休所王军医报"病危"的电话，连夜乘飞机到了省城，向省军区借了一辆车，赶了回家。她气喘吁吁推开了家门，见到的是韦妈妈正在逗邱家老四的女儿玩呢。不过，韦妈妈在这之前确有险情发生。有一次，她为赶蚊子，紧闭门窗用盘香熏蚊，房内烟雾缭绕，熏得几近窒息。当医务室军医接她电话赶来，敲不开门，忙不迭地找来梯子，当机立断破窗而入——她已经危在旦夕。军医打电话向她的孩子报"病危通知"，孩子们大惊失色，携妻带子急匆匆赶来。

每年八一建军节是韦大姐全家团圆的日子，也是她最开心的日子。元旦、春节可以不来，每逢这天，孩子们是必须到的，雷打不动，外地子女旅途颠簸也不能幸免。这是家规，谁也不敢拂她的意。这年八一建军节也一如往常，孩子们都到了。

韦大姐的卧室很简单，一张当年部队配给的木架双人床和床头柜，一张写字台和一张用药柜改造的书柜，墙壁上倒挂一把"避邪气"的扫帚。客厅内一架电视机，一只小五斗橱，四个沙发和几盆兰花，一顶超期服役的老式电扇转动起来摇摇晃晃，发出咯吱咯吱的声响，唯一的奢侈品是一台窗式空调。

平日里显得空荡荡的，呼啦啦拖家带口的孩子们一下子全来了，楼上楼下都挤挤挨挨的。

晚饭后已是夜里十点，女人们都在撤碗盆盏筷，洗刷，男人们簇拥着韦妈妈在客厅看电视闲聊。喝了酒的韦大姐，腮边红红的，有些兴奋，话也多了起来：

"哎，真快，现在你们都当大干部啰。"

她的目光依次点着王跃进和施小兵的"名"。

"我可不是大官，研究所一个小处长而已。"施小兵申明道。

韦妈妈喝了一口茶，用嘴嚼着人口的茶叶："处长也是领导嘛。你们现在当领导了，可不要骄傲。可要注意哟，你们可犯不起错误哟。不像我们这些打江山的老家伙，死人堆里爬出来的，犯了错误，老百姓念着过去功绩份上会原谅。你们有什么？无非多些文化，搞不好人家要造你反哩！"说到这，勾起了她的心事，她叹息了一声，"我们那时，脑壳拴在裤腰带上，就没想到要做官。三四年'闹红'，我从家乡带出来三十多个人，最小的才八岁。"

"后来呢？"孩子们目光聚焦在她身上，韦妈妈从来不说这些事。

"三七年改编新四军，只剩七个了。"

"再后来呢？"

"抗日战争，两个战死了，一个'皖南事变'被俘。到解放战争只有四个了，抗美援朝又走了两个。如今，就留下我和你们施伯伯啦。"韦妈妈目光扑在施小兵脸上停留了片刻，"江山来之不易啊！"她温热的眼神，熨抚在孩子们的脸上。

她悠长地叹息了一声，在那个晚上意味尤为深远。

她转而把目光投向王跃进："你把援朝的工作办了，办得好。这也是关心群众嘛。"她瞥了邱家四兄弟和媳妇们一眼，"你们妈妈不容易，和你们老于阿姨一样，老兵哪，要不是为让你们家老头子安心工作，为拉扯你们，当了家属，本来能拿离休工资的，不至于像现在拿几百块的生活补贴。唉，冷眉也快八十了啰。你们爸爸走得太快了——"

两年前，为满足老邱"我快走不动了，再去看一眼老战友"的愿望，冷眉阿姨陪丈夫去淮海战役纪念馆，准备最后看一眼他的老战友们。不料，邱政委染了感冒，夫妇俩半路下车去当地医院诊治，和老百姓一样在输液室条凳上吊盐水。三天下来，病情危急，冷眉阿姨才想起出示老邱的离休证，医院拿到本子一瞧，急了，一边挤出一张床位，一边向县领导汇报。县领导立马成立了以县领导和县卫生局局长、医院院长组成的"抢救小组"，并指示：不能让老革命在此地出事。医院不敢怠慢，立即腾出一间高干病房。就在转移病房的过程中出了差错，护士慌忙中忘记把拔下的氧气重新插上，当发现时，老邱已脸色紫白。好不容易才抢救过来，冷眉阿姨俯身告诉了老邱医疗事故的原委。老邱留下这么一句话："不许找组织麻烦，比起牺牲的同志我已经占便宜了。"

他说完这话，第二天就撒手归西。

韦大姐说："你们邱伯伯有种！是个真正的军人！"

"韦妈，我不知道，我公公怎么生前就这样怵你？"

一直默默坐在一旁的米可可媳妇，端出了多年藏于内心的疑问。

韦妈妈笑了，望一眼米可可，米可可也很想知道，连声说："韦妈，您就说说吧！"

韦妈妈看着他们，说给你们讲讲吧，你们也该知道父辈们的底细了。

一九三五年是南方游击战最艰苦的一年，敌人十余个保安团和广东军对游击根据地进行了梳篦子式的"围剿"。可可的爷爷是当地的联防团总，是地头蛇，对游击队威胁很大。游击队多次想抓他，可始终没得手。那次，米团总到他一个小妾处，被我们知道了，把他包围了。米团总带小妾仓皇逃命，遗下四岁儿子米家山被我们俘获。我带信给米团总，以代办"违禁品"为交换条件，可是，米团总爱金钱，更珍惜自己的脑袋，宁肯不要儿子。于是，我们游击队的伙夫，一头挑着行军锅，一头挑着竹筐里的米家山开始转战南北……

米家山也算是老红军呢，三七年红军改编新四军时，他因年幼，加上正打摆子，和三位伤病员留在当地。因为他们不是在编的新四军，东躲西藏，一直在坚持斗争。新中国成立后，集中学习，地委书记宣布：由于米家山父亲是被击毙的敌人，有严重问题，所以不承认他们是党的地下组织，不承认他们的党籍，只承认参加革命工作的经历。这事虽然不久省委做了澄清，准备恢复党籍，重新安排工作，但文件还没来得及传达，就赶上反右等一系列的政治运动……

十一届三中全会后落实政策，他恢复了行政十一级待遇，出任地区重工业局局长。他到任时，第一件事就是找我这个姐姐。是我的证明材料，证实是组织决定米家山留下来，不是"开小差"，对他洗刷冤情起了重要的作用。你们猜，我们见面说了什么？米家山那热烘烘的手像铁箍似的握着我的手不放，我说你还没有死啊！他说嘿，我是历史反革命，阎王爷不要我哇。

白色的病床上，气如游丝的韦大姐半睁着那双浑浊的眼睛，也许是药物逐渐起了作用吧，她的脸颊上浮出了一抹淡淡的红晕，这让医生惊喜不已。接着，他看见韦大姐的眼角滚落下两滴泪珠。难道是她忆起了哪段往事或是哪位亲人？

是的，韦大姐是在恍惚中又见到了她一直铭记在心的丈夫。

几十年前的那天上午，她走进师部，放下背包，向麦师长和政委敬礼后，师长并没立即像往常那样宣布复职命令，而是怪模怪样朝政委眨巴眼睛。政委给她递了一碗水，笑呵呵地说："小韦啊，你该解决个人问题了啊。"

政委一开口，她的脸上就冒出一团红晕。

"我看老任就合适。"麦师长冷不丁插了一句。

政委不愧是搞政工的，循循诱导道："任团长是老革命，为革命把一只眼睛丢了。你也年纪不小了。他虽然独眼，但这个同志我了解，是我们纵队的中坚骨干，作战英勇，不怕死，忠诚老实……"

韦大姐红着脸低着头，一个劲儿用手指卷着衣角。

麦师长有些沉不住气了："有什么好考虑的？妈拉个巴子！女人嘛，总要有老公，结婚生孩子。你嫌老任独眼是不？娘的，夜里油灯一灭，还不是一样。"

政委用眼风阻止了师长，说："你也是老兵了，党员，在组织同志，要服从组织安排，军人要服从命令。"政委很会把握火候，见她没表示反对，也斜了师长一眼，不失时机地说："就这样定了，我看今天就把事儿办了，怎么样？"他像是征求她的意见，又像是在征求师长的意见。

韦大姐似乎想说什么，可是她想说的，又忽然跑散，再也想不起来，脸红胜过一大堆话。

师长一甩帽子，似下命令："对！今天就办。"然后心急火燎叫唤，"警卫员！警卫员！"

师长政委的警卫员被分派出去操办婚事了。

战争年代，出生入死的军人在婚姻上不太严格，只要俩好了，符合条件就同居，手续很简单，只需口头报告上级，口头应允即可。他们的婚姻是组织撮合，也就省略了报告。把各自的被子合在一张床上，枕头是马褡子，洞房就是韦大姐住的那间屋子。

当天晚上的结婚仪式很简单，师部食堂加了几个菜，八人一桌，每桌两支白蜡烛，幽幽烛光下四大面盆端上了热气腾腾的红烧猪肉、酱油煮黄豆、炒鸡蛋、野菜煮豆腐，桌旁一大木桶蛋花白菜汤。师首长们都到场了，政委主持了简洁的婚礼，很快酒足饭饱散了。

"独眼龙"被搀扶进了"洞房"，头一碰马褥子，便发出了如雷的鼾声，震得小茅屋簌簌发抖。他酒量虽大，怎禁得住生死与共的老战友轮番"进攻"。用他酒醒后对妻子说的话是：好虎也架不住一群狼啊。

新婚燕尔，三天婚假，"独眼龙"整整三天三夜都守在韦大姐身旁。

一九四八年初夏，中央军委和毛主席采纳华东野战军粟裕代司令的建议：暂缓渡江，歼敌主力于长江以北。预定随兵团南征的红星纵队，投入了中原战场。这时候韦大姐怀孕了。开始，她对不"来红"并不理会，习以为常。当她妊娠反应呕吐去检查时，才知已有了三个月的身孕，只好随师后勤部行动。

这天，谢师担任分割敌军两个师结合部的任务，受敌东西夹击，战况激烈，连最后的有生力量"独团"也拼上去了。不料下午，师部遭敌攻击，师部警卫连拼死抵抗，掩护师部转移。可怜师后勤一干人苦了，成了敌机轰炸扫射的重点目标。

这是一支由家眷和卫生队伤兵等勤杂人员组成的毫无战斗能力的队伍。这队人被压在山沟里，骡马惊恐的嘶叫声、孩子的哭啼声、母亲的呼唤声、干部的吆喝声、喘息声和炸弹的爆炸声、子弹的呼啸声连成一片，随处可见民夫遗弃的担架、衣物、药品……伤员互相搀扶，或抓着马尾巴蹒跚着，不时有人中弹倒地。

夹在这支队伍中的韦大姐端着汤姆冲锋枪，喊着"共产党员跟我来"，扣动扳机向敌人冲去。挂彩的轻伤员、勤杂人员提着各自的武器叫着跟她冲去。他们在韦大姐的指挥下，占据有利地形反击，边战边退，把敌人引向另一个山头。

这是一场惨烈的浴血厮杀。

一具具尸体扑卧在岩石、灌木丛中，山坡上白森森的脑浆混合着鲜血在流淌，一挂挂青白色的肠子在树梢上随着粗粝的落山风摇曳，到处弥漫着硝烟的甜涩味和血腥味。

"抓活的！抓活的！"戴着大盖帽的军官挥舞着手枪，驱使着士兵，一把把枪刺，闪着死亡的寒光向她逼近……

韦大姐跌跌撞撞地靠在一块岩石上，用手拂了下额头的乱发，嘴角泻出一丝笑意。她估计战友们已走远了。忽然，她摇晃了一下，一阵晕眩，肚子似刀绞一般痛，腹部像有什么东西拉扯着直往下坠。

她枪上的准星里晃动着那个大盖帽军官，连帽花都看得十分清楚，她搂动了扳机，却听见咔的一声，不祥的声响顿时令她打了个寒战。她稍一迟疑，便咬牙切齿拼尽气力把没有子弹的汤姆枪向前方甩去。黑乎乎的物件飞来，竟使胆战心惊的敌人误以为是手榴弹，齐刷刷赶紧趴下。她乘机缩成一团，就势滚下身后的陡坡。

少顷，才听见山坡顶上一片爆响，密集的子弹在她身后紧追不舍，却没有咬着她一口。

韦大姐是在第二天天亮时醒的，确切说是被下身凉凉的水浸醒的。她看到，一缕缕血红的液体从下体流出，随着流动的溪水，慢慢稀释，不断流出，又不断稀释。那是她和"独眼龙"的骨血。

小溪边一片寂静，水是舒缓的，她的痛，也是缓慢的。那会儿，她并没觉悟到这种痛，正在转化为以后漫长的痛。

当"独眼龙"到师卫生队见到韦大姐的时候，躺在病床上的韦大姐脸像一张黄表纸，颧骨凸出，唇无血色，头发黄灰。

以后，韦大姐就没再生育。

一九五〇年春天，全国解放了，部队暂时无战事。

驻扎在上海郊区的三师师部喜气洋洋，师参谋长"伢子"和师卫生营长毛妮子的爱情结晶闽西出世了。那阵子，韦团长疏离军务，有空就往师部跑，隔三岔五往毛妮子家送罐头炼乳、白糖、饼干和做尿布的旧军装之类的东西。更多的时候，是抱着闽西坐在椅子上，凝视，亲吻。

有一次，闽西发高烧不退，韦团长一天往师部卫生队跑了八趟。就是这天傍晚时分，坐月子的毛妮子上厕所，回来后，闽西不见了。接了电话的"伢子"想也没想，心急火燎带上警卫员策马往韦团营地赶去，当他赶到韦团韦大姐住处，敞开的门，马灯的灯火剪出了韦大姐抱蜡烛包的身影，她正朝着黑夜呼喊："回来哟！回来哟……"一声声是那么虔诚、焦急。"伢子"明白，韦大姐是按家乡的习俗给孩子"叫魂"。他知道她相信这个。有一次战斗后，她看见一个牺牲的战士手断了，叫人做了只木头手接上才掩埋，喃喃地说："带去，还是两只手，来世好扶犁……"

闽西是抱回来了。闽西的烧很快退了，是注射了"盘尼西林"，可是韦大姐不以为然，坚持说是她的土办法显了灵。

这年夏末，他们所在部队正在执行解放台湾的战备训练任务，战前动员阶段，有时间，承蒙组织关心，送她到上海一家医院治疗不孕症。组织上希望他们有后代，他们也期望有孩子，一拍即合。在住院治疗期间，医生给她做了全面检查，开了药。每天，护士按时给她送药，护士在场她服药，护士疏忽，一转身，她就把药片丢到马桶里用水冲了。她相信土方子，到处找"郎中"，搜寻秘方。夜深人静，用电炉熬中药，自己治疗。本来，也许她可以重新当上妈妈的，可是后来发生的事实，让她没有了也许。

任师长这天来到医院，让韦大姐感到很突然。

他是拂晓时候来的。一进门急不可耐的任师长反身用一只脚一钩，门锁便哐当一下扣上了。任师长顿觉体内蛰伏的一种感觉涌了上来，他走上前去，拦腰抱住了韦大姐。

老任，我想死你了。韦大姐说。我也想你呀！任师长说着，三下五除二赤精了身子。我要为你生个儿子。韦大姐吸吮着任师长的舌，一股渴望在周身奔跑。任师长不吱声，只是一个劲儿动作、喘息，仿佛在预支什么，而韦大姐以为他是和自己一样，久别胜新婚。

"你就在上海住几天，你陪我在上海玩玩，到上海我还没正儿八经逛过……"她左手攀绕着任师长的背，"你先洗个澡，我们先去城隍庙。"

"不行。"任师长回答得很干脆。韦大姐不解地望着他。

"我也真想天天和你在一起，可是……"任师长觉察到她无言的诘问。这一刻，任师长差丁点儿对最亲爱的人脱口泄密，但他终于没说，接下去的话是，"我有任务。"

她是军人，当然知道保守军事秘密，不便打听。

他们说了好些体己话。

事隔好一阵，韦大姐才知道他的任务，她暗暗佩服"独眼龙"竟能滴水不漏。原来，朝鲜战事吃紧，部队开拔津浦铁路两侧机动，待命入朝作战。任师长是谢军长特批从昆山赶到上海与妻子告别。他从军长嘴里知道，韦大姐这次不能赴朝，等她治好病后，拟任军后方留守处副主任。

任师长在说话时不时看手表，来回路程时间他早掐算好了，在上海满打满算只能待两个小时。

终于，他跳起来下床穿衣。

"进去吧，当兵的，叫人看见不好。"走出病房，任师长小声说，独眼里透着焦灼。她没有看见，脸紧偎在他胸脯上，两手紧紧箍住了他。他竭力想挣脱出来，可是他无法脱身。他动了军纪喊口令："韦彪。""有。"韦大姐不情愿松开了手。"立正！"韦大姐只得立正。"向后——转！"任师长戴上大盖帽，甩头而去。

五十多年前，她紧贴窗玻璃上，鼻尖都挤成一个小平面，看着丈夫在曦光中跳上楼下等候的美式吉普车，并没意识到对她来说这是永诀。

经过调养，红润回到了她的两颊，这个月她"来红"了，但没有让她高兴，相反让她情绪很是低落。她上马担任留守处副主任后，才知晓，老任刚回部队，中央军委急电谢军所属的兵团火速入朝。任师长和"伢子"、施文辉团政委等师团干部是火车开进途中才知道急电的。真可谓仓促入朝。

毛妮子有孩子，本来是留下来的，可她强调自己是师卫生营长，怎能离开部队？孩子尚小不错，留国内有组织派的保育员照顾。可前方打仗流血，就有伤员要抢救，需要抢救经验丰富的她。她被批准随部队行动。

部队入朝后，很长时间杳无音讯。

韦大姐一直忙于工作，处理婆婆妈妈的事儿。有空时就转到保育所，看她的干女儿，有时索性抱闽西回家母女同枕共眠。

她真的轻松吗？不。有谁知道，每当夜阑人静时，想起夭折的那个孩子，她枕头边常常有一大片泪痕；有谁知道，午夜梦回，体验过酣畅的夫妻生活的她，会有一股凄惶和孤独汹涌袭来；又有谁会注意，她茕茕孑立在黄昏，目光辽远地注视北方，直到夕阳沉入脚下；又有谁会注意，每天早上她会焦急等待通信员送来当日报纸和信件，脸上是一副恨不得把所有抗美援朝消息生吞活剥的神情。

只有拼命工作让她觉得时间过得快些，她害怕清闲，更害怕牵挂。丈夫和"伢子"夫妇一直没来信，只有托回国公干的人员捎带回几次物品，诸如缴获的美国罐头、不锈钢勺子、化学菜盆子。

她开始只是认为惯例，战争年代断绝音讯往来几个月，甚至一年两年也是常有的事。

她几乎是同时得到丈夫和"伢子"夫妇阵亡的消息。此时，她刚调任军需仓库主任，白手起家，容不得她过多沉浸在悲痛之中。

此时，躺在病床上的她耳边又响起了丈夫遥远的声音："我也想天天和你在一起。"这是在喊她吗？在岁月最深处喊她吗？她又瞧见无名小山坡下那条小溪，她揉搓着眼睛，怎不见自己骨血流淌？越来越浑浊的是水，还是自己年老的眼睛？

不知是条件反射，还是药物使然，韦大姐想小便了。她动弹了一下。

守在韦大姐病床边的王跃进赶紧告诉了郦萍，只见韦大姐两只干枯的手按着床铺，似乎想撑起身子。郦萍赶紧拿来医用坐便器，塞进韦大姐的被窝。韦大姐小便了，这是个好兆头。拿出坐便器，她如释重负，用手搭了一会儿韦大姐的脉，抬头盯视一会儿心电监视仪，说："利尿剂起作用了。"随后，她走到王跃进跟前："中饭还没吃吧，我让人给你到食堂弄点吃的。"

王跃进摆了摆手。王跃进坐在这里似乎是第一次敢于这样看着韦妈妈，不需躲闪她犀利的目光。王跃进自己也说不清，和韦妈妈单处，他总有些不自在，他喜欢在人多的场合与韦妈妈在一起。

韦大姐对他有再造之恩。

在一次闲聊中，老于阿姨无意中说起小儿子王跃进。王跃进在市政府当了五年局长，因为分管副市长换得勤，一直没有提拔的机会，他刚熟悉捉摸透上级分管领导，领导就另调他任，一次又一次。说者无心，听者有意。韦大姐得知这个情况，于是她不听王家劝阻，由着性子去了省城，拄着拐杖戳开了省委组织部戚副部长的门，拐杖敲得地板嘚嘚响："抗日战争也就八年，比半个抗日战争还多哩。老同志的孩子为什么不用？至少紧要关头可靠！不会反党乱军，不会反自己的老子！列入三梯队那么些年了，年年优秀共产党员，表现又不错，不用，说明什么？"

韦大姐仗义执言还是产生了效果。不久，王跃进还真当上了分管旅游业的副市长。新官上任三把火，牵头搞了个"茶花节"。筹委会收到的领导出席名单令人沮丧，与会最高级别的是个已经退任的省人大常委会副主任。办"茶花节"除了推动当地旅游业，更重要目的是引进资金、项目。这些外商投资人很了解国情，一是要拉住银行，二是要拉住政府，参加的头面人物级别越高可信度越高。

老于阿姨只是路过遇见韦大姐谈论儿子近况时，不经意说起了这个事儿。韦大姐急了，她的流域面积很大，以首长的首长身份，请来了许多曾在党政军担任要职的老同志，这些人有的还享有"一级警卫"保卫措施，规格之高不言而喻。这阵势惊动了省领导，自然要陪同。就这样，韦大姐很艺术地调动了省现任领导与会。"茶花节"办得很成功，光引进外资就好几个亿，签约一千多个项目，也让与会的省领导喜出望外。当然会前会后忙活的小王副市长吸引了省领导的眼球，为进一步"熟悉"埋下了伏笔。

记得他第一次去看望韦妈妈，走进韦家院子，真似步入古老的村落，一排菜畦，挂满了豆角和西红柿，扇形的金鱼池长满了喂猪的浮萍，花房的玻璃瓦下是臭烘烘的猪圈，花砖地的走道上鸡屎斑驳，与米黄色的楼宇显得很不协调。邱援朝几兄弟正挥舞锄头在帮韦妈妈翻整菜地。韦妈妈坐在躺椅上，见王跃进来了，挪动一下身子，算是招呼了。寒暄了几句，王跃进递上烟，她用三根枯瘦的手指接过烟，在鼻下嗅嗅，拿起眯眼左看看右看看："好烟，好烟。"王跃进给她点上烟："韦妈妈，这可是熊猫牌啊。"这烟是王跃进参加一次宴席带回来的，宴席结束时，老板放在桌上这半盒烟，他顺手放进了口袋，来看韦妈妈就孝敬上了。"哟，高级香烟！"韦大姐贪馋地吸了几口。"一百块一包哩。"王跃进说。她听了"咦"了一声，扫了王跃进一眼："这么高级的烟，你再给我几支。"王跃进连忙将整盒烟递上："都给您。"只见她把烟盒"啪"地甩在王跃进脸上，勃然变色："抽这么好的烟，你这点工资买得起么？我当主任时，也就吃吃'飞马'，下去检查工作，没办法才买包'牡丹'装装样子。我看你是变修了。"当王跃进面红耳赤说明烟的来历后，韦大姐讲了一句意味深长的话："老板烟？牵牛下水，六脚齐湿！"

也许，这不自如的感觉是这次开始的……门口传来的声音打断了他的思索。

"你怎么才赶到呀？"这是邱援朝责怪的声音，"老太太这次怕是真过不去了。"

"我，我这不是来了嘛，让事情绊了一下，唉。"这略带沙哑的声音是米可可的，王跃进当兵时和米可可在一个班，太熟了。"韦妈妈又不是我一个人的，王跃进来了么？韦闽西和施小兵他们怎么还不到？"米可可咕哝着。

王跃进不由身起，刚想回话，见内科主任推门出来问："喂，你们是她什么人？"

"我们是她——儿子。"

内科主任回头看了他们一眼，公事公办地说："就是儿子现在也不许探视！病人正在抢救！需要绝对安静。"

其实，米可可也是在接到韦妈妈的病危电话后，在第一时间里匆匆赶来的。

他在这个市里是个很有名气的房地产董事长，贼精明，正在谈判签一项合作项目协议，为二十万的归属与对手唇枪舌剑，接到韦大姐病危的电话后，竟爽快地在协议上签了字。谈判的对手只见他出去接个电话，回来后不动声色就签了字，然后，匆匆就跳上自驾车走了。出去接电话会不会又是什么伎俩？让对手很是揣摸了一阵。

米可可是在走廊外碰到正在吸烟的金所长，他常去干休所看望韦大姐，认识。他从一只包里一掏就是两万元，硬塞给所长，说："所长，你无论如何也得把这钱收下，给我韦妈治病先救急，不够找我，我全包了。"

所长没办法，只好收下。

现在米可可与邱援朝相对而坐，各想着自己的心事。

八十年代初的一天，韦大姐着便衣斜背着一只挎包去地委、地区机关看望老部下。那会儿，县城除了地区机关有两辆北京吉普车，几乎没有机动车。大街上，韦大姐脱掉了外衣，搭在手上，大摇大摆走在马路中央。这时，一队自行车齐打着转铃呼啸而过，这自行车系锰钢的"永久13"和"凤凰18"，在当时是一种身份的象征。这一队人都是地区、军分区头头脑脑的子弟，他们组成的"高干子弟"车队，是小县城的一道风景。深居简出的韦大姐自然不知道这威风，她避之不及，被最后一辆自行车撞了腰。"奶奶个熊，眼睛瞎啦！"自行车停住，车上的小青年手扶车把，一脚踮地："你骂谁？你懂不懂交通规则？马路中间是行车的，你为什么不走人行道？"

韦大姐觉得有些理亏。

"哼！"小青年嘴一撇，见围观人在聚集，调整车头，双手放把，表演起车技，在人群中蛇行，嘴里吹着口哨。小青年慢悠悠拐进一个小弄堂，钻进"地区重工业局宿舍"的院子。他不知道有一双追踪的目光在尾随着他。

第二天大清早，一身戎装的韦大姐闯进了县公安局郦挺局长的办公室。

"人抓来了？"她纵身坐在局长的办公椅上问。

"大姐，昨天下午按您的要求弄进来了。"郦局长像个听差的，给韦大姐奉上了热茶。他从部队转业后，到了此地工作，和老领导一直来往，彼此形同家人。

"好，给我好好关他三天！"

"大姐，他是地区米家山局长的儿子。老米你是知道的，再说……"

郦局长一副难言之隐的模样。昨天米局长给他家来电话，大发雷霆，问他凭什么随便抓人？他当然不好说是韦大姐下令，只说他儿子米可可自行车撞了人，需询问一下。

"正因为是米家山的儿子，关三天还太少！"显然，韦大姐余怒未消。

郦局长噤声了，眼睛不住朝门外瞄。昨天米家山在电话里大叫大嚷，说明天上班就到他办公室来算账。他此时希望米家山早到，让他自己来了断这桩私案吧，看他在韦大姐面前敢要什么大刀。

"郦挺，郦挺！"米局长人还没进屋，那气咻咻的声音老远就传了过来。

"咦——韦大姐！"米局长一进屋见到韦大姐，颇感意外，连忙伸出了热情的手。韦大姐却板着脸，不理睬。米局长很没趣，把目光投向郦局长。

"你家可可昨天把韦大姐撞了！"郦局长冷冷地说了一句，拧转了脸。

啪，韦大姐拔出手枪往桌上一拍，犹如惊堂木："我以前是怎么教育你们的，你怎么教育你儿子的？现在还财主思想，欺侮人！"

"是啊，都是'四人帮'把思想搞乱了。老米，你把孩子领回去，要好好教育一下。"郦局长见机赶紧息事宁人。

"谁说放人？你敢？关三天，一天也不能少！"韦大姐收起手枪，整了一下军帽。

"韦大姐，孩子明天要参加电大考试，要不——"米家山眼睁睁看着韦大姐扬长而去。

后来，还是电视大学校长出面作保，放米可可先出去考试，考完回看守所，老老实实蹲了三天。因为韦大姐每天一个电话，还专程来公安局检查了一趟。

米可可就这样和韦大姐相识了。米可可从小就听爸爸妈妈唠叨过韦大姐，那时随父母到市里不久，还未曾与韦大姐谋过面，这就算是一个"见面礼"了。

以后，米局长离休了，韦大姐和他家走动密切起来，故乡人亲哩。他们唠过去，也唠现在，自然也谈些家务事，儿孙媳妇，油盐酱醋。

米可可只知道爸爸妈妈很敬重韦大姐，后来才知道原委，且不说在游击战争时，韦大姐宁肯自己挨饿，把拳头大的锅巴给米家山果腹等不胜述说的一系列往事，就说"文化大革命"中，米家山关在"牛棚"最落魄时，昔日的战友避之不及，韦大姐是唯一来看他的人。她每次来闽省，都是悄然把军用吉普车停在不远处的兵站内，着便衣来看"牛棚"内的米家山，比米家山的老伴来的次数都多。

米可可现在是市里最先富起来的人。

初"下海"，遭米家山夫妇反对。"电大"毕业生，好歹也是个大学生，放着吃公家饭的国营厂不干，神经啦？那天，米可可把事儿给前来串门的韦大姐说了。韦大姐当场反驳了米家山夫妇："什么搞私有化？七主义八主义，让老百姓过好日子就是好主义！"

"他是干部子弟又是党员，怎么能带这个头？"米家山对韦大姐说。

"上面不是号召让一部分人先富起来吗？党员带头富，这叫先锋模范作用，哦，你穿着解放鞋去动员穿皮鞋的人，鬼才相信你哩！"韦大姐转而对米可可说，"你要有自信，懂么？"

韦大姐替米可可做了主。

米可可没有韦大姐以红星奖章垫底的自信，可他当过兵，吃过苦。他先是利用电工特长给别人工程装电线做下手，转眼间成了包工头，后来名片上印着经理字样，再后来，经理字样一转身变成了董事长。他是越干才越有了自信。

韦大姐找上门时，已是今年春天。那一天，韦大姐颤巍巍地拄着拐杖上了米可可的房地产开发公司大楼，不顾外间女秘书的阻拦，一言不发用拐杖顶开了董事长办公室的门。阻拦的女秘书一瞧董事长畏惧的神态，很懂事地给韦大姐沏了茶，放轻了脚步出去，随手掩上门。

韦大姐不理不睬，眼睛呆呆地盯着窗玻璃外那女秘书杨柳摆动的腰肢。

"小伢子，你腐化。"韦大姐冷不丁一句。

米可可一头雾水，他猛然察觉到韦大姐指的是配女秘书之事，连忙解释，未了，说："现在生意场上都这样，再说也是给女大学生一个就业机会嘛。"

"小伢子，我刚听人说，米可可如果翘辫子了，哭他的准是女声大合唱（指他的女相好多）。"

米可可明白了，准是别人中伤。生意场上进出舞厅夜总会、卡拉OK酒吧，他确实熟悉不少女性，但他很检点，他很肯定地回答："韦妈，我绝没腐化。"

"真的？你保证。"韦大姐眼睛如锥似芒，尖硬、锐利。

"我保证！"

他知道韦妈一生最恨腐化。有一次地方剧团来仓库拥军演出《铡美案》，演出完了，按惯例，仓库最高首长上台与谢幕的演员握手。韦大姐拉着饰包公、秦香莲的演员的手握了又握，没理睬饰陈世美的演员。后来演员与部队首长合影，她推开簇拥在她一侧饰陈世美的演员，说：去，你没资格。

"小伢子啊，你今天有了别墅、存款，社会地位也有了，余下的应该拿出来，能不能给老区家乡做些事，那时候他们支持过我们革命……"

韦闽西大校是最后一个赶到医院的，她在外地，上个星期天她还跟韦妈妈通过电话，电话中韦妈妈说话还底气十足，一再声称自己身体很好。精气神儿挺好的妈妈，几天工夫说不行就不行了，韦大校真没一点思想准备。

韦妈妈与闽西感情最深，就是后来她知道自己的亲生父母在朝鲜战场上牺牲后，仍跟妈妈姓韦。五三年春天的一个清晨，在幼儿园小床上熟睡的她被推醒了，揉着惺忪的眼睛，只见戴着大盖帽，齐耳短发，扎皮带，打绑腿，服装宽大的一个女人张着双臂蹲在那儿迎她。她扑了上去，叫了声"妈妈"。她抱得很紧，似乎怕妈妈会消失。她并不知道这个妈妈并不是她亲生的母亲。从闽西一出生，她就对亲生母亲并不熟悉，那时和母亲一样打扮装束的女人很多。她只记得，她们都喜欢她，争着抱她逗她，带好东西给她吃。

韦妈妈对她宠爱甚至到了溺爱的程度，打小就没让她穿过一件打过补丁的衣服，给她买漂亮的裙子，给她买皮球、气球、洋娃娃和小轮车。早上，亲自给她梳辫子，夜里用手给她当枕头，哼小调哄她入睡，夏天整夜摇葵扇给她驱蚊……她出麻疹，几日高烧不退，韦妈妈将奶糕放进嘴里咀嚼成糊状，嘴对嘴地喂。后来，她上了为军队干部子弟办的杭州西湖小学，才得知她的"爸爸"在朝鲜战场牺牲了，自己是烈士子女。每临清明节，学校都要把烈士子女集中起来，发糖果、学习用品，她还会从校长手中单独收到另一份礼物，是韦妈妈给的，很准时。

韦妈妈成寡妇后，战友们为她张罗婚事，也不乏男人明显的暗示。

有一次，韦妈妈脸红扑扑地对小闽西说："小闽，妈妈给你找个爸爸好吗？"

"我不要新爸爸，我只要妈妈！"闽西立即大哭大闹起来。

韦闽西叹了一口气。她回头瞥了一眼后座的丈夫和女儿，他们似乎在小憩，丈夫鼻息粗重均匀，丈夫那军装盖在女儿身上，军装上那少将的金星肩章在晦暗中依稀可辨。她忽然有了一种负罪感。

对了，韦妈妈什么时候开始对自己严厉起来，用命令式语气，说话就像军令一样简洁："听话。"吝啬得连多一个带有感情色彩的"啊"字都不用。

事隔很多年后，韦妈妈解释说，就是因为那次揍她。因为韦妈妈突然察觉到：不能光打扮她娇惯她，因而忽略教育她。至今，闽西还记得韦妈妈打她的细节。

那一年，正值困难时期。读小学三年级的闽西放暑假，回到了韦妈妈身边。这天，邻家邱援朝来玩，出于好奇，把闽西那只洋娃娃大卸八块。这只洋娃娃一尺多长，躺下会自动闭眼，拍胸会发出"呀呀"的叫唤，是闽西的心爱之物。给邱援朝玩，她本来就不情愿，一见洋娃娃成了泥坯，就撒开了泼。见状，韦大姐过来抚慰。

"好了，妈妈再给你买一个。"

"不嘛，不嘛。他们也有妈妈，不会给他们买？为什么要玩我的。"

"小闽，听话。他们家孩子多，负担重。你邱叔叔是战斗英雄，一只胳膊给日本鬼子打断了……"

"不嘛，要他们家赔！呜呜。就是不嘛！"

"不许哭！再哭，老子枪毙你！"韦大姐吼道。

妈妈嘴巴上也不知枪毙了闽西多少回了，从来没碰过她一个指头，可这回动真格了。韦大姐抓了一根棍子，像老鹰捉小鸡似的拎起小闽西就揍了起来。忽然，韦大姐凄厉地叫了一声："伢子妮子啊！"她丢下棍子，一把抱住闽西，嚎啕大哭，泪水泅湿了闽西的脖颈。

正是韦妈妈唯一一次打她，所以很让她长记性。如今，闽西当了妈妈，也当了首长，在韦妈妈面前还是不苟言笑，活泼不足，严肃有余。不知为什么，她单独和妈妈在一起就会紧张，见妈妈就赶紧摸摸风纪扣检查军容。

直到她参军的前一夜，她才知道亲生父母在朝鲜都牺牲在美国飞机的炸弹下。她生身父亲是志愿军的副师长，叫"伢子"，她妈妈叫毛妮子，他们都是"闹红"时韦妈妈带出来的少先队员。

闽西的丈夫金大常少将跟闽西是中学同班同学，有一年冬天，他所在的学校请韦大姐去做革命传统教育。黑压压几千人聚在操场上，主席台上，校党委书记兼校长介绍韦大姐是红小鬼，从小上井冈山就懂革命，树立了革命理想……讲起开场白，直皱眉头的韦大姐终于忍不住，夺过话筒："你不懂，就不要乱弹琴！我为什么参加红军？我父母挑我上井冈山去，反正在家也是饿饭，不如当红军。我那时候，才是个妮子，懂啥？"

坐在前排的高一学生金大常看得真切，校长脸一阵红，一阵白，不住掏手绢，摘下眼镜，擦脑门沁出的汗。她把讲稿一丢，就信手拈来如数家珍讲开了革命故事。她的故事很"另类"，也很新鲜，当然也有许多和当时的政治提法相悖。开始，校长还时不时插话进行纠偏："韦大姐的意思是说……"出于礼貌，韦大姐开始还能容忍校长的插话，终于她不耐烦了："是让我讲，还是你讲？你会讲还让我来干什么。"说罢，她拂袖而去。

几十年的往事此刻一起涌上心头，闽西悄悄抹了把眼泪，在兄弟们身旁坐了下来。

第二天凌晨，韦大姐病情逐渐稳定，在众人的恳求下，郦院长破例同意他们进屋探望，但再三交代不许说话。

韦大姐闭着眼睛，她能感觉到孩子们都围在她周围，尽管她看不清他们，但她想说，这一次可不是我打电话把你们招来的，我是真病了，而且病得还不轻。

她心里能感觉到，坐在床头一侧的是王跃进，坐在另一侧的是米可可，床沿依次围着的是邱援朝兄弟、郦家三兄妹、施小兵。韦闽西的一家是最后赶来的，她挤到床前，她从来就是这样，在孩子们中间喜欢拔尖。

韦大姐抬了抬手，想说什么，但她觉得浑身都跟棉花似的，没有劲儿。

……

四个月后，大难不死的韦大姐出院了。

就在出院后第二天晚上她"失踪"了。干休所是第二天才发现的，搞得很紧张。后来才从米可可的电话里知道，她回老家了，是米可可亲自驾车陪她去的，谁也没带，只带了"大款"米可可。她让米可可给她修葺旧居，建造少年英雄纪念碑。

金所长立刻给韦大姐打电话抱怨道："韦大姐，你外出，也该给我们说一下。"

"我回老家啦！"电话那头韦大姐显得很兴奋。

"韦大姐，那边医疗条件差，你病刚好，这样吧，我带王军医去接你。"

"接什么？我死也死在老家！"

"韦大姐，你关系还在干休所里呢。"

"我现在自由了，你这次就让我回去还个愿吧。"

干休所恢复了往日的宁静。只有领离退休工资时，还有人念叨着韦大姐，有人记挂着总是好事。

还有人议论她：

"从前，死活也不肯回一次老家，这回也不知是咋盘算的，说走就走了。"

"嗨，老了，叶落归根嘛！"

"归根？老家一个亲人都没了，在这儿好歹还有一群不是亲生的儿女。总不能让这些儿女也跟着去她的老家吧，她是老糊涂了吧？"

"唉，这个韦大姐呀……"

（选自《人民文学》2006 年第 8 期）

作者简介

王槐荣，1952 年生，中国作家协会会员、浙江省作家协会主席团委员，金华市作家协会主席。著有小说集《红军巷的老兵们》，长篇小说《旋转的年轮》《红军巷的老太太们》等。现居浙江金华。

石王·御厨

◎ 鸿　琳

石　王

小城叫玉城，玉城自然就盛产玉石，相传早年城西玉皇山上的石头都是宝贝，其中的鹅心黄和玛瑙绿更是名闻遐迩。常言道"黄金有价玉无价"，南来北往的前来选石的石商络绎不绝。也不知自何时起，城西的老城隍庙一带就形成了玉石交易市场，因了玉石，小城繁华异常，赌石之风兴盛。

行内的人都知道，在翡翠原石交易中最神秘的一项活动就是赌石，说开了，选石就是赌石，石商就是赌商。你要不会赌石，那就永远成不了石商。翡翠的子料有外壳掩盖了它的真实面目，谁都无法一眼看透其内部的结构、质地、颜色和绺裂，原石在交易前是不能切开的，只能靠赌。赌石以色为主，赌正色（黄色为贵，绿色次之），此外还赌种，种要好，要老，还要活，当然还有赌裂、赌杂质、赌癣的。石商赌的是运气，赌的是经验，赌的是万贯家产，甚至身家性命。行内有句俗话说"神仙难断寸玉"，即便再好的石商也难保会看走眼的时候，所谓"五分眼光，五分运气"说的就是这个理儿。

一般来讲，石商看上一块原石后，便开始估价，经过一番讨价还价，最后敲定成交，这个过程就是赌石。等过了价，那就不是卖主的事了，卖主拿了钱可以下馆子也可以逛窑子，但也有的会站在一边等着看买主将原石切开，至于好坏已和卖主无关，只能看买主的运气了。赌石之人都知道，一块好的原石在雕刻成成品后，其价值升幅很大，那就是宝玉；而一块差的原石可能就一文不值，那就真的是一块石头了。因此在购买原石子料中，高利润与高风险是并存的。一块石头可能使人暴富，也可能让人一夜之间倾家荡产，所以石商花重金赌下一块石头，在切开之前一般都不敢亲自在场，而是必到附近的城隍庙里烧香求神保佑。手里拈着香，耳朵却竖起来听庙门外的动静，如果听到庙门外传来锯工一句吆喝："大涨哇——"，就知道原石里面是满黄或满绿，那就是好石。买主一颗吊在嗓子口的心就"扑通"落了下去，一脸喜庆赶将出去。锯工见了，拱着手连连叫着"恭喜恭喜"买主满脸是笑，说着"同喜同喜"，一个早早就封好的沉甸甸的红包就进了锯工的腰包。相反要是听到一声"解垮"，那就是一块烂石，买主脸就青了，轻则血本无归，重则倾家荡产。曾有一徽商倾其所有赌下一桌面大的巨石，可听到的竟是一句"解垮"，当即就血喷三尺，气绝身亡。小城人惋惜之余，都说那徽商太过自信，要是赌石之前请石王出马相石，那就不会落下如此的下场。

石王本姓石，年逾古稀，胡子花白，清瘦，但却硬朗，常年长袍马褂，戴副金丝镜，温文尔雅，乐善好施。年轻时石王跟着父亲走南闯北，新疆的和田、福建的寿山，云南的瑞丽，河南的独山，辽宁的岫岩，浙江的昌化，还有陕西的蓝田，甘肃酒泉都走过。石王赌了一辈子的石头，练就一双火眼金睛，什么样的石头一入他的眼定能说出个所以然来，好坏八九不离十，这没几十年的修炼是绝对做不到的。石王在小城玉石界名声如雷贯耳，无人望其项背。多少石商来到小城，还未赌石，先拜石王，遇到把握不准时定要恳求石王出马。石王知道自己一言九鼎，生意场上褒了一方也就贬了一方，一般轻易不会应允。石王常说一个人一辈子能赚多少钱都有定数，要赌石就看各自的造化，外人是不便插手的。

十年前，石王花甲大庆，小城玉石界雕刻了一面篆有"石王"的玉匾赠之，这玉匾就挂在石王的漱石斋的大堂上，熠熠生辉，让石王受用得很。没事时，石王爱泡上一壶龙井坐在漱石斋里，和前来拜访讨教的石商谈论石头，石王说起石头来头头是道。比如新疆的和田玉是玉中之珍，是国石，无出其右；辽宁的岫岩玉以深绿、通透少瑕为珍品；而河南的独山玉以白青和白绿为贵；若要制印那就非浙江昌化的鸡血石与福建寿山的田黄石和芙蓉石莫属了。他常说，鉴古方知今，国人自古好玉是骨子里的，赌石一不能靠师傅，二不能靠书本，关键靠经验和悟性，悟性从哪来，有人叫境界，有人叫慧根，赌石的人中，多数是不入道的，只有百分之一的人能入道。古人常说守身如玉，真正入道的人必定是谦谦如玉的君子。

多数时候，石王还是喜欢一人在漱石斋里，静静地把玩那些摆在红木架上的石头，在他眼里，每方石头都聚日月之精华，吸天地之灵气，都是有生命的。和它们在一起，就如同和修炼得道的仙人在一起，于无声处听风雨，于静谧间观日月。在他收集的无数奇珍异石中，不乏价值连城的宝贝。石王有一方巴掌大的嫦娥石，那是一块和田玉，通体浑黄，没有半点杂质，奇就奇在玉石中心有一轮银色满月，月中生长着一颗碧绿的丹桂。更奇的是每年中秋月上中天，将玉石正对皎月，竟能看见石中满月里有一嫦娥衣袂飘飘，纤毫毕现。中秋一过，嫦娥就隐身不见，一年只出现一次，年年如此。那是漱石斋的镇馆之宝，若不是至交，石王轻易不示人，因此，小城见过那块奇石者屈指可数。

于漱石斋隔门相对的是宝石坊，老板叫曾文之，自诩赌了十年石头，没有一次看走眼的。来小城赌石的石商请不动石王，有时也就只好请曾老板帮助相石。曾文之有求必应，但每成交一回，必收二成佣金。也许是运气好，只四十来岁年纪，就创下偌大一份家产，出门总是前呼后拥，一脸霸气，有三房姨太太，可谓妻妾成群。他曾用两枚宋代玉佩作交换想一睹石王的嫦娥石，可石王看不惯曾文之平日的骄横，总觉得曾文之慧根不净，虽然赌了十数年石头，其实并不入道。于是婉言相拒，曾老板被驳了面子，耿耿于怀，平日对石王颇有微词。

这年秋天，曾文之从云南千里辗转运回一方石头，高达两米，数千斤之重，似一柱擎天，曾文之将石头立于宝石坊，作为镇馆之宝。顿时观者如潮，宝石坊门庭若市，惊羡众人。曾文之放出话来，那是一棵数十万年的树化玉，价值连城，花费了他大半家产。一开始石王没当回事，后来经不起众多石商的怂恿，还是去看了。那石拙如顽石，疙疙瘩瘩，满身沙眼，极是普通。石王嗤之以鼻，根本不像是树化玉。石商们都说曾大老板这回可栽了，十年英名毁于一旦。曾文之不服，要用这块石头赌石王的嫦娥石，石王拗不过，又想给曾文之一个教训也好，遂答应。

石王和曾文之赌石的消息不胫而走，城隍庙外人头攒动，挤得水泄不通。

这天正是中秋，天高云淡，小城桂花飘香。石王和曾文之坐在城隍庙前临时搭起的看台上，石王面前的锦盒里就是他那方神秘的嫦娥石。

正午十分，锯工开锯，随着沙沙的锯石声，观者都替曾文之捏了一把汗。锯工一锯带出，并未见黄绿。曾文之脸就青了，而石王平静得很，一脸水波不惊，朝众人微微颔首。又锯，依旧不见颜色，场上一片嘘声。曾文之如坐针毡，脸色蜡黄，豆大的汗珠滚滚而落。曾文之一声长叹，全身颤抖立起，朝石王一拱到地："我输了。"说完黯然离去。

锯工此时业已手软，问石王："再锯吗？"

石王笑了，摆了摆手。

当夜，月上中天，沐浴焚香后的石王突然发现嫦娥石黯然无光，期待已久的嫦娥竟未出现。石王大惊失色，再看已让下人置于院中的那尊所谓树化石。竟发出温润的黄光。石王心一惊，急忙叫来下人锯石。突然，黄光乍现，等破开一半，石心一片金黄，还出现一个被虫子蛀空的洞，里面有一只绿蝉化石，石王顿时瞪大了眼，不敢相信自己的眼睛，果真是树化玉？！在收藏界，树化玉中出现的昆虫化石是树化玉中的珍品，是可遇不可求的，石王这才相信曾文之所言是实。

下人一片欢呼，石王脑袋一片空白，全身颤抖不能自已，半晌才抖巍巍捧起锦盒出了漱石斋，进了宝石坊。让石王意想不到的是曾文之已投城外的柳里河自尽了。

石王手上的嫦娥石砰然落地，在一地月影中四分五裂，石王分明看见衣袂飘飘的嫦娥幻化成一缕青烟离他而去。

自此，石王摘了玉匾，从此再不称石王。

御 厨

小城自古就是闽西北的重镇。

早年，潮州的盐，武夷的茶，赣州的纸，本地的木材都在这里交易，商贾云集，生意繁荣。因此，临江一条街酒肆赌坊花行林立，灯红酒绿，红粉销金，笙歌飘摇。江虽不大，可一到华灯初上，游船如梭，哗哗的桨声打破了金黄的灯影，箫鼓之声昼夜不绝，繁华景象盛极一时，有"小秦淮"之称。

小城民风剽悍，酒风盛行，酒肆名称也别具一格，媚香楼，桃叶渡，醉八仙、刘伶驻、清吟阁等等不一而足，门庭若市，酒旗招展，沿江一字排开，当然众多的酒肆中最出名的要数望江楼了。雕梁画栋的望江楼面水临江，据说门楣上那黑底鎏金龙飞凤舞的"望江楼"三个大字为清代才子纪晓岚所题。推开窗，清风徐来，水波不兴，江中游船悠悠，两岸垂柳依依。对岸美女峰上慈恩寺碧瓦红墙，云缠雾绕，尽收眼底，晨钟暮鼓，悠扬可闻。

当然大多数来望江楼的客人并不是来观赏风景的，吸引他们的是望江楼花重金聘来一个御厨。

御厨大号叫三公公，年过花甲，都民国了，仍留着一根花白的小辫，幸好小城天高皇帝远，没人跟他计较，那条小辫倒成了御厨的身份标志。御厨高瘦，脸白且光滑，爱着一袭长衫，说话细声细气，看人的眼神很是妩媚。据他自己说，二十岁那年净身入宫，在御膳房当大厨几十年，侍候过慈禧太后、光绪和宣统皇帝。可大清说完就完了，树倒猢狲散，几千太监哭哭啼啼出了紫禁城，各奔东西。御厨餐风宿露一路南下欲回老家广西柳州，途经小城时身染重疾，躺在城外的一个小客栈里奄奄一息。也不知怎么就被望江楼的老板王鹤亭得知消息，星夜备轿将御厨接回望江楼，请来小城名医"赛华佗"精心医治。自己每日嘘寒问暖，亲自服侍，调养半月，御厨大病方愈。病愈的御厨欲辞行，王鹤亭挽留再三。一夜，王鹤亭捧上重金聘请御厨入主望江楼做大厨。不料御厨一口拒绝，说，宫廷御膳房的菜谱岂可外露，不可违了祖训。王鹤亭笑说，我不是要你的宫廷菜谱，只求你答应入主望江楼即可。还表示御厨什么都不必干，只要每天在望江楼露露面就行。御厨深感王鹤亭的厚爱，又想自二十岁入宫，父母早已辞世，家乡音信杳无，回乡也不是办法，见王鹤亭把自己待若上宾，也就顺水推舟应允下来。其实王鹤亭看上的是御厨的名声，至于御膳这世上有几个人品赏过啊。你说是它就是不是也是，关键要有一个人站出来说话，而这个人非御厨莫属。

自从御厨入主望江楼，酒楼的生意爆满，食客如蚁，让王鹤亭赚了个盆满钵满，整天乐得像弥勒佛似的，恨不得把御厨当菩萨供着。

御厨每天清早在下人的服侍下用过早点，躺在床上吸完一锅大烟，然后捧着把紫砂壶，里面泡着王鹤亭亲自从武夷山购回的大红袍，慢悠悠踱进望江楼。高兴时就往后院的厨房溜一圈，那些厨子们见了，早早就停了手中活，叫声三爷，毕恭毕敬地站着大气都不敢出。御厨也不答话，看看大厨做出的菜，间或也会夹上一箸细细品咂一番，一脸严肃相。厨子们都诚惶诚恐，唯恐有什么差错。可御厨从不说什么，这更让厨子们觉得御厨高深莫测，私下了都说果真是御厨，真人不露相啊。

大多时候，御厨还是会在二楼的餐厅正中的那面檀木八仙桌上品茶，一副怡然自得的神情。食客见了不论是谁都会恭恭敬敬的唤声三爷，御厨此时总是含笑点头，一脸谦虚。有时候御厨也会到客人的酒桌旁转转，谦恭地问声如何？可好？食客们就很是受宠若惊，都说好好，有你御厨在这，哪有不好之理。都客气拉御厨赏脸入座，可御厨从不吃请。客人们都说，也难怪，御厨当年天天都给皇上做御膳，有什么没吃过啊。

因此，菜还是从前的菜，但因为有了御厨，那可就大不一样了，同样是一盘麻婆豆腐，食客们都说是望江楼的好。吃了望江楼的菜，个个都成了美食家，再到别的地方就觉得和望江楼没得比，不可同日而言了。小城的官宦商贾迎来送往必在望江楼请客，谁不愿意品尝一番宫廷御膳啊？一时间小城人都以吃过望江楼的宫廷御膳为荣。

俗话说同行如冤家，望江楼生意红火，自然就影响了别的酒楼的生意，有些酒楼的老板就想方设法想把御厨挖走，这可让王鹤亭坐立不安。御厨可是他的摇钱树，哪能被别人挖走。所以把御厨看得比亲爹还重，绞尽脑汁变着法儿讨御厨的欢心，唯恐照顾不周得罪了御厨。无奈御厨清心寡欲，除了好几口大烟，别的也没什么爱好。御厨倒是知恩图报之人，从没有要离开望江楼的意思，并一再拒绝王鹤亭给他钱物，说钱乃身外之物，我一介老朽要那么多钱何用？后来王鹤亭也不知听了谁的主意，花了一大笔银子从怡红院把当家花魁小桃红包了下来，让她陪御厨吟诗作画唱戏。不料御厨大发雷霆，将小桃红赶出门。王鹤亭弄巧成拙，连连赔不是，回到后院还让二姨太一顿奚落，说王鹤亭真是老糊涂，哪壶不开提哪壶，拍马匹拍到马腿上了。后悔得王鹤亭恨不得摔自己几个耳光。

这年冬天，袁世凯称帝，蔡锷、唐继尧在云南发动护国战争，在全国一片声讨声中，当了八十三天皇帝的袁世凯一命呜呼。各省纷纷闹独立，城头变幻大王旗，军阀胡大麻子领兵开进了小城。胡大麻子行伍出身，嗜酒如命，自封大帅。听说望江楼有个御厨，高兴得手舞足蹈，说老子走南闯北，啥没吃过，可就是没吃过宫廷的御膳，想当年慈禧太后一顿饭吃了一百〇八道菜，老子今天也得去尝尝。领着一帮人马兴冲冲往望江楼而来。

王鹤亭得到消息，早早迎候在门口。胡大麻子上了楼，一见御厨还留着条小辫子，哈哈大笑说："现在都民国了，你还留辫子，就不怕本大帅治你的罪？"一句话唬得御厨面如土色。

胡大麻子笑道："今天老子高兴，不和你计较。你给我把整给皇帝老儿吃的都给我整出来，让老子也开开眼，看看都有啥子玩意，把老子侍候舒服了，重重有赏！"

御厨站着半天没挪窝。

胡大麻子见状，一拍桌子，骂道："他奶奶的，你还磨叽啥？老子还不配吃你做的菜怎的？！"

御厨吓得缩起脖子，唯唯诺诺，显得左右为难的样，在王鹤亭的一再催促下才战战兢兢去了后厨。

可过了半天，也不见上菜。胡大麻子本身就是火爆脾气，把个八仙桌拍得山响，口中骂骂咧咧。王鹤亭跑进跑出赔尽老脸，好话说了几箩筐，告诉说御膳得精工细作，来不得半点马虎，这才让胡大麻子没有发作。

菜终于上来了，先是清蒸海鲜、广肚乳鸽，后是乌龙肘子、灯烧羊腿。早已垂涎欲滴的胡大麻子抄箸就吃，可吃着吃着就皱起眉头，一脸狐疑问站在一旁的王鹤亭："这就是御膳，我看不像嘛，怎么咋吃咋没味？"

副官也说："哪是什么御膳，随便一个饭馆也比你这强。"

王鹤亭被这一说，不知怎么回答，说实话，他自己也没吃过御厨做的御膳啊。就在这时，厨子端上了长春汤，胡大麻子舀了一匙，刚进口就"呸"地吐了出来，破口大骂："这是人吃的吗？咸死了，叫你那御厨给我滚出来！"

站在一边的王鹤亭吓得面如土色，连滚带爬从后厨把一身油烟味的御厨拉了出来。

御厨辫子也散了，衣衫不整，见了胡大麻子，哈着腰，连头也不敢抬。

胡大麻子把那盆汤泼到御厨脸上，骂道："你个鸟御厨，喂猪啊？信不信老子一把火烧了你酒楼！"

御厨全身筛糠般颤抖，哭丧着脸说："回禀大帅，我在御膳房是做饭的，从没做过宫廷菜。"

"你奶奶的，那你给老子做一套宫廷饭出来！"

御厨面红耳赤，踟蹰了半天说："大帅，我是做面点的，不会做饭。"

胡大麻子一听乐了："好啊，老子在北方吃惯面点，到南方来尽吃大米饭，憋死我了，快快，去给我整份宫廷面点来，他皇帝老儿能吃，我就不能吃？"

御厨还不动身，只是不停地搓着鸡爪般的手，嚅嚅嗫嗫说："我只是做千层饼的，别的面点也不会做。"

胡大麻子喝道："我管你什么千层饼万层饼，快快整来！"

御厨豁出去了，说："千层饼我也不会做。"

"混蛋！那你会做什么？"胡大麻子提起桌上的马鞭，"啪"地抽在御厨的脸上。

御厨惨叫一声，捂住脸，有血从手指缝里渗出来。御厨扑通跪倒，连连哀号道："大帅，大帅饶命，我在御膳房是专门切葱花，千层饼里放的。"

"你个狗奴才，气死我也！"胡大麻子一脚踢倒御厨，掀翻八仙桌，还不解恨，让手下将个望江楼砸得七零八落，才气冲冲走了。

自那天以后，小城人再没见过御厨。有人说御厨被胡大麻子杀了，也有人说御厨无颜示人投河自尽了，还有人说，御厨连夜就出了城隐姓埋名回广西去了。

但最让小城人忿忿不平的还是望江楼的老板王鹤亭，都说他是个大骗子，不知从哪弄来个老朽来糊弄人，为商不义。

望江楼自此门可罗雀，不久王鹤亭郁郁而死，望江楼就败了。

当然，现在的望江楼还叫望江楼，门楣上的鎏金草书虽然年代久远，但依旧熠熠生辉，只是现在的食客已经很少有人知道这段往事罢了。

（选自《福建文学》2010 年第 4 期）

作者简介

鸿琳，本名刘建军，1965 年生。中国作家协会会员。小说多次被《中篇小说选刊》《小说选刊》《小说月报》转载，出版长篇叙事散文《翠江谣》、长篇小说《血师》。现供职于宁化县方志办。

硕 士 妹

◎ 董春水

　　硕士妹，我照样叫你"妹"，那是"广义的"——借你总是脱口而出的什么"学院腔"来说。其实我该叫你"姐"，遇见你时你已经二十八岁，是个老姑娘了，你还号称硕士，可是你比我所有的"妹"都更天真、更幼稚、更荒唐，然而——也更悲壮！

　　起码，你比那个叫英子的女诗人，那只"最美丽的小母狗"要可爱一万倍。

　　回想起来，你好像最叫我难堪，最让我心酸。

　　你给我的那一记耳光值得我永远珍藏⋯⋯

一

　　当时你看上去比我哪个妹妹都更"抖毛"。

　　我忘不了你脸色蜡白，不吃人间烟火的样子。你穿着条白底黑点的连衣裙，戴一副垂着金丝链子的近视眼镜，眯缝着一双丹凤细眼，简直睥睨群伦。你觉得你是来深圳文化扶贫的吧？你身上的那种书卷气让我又亲切又气恼，对你玩够了恶作剧。真不知道我这是什么心理作怪，要说我下深圳当下三滥的电热器推销员之前也差点成为文学硕士呀。

　　遇见你是在东莞的樟木头——这名字不好听，但它是个崭新的经济重镇。我从深圳到樟木头是来喝喜酒的。我一个最得意的学生"嫁"到这里来了。

　　说"嫁"，是因为他是个男的，一个才二十岁的小帅哥，一个三十五岁的土著肥婆"娶"了他。这里很多土著男人娶了外地靓妹，于是就苦了他们那些缺乏姿色的姐妹们。这几乎成了当地的一个社会问题，连政府都出来关心了，说曾在《深圳特区报》那里做广告，许诺可以为入赘本地的外地"优秀男性青年"提供诸多优惠云云。我有个只比我小几岁的学生阿亮，美如冠玉，聪明绝顶，中专毕业后不愿在老家的一个乡政府里当文书，下广东来投奔我。我带他跑了几天电热圈，他就叫苦连天，说不行了，他在乡政府搞计划生育时追那些狼奔豕突的大肚子女人都没这么累过。我叫他进厂去，他看了那些招聘广告，又摇头叹气，稍微算个职位的，人家都要求大学本科，站流水线他又不干。我说："你他妈的去太太俱乐部当鸭子算了，反正你本钱有的是。"还拿道听途闻的有关入赘樟木头的"好事"向他夸口。他沉默了很久，什么都没表示，就离开了我，说是去东莞长安找我另一位学生赤佬。两个月以后他就来请我喝喜酒了。那个肥婆在樟木头开了家很大的超市。喜酒摆在一个三星级的大酒店，我们跑电热圈的同乡就去了几十个。但赤佬赌气没来，在电话里骂我把学生给卖了。开始我还不以为意，在酒店里跟老乡们一起嘻嘻哈哈地拼命拿阿亮打趣。可是等我看到那个满脸扑粉，大红彩球似的老板娘老鹰擒小鸡似的带着个可怜兮兮的小白脸出来摆谱时，我恨不得上去甩他两个耳光，也恨不得甩自己两个耳光。

人头马和蓝带任我们喝。我喝得很凶很苦。本来新郎新娘给大家敬酒都只是表示一下的，这回新娘却非要单独跟我喝一大杯人头马不可。她通红着脸，连眼睛都红了，母狼似的盯着我说："想不到你这个当老师的是个这么年轻的帅哥，以后常来走动呀！"硬塞给我一张花哨的名片。我下广东后最怕人家还叫我老师，我当时简直无地自容，喝完那杯酒我就先开溜了。

我头昏眼花，酒气冲天地在街上走。樟木头的高楼大厦都是崭新的，而且热火朝天的到处还在建。满街都是花枝招展的妹妹，漂亮的妹妹，水做的妹妹，五湖四海的妹妹……那些愚蠢的当地人，那些撞大运的臭男人可以随便摘走其中最鲜艳的花朵！我莫名其妙地发起恨来了——你们这些长发细腰丰乳肥臀的东西一窝蜂地飞到这里来干什么！

二

后来我被人拉上了一辆回深圳的中巴。我是看到车里人坐得差不多了才坐下的，我可不想被人家当傻子载着在街上没完没了地兜圈子。

硕士妹，就在那辆不幸的中巴上我看到了你。

你在我斜对面，靠窗坐着。坐着也知道你个子很高。你简直没有打扮，穿戴毫不艳丽，但你的神气分明在说："我才是孔雀！"我一眼就看出你起码是个本科生——想到这点我就来气了，比对街上的那些小学生中学生妹妹更来气。我对自己的本科文凭就很羞愧，有时我宁可自己是个白丁，这样的话我在深圳混得会自在一点。

你也斜了我一眼，但眼睛马上又不屑地转到了窗外，一副不耐烦的样子。老实说，女人对我这种态度是少有的，哪怕我看上去真像个酒鬼。我知道女人们即使犯不着对我妩媚，也会做出温柔或起码认真的样子给我看。而你第一眼就开始藐视我。你藐视我当时并不普遍的大大咧咧地插在屁股后面的大哥大？藐视我整个人"帅呆"了？藐视我一副吊儿郎当的痞子模样？难道一个戴眼镜的不经阳光的骨感的老处女就可以这么冷傲吗？你是不是已经性冷淡了？

我醉得野狼似的发红的眼睛缠定了你。你外边坐着一个四五十岁陈奂生模样的男人，可能这也是让你不耐烦的原因之一。看我总在看你们这个方向，陈奂生赔着小心向我讨好地笑。我可不笑，我绷着脸对他说："我们换一下位。"

"这个……"他疑惑又心虚地看着我这里。我边上是个满脸横肉的中年妇女。

"做人要自觉一点。"我说，"你不觉得你坐你那里不合适吗？"

陈奂生唯唯诺诺地站起来，提着一个"赣州"什么的破皮包跟我换位。我听到你鼻子里哼了一声。我大剌剌地挨着你坐下。你又白了我一眼，往里靠了靠。我粗鲁地打着酒嗝，做出要呕吐的样子。你一脸的慌张和嫌恶，站起来东张西望，也想逃往哪里的样子。我翘起二郎腿，死死把住你的出路。你无奈地坐下了。我掏出一包万宝路，转身递了一根给对面的陈奂生："老表，来一根。"

陈奂生巴结地说："这可是真正的洋烟，好高级哦，你也是江西来的？"我不管他了，叼了一根烟，掏出打火机，啪地打出一条长长的火舌，点着烟，往靠背一仰，大口大口地喷云吐雾起来。

你皱着眉，撇着嘴，将车窗玻璃尽力往后拉。

"你要透气，我就要憋死呀！"你后面的一个女人骂骂咧咧地把玻璃往前推，保持中间位置。

你不敢争辩。起码我们两个人的空间被我搞得乌烟瘴气了。我也看清了你的脸，典型的小寡妇脸。真有点鲜润的是你两片发白的薄嘴唇，我想它们可能还没尝过接吻的滋味呢。

"能不能请你把烟掐了？"你终于说话了，声音小小的，很纯正的京片子。

我又吐出一个烟圈说："我自己抽烟关你什么事？"

"当然关我的事，关大家的事！你以为你一个人活在真空中吗？"你隐忍着，又好像想唤起大家对我的敌忾之心。你说："人应该有起码的公德嘛。你知道不知道，被动吸烟比主动吸烟危害更大。"

"收到。"我说，掏出那包万宝路递给你，"那就来一根主动的吧，我们同流合污。"

"你这人……"你见到蛇似地往后缩，"你这人看上去也不是毫无文化，怎么会这样……没修养。"

"哇操，今天碰上老师了。"我笑着说，"那就跟你学修养吧！"我把烟头扔出窗外，接着把整包万宝路都扔了出去，"怎么样，潇洒吧？"我冲你一笑。

"无聊。"你哼了一声，别过脸去。

"哎哟，太可惜了。"陈奂生叹息说，"其实男人抽点烟也好嘛……"

中巴还在兜着圈子拉客。真是贪得无厌。其实车上已经坐满了人，只有过道还可以挤。

"走啦走啦！"车里有人愤愤地叫起来，"都什么时候了！"

"你们就是贩猪仔坑人！"满脸横肉的女人说，"那辆车把我们转到你们这辆来，你们说马上就走，可到现在都已经四十分钟了。"

"啊叽啊喳做乜啊！"那个押车的小子抢着一只刺了两根死人骨头的手乱嚷着，他另一只手上刺的是一条蛇，敞开的小排骨上刺着一匹有翅膀的马，一根粗得不能再粗的银项链非洲土人似的挂在脖子上，一副典型的本地烂仔模样。他冲着大家说："我们开车的不急，你们坐车的急什么？"

"要讲一点效率嘛。"你说话了，"深圳的口号不是时间就是金钱效率就是生命吗？你们浪费了大家多少时间。"

车仔横了你一眼，正想说什么，门边的一个矮子站起来喊道："不坐了不坐了，落车。"说着就想下车。

"你敢下去？"车仔抢过矮子的提包往后面一扔，又揪住他的领子把他提上来，"上来了就不要下去，滚进去！"用力把矮子往后一操，矮子一个跟跄，倒了下去，摸着提包，爬起身来，蔫头蔫脑地坐回原位。

"你们……怎么可以这样对待顾客？"你的神色又气愤又不可思议的样子。

对此我是早想开了。当时我还没跻身有车族，我想我既然只有本事跟广大人渣一同挤公共汽车，那么我受人渣们一点气也是应该的。

"你不知道我们这里是南蛮吗？"我可笑地望着你说，"要我们对你们北佬多客气呀？"

"匪夷所思。"你叹息着，"我真以为广东有多先进。"

三

中巴总算上路了，又催命似的开得很凶，风呼呼地直灌进来，比刚才凉快多了。你纤细的发丝拂到我脸上，弄得我痒痒的，我下作地吸了吸气，你连忙小心地把头发拢到脑后去。

"其实一点都不香。"我自言自语地说，"一个礼拜没洗头了吧。"

你装着没听见。

风还吹出了你小小的胸脯的轮廓，正因为小小的，有点耐人寻味，所以更招惹我不怀好意的目光。你发觉了，便用手臂挡住那里。我又低头看你的腿，你再把膝盖并拢。你倒是一身雪白的，我想。我想起我大学时没追上的一位女同学，她是永远的学习委员，气质有点像你，她背得出整本《诗经》和整首《离骚》。可我永远只会背开头的"关关雎鸠，在河之洲。窈窕淑女，君子好逑"和"帝高阳之苗裔兮，朕皇考曰伯庸"。她瞧不起我，认定我是个一事无成的浪子。她毕业那年考上了研究生，接着又成了据说是中国最年轻的女文学博士，专攻先秦文学。想起她有滋有味地啃着那些佶屈聱牙的句子，我就感觉又怪异又佩服，怎么世上还会有这样的女孩子。

何曾料到我后来又会碰到一个更好玩的你呢？

那天中巴上路时，我作斯文状问你："大姐好像很有文化，读到了几年级？"

你不屑一顾，置若罔闻。

"噢，原来是我叫错了。"我连忙改口说，"应该按广东的习惯，叫你一声小姐才对。"

"我不在乎这些俗套。"你轻哼了一声。

我追问："小姐读到了几年级？"

"我倒要问你读到了几年级！"你用反唇相讥的口吻说。

"不好意思。"我说，"我才初中三年级，我就认得那一百六十八块八毛八。"

"市侩。"你转过脸去。

"是啊。"我一脸傻笑，"用你们文化人的话说，我们穷得只剩下钱了。"

这时候，那个一身刺青的车仔开始嚷着"到哪里到哪里"，向大家收钱了。他把手伸向门边的那个矮子时，矮子手插在衣兜里，没有反应。他又厉声喝道："钱拿出来！"

"还要交钱！"矮子叫起来，摸出一张车票给他看，"我们在东莞总站交足了到深圳的钱，那辆车把我们倒到你们这辆车来的时候不是说好了吗？"

"谁跟谁说了什么？"车仔嚷得很大声，好让大家都听到，"你自己傻蛋，被人家骗了，你给人家的钱，哪个傻乎乎的会转给我们，要我们白载你啊！"

"你们……明明是……互相糊弄人嘛……"矮子结结巴巴地说。

"我们糊弄谁了？你他妈的说清楚！"车仔仿佛受了奇耻大辱，声嘶力竭起来，用毒蛇手揪住矮子，骷髅手高高举起。

矮子不吭声了，要哭似的掏出钱来。

车上近半的人有气无力地表示抗议，一边嘟哝，一边掏腰包。

"我一路上被人卖了三次了。"一个声音说，"还不知道这趟车到底能不能到深圳。"

"不到深圳你用雷管把我的车炸了！"车仔吼叫到，又拍打着没有刺青的肚皮说："你捅我这里五百刀！"

车上不平的声音停了。

车仔挤到我们这里，我给了他十五块钱，他又把手伸向你："给钱啊。"

"我给过了。"你昂着头，双手抱在胸前。

"给钱啊。"车仔也不多说，继续伸着手，手上的毒蛇吐着信子。

"我给过了。"你白了他一眼，"我在东莞总站上前一辆车就交了，你们……"

"给钱啊。"车仔又说了一遍。我发觉他其实是个傻瓜，词汇无比贫穷。

"不给。"你说，"我给过了，你们不可以这样宰客……"

"不给是不是？"车仔脸色铁青，"好，等一下来，死三八！"说着先挤到后排收去了。

"太可悲了！"你蜡白的脸变成了奇异的粉红色，"顾客就是上帝。可你们把顾客当什么了？你们这种做法完全是宰人，我知道你们都是一伙的，串通起来宰客，你们怎么可以这样，连一点公德意识都没有，广东的服务行业都像你们这样，还有什么发展的潜力。你们的作法完全损害了特区的形象和利益，你们还不自觉，真是太可悲了，电视报刊上总说广东行路难，我现在才知道了，不单有那么多关卡，还有你们这些不法的载客车……"

"你还有完没完？"我打断你说，"这是我们南蛮地界的大道理，既然你跟这里大家一样，都还开不起自己的小车，你就乖乖地让人宰吧！废话少说！不就那么十五块钱吗？"

"你这种人，为虎作伥！"你看我就像看一只死苍蝇，"什么才十几块钱？那会把自己的人格都给卖了。"你站起来，环视着车内众人，"你们为什么都要给钱？你们不能给的！你们都把自己给背叛了，你们为什么都不敢站出来，怎么就这么乖，你们还都是男人呢……"

全车客人都被你的锋芒刺痛了，都蔫头蔫脑的，不敢看你。

"哇操，原来今天碰上了一个女侠，这是我们全体男人的福气。"我把手提递给你，"你告啊，告他们宰客，马上告……"

"我会拿起法律武器的。"你不屑地推开我的手提。"我会把他们的车号记下来，我不相信中国就没有人权……"

"那你就赶快告啊，告到美国国会去。我帮你拨。"我环顾大家，"谁知道美国国会的电话号码？"

大家哄地笑了起来。

"你——"你愤怒地望着我，"你是个最丑陋的中国人！"

"哇，我还以为自己很漂亮，这下没脸见人了。"我双手捂了一下自己的脸。

"交钱啊"哪个车仔倒了回来，向你伸出手。

"收起你的黑手。"你说，"伸手必被捉，你现在缩回去还来得及。"

"你妈的，三八婆。"车仔怒不可遏，抢起那只刺着死人骨头的手，"我扁你——"

我站起来，挡在你们之间。我抓住他那只手，用暗劲拗下去，盯住他的眼睛，用标准的白话说："冷下先，好男不同女斗，这是个书呆妹。"

"扁她还臭了我的手呢！"车仔对你啐了一口，"我可怜你！一个女人混到你这么大，还要一个人出来挤公车，肯定是做鸡都没人要的……"

"不准你侮辱我。"你眼里闪着泪花，"我是哲学硕士，大学讲师！"

"哇操，我不敢跟你坐了！"我连忙起身。

"停车！"你大声说，"我要下去。"

中巴停了下来，你提着一个帆布背兜挤到门边，用了好大的劲才把门拉开，你走下去，一只脚刚下地，半个身子还在门内，车仔便早预算地嘭的一脚把门踢上。我听到车门打在你身上的声音，同时中巴也启动了，迫不及待地开了出去。我透过车窗玻璃，看到你从地上爬起来，真是斯文扫地了。

四

我叫车停下来，也下了车，往回走。我往往就是在这种关键时刻把持不住，乱了方寸，无可奈何地成了妹妹们的俘虏。可不，我那天要是不回头、不下车，我们之间就不会有后来那些纠葛了，我也顶多是你记忆中的一个丑陋的中国人。

我迎着你往回走，你蹲在前面的公路边。这里是东莞雁田，离深圳很近了。公路上铁流滚滚，奔腾不息，好像地球都在颤动。两三点钟的太阳当头照着，连风都是热的，还挟着尘沙、废气和两边工厂里飘出来的各种难闻的气息。

我走到了你的身边。原来你在哭呢。你身上和头发上都沾着尘土，你下车的时候被推倒了。你用双手捂着脸哭，声音很压抑，眼泪从你的指缝里流出来。这可不是一般的哭，我心里想，这是一个稀奇的女哲学家、一个年轻的大学讲师在哭。可是除了我没有人知道你。人家顶多以为你是钱包被偷了，或者被臭男人侮辱了才哭的。即使如此，周围人来人往，也没有人看上你一眼，更别说问你什么了。你旁边就是一把大阳伞，下面摆着一个冷饮摊，那个摆摊的马脸女人表情比她冰柜里的雪糕还要冷。

我隔着两米的距离，在你对面蹲了下来，默默地看你哭。你发觉了，放开手。我看到你左边的眼镜碎了，鼻尖蹭破了皮。你一边掏出手巾来揩眼泪，一边抽噎着对我说："你还想干什么？你们这些败类……"

我把手提递给你说："告诉你妈，说你在外面被人欺负了。"

"我不是为我自己哭。"你霍地站了起来，"我是为你们而哭。"

"真稀奇。"我讪笑着，也跟着站起来。

"我耻为你们的同类。"你还在有趣地激动着，"我同意恩格斯的话了，人与人之间的差别有时真比类人猿和原人之间的差别还大，我开始怀疑人是理性的动物，我甚至也要同意萨特了，他人就是地狱……"

"有那么多人没经过你的同意啊。"我说，"他们都胡说些什么？"

"夏虫不可与语冰。"你别过脸去。

"我请你吃冰。"我说。向马脸女人买了两个冰淇淋，递一个给你说："降一降火。"

你睬都不睬，往边上走。

"给个面子啦。"我跟上一步说，"看在我陪你下车的份上。"

"你陪我下车？"你狐疑地望着我，"你还有什么企图？"

"我还有什么企图？"我叫屈说，"光天化日之下，深圳还是社会主义嘛。"

"社会主义的墙脚就是被你们这些人渣挖空的。"你又开始走。

"你这位小姐怎么这样。"我大声说，"人家做鬼你不买账，人家做人你又不赏脸。"

你认真地盯着我说："你是人是鬼？"

"是鬼也赏个鬼脸嘛。"我执拗地把冰淇淋递给你。

你终于接了，尽管迟疑不决，真有点恩赏我的样子。

"放心吃啦。"我大口地吃着说，"没放安眠药催情粉什么的，你看上去不像有多少财色，我打劫你干嘛？"

"你们尽可以侮辱我。"你凛然地说，"我是一无所有，可我真正的财富你们永远也劫夺不了。"

"你还有什么财富？"我不信地说。

"你们才穷得只剩下钱了。"你小口地抿了一下冰淇淋，"我的精神比你们富有万倍。"

"佩服佩服，"我说，"小姐真有文化，我记得你说你是什么硕士？"

"哲学硕士。"你自负地嘬了一口冰淇淋，"没听说吧？"

"没听说。"我说，"哲学不就是初中上的政治课吗？什么生产力决定生产关系，生产关系对生产力具有反作用，我现在还会背呢！"

"你这个哲学的贫困。"你讥笑起来，我第一次看到你笑。你又叹了口气说："也不能怪你，我们国家的教育体制太误人子弟了。"

"是啊是啊。"我赞同说，"那些书都是读死人，我那些最傻的同学才都考上了大学，像我这种人从来不读书，不也照样在江湖上混得有模有样？我只记得一句古诗，叫做'刘项原来不读书'。"

"可笑的愚昧，纯粹的偏见。"你有点生气的样子，但马上又原谅了我，"不值得跟你争论。"

"我哪争得过你。"我说，"你是个女才子。"

"我是女哲学家。"你好像对这点特别强调，"女的，你更没听说过吧？"

"没听说过。"我说："是不是女人不能当哲学家？"

"谁说不能当？"你奇怪地激动起来，好像这是你的痛处，"哲学真的是男人的专利吗？这是历史的误会，男人的偏见，女人也是人，只要是人就有权利思考人最本质的问题。我爸是个哲学教授，可他最不耐烦我问哲学问题，最反对我读哲学书，他顺带对我的数学天赋也不以为然，他认为女人应该是感性的，女人搞抽象思维是母鸡司晨。我一直在跟他竞争，赌气也要打进那个男性王国，跟父亲比一比，看看到底谁更行，我真想像叔本华对他母亲说的那样对他说：'正因为有了你这个非凡的女儿，哲学史才会提起你也是个哲学家。'所以我在清华数学系一毕业，就去考哲学研究生，一举夺魁，那班男生，自以为天生的哲学胚子，这回全都甘拜下风……嗨，我对你说这些干什么？真是对牛……你又听不懂。"

"我今天真是三生有幸。"我一本正经地说："能在这里碰上你这位人类历史上的第一位女哲学家……"

"也不能说世界上。"你更正说，"也许可以说是中国吧。"

"你太谦虚了。"我说，拿过你看来看去没处扔的那个冰淇淋纸壳，随便往公路上一扔，你皱了下眉，看来你还有洁癖，不愧是个大家闺秀。我说："请问小姐贵姓呀？"

"我姓揭。"你说，"揭竿而起的揭。"

连姓都这么怪，真是没办法。我说："那我是叫你揭老师好呢还是叫你揭小姐好？你喜欢哪一个？"

"这……随便吧！"你脸上泛起了一点笑——女人的，不是哲学家的笑。

"那我还是叫你揭小姐吧！"我说，"我在深圳习惯了叫年轻的女人小姐。"

"谢谢。"你又笑了一下，刮目相看似地望了我一眼，看来哲学家也喜欢恭维，何况是个女哲学家呢！

"揭小姐真的还很年轻，一点都不显老。"我有点放肆地打量着你，"看你一身的文化味。"

"我才二十八岁。"你有点不服气地自报年龄了，好像你感觉到了我话里的刺，但你以为我是无心的，因为你首先认定我是无知的。

"怪不得。"我说："揭小姐成家了吗？"

你欲言又止，觉得回答我太无聊是不是？

"还是单身贵族？"我说："那你有男朋友吧？我想你的男朋友……"

"别以为你请我吃了一个冰淇淋就可以随便对我问这问那。"你又不客气起来，撩了撩有点汗湿的头发，太阳照得你打碎了的眼镜亮闪闪的，你蹭破的鼻尖结了痂。

"我还以为跟揭小姐很熟了。"我笑着说，"有文化的女人就是不一样……"

"不是女人。"你纠正说，"是女孩！"

这就是哲学家的逻辑吗？哲学家也在乎这点名分吗？我说："原来揭小姐还是个处女，我哪里知道，对不起啦。"

"请你别那么放肆好不好？"你推了一下眼镜说，"我难得有耐心跟你这种人说了这么多话，你别想得寸进尺。你没事就走吧，我要拦车下深圳了。"你把目光投向公路，不理我了。

"平易近人一点嘛。"我涎着脸央求说："我这个哲学的贫困真想向你学点哲学呢。我也一直在问人这玩意到底是怎么一回事，人家说你去问哲学家吧，没想到还真让我碰上了一个。"

"赚你的钱，泡你的妞去，你这种人。"你很好笑地说，但你看我的目光已经饶有兴味了。看来女人是哲学家也不过如此。一辆挂着去深圳的客车开了过去，你也没理会。不管你自觉不自觉，你已经被我吸引住了。我对你也越来越有兴趣。我无聊透顶，逗一逗你这种女人玩也很开心。

"现在是学校放暑假的时候。"我说，"揭小姐下深圳度假吗？"

"热火朝天，工业污染，深圳是度假的地方吗？"你反问我。

"我看也不是。"我说，"据说地中海才好玩，水又凉，人又沉不下去。"

"那是死海。"你教导说，"你应该读一点地理，读万卷书……"

"走万里路。"我接口说，"揭小姐不是来玩的，就是来做哲学报告的啰，像前次李燕杰他们那几杆土炮，在蛇口被我们杀了个片甲不留……"

"别拿我跟他们比。"你不屑地说，"那是不可同日而语的，他们是什么层次？慷慨激昂，你打我通的政治煽情，假大空套，毫无深度，也难怪深圳的广大淘金者会接受不了……"

"揭小姐才是我们的贴心人。"我说，"我们想早点听到你的哲学报告，一定会轰动的，会在深圳煽起一大批哲学发烧友……"

"我倒没这样奢望。"你还算有自知之明。

"揭小姐准备在哪里开讲？"我说，"在电视台？大酒店？还是世界公园？我们算是朋友了，我想走你的后门，当个特邀听众什么的，也可以曝曝光，为我的电热器做做广告……"

"我不是来讲哲学的。"你冷静地说，"我知道现在的深圳还处于经济狂躁期，还不是讲哲学的地方，人家也不是没邀请过我，但作为辩证法专家，我有足够的理智，还不至于成为不合时宜的人，当人创造不了机会的时候，还要善于等待机会……"

"噢，"我似懂非懂的样子，"那揭小姐下深圳来等什么机会，等撞树干的兔子吗？"

"这……你……"你忽然奇怪地犹豫起来，眼里一片茫然，对我也开始有点疑忌的样子，女哲学家的傲气消减了一半。你沉吟着说："也许……权宜之计吧，我这次下深圳，不避讳言，也带有一种淘金者的心态，只是……"

"噢，"我恍然大悟地说，"你也是下海来的？"

"暂且这么说吧。"你轻轻叹了一口气。

"欢迎欢迎，"我拍了两下巴掌，"你为什么不早说？你一说我对你就亲亲的哩。"

"可我跟你们完全不同，"你仰仰脖子，我这才发觉你的脖子又长又细，你故意停了一下，然后用得意又郑重的口气说："因为我还考上了美国MBA工商企业管理硕士……"

"NBA？"我叫了起来，"你也喜欢飞人乔丹？"

"MBA！"你有点火，"你这人真是无知。"

"我四肢发达。"我做健美似地抬起臂来，"当年是个篮球健将。"

"MBA造就全球最顶尖的经营管理人才。"你满眼放光地说，"美国电脑大王比尔·盖茨的妻子就是MBA出来的，你也不知道？你当然不知道。"

"也就是说……"我望着你，突然痛惜似地叫起来："也就是说你不搞哲学了！"

你好像也心里咯噔了一下，有点惊慌地看着我，怎么了？

"难道中国历史上第一个女哲学家就要夭折了？"我说，"你还没成名呢，诸葛亮一样，出师未捷身先死，真是历史的倒霉。"

"你也太……太危言耸听了。"你心虚地说，低下眼睛，不正视我。

"就是嘛。"我说，"还问什么人的本质呢？人就该削尖脑袋钻钱眼，钱眼里才其乐无穷，奥妙无穷，洞里乾坤大，男女都一样，生我之门死我户，看得破时熬不过……"

"你别胡扯。"你抬起眼，又孔雀似地仰了仰脖子，好像恢复了神气，依然那么爽利地说："我对哲学还是那种感觉，我没有背叛它，永远也不会。我不是害怕那份清苦或承受不了那种莫名其妙的社会压力，尽管作为一个女人，我承受的社会压力是别人无法想象的，我是想更宽地拓展我自己的空间，我也不是说我是百科全书，或是什么通才，全知全能，但我想跟现实社会再贴近一点，也不是说高处不胜寒，我不认为我眼高手低，缺乏社会生存能力，我完全可以像个正常人一样脚踏实地地干。而且只会干得更好，甚至可以领导世界发展的新潮流，即使是作为当代社会主题或者说永恒的主题的经济活动，我也同样可以不落人后，而且创造非凡的实绩。你知道，我原来是学数学的，本来就是个精打细算的专家，我不像那种徒有浪漫的文人，坐观垂钓者，徒有羡鱼情，我步入商海也是自然而然的事。我有时觉得把哲学当作一种感悟就够了，如果把它当做一门职业，就有点胶柱鼓瑟，只会造成哲学的贫困以致没落，这是我最不想看到的现象，即使是为了挽救我的哲学，我也应该奋不顾身地投入社会，从现在的趋势来看，这种献身越来越悲壮而有必要。活的因素第一，我可不是一个死板的女学究……"

你果然活得很，我想，你辩证法真没白学，你如此翻来覆去，自欺欺人，多么狡猾，大概你永远不会陷入理论的贫乏，反正你什么都可以自圆其说，真是无为而无不为，一个多么有趣的女人啊。

"那你还到深圳来干什么？"我说，"赶快到美国镀金去呀，北京人在纽约比在深圳要风光得多，你知道了，深圳有多野蛮。"

"我会擦干眼泪，迎接挑战的。"你挺了挺两个可怜的乳房，"但深圳毕竟是中国改革开放的前哨……"

"你想先到深圳来考察一下？"我说，"这里有不少带艾滋的老外……"

"不是考察，没那么轻松。"你叹了口气说，"物质的确是第一性的。我去美国还差三万块钱，怎么也凑不起来了……"

"噢，原来如此。"我说，"你是临时抱佛脚，想到深圳来捡钞票的。"

"别这么说。"你说，"我想深圳的机会应该会多一点，我还有三个月的时间。"

"是啊是啊。"我忙不迭地说，"我下深圳以前也听人说过深圳大街上十块钱以下的钞票没人拣，我下深圳来一看，是没人拣，可是也没人丢。"

"你这人有点不可思议。"你气恼地说，"你没什么文化，可说话总爱含沙射影，卖弄什么，得了吧，你别跟我玩什么民间的智慧，没用的，只会贻笑大方。"

"可惜你并不怎么会笑。"我很有兴味地望着你蜡白的骨棱棱的小脸，"你应该多笑，你笑起来会好看一点，其实你左脸颊那里也有一个酒窝，你不知道吗？"

你简直愤怒了，你瞪了我一眼说："你当我是来深圳卖笑的吗？"

"岂敢岂敢。"我说，"这可不是你的优势，深圳比你会笑的女孩满街都是。"

"出卖色相就是出卖灵魂！"你好像在诅咒，"买卖双方都被魔鬼吃了。"

"好可怕呀！"我说，"那你出卖什么？"

"其实我也承认市场原则。"你难得那么大幅度地甩了下短短的头发，还真有点潇洒的派头。你望着无限远的前方说："我自有我的交换价值。比如我有一部空前的著作，是为人类的哲学理想招魂的社会大批判，书名叫《埋没在市场废墟里的哲学黄金》，思想深刻，力透纸背，而且妙趣横生，有足够的可读性，一家权威出版社已经拍板了，我可以出卖我的版权换取学费。还有，我可以找一家够格的有眼光的大公司，跟他们订份合同，他们先资助我出国留学，作为回报，我学成回国之后到他们公司服务一段时间。我先在北京、上海看了一下，不太如意，起码不能两全其美吧。但我不会灰心，我相信中国，不是还有更看好的深圳吗？我相信我能抓住机会，因为人家也需要我。美国 MBA 的高级人才，在目前中国几乎还没有。我不相信深圳也会拒绝我。"

"除非大家都瞎了眼睛。"我说，"对不对？"

"我不知道你是什么意思。"你说，"不过我不相信深圳都是你这种吊儿郎当没有品位不成大器的男人！"

"是男孩！"我也强调说，"我也没结婚。"

"但你侮辱了男孩这两个字眼！"你一脸鄙夷。

"你也闻得出来？"我说，"不好意思，我承认我已经睡过了几十个女人——和女孩。"

"行尸走肉！"你一副作呕的样子，"还亏我喋喋不休地启蒙了你这么久，真是孺子不可教也朽木不可雕也……"

"粪土之墙不可圬也！"我用老夫子的语调接着说。

"你……"你简直吃了一惊。

"我是薛蟠！"我连忙说，"我只会鹦鹉学舌和几句哼哼调，什么女儿喜洞房花烛朝慵起女儿乐一根几巴往里戳……"

"你——流氓!"你顿时满脸赤红,嘿,倒也艳若桃花。

"我比窦娥还冤!"我大声叫屈,"流氓是曹雪芹呀!"

"你到底是什么人?"你警惕起来,有点慌张地望着我,"你真是个初中生吗?"

我恶狠狠地瞪着你说:"初中生又怎么啦?初中生你就可以随便哄吗?初中生就不配跟你说话吗?"

"不……不是这个意思。"你尴尬地说,"我的意思是……"

"我知道。"我不饶人地说,"是初中生,你就可以对我瞎扯,你就不会露什么馅是不是?"

"不是。"你脸上又泛起一阵红潮,你自慰般地说:"我还不至于这么浅薄吧。"

"你放心好了。"我说,"我真的是个半文盲,起码是个哲学的贫困,我找不着你的任何茬子。"

"说实话。"你赔着小心说,"你其实也很聪明嘛。"

"我本来就不笨!"我说,"社会大学堂嘛。深圳像我这样七窍通了六窍的半拉子货多的是。"

"太可惜了。"你好像才开始认真地打量起我来,"你是一块好材料,只是缺乏造就。可是我教的那班高才生嘛,他们好像又有点呆头呆脑,缺乏你这种自然的灵气和咄咄逼人的锋芒。"

我这下有点得意了。我觉得你不是在恭维我,而是真正的赞赏。尽管这完全是阴差阳错。你用我自己模拟的那个标准来衡量我,我当然就出乎你的意料了。而我的得意也太滑稽,因为我是个可笑的赝品。然而,我好像愿意自己真的是我模拟的那个半拉子人物,那个人物让我羡慕起来了,真那样的话,我就问心无愧,自在得多。

我甚至开始害怕在你面前暴露真实的我。也许心虚的是我自己。而你其实比我天真和无辜得多。

在东莞雁田火热的马路边上的那一番对话无疑让我们两个人都感到很新

鲜。我给了你这个书呆妹一种异样的刺激，鲜活而辛辣。我百感交集地纠缠着你。我对你有一种莫名其妙的恨意，总想挖苦你损害你。可这样做后我又有一种负罪感，好像我是在自戕，我贬损的其实是我自己。

五

后来我穷大方的毛病又犯了，我请你一起打的下深圳。

我递给你一张名片，你装着很郑重地接了，夹进你一本厚厚的笔记簿里。你有点含糊地问我："在深圳发财吗？"我说来深圳不发财难道是来破财呀，可惜我吃喝嫖赌，大手大脚，在深圳忙活三四年了，还没混上有车族，还是挤车打的的人渣一个，手头嘛，就那么百几十万的周转金额，这在深圳算不了什么。你说现在是经济转型期间，鱼龙混杂，泥沙俱下，让我们这些不三不四的混混儿拣了便宜。你又告诫我们不要小人得志，高兴得太早，因为科学文化才是第一生产力，等到混乱的经济稳定分流之后，就是掌握真才实学的人的时代——也就是你的时代到了。我说但愿那一天早点到来，那个时候如果我成了比尔·盖茨。我就请你当我的希拉姆，帮我理财。我信口开河地胡说着，你却越来越不再嘲讽我，对我的态度好像在肃然起敬了。我突然敏感到你是来深圳干嘛的了，而你现在正跟一个"手头就那么百几十万"的小财主天涯巧合。想到这点，我也有些不自在起来。

于是，我收起了我的嬉皮笑脸——这是我最要命的地方，别人总因此以为我是个可爱的慈善家，其实才不是那么回事。我在你边上开始正襟危坐了，摆出一副不动声色，理智至上的有钱人的架势来。你也马上敏感到了这一点。你挪开我一点，正了正摔破了的眼镜，挺了挺小小的胸脯，把裙摆往下拉，翘起二郎腿，双手抱在胸前，目视正前方，好一副富贵不能淫，贫贱不能移的神气。

我用平淡的口气说："如果可能的话，我也想对你有所帮助。"

你矜持地一笑，没说什么，也没看我，但目光分明在期待什么。

"我们也算有一点缘吧。"我懒洋洋地说，"我想给你几句忠告，可惜我一个跑江湖的，不知你能不能听进去。"

"请你指教。"你转过脸来。

嘿，我们之间的位置马上来了一个倒转，刚才还是你居高临下地教训我呢。我那莫须有的"百几十万"不容小觑。

"你也算有点创意了。"我望着挡风玻璃，慢条斯理地说开了，"可是我说你下深圳也是白搭，你的命运将会跟你在北京、上海的一样，不过让你再赔一点跑路费，增加一点自私和仇恨。怎么说呢？你指望的是那些大公司大老板的经济眼光呢？还是他们的爱才之心或者对你的恻隐之心？我对你——道来。我天天跟那些大老板打交道，我是他们肚子里的蛔虫，我也将成为他们当中的一个。他们感兴趣的不外乎财色二字。就从经济的角度来看，谁会在乎你那个遥遥无期的什么洋硕士回国效劳的小孩子玩的计划呢？你对那个什么洋学位太迷信了，好像它是阿里巴巴的芝麻开门似的。老板们比你实际一万倍。再说深圳的土硕士洋博士车载斗量，你还以为自己是大熊猫。那么你只能指望人家对你的同情，可是这就更荒唐了。有钱人什么都有，就是没有同情心，你看我，才稍微沾了点铜臭就不正眼看人了。要让一个有钱的男人同情一个女人，这个女人要够资格——除了可怜，还要可爱。女人怎样才可爱？有实力的男人才不欣赏女人的智慧呢，女子无才便是德，女人的可爱就在于色。你别自卑，也不是说你没有色，而是说你的色不合他们的口味。好花不常开，女人是吃青春饭的，你好像差不多过了青春好时光。你看过香港选美吗？听说北京大学的女生还抗议选美，我敢肯定那都是些高智商的恐龙，对自己的美没有信心。女人要有型，有各种型，对不起，你好像都不沾边。才女型吗？林黛玉是大观园第一才女，可人家也是第一美女，连薛蟠都被她酥倒了。你不是玉女，也不是甜妞，你没有天真烂漫，又太正经，不在乎什么风骚，眼睛不勾人，嘴不馋人，酒窝也才一个。说你丰满嘛，不好意思，说你苗条嘛，你又太瘦，说你骨感美人嘛，你又没有妖里妖气。作为一个女人，哦，是女孩，你太清，太冷，太傲，太迂。女人最怕一副寡妇相。水太清则无鱼，人太清则无朋，《增广贤文》是这么说的吧？那些大老板，特别是台湾、香港来的，他们最迷信，都揣着本《麻衣相术》，日本鬼子有骨相学，现在还时兴电脑八字。我知道你是女哲学家，讲什么辩证法的，《麻衣相术》里有两句话：'莫于清处信人贤，孤寡每如是；莫于浊处信人愚，富贵每因斯'。这才是最高级的东方智慧。凭你这副长相，你跟荣华富贵无缘，也的确只好去搞点学问什么的，我过去那些数理化呱呱叫的女同学，一个个都长得很丑，我是说比你还丑，所以只好埋头读书，绞尽脑汁，想来个取长补短什么的，可是……"

"放屁！"你忍无可忍，一拳头砸在前面司机的靠背上，同时用力地站起来，头撞在了车顶上。

"哇！"我故作惊讶地看着你，"硕士妹大发雌威了！"

"流氓的语言，魔鬼的逻辑，污染了清新的空气。我跟你在一起简直是自取其辱！"你那两片薄嘴唇气得发抖，飞快地怨毒地眨巴着，"司机，马上停车！"

车还没停稳，你就撞开车门，迫不及待地钻了出去，然后轰的一声把车门反关回来，算是狠狠地回敬了我一炮。

原来到了深圳龙岗了。

我探出车窗大声地对你说："敬爱的硕士妹，忠言逆耳啊，我不计较。你小心走好，不要绝望呀，还有我呢。我是深圳唯一一个牵挂你的人，你走投无路的时候请来找我。要快点来，别让我也忘记你了。"

你没有回话，也不回头。你斜挎着背篓，逃也似的汇进了龙岗街路上的红男绿女当中。但在我看来，你那黑底白点的裙子，你瘦长、憔悴却总想保持挺拔的身影，你一边走一边抹眼泪的样子依然那么抢眼。这也是个好女孩啊，一个最孤独的好女孩，也是我在深圳邂逅的好妹妹。但愿你真能碰上一个比我还傻的有钱人，让你梦想成真。但愿我那些胡说八道伤害不了你。也许我们后会无期了，你只会偶尔记起我这个最丑陋的中国人，那又有什么办法……

六

可是，一个多星期后的一天早晨，我却接到了你的电话。

我喂过之后，你哎了一声，却又沉默起来。你犹豫什么呢？

我和蔼地说："请问您是哪一位呀？"跟女士通话我会极尽绅士风度。

"是我。"你沉吟着说，"可能你还记得我，我姓揭……"

"哇，我的硕士妹呀！"我一下喜不自胜，"敬爱的，想死我了，你好吗？"

"没想到你这么肉麻。"你语带讥讽，但听得出你含着笑，很是受用。你说："我不好，我中了你魔鬼的咒语。"

我知道你碰壁了，这是我意料中的事。我真有点幸灾乐祸。但你还能给我打电话却让我对你好感倍增。老实说我快要忘记你了，是你跟我打的招呼。我不无真诚地说："上次是我对不起了。我不知道你是用特殊材料制成的，当时还以为你跟我玩过的那些江湖妹子一样，打情骂俏，没个分寸。你还能打电话来，我真高兴。现在我正式向你表示道歉。"

"看来你还保留了一点淳朴。"你说，"我还没有完全把你看破。"

哼，好像你把我看破就是我多大的灾难。看来你还是那么抖，你还没学乖吗？

我故意说："你想得起来给我打电话，有什么好事要通报吗？"

"我说过我中了你的毒咒。"不是当面，你好像爽快了一点，即使灰溜溜的也直接得多，不需故作姿态了。"看来是我对深圳的期望值过高。"你还在用学究气来稀释你的窘迫，"看来我们什么时候都难免有先入之见，用主观感觉来代替客观现实，这是一种天真，怎么可能呢？意识的能动作用太有限了……"

"得啦。"我说，"先别跟我谈哲学，你遇到什么麻烦了？"

"我还没找到一个合作者。"你承认说，"我的版权没有人要，没有人看得懂我这本书的价值。我三年以后的服务也没有人要，他们看不出我和美国MBA的价值。不就区区三万块钱嘛，他们的吝啬我还能容忍，可是我不能容忍他们怎么这么没有眼光没有头脑没有气魄，这是我最失望的地方，你看，如果中国的企业家就是这种货色，他们怎么领导大经济时代的新潮流啊……"

"别忧国忧民啦。"我说，"你看，不就区区三万块钱嘛，你都讨不来，还怎么当世界顶尖的工商管理人才，还怎么领导大经济时代的新潮流？"

"我不生气。"你作心平气和状，"你的挖苦是你们对知识阶级的一种妒忌和报复，为了你的心理平衡，我能忍受你的污言秽语，我还有这种雅量。"

"那就谢啦。"我说，"我还能帮你什么忙吗？"

"看来我对你这种人也不必客气。"你给自己搭着梯子，"长安米贵，居不易也。我在深圳也没一个熟人，当然，除了你。我现在连吃饭都快成问题了，没有面包，哲学也会饿死。我想索信先找份工打打再说，反正我还有三个月的时间……"

"你好歹回到人间了。"我说。

"可我原来站得太高了。"你叹了口气，呼给我云端上面的稀薄气息。"他们好像不相信我还能干实事。我跑了几个人才市场，他们对我的哲学讲师和MBA麻木不仁，他们的眼睛只看得见鼻子尖以内的东西，此外就一片茫然了。我连私立小学都进不去，我说我可以教英语，他们却说大材小用不敢当。有一家公司说招英文秘书，可我实在弄不懂他们到底是要'英语流利'还是要'年轻漂亮'。我想我应聘中学的数学，政治课总还行吧，可一时之间又不凑趣，人家都是九月份才开学，现在才七月初，我的个人经济已经面临崩溃的边缘了，人是铁，饭是钢……"

你倒还有点幽默感，我笑着说："所以关键时刻你也想起我这'四眼宝玉'及时雨来了。"

"我纯粹只跟你喻于利！"你连忙强调说，死硬得真可爱。"我想你在深圳总比我熟吧，你的确像个老油子了，俗话说神仙下凡问土地，我向你问一问路总不为过吧？当然，这是有偿服务，信息费、中介费我以后照付不误……"

"哇，我的生意上门了。"我急不可耐地说，"你现在在哪里？"

"我在布吉关口。"你说，"我怎样才能见到你？"

"我马上骑摩托车过来接你。"我说，"眼睛放亮点，我是个大帅哥，别认错人了，被坏人接走了把你卖到哪个山沟里去可不关我的事。"

"你这痞子！"你咯咯地笑了起来，"你扒了皮我也认得你！"

我跨上摩托车，骑得很快，五分钟就赶到了关口。我老远就看到了你，你还穿着那条黑底白点的连衣裙，斜挎着那个帆布背篓，手里挥着一顶红色的太阳帽。太阳刚出来，就已经很热了。你抬着头东张西望，好像换了副茶色眼镜，增加了一点新潮气息。我故意兜了个圈子，孔咚一声，猝不及防在你身边停了下来，摘下头盔。你马上也看到了我。才一个多星期，深圳七月的太阳就在你脸上晒出了颜色。

"一日不见，如隔三秋。"我故作斯文地说。

你扑哧一笑，满脸喜色，兴奋地望着我说："这么快！"

"时间就是金钱！怎能不快？"我说，一边打量着你，"见到你，还是那种感觉，但你比以前更有型了，你身上有了一种很性感的风尘气息。"

"别乱用词语了。"你气恼地说，"你正经一点的话，倒还有一点人样的。"

"上车吧。"我拍了下摩托车后座。

你跨上我后面，把背篓隔在我们之间。

我载着你风驰电掣地往回赶。你突然哎哟了一声，我说怎么啦，你说你的帽子飞了。我说飞就飞了，你人别飞了就行。你说别那么快，没人欣赏我的骑士风度。我说："坐不稳就老老实实抱紧我！《刘三姐》怎么唱的？世上只有藤缠树……"

你又嗤地一笑，问我："载我去哪里？"

"载你去卖！"我说，"我在深圳跑电热圈兼做人贩子。女研究生被人家小姑娘卖给深山沟里的孤老头子的故事你听说过吧？"

你没说话，过了一会才叹了一口气。

我突然于心不忍。我说；"你有气无力的，连早饭都吃不起了吧？"

"还不至于。"你说，"是不想吃，这些天一直没食欲。"

"哲学家真要饿死了。"我说，"不吃怎么行，去喝早茶吧，填饱了肚子，打起精神来，神采赤赤去见大老板。"

"神采奕奕！"你没好气地说。"可我不在乎。李贺有两句诗写得多有骨气——'向前敲瘦马，犹自带铜声'……"

"是神采奕奕。"我说，"我们乡下卖牛犊，一大早就给灌稀饭，牵到集市上，一头头神采奕奕。"

"我不再生气。"你用漠然的口气说，"这些日子，我真有古罗马的女奴被揪到集市上任人轻薄的感觉。我承认现代市场原则，可在潜意识里，我好像总还有一种古典的小女子情结……"

你终于露馅啦。我顺着你的口气说："弱者啊，你的名字就叫女人。"

"你别得意！"你在我身后咬着牙，"女人的柔韧性是你们男人难以想象的。"

"柔韧性？这我知道！"我嘻嘻哈哈地淫笑起来，"这叫以柔克刚，四两拨千斤。女人是卤水，男人是黄瓜，再硬的黄瓜都会被腌得蔫不拉叽的呀……"

"下流无耻！"你捶了一下背篓，权当捶我，然后不吭声了。

我把摩托车停在一家大排档门口，带你进去吃早餐。你真的没有食欲，在我百般逗弄下，才好歹吃了一小碗鱼片粥，但不吃小笼包。我指着那一小笼玲珑剔透的包子说："听说你们北方有一种包子叫狗不理，是不是因为太难吃了？"你苦笑了一下，只好吃了一个，算是赏我的脸。我注意到你那天蹭破的鼻尖没一点事了。你本来就不滑润的脸上好像多了几个疖子，也许是这些天太阳晒出来的，也许原来就有，不过这在你本来就不出色的脸上算不了什么问题。你的颧骨不能再高了，也就是说你真的不能再瘦了，否则你真是个不可救药的小寡妇。

你被我看得不安起来。你说："按现代礼仪，你这样打量一个异性是不是很不得体？"

"我看你也得扮靓一点啦。"我说，"你这一身行头太寒碜了。"

"我需要花枝招展去惑人眼目吗？"你语带不屑，却依然征询地望着我，"我犯不着去跟那些红男绿女争斗色相。知识女性自有知识女性的风采，居里夫人有一次应邀出席一个宴会……"

"得啦。"我打断你说，"别跟什么夫人比，你不还是小姐吗？为什么不能穿得靓丽性感一点？这可是你们女孩的权力。"

"那你说我该穿什么衣服？"你认真地望着我。

我拿你看了又看，想了又想，也只有一声叹息。我说："深圳现代化的服装市场还真找不到你的衣着，那些劳什子穿在你身上只会不伦不类，你还是这一身穿着最亲切最本色，老实说我个人也最欣赏，我真想拜倒在你的黑裙子底下。"

"所以我才是孔雀！"你一点都不谦虚。你霍地站起来说："好了，别再空谈了，把你那些有钱的狐朋狗友介绍过来吧，我让你们看看，什么才是最美的！"

七

于是，我一边推销我的电热圈，一边推销你。你跟我带的样品和要送的货都在我的屁股后面，我载着你们蜻蜓点水似的跑了无数公司和厂家。我跟那班或生或熟的经理、厂长、主管、课长们称兄道弟，讨价还价，嘻嘻哈哈，如鱼得水。

"这叫五皮上阵。"我对你说，"也就是硬着头皮，厚着脸皮，满脸嬉皮，一身赖皮，再加上吹破牛皮。这五皮是我这些年风里雨里打磨出来的，现在全部奉送给你，你看好了。"

你又佩服又鄙恶地说："亏你还披着一张人皮！"

可是尽管我"五皮上阵"了，我对推销你还是捉襟见肘。我实在找不到你的卖点。我跑电热圈颇有斩获了，可你还是六神无主。

"人不如物啊。"你感叹说，"你们都是势利眼。"

"这是你自己的事。"我不客气了，"我带了你来，你不会看准了自吹自擂吗？"

"我还能说什么？"你又泄气了，"你想想看，我这些天喋喋不休地说，连我自己都腻味了。"

我想象得出你初来乍到的时候扬着留着短发的小脑袋，旁若无人地登堂入室，翘起二郎腿，眉飞色舞，巧舌如簧，既旁征博引，又现身说法，自我感觉良好，以至一边自我欣赏的得意模样。可现在，你面对形形色色的各式财主，你眼光暗淡，灵气全无，话不投机，甚至懒得说话，一副既矜持又疲惫、烂泥扶不上墙的模样。我要你打起精神来，你淡然一笑说："跟你随便走走吧，是你认识的这些小老板太没有档次了。"

于是，只有遇上那些更有"档次"的大老板——像国产电视剧里那种绅士派头，好像除了发财还会思考人生、理解女人，甚至懂得哲学的新式大亨，你暗淡的小眼睛才又重新发亮。这当儿，你又要命地摆起你高级知识女性的谱来，把人家的生意洽谈室当成了你的学术沙龙。你好像无视人家身边那么多青春佳丽的存在，她们流萤似的飞进飞出，请示汇报，撒娇卖乖，简直跟男主人耳鬓厮磨，她们全都风情万种，而不少人见识水平并不比你差。你是真的那么自信，还是装着视而不见呢？我也成事不足，我对你夸张的介绍只让人含笑不语。你跟人家谈比尔·盖茨，谈福布斯亿万富翁排行榜，谈华人富豪的先天不足，谈最陌生的现代经济理论，你像我说下流话一样，稀里哗啦地说出一串串专业术语，很多我都是第一次听说。他们有足够的涵养，但看你的目光敬而远之，当你是一本大部头的但用不着翻开的百科辞典，他们有的在身后就是高大的书架。一个自己有了几项发明专利的小暴发户说："揭小姐是个战略家，我关心的只是一些鸡毛蒜皮的战术问题。"一个络腮胡的假洋鬼子说："我也想过考 MBA，可我实在没有时间，我的摊子太大了，日理万金，忙不过来。"一个搞热水器的董事长兼总经理自以为幽默地笑着说："揭小姐是当董事长的料，可我这里不缺呀。我考虑是不是增设一个理论开发部。"一个戴金丝眼镜的鹰钩鼻说："揭小姐的造诣够高了，还读什么 MBA，那是洋垃圾，纯属浪费。"还有一个看上去满脸沧桑的"儒商"推心置腹地说："揭小姐放弃数学和哲学是最大的失误，何必羡慕商海呢？我现在最怀念的还是我当年的学者生涯，那多么高洁呀！这镀金时代的滚滚红尘遮蔽了多少人的眼目……"说得连我都差点从十层楼上跳下去。

"我简直要认为他们的成功是偶然的了!"你难以置信地摇着头。

"他们是怕你。"我安慰你说,"他们怕扶你起来西风压倒东风。"

"纯属东方逻辑!"你愤懑地说,"难道古老的中国就只有这种逻辑?"

"这是我们大陆同胞的嘴脸。"我说,"再去看看港澳台怎么样?"

"我都试过。"你撇着嘴说,"他们的品位也不敢恭维。"

我突然想起那个独臂的台湾佬林德果,他已经被自己养硬了翅膀的阿丽一脚给踹了,我这个"大媒"也从此失宠,一年上十万的进项都泡汤了。我的恶作剧又来了。我对你说:"还有一位宝岛上来的大慈善家,他充满东方智慧,自己吃斋念佛,但古道热肠,对慈善事业挥金如土。说起来他倒有过送小蜜去国外留学的先例,你不妨也试试看。"

我把你送到了统华公司门口,让你自己进去,我在外面等你。我不敢进去了。

不到半个小时你就出来了。"简直是瞎胡闹。"你又好气又好笑地说,"这样浅薄、荒谬、丑陋的人,你还拿他当救星。"

"死马当活马骑嘛。"我忍俊不禁,"你尊贵的屁股又不肯屈就了?"

"他根本无法选择!"你说"他阴暗、乖僻、成见太深,不可理喻。他还真的给我看相算命,他说我白相属金,他自己属火,我们聚合不祥,他不利于我,我让他消乏,我应该去找属土的人。"

"那就完了。"我叫苦不迭,"你属金,我属木,不知什么时候会被你腰斩。"

"你还在说笑。"你愤愤地剜了我一眼,"这算什么东方智慧,我真为我们的古圣先哲难堪。他的愚昧我还可以理解,可你说他古道热肠简直是讽刺。说起资助我留学的事,他简直愤恨起来,真不知触痛了他哪根神经。他说他又不是武训,不是慈善家,大陆活该遍地文盲,这不关他的事,他余生的使命就是剥削剥削剥削,好像他对大陆有深仇大恨……

我吃了一惊,没想到我和阿丽的事给他刺激那么大,让一个独臂大亨如此变态。

"还乡团回来了。"我苦笑着说。

八

我又带你到宝安我学生赤佬那里。他在那里开了个电热器厂。

说赤佬是我的学生，不如说我的狗兄弟，他也小不了我几岁。还在路上我就用家乡话给他打电话。我说："来而不往非礼也。为了回报你上次对我的孝敬，我也给你带了一个高级货来，你从没领教过的。不过你别透露我是你的老师，这太丢人了，就当我是跟你一路的烂仔。"

"好说好说。"赤佬话中带笑，"带她来面试吧。"

"马上就到。"我说，"不过你别以貌取人，我警告你。"

我们见到赤佬的时候，他正在楼下的车间里骂人。这小子脾气太大，有了几个钱以后也没学会斯文。那几个被林德果炒掉后我介绍给他的女孩子干没多久都走了，因为他除了粗暴，宰起员工来也够狠。她们来向我诉过苦，我大言不惭地说："你们不满意就炒了他！"他说："炒我就炒我呗，我还怕呀。"做电热器几乎不要技术，深圳找工的人多得打架，赤佬乐得一茬一茬川流不息地换人。

赤佬看到我的摩托车过来就不骂了，走出门口，撩了撩头发，装出恭候的样子。

"又是个属火的。"你好笑地对我嘀咕了一声。赤佬顾名思义就是脸赤如火。

赤佬不客气地看清你后，便嘻嘻哈哈地用明显的嘲弄口气笑了起来，然后给我来了一个大拥抱，没话找话地说："哥儿们，真能混啊。"

我介绍说："这位是我先富起来的哥儿们李家诚老板，大号赤佬，深圳最年轻的企业家，前途无量，他将在深圳最高的楼顶上撒尿下来。这位是中国空前绝后的女哲学家，大学讲师，将在纽约的北京人，二十一世纪中国商界的武则天……"

"别吓死我了。"赤佬笑得更厉害了，冲你点了一下头就不再看你了。他装模作样地摆了下手说："楼上请。"

"女士为先。"我也扮了下绅士。

你无可奈何地苦笑了一下，推推眼镜，甩着短发，先我登上楼梯。

楼上"洽谈室"里的空调凉得有点阴森。你倨傲、慵懒地坐在中间远离我们的沙发上，对整个俗不可耐的摆阔空间不屑一顾。你不说话，也没人跟你说话。

那个新换的助理，厦门集美财经学校毕业的阿霞打开冰箱给我们拿饮料。她把可口可乐先给赤佬，再给我，最后给你。你遗弃什么似的往边上一拨。阿霞和我都不禁莞尔，何必呢？天气这么热，我们都渴死了。

"怎么样？"我用家乡话对赤佬说，"货色还可以吧？"

"有毛搞错。"赤佬用力转动着大班椅，广东话和客家话夹杂在一起跟我说话，"弄这样骨棱棱的小孤孀来哄我，她是你老姐和我妈。"

我斜眼看你，你没什么反应，看着自己的掌纹，作研究沉思状。

"她比上次那个女诗人高级多了。"我说，突然心里一阵绞痛，我好像又看见了那个断线的红风筝。

"高级？"赤佬说，"她有那样的脸子那样的奶子那样的大腿那样的屁股吗？"

"可她绝对是处女！"我发狠地说，"哪像你甩给我的都是烂货。"

"不稀罕啦。"赤佬说，"你看她又薄又硬像块石板！"

"就当学雷锋做好事嘛。"我说，"完了给人家三几万块钱，她要去美国留学。"

"那你自己为什么不上？"赤佬生气地说，"你又不是没钱，你还在我这里的钱就够你送一打的女人去美国。"

"我为她花那个钱不值得。"我说。

"我就值得吗？"赤佬反唇相讥。

"那当然。"我说，"你初中都没毕业，算算看，高中、大专、大本、研究生，人家高你四级，一级一万都不值吗？给你一百万，你也考不上大学。"

我看你，你对我们的鸟语还是没反应。你终于端起可乐来喝了，实在太无聊了吧。阿霞却在一旁听得津津有味，她可是我们的老乡，这娘儿们也恶心。

"反正我不要。"赤佬灌了一口可乐，嘴角流黄，"三万块钱，深圳的钱有白捡的吗？我也不是怕花钱，要看值不值得。像上次搞那个温馨热线的妈咪，人家也是名牌大学新闻系毕业的，还在广播电台混过呢，你不知道我在她身上花了多少钱……"

"那是随便玩儿玩儿。"我改用普通话说，"可揭小姐是个极品。你这小乡巴佬眼光放长远一点好不好？你是个土炮，发展有限，你现在资助她，等她学成回国，可以把你这间不三不四的破厂子改造成世界大托拉斯！"

"得了吧，我的师爷。"赤佬也改用普通话说，"她那副克夫相就会叫男人破产，我劝你也离她远一点……"

这该死的土炮说漏嘴了！我跳起来，把还有半瓶可乐的易拉罐狠狠地往地毯上一掼，指着赤佬的塌鼻子，半真半假地破口大骂："小兔崽子，不可救药的臭流氓，你胆敢对我这么高级的女朋友胡说八道，她可是万里挑一的人中之凤啊，你知道吗？你把深圳男人的脸都丢光了，我他妈的要跟你绝交！"

"对不起对不起……"赤佬恢复了诚惶诚恐的学生模样——这是他还不无可爱的地方。他连忙打躬作揖："不好意思啦，我爽直惯了，大家都是朋友嘛，走走走，该吃午饭了，我请揭小姐上皇朝酒店……"

"我简直怀疑我进了野人国！"你脸色发青，提起背篼就走。

"哎呀，先别走，有话好好说……"赤佬拦了过来。

"够了你！"我真生气地搡了他一把，"你闭门思过吧！"

阿霞扑哧一笑。我冲她叫道："你也别幸灾乐祸，瞧你老板的绅士风度，都是你他妈的给助理出来的！"

你气歪歪地率先下了楼。我连忙跟上你。你恨恨地说："滚你的吧，我找你这种人帮忙，简直是……简直是缘木求鱼！"你走得很快，想甩掉我的样子。我说："就我们有不解之缘，你不找我找谁？你现在身无分文，一个人到哪里去？"你不吱声了，肯定又气馁了，但还是走得很快。

我回头把摩托车骑了过来，慢慢地跟着你，央求说："上来吧，再给我一次机会好不好？"

你不说话，继续走，我知道你气极了。

这时赤佬却打我的手提了。他说："为什么不去找老蒋呢？他胃口比我们都好，他说他什么女人都玩过了，就是还没玩过女研究生什么的，他死不甘心，只想证明自己，他舍得花那点钱的……"

我骂了一声，把手提关了，继续跟你。我说："亲爱的硕士妹，不，硕士姐，硕士姥姥，我认错了，毛主席他老人家说过，犯了错误，只要改正错误，就还是好同志嘛。我刚才有眼无珠，认错了人，请再给我一次机会，这回我擦亮火眼金睛，最后一定给你找到一个爱才如命、惜玉怜香、千金买笑的大主顾……"

"呵呵。"你终于被我逗笑了，"快别冒充文人胡说八道糟蹋汉语了！"

"上来吧。"我涎着脸说。

"莫名其妙的嬉皮士！"你认输似地长叹一声。你近一米七的高个儿，屁股一扭，就坐上了我的摩托车，"还是那句话，死马当活马医吧。"

九

我先带你去吃自助餐。

餐厅有空调，客人不多。你吁了口气，在我对面坐下来。你已经白里透灰了，左颧骨上的一个疖子正在红熟。我悲哀地摇了摇头。

"什么意思？"你冰冷的眼光闪电似的透过镜片向我射来，"在我脸上你当然找不到你所需要的艳俗的美色！"

"对不起。"我低下了头。

服务员上来两小钵饭，两碗黑乎乎的生地汤，问还要什么饮料，我要了两罐蓝带、两罐马蹄。我拉开一罐蓝带，递给你，你摆手谢绝了。我说："哲学家酒也不喝吗？"

"喝酒是理性的堕落。"你冷冷地说，又变成了一个女学究。"我不承认尼采是个哲学家，他只是个狂妄的诗人，我对酒神精神感到怀疑……"

"那就喝马蹄爽吧。"我拿起一罐马蹄说，"这上面怎么写的？最佳清凉饮品，爽口清心，去暑提神！"

　　"马蹄是什么东西？"你不耻下问的样子。

　　"广东之马蹄者，北京之荸荠也。"我给你倒汁，"我们闽西叫马荠。"

　　"是荸荠味。"你抿了一口说，"广东文化的地方沙文主义太浓了。搭出租车，TEXI，叫打的，移动电话要叫大哥大，竟然也都通用全国。汉语普通话的纯洁性和权威性受到了严重侵犯。还有外面那个士多是什么意思？"

　　"是洋话吧。"我赔着小心说，"好像跟 T 恤、卡拉 OK、迪士高什么的一样吧。"

　　"噢，商店。"你好笑地撇了下嘴，"STORE，以洋盖土，过犹不及。"

　　"有文化真他妈的好。"我说，"听你说话都受教育。"

　　"别夸张了。"你出神地凝望着我，"对不起，有时我会忘记你只是个初中生，学院腔脱口而出。"

　　"那是你瞧得起我。"我说，"有时我也会忘记我是个初中生，我有上进心呢，不怕附庸风雅，比如喜欢跟你这种高品位的女人——噢，是女孩——泡在一起。"

　　"这很好嘛。"你赞赏地说，"耳濡目染，近朱者赤。可惜现在的不少文化人却自甘堕落！"你的语气又痛心起来，"王蒙发明了一个新词，叫附庸流氓，跟你的附庸风雅刚好相反。"

　　我好像吃了一记耳光，不敢跟你对下去了。我连忙说："我们去拣菜吧，自助餐，想吃什么自己拣。"

　　于是我们去拣菜。我拣了一大盘的鸡腿鹅翅猪脚鱼头，你拣的是青菜豆芽香菇腐竹，没一样荤的。

　　"你吃斋？"我说，"帮谁省啊？"

　　"食肉者鄙。"你说，"当然，这有点绝对，可是节欲，即使仅是食欲，对一个理智清明的人也是必要的，古希腊的咿壁鸠鲁说过……"

　　"你又忘记我是个初中生了。"我笑着说，夹了个鸡腿到你碟里，"你要学会享受，俗话说大吃大喝赚大钱，吃喝玩乐和赚钱成正比。"

"市侩逻辑。"你宽容地一笑，还真夹了点烤得焦黄的鸡皮送进嘴里，慢慢品尝。你小嘴纤薄，牙齿细密雪白，你的吃相的确斯文极了，看得我发呆。

好像故意跟你对着干似的，我大块吃肉，大口喝酒，一副狼伉之相，把我拣的那个碟子一扫而空。我其实酒量不行，两罐蓝带下去，脸红耳热起来。你一直在看着我吃，好像并不嫌恶，甚至还带点欣赏的味儿。你早就放下餐具不吃了，我也不管你。

"你胃口真好。"你说，递给我一张餐巾纸。

"男人口阔吃四方。"我用餐巾纸擦嘴，一边望定了你说："小心我把你也吃了。"

"来呀。"你微妙地一笑，"我可是天鹅肉！"——嘿，这是你笑得最美的一次，看得我真有点心痒痒的。

✝

吃完出来的时候，你对着橱窗玻璃拢了下头发。我说："我再请你洗个头吧，清爽清爽，旧貌换新颜。"

你有点犹豫，但还是跟我走进了一家"新娘化妆"的"美容中心"。"新娘化妆"是诗意的说法，哪来那么多新娘呢？而且进来的是大男人居多。

"帮我的新娘子洗个头化个妆。"我对一个小肥妹说，"用最好的洗发水和化妆品。"

"包你们满意的啦！"小肥妹飞着媚眼。

"别太复杂了。"你说，态度俨然地坐在大镜前面，对满墙的裸男裸女摇了摇头。

"还有你呢，大帅哥。"一个蓝眼圈，看上去心急火燎的小鬼妹抢了过来，也不管我是跟"新娘"一起来的，她蛇似地缠住了我，粘在我耳边说："你的酒气闻得我好兴奋，进去让人家闻个够嘛。"一个劲地把我往里面暗摸摸的按摩房里操。

我愁眉苦脸地躺倒在按摩床上。小鬼妹扑在我身上，一边污言秽语，一边捏捏拿拿。我困得直想睡。

　　"你怎么没硬呀？"小鬼妹说。

　　"我是神仙。"我说。

　　"我是妖精！"小鬼妹狞笑起来，"我不信搞不定你。"她剥开我吃香蕉，我喷了她一嘴脸，她却胜利地大笑起来，从我口袋里扒去三百块钱。

　　我心情恶劣透了。这就是我的深圳，男人都是嫖客，女人都是婊子。

　　我躺着给老蒋打电话。我说我给他找到一个学贯中西的双料研究生，而且是百分之二百的原装货。他问我成色到底怎么样。我说："魔鬼身材一米七，守身如玉二十五年（我给你减了三岁），白得像雪，冷得像冰，干净得像蒸馏水，配你这头老牛牯是前世修了！"

　　老蒋嘿儿嘿儿地笑着，又问价钱怎样。

　　"她是凤凰不是鸡！"我说，"别狗眼看人低，人家是卖身留学，只要四万块钱。"我给你加了一万。

　　"那么贵呀。"老蒋有点舍不得了。

　　"就当你捐助希望工程吧。"我说，"谁不知道你是我们汀州佬下广东跑电热圈的祖师爷，两截泥腿子，但身家千百万，你就拔一根毫毛吧。"

　　"把她带过来再说。"老蒋来劲了。

　　"你亲自过来接。"我说，"礼贤下士一点嘛，她可不是那种没档次的小阿妹。"我把我们的地址告诉了他。

　　我回到发廊里，你头发整齐发亮，像个日本学生妹似地从休息沙发上站了起来。我说："还没化妆？"

　　"我又不是洋娃娃，搞来搞去有多烦。"你说，一边认真地盯着我，"你进里面这么久，干了些什么？"

　　"你想象得到。"我说，"我这种人到这种地方还能干什么？"

　　"真叫人痛心！"你怨恨地望着我。

　　我把心一横，说："管好你自己吧，狗拿耗子。"

你又蔫了，默默地垂下头去。

"别丧气了。"我说，"刚才我联系到了一位大老板，是我的父老乡亲，当年蹲过班房的大老粗，但他是我们下深圳的先驱者，如今身家几千万，是个有中国特色的大绅士，特别尊重知识尊重人才，尤其尊重你这种高档次的女士。他愿意资助你，他正在路上，等一下你跟他走吧。"

"我到底能不能相信你呢？"你云里雾里地望着我。

"你自己看着办吧。"我无所谓地说，"深圳真的什么奇迹都有。"

"最后相信你一次。"你又在沙发上坐了下来。

我付了自己的台费，又帮你付了五十块钱洗头费。你试探着问我刚才花了多少小费——亏你还知道"小费"这个贱词。

"少打听这种龌龊的行情。"我说，"她们全都是垃圾，哪比得上你这无价之宝。"

"我讨厌你！"你扭过头，不理我了。

老蒋很快就来了。他换了辆红得吓人的什么跑车，他年过半百，穿着花衬衫，戴着墨镜，像个老花花公子，只是依然面如土色。他看到你时，眼里好像掠过一丝失望，但依然兴致勃勃，掩不住老牛吃嫩草的得意劲儿。

我对你说："这位就是蒋老板，蒋中正的弟弟蒋中发，他垄断了深圳一半的电热器市场，他最热爱教育事业，给希望工程捐过好几百万，你那几块钱学费不足挂齿。"

你彬彬有礼地跟老蒋握手——说起来我还没受过你这种礼遇呢。你极尽了你能有的热情对他说："很高兴能跟您老合作。"

"很高兴很高兴，合作愉快……"老蒋的小眼睛也闪着红光。

你们钻进了跑车。隔着打开的车窗，我用土话悄声对老蒋说："怎么样，我没哄你吧。"

"是我没试过这种型号。"老蒋眨着鬼眼说，"那帮狐狸精我早就败味了。"

"你……真不去了吗？"你征询地望着我。

"师傅带入门，修行靠自己。"我说，"接下去全靠你自己了，放开一点，抓住机会，美国在向你招手。"

"我会报答你的！"你大声说。

"怎么报答？"我说，"以身相许吗？"

"你尽管胡说。"你大姐宽容小弟似的笑了笑。"我会回来找你的。"你认真地说，"我收下你这个无厘头弟弟了，我会努力调教你，让你走回正途，重新做人！"

我连忙念了声"阿弥陀佛"。

十一

你们走了。我骑上摩托车，回到租屋里，拧开电扇，热风呼呼，我扒光衣服，倒头便睡。

我正在做一个乌烟瘴气、鬼哭狼嚎的噩梦，我的手提嘀嘀嘀地把我叫醒了。

"嗨，小舅舅，露露啵你一下。"银铃般清脆又柔美的童声从遥远的天外传来。

这是我十一岁的外甥女小露，我们的掌上明珠。听到小露的声音，我像六月里喝了雪水，顿时神清气爽。

"哇，露露，我的小天使，小舅想死你啦。"我喘息着说，"是不是想小舅了？"

"我们都想你。"小露大声说，"妈妈问你在深圳有没有学坏！"

"没有。"我说，"你知道的，我是金刚不坏之身。"

"妈妈说出门的男人都会变坏。"小露天真的声音忧郁起来。"我们看电视了。有个大学生姐姐在深圳被人骗了，几个很恶的男人用刀子逼着她去坐台，她不去坐，他们就脱她的衣服，她从楼上跳了下去，没有死，但以后一辈子都不会走路了。这事你不知道吗？就在你们深圳。电视里有个坏人好像你……"

我啪地关掉手提。

天哪，我这是怎么了？

我突然揪心地想起了你。

不行！我太无耻了！

我又急忙打开手提找老蒋，他没开机。

不行，我得把你找回来，清清白白、原原本本地找回来！

十二

我冲出房间，跨上摩托车，往老蒋的中发公司赶。当时华灯初上，街市上还热浪腾腾，恍惚之间，鬼影幢幢。天空里乌云翻滚，好像要下大雨了。我更加心急火燎，几次差点跟人家相撞。

在离中发公司还有半里路的一个大酒店门口我见到了你。你很沉重地挎着那个背篓，头发和衣裙都有点乱，失魂落魄地走着。

"你没事吧？"我一个急刹车。

"你——"路灯下，你满脸的羞辱和愤怒，好像要吃了我。你骂我说："你是个无耻的皮条客，诱良为娼的混蛋，侮辱斯文的流氓，你还有脸见到我！"

"对不起。"我说，"他没伤着你吧？"

"你们都是癞蛤蟆想吃天鹅肉，做梦！"你又恶心又后怕地诅咒说，"臭小子，我原来还拿你当个人看，这回我要判你的死刑，快滚，好狗不挡道！"

"我是坏狗。"我说，"你骂得好，我大错特错，十恶不赦，但这么晚了，先跟我回去吧，我再向你解释……"

"还有什么好解释的？"你说，"狗嘴里吐得出象牙吗？"

"吐得出来！"我说，"其实……你误会我了。"

"误会你了？"你古怪地看着我，"你是说你不是一条狗，而是一只麒麟吗？"

"我……"我张口结舌，好像要披肝沥胆，又不知从何说起。

"风马牛不相及。"你放肆地嘲笑着，"夏虫不可语于冰……"

我长叹了一声，说："好吧，算我就是一条下三烂的狗，那么，就让我这条狗驮你一程，我送你去美国留学！"

"你……"你收敛了笑容。

"我太恶作剧了。"我苦笑着说，"我早该出手帮助你了，不就区区几万块钱嘛，跟我回去吧，我给你五万块。"

"真的？"你难以置信地望着我。

"真的。"我说。

"你要什么条件？"你戒心又起。

"只要你……能原谅我。"我简直可怜巴巴了。

"原谅你什么？"你更奇怪了。

"回去再说吧。"我羞愧得要死。

十三

我带你回到我的租屋里。

"果然像个狗窝。"你微笑着四下里打量。

我发现我床上的《龙虎豹》都还大摊在那里，没有收拾好，现在要拣也来不及了。

"这就是你的品位？"你见怪不怪地摇了摇头。

我干笑了两声，只好财大气粗地说："来，先让人民币说话吧！"

我搬出一个密码箱，搁在你脚下，然后蹲下打开箱门，显出一大堆大小折子。

"我先给你找一本五万的存折。"我边说边开始翻翻拣拣。

"这就是你的初中文凭？"你弯腰捡起一个红色的本子。

糟了，那是我的学士证书！

我硬着头皮站起来的时候，刚好接到你一记响亮的耳光。

"附庸流氓！"我头昏眼花看不清你，只听见你悲愤、尖厉的声音，"你比准流氓还更丑恶！你侮辱了文化，侮辱了我，侮辱了你自己……"

"原谅我……"我无地自容，战战兢兢地递给你一本五万元的存折，"其实……我对你非常敬爱，这点钱你收下好吗？就当我对你的补偿……"

"我不要！"你咬牙切齿地说，"我恨你，我不会原谅你——"

你提着背篓跑出房间，我往外追你，你拦下一辆的士，钻进车，绝尘而去……

硕士妹，硕士姐，硕士姥姥……我对你千呼万唤，直到今天都不曾停止过，可是，这有什么用呢？

难道我真的变成了一只下三烂的狗？

（选自《福建文学》2006 年第 12 期）

作者简介

董春水，笔名"无厘吹水"，1966 年生，中国作家协会会员。出版长篇小说《PK罗贯中：三国群英争说赤壁之战》《下广东》等。《下广东》获福建省第八届百花文艺奖二等奖。现居广东。

我究竟是怎样回家的

◎ 周　俊

　　我身体不好，胃不好，肝不好，心脏也不好，饭菜都要悠着点吃，酒就更不能胡乱喝。按照医生的嘱咐，应该禁吃油腻，流食为主，滴酒不能沾。要是任由我的脾气和身体，我肯定不喝酒。

　　可那天晚上不行。好多年未曾见面的几位老同学，千里迢迢从兰州来看我。十多年前，大伙还是同穿一条裤子，有烟一人一口，有酒一人一盅，有坏事一起干，关系情同手足。后来各奔了东西。近来不知从哪里获悉，我家庭不好，夫妻关系形同摆设，官场失意，身体又糟糕，混得人不人鬼不鬼的。出于人道主义同情，大家相约来探望我。

　　"咱哥们几个好些年没见，特别的想，今天来这一起聚聚，你郝哥身体不好，就以白开水代了，其他的端酒干了。"阿胖说。

　　我说："你们能来看我，我真的很高兴，但的确是身体不好，今儿个欠着暂以水代了，以后补上，来，大家别介意，喝个痛快。"

　　"听说你有难处，我们都坐卧不安，再没时间，大伙儿还是凑一块来看你。"王洪说。

　　"你郝哥浓眉大眼，是个有福之人，来日方长，别太把眼前的困难当回事，没有过不去的坎。"阿金说。

　　我的喉咙有点痒。

　　"没事的，不是有哥们在吗？"阿松说。

我眼眶潮红。

"咱们有福同享，有难同担，有什么需要，你郝哥吱声一下。"刘山说。

我泣不成声。

我突然端起满满的一杯酒，"就是喝死我也要和大家痛快一番！"说完仰起脖子咕噜一声就下了。

大家面面相觑，欲言又止。随即，你一杯我一杯吆喝了起来。

气氛高涨。我一个一个地敬，一杯一杯地下，我开始有点激动，有点语无伦次，有点飘飘然，有点像没任何困难家庭幸福身体安康仕途顺利一切春风得意。

我肯定是喝醉了，因为我醒来时，自己不明不白躺在床上。

我打电话问同学，我昨天醉了没有？同学说，大家都很尽兴，你也很快乐，不像是醉了。

我说我应该没醉，但我不知道是怎样回的家。同学说，大家都喝得有点多，至于后面是如何散场的，你是怎样回家的，就不得而知了。

那我究竟是怎样回家的呢？难道是自己回的家不成？老同学打老远来看我，大家伙的都喝醉了，把他们撂到一边，自己跑回了家，那岂不很那个？

我抱着脑袋冥思苦想，没有记起什么自己回家的蛛丝马迹。我想我肯定是喝醉了，我为自己找到了一点和大家一起醉了的可能而心情稍微变得宽松。

我找到服务员，服务员说，昨天肯定有人喝醉，还喝吐了，至于是不是你，我就不知道了，因为那人吐得一塌糊涂，吐得面目全非，分辨不清。

我又打电话给同学，同学说，阿金倒是真的吐了，在大家都还清醒时，你肯定没有吐，好好的。

那我究竟喝醉了没有，我是怎样回家的呢？跟好朋友在一块，喝醉就喝醉，没什么大不了的。可昨天不同，我的初恋情人梅也陪我们一起喝酒。我喝醉了，有没有失态呢？是不是梅送我回的家？

我调动每根神经，屏住呼吸，使劲回忆。应该是没有。我始终是以一名悲伤者痛苦者的身份出现的，悲伤者痛苦者是无条件在那么多人面前复燃旧情的，更不会有什么出格的动作。多少次我想和梅重修旧好，以弥补自己爱情的缺失，可面对梅漂亮的眼睛，我变得儒雅，变得遵规守纪。梅是个传统保守的女人，她不可能半夜三更的单枪匹马送一个醉酒的曾经和她有着千丝万缕关系的已婚男人回家。梅只是同情我，若隐若现地偶尔来陪我。而且，昨晚在我们高兴得忘乎所以时，好像梅就不在我们的视线了。

我很想从梅的口中得到证实，但又很庆幸梅在回乡村中学的路上，手机总是没有信号。

那我究竟是怎样回家的呢？会不会我走出酒店，醉在了半路上，影响市容市貌，是警察把我送回了家。另一种想法告诉我，不可能，我害怕警察，我甚至恐惧警察。一年前，我和一个有夫之妇好上，正当两人光着身子抱在一起热乎时，警察从天而降，把我们逮了个正着。从此我见到警察就害怕，哪怕是在我病情恶化处于半昏迷之中，感觉到隔壁病床老太太的警察儿子进来，我都会条件反射地跳起来。

那我究竟是怎样回家的呢？像个谜让我猜不透。

一晃一个星期过去了。我收到同学的来信，大概说的是幸福是心情，幸福在眼前，幸福在努力，并向我表示衷心祝福。信中还夹着一张照片，照片中的我在大呕，同学站在一旁扮着鬼脸张牙舞爪的。让我意外的是，我那一年没跟我讲过一句话的老婆站在我的身后帮我捶背。

我终于明白我是怎样回家的。

（选自《百花园》2003 年第 6 期）

作者简介

周俊，1974 年生，福建省作家协会全委会委员。出版小说集《我究竟是怎样回家的》，总策划拍摄电影《严复》《冰心》等。现供职于福建省高速公路总指挥部。

客家某地古今节考

◎ 游慈琛

一

颠颠扑扑一行人就上了铁牛山。此山地处闽赣交界，亦称铁牛关。虽是官道，依然崎岖。行路人衣衫破旧面呈菜色且脚下沉重。走在头端的中年汉子，身高而肩宽，却瘦得凄惨。身着长衫，烂成布条的前襟绾在腰间，似是翰墨诗书者流。果不其然，汉子旋身北望吟道："吾周武之苗裔兮，故土溃烂而南徙。惟前途之迷茫兮，祈人神之襄助……"拊掌之间意犹未尽，却看见树丛中拱出两个衣着短打精干的小青年，作揖问道："来者可是河南乡亲？"

高瘦汉子略一错愕，回礼道："正是。"随即从怀里抖出一幅白布，上书："河南广平灾民"，尔后执手唏嘘。北来者说："二位怎知我等南来？"后生兴奋地说："我等是石壁村接济堂派来接应南来乡亲者，来了就好，故土乡亲啊！来了好。"

继续相互执手。北来者说："筚路蓝缕数千里，终于进了福建地界，此去石壁村还有几远？"

南接者说："相比几千里，石壁村可谓近如咫尺，可是紧慢也得再走个十来天……敢问乡亲，一路行来可有人丁折损？"

北来者黯然道："十去其四啊，病死饿死，沙土埋骨，魂兮不归，孰知如何超度！"

领头汉子姓姬名薪甫，连同郑姓游姓人氏共四十余人离开家乡。俗说故土难离，可是兵燹、水灾蝗灾连番践踏，赤土千里饿殍遍野，山东河南人吃人啊！于是逃命吧。走不动了，命就留在逃难途中。埋骨异乡连个记认也没有。人死了，没有哭泣没有仪式，大家伙跪在尘土中叩头三响，立起来叹一大口气继续走。也曾遇见过劫道的土匪。土匪们摇头，反而资助些粗粮杂面。还说逃难不易，为盗也不易，唯挣扎活着看天意吧。

石壁村接济堂的长者们，大体知晓天下情势，尤其中原地带，风云变幻都将扰动南北人心。于是派人于紧要处接应，料有故乡南来灾民。这就来了，渐进石壁村，南接的后生之一，不知何处牵出一匹劣马跨上马背挥手说诸位慢行，在下先行一步通报去也。

悄悄地就走近了石牌楼。猛听得鞭炮响起来，北方风味的锣鼓唢呐响起来，欢呼声响起来。北来的乡亲们漾起五味杂陈的笑容，捉对儿抱着手臂南腔北调地说辛酸。

二

当年姬薪甫一行于石壁村得了些维持生计的资助，继续行走，往西南偏西挪移了百余里，着落在善水寨。村寨沿山谷溪流星散开来，统共三百多户人家，却是畲族、土家族和汉族和睦共处的天地。只是天地贫瘠，阳光吝啬。种苞谷高粱相比中原故土短矮了很多。可是大山慷慨，如此厚重深邃神秘古怪。森林里吃肉的野兽和吃草的野兽，各自遵照森林的规矩，守着自己的家园。到了冬天，深山里也闹饥荒，饿糊涂了的猛兽们也会走出密林走向人村。

村寨里普通一少年姬山都，乃姬薪甫第五代孙，长得宽肩厚背，善奔走爬山，足具了山民的格调。山都曾多次要求父母准许他进入原始大森林里看看。母亲变了脸色训斥道："深山？去送死？送餐？一群虎豹围坐山塘撕吃一只野牛，你想去要点牛肉不成！"

那么寒冬腊月里，山里的獐子麂子山猄野鹿们躲哪里去了？唯山神知道。老虎断了粮，饿得发脾气，昏庸的头颅撞击着树干大呼小叫还是饥肠难耐。情非得已走出深山下了山麓。山风呼号，寒星瞅着淡月。狗们噤声瑟缩躲在屋角里。山都家门口散发着浓重的腥臊气味。那是因为午间在大门口杀了年猪，放血、刮毛、开膛全在大门口泥地里操弄。于老虎而言这正是"肉"的信息。

此时，一家四口正在里屋腌制腊肉。肉的气味些些微微逸出门外。老虎兴奋了，喉间发出咕噜声，继而谨慎地拍着前掌低吼。山都的父亲脸色陡变说声："不好，有贵客来了。"

山都激动说："贵客！虎，老虎来了？"

父亲甩着沾满食盐的双手，吩咐将猪肉放进大缸盖上草袋，吩咐山都的母亲和妹妹待在里屋不要走动不要吱声，携山都上了楼沿。楼沿即阳台，厚重木料盘就，结实可靠。那么，爬在楼沿上父子俩就看见了这只长身吊肚的饿虎。老虎转着身在地上嗅闻，泥地上星散着猪毛和血迹。老虎有点失望，退而求其次，唏唏哗哗吸食杂混着猪血的泥浆。山都扔下一小块肉，虎略一偏头，肉落在地上。老虎抬头。山都惊得呆了。看看，宝石般一双眸子，黄绿着闪光。虽是饿虎，举脚晃头都是力量。山都心中赞美：山神呀，怎么这么漂亮，真想抱抱它啊！

老虎叼起山都扔下的肉，一咕噜吞下肚，根本不需咀嚼。之后它以人立姿态站起来，扭着腰肢前前后后踏步，要求什么似的轻吼了两三声。父亲说："不可逗它，菩萨啊，这可如何是好？"

事实上村寨民居封闭式结构，厚实的土墙牢固的门户，轻易野兽无法进来。可是一只饿虎在大门口，正所谓虎视眈眈，能安心么？

山都说："再扔几块肉，吃完说不定就走了。"

父亲说："送它半头猪，就够它吃饱，吃不完它就背在肩上载走了，你不心痛？"

山都说："也是，吃舒服了说不定时常来讨要。"说叨之余山都模糊有个什么办法。下到火塘边，那里烤着十几个山芋，全家每天早上的餐用。山芋温热着，比鸡蛋大一些。山都将它们握在手掌掂着，寻思着老虎吃素吗，不然裹上一层猪油，准吃。

瞒天过海之计果然奏效。包着猪油或猪皮的山芋，扔下一个它就张口接一个，不假思索直接咽下肚腹。宝石般的眸子更显其辉光闪烁，哼哼哈哈晃头摇耳大有感激之意。山都也高兴，可是山芋吃完怎么办？父亲爬在楼沿上长声叹息，任凭儿子上下折腾。山都也确实更繁忙了。谷仓里他找到那把秤，生铁秤砣大小恰如山芋，扔在火塘里烧，加些木炭，火大旺着。

山都回到楼沿，看见老虎又在滋滋地舔吃泥浆，心中怅然，念道："虎啊你走吧，我就不捉弄你。你那么强大，林中之王啊！从哪里来回哪里去……你蠢啊，你是斗不过人类的。循着你的踪迹，他们会请来山外的猎户，设了强弓劲弩等你，你就死定了。"

山都让父亲继续投放山芋，趑回火塘，将烧红的秤砣从炭火中取出，使着铁筷子往上布网状的猪油，油脂燃起来，就迅速将其捂灭了。山都夹着香味十足的秤砣颠上楼沿照着虎头扔下去。饿虎依旧张开血盆大口接了，吞了，且继续期待着。山都笑出声了，转而又觉得有点抱歉。对老虎摇摇手轻声说："这回你得走开了吧，走吧，回你的深山老林，再扛一阵子冬天就过去了。"

稍一刻，老虎大喘着气，卧倒了，脊背着地翻滚着，痛苦地吼喊。头颅撞击墙角，泥土纷纷落。老虎回眸瞅着楼沿，山都的眼光正好与之对接。山都看见它那含着泪光的眸子喷射着愤怒与仇恨。山都有些害怕有些后悔了，谁知道接下来会怎样。他说，要不是你傻赖着，我们犯得着较量吗？何况这本来只是个玩笑。

三

老虎扑腾着逃走了，悔恨的啸叫响彻村寨。村民们都听到了，凄厉痛苦的吼叫异乎寻常。以往，冬夜里偶尔隐约听见虎啸是常有的事，只是今夜的虎叫声，声声入耳令人悚容。

于是天亮了，村民们聚在村中央大樟树下，议论关于昨夜的虎啸：老虎是为何进了村寨，走的时候又为何濒死般呐喊。几个后生决定循着虎迹瞧它走哪里去了，认为大白天的人多不害怕它。于是有的擎着梭镖叉子，有的拎着铜锣号角，兴冲冲沿小溪而下。离村子三里之外他们看见了它，老虎蜷缩着躺在溪畔沙地里。远远地人们屏声敛息不敢上前，朝它扔石头，扔着，作转身逃跑的姿势。没有动静。于是人们敲锣吹号手舞足蹈大呼小叫，似是壮胆却像社火节目。闹半天，终于可以断定老虎死了。

他们将尚未僵硬的虎尸抬到大樟树下。锣声叫嚷声村寨沸腾了。尤其女人们声音大手势动作大见识独到。有说就是这只畜生，前年冬天叼走了兰婶家四岁女娃。有说那年冬天郑家黄牛牯就是这只天杀的瘟货咬死的，吃光内脏还拎走一条牛腿。言之凿凿，全部女人声称认识这只罄竹难书的老虎。

死老虎属于全村人所有，人们准备剥皮吃肉剔骨熬膏。可是，生生一只虎怎么就无疾而终的呢？包括想象力丰富的妇女，百思无解。于是山都的父亲讪讪地说了，他说老虎，是儿子山都设计谋弄死的。此话既出即引起村民们多姿多彩的哄笑，指天画地断然不信。山都，十五岁一个小屁孩，弄死老虎，神仙附体哪？

睡眼惺忪的山都挤入人群，对着虎尸，有些黯然有些神伤。他蹲下身来，拨开已经闭合的虎眼，看到的是失去光辉浑浊的眼球。他摸着老虎的肚腹，眼眶湿了，拍一把自个额头挤出了人群。

两个只会杀猪的屠夫充当了屠虎的事务。清理内脏的时候根据山都父亲的预言找到了一枚生铁秤砣。按理，就这枚秤砣弄死了老虎似乎有些云云雾雾。于是村长和各族长坐在一起仔细听了山都父亲的全面陈述，推定老虎吞吃了烧热的秤砣，难受，于是拼命折腾，力气用尽，死了。

顺理成章，虎皮将归于山都。父亲却将其转赠给有些龙钟的村长。村长即某族族长。村中五大姓族长轮流担任村长。村长高兴，哆哆嗦嗦说好大一张皮啊！山都要了四颗虎牙，那是真正长在"虎牙"位置的虎牙，食指般粗长，淡淡的黄白色，互相敲击有金石之音，用细绳绑扎着，小一串儿。山都将其挂在年仅八岁的妹妹的脖颈上。虎骨让村里的野郎中熬了珍贵的膏。至此，全身是宝的一只成年虎化作了故事和传说。

四

接下来，族长们又聚一起议事。按照村寨传统，山都必须得到奖赏。消弭虎患自是英雄之举，无论用什么方法杀死老虎，都是当之无愧的英雄。往年，村寨周边发现虎踪便请来专业猎户，在老虎出没的途径设下机弩。猎户们远远埋伏着"守机待虎"。老虎猎着了，村长便在死虎脖上系一块红布，归猎户所有。猎户们高兴之余就拔下六根虎须赠予村长。倘若猎户们守候个三五天终于无果而归，村寨里每家每户须凑了银钱打发猎户。

而今，山都举手投足之间杀死一头进村入寨的猛虎。一时间四处八方已经传为美谈。善水寨也因之优越了光荣了，族长们讨论奖赏之事也更其用心。可是实在没有比对参照，善水寨的日子平庸无奇，数十年来列不出特别值得称道之事。商量之下请出了"典籍"——一本用黄丹纸封皮的册子，此册中洋洋洒洒记录着村里数百年的历史事件，可说是善水寨的史志了。翻翻寻寻上下求索，找出一位一百〇二年前的祖先，此公曾徒手格杀两名入村抢劫的流寇，其最终得到的奖赏是——初夜权一次。

那么，山都和父亲被请到议事厅。五个族长一齐兴奋，因为议定了一件比较艰难的事务。村长首先说了，村寨穷，拿不出大钱大银做奖品，那么公议一致，奖赏山都一次初夜。做一夜新郎，天亮，便回家……

父亲当然知道所谓"初夜"的意思，脸色青红便替他说："不奖也罢，山都还小呢。"

村董们狡黠地说要，要奖。山都朦胧知道他们说的事情，也说："要，我要！"

村董们仔细调查后，确定村寨里年内有三户人家娶亲。看看腊八过去，办事也就在二旬之中。于是召集了三户当事人，做了三个纸阄搁在碗中，谁个捡着写着"初"字者，便是捐出新娘初夜之人。

三个准新郎既无欢喜也无愁，发誓遵守规矩，并无反悔，相互挤眉弄眼，心想这帮老家伙，用这损招捉弄乳臭未干的山都。这小子，说不定那个"新娘"将他夹死捏死了呢。

五

山里人娶亲并无花轿,山路崎岖行走都艰难。新郎携接亲者一行鲜衣净鞋,提着灯笼打着雨伞,一路蛇形一路逶迤。接了新娘便由新郎和亲属轮流背着,放了鞭炮就原路返回。到村口,送亲者说一串诸如百年好合周年生子之类的吉言,也原路返回。新郎新娘一行在村头小坐,须吉时到,方可进村入户。寒星闪烁,夜空无奇,唯有浑蛋寒号鸟声声连叠,叫得人心烦。新郎支支吾吾对着新娘耳根说事,新娘怔忡不解,新郎便开了天窗说了关于初夜的亮话。他说那杀虎少年想必听说过,是天上星宿下凡,今夜里他在洞房陪你,咱赚他点仙气,天亮他就走,明儿中午咱们正式拜堂成亲……

房门半开着,新娘独自走进来,见一少年独坐一隅。少年站起来,四目相对,竟无语凝噎。屋里燃着炭火,暖意似春,且有些淡淡的清香若隐若现。蜡烛结了花,似明似暗。新娘轻轻关了房门,山都说:"姐姐……"

新娘微微一笑,徐徐脱了棉袄,腰身显出来,一对乳房颤颤巍巍呼之欲出。山都红着脸又说:"姐姐!"

新娘深深一笑说:"山都?杀死老虎的山都?"

山都低头无语,半天嗫嚅地说:"那帮老头,说的初夜,奖励,姐姐不要,多心……"

烛光下,新娘放浪一笑,烛光摇曳,照着她长长的脖颈艳艳的脸。她说:"什么狗屁初夜,二年前,草丛里,我就和相好的睡了又睡……娶不了我,就走出了山寨,再没回来。"

山都的心中漾起涟漪,毕竟童心未泯。他说:"姐姐,男人和女人在一起,很好玩吗?"

新娘灿烂一笑,说:"好玩也好玩,不好玩时断肝断肠。"

山都呆瞅着新娘,又是四目相对欲说还休。山都心想:秤砣杀死老虎,不是本意。可老虎毕竟死了,那么那帮老古董的"奖品",多半是为了了却一件事罢。"初夜"之后一切将归于平常，不会有人再提起如此荒唐的事情了吧。

五更天了。新娘说："山都，不困么？"

山都说："困。"

新娘又说："小小，小小童男子，姐姐不占你便宜，姐姐抱抱你，就坐着眯一会。"

山都说："好。"新娘坐在竹椅上，山都坐在她并拢的腿上。她双手拢在山都腹部，一股湿热的气息在山都脖颈肩背之间闹腾。山都感觉到小腹及以下有异样。新娘轻盈地左右摇晃，哼唱一支古老的关于男女情爱的歌谣。他的双手撑着新娘的膝盖，后脑勺顶着她的下巴，心中数着木窗的方格，没有睡意。新娘轻吻着他的耳根，就这样坐着等到了鸡叫。

鸡叫了。雄鸡一唱心中苍白……

六

到二十岁，山都长成一壮汉，那身板似能摇山撼岳。对人亲和，勤快孝顺，可是不喜欢种地。山里的田地碗大一坨盆大一坨，地块中，牛都站不住脚。父亲一辈及更长一辈的老人们时常做梦一般谈论中原故土，那田地，一马平川一望无际麦浪涛涛高粱摇摇炊烟袅袅酒旗飘飘……其实人们也是根据前辈的描述代代相传而已。善水寨的"客家"们是否走回过中原故土认亲祭祖，已不可考。

山都的遐想似乎更为遥远而广泛。他曾请教过村里的教书先生，想知道天地世界终究是个什么样子。先生不假思索地说："天圆地方这还需问！"

山都又说："地，是个方块，总有个边沿吧。"

先生说："边沿，边沿大约在海上，大海，见过么？"

山都还说："边沿之外会是什么？"

先生生气了，指着他额头说："是你家灶头。"

山都思考着无穷大的世界，现实里却只能紧紧抱着大山讨生活。山上的药草、黄连、黄精、茯苓，想要就尽管拿，香菇、木耳、竹笋取之不尽。大山是如此的慈祥和丰富。八月里，天晴地暖，山都在老松树下挖茯苓。这东西深长在五、六尺之下的山土中，与松树根盘错纠结在一起。山都光着膀子发恨挥锄，汗水流入眼里嘴里，头顶蒸汽氤氲，浑身散发着强烈的男人气味。

一声呼哨一声喔嚏，蛇姑站在山都面前。蛇姑即捕蛇者，畲族姑娘。在她的血液里仿佛流淌着更为丰富的大山的汁液。看看，婀娜的身材由山林造就，紧致的衣着是为便于游走林莽。肌体精致，凹凸有序，刚柔并济。脚踝套着银镯子，腰间系着红布带子，肩挎竹篓……像山风那样清馨。假如山神是女性，她就是！

山都笑起来："怎么又是你。"

蛇姑说："歇歇吧。"

山都说："好。"

并肩而坐，彼此身上浓烈的体味刺激着对方。蛇姑说："香香甜甜的，你身上是茯苓的味道。"

山都说："茯苓还在泥土里，你身上腥腥咸咸是老蛇的味道！"

蛇姑痴痴地说："杀死老虎那年你还小，我也还小，在村场上看见你，对我妈说我要嫁给你，我妈说，过几年，你自己去找他……"

山都坏坏地笑。蛇姑舔吮着他汹涌的胸膛、咸酸的汗水，鼓舞着她的野性。她说："你要了我吧。"

他们就在碧草丛中，很原始的环境，律动着更为原始的生命节奏。山鹰尖锐的呼叫为他们助兴。后来他们就平和地躺着看见了月牙初升。

腊月，山都娶了蛇姑。正月初二小两口去蛇姑家拜年，看见一幅奇异的画像挂于中堂。画中人物穿着锦袍竟是狗头而人身。山都怔忡着想，这莫非就是坊间传说的"狗头太公"。在场的人一概神色肃穆，上香磕头之后，山都退立一旁，听见哗啦一响，一匹红布垂下来遮蔽了画像。拜祖仪式仅几分钟而已。

山都知道畲族人爱狗如命，由爱而敬也人之常情。（后世有研究者以为那不过是图腾崇拜而已，说得似乎单薄了些。）

山都家从此不吃狗肉，集市上买了一对彩陶玩具小狗，搁在神龛中，同享人的香火。蛇姑感动，她知晓山都的心意。

青山不老，涧水不涸。山都的父母却先后谢世。前几年，妹妹挂带着四颗虎牙串儿远嫁他乡。如今，儿子山莫也十五岁了。母亲蛇姑多年前就歇了捕蛇卖钱的营生，却在菜园子里被一只小小的青色毒蛇咬死。那条长不过盈尺、集了无数同类仇恨的青蛇，从树枝上飞身而下，在身后攻击了她，咬穿了耳根下那一块肉。待到山都父子发现她之时，已经肿得头颈莫辨了。

破碎的家，曾经沧海的痴痛，山都决定离开善水寨，房子捐赠给族中兄弟，只求年年清明兄弟们代为扫墓。山都携着儿子洒别青山绿水，随几个贩燕窝的番客去了南洋。当他躺在船上晕船呕吐之时，挣扎着喊："大海啊，你他妈怎么那么大啊！"

七

善水寨的天地时大时小，年年世世都有人搬到城里居住。有学手艺当了工匠者，有撑船拉纤在"母亲河"上讨生活者，也有精明经商成为富人者，形形色色不一而足。只是贫贫富富，世道总是莫名其妙地轮回更替。

善水寨一世祖姬薪甫之十二代孙姬硕松者，已然是不争的富家公子。父亲拥有二家超市一家酒店，名车别墅自不在话下，锦衣玉食更是当然。他的同学好友郑斯同，其祖上也是当年南迁的同乡。父母在外地经商，过年回家，取三十万元现金，每叠一万元，随便扔在墙角落窗台下，好比邋遢人家的垃圾。说是以财守岁财聚财。他俩同是县一中同学，学习好，身体好，家境更好，都任着学生会和团总支的职务。故而，自然有自信的女同学散发着芬芳靠拢过来。那么乔亚和骆红两位美丽女生纷纷扬扬之后便成了姬硕松、郑斯同的学中密友。时常，晚自习之余明暗之下，两对璧人牵着手在操场边沿走动。关于青春、美貌、富有等等。校长、老师莫不羡慕，学校当局并无人批评指责。何况他们的父母视钱财如粪土，曾经捐给学校很多"粪土"。

一阵雷鸣一阵骤雨，一年一度的高考在喧嚣中结束了。学子们脸不再青黄，气不再粗重。过了这一劫，等待着彩虹等待着喜讯，恣肆地玩吧。就在姬家富丽堂皇的客厅里，两对男女同学说是要庆祝告别了苦难的高三时光。最为愤恨的是骆红，她控诉下作的班主任曾经数次触及她最突出最难设防的部位。乔亚笑吟吟地说："那又怎么样！谁叫你那么沉鱼，那么突突。"

　　骆红反击道："你以为你呀，体育老师抱着你肥肥的大腿上高低杠，你装着老要掉下来吧。"

　　姬公子欣赏两女孩斗嘴，拎着一瓶洋酒得意地说："不是说庆祝吗，怎么又声讨了呢，咱们饮酒吧，白兰地，路易十三，法国货，一瓶酒够两年清华学费。"

　　郑斯同拍手说："哥哥，喝这酒不折福寿？一瓶一万四哪，一杯就一千多元。妈妈吔！"

　　姬硕松说："折个屁，今朝有酒今朝咱们尝尝。"他又弄出一些小菜，诸如比利时奶酪、美国核桃、丁香鱼、珍笋罐头。酒斟出来，琥珀色，香气迷人，碰杯的叮咚声宛如打击乐。乔亚首先祝赞姬硕松，单独一碰酒杯说："清华清华，青云直上，清华清华，华实在望。"

　　继而姬硕松回赞了乔亚的"浙大"。郑斯同恭维骆红的"北大"，骆红回赞他的"复旦"。

　　几个回合下来，美酒染红了脸和脖子。两对男女放开了手脚，在宽阔的沙发上挤挤搡搡，幸福地各取所需。当接吻吻到窒息之时，郑斯同的小偷手在骆红的裤腰之间探索。骆红呻吟一声坐直了身子，捏着郑斯同的手颤声说："不行。我妈说了，搂搂抱抱接个吻是底线，现在做那蠢事，不行。"

　　乔亚也坐直身子理头发。姬硕松后仰着，很理论地说："假定现在有四个苹果让我们吃了，后果就将由上帝和蛇负全责，但是我们喝的是酒——神的饮料。它将促使我们向神靠拢。"

　　乔亚说："我们已经做了一回神仙了，现在该回家了。"

　　姬硕松最后宣布说："好吧，散伙吧。明天八点钟，请各位准时，不带苹果和酒，同学们，上山去也。"

八

姬硕松和郑斯同各背着一顶野营帐篷，走得脸红耳赤大汗淋漓。乔亚和骆红捎着拎着铝锅和盆盆罐罐，走走歇歇，六十里地直奔善水寨。午后一点钟才走了三十余里地。郑斯同一腚坐在青石头上说："使不上交通工具，苦啊！"

索性都卸下装备坐在草地上。骆红对两男生说："你爸和你爸，打电话请求派架直升机，报上 GPS 点位……不如，村里找个老乡帮忙挑东西，咱们裸着走就好些了。"

乔亚想询问"裸着走"是什么走法，却拍手大声赞同，说："走也走了，练也练了，骆红也真是天才观世音菩萨呀！"

郑斯同抄小路过了小河去到村里。不一刻，带来一位挑着空箩筐的老乡，五十来岁，热情且多话。他说："同学哥哥同学姐姐，善水寨那很不好玩了。山林老了瘦了，涧水细了弱了。不如我引你们去一些地方，二十里地就到，叫麻撒地。山不高，可草地像毯子，水不深，山神仙女在那泡澡呢，而且遍野开的野菊花勿忘我……"

四个人开怀大笑欣然同意。农民老乡就将肩背手提的物件装入箩筐，掂一掂总在百十来斤。姬硕松捏二张百元钞递过去说："你觉得够不够？"

老乡搓手说："够了够了，多了多了，不好意思了。"

多思多虑的骆红此时又提出一个建议，她说："老乡，那地方柴火好拾么，晚上得点篝火呢！"

老乡搔头说："拾柴火么有些难度，钻林子，你们料是不惯，一晚上烧的得不老少呢吧。"

骆红又说："你家里还有什么人吧，不如卖我们一担柴片，一起挑山里去。"

老乡笑呵呵地说："河水倒流么，山里砍来的柴火，现今又送回山里，好吧好吧，学生姐姐。”

老乡隔着小河大声呼喊，一串话音之后，他的妻子走来了，挑着二捆硬木柴片。姬硕松又捏了二张票子递过去，老乡还是搓手说够了多了。

朝着麻撒地攒行，四人变成六人。挑着胆子的反而走在前头，且走得快。同学四人哼着小曲跟着走。不一会儿，麻撒地就到了，果然是野营的好地方。首要的当然是搭帐篷，有了帐篷就有了家。于是四双手南辕北辙，拉扯着冥顽不灵的帆布帐篷。农民老乡两口子上前帮手，握着碗头大的石块三两下砸牢定位扎绳的铁针。支架子铺地毡七手八脚终于将两座“家”安在草地之上。将近四点钟，姬硕松把着一摞百元钞又捏了几张塞给老乡。老乡觉着意外，推辞着说：“山上没有商店，带这么多钱呵！你给多了呀……回去的时候记得上我家，我给你们杀鸡烫酒，一定来啊！”

骆红立刻接话说：“后天，午饭之后，你还接我们下山呀，工钱么，再加些。同学们，有服务就是 OK 呀……”

两座帐篷相距三米，昭示着山野之中的外来信息，醒目突兀意味深长。

姬硕松首先走进帐篷，沉甸甸地躺在毡垫上。乔亚跟着进去说：“天还没黑呢！”

姬硕松说：“试睡，凡是刚完成的建筑都必须检验其安全性和舒适性，你，也来吗？”

乔亚也躺下了，两人很容易就搂在一起比较斯文地接吻。

乔亚说：“你是想检验帐篷里做爱的可靠性和舒适度？可是失陪了，你自个充分想象吧！”

乔亚走出帐篷，感觉山风吹过胯下，一阵阴寒潮湿，便软塌塌地坐在草地上，不知道要流泪还是要大笑一场。

偷眼望过去，郑斯同和骆红躺在草地上像两条交尾的蛇缠扭着，只是衣衫完好并无出格。乔亚心想，骆红的定力当是可圈可点啊！闹腾了一阵，四个人都觉得需要做点事情了。野外生存不能等同住宾馆，现在已无人提供服务了。那么，首先得生个火——篝火。有了炊烟就昭示着生命的存在。当四个人围着柴片坐下来，异口同声说："火，火柴，打火机。"之后面面相觑，依次说没有，没带，忘了，上帝，普罗米修斯！

又是异口同声："怎么办？"

还是异口同声："钻木取火，试试。"

选完了材料和工具，其实都是木头，跃跃欲试。柴片旁团了一些纸屑。郑斯同首先操盘，双手掌合着一根圆木棍抵在柴片上迅速旋转，可是木棍总是不在一个点上转动。转了百多转，停下来，摸一摸木棍端头的温度，再转一阵，便说手酸了。姬硕松推开他，拿过木棍改为推拉式，磨刀那样，嚯嚯生风有模样。好一阵，柴片表面有些发黄，可是纸屑依旧白花花寂寂然。两个女生也说要试一把，郑斯同揶揄道："男生固无能，女生能乎？"

沮丧不影响做决定，回家吧，只能回家。时间正五点，他们走到挑夫老乡家天黑正好，所有物件全留在草地上，带了些水，赶紧走吧。斜阳将人影越拉越长。两个小时后，他们走进农民老乡的家。老乡似乎并不太诧异说："山上风大、冷，不好住不是。"

四人齐整地说："冷，不好住。"

老乡煮了粥，还有青菜和咸鱼，很抱歉地请客人将就。收拾了两间房，男生女生早早睡了。从来没走过这么多路，从来没有如此不愿说话。睡得香，天也亮得早。他们要回城。姬硕松请老乡还上山，将山上物事收拢了给挑到城里，按照条子上写的地点撂下就好。当然，他又给老乡塞了几张钞票，老乡的心里又开了很多花朵。

四年后，姬硕松由清华大学而考取了哈佛大学的研究生，专业是国际金融。此前，他曾和在浙江大学的乔亚联系，邀她一同前往美国读书。乔亚拒绝了，她说："美国嘛，虽是明明白白天却也是是是非非地。不去，要就业。"

姬硕松孤身一人去了美国，在哈佛翻看通讯录的时候，他发现一位姬姓同学，英文姓名后的括弧中标着姬硕年之中文姓名。姬硕松迅即联系了姬硕年，在咖啡座见面了。他们年纪相仿，姬硕年略黑瘦些。三言两语之后，两人即拥抱拍肩。言谈中，姬硕年竟夹杂些有点走调的客家话。据他述说，祖上当年由中国大陆去了东南亚，辗转漂移最后在马来西亚定居，辛勤数十年而建立了偌大的庄园。庄园中设了姬氏祠堂，其堂名"善水堂"，一世祖山都公，二世祖山莫公……

（选自《汀州客家》2015 年春季号）

作者简介

游慈琛，1949 年生，福建省作家协会会员，曾任福建文学院专业作家。出版小说集《爱情无规则》。

六月的梦

◎ 廖金璋

一

最后一次模拟考试讲评试卷结束后，高考倒计时只剩下三天的时间。学校于 6 月 4 日开始放读，学生不用上课了，实际上学校要做好考前准备，那些教室都要腾出来做考场，必须经过一番布置，这需要时间。学校就把这三天时间称为"放读"。当然，学生也就可以趁此机会休整一下。

放读前一天下午，直到最后一节课，班主任陈焕珍老师才把考生准考证发给同学们，让大家知道自己所在的考室和座位号，届时凭准考证入场。其实，只发给大家看一看，然后又收回，由班主任代为保管（待考试前半小时再发给考生），以免考生丢失误了考试。对于高三的学生来说，最关心的是自己的座位好不好。所以准考证一发下去，教室里就叽叽喳喳，像一锅鼎沸的粥翻滚着。坐在第二排中间位置上的沈美琳却一声不吭，因为那个座位号让她傻眼了，犹如被人泼了一瓢凉水，从头冷到脚。

沈美琳的准考证座位号是在第 20 考室第 7 号，这是一个糟糕透顶的座位号。谁都知道，每个考室限坐 25 个考生，座位号从教室门边算起，第一、二、三排各坐 6 人，第四排坐 7 人，都是纵向顺序排列，按这样排座位，7 号位置正好是第二排第一个位置，也就是说，在讲台跟前，是监考老师眼皮底下的位置，最惹人显眼；而且，考场装了监控器，每个考室装了摄像头，正对着大家，7 号位置又是首当其冲。这么说来，她还图什么侥幸，又怎么能临场发挥得好呢?

同学们再也按捺不住了,再也无心做那无休无止的练习题,大家纷纷探听自己周围坐的考生是谁。据说,座位号是县招生办根据考生报名情况上报到省高招办,再由省高招办随机编排的,同一个县的各中学考生混编。因此,同一个考室就有不同班级不同学校的考生了。对于差生来说,希望自己周围邻桌有些高手,考试时能够关照,得到充分发挥;对于好生来说,却害怕身边有差生干扰。

沈美琳希望自己的座位排在后面,也就是距离监考老师要远,她怕监考老师看她,考试时有人看她,她心里紧张。如果自己不会答题,或答题错了,多么不好意思!平时,她的成绩是很不理想的,每次月考,她在班上的排名,总是在倒数几名之内,在年级的排名就望尘莫及了。为此,她对高考曾经动摇过,她想,为什么非要考大学不可呢?难道在自己的前程中,除了考大学就别无选择吗?有几回她都不想上课了,可是父亲不允许她这样做,一定要她参加高考,上大学,父亲说,考场上往往有人超常发挥呢!

父亲对她寄予了很大希望,要求老师对她多些辅导,于是各科任老师都对她加班加点,搞得她疲劳死了,可是一点效果也没有。她知道,班主任和各科任老师都很关心她,甚至连校长都经常亲自过问她,见了她总是亲热地喊她"美琳",那亲热劲简直让人肉麻,当然,那些都是马屁精,拍的是父亲的马屁嘛,要不是父亲当了个副县长,又分管教育,他们还会对自己那么热心么?校长还会对一个后进生那么亲热吗?不过,自己也太不争气了,脑子笨得不开窍,成绩怎么也提不高,高考对于她来说,只是碰碰运气罢了。

沈美琳走出教室不远,陈焕珍老师就在后面喊道,沈美琳,你等等!她稍停了一下,陈老师就赶上来了。陈老师看得出她情绪不好,想对她作些安慰和鼓励,说道,你的座位在前面不要怕,其实监考老师都是你熟悉的,大家都很关心你,肯定不会为难你,你尽管可以放心大胆地答题。又说,考试期间不要开夜车,晚上要休息好,考试才能精力充沛。

沈美琳"嗯嗯"地应答,其实她一句也没听进去,她知道,那是老师对她的安慰，起不了什么作用。当她垂头丧气回到家里时，父亲正在客厅里接电话。她觉得奇怪，父亲今天怎么回来得这么早，以往他总是很晚才回家的，但她因为心情不好，就没有问父亲，径直进了自己的房间，并随手关了门，一头倒在床上。不一会，父亲就进了她的房间，问道，准考证发了吗？

发了，她沮丧地说，座位号很不好！父亲不问还好，一问她心里更不好受，眼泪一下子涌了出来。

我听说了，没关系嘛！父亲安慰道，座位在前面也不是什么坏事，据说，你们学校有一位前10名的高手也跟你同考室呢，关键在于自己要有一个好的心态！父亲把她从床上扶起来，继续说，打起精神来，奇迹往往是出其不意就产生了，说不定你坐在前面还能更好发挥呢！这时母亲也过来劝道，不要紧，大不了今年考不上，再补习一年嘛！

在父母亲的劝导下，沈美琳想，也只有这样了，父亲虽然是个副县长，他也不可能要求省高招办为自己更改座位号。如果今年考不上，她就再补习一年吧！这样一想，心情自然好多了，饭也吃得香，晚上她没有看书，也不做训练题，看了两集电视连续剧，让自己彻底放松，10点钟就去睡觉了。

夜里，她作了一个好梦，梦见自己考上了海滨的一所大学，她跟许多新同学在海滩上玩，大海真美，波澜壮阔，一望无垠，海浪向他们追逐而来，同学们笑着，闹着……

二

沈美琳的座位号，陈焕珍老师早在两天前就知道了。那天，当各班主任领到自己班上学生准考证时，陈焕珍首先看的是沈美琳的位置，结果一看她就在心里暗暗叫苦了。说实话，陈焕珍比沈美琳自己还更关心这个座位号，她希望沈美琳能在高考中创造奇迹，这就需要有一个好的环境，可是这个座位号显然对沈美琳不利。

在陈焕珍的眼里，沈美琳不是一个普通的学生，而是她手里的一个很重要的棋子，她必须使用好这个棋子。用好了，对她和她的老公都有好处。用不好，很多希望都化为乌有。高二她接这个班的时候，校长对她说，沈副县长的千金就在这个班，叫沈美琳，你要对她多些关照。她一听高兴极了，好像校长给她送来了一个金元宝。她说，好的，我知道怎么做，你放心吧！

有些老师怕教领导的孩子，特别是县领导的孩子，认为难以伺候。但她不怕，她认为教上领导的孩子，就有了跟领导多接触的机会，只要取得领导的好印象，今后晋职、上职称不就容易得多吗？何况，自己的老公就在县政府办公室工作，正愁需要一个巴结领导的平台呢！为此，开学第一周，她就进行了第一次家访。

那是星期三晚上，经过预约，准八点她踏进了沈副县长的家。当然，沈副县长热情地接待了她。她以一个新上任班主任的身份访问，了解沈美琳的性格脾气，在家的作息情况等，并且诚恳地征求家长的意见和要求。在谈到教育孩子的问题上，她侃侃而谈，引经据典，尽量表现自己的卓识和能力。家访很成功，沈副县长对她印象很好，夸她是很称职的班主任，一开学就家访了。陈焕珍告辞的时候，沈副县长亲自送出门来，还说，拜托老师了。

从那以后，陈焕珍常上沈副县长家，有时是一个人去，有时就让老公陪着去，自然老公陪有老公陪的道理。每次去，都要找出理由，或上门给孩子辅导，或给家长汇报孩子成绩，或跟家长探讨一些教育教学的问题……说老实话，她对沈美琳是够关心的，班上最好的座位就给沈美琳，在学习上常常给沈美琳开"小灶"，但是，沈美琳就是一盏耗油的灯，耗了油还点火不亮。课堂上，沈美琳似乎都听得懂，可是考试的时候，却不会答题，经常考得一塌糊涂。为此，陈焕珍都不知道如何向沈副县长交代了。

实际上，沈美琳一向学习都不好。如果沈副县长没忘记的话，他的女儿中考就没上一中的录取线，是以县领导子女的关系给予照顾录取的。但是沈副县长从来不从女儿身上找原因，女儿学习不好，他总认为是老师没教好。有一次，他到一中给老师作报告，他说，没有教不好的学生，只有不会教的老师，学生学习不好，老师必需反省，作检查……当时就有许多老师听了很反感，陈焕珍也深感自己压力很大。

上了高三，开学第一天，沈副县长就到一中来听课，他走进女儿所在的高三（5）班教室，正好上的是英语课。那堂课，英语老师没有提问沈美琳，因为英语老师知道沈美琳英语很差，怕沈美琳回答不来难堪。谁知，沈副县长认为英语老师歧视他的女儿，一堂课从头到尾竟然没有一次提问沈美琳，这不是瞧不起他的女儿吗？课后他找到校长说，英语老师臭水平，不适合担任高三的课，一定要换人。校长只好给高三（5）班换了一位英语老师。其实，那位英语老师是学校的教学骨干，沈副县长对英语一窍不通，根本听不懂，他怎么知道英语老师教学水平的高低呢？

沈副县长来学校听课，是为了给学校施加压力。他故意找英语老师的岔子，硬要校长换老师，那是为了杀鸡儆猴，其潜台词大家都心里清楚——谁教不好我的女儿，谁就没有好果子吃！

为了帮助沈美琳学习上一个新台阶，高三（5）班的全体科任老师在班主任陈焕珍的组织下，不辞劳苦，轮换着给沈美琳课后辅导。这样一来，沈美琳简直没有喘气的时间，好几次，她提出抗议，说反对你们这种应试教育。有一回，她干脆不来学校上课，连月考也不参加，说是自己有病。沈副县长只好向女儿妥协，答应让她在家休息几天。后来还是陈焕珍晓之以理，动之以情，把她劝回学校上课。

尽管老师费了很大心血，沈美琳基础太差了，还是没有什么进步。陈焕珍知道，如果没有特殊的办法，沈美琳是考不上大学的。那么，自己这两年不就白费心机了么？因此，陈焕珍把宝押在考场上，希望她能临时发挥得好。可是如今沈美琳的座位号，竟然就在讲台跟前，也就在监考老师的眼皮底下，这样沈美琳怎么能临场发挥得好呢？

陈焕珍把所有的座位号都看了一遍，虽然都是一些数字，但她能够从这些不同的准考证号判断，哪些是本校的考生，哪些是其他学校的考生。忽然，她发现第20考室，竟然有一位本校的优秀生，而且与沈美琳的座位邻近。陈焕珍一阵惊喜，好像一个落水的人，扑腾中忽然抱住了一根木头，有了生的希望，她连忙挂通了沈副县长的手机，要立即见沈副县长。沈副县长说，好的，你过来吧，我等你！

进了沈副县长的办公室，陈焕珍随手关了门，便马上汇报了沈美琳的考场座位号，以及自己对考室座位的新发现，并且分析了它的利弊。然后两人又小声商量了一阵具体操作方案，沈副县长对陈焕珍的主意很欣赏，笑道，那就这样办吧！

三

吃过早饭，沈美琳想出去走走。学校放读三天，在她心里，放读就是放假，痛痛快快玩一玩！

好久以来，她总是从家里到学校，又从学校回到家里，两点一线，单调得要死，她多么想到郊外走走，那里空气好，现在田野上正是禾苗抽穗的时节，微风过处，阵阵稻花香，一定沁人心脾，那是一种多么美妙的享受！她又想从西门出城，再走一段，那里有一条不知名的小溪，小溪的水很清，没有受到污染，溪水由西向东潺潺而流，有一处冲成了一口深潭，叫鸡公潭，城里人常常到那潭里游泳，过去她也去过，但近一年多来她就没去了，现在水还清么？她真的好想去那里游一游，躺在水的怀抱里，让柔柔的水抚摸着自己洁白的肌肤，那又是一种多么舒畅的感觉！

沈美琳正这样想着，忽然听见门外有人喊她，是游青青的声音，自己的同桌。她开了门，游青青一进来就说，今天好多同学都去庙里许愿了，我们也去吧！

许啥愿？沈美琳不懂。

许升学愿呀！游青青说，就是到庙里给菩萨烧香，求菩萨保佑我们考场上能发挥得好，金榜题名，考上大学呗！

沈美琳知道，游青青学习也不怎么好，只是比自己强些，属于中等偏下，按老师的说法叫希望生，也就是可能考不上也可能考得上的那类人。可是沈美琳并不相信神灵能保佑什么，她从来没去庙里烧过什么香。不过，去玩一玩，散散心也没什么不好，既然游青青来邀了她，结个伴一起去也行，她于是放弃了去游泳的打算，问道，去哪个庙呢？

罗公庙吧，我奶奶说，庙里的罗公祖师很灵验呢！她又贴近沈美琳的耳朵说，听说前些时候，我们的校长特地带领高三各班的班主任去罗公庙烧香，以求神灵保佑学校今年高考能出好成绩，铸就辉煌。

沈美琳一惊，觉得不可思议，有点不信，我们的校长和老师还那么迷信吗？

骗你的是小狗！说着两个人都笑了起来。于是，她们上街买了香、蜡烛和鞭炮，像那些善男信女一样，晃晃荡荡地往罗公庙去了。

太阳有点毒，烤得人浑身冒汗，好在她们都带好足够的矿泉水，不时地为自己的身体补充水分。出了城，又走了二里路，就开始爬山，沿一山涧拾级而上，行至半山，就见岚岩耸立，飞阁临空，那就是罗公庙。

庙宇飞檐斗拱，雕梁画栋，非常壮观。庙里早来了许多人，他们在庙门口燃放鞭炮，劈哩叭啦的声音经久不息。两人进了大殿，只见罗公祖师高高地坐在神龛上，庄严而肃穆；大厅里人头攒动，或烧香照烛，或跪拜祈祷，十分拥挤，人们简直摩肩接背；而神龛上烛光熊熊，香烟缭绕，迷蒙一片。游青青牵着沈美琳的手在人群中挤来挤去，好容易才挤到神龛跟前，俩人一起点燃了各自带来的蜡烛和香，然后就模仿着别人，也开始跪拜。俩人肩并着肩跪在大殿的一角。游青青很虔诚，认真的许愿，祈祷。

沈美琳却觉得好玩，她虽然也跟着跪拜，但不时地偷看着别人，看着前面的人一跪一拜，点一下头，翘一下屁股，后面的人头抵着前面人的屁股，也一跪一拜；大殿上的人头，上上下下，此起彼伏，波浪似的。她忍不住暗暗地笑。猛然间，透过朦朦胧胧的烟雾，她看到了一个熟人，在大殿的另一角，正弯着腰，向罗公祖师鞠躬，样子十分虔诚。她不禁"啊"了一声。

游青青不知道沈美琳干吗叫，侧过头来问道，你怎么啦？

沈美琳往那个熟人一指，附在游青青的耳边说，那不是我们学校的刘旭吗？

游青青一看，果然是刘旭。刘旭是高三（8）班的班长，虽然跟她们不同班，但她们认识，刘旭的学习成绩很拔尖，每次考试成绩排名总在年段前10名以内，经常得到年段长的表扬，高三上期还被评为省三好学生。沈美琳心里很想不通，学习这么好的人，难道还怕考不上大学吗？

出来的时候，他们在庙门口相遇了。但刘旭佯装没看见她们，低着头一溜小跑抢先走了。游青青本想喊住他，打个招呼，但看他视而不见匆匆离去也就忍住了。两个女生一路下山。沈美琳问，你说，刘旭学习那么好，怎么也要烧香拜佛求菩萨保佑啊？

游青青说，嗨，你这也不懂？水涨船高，人家学习好，肯定想考清华、北大一类学校，可是全省多少高手在竞争啊，怎不想求菩萨保佑呢？

沈美琳笑了，大家都求菩萨保佑，菩萨保佑得那么多人吗？

游青青叹了一声，这就要看谁更虔诚了，菩萨肯定保佑最虔诚的人啊。

这么说来，来庙里祈祷的人不是有许多来了也白来的么？沈美琳心里有了疙瘩。

四

6月6日下午，考生熟悉考场，而来自各农村中学的考生上午就早早地进城来了。农村中学除了领队的老师，还有许多随子女进城的家长，他们是来陪考的，说是为自己的儿女做好后勤，于是小城的大街上猛增了许多乡下人，宾馆、旅舍也几乎爆满了。

有些农村学生提早进城，还有个不可告人的目的，那就是打听一下自己座位前后左右是些什么人，有没有一中的考生，如果有一中的考生就跟他们联系，争取考试时得到关照。在他们眼里，一中这样的重点中学，每个考生都很优秀，再瘦的骆驼也比马肥，因此他们都十分崇拜。

沈美琳午睡起来后就出门，没走几步就有人迎了上来，问道，沈美琳，你好！沈美琳一看，是个跟自己差不多年龄的少年，高高瘦瘦的，可是她不认识。少年却笑着自我介绍，我也是今年参加高考的，在第20考室，座位13号，就在你的右边，请多多关照！沈美琳想，这肯定是农村中学来的考生，他口渴讨水喝，却讨到盐水钵里去了，我自己都泥菩萨过河——自身难保呢，还关照得了你吗？但是她没有这样说，而是问道，你怎么知道，你左边的座位号就是我呢?

少年羞涩地笑了笑,说,我打听到的。他好像很羡慕的样子,又说,你们一中的同学,个个都比我们农村中学的强呀,一中的条件好,师资水平高,你们真幸福!被少年这么一说,沈美琳的心里惭愧起来,自己学习偏偏就很差,愧对了学校和老师!她又觉得这个13号少年很可怜,怎么运气也这么不好,13号座位跟她的一样,都在讲台跟前,监考老师的眼皮底下呀,还谈得上什么关照不关照呢?

沈美琳说,监考老师就坐在我们的面前,你丢掉幻想吧!

少年说,不,监考老师是我们县里的老师,肯定会睁一眼闭一眼的。只要不被省派来的巡视员碰上,就没问题的。

沈美琳说,考室里还装了摄像头,正对着大家,每个考生的一举一动都摄在里面呢!

那是一种形式,做个样子罢了。少年很世故地说,他又叹一声,继续说道,其实,谁会把摄像头送到省招办去呢?

沈美琳的心里,本来是一面平静的湖。少年的话犹如一块石头投进了湖里,这时湖面荡漾起来,掀起层层的涟漪……

沈美琳来到学校,发现气氛不同了,校门上方挂着横幅,校门两边特地公布了考场规则和监考守则,字写得大大的,是毛笔正楷抄写的,用牌匾张贴着,特别显眼;校园里许多地方还用白石灰画好了警戒线,令人生畏。

这时准备熟悉考场的考生来了许多,特别是外校的考生早早地等候在操场上或走廊下,但是时间还早,监考老师还在会议厅开会,要等他们开完会才能组织考生入考室。沈美琳一直走到第20考室的门外去等候。忽然一部小车从校门口进来了,一直向监考老师开会的地方驰去,有人说,县长来了,县长要去给监考老师作指示呢。沈美琳认得,那部车子正是她父亲的。这时候,父亲一定坐在那里面。她忽然感到很骄傲,父亲多伟大呀,他主宰着全县的考场,那些主考和监考都要听他的,他的话一言九鼎啊!有这样的父亲,自己还有什么后顾之忧呢?

游青青也来了，她在 24 考室，从 20 考室门口经过，见了沈美琳，两个人就聊了起来。

游青青说，嘿，刘旭在你那个考室。

沈美琳问，你怎么知道？

游青青说，听说的呗！她又沮丧起来，可惜我那考室，没有高手，我可苦了！

沈美琳笑道，人家高手跟我们有何干系？

游青青说，怎没干系？解答不了的不会抄一抄高手的吗？你以为考场就那么纯洁呀！

两人正聊着，班主任陈焕珍老师朝她们走来了。班主任是领队，他到各考室外面看看自己的学生是正常的，被允许的。但游青青一见，却说，陈老师是找你的，我先走了。

陈老师的确是找沈美琳来的。沈美琳知道，陈老师的爱人是县府办公室副主任，属她父亲的部下，陈老师常同她的爱人到自己家来，说是家访，其实谁也看得出来，他们是为了讨好父亲。因此陈老师平时就对她特别关心，陈老师所教的语文还常常多给她分数，多给的自然是作文成绩，那是没法说清楚的分数，不过她心里明白，自己的作文水平哪里有那么高呢？

陈老师笑着说，都准备好了吗？沈美琳不知道什么叫准备好了，不置可否地点了一下头。陈老师把一只手搭在沈美琳的肩上，显得非常亲切。她说，明天就要考试了，不要紧张，不能怯场，要胆大心细，沉着应战啊！

沈美琳"嗯"了一声。陈老师把她带到一棵树下，几乎贴近她的耳朵小声地说，升学考试关系到自己的前途，是非常重要的考试，你不要太老实。刘旭在你这个考室，是 2 号座位，离你很近，遇到不会解的题目，可以看看他的嘛！

沈美玲问，监考老师不会抓吗？

陈老师说，你放心吧，他们不会的，我会给他们打招呼。

沈美琳真的很感动，有陈老师的这句话，她就消除了顾虑，可以轻装上阵，关键时刻能够帮她，这是真正的"恩师"，她好像看到了自己的前程，如花似锦，灿烂夺目。

在一阵清脆的电铃声中，考生们手持准考证步入考室，并在自己的座位上坐下来，聆听监考老师宣读考场规则。沈美琳却一句也没听进去，她不时地东张西望，路上遇到的13号少年果然坐在她的右边，不过这个人对她并不重要，重要的是刘旭，刘旭真的也来了，坐在第一排第2个位置上，也就是在她的左边，只要自己头往左侧一转，就能看到他，要个答案什么的，也还算方便，难怪父亲说，座位在前面也不是什么坏事！她看了一眼刘旭，对刘旭甜甜地一笑，问道，你就坐那吗？刘旭对她点了一下头，表示应答，他正专心听监考老师讲话呢。沈美琳心里想，我怎样才能让他肯把答案给我呢？真该好好动一下脑筋了。

晚上，父亲好迟才回来，喝得醉醺醺的，但是他没有忘记关心女儿。他进了女儿的房间，问道，下午陈老师找你谈了吗？沈美琳一怔，心想，莫非是父亲叫陈老师找自己谈的？她说，谈了。父亲很高兴，他拍拍女儿的肩膀，说，就按你陈老师说的做吧，不要怕，胆子要大些，有爸为你撑着呢！

真是个好爸爸！沈美琳可以高枕无忧了，这个晚上，她睡得很踏实。

五

6月7日，全国统一的高考时间到了。县委县府对高考非常重视，为了不影响考生考试，规定考场附近的单位和店铺在考试期间不得燃放鞭炮，不得播放高频音响，还对考场所在的那条街实行交通管制，在学校门口250米的范围内，禁止机动车辆来往，并出动许多警察站岗。

本来考生8点30分进考场，但是考生似乎都很激动，8点钟就纷纷来到学校里了。沈美琳是8点10分到学校的，学校门口除了保安，还增加了许多执勤的保卫人员，这里熙熙攘攘，都是送考生的家长，保卫人员不允许家长进校，家长们只好却步。不少农村来的家长第一次看过这样严肃的场面，感到新奇，站在门口久久地观望着，不肯离去。

沈美琳找到了自己班级的集合点，领队的陈老师又反复交代了同学们许多话，无非是要认真答题，不要粗心大意，不能提前出场等等，不知反复强调了多少遍，同学们都听得耳朵出茧了。其实谁也没有用心听，都在叽叽喳喳地说自己的话。

第一场考的是语文。进场电铃响过后，考生即入考场，监考老师站在考室门口，检查考生准考证。考生凭准考证依次入场，然后找到自己的座位，默默地坐下。两位监考老师则分别走向两个不同位置，一位在考室的后面注视着大家，另一位坐到考室的前面讲台上，面对全体考生，宣读考场规则。这时考生的桌子上早已发下了试卷，不过都被翻转过来，并用小石子压住，考试铃声未响，考生不准答题。但是有些考生却偷偷地翻着试卷，想提前知道考题内容。

沈美琳也坐在自己的位置上，她没听监考老师宣读监考规则，回头对刘旭微微一笑，算是招呼。她又瞄了瞄试题，没有看清楚，她干脆将试题悄悄地翻转了过来。这时考试电铃突然响了，全场考生都迫不及待地打开试卷，在一阵翻页的响声中，考试正式开始了。对沈美铃来说，语文是她的强项，虽不像陈老师说的那么好，但自我感觉还行，起码她不感到害怕。再说，现在的语文考试，取消了基础知识的选择题，只有现代文阅读和古诗文阅读，然后就是作文，说不上什么标准答案，她用不上作弊。实际上每个考生感觉都差不多，考室里基本上是安静的。

沈美琳差的是数学、英语和理综，下午考数学，她寄希望于刘旭。因此，上午考完语文后，出场时她快步追上刘旭，想与刘旭说说话。出了校门，沈美琳说，你饿了吧？刘旭说，不饿。沈美琳说，我都饿了你还不饿呀？我请你吃小食。刘旭不想去，沈美琳又说，我第一次请你，你总得给我个面子吧？刘旭只得跟着她进了一家小饮食店。

在店里，沈美琳要了两碗泡猪腰花，一人一碗，两人迎面而坐，边吃边谈。沈美琳说，你是想考清华大学吧？刘旭说，想，但不知能否考上。沈美琳奉承地说，你学习好，一定能考上的！刘旭说，那可不一定。你呢，考啥学校？沈美琳说，我呀，能考上本二，一般普通大学就高兴啦！刘旭也鼓励说，你能的！沈美琳笑着说，那就希望你多多关照了，考试时试卷可不要折起来哟！

刘旭也笑了，他说，不过，你要注意点，别让监考老师发现了。

下午考数学时，监考老师换了两位，不过沈美琳都认识，是初中教过她的老师。她想，这样更好，认识的老师总会放她一马，尽管考前5分钟监考老师重申了考场纪律，她认为那是履行手续，或是对别人而言，她根本不当一回事。令她头痛的是，解题时一开始就让她慌了脚阵，她赶快找容易的题先做，把难题放一边，等刘旭做完了再抄过来。可是，她几乎没有多少题解答得来，心里一急就坐不住了，不时地东张西望。她向刘旭看，刘旭正埋头做题，不过，他算够朋友，把做完的那半张试卷平展在桌面上，并没有掩盖。于是她就伸长着脖子去看，然而隔着一个过道，回头看别人的试卷，真有点困难。她干脆一不做二不休，悄悄地走过去看。

坐在讲台上的那位监考老师叫刘文英，在初中时教过沈美琳的历史。刘老师是个讲究原则的人，平时对学生要求严格，在她身上好像有一种什么气质，令人生畏。沈美琳有点怕她，但她想，高考是关系到考生的命运和前途，刘老师应该会体谅人家吧？可是刘老师很快就发现沈美琳很不安分，当她一离开自己的座位，刘老师就跟了过去制止，轻声地说，请你遵守考场纪律！沈美琳不得不回到自己的座位，不过还好，她眼睛厉害，那么瞟了一下，就看到几道题答案，赶忙在试卷上写了起来。

过了一会，沈美琳又坐不住了，她真想再过去看看，可是刘老师总是盯住她，这使她心里有点恼怒，难道陈老师没有事先交代过她吗？难道她不知道自己的父亲是副县长吗？不可能！那么为什么老是盯住她呢？你就不会看看别处吗？或者走到教室门口去回避一下吗？她越想越气，又站了起来，装着伸个懒腰，实际上把脖子全转了过去，想第二次看刘旭的试卷。谁知她一转身，刘老师就站到了她的身边，虽然还和气，但柔中有刚，她说，坐好来答题，身子不要转来转去！

她很无奈，目光左右扫来扫去，忽然目光接触到右边那个座位，13号少年正用一种求援的眼神看她，她指一下自己的心窝，又对他摆摆手，表示爱莫能助。13号少年显得很失望，沮丧地低下了头。

两个小时很快就过去了，考试结束的电铃一响，监考老师就宣布考生退场。然而这时是最混乱的时候，答题完成了的考生开始退场，但还没做完的考生却继续答题，不肯离去，而有些不会答题的考生蠢蠢欲动，急着抄别人的答案。两个监考老师既要敦促考生退场，又要收好试卷，弄得手忙脚乱。沈美琳就抓住时机，她眼疾手快，一把夺过刘旭留在桌上的试卷，赶紧抄了起来，正抄到一半，刘老师发现了，马上过来制止，但她根本不听，有恃无恐。刘老师忍无可忍，便一把夺过她的试卷，收了起来。沈美琳很不甘愿，狠狠瞪了刘老师一眼，才悻悻地离开考室。

沈美琳回到家里，父亲还没回来，她就急着给父亲挂了电话，爸，明天我不考了！听得出，满口火气。父亲不知道发生了什么事情，问道，为什么？她忽然呜呜地哭了，一边哭一边诉说道，我下午的试卷被监考老师没收了……不等她说完，父亲明白了，也上了火，在电话里咆哮起来，谁敢如此大胆，我干掉他！

"干掉他"，是父亲的口头禅，她知道，是处理的意思，或者说，狠狠整治吧！

六

每场考试前，监考老师都要提前半个小时进入主考办公室。主考办公室设在学校一个大会议室里，监考老师在那里领取试卷，听取主考及有关人员的指示。一般来说，主考会利用这短暂的一点时间开个短会，先总结上一场考试情况，接着交代下一场考试应注意的事宜。然后监考老师们领取试卷，下到各考室去，两个监考老师共同把试卷拆封，并分发到考生桌上，等候考生进场。

理综考试的前半个小时，刘文英老师匆匆向主考办公室走去。半路上，她被人喊住了。喊她的是陈焕珍老师，陈焕珍说，你怎么搞的？数学考试时，竟然把沈美琳的试卷收走，这不是影响了人家的考试成绩吗？刘文英说，那是考试结束后的事呀，我们要收试卷了，她不仅不交，还明目张胆抄别人的答案。我能不制止吗？陈焕珍带着明显的指责说，你可以好好地跟她说嘛，不要立即拿走人家试卷，应该爱护考生嘛！刘文英觉得好笑，有这样爱护考生的吗？陈焕珍又说，我不是对你说过，她是沈副县长的女儿吗？

刘文英越听越不舒服，回道，县长的女儿就可以不要遵守考场规则吗？说完她拂袖而去。陈焕珍冲着她的后背又补充了一句，我也是为你好呢！刘文英边走边想，这种人真是不可思议！到了主考办公室，在门口刘文英又被副主考叫住了，副主考说，你闯祸了！刘文英说，我闯了什么祸？副主考是一位新提拔的副校长，刚过40岁，平时跟她关系还好，他说，听说你把沈美琳的试卷撤了？

原来又是沈美琳的事！刘文英立即纠正道，不是撤，是收！副主考说，人家不是还没考完吗？你怎就把人家试卷收去呢？刘文英想，看来真惹麻烦了，必须解释清楚。于是她把沈美琳在考场上如何作弊，自己如何制止，又为什么收卷的情况汇报了一遍。副主考问，你监考完后，向主考汇报了吗？刘文英摇着头说，没有。副主考又问，你对考场情况作了书面说明吗？刘文英还是摇着头说，没有。副主考说，这就是你不对了，你当时没有汇报，也无文字记录，现在人家告你，说你违犯监考规则，你吃不了兜着走！

果然，刘文英进了主考室后，感觉气氛不对，主考（就是他们的校长）黑着脸，正宣布开个短会，他简单总结了一下前两场的考试情况，说考风是良好的，接着就批评监考老师，他说，有个别老师监考失职，对考生极不关心，工作不负责任，随意撤走考生试卷，这是非常错误的。主考虽然没有点名，但刘文英知道，主考批评的是自己，她想考完后一定要好好地向领导解释，否则自己就背黑锅了。她正这样想着，主考的声音提高了几个分贝，几乎是嚷叫起来：考生寒窗十二年，可不容易呀！我们绝不允许这样的老师对待考生！沈副县长说过，监考表现不好的老师，下个学期，必须调离城市，让他到农村去！

会场上老师们骚动起来，有些人知道是说刘文英的，为她感到不平而交头接耳，说着悄悄话。主考训了一顿话，才开始布置下一场的监考工作，他把大家的监考作了调整，重新宣布监考名单和考室，一直到最后，都没有读到刘文英的名字。刘文英以为自己没有听到，或者主考读漏了，便上前问主考，我在哪个考室监考？主考看了她一眼，说，你不用监考了。她愣着，但她明白了，她被取消了监考资格，等候处理。

　　沈美琳还是去考了，她是由领队陈焕珍亲自送进考场的。当然，除了父亲的一些承诺外，陈焕珍还对她做了许多工作。沈美琳发现，第25考室的监考老师换了两位，都是年轻人，也是本校的老师，虽没教过她，但她认得，矮个子女老师姓段，叫段冬芳，教生物的；高个子的男老师，叫李志文，教体育的。陈焕珍老师对他们俩耳语了几句，两位老师都连连点头，笑着说，知道了，放心吧！

　　理综也是沈美琳感到头痛的，无论物理、化学还是生物，她都畏惧，因此每回考试，她的成绩都在及格线以下，坦白地说，她从来没有及格过。她把选择题都搁在一边，先看其他的题目，她想先易后难吧，自己会做的题目先解答，那些选择题及难题就等待刘旭的答案。结果，整张试卷看下来，她没有多少道题会做的，于是她干脆伏在考桌上睡一会，养精蓄锐。两位监考老师看到她在睡觉，知道她不会答题，也就让她睡，不去打扰。其实沈美琳仅仅是闭闭眼睛，养养精神，她哪里睡得安心！

　　半小时过后，沈美琳估计刘旭把选择题做完了，于是她抬起头来，在草稿纸上写了几个字：请把选择题答案传过来。她看了看窗外，没有巡视员经过，就飞快地把纸条传给了刘旭。刘旭一惊，看了看坐在讲台上的监考老师，李老师正低着头，不知在干什么。他就飞快地写上了10道选择题答案，迅速地传回给沈美琳。沈美琳一看大喜，连忙在自己试卷上抄写答案。选择题好办，答案简单，无非是在ABCD四种答案中选择。其他的计算题就难办了，解题过程复杂，不是那么容易。

　　过了一会，沈美琳又向刘旭要答案。刘旭正埋头解答，没有理会她。沈美琳便悄悄地走了过去看刘旭的试卷。刘旭心里噗噗地跳，但又不敢作声，惊慌地看了看监考老师。李老师不知什么时候走到考室门外去了，段老师坐在考室的后面，正闭着眼睛养神呢！于是刘旭的心里就平静了些，索性把解答完的另一页试题让她拿过去抄。

理综考试，沈美琳一直没有受到监考老师的干扰。相反，还得到庇护。有一回，她正回头看刘旭试卷，站在门边的李老师突然干咳两声，她回过头来，省里派下来的巡视员就来了，正往考室里观看。要不是李老师的两声干咳，她被巡视员逮着就不好办了。她想，这两位监考老师肯定是陈老师的死党，才能对她大开绿灯。

当然，后一场的英语考试也很顺利，她几乎完全照抄刘旭的，就连那篇英语作文她也一字不漏地抄下来。她心里实在感谢两位监考老师，不过，她更感谢的是陈焕珍老师，要不是她周旋，两位监考老师会对自己那么关照吗？

七

两天紧张的高考结束了，同学们像关在囚笼里的小鸟得到放飞，喜气洋洋，而把一切荣辱得失皆忘，不以物喜，不以己悲，大家相约相聚，或去郊游，或上舞厅，也有出份子上酒吧，喝个一醉方休。

沈美琳特别高兴，她觉得自己从来没有这么轻松过，连走路都好像要飞起来了。特别是考后的第三天，陈老师发下了各科的高考试题答案，她初步估了一下自己的分数，理综280，英语140，数学80，语文95，总分595。陈老师说，根据她这个成绩，考上本一（重点大学）是绝对没问题的。她仿佛觉得自己已经就是大学生了，现在她才体会到父亲说的话是对的，考场上是可以临场发挥的。她忽然想起那个坐在旁边的13号少年，一种怜悯之情涌上心头，不知他考得怎么样，自己真有愧于人家的希望！

沈副县长更高兴，特地在天鹅酒店设了一桌谢师宴。不过，他请来的并非都是女儿的科任老师，除了班主任陈焕珍老师以外，其他的都是与高考有关的人员，譬如：学校的正副校长，也就是考场的正副主考、教育局长等人物，还有的是监考理综和英语的李老师、段老师。下午六点半，大家都先后步入了酒店三楼1号包厢。

为了出席沈副县长的宴会，陈焕珍把自己打扮得特别漂亮，下午去美容厅修理过，出来后，一头黑发波涛汹涌，像是秋天怒放的墨菊。她穿一件低领的上衣，胸前露出一截醒目的玉白，特别是呼之欲出的乳沟，非常能吸引男人的目光，叫人恨不得追下去探个究竟。她坐在沈副县长对面，正好能跟他四目对射。她感觉得到，沈副县长的眼珠子几乎跌到自己的怀里来了。在酒桌上，沈副县长频频举杯，向她表示感谢。当然，她也向沈副县长表示祝贺，她说，沈美琳肯定上得了大学，人又长得漂亮，将来一定前途远大。沈副县长笑道，你是我女儿的恩师，苟富贵，勿相忘，今后你有什么事，尽管说！

陈焕珍需要的就是他的这句话。老公是他的部下，需要他提携，于是她顺水说道，我丈夫还得你多关照呢！沈副县长说，没问题，下半年干部有所调整，你等着好消息吧！他又转向校长说，陈老师很有能力，你们学校要重用她啊！校长说，我们校务会上早有研究，想提她为教研室主任呢！沈副县长连声说，那就好！那就好！陈焕珍立即端起酒杯说，我敬你们两位一杯，谢谢领导栽培！

这个晚上，大家都喝得很尽兴。陈焕珍喝高了，说话有点失态，不像老师，倒像娱乐城的三陪小姐。沈副县长用自己的小车把她送回家。但沈副自己酒量好，没有醉。他回到家里，老婆和女儿都还没睡，正看着电视。他对女儿说，要不要请几个同学吃一餐饭，预先庆祝一下？沈美琳一听，高兴地说，好啊，我请客，你买单！经过商量，他们把时间定在6月18日，因为这天是个好日子。

请同学吃饭，沈美琳首先想到游青青，游青青不仅是她二年的同桌，还是最要好的姐妹，平时两人无所不谈，她非请游青青不可。于是，就去了游青青家。

游青青一见她便问道，估分了么？考得怎么样？

沈美琳得意地说，还行吧！但她不说估了多少分。

游青青也没追问具体的分数，只是笑道，抄了刘旭的吧？

沈美琳不敢否认，只是轻描淡写地说，多少抄了一点。你呢？老实说，有没有抄人家的？

游青青说，我可没你的福气，我们考室的监考老师严得很，我有贼心却没有贼胆，只能有多少米就做多少饭了，听天由命吧！

沈美琳不想再谈考试的事，便转入正题，她说，我爸让我请几个同学吃顿饭，大家高兴高兴，我首先想到的就是请你，不会不答应吧？

游青青自然高兴，她说，行呀，除了我还请些谁呢？

沈美琳说，自然是平时要好的人呗，你说呢？

游青青一听，就快人快语地说，你抄了刘旭的答案，也该请他，表示感谢呀！

沈美琳心里想，请他是可以，但会不会引起别人的怀疑呢？她犹豫着，嘴里却回答说，看看吧！

古人说，福兮祸之所伏，正当沈美琳请同学吃饭的那天，省招办的纪检调查组悄悄地下县来了，他们到学校索取了高考期间监控的光盘，特地看了第20考室的两天考试过程，跟举报信中所说的情况基本一致，于是他们就把四场考试的监考都请去了。

在调查组下榻的红梅宾馆，监考们意识到了情况的严重性，都如实地交代了，这也与调查组从光盘中看到的情况相符合。调查组又调查了其他有关人员，陈焕珍担心事情涉及沈副县长，她想，留得青山在，不怕没柴烧，沈这座青山必需保住，于是她便把责任都揽在自己身上，她痛哭流涕地说，是她从关爱自己的学生出发，犯了糊涂，做了不该做的事，造成恶劣的后果。陈焕珍不知道的是，市纪检会的调查组也在调查有关沈副的另一宗特大收贿案，事实基本查清，他正等待组织的处理呢。

省招办很快作出了处理决定：对理综科和英语科的两位监考和陈焕珍等有关人员分别作了行政处分；因沈美琳抄袭刘旭试卷，造成了雷同卷，分别以0分计算，取消两人当年的录取资格，并且在今后三年内不准报考。巧的是，省招办下达处理决定的那天，沈副县长也被市纪检会双规了。

当刘旭得知省招办对自己的处理决定时，犹如晴天一声霹雳，他的清华大学梦就这样被人家打碎了，气得发疯！他对着苍天歇斯底里地叫喊：我是无辜的！我要沈美琳赔偿我的损失！

刘旭像个疯子，一直追到沈美琳的家里，沈美琳家的大门却紧紧地关闭着。他砰砰砰地拍门，震得门直哆嗦。他又大声地叫喊，沈美琳出来，你这个害人精！

沈美琳从知道事情的结果后，一直把自己关在家里，再也不肯出门，她的梦像个肥皂泡，五彩缤纷了一阵子就彻底碎了，她不仅害了自己，又害了别人，她觉得对不起人家，最对不起的是刘旭，是自己毁了刘旭，她后悔死了！她想给刘旭写一封信，表示自己的歉意，可是心乱如麻，正不知如何下笔，忽然听见刘旭在门外喊叫，心就抖了起来，她知道刘旭恨她，但是事情已无法挽回了，她有什么办法呢？大门被拍得隆隆地响，她却不敢开门面对刘旭。她只能独个儿坐在屋里，任凭眼泪簌簌而下。

游青青也来了。她听说出事了，本想来看看沈美琳，谁知却遇到刘旭，她看刘旭难过的样子，心里真的很同情，只得劝道，事情既然发生了，沈美琳自己也一定很难过，你怪她，她又怪谁呢？

刘旭哭了，是她害了我，我跟她没完！

这时，快要下雨了，天上的乌云越聚越多。游青青说，屋里没人应答，沈美琳肯定不在家里，我们还是先回去吧！

刘旭像患了一场大病，由游青青搀扶着，一步一步地离去。

（选自《福建文学》2011 年第 11 期）

作者简介

廖金璋，1945 年生，中国散文学会会员、福建省作家协会会员。出版作品集《这个早晨不平静》《润物细无声》等。

拉　钩

◎ 罗上沂

当秀娟将一叠百元大钞放在哥哥面前的时候，哥哥瞪大了两眼，他问秀娟，这钱是怎么来的？秀娟说，借的。哥哥有点不相信，亲戚大都穷得叮当响，有钱的早就不跟咱家来往，到哪去借这么多？秀娟说，是向在外打工同学借的。哥哥还是不相信，说，你不会是去偷的吧？秀娟反问哥哥，我是一个会偷钱的人吗？哥哥说，那你告诉我，这钱到底是怎么来的？秀娟对哥哥说，你别问那么多了，真的是借的。如果不信，我就把钱还给人家。毕竟，有了钱就能圆自己的大学梦，哥哥虽然还有点将信将疑，但在这时候，他真是宁肯信其真不肯信其假呀。

哥哥的大学梦圆了。但过后不久，秀娟发现每个月都要来的例假停了。她不知该怎么办，又不敢告诉别人。她只能梦想着肚里的东西自己掉下来。她天天跑啊跳啊，拣最重的活干，可到了每个月该来例假的时候，例假还是没有来。她以为运动量不够大，更加拼命地跑、跳，拼命地干重活。可不管她做再大的努力，例假还是没有要来的迹象。更要命的是她不敢到医院做检查，医院是有钱人去的地方，自己要是有钱，也不至于去冒这个险。

后来，秀娟肚里的东西就不可抗拒地钻了出来。这是一个不该来到世上的孩子。这个孩子没有像常人一样的名字，他后来被叫做啊啊，是因为人们在说到孩子的时候，秀娟实在不知道该说些什么，只好用啊啊来应付。啊啊就成了孩子的名字。

人们议论纷纷，说什么的都有。最气不过的当然是秀娟的父母。好端端一个女儿，怎么一夜之间成了这样！

更气不过的，是秀娟的同学金贵。当他听说秀娟不知跟什么野男人生下孩子的时候，感觉像是香喷喷的饭里掉进了一只苍蝇。

金贵是秀娟的同学。初中二年级的一个暖融融的黄昏，秀娟早早就来到教室里自习，同是住校生的金贵也跟了进来，并且还趁着没人注意塞了一封信给她。金贵在信里开门见山写道，秀娟，我想娶你。我好想好想娶你。恰好这时班主任因事来到教室，问，看些什么呢？秀娟还没来得及做出反应，就被班主任伸过来的手将信拿了去。金贵因此被老师严厉地批评了一顿，并且受到同学们一次次的嘲笑。一气之下，就卷起铺盖回了家。回家后的金贵，心却留在了学校，留在了秀娟身边，时时记着写在信里的那句话。他在心里反复对自己说，只要秀娟不嫌弃，到时候一定要将秀娟娶回家。让他想不到的是，秀娟居然会做出这种事来！虽然秀娟从未向他表示过什么好感，可重要的是，他向秀娟表达过想娶她的想法。对于他来说，有了这种表达，他跟秀娟就有了很重要的关系。

秀娟不知道给啊啊带来生命的人住在哪里，是做什么的。她只知道他们一个个都很有钱，财大气粗。他们当时说过，不管身在何处，他们随时都会关注她。只要真的怀上并且生下了孩子，他们就会出现在她的面前，就会担负起孩子父亲的责任。秀娟将这些话深深地记在了脑子里。她一边抚养啊啊，一边等着啊啊父亲的出现。

但是啊啊会叫妈妈，甚至会走路了，那些男人也没有出现。她想，也许人家事情太多，忙不过来。她相信，只要时间长一点，这些人一定是会知道的。但是一天天地等，一月月地盼，啊啊都已经两三岁了，该出现的人也没有出现。有一天，啊啊在外面玩耍回来，忽然满脸稚气地问她，妈妈，别的孩子都有爸爸，我为什么没有呀？秀娟说，谁说你没有爸爸？没有爸爸你怎么来到这个世界？啊啊说，那他怎么不来看我？秀娟说，你的爸爸很忙，等他有时间了，一定会来看你的。

可是过了一段时间，啊啊又问秀娟，爸爸怎么还不来看我，是不是不要我了？秀娟说，怎么会呢？也许你爸很忙，但是他一定会来看咱们的。

几次过后，啊啊便不再问爸爸的事，但变得有点孤僻了，常常喜欢一个人躲起来玩耍。秀娟觉得不能再等了，如果不主动去找，啊啊的父亲可能永远也不会出现。

虽然早已做好了视死如归，英勇献身的准备，但是当她真正面对一个个陌生男人的时候，她还是吓得哭了。记得第一个人腆着肚子。那人用手在她的肩上轻轻拍了拍，说，小姑娘，别哭了，我知道你的情况，可我也绝不是乘人之危。咱们这是公平交易。不过秀娟还是哭，一个劲地哭。对方又说，要是你愿意，今天做了以后，咱们可以长期合作。说着，就动手在秀娟的身上摸起来。秀娟本能地用两手抱着前胸，流着泪向对方恳求，大哥，要不你可怜可怜我哥，先借点钱给他，等他大学毕业后一定还你。只要你跟我合作愉快，钱的事，我不会亏待你的。对方说着，就把秀娟放到了床上。秀娟还想哀求，可对方已动手扯她的衣服，下她的裤子。这时的秀娟已经完全成了一只摆到祭台上的羔羊。既然哀求打动不了对方，反抗就更没有意义。这时，她忽然想起从别人嘴里听来的话，说，做那事的时候，最好叫男人戴个套，否则很容易怀上孩子。当时还羞得满脸通红，大骂人家死不要脸。没想到现在真遇上这样的事了。她连忙用手捂住下体，说，你先戴个套。对方说，放心，怀上孩子了，到时候说一声，我一定负责抚养。那咱们拉个钩吧，秀娟恳求道。好吧，拉就拉。说着，对方立即伸出了手指。

事后，对方还给她写了一个电话号码，说，要是想我，有事找我了，就拨这一串号码。

后来，秀娟又在人家的牵引下，跟另几个男人做了同样的交易。在跟第二个人做交易的时候，秀娟提出了同样的问题，但对方仍然跟第一个人一样表示，说，放心吧，要真怀上了孩子，我一定负责到底。还说，戴上那东西是在隔靴搔痒，不是零距离。后面几个也一样的拒绝，也向秀娟作出了相同的承诺。他们还说，我们花这样的钱来跟你玩，图的就是能够零距离接触而不用担心染上可怕的梅毒呀艾滋病之类的东西，为什么还要弄个碍手碍脚的玩意？秀娟说，到时候要真有了，叫我怎么找你？他们说，这还不好办，打个电话不就得了。可是，可是我不知道你的号码呀，秀娟说。号码还不容易，给你就是了。

秀娟当时虽然将他们的电话号码留了下来，但心里却狠狠地说，去你的电话号码，见鬼去吧！只要哥哥上了大学，还想让我跟你们干这样的事，做梦！她想将这些电话号码扔到垃圾堆里，可一想，留下也好，万一真怀上了他们的东西，到时候找起来也方便。

她找到了当时留下的电话号码，将电话打了过去。

电话通了。对方问，你是谁？秀娟说，我是秀娟。秀娟？叫秀娟的人多了，你是哪个秀娟？听对方这样一说，秀娟就有点慌，她知道这世上叫秀娟名字的人的确很多。人家也许真的不知道她是哪个秀娟了。她说，当时咱们还拉了钩。对方回应道，什么拉钩，什么四年前跟你有过那个，什么叫那个？哦哦，你是说你怀上了我的孩子？笑话吧，你怎么可能怀上我的孩子？我跟你素不相识，怎么可能呢！你说真的跟我有过那个，哎呀呀，我跟女孩子有过那个的多了去了，这很正常嘛。要是大家都像你一样，我还要不要活？当时为什么要跟你拉钩？哎呀，逢场作戏嘛。知道逢场作戏的意思吗？

秀娟说，我跟其他女孩子是不一样的。她所说的其他女孩子是指专门从事那种职业的人，而她只不过是一时的无奈。要不是因为家里穷，因为老爸在哥哥高考前两天将腰给闪了，母亲又是个残疾人，她怎么会出卖自己呢？

对方说，哎呀，都是一样的，一样的，都是为了钱嘛对不对？秀娟说，可是，我是为了哥哥，我是实在没有办法呀。哎呀呀，对方又说，你别装得那么高尚好不好，反正女孩子躺到了床上都是一样的。秀娟争辩道，我跟她们是不一样的，真的是不一样的！

秀娟在电话挂通的一刹那，心里有点咚咚直跳。电话一通，一对上号，啊啊的父亲就可能要找到了。啊啊就可以理直气壮地宣布，他也有父亲了。她相信啊啊找到父亲后，一定会特别的开心，不用遭人白眼，不用担心人家讯笑父亲是谁都不知道。秀娟没有想到，对方竟然跟她说了这样一番话，真是大大出乎她的意料。怎么会这样呢？当时不是说得好好的，说要是怀上了孩子，他们会负责抚养，怎么说翻脸就翻脸了？难道接电话的不是四年前跟自己拉过钩的人？

她带着满脑子疑问拨了第二个电话。当对方听到她是四年前跟他有过一回的女孩时，用一种有点兴奋的语调说，哎呀呀，宝贝，你怎么四年后才跟我联系？四年？对对对，四年前是有一个女孩跟我有过。是啊，四年前那一次给我留下了非常美好的回忆。知道吗，那以后，我一直希望你给我电话，有时候做梦到这事。俗话说，一夜夫妻百夜恩，可是你好狠心呀，四年了连一个电话都没有，让我想你都快想疯了。有好几次找人跟你联系，可人家对我说，你早已洗手不干了。你知道我听了这话，心里是多么的遗憾。多好的一个女孩呀，怎么说不干就不干了呢？让她带我去找你，可她说找了也白找。说你是一个说话算话的女孩。我还是不死心，一直在等你有朝一日会突然出现在我的面前。四年来，我对你的思念真的是与日俱增。你知道吗，像我们这样的所谓的成功男人，是多么渴望有一个红颜知己陪伴在自己身边呀。男人为什么赚那么多钱，还不是为了他心仪的女孩。来吧，只要来到我的身边，提什么条件我都答应你，就是要我上天摘颗星星下来，我也一定办到。过来吧，现在就过来好吗？我派车去接你，不，我亲自驾车去接你。

对方絮絮叨叨地说了一大通，完全不让秀娟有插话的机会。好不容易说完了，秀娟才将自己打电话的目的告诉了对方。对方听后，立即改口说，哎呀误会了误会了，看我这记性，怎么将另一个人的事放在了你身上。我刚才说的那位女孩，其实从来没有生过孩子。一个二十出头的女子，怎么会生什么小孩呢？对方重复了两声，误会，完全是误会，还说了声对不起，就放下了电话。秀娟想解释点什么，话筒里却传来了嘟嘟声。

接下来的几个电话也没有带给她希望。

怎么办，打了这么多电话，没有一个人愿意兑现四年前的承诺。难道这些人说的话都这么不可靠？或者是那些家伙用别人的号码来骗我？她希望这只是自己的胡乱猜测，是自己用小人之心度君子之腹。她愿意那几个人还一直在等她是否怀上了孩子的消息，随时都在准备履行他们做出的承诺，这样的话，啊啊就还有希望。只要希望还在，为啊啊寻找父亲的行动就是有意义的。

她决定再打一次电话。她要在这次电话里向对方动之以情。她想试试精诚所至，金石为开这话是不是真的有效。

喂，你是谁？她说，我，我是，是——是什么呢？她忽然不知该怎么往下说了，哑了几秒钟，堵在喉咙里的东西好像被冲开了，一个熟悉而又陌生的声音从她的喉咙里窜了出来。这么说吧，我为你生了一个孩子，是个男的。现在，已经三岁了，他一直问我，他的父亲是谁。他经常哭着鼻子回家向我诉苦，说因为没有父亲，别的孩子都联合起来欺负他，经常将他按在地上扭他的屁股，打他的脸蛋，有时甚至还往他头上撒尿。他，真是可怜呀——说着说着，秀娟忽然发现电话传来一阵嗡嗡声，原来，对方把电话关了。

第一个这样，第二个呢，她没说上几句，对方就说你打错了。接下来的几个甚至还有人说她神经病。

怎么办？看来就是再打一百个电话也是徒劳。

想来想去，只能去找沈姐，也许沈姐知道这些人的下落。

沈姐说，我知道你迟早会来找我的。

秀娟说，我是实在没有办法。孩子没个父亲，实在是苦。只要一出家门，就有人指指点点，一个这么小的孩子怎么受得了！

沈姐说，你现在打算怎么办？

秀娟说，能怎么办，我一定要见到那几个人。他们一个个都向我下过保证，勾过手指的。我今天来，就是要你帮这个忙。　　．

沈姐说，现在想起要我帮忙了？当时要不是我牵线搭桥，你哥哥能那么容易上大学？可是你呀，不是我说你，怎么说不干就不干了，这不是过河拆桥吗？你看，我找了几次，都不给我留面子。那些人说你无污染、环保，都想跟你建立长期合作关系。可是你——现在又说要我帮忙找他们，叫我怎么跟他们说？

秀娟想起当初沈姐来找自己的情景，当时正好有两只狗在路边交配，处于胶着状态。这样的场景，在村子里是随处可见的，这事要放在过去，那是一点奇怪也没有。可是，沈姐来找秀娟那天，两只狗肆无忌惮的交配就有了不同寻常的意义。沈姐问秀娟想不想帮哥哥的忙。秀娟说，怎么会不想呢？我哥要是能上大学，将来就能到外面工作，就能赚好多好多的钱，我家的苦日子就能熬到头，我爸我妈老了就有依靠。可是，叫我拿什么去帮我哥呀！沈姐说，你们全家就你能帮上忙。秀娟当时说什么也不相信，自己凭什么能帮上哥哥？

沈姐说了以后，秀娟连忙将头摇得像拨浪鼓，说，羞死人了羞死人了，我才不干这样的事呢！沈姐用手指了指路边那两只干得正起劲的家伙，说，这有什么，其实人跟它们是一样的。干完了，各奔东西，什么事也没有。秀娟说，可咱们是人。沈姐说，人也一样，事情做完了，也不会少掉一根毫毛，你还是原来的你，只要你自己不跟人说，谁会知道这事呢？沈姐说，何况这是为了你哥，凑够了上学的费用，你完全可以洗手不干。

秀娟还是不答应，说，不不不，打死我也不干这样的事！不过，沈姐一点也不灰心。她从包里掏出一张报纸，指着上面的标题凑到秀娟的眼前说，你看，为了救母亲，人家连自己的肾都舍得割下一个装到母亲的身上。还有——她又掏出另一张报纸，指着上面的一篇报道说，这是母亲将肾换给女儿的。为了挽救亲人的生命，他们甘愿让自己的身体变得残缺不全。沈姐说，可是你看你，哥哥好不容易考上大学，就要翻身得解放了，你却这么自私，一点都不为他着想。你想想，找遍全家上下，你老爸能帮上忙吗？你老娘呢？秀娟听了沈姐的一番话，很自然地想起哥哥日夜苦读的情景。为了考上大学，哥哥只有星期六傍晚才能回到家里。晚上吃饭的时候，嘴里一边嚼饭，一只手端饭碗，另一只手还在不停地比划英语单词。晚上，全村人都睡了，哥哥的房间里还亮着灯光。有一次，秀娟发现茅坑里有人在说话，一听，原来是哥哥在自言自语地说，我一定要考上大学，考不上大学就——，恰在这时，母亲叫她去喂猪，听到母亲的叫唤，哥哥的话戛然而止，秀娟也只好去喂猪。现在，哥哥已经考上了大学，可是，就家里的情况，哥哥虽然收到了录取通知，却拿不出上学的费用。到了上学的日子，要是真的上不了学，真不知哥哥会怎样。秀娟也曾经做过大学梦，在她的想象中，大学是个天堂一样的地方。可是家里因为实在无法供两个人同时上高中，念完初中，她就只好在家帮父母亲种地。哥哥曾对她说，要不你去上高中，我回家种地。秀娟说，再有一年你都可以考大学了，还是你念吧。哥哥说，你年纪小，应该你念。秀娟说，不，念书很苦，天天深更半夜还在做作业，我受不了，还是你念。其实，秀娟怕苦是假，要让哥哥将书念下去考上大学是真。秀娟虽然还仅仅是个十六七岁的孩子，但穷人的孩子早当家，早知事理。想起那次哥哥蹲在茅坑自言自语的话，秀娟的心好像被谁用针扎了一下。考不上大学，他就——而现在考上了，录取了，要是到时候上不了，岂不是更加绝望？哥哥要是真的出了什么差错，有个三长两短，这个家还会是个家吗？

想到这里，她只好对沈姐说，让我想想吧。

金贵从学校赌气回家，被父亲狠狠地教训了一顿，说他是个没出息的东西。金贵也对自己一时冲动有点后悔，但他死活也不想回学校。金贵是个说话算数的人，虽然年纪不大，但他从小就崇拜那些说一不二、顶天立地的男子汉。

金贵比秀娟大一岁，他们住在同一个村子，很小的时候就玩在一起，一起过家家，他们手拉着手，手指勾着手指。拉钩，上吊，一百年不许变。这是他们常常挂在嘴边的一句话。他们在这句话中游戏，慢慢长大，也在这句话中进入学校，编进同一个班级。进入中学后，看着一天比一天漂亮，一天比一天迷人的秀娟，金贵终于忍不住拿起笔来写下了想娶秀娟的话。虽然这封信招来了老师和同学的非议，让他一气之下卷起铺盖回了家。但是回家后，他更加思念还留在学校的秀娟。

可是当他有一天听人说，秀娟生下了个男婴的时候，真的是晴天里一个霹雳。像秀娟这样的女孩怎么也去做这样的事呢？对于他来说，秀娟是什么，秀娟是山中那没有一点污染，不含一丝杂质的清泉，是月中的嫦娥，是住在人间的仙女。当他听到秀娟家里一声声婴儿啼哭的时候，他的心就像同时被几只狼狗撕咬。他多么希望这一切全是假的，或者干脆就是另一个秀娟所为，与曾经跟他在一起拉钩上吊一百年不许变的秀娟风马牛不相及。可他听到的婴儿啼哭声是那么清晰，那么响亮。有一段时间，他干脆跑得远远的，到外地打工，眼不见火不生。可是人走得越远，惦念秀娟的心却揪得越紧。小时候过家家，一起读小学读初中时的情景老在脑子里晃来晃去。他熟悉的秀娟不应该是今天这种样子，秀娟不是那样的人，这一点，他有绝对的把握。但是这孩子是怎么来的呢？会不会是秀娟被人强奸了，孩子是秀娟被人强奸的结果？对了，完全应该是这样！当他得出了这样的结论，在外面就一天也呆不下去了，他要回家找那个该死的家伙算账，替秀娟报仇！

回家后，金贵天天模仿电视上的英雄好汉练习拳脚，练习少林武功。有一天他拦住秀娟问道，告诉我，是谁欺负了你？秀娟白了一眼金贵，说，谁说有人欺负我？金贵说，没人欺负你，那孩子是怎么回事？秀娟说，孩子？孩子关你什么事！金贵说，我要替你报仇！秀娟说，我哪来的仇，跟谁有仇？金贵说，还装，要是没人欺负，怎么会生个孩子？秀娟说，你这是狗逮耗子，管你自己的事去吧。

这事要放在别人身上，金贵肯定没有这么好的脾气，但这是秀娟的事，秀娟的事就是自己的事，他只能委屈自己。虽然秀娟不配合，但他还是念念不忘要为秀娟报仇。秀娟的仇，我不报谁报？

秀娟对沈姐说，我想见他们。

沈姐说，想见不难。不过丑话说在前，到时候你得大方一点，不要忸忸怩怩。

为了让沈姐帮自己的忙，秀娟点头说，好吧，我记住了。

见到的第一个男人有点臃肿。秀娟努力在记忆里搜索四年前的印象，那印象虽然因为当时的慌乱而变得模糊，但是经过努力回忆，不断清理，眼前这个臃肿的男人还是无法跟她记忆中的几张影像重叠。

男人有点迫不及待，一上来就抱住秀娟。秀娟一边抵挡一边说，我是来为孩子寻找父亲，不是来跟你做这种事的。男人说，找什么找，我就是你孩子的父亲。秀娟看了看男人的嘴脸，跟啊啊相差何止十万八千里，但她还是忍不住问道，那你还记得四年前咱们拉钩的事吗？这人听后有点丈二和尚，不知怎样回答。迟疑了一下后，又伸出手来抱住秀娟说，来吧，要拉沟，咱们马上就拉，我就是要拉你这条沟！说话间，他的一只手就摸到了秀娟最隐秘的部位。说，来吧，咱们马上拉，马上就拉。秀娟用力将对方的手掰开，说，谁跟你拉这样的沟，我说的是四年前，手指跟手指拉。对方没想到秀娟会如此反应，这激起了他更强烈的征服欲，三下五除二将秀娟放到了床上，说，来，拉沟！

秀娟找到沈姐，问她为什么来的不是四年前的男人？沈姐说，怎么会不是呢？这可是原汁原味的四年前的男人中的一个呀，连整容手术都没有做过，怎么会不是呢？可是，凭直觉，秀娟还是感到这个胖男人有点假冒伪劣。沈姐说，那你说，他哪点不像四年前跟你那个的人？这一问可真把秀娟给问住了。不要说已经过了四年，就是在当时，她其实对那些人的印象也是很模糊的。她只记得他们都像一只只饿狼，恨不得一口就把自己啃个精光。其他的细节，她就很难说得清了。沈姐说，既然说不出，那你凭什么说他不是四年前男人中的一个？秀娟只能在心里劝自己说，那就算吧。

接下来，又来了几个男的，但是没有一个让秀娟觉得货真价实。更没有一个跟啊啊的外貌哪怕是一丁点的相像。毫无疑问，自己是被沈姐骗了。沈姐后来干脆说，你这人怎么这样死心眼。这么嫩的草，为什么就非得等那几个王八蛋啃，你既不是他们的小蜜，更不是他们的老婆，让别人也享用一下你这原汁原味的绿色食品有什么不好？你不是很爱你的儿子吗？就是不为自己，也应该为你的儿子着想呀。如果不趁现在年轻积点钱，将来儿子上学怎么办，为哥哥你都舍得将身子拿出来换钱，何况为了儿子。

秀娟说，儿子的事应该由他的父亲负责。

你呀，不是我说你，你知道谁是你儿子的父亲吗？不要说到现在也不知道，就是知道了，又能怎样？再说，我们也不能这样白白浪费资源吧？这样等是过日子，接待几个客人，做做生意不也是过日子？

可是这样的日子却让秀娟有种进入了茫茫黑夜，不知什么时候才是黎明的感觉。她想到了她最不愿去想的一个字，那就是死。对于死，过去就是在最困难，最痛苦的时候，她都不愿去沾它的边。那是一个多不吉利的字眼啊。人的生命只有一次，死了，就什么都没了，看不到疼爱自己的亲人，闻不到春天的花香，什么十五的月亮，什么清澈的小河，什么童年的歌谣，这些美好的东西，都会在一瞬间消失。她记住了刘欢歌里唱的，再苦再难，也要坚强。可是这时，她是多么渴望一死了之呀！

这种想法将她往一个危险的地方推去。可是，当她来到河边，就要往水深的地方跳下去的时候，却被背后伸过来的一双手抱住了。被抱住的秀娟痛苦地哭叫道，别抱我，我不想活了，你让我去吧！

将秀娟抱住的是金贵。金贵一直在关注秀娟的举动。当他了解到秀娟这两天没有出现在村里的时候，他就有点慌。问遍了附近的村子，都说没有看到秀娟。他只好找到城里，寻遍了大街小巷。找来找去，他就找到城外的河边，结果看到秀娟迷迷怔怔地往河边走去。

你疯了？你以为这是去做客，过几天就可以回来？金贵大声吼道。

放开我，放开我呀，我不想活了，真的不想活了呀——

告诉我，是不是那个王八蛋又欺负你了？你说，是不是？我替你报仇，一定为你报仇！

秀娟还是一边哭，一边说，我不想活了，不想活了呀——

金贵有点急。一急，话也说得有点结巴。你，你，你你你，你这人怎么尽说这样的话！你要是真的不想活了，你的父母怎么办？还有，还有，还有你，你，你的啊啊怎么办？

应该说，金贵的骨子里是恨啊啊的。在他看来，啊啊是欺负了秀娟的王八蛋留下的孽种。对于这样的孽种，他能不恨之入骨吗？他甚至曾动过掐死啊啊，偷偷扔到河里的念头。但是，金贵也知道，虽然啊啊给秀娟和秀娟的家人带来了很大的痛苦，但啊啊毕竟是从秀娟身上掉下的肉，是一个天天缠着秀娟妈妈长妈妈短的生命。对于这样一个跟秀娟血肉相连的孩子，金贵只能在心里恨一恨，咬一咬牙而已。

金贵的话，算是击到了秀娟的软肋。父母将自己养这么大，还真是没有给他们一点回报。这几年因为啊啊，还给他们带来了很大的伤害，让他们在村人们面前抬不起头。更要命的还是孩子，孩子的确是她的牵挂。虽然啊啊来到这个世界是一个错误，可是当她看到啊啊活蹦乱跳，听到啊啊那么甜美的叫她妈妈的时候，她又觉得，这个错误又有点美丽。要是自己真的投河自尽了，谁来帮啊啊寻找父亲？找不到父亲，又没有了母亲，啊啊今后的日子怎么过？想到这里，就不再坚持让金贵放开她。秀娟不再挣扎，金贵便慢慢地将手松开，反复地问秀娟，告诉我，是不是那个王八蛋又欺负了你？秀娟紧咬住嘴唇，一句话也不说，泪水却在眼眶里汹涌而出。

他在哪里？金贵说，我去找他算账！

别别别，秀娟终于开口了，她说，其，其，其实也没——说到这里，她的话被哽住了，泪水仍在不断地往下流。

你慢点说，慢点说。

没，没，没什么，真的没什么。谁也没有欺负我，真的。

不，金贵说，我看出来了，你一定有事，一定是被谁欺负了！

你，你，你这人怎么这样？你是我什么人？秀娟忽然换了另一种非常不耐烦的语气说，我的事用不着你管。你还是管你自己的事吧！

你是我什么人？秀娟这样一问，金贵的脑子似乎清醒了许多。自己是秀娟的什么人？严格说起来，自己只不过曾经是秀娟的同学，曾经是她童年的小伙伴。其他呢，好像真的什么也不是。虽然自己早已向秀娟表明过想娶她的愿望，但这只不过是一厢情愿而已，秀娟从来就没有向自己承诺过什么，哪怕点一下头也未曾有过。但这些对金贵来说，好像都不重要，重要的是，他不想放弃对秀娟的承诺，也不想放弃他所需要担负的责任。

虽然秀娟嘴上说不用金贵管，但金贵的出现和金贵的话，还是让秀娟打消了投河的念头。她决定继续为啊啊寻找父亲。

可是人海茫茫，到哪里去找呢？更要命的是，这些王八蛋出来进去的不是公车就是私车，来无影去无踪。怎么办？电话联系这条路已经走不通了，当初将她介绍给那些男人的沈姐又没了指望。唯一的办法只有在城里一个一个单位，一个一个公司去找，或许这样，还能找到一点蛛丝马迹。

秀娟虽然进过好几次城了，但实际上，她对县城还是陌生的。当她出现在城里的时候，她是战战兢兢的。尤其是看着那些出入公司的人一个个都神气活现，她就更加感到自己站在这里是多么的可怜。要不是有个一定要找到啊啊父亲的信念支撑着她，她一定会逃得远远的。

她带着啊啊来到一个公司的门口，看着一个个进出公司的人，寻找着她要寻找的目标，但是一天过去了，一无所获，两天过去了，还是一无所获。有人问她站在这里干什么？她说在等一个人。人家又问，等一个什么人？她说，我不认识他。人家说，你这不自相矛盾吗？秀娟赶紧从身上掏出一张纸片来，说，我这里有他的电话号码。麻烦你看看是不是你们公司的人。那人接过去看了看，然后交还给秀娟说，对不起，我们公司的人没有这样的号码。

一连几天，秀娟带着啊啊站在一个又一个公司的门口，但是一无所获。她知道这样找下去，不只是几天，可能几个月都发现不了目标。进出公司的人，除了一些走路的外，很多人都是骑着摩托，坐着小车进去的。骑摩托的大都戴个头盔，有些甚至还戴一副墨镜，将一个人最具标志性的部位遮得严严实实。就是没戴墨镜的，也是一晃而过。而坐在小车里的，就更别想看到他的庐山真面目了。

为了尽快找到啊啊的父亲，秀娟决定改变这种守株待兔的方式。她开始主动询问进出公司的员工，问他们公司有没有一个像她孩子的人？有人警惕地问她，这是什么意思？她说，这孩子的父亲丢了。对方一听，说，不对吧，这不是人咬狗了吗？秀娟不知道人咬狗的真正含义是什么，她只知道对方是不相信她。只好反复说，真是这样的。对方说，就算你说的是真的吧，那你是他什么人？对方一边说，一边用手指了指孩子。

秀娟说，我是他——他是我路上捡来的。

站在一边的啊啊听了后，连忙说，妈妈撒谎，我不是捡来的，我是你生的。秀娟赶紧向对方解释，这是我哄他的话。

这事被当地电视台的记者发现了，他们扛着摄像机来采访秀娟。见了面，双方都觉得有点面熟，后来才想起，原来是秀娟哥哥上大学的时候，这位记者也来采访过。当时记者反复问秀娟一个问题，你是通过什么渠道筹得了这样一笔巨款的？他们认为，一个十六七岁的弱女子，怎么能在那么短的时间内，为哥哥筹到这样一笔上大学的费用，这笔费用对于靠种田为生的人来说毫无疑问是一笔巨款，里面一定有非常值得挖掘的东西。秀娟就像不小心被鱼刺卡了喉咙一样难受，结结巴巴地非常艰难地连说了好几个"我我我"，最后终于说，反正我一没偷，二没抢，我，我，我是用，用我的——说到这里，泪水止不住流了出来。她说，你们什么也别问了，求求你们了。那是一次艰难，也是不怎么愉快的采访，节目虽然播出来了，但秀娟的画面仅仅一闪而过。

记者怎么也没想到，他们这次采访的对象竟然是几年前帮助哥哥筹款上大学的女孩。记者的采访是单刀直入的，他问秀娟，你这孩子是怎么回事？秀娟看了看啊啊，并且抚着他的头说，是一次我在路上捡到的。

虽然面对镜头，但啊啊却并不胆怯，他大声争辩道，妈，你骗人。我不是捡来的。秀娟无奈地看了啊啊一眼，说，听话，啊啊，你是妈捡来的。是的，是捡来的，不是捡来的，你怎么会没有爸爸呢？

啊啊说，不，我有爸爸。你说过，我爸爸是被你弄丢的。

秀娟拉过啊啊，抚摸着孩子的小脸说，孩子，都是妈不好。妈不该将你带到世上来。

啊啊说，不，我不要你说不好，我要你说你好，我要你说妈妈好！

记者看着眼前这一幕，不知这中间到底发生了什么。要不是秀娟跟他们讲了事情的来龙去脉，他们怎么也不会知道，在他们身边还会有这样的事。

听了秀娟的诉说，电视台记者表示一定要帮秀娟找到孩子的父亲，他们说，今天这个节目一播，我相信，你孩子父亲的线索一定会很快就有眉目。他们为了打消秀娟的顾虑，还向秀娟保证，我们一定会替你保密，最大限度地保护你的名誉，帮你顺利地找到孩子的父亲。秀娟说，那就谢谢你们了，要是真能通过你们找到孩子的父亲，我就是下辈子变牛做马也要报答你们的恩情。记者说，为你尽一点绵薄之力，那是应该的。

最后记者对秀娟说，你关心关心这几天的电视节目，我相信，几天之内就会在电视上播出的。

秀娟于是每天晚上都带着孩子来到有电视机的店铺，等待着有关寻找啊啊父亲的节目的播出。

可是一连几天，都没有这样的节目，她又一天一天地等，一天一天地数，一直等了半个月，数了半个月，也没有等到她想要的节目。

秀娟怎么想得到，记者也不是万能的。他们拿回去的节目还要经过审查，过不了关的，就要被刷下。有关秀娟的那个节目就是在审查的时候被刷掉的。审查者拿掉这个节目的理由是，播出这样的节目，有损于我们构建和谐社会的形象。至于是否还有深层的原因，审查者没有说，人家也不便问。

通过记者帮助寻找的希望破灭了，秀娟只好用她那种最最原始的方法继续寻找。因为进城的时间久了，她从乡下带来的那点钱早已花光，不得已，只得一边寻找一边在啊啊身边放个盆子，向那些同情他们的人讨几个钱，维持母子俩的生命。

希望越来越渺茫。像这样寻找下去，何日才是个头呢？可是，不继续寻找，她又于心不甘。虽然这样的寻找已经在啊啊幼小的心灵里投下了一层又一层阴影。但她已经顾不得那么多了，对于她来说，寻找成了她现在的全部目的。

为了寻找，当初那种犹抱琵琶半遮面的状态一步一步地离她远去。特别是经历了电视记者的采访，她将啊啊的来历和盘托出以后，便开始将啊啊的真实来历告诉别人当作了一种家常便饭。只要有人凑上前来问她，或者是表现出了一种愿意听她讲的样子，她就会不厌其烦地将啊啊是怎样来到世上的过程一五一十地告诉人家。

有人就说，你那样的拉钩怎么能算数呢？

秀娟就说，我那样的拉钩怎么就不能算数呢？

对方说，你那是做生意。

秀娟说，做生意就可以不要算数吗？

对方又说，你做那种生意是不一样的。

秀娟说，可是，我卖的是我的青春，我的生命啊！

可是，可是，对方一连说了几个可是，最后终于将憋在喉头的话说了出来，你，你，你那可是妓女干的活呀。

秀娟一听，像触了电一样地跳了起来，你胡说，我怎么会是妓女？我怎么会是妓女！你，你，你，你才是妓女！.

对方说，你疯了，你是个疯子！

秀娟继续带着啊啊一天天，一个地方一个地方地找下去。终于有一天，当他们来到一个公司门口的时候，路过这里的人中，有人停下来看了看他们，说，你看这孩子，多像咱们的老总啊。那鼻子，那眼睛，活脱脱就是一个模子印出来的。有旁边的人看后附和道，是啊，还真是有点像。什么有点像，那是完全像！我敢说这百分之百是咱们老总这架播种机播下的。

由于长时间的寻找，秀娟对各种各样的盘问和人们的议论有点麻木了，加上长期的焦虑不安，她的神经的确出现了一些问题。像刚才那两人的对话，她竟没有跟自己的寻找联系起来，没有意识到这种信息会对自己有帮助。直到他们走后，她才开始一点一点地觉得，那两人有关鼻子眼睛的对话跟自己，尤其是跟啊啊的关系。他们还说什么，他们老总的身高是一米六？一米六，当时是不是有一个一米六的家伙？好像是有一个身材不高的，但是不是一米六，这就说不清了。不过人家说一米六就一米六吧。难道那个一米六的家伙是这个公司的老总？那家伙虽然个子不高，但出手很大方，一下就甩了好几千给她。他对秀娟说，你这么年轻，这么漂亮，值得我们花大价钱，值啊。当秀娟要求他采取防护措施时，他坚决地说，这不行，绝对不行。要加钱，我没意见，可是要带上那个东西，我坚决不干。我为什么要找你这样的，还不就是图个干净，图个安全，不用担心得这病那病的。可你竟然要求我用那个玩意，我一千个不同意，一万个不同意。他还说，除了这一点其他什么条件你都可以提。秀娟说，要是不这样，怀上了孩子怎么办？

怎么办，这还不好办，要是怀上了孩子，到时候，你吭一声，生孩子的一切费用我包了。秀娟说万一真这样了，孩子谁来抚养？一米六说，那还用说，肯定是由我来抚养。秀娟还是不答应。一米六就说，你是不是还不相信我？要真是不相信，我可以对天起誓。秀娟一看对方这么认真，就说，咱们拉个钩吧。

在秀娟看来，拉钩比起誓还重要。拉钩就拉钩，一米六拍着胸脯说，男子汉大丈夫还怕拉钩不成。于是，他们都伸出右手的食指，很郑重很正式地拉起了钩。

现在回想起来，啊啊的鼻子和眼睛还真的有那家伙的影子。秀娟觉得有一种希望在向她降临，感到了这么长时间的寻找终于有了回报。她抑制不住兴奋地对啊啊说，咱们就要找到你父亲了。知道吗，她用手指了指了身旁的公司大门，说，你父亲就在这个公司里，是这个公司的老总。

啊啊听了，很是高兴。但他说，我不要老总，我只要老爸。有了老爸，我看谁敢欺负我！我还要老爸带我去好多好多地方玩，买好多好多的玩具。

秀娟抱起啊啊，说，妈对不起你，让你受委屈了。好在你的父亲已经出现，这真是老天爷有眼呀，这是老天爷在可怜我的啊啊呀！

啊啊问，咱们什么时候去见爸爸？

什么时候？这个问题秀娟还真没想过。她只是想一定要将啊啊的父亲给找到，至于找到后怎样相见，她还没有一点准备。见了面该说些什么，她也还没想过。既然已经确定，啊啊的父亲就在这个公司上班，那么跟他见面肯定是迟早的事。今天不在，还有明天。明天不在，还有后天。总有一天公司的老总是要出现在公司办公室里的。

秀娟这样一想，就拦住从公司出来的一个戴眼镜的人问，你们的老总在不在里面上班？

在啊，我们老总天天都到公司来上班的。你，你找他有什么事？眼镜问道。

秀娟说，我，我找他，找他——你看这孩子像不像你们老总？

眼镜认真地看了看啊啊，边看边不住地点头，像，像。

秀娟于是将啊啊的来历对眼镜说了一遍。秀娟用的语言当然是比较遮掩的，说，人家是为了可怜她的哥哥，她是为了报答人家什么的。秀娟虽然仅仅说了一个大概的过程，只是对他们当时是怎样拉钩的进行了反复的强调，但对方还是听得很认真，不过听着听着脸色就变了。他对秀娟说，你的意思岂不等于说我们老总是乘人之危，你怎么能这样说话呢？得了人家帮助，不好好感谢，还要反咬一口，你还有良心没有？另外，我要向你声明，千万不要误会我刚才的意思，我说的像是从大的方面来说的。比如说，我们每个人都有两只手，两只脚，都有一颗长着两只眼睛的脑袋，就这方面讲，我敢说张三既像李四，又像王五王六，甚至还会像你像我。但是如果从很细微的方面说，要真正找到很相像的两个人是很难的，是不可能的。你看，我们这地球上的树叶多不多？够多了吧，可是有人断言，世界上找不到完全相同的两片树叶。树叶如此，何况是人。所以，你想想，要问像谁不像谁，是不是很荒唐？

秀娟上过初中，听过政治老师讲的哲学好像有这么一点意思，但又不完全是这么一种意思。不过，政治老师是要让人明白一种道理，而面前这个眼镜分明是在制造模糊，将一种很清楚的东西，给抛到云里雾里。

眼镜说着说着就掏出了手机，拨了一串数字后，就用一种很恭敬的声调说，林总吗？一边说还一边用眼角的余光瞟了一下秀娟和啊啊。并且将自己的身子移到了离秀娟母子俩三丈远的地方，还压低声音跟对方通了很长一段时间的话，随后，就像被蒸发了一样消失得无影无踪。

当秀娟再碰到从公司出来的人，问他们的老总是不是在里面上班的时候，这些人都改用了一种怪怪的眼神看她，然后摇一下头说，不知道。有人甚至还狠狠地瞪她一眼说，我们老总来不来上班跟你有什么关系？当她好不容易逮着一个人，问，你说，我这孩子像不像你们老总，对方肯定地说，像啊，全世界的人都像我们老总！怎么会不像？都有手有脚，还有脑袋，小时候都要吃母亲的奶，都要穿开裆裤。秀娟说，我不是这个意思。对方说，那你是什么意思？秀娟就将啊啊的来历又说了一遍。当然在一些关键地方用的还是比较含混，没有那么明确指向的语言。但没等秀娟将一句话讲完，对方就不耐烦地摆摆手说，我知道你想说什么。这怎么可能呢？秀娟说，我们还拉过钩的，你知道什么叫拉钩吗？

荒谬，真是荒谬！我们老总怎么会跟你玩这小孩子的游戏？别说了，就是说到明天后天大后天，再说到明年五月节，我也不会相信。

秀娟争辩道，可我说的百分之百是真的！要是你不信，我可以发誓，对天发誓。

发誓？我们不是小孩子，不相信什么发誓。你不是要为孩子寻找父亲吗？这样吧，我来当孩子的父亲怎么样？

你，你，你——秀娟的心里就像被堵了一块什么东西，想说的话都窝在了里面，怎么也挤不出来，眼泪却哒啪哒地掉了下来。

这情景马上引来了一群看热闹的人，刚才说要当孩子父亲的人便显得有点尴尬。本来是要维护他们老总的良好形象，可是这样一来，反而有将事情弄糟的可能。为了防止眼前的女人再这样肆无忌惮的污蔑自己的老总，他立即跑上前去抱住秀娟，试图捂住秀娟的嘴。而这时的秀娟干脆痛哭起来，边哭还边高声地说，我要找你们老总，孩子有权见到他的父亲啊。啊啊也在一旁撕扯着抱住秀娟的人，说，别欺负我妈。

就在这时，抱住秀娟的人的太阳穴忽然挨了重重的一拳，随着一声哎哟，他的手松开了。接着当胸又挨了一拳。你这个王八蛋，看你还敢不敢欺负人！出拳的人边击边骂，紧握的拳头又一次愤怒地砸向了对方。

围观的人中，有人拍起掌来，说，打得好，光天化日之下，欺负一个弱女子，太不像话了。对这种人就是应重拳出击！也有人对此不以为然，说，现在都什么时候了，还路见不平一声吼呀，中刘欢的毒也太深了，看吧，这家伙肯定得吃不了兜着走！

真是一语成谶。刚才还神气活现紧抱住秀娟不放的家伙，被敲了几拳之后，先是哎哟一声，随后竟像一摊烂泥似的瘫了下去。

惊魂未定的秀娟和啊啊被人用力拉了出来。这时她才注意到刚才重拳出击的人是金贵。她说，你怎么来了？金贵说，我不来，那家伙还不知会把你怎样呢！可是，你也不能把人打成那样啊。金贵说，没事，城里人就是纸老虎，看起来凶，其实你敲他一下，他就趴下了。秀娟忧心忡忡，说，那人不会出什么事吧？金贵说，放心，不会有事，真的不会有事。我只不过就那么两三下，怎么会有事呢？你看电视里那些人，不要说两三拳，就是两三百拳也没事。秀娟还是不放心，那他怎么会瘫在那里？金贵说，你还不知道城里人的鸟脾气吗？有些人当了个什么鸟头，连个伤风感冒都要住到医院里。你说为什么吧？因为，这样就会有一批又一批的人提着东西，拿着红包去看他，他就能借机发一笔不小的财。秀娟说，可他不是感冒，他是被你打趴下的。金贵有点不耐烦了，哎呀，我说你这人怎么这样，自己被人欺负了，还老是替他担心？不要说是一个大男人，就是，就是——反正那两三下，放在谁身上，顶多就是伤着一点皮毛。走吧，走吧，赶紧离开这个是非之地吧！

虽然被金贵从人堆里拉出了来，但秀娟还惦记刚才挨了金贵老拳的人，说，不知道那人会不会有事？金贵说，放心，不会有事的。金贵担心秀娟等下又会返回去，他便对她说，你都有好些日子没回家了，就不担心爸妈的身体吗？

说起爸妈，秀娟还是很牵挂的。自己长这么大，不能为两位老人分担忧愁，却因为啊啊，让他们老是为自己牵肠挂肚。离开这些日子，也不知爸妈怎么样了。回去看看也好。

回家的当天傍晚，金贵被抓走了。原因是那个挨了他老拳的人被人送到医院不久，就不治身亡。医生诊断的结果是，死者原来就有心脏病及高血压，但金贵那三记重拳是导致死亡的直接原因。

秀娟回家后看到父母没什么事，又听说金贵被抓，便急匆匆地带着啊啊返回城里。她要到看守所探望金贵。要是可能，她愿意顶替金贵坐牢，甚至偿命。除了看望金贵，她还得继续为啊啊寻找父亲。

返回城里的时候，秀娟碰到了一起车祸。她当时正拉着啊啊的手走在县城的环城路上。忽然，啊啊停下来不走了，并且用手指着不远处对她说，妈妈，你看，撞车了撞车了。秀娟回过头一看，的确，一辆黑色小车被一辆蓝色货车撞到了路边，那辆货车司机探出头来看了看，马上加大油门，逃跑了。秀娟拉着啊啊急步来到被撞翻的小车旁一看，里面的人正哼哼唧唧地歪在车里，看来伤得不轻。她想，如果不及时将里面的人救出，伤者就很可能闷死在车里。她试了试，想将小车翻过身来，可是无论她怎么用力，就是不能丝毫翻动。她只好伸手拦住过往车辆帮忙，可这时偏偏没有车经过。好不容易等到一辆，人家开到面前，却又加大油门风一样走了。最后拦到一个骑摩托的，停下帮她推了推，还是没有翻动，后来他就掏出手机打110报了警。

110赶到，受伤者被救出。秀娟一看到对方的面孔，心里就咯噔一下，怎么会是他？这不就是她一直以来要寻找的人吗？那眼睛，那鼻子，真的是太像了。四年前的一幕不由得又浮现在了眼前。

伤员很快被抬上随后开来的救护车，救护人员以为站在一旁的秀娟就是伤者的家属，说，快上车，快上车。秀娟就糊里糊涂坐到了车上。

来到医院，伤者被推进了急救室。秀娟站在急救室外为伤者祈祷，乞求大慈大悲的神灵保佑他能够脱离危险。这时，一个护士走上前来，催她去缴费。她一时没有反应过来，说，缴，缴，缴什么费？护士反问道，你说缴什么费？秀娟说，我没有什么费要缴呀。护士瞪了她一眼，推进急救室的是你什么人？秀娟说，我，我，我不认识他。护士说，我看你是要钱不要命了！要知道，医院不是慈善机构。没钱就想救命，我们的命谁来救？听这话的意思，要不缴钱，伤者的命可能保不住。秀娟以为，只要送进了医院，人就有救了，哪想到还有这样严重的问题。秀娟马上就想到哥哥读大学的事，并不是拿到了录取通知就有大学念。她更自然地想起有一次啊啊生病送医院，还不知道是什么病就被要求先交一笔费用。她身无分文，是金贵回家向他父亲借了一千块钱，啊啊的病才没被耽搁。钱永远是一张不可缺少的通行证。伤者如果得不到及时救治，生命就有可能很快消失。在村里，有时一觉醒来，忽然听到某个角落里传来一家老小哭作一团的声音，她的心里就会像被寒风吹了一样凄凉难受。她真恨不能变成孙悟空，用他的火眼金睛辨认出谁是伤者家属，并且一个筋斗翻到他们面前。该死的钱呀，你在哪里？

她摸了摸身上所有的口袋，找到了一张十元，一张五元还有几张一元两元的纸币和一把毛票，凑在一起总共也就二十来块。她说，要不，我替他先凑合着交了这些钱吧。护士不屑地看了一眼秀娟手里的票子，说，你当我们医院是乞丐呀！

可我实在拿不出更多的钱了。秀娟不知不觉用上了一种家属的口气跟护士说话。别哭穷了！没钱怎么开得起小车？一听到小车两字，秀娟又退回到原来的角色，说，小车是他开的，又不是我的。护士不耐烦地说，你看你，又来了！什么他的你的，一家人分那么清干什么？秀娟说，我真不是他的家属。不信，我向你起誓！护士说，不是他家属，来凑什么热闹？

我，我，哎呀，你叫我怎么说呢。秀娟一时间找不到合适的理由，心里一急，腿就发软，跪在了护士面前。说，我求你了医生，你一定要救他一命，花了多少钱，到时候他一定会给还上，相信我，我说的是真的！

相信你？我凭什么相信你？

凭什么？是啊，凭什么，人家连我叫什么还不知道呢。她赶紧说，我叫秀娟，山清水秀的秀，女字旁的娟。为了增加可信度，她边说还边从身上掏出身份证，说，不信，你看，上面还有住址。

护士说，你以为来这手，我就会相信你？

秀娟说，我不会骗你的。

护士瞪她一眼，可惜你不是人民币。

已经到这个份上了，秀娟还有什么好说。的确，对于眼前这个护士来说，自己只是一个会说话的人，单凭这点是不可能被另一个人相信的。她感到作为人的悲哀，虽然是同类，虽然站得这么近，但是，对方却这么冷酷地对待自己。尽管自己已经下跪，已经说了那么多好话，可对方还是无动于衷。无奈，她只好搬出了伤者的身份，说，那你就相信他好了，他是一个公司的老总。

公司老总？

是的，他一定是公司老总。求求你了，医生，救他一命吧！我，我，不，他，他下辈子变牛做马也会报答你的。秀娟实在找不到更能打动人心的话，只能再次用上了变牛做马这样的字眼。

护士正想说什么，但她来不及张嘴就被人叫走了。

看到护士走远的身影，秀娟担心，这些人不知还会不会救治伤者，要是他们真的撒手不管，伤者的生命还能保住吗？

秀娟急了，万一人家真的不管了，这可怎么得了呀。秀娟也不知道，她为什么会表现得这么焦急，难道就因为这位伤者是她要寻找的人，还是有其他原因，她自己也说不清楚。她只是觉得有一种说不清道不明的力量在催着她这样做。每看到一个穿白大褂的人走过，她就要拦住人家，说，医生，求求你，救救那位伤者吧。但是，这些白大褂的眼里只有一种不为所动的神情，有时还表达了一种厌恶。但秀娟一点也不计较，她仍然坚持不懈地向从她身边走过的医生或者护士说，医生，求求你，救救那位伤者吧。也不知求了多少人，磕了多少头。有些医生从她面前经过了几次，她就向人家求了几次。弄得有些医生从她面前经过的时候，连忙伸出两只手来，挡住她说，知道了知道了。秀娟说，那你们得赶紧动手呀。

过了不知多久，伤者经过救治被推出了手术室。秀娟以为是自己的反复恳求打动了那些医生，心想，真的是精诚所至，金石为开呀！她又一次用上这八个字的成语，并且深信这次用对了地方。

看到伤者被护士推入病房，秀娟便拉着啊啊的手跟了进去。病床的一头已经挂上了一瓶药水，瓶里的药水正通过一根塑料管子一点一点地往下滴。

秀娟一时之间找不到什么需要她忙的活，就拉着啊啊站在病床前，轻声地对啊啊说，你知道吗，床上这位叔叔就是你的父亲。你看，他的眼睛、他的鼻子、他的额头，还有他的下巴——你们是多么相像呀！

她翻来覆去对啊啊说了一遍又一遍。也不知说过多少遍后，病人终于睁开了眼睛，来来回回地看了看他们，说，你们，这是？

秀娟说，你忘了，四年前——

四年前？什么四年前？

秀娟看到对方竟然对四年前的事一点儿印象都没有，心里开始着急了。她连忙解释道，四年前，咱们，咱们用这个手指拉过钩的呀！

你说什么拉钩？不可能不可能，我从来没有跟人拉过钩。

可是，对方的否定让秀娟更着急了，她只好拉过啊啊，你看，孩子的眼睛、鼻子、额头还有下巴多像你呀。

你是，你是说——对方似乎猜到了秀娟话里的意思，连忙否认道，这，这怎么可能呢！我不认识你。

秀娟更着急了，历尽千辛万苦，好容易找到的人竟然说不认识自己，做人怎么能这样呢？不行，我一定要让他承认。要是连他都不承认，啊啊寻找父亲的希望就彻底破灭了。她说，做人可要对得起天，对得起地。当初怎样对我说的，可要照着怎样做。当初要不是你跟我勾了手指，在我面前赌咒发誓，说孩子生下来，会负责抚养，我会生下这个孩子吗？再说，就是生下来，今天也不会来找你。

被秀娟这样一说，对方好像明白了什么似的说，这事会不会是我哥——

你哥？不不不，四年前跟我拉钩的肯定是你，怎么会是你哥呢！

你听我说，事情是这样的，我有一个双胞胎哥哥，长得跟我一模一样。我估计，这事八成是他干的。

秀娟摇摇头说，我不信，世上的事咋会那么巧啊，什么双胞胎，我看你是不想承认！

我不骗你，我们不但是双胞胎，还合伙开了一个公司，他当董事长我当总经理。要不，我打个电话问问我哥。

秀娟将信将疑，只好说，既然这样，那就打一个吧。

对方就叫秀娟帮他把手机拿出来，报了一串号码让秀娟帮他拨。接通后，他就将秀娟讲的情况说了一遍，问是不是有这么一回事？电话那头传来一阵支支吾吾的声音，说，有这事怎样，没这事又怎样？说着说着，声音就低了下来。很快，电话挂断了。他告诉秀娟，我哥说他要回忆一下，四年前的事，有点记不起来了

记不起来？可是有孩子在这作证呀，有孩子在面前，他总该记起来的。

这样吧，我一定将情况跟我哥讲，真是这样的话，他一定会好汉做事好汉当。

有了这句话，秀娟还有什么说的呢。虽然阴差阳错找到的不是孩子父亲本人，但能够得到这样一种答复，这段时间的寻找也算是有了很丰厚的回报了。

走出医院，秀娟赶紧去找关押犯人的看守所。她要亲自问问，金贵的罪能不能由她来顶替。但是当她好不容易找到地方，得到的答复完全是否定的。管理人员对她说，你怎么会提出这么幼稚的问题？就是小学生也应该知道这是绝对不可能的。

怎么办？她想去见金贵，可看守告诉她，金贵说谁也不想见。她说，请你们转告一下，是一个叫做秀娟的同学要见他。可是过了一会，人家出来告诉她，他说谁也不想见。她不死心，站着不走，一直等着。可是等来等去，金贵就是不来见她，还让看守告诉她以后也不要再来了。

第二天一早她回到医院，却被拦在了病房门口，理由是，病人需要休息，不允许任何人进去打搅。第三天第四天也是被同样的理由拦在了病房外面。第五天再次出现在病房门口的时候，她被告知病人已经出院。

不过值得庆幸的是，她暗暗记下了那天她拨打的号码，这个号码的确跟四年前人家留下的不一样，难怪稀里糊涂打了那么多电话，都牛头不对马嘴。她来到公用电话亭，将那一串号码拨了出去，可是，话筒里很快就传来了接线小姐那千篇一律的说明，对不起，你所拨打的用户已关机。

　　我的天，为什么一下子就关机了？难道是不想见我，还是手机没带在身上？她将这串号码又拨了一遍，得到的仍然是同样的结果。她不死心，再拨，结果还是一样。这就像一个渴得要命的人看到了一汪泉水，可走到面前的时候，那泉水就像变戏法似的消失得无影无踪。她看着手里的话筒发呆，真想将它摔个粉碎。

　　后来，秀娟又几次将那串号码拨了出去，但得到的回答还是那句话，对不起，你所拨打的用户已关机。

　　为什么总是关机呢？也许真的像老爸说的那样，啊啊天生就是找不着父亲的命。既然这样，那就认命吧。现在她感到很疲惫了，她想回家。就在秀娟决定回去的时候，电视台播出了一则消息，某公司因为涉嫌偷税漏税于近日被查处，创办该公司的一对孪生兄弟，弟弟因为车祸受伤已被监视居住，哥哥则已抓捕归案。

　　看到这则消息，秀娟已经绝望的心又透进了一丝亮光。原来是被抓起来了呀，难怪电话一直关机呢。会判刑吗？判多重？还要不要去找？她咬了咬牙，对自己说，要找。我找的是啊啊的父亲，要让啊啊知道自己的生命是怎么一回事，知道他跟别人一样也有父亲，知道自己不是别人眼里的怪物。即使这个人已经犯罪，已经被抓起来了，啊啊的生命仍然跟他有割不断的联系。她甚至想好了见到那人时要说的话。她要对他说，自从咱们拉钩后，我就将你对我作过的承诺记在了心里，生下了孩子，一直等你来认他。可是，让我一年一年的等，打过多少电话，孩子都长这么大了，你却消失得这样无影无踪。你赌咒发誓说的话，怎么不要算数呢，这样做，你还是一个男人吗？要是你一开始就不打算兑现，为什么当时要说这样的话呢？你知道你将我和孩子害得有多惨！我本来不想找你的，但是，答应过孩子，不能因为你已经犯罪，就不要兑现。

不过，当她带着啊啊来到看守所的时候，看守人员告诉她，他们所里并没有她所说的这样一个在押人员。可是，电视上讲得清清楚楚有这样一个人被抓起来了，为什么看守所会没有呢？难道电视也在骗人？秀娟哪里知道，有些犯罪嫌疑人因为案情复杂，牵涉面广，办案人员不得不采取一些非常措施将他们隔离审查。她只是觉得好不容易得来的线索又这样中断了，失而复得，得而复失，这样一折腾，希望又在一瞬间消失了。

还有一则消息她没有听到，这则消息是有关沈姐的，案情牵涉到一个未满十四岁的女孩。这则消息播出的时候，秀娟正带着孩子走在回家的路上。

她想，回家后，一定要找到金贵的父亲，让金贵的父亲出面做做工作，让金贵见她一面。她不知道，金贵拒绝见面，是不是心里恨她。她觉得金贵恨她的可能性是很大的。要不是因为自己，金贵肯定不会落到今天的地步。怎么办，想顶替金贵去坐牢，可看守人员明确告诉她这是不可能的。凭她对金贵的了解，可能只有一件事能够让金贵动心。她已经为此作出了决定，并且打算亲自告诉金贵。另外，她也想在见到金贵的时候，向金贵提出一个请求，允许啊啊叫他一声爸爸。这样，啊啊今后就不用因为找不着父亲而在人前人后抬不起头来，就可以理直气壮地告诉同伴和那些想欺负他的人，说，他也有爸爸，他的爸爸叫金贵。要是金贵万一被判了极刑，在行前有人叫他一声爸爸，对他也是一个安慰。到了另一个世界，人家问起来的时候，他也可以骄傲地说，他有过一个儿子，他的儿子叫啊啊。

金贵因为惹出了人命，被判了个无期。那是法庭考虑到死者患有高血压和心脏病的因素，而且在大庭广众之下还对女性进行了人身侵犯。开庭前，金贵一直拒绝跟秀娟见面。直到开庭那天，秀娟被作为证人传唤到庭，才见到了站在被告席上的金贵。秀娟发现，金贵一见到她，身子便抖了一下，但很快，就把目光移开，好像一点也不认识她似的。在法庭上，秀娟向法官提出了为金贵分担刑罚，至少也应该让她陪金贵一起服刑的请求，她说，金贵是因为保护她才造成这样的过错的。但金贵马上表示反对，他说，男子汉做事一人做一人当，秀娟是无辜的，他决不能拉一个无辜的人来跟他一起受罪。法庭也认为秀娟的请求没有法律依据，不予采纳。

再后来，秀娟打听到金贵服刑的地点，就带上啊啊去看望，这次他们终于相见。他们抱作一团，泪流满面。秀娟说，好好表现，我等着你。金贵说，我判的是无期，你还是找个人嫁了吧！秀娟说，不，我等着你！金贵说，别固执了，无期，无期就是遥遥无期啊！秀娟说，等不到你，我谁也不嫁。金贵说，那我只有好好表现，争取减刑了。秀娟将啊啊带到金贵面前，对啊啊说，叫爸爸，快叫爸爸。告诉爸爸，咱们娘俩会一直等着他。啊啊迟疑地看了看金贵，对秀娟说，怎么不像呀？秀娟说，怎么会不像？这就是你的爸爸。啊啊又看了看金贵，然后看了看秀娟，对秀娟说，那我叫了啊。秀娟说，好孩子，叫吧，叫，快叫。

啊啊就很羞涩又很清楚地对着金贵叫了一声——爸爸。

金贵听后，忍不住在啊啊的脸上亲了一下，颤着声说，好孩子，要听妈妈的话。爸爸会在监狱里祝福你们娘俩幸福。

半年后，当秀娟攒够了路费再次来到金贵服刑的劳改场探望的时候，没有见到人，却得到金贵留给她的一封信。在来的路上，她一直在想，金贵这半年是不是用他的表现获得了减刑？金贵是个说一不二的人，她相信金贵一定会好好表现，也一定能得到减刑的。这样就不会像金贵说的那样遥遥无期了。她甚至还对金贵将来被释放时的情景作了设想，到那时金贵的年纪不是三十就是四十，更有可能五十或者六十了。还有可能已经满头白发，弯腰驼背。但无论怎样，她都会飞快地跑上前去，像上次一样跟他紧紧地抱在一起，然后手牵着手去过属于他们的生活。她迫不及待地将信拆开，希望看到金贵在信里一遍又一遍地叫她要等他，叫她要相信他能得到减刑，他将会很快就被释放回来。可是，当她看到信的内容，她却傻眼了。金贵在信中对她说，对不起，秀娟，我已经转到另一个场去服刑了。这是我自己提出的要求。

不为别的，就为让你忘记我。我曾经向你作过保证，要好好表现，争取减刑，但是，我知道，不管怎样表现，怎样减刑，恐怕最起码也得过一二十年或者三四十年才能出来。想到即使减刑，出来时也已经是中年或者老年了，心里就不知有多恐惧。自从你上次到场里看我后，我想了很多，人的生命就那么几十年，我不能让你人生最美好的年华在等待中度过。也许你会说，我是因为你才犯下这样的事，陪我受罪是应该的。我劝你千万别这样想，这样只会增加我的不安，是对我的煎熬。听我的话，不要再来看我了，你不会找到我的。要是有一天我真的能够减刑，出来后，我再去看你，好吗？但是我希望，那时候的你，已经有了一个幸福的家，甚至啊啊也已长大成人，并且有了自己的老婆孩子，你们一家人快快乐乐，健健康康。

另外，我有一事相求，要是你嫁人后或者啊啊长大后能挣钱，经济宽裕了，替我将我父亲的那一千块钱还给他。本来，我想等我出来后再想办法将钱还上的，可是，我怕他等不到那一天。老人家挣点钱不容易，算是我求你了。

谢谢你上次给我的拥抱。有了你的拥抱，有了啊啊那一声爸爸，我已经很幸福很满足了。真的。

看完后，秀娟把信一撕两半。她想，怎么能这样说话呢，作出的承诺怎么就这么不值钱？正准备再撕，但是停住了。两只眼睛忍不住又对着这封信再一笔一画，一个字一个字，一个标点一个标点仔仔细细来来回回地看了一遍，又看了一遍，她希望从信中能读出金贵的另一种意思。但是没有，看来看去，她发现，金贵的口气是坚决的，没有商量余地的。不过，秀娟并没有因此而改变想法。她将这封信折好放到了袋子里。边放边在心里说，金贵啊金贵，不要说等十年二十年，就是等一百年，等到下辈子，我也别无选择，认了！

（选自《厦门文学》2013 年第 4 期）

作者简介

罗上沂，1957 年生，福建省作家协会会员。发表中短篇小说多篇。

红　石　渡

◎ 杨　笔

　　清晨，汀江像一条流淌着的温泉，江面上曼妙如纱，雾气飘飘荡荡。渡口上，一艘老旧的木船摆动着船尾，漾起一圈圈波纹，水浪击打着船头，发出有节奏的声响。汤老汉像往常一样，天刚蒙蒙亮就早早地坐在东岸码头的渡船上，端着水烟筒，悠闲地吐着烟圈儿。在水汽氤氲中，眼前的一切，仿佛是一幅泼墨山水画。

　　西岸，红石墟笼罩在一片白茫茫的雾气中。群山如黛，雾气袅袅升腾。狭窄的老街上，两旁的铺子都还门板紧闭，青砖黑瓦，透着岁月的沧桑。青石板铺成的街道湿漉漉地向码头延伸。

　　汤老汉的家在东岸，与红石墟隔江相望。他十六岁接替父亲的班做了摆渡人，到现在已经四十多个年头了。岁月就是这样一天又一天、一年复一年地流过，就像汀江河的水，有时平缓，有时奔腾。

　　这红石渡该有好几百年了吧？有人说五六百年，也有人说七八百年，反正，还没有红石墟，就先有了红石渡。东岸码头旁边有棵巨大的古杉树，底部早已中空，却依然长得苍苍郁郁。杉树下，村民们立有土地神位，点香照烛，祈求保佑一方平安。

　　汀江河从北往南流，亘古如此。河面并不宽，也就一百多米。河水并不深，一竹篙就能插到底。碧绿碧绿的河水无声无息地流淌着，在远处转一个弯，继续前行。红石渡就像一枚纽扣，锁在东西南北通衢的中央。码头的东面连接通往上杭、永定，直达潮汕的古驿道；西边就进了莽莽群山，一条石阶路翻山越岭，步行两三天就可以到达江西瑞金。如果沿着汀江逆流而上，一百多里的行程，就来到了繁华的千年古城汀州。

今天是正月初十，红石墟的年味还没有散，因为一年一度的元宵佳节就要来临。红石墟的元宵节跟其他村可不一样。其他村是"抬菩萨"，大家毕恭毕敬地烧香跪拜。而红石墟是"打菩萨"，把赭红色的石菩萨安放在一艘船上，六个年轻后生手执船桨守护，另一艘船上也是六个后生，手执竹篙，敲打这边船上的石菩萨。这石菩萨有点特别，你越打他，他越高兴，他高兴了，就会保佑红石墟十里八村风调雨顺、五谷丰登。对于守护菩萨的六名勇士来说，虽然有危险，但一点儿也不委屈，因为作为守护石菩萨的六勇士之一，不仅标志着自己添丁添财的荣耀，还预示着来年事业更加发达，吉祥如意。但是，万一有人落水，活动就要立即结束，也会被看作是不祥的预兆。守护菩萨的勇士不仅头上用红布缠裹，腰间、手脚也都用红布条缠绑着，一来喜庆，二来预防打菩萨的竹篙误伤自己。很多年前，汤老汉既当过守护菩萨的勇士，也打过菩萨。往事一幕幕闪现在眼前。

汤老汉正在回味着往年元宵节"打菩萨"的欢乐祥和，这时，一高一矮两位衣着光鲜的后生，各拎着一只大皮箱，向码头走来。走到近前，可以看清人脸了，那矮个子汤老汉认识，是黄汝成的二儿子，叫黄成生，听说去了南京谋生。高个子脸生，肯定是外乡人。

汤老汉站起身子，拍拍手，拉了一个长音，意思是今天开工了，还有人过渡没？声音传向远方又返了回来。

两个人一前一后踏上渡船，黄成生叫了声汤叔，递过来一支捆得结结实实的洋烟。汤老汉把洋烟夹在耳背，拔出竹篙在岸边的岩石上用力一点，渡船缓缓离开码头。他一边撑船，一边跟两位客人拉呱：发财阿哥从哪里来？往哪里去？这位老板不是本地人吧？黄成生满脸堆笑，说是从南京回来，看看父母。又介绍那位高个子：朋友李杰，茶叶商人，想看看家乡的茶叶品质，计划长期收购。高个子很儒雅地点了点头。

渡到西码头，两人跳上岸，跟汤老汉挥挥手。汤老汉停好渡船，坐在船头，点着黄成生给的香烟，猛吸一口，果然不一样的香味，清而纯，就是劲儿不够大，过不到瘾。回过头来，看那两位后生转过街角，沿着石阶进了黄汝成的家。

黄汝成是位投机商人，早期贩过鸦片，也走私过食盐，都是杀头的营生。近些年改为贩卖粮食，也捐了不少大洋到红石禅寺，把那些黑钱洗得干干净净，成了远近闻名的大施主。

傍晚收工，汤老汉回家吃过晚饭，喝了一大碗糖泡酒，正眯着眼躺在藤制的摇椅上，哼起了鲤鱼歌。这时，一个身影从天井上空跳下，来到汤老汉身边。来人拉把椅子坐在旁边，轻轻叫了一声爹。汤老汉仿佛在睡梦中，他机灵坐起身子，擦了擦迷蒙的睡眼，果然看到二儿子汤武，正坐在自己的身边。这个汤武，长得精瘦，从小迷恋鼓上蚤时迁，飞檐走壁，来无影去无踪。好在为人正派，从不干偷鸡摸狗的勾当。

汤武示意汤老汉别出声，悄悄交代了几句。汤老汉若有所悟，轻声说出了自己的疑虑。汤武点了点头，纵身一跃，消失在夜色中。

汤老汉睡意全无。自从十多年前老伴病逝，他与两个儿子相依为命，好不容易把他们拉扯大。然而，三年前，他当了一支大部队的船夫，了解到这是一支为了穷人翻身的了不起的队伍，亲手把大儿子汤文送到部队，随大部队去了江西。去年底，二儿子汤武被秘密招进一个神秘的队伍。这个队伍使命跟大儿子一样，隐秘在从潮汕到瑞金的各个点上，汤武负责从白石角到红石渡之间的信息传递，保障从上海、香港等地经潮州到瑞金这条秘密交通线的畅通。

汤老汉披上棉袄，打着火把出了门。他来到老屋里。老屋里住着十几户人家，都是汤老汉最亲近的兄弟嫂子。他东家坐坐，西家扯扯。各家兄弟都会拿出一把酒壶，要打酒温酒，被汤老汉阻止。他挨着家转悠，随便聊聊家常，说了黄成生和一个茶叶商人李杰进村的事情，看看上春以后，谁家有茶叶的，可以到黄汝成家打探打探。其实也不是汤老汉好事，红石渡两岸就这么巴掌般大小，来了生人，不到半天工夫就全知道了。

说来也怪，汤老汉刚把黄成生他们进村的消息传出去，往年从不与人来往的黄成生竟然领着李杰，拎着手信，挨家挨户拜个晚年。这黄成生满脸堆笑，全然不是当年的公子哥儿样。那李杰更是温文尔雅，一看就是个读书人。一天下来，全村各户都得了他们的礼物，无非是一把牛角梳，一包大前门香烟。村里人没见过，宝贝得不行，都夸黄成生发财了，没有忘记乡亲们。汤老汉自然也得了他们送的一份礼物，没有牛角梳，却是两包大前门。他撑着渡船，试探着问黄成生：阿哥这次回来住多久？李老板是否要等到新茶下山，收了茶叶才走？黄成生漫不经心地说，一两个月有可能，一年半载也说不定，生意人嘛，四海为家，哪里能发财就往哪里去！

傍晚时分，汤老汉来到红石禅寺。这寺院建在红石墟背后的山头上，该有一两百年历史了，供奉着观世音菩萨和另外两个本地神伏虎禅师、定光古佛，红石墟人不把他们分开叫，统一称为"三太祖师"。如今，在寺院里服侍菩萨的是释普师父，一个从江西兴国云游至此的高僧，六十多岁，长须飘飘。释普师父五年前来到红石墟，那时候红石禅寺冷冷清清，没什么香火，也没有专人打理，只在初一十五有几个吃花斋的老太太到寺庙里打扫卫生，做几桌素食招待香客。自从释普师父来后，把寺院扩建维修了，开辟菜园子和果园，晨钟暮鼓，渐渐有了生气。求签问卦的，上香念经的，请求做法事祛灾保平安的，纷至沓来。往往一撮香灰、一杯大悲水，都能起到神奇的效果。一传十传百，释普师父声名远扬。

汤老汉算是释普的老朋友了，他一个人在家，有事没事都往寺院跑，一来二去，两人无话不谈。如果有一段时间汤老汉没去寺院，释普师父就会到码头来看看，陪汤老汉谈天说地。汤文参军也正是释普师父拿的主意。自从汤文去了江西，他们之间的来往更密切了。但凡村里遇到棘手的事情，汤老汉也会让释普师父帮忙出出主意。

汤老汉把黄成生带着李杰回来的消息告诉释普。释普一脸凝重，他说，现在回来，时间上不对。春节才是客家人最大的节日，为什么春节不回来？

要说收购茶叶，还早着呢。再说，从南京上海回来，也是很敏感的。怕就怕好好的一条交通线被破坏了，人员往来、物资运输都会成问题。

汤老汉想起昨晚汤武回来的事情，汤武让他留意红石墟是否来了陌生人。他把黄成生带着李杰回来的消息告诉了汤武，相信儿子一定会暗中调查。但是，在还没有弄清事情的真相之前，他没有说出来。

释普师父担心今年元宵节十二位守菩萨、打菩萨的后生人选，由于参军、抓丁、漂洋、过番等原因，如今符合条件的在家后生还真没有凑够十二人。这守菩萨、打菩萨的人选还是很有些讲究：必须年满十八岁，不能戴孝服，人品好，未婚，最好是见过世面或有一技之长的。比如外出求学经商回来的，在深山开一间纸槽、墟上开一间铺子的，或者学木匠泥水匠的，都是很好的人选。至于是否本地人，倒没有严格的规定，只要沾亲带故就行。释普师父说，黄成生和李杰是不是也可以做做工作？

正月十二傍晚，汤老汉邀上今年的福主公汤金养，来到黄汝成家里，想说服黄成生和李杰参加今年"守菩萨"的勇士队。黄汝成的家在红石墟的高处，一座很大的楼房，穿弓走码头，九厅十八井，外人进来像是走进了一座迷宫。黄汝成满脸堆笑，把汤老汉和汤金养迎进家里。他让老婆温了一壶酒，切了一盘熏猪肝，炒了一盘红石米粉，招待汤老汉两个。明白两位的来意，黄汝成打了个哈哈说，好事啊，只要年轻人同意就行。他示意老婆去把黄成生叫来。烈性的老酒喝了一杯又一杯，汤老汉看着满脸笑容的黄汝成，免不得心怀忐忑。过了许久，黄成生和李杰从偏门进来，问好两位客人，明白汤老汉他们的来意，彼此对视了一眼，回头看看黄汝成。黄汝成原本让老婆去跟儿子做工作，看儿子的表情，知道儿子有自己的小算盘。他说，你们都老大不小了，自己拿主意吧！黄成生一脸诚恳地说：我们这次回来，免不了要麻烦乡亲们，这么好的事情怎么可以不参加？李兄是吧？李杰连忙应和。两位后生坐下来陪客人喝酒。汤老汉看着眼前这一张张笑脸，总觉得这家人有什么地方不对劲。是什么地方呢？他和汤金养站起身，饮尽杯中的老酒，起身告辞。

家家户户都忙着筹办元宵节的供品、糕点。这一天，周围十里八乡的亲朋好友都是要来看"打菩萨"的，谁家都会有一两桌客人。也不知是哪位老祖宗定下的规矩，"打菩萨"这天必须吃素，无论多金贵的客人，一概不能开荤，说是在菩萨面前许下的心愿。这下倒好，有钱没钱，一样的油炸豆腐、各式糕点、蔬果干货、茶水米酒上桌，再大户的人家也没办法铺张。

正月十四晚上，当汤武从天井上空跳下来的时候，汤老汉正在喝着糖泡酒。汤武眉头紧锁：通过几天来的跟踪观察，发现黄成生和李杰果然有鬼，他们在一间隐秘的阁楼上架起了一台发报机，另外，还带回来两把手枪。看来，红石渡就要完全暴露在敌人的眼皮子底下了，这里南来北往的人员、物资都可能受到威胁。

汤老汉带着汤武连夜来到红石禅寺。释普师父听了汤武带来的消息，沉思了良久，脸上渐渐露出了笑容。

元宵佳节，刚吃过早饭，十里八乡的人群陆陆续续向红石渡会集，汀江两岸站满了男女老少，都穿着过年的新衣服，翘首等待"打菩萨"活动在江上展开。八九岁、十来岁的男孩，每人手执一根点燃的香火，冷不丁就在谁旁边点着一个二响炮，吓人一跳，但多半没人会去责备他们。隔江对望，两岸都会在一棵大树底下搭起一个焚香台，遥相呼应。焚香台的正中间架起一个三尺通天大鼓，每个大鼓由五个中年大汉手执鼓槌，根据活动的推进，擂鼓呐喊。大鼓四周，家家户户摆一个香案，燃一炉香烛，摆几样供品。每家的户主早早点燃一炷婴儿手臂粗细的供香，面朝汀江，口中念念有词，祈求风调雨顺，四季平安。

东岸的码头上，一顶八抬大轿停放在大树底下。轿子里端放着活动的主角：一尊赭红色的石菩萨。汤老汉忙碌着安排执事，维持秩序。

已时一过，两岸敲起了一通大鼓。鼓声平息后，身穿道袍的醮事道士主持仪式，只见他一手端神符，一手挥动拂尘，绕着安放石菩萨的轿子转圈，大声念着无人知晓的经文，然后让福主公把石菩萨请上船。鼓声重新响起，顿时两岸鞭炮齐鸣，一阵阵青烟向四周弥漫。向着空中鸣放九响朝天铳，鞭炮声渐渐平息。随着通天鼓的一声巨响，"打菩萨"活动正式开始。

两艘装扮一新的彩船在东岸码头整装待发，船头各架起一个尺八大鼓，两个鼓手面对面站着。壮年的船艄公穿戴得像戏文里的神行太保。福主公一声令下，鼓点轻轻巧巧地敲了起来，两艘船同时离开码头。随着鼓点力度的加大，打菩萨的六名后生开始试探着伸出长长的竹篙。守菩萨的六名勇士随即拿起船桨左右遮挡。黄成生和李杰站在六个人的中间，也是卖力地挥动着船桨。两岸的大鼓起劲地敲打着，观众大声喊着号子，为双方呐喊助威。船行到河中间，打菩萨的六名后生加大了进攻力度，菩萨被一下接一下地敲打，船头的大鼓疾风骤雨般地响着，好像阵阵雷声响彻云霄。突然，六根长长的竹篙同时向黄成生、李杰发起了进攻，黄成生、李杰只觉得眼前无数根竹篙排山倒海般压过来，顿时感到六神无主、无力招架，一头栽进了河里。

事情就发生在电光火石之间，远在岸边的观众根本没看清两人是怎么落水的，就连船上的艄公、鼓手也没有反应过来。所有的大鼓和人群顿时鸦雀无声。福主公一时没了主意，连忙招呼几个小伙子，跳下河里，推的推拉的拉，把黄成生、李杰从河里救了起来。

这样同时两个人落水的事情，历史上好像发生过一次。那一年，两个落水的青年都背了孝服，家运非常不济。所以，后来但凡有人落水，就会请得道高僧作法，为落水的人消灾纳福，渡过劫难。

"打菩萨"活动就此匆匆结束了。船头的打鼓手重新敲起有节奏的鼓点，两艘木船缓缓地停在西岸的码头，菩萨按照计划由福主公送回到庙里落了案，河两岸的观众纷纷议论着，渐渐散去，到各自的亲友家中喝酒叙旧。汤老汉带领十二位后生，来到红石禅寺，请释普师父现场做法。释普师父轮流为大家摸顶祈福，念了一本消灾经文。最后，他一个一个嘱咐，今年该往哪里去或留在家中，该注意什么事项。一群后生满脸虔诚，整个寺庙庄严肃穆。

来到落水的黄成生、李杰身边，释普师父口中念念有词，他慎重地说：两位施主胸怀凌云志，不宜待在小小的红石墟，要到北方去，最少得离开三年，不然随时都会有血光之灾。

黄成生、李杰一路无话，回到家里，客人正在喝酒，看到他们回来，纷纷打听释普师父交待了什么。黄成生说了，客人说着安慰的话，没多久就散了。

两人爬上偏房的阁楼，顿时大惊失色。门锁窗户都还好端端的，那台发报机和两把手枪却不翼而飞了。黄成生摸了摸别在腰间的钥匙，心里突然充满了恐惧。

第二天，汤老汉早早地把船停在了西岸。他坐在船头，悠闲地抽起了水烟。黄成生和李杰是这天最早的客人，他们一人拎着一只大皮箱，向码头走来。汤老汉说了几句宽慰和祝福的话，把他们送到了对岸。

看着渐行渐远的身影，汤老汉长长地舒了一口气。

一切又恢复了往日的平静。红石墟人照样日出而作日落而息。汤老汉还是像往常一样天天摆渡，南来北往的客人带来了远方的消息，又行色匆匆地远行。日子在竹篙的起起落落间一天天地溜走。

暮春的一天，风和日丽、鸟语花香。东岸码头来了两位特殊的客人。其中一位身材高大，蓄着长长的胡须，目光如炬。另一位精干的后生挑着一担行李，应该是长须客人的随从。汤老汉接到儿子的情报，今天会有贵客经过，他猜想这应该就是要去瑞金的贵客了。汤老汉边划船，边跟客人拉呱：贵客这是要去瑞金吧？没事的，一路上很安全。那位背剪双手凝望远方的长须客人回过头来，微笑着点了点头。

停船靠岸。两位客人下了船，随从在怀里摸出两块大洋，塞到汤老汉的手里，把嘴贴到汤老汉耳边说：这位是上海来的伍豪先生，他让我好好感谢您！汤老汉望着健步远去的身影，激动得张大了嘴巴，一句话也说不出来。

（选自《厦门文学》2017 年第 8 期）

作者简介

杨笔，本名杨秋明，1974 年生。福建省青年作家委员会委员，鲁迅文学院海峡青年作家高研班学员。出版长篇少年小说《赶太阳》（合著）、长篇励志小说《雨中奔跑的少年》等。

骆 驼 泪

◎ 吴旭涛

狂风在荒漠呼啸，黄沙恣意飞扬。

十二天了，母骆驼没有找到一点食物，驼峰明显地瘪了。这渺无人烟的荒漠似乎没有尽头，它嗅不到一丝一毫水的清新之气，也未曾看到有绿洲的影子。都说骆驼是沙漠之舟，可现在连骆驼也感到一丝丝的不祥，真的走不出去了吗？

十二天前，母骆驼离开了居住了很久的大沙漠，它是最后一个离开的，驼群老早就迁移去寻找新的家园了。大沙漠环境越来越差了，没有食物，更找不到水源，连久居这里的骆驼们都受不了，纷纷离开。它是要给未出生的孩子找到一个水草丰茂的好地方，让孩子一睁眼看到的是美丽的绿色，而不是那一望无际的茫茫大漠。三年前它曾到过一个叫意达林的草原，那里的天空湛蓝湛蓝的，云儿自在地游荡在空中，微风拂过时，半人高的牧草如波浪般起伏，洁白的羊群若隐若现，银光闪闪的小河唱着欢乐的歌儿横穿过草原，让母骆驼陶醉。它暗暗想，以后一定要带自己的孩子来这里。

腹部隐隐传来阵痛，是孩子，它想出来了。母骆驼跪下来，头轻轻地甩甩，对腹中的孩子说："别急，很快就到意达林了，那是世界上最美的地方！"其实它自己也吃不准究竟到了什么地方，印象中意达林离大沙漠也没有多远，可现在走了十二天了，还没走出大漠，难道走错路了？这两天眼睛好疼，视线越来越模糊，常常只能看到黄乎乎的一片。不会是生病了吧，那可不好办。

母骆驼艰难地站起身，膝部却软软的，使不上劲，身子晃了两晃又瘫倒在黄沙上。耳畔响起了狂风呼啸声，母骆驼赶紧闭上双眼，要是让沙子打进眼里就糟了。母骆驼暗自庆幸自己有着双重睫毛的抵挡。狂风夹杂着大颗粒黄沙直扑它的面部，眼球一阵刺痛，它抽搐了两下，便昏了过去。

母骆驼是痛醒的，腹部袭来阵阵绞痛，小骆驼终于按捺不住要出来了，也许它是以为意达林到了吧。母骆驼睁开眼，可是黑乎乎的什么都看不见，只能感觉到有一丝极其微弱的光。它敏锐地感觉到它已经让黄沙打瞎了双眼，双重睫毛早在前十几天中就让风沙给磨损了，根本无法再起保护作用。

母骆驼无暇为自己悲哀，因为小骆驼在腹中剧烈地踢腾，不久它就会出来，只要孩子平安无事，自己怎样都无所谓。一阵剧痛之后，母骆驼感觉到孩子已经脱离了自己，遗憾的是，孩子第一眼看到的仍是大漠风沙。

"站起来孩子，快站起来！"母骆驼急切地对孩子呼唤。驼群有个规律，小骆驼一般在出生后半小时后就可以站起来，如果超过三小时还站不起来，就意味着等待小骆驼的只有死亡，要是小骆驼死了，母骆驼就会不吃不喝，过不了几天也会随之而去。时间一分一秒地流逝，小骆驼一次又一次地尝试，一次又一次地挣扎着四肢，可是终究无法站立。半小时过去了，一小时过去了，三小时过去了，小骆驼始终站不起来。它又怎么站得起来，母骆驼怀它的时候，在荒漠中过的是饥一顿饱一顿的生活，而今又经历了十几天的长途跋涉，滴水未进，孩子营养不良，怎么有力气站起来？

母骆驼被一种莫名的恐惧包围着，它已经感受到了死神的脚步正在逼近，可这不是恐惧的原因。它现在已经不怕死亡了，小骆驼走了，可怜的刚出生就夭折的孩子，它来到人世只有三个半小时，还未曾见过绿色，死了都不甘啊。母骆驼知道自己很快就会去陪它，要给它讲绿色的故事，给它讲美丽的意达林。

母骆驼终究没能搞懂什么让它恐惧，就带着它对意达林的向往走了，眼角挂着一滴浑浊的泪。狂风又起，泄洪般的沙流瞬时吞噬了它们的尸首，只在风起处留下那森森白骨在黄沙的半掩埋中透着股悲凉。母骆驼永远也不会知道，就在它倒下不远处，一块大大的界碑上朝着沙漠这面有着几个鲜红的字：意达林！那恐惧正是来自意达林，因为短短三年意达林已经变成了比大沙漠更大的沙漠。母骆驼终究算是圆了它带着孩子到意达林的梦想的，只是绿色成了永远的梦。

（选自《小小说选刊》2006年第12期，收入《2006年度中国小小说》）

作者简介

吴旭涛，女，1987年生，龙岩市作家协会会员。有小小说三十余篇在《微型小说选刊》《小小说月刊》等报刊发表。现供职于龙岩市人民检察院。

小 小 孩

◎ 李紫云

　　已经整整一个月了，眼看那玩意还是没有来，嫣然多少猜到了一些，那就是她有了，可是她连孩子他爸是谁都不知道，多么搞笑。嫣然对着镜子里的自己哼笑了一声，打开粉饼给自己补妆。

　　镜子里，嫣然看到了那个妖娆得不成人形的女人，她那涂得鲜红的嘴唇以及嘴角流露的那抹灿然笑容，短短几秒钟如电流传递到嫣然体内的每一根神经。嫣然颤抖着，直到听见手中的粉饼掉入地板，发出哐当一声，她才鼓起勇气转身往角落里一瞥，发现摇椅上别无一人。是幻觉，是幻觉，这样想着，嫣然重新把目光投射回镜子里，却再也无心梳妆打扮了，而是一头栽在床上。

　　嫣然承认母亲比她更漂亮，也更会打扮。那时候流行卷发，类似于当今的梨花头，母亲二话不说，就跑到理发店里让师傅烫了一个。结果，那个师傅是刚来的，手生疏得很，结果可想而知，卷发失败了。母亲一不做二不休，果断去理了个短发，哪知每个顾客都说好看，和当时的女明星有得一拼，这可让母亲找回了以往的自信，每天穿着紧身的吊带裙，浓妆艳抹地在街头卖弄风骚，走起路更是雄赳赳气昂昂，高跟鞋和地面摩擦，发出哒哒哒的声响，成了她一度喜欢听的声音。

　　母亲二十出头就开始接客了，她出生以后，母亲更是全身心的投入，她甚至希望有朝一日开家门店，成为老鸨。事实却是，她终究只能在那间不到三十平方米的潮湿阴暗的屋子里招待客人。那时候，她不过才刚学会走路，每次来了客人，母亲都会把她放进那个木桶里，放上吃的玩的，让她在角落里一待就是好几个小时，小便大便全都一起拉到裤子上，也就是这个时候，她才会哇哇大哭起来，往往等母亲把她从木桶里抱出来的时候，她都已经哭不出声了。

那是个实木做成的木桶，容纳得下上百斤的大米。当然，这种木桶在当时就是用来储藏粮食的，到了母亲这里，却成了安置孩子的用具。她四岁以前，每次母亲接客，她都是在这个木桶里度过的。也许是母亲不想让她看到她赤裸在床上绝望又疯狂的举止，从头到尾木桶都被堆放在房间的最角落里，一道帘子从而把她同母亲的世界分割开来。她自认为她是个乖孩子，母亲说的话她都听，然而对于母亲的世界，特别是她那过于疯狂甚至惨叫的呻吟，她充满着好奇。她开始会掀起帘子打量赤裸身子的母亲，看她如何被陌生的男子压倒在床上，伴随着阵阵呻吟，面部表情又是如何的扭曲。

出生，成长的力量。每当她瞧见小孩那胖嘟嘟而又白皙嫩滑的小手，她都想上前咬一口，以满足内心的失落。她喜欢小孩，她渴望在春暖花开的三月，产下一个粉嫩的婴儿，不管是男孩还是女孩，都取名为春。

每次她躺在那张冰凉的手术台上，她都会有股被死亡之神眷顾的感觉，她甚至希望一针麻醉过后，就可以轻飘飘地升上天了。然而，她却每次都还能睁开眼，看到的是一张严肃的脸，她进进出出那么多次，对方从未流露出笑容。确实，做着惨无人道之事，谁还能笑得出来？

一个月内禁房事，禁冷水，禁辛辣食物，禁烟酒。每次交代完这些，那张不苟言笑的脸都会冷冷地把她一扫而过，那埋藏骨子里的自卑一涌而出，在狂风中，把她撕裂得不成人型，最终她化为一粒尘埃。

你可要想清楚，这次做后，你可能再也没有生育了。

窗外狂风肆起，乌云密布，豆大的雨滴从天而降，以至这话传到她的耳边，变得如此轻飘。

嫣然从椅子上腾地一下站了起来，抓起包包，准备往外走，听见那句冷冰冰的话语迎面飘来。"你要干嘛！"

"老娘不做了！"嫣然抛给对方一个白眼，踩着高跟鞋离去了。

出了私人诊所，站在寒风中，嫣然直打哆嗦。她在原地转了个圈，盯着她那还未凸显的肚子看了许久，接着来到马路边，拦下一辆出租车，直奔荣锦花园。

张炜住在荣锦花园 B 栋 408，至于是不是租来的房子，嫣然也不知道。她和张炜交往不深，见过几次面后，他就把她领到这来了。他们没有上床，至始至终都在聊天，当然都是张炜在说，她做聆听，也是第一次，她算是见识了这么一个能说会道的男人。

张炜是做什么的，当嫣然一口气爬上四楼，抵达他家门口时，她才想起来除了张炜的名字及住址，关于其他的，她一无所知，以至她想给他打电话，却没有他的号码。

她在那窄小的过道里来回踱步。每走几步，目光都会不自觉地往楼梯口瞄看一眼。张炜几点下班呀？能确定他还住在这里吗？要是他搬家了，她岂不是白来了一趟！想到这些，嫣然抬起脚跟用力往地面一跺，对她那一时昏热的头脑表示不满？

嫣然？

距离上次见面，已经过去了半个多月吧。对于张炜的长相，她早就没有印象了。当张炜的突然出现，嫣然反而有点不知所措，却有着一丝的兴奋。

你是在等我吗？

嫣然直视着张伟，心想这个人怎么瞧起来有点呆啊？不过她喜欢，她嬉笑地蹦到了张炜的身边，带有点娇气的说："人家都快冻坏了，你怎么才回来呀？"

"我不知道你会来啊！"张炜倒是一本正经地回答。进屋后，张伟看到嫣然直搓手，心里才有些过意不去，嗔怪道，来了也不知道打我电话！

她不予作答，直接把那双冰冷的手伸到张炜的跟前，抛了个媚眼，撒娇道："帮我暖暖！"话刚落地，张炜握起她的双手送到嘴边，直吹暖气。

那个晚上，嫣然选择留在张炜家过夜，不知怎么的，她第一次有冲动，想扑倒这个看似有点木愣的男人。然而，当她光着身子躺在张炜怀里时，她的身子竟然有些颤抖，她别过脸竟然不去看他，但是想到肚里的那个小东西，她的身子慢慢扭动起来。

灯光下，嫣然望着张炜那张熟睡的面孔，感慨道，真像一个小孩。紧接着她想起了之前他那羞涩的神情，那是当他进入她的体内，她问他是不是第一次的时候，他脸红了。她还是第一次见过异性害羞，她迟迟没有等到他的回应。女人的第六感告诉她，这并非是他的第一次，事实也证明，他并非是童男子。

要不要关灯？当他再次勃起，她建议道。张炜没有回答，他用他的下体告诉她，他还是很厉害的。

一大早，嫣然就醒了。她伸手摸了摸张炜那顶褐色的翠发，她决定等他醒来后，立马滚进他的怀里，告诉他她喜欢他，要同他在一起。凭借她阅男人无数的经验来看，张炜是不会拒绝她的，更没有拒绝的理由。想到这里，她嘴角扬起了一抹耐人寻味的笑容。

她觉得，这辈子她注定是活在母亲的阴影之中。正是因为母亲太过于美丽，从来都是男人拜倒在她的石榴裙下，当然母亲也来者不拒，无论是老还是少，通吃不误。还记得她念幼儿园中班的时候，有个老男人几乎每天都来她们家，每次来，都给她带好吃的零食。也许正因为如此，她唯一喜欢上了这个老男人，她曾以为他会娶母亲为妻，可是没有，在那一年夏天结束，眼看她就要上大班了，老男人再也没来找过母亲。

母亲是个酒鬼，每天夜里，客人走后，她就窝在沙发上喝红酒。在灯光的照耀下，她似乎看到了酒杯里带刺的玫瑰，指尖稍稍一触碰，就会被扎出血。母亲的酒量不好，几杯下肚，就开始说胡话，她说的最多的一句话就是，男人都不是好东西，他们因一时间迷恋你的身体如同蜂蚁围着你团团转；有朝一日厌恶玩腻了，躲你都还来不及，更不会管你的死活。当嫣然长大后，重新回想起母亲说的这句话，总感觉这话是在说她那忘恩负义的父亲。

张炜醒了，他二话不说就把嫣然揽进怀里，在她的额头上印了个吻，过后感慨道，要是每天醒来都能见到你，那该多好！

可以呀！嫣然心里高兴坏了，她要的就是张炜的这句话。她抚摸上他的胸膛，似乎感觉到他体内的每一根血管都在沸腾，她含情脉脉地看着他，问了一句，我搬过来和你一起住可好？

真的？张炜的双眼放着光芒，他又问了一句，你没有骗我？

傻小子。就在她点头的那刻，兴奋的他再次把她裹到身下，热身运动起来。

激情过后，张炜匆忙地穿衣，因为他已经迟到了。他看了一眼躺在床上无动于衷的嫣然，问了一声，你不要上班吗？

嫣然同张炜是在酒吧认识的，除了知道他的名字，其他信息她都一无所知。

她向他抛了个媚眼，装可怜道，我前几天不是刚辞职吗，这不只能来投奔你了。

张炜笑了。看着被窝里的嫣然，他似乎闻到了她的体香，把他那平息了的欲火再一次点燃。那一刻，什么迟到扣工资，被主管挨批，全都去他妈的滚蛋。他张开手臂，如同一只饥渴的雄鹰，在短时间内扑向了嫣然。

当天，张炜上班后，嫣然回了一趟住处，她只是简单地收拾了一些平日要穿的衣服以及生活用品。收拾得差不多的时候，她去敲隔壁邻居陈洁冰的房门。陈洁冰是她在老鸨妈妈那里的姐妹，两人都是在一年前脱离老鸨的怀抱自立门户。论模样，陈洁冰长得一点也不比嫣然差，只是陈洁冰跛腿，让嫣然显得比她略胜一筹。

阿姐，你在吗？开开门，我有话和你说。嫣然知道陈洁冰这个时间段还在房间里，不是在睡觉就是起床了在化妆。嫣然等了好久，总算等到了陈洁冰开门。

一大早的，嚷嚷什么呀？

都已经大白天的十点钟了，太阳都晒屁股了，还早吗？嫣然想这般问道，最后还是觉得算了。对于她们这群人来说，完全就是白天黑夜颠倒，眼里更是没有时间观念。嫣然看了看一脸没睡醒的陈洁冰，直截了当道，这段时间，我恐怕不回来了，麻烦阿姐帮忙看着点。她们住的是低廉的套间，光线暗淡，长期都见不到阳光，通风效果也不是特别好。然而，就是这么个环境，依旧还是那些扒手光临之处。

哟，攀上高枝了呀！陈洁冰脸上的困意不见了，她把嫣然从头到尾瞅了一遍，笑容可掬道，阿姐真替你感到高兴！

假惺惺，嫣然心里哼笑了一句，表面却客气的回应道，谢谢阿姐。然后装出一副恋恋不舍的模样，可怜巴巴地说道："阿姐，我会想你的，有时间我一定回来看你，你自己可要好好保重身体哟！"说着，扭动着腰肢，踩着高跟鞋，心满意足地离去了。

嫣然还没有走几步，一阵地动山摇般的关门声传递到她的耳朵。她得意地笑了，仿佛她瞧见了陈洁冰那张阴暗的脸以及漂浮在头顶熊熊燃烧的怒火。

炫耀，女人惯用的小把戏，从而起到力挺自己，削弱他人的目的。过去，母亲喜欢在街头搔头弄姿，那时候她还小不懂事，总觉得母亲在装疯卖傻。回想起来，母亲是在向众人炫耀她自身的美貌，从而达到吸引男人的注意。

坐上出租车，嫣然心情愉悦，她终于告别了那间潮湿灰暗的住处，虽然她还不清楚张炜是否真的能依靠。

张炜待她很好。白天，他上班，她窝在他家里睡大觉，醒来就叫外卖，边吃边就看电视玩游戏，这样的日子舒服安逸，可是日子久了，也就乏味了。她曾试探性地向张炜提出要出去找工作，张炜白了她一眼，问道，你是怀疑我没有养你的能力？张炜的这一句话，让她听了有些感动，她突然觉得张炜是真的喜欢她，至于是否甘愿为她上刀山下火海，那还有待考验。

他们并非每天都下馆子，有的时候张炜会去菜市场买菜回来露一手，她就负责刷碗。在她看来，张炜做的饭菜可香了，以致很多时候她的舌头都会被吞下去。

炜炜同学，你可不可以不要做那么好吃的饭菜？每次吃过瘾后，嫣然就会趴在张炜的身上，像个天真的孩子把他当成是世界上最爱她的人。

有一天，张炜下班买菜回来，一把把围裙扔给她，完后翘着二郎腿坐在沙发上，吩咐她道，去给你大爷做饭去！

嫣然想笑，但是忍住了。她来到张炜的身边，伸手去揪他的耳朵说，有出息了是不是，大爷都出来了。

张炜瞪了瞪嫣然，我不是大爷，谁是大爷？随后把嫣然揽进怀里，继续说，大爷累了，先给大爷揉揉肩。

我还你姑奶奶呢！两人一番较量比试后，张炜认输，抓起围裙老老实实地进了厨房，而她则躲在厨房门外偷拍起张炜来。说起张炜的长相，不过是张大众脸，唯一突出之处就是鼻子大了一点，为此她给他取了一个外号，大鼻子。

大鼻子，看我！就在张炜转过身的那刻，嫣然按下了拍摄，紧接着她冲进厨房，给了张炜一个热吻。她突然觉得她已经爱上他了。特别是白天他不在家的时候，她就开始怀恋他的笑、他说话的神态以及他身上的味道，以至她得出一个结论，爱，是从思念开始的。

当然，就算她不爱他，她也已经习惯了他的存在，习惯了每天夜里都握着他的手入睡，习惯了每天醒来第一眼都能看到他。这期间，她的肚子有了明显的隆起，每次当她抚摸上肚子的那刻，她都能感觉到肚里的小生命在成长，一股前所未有的幸福感笼罩于她，那是做母亲的喜悦，更是孩子的成长传递给她的力量。

在孩子第六周的时候，嫣然去医院做了一趟体检，婴儿发育得好，这让她很开心。迈出医院大门，嫣然直接拨通了张炜的电话，怀孕的消息告诉他，这是张炜的孩子，她对张炜说，更对自己说。

当天中午，张炜赶回到家，面对躺倒在沙发上的嫣然，居然有些手无所措。她注意到张炜脸色发白，额头上渗透出几滴汗珠，是太热了还是被她怀孕的事吓到了，她不知道。

张炜没有碰嫣然，他和她保持一定的距离坐着，支支吾吾地问，你之前，在电话里，和我说的事是真的吗？

当然啦，难不成还是假的吗？嫣然看了一眼面无表情的张炜，心底咯噔一声下沉，她似乎意识到他并非会接受她肚里的孩子。想到这里，她突然觉得前所未有的委屈，泪水不禁在她的眼眶打转。

看到嫣然的泪水，张炜着实一愣，急忙问了一声，怎么哭了？大概是明白自己之前说错了什么，主动道歉说，我没有别的意思，我高兴还来不得呢！

张炜这么一说，她眼眶里泪水全都溢了出来，却又笑着问，你说的是真的吗？

当然了。张炜上前抱住嫣然，把脑袋埋进她的脖颈，温柔道，我就要当爸爸了，我怎么能不高兴呢？

听到张炜说出爸爸两字，她的内心悲喜交加，她甚至在想，如果让她早些遇到他，那该有多好！

真的要去见你爸妈吗？那个星期，张炜提出带她回老家见他爸妈，这突如其来的消息竟让她兴奋，又让她焦虑不安。他似乎看出了她的不安，宽慰道，有什么紧张的，丑媳妇终究是要见公婆的。

不知为何，张炜的这番话让嫣然心头一片暖意，她真希望张炜的父母如他所说的一样，是个通情达理，明理是非的父母。可是生意场上的人，个个都是老狐狸，打着如意算盘，以利益为重，和这样的人接触，别说吃顿饭，就是见一面，她都唯恐不安，何况对方是张炜的父母？

然而事实告诉她，张炜的父母并非她想的那般可怕，从头到尾倒是对她很客气。张炜显然不是一块沉得住气的料，三番两次想要同他父母道出她怀孕的事，都被她强行阻止。她觉得她必定要靠自己的本事征服两位大人，肚里的孩子是重要，问题在于毕竟不是张炜的孩子，底气不足。

他们只在张炜家吃了一餐午饭就离开了。坐在副驾驶座上的嫣然总觉得张炜不对劲，神色凝重，像是经受了什么重大之事。嫣然三番两次想要开口问个所以然，最后还是被她咽回了肚中，她背靠座椅，打起了盹。

中途张炜踩了个急刹车，嫣然从梦中惊醒，待她看到张炜脸上渗透出的虚汗，她终于忍不住了，问了一声怎么了。然后，当她话刚落地，脑子清醒的她马上意识到了是怎么一回事，张炜的父母对她不满意，甚至背地里要求他和她分手。

回到张炜的住所，嫣然第一件事就是收拾行李。起先，张炜还不知道嫣然在房间里干嘛，直到她从房间提出行李箱，他才惊地一下从沙发上跳了起来！

你这是干嘛，疯了吗？张炜一把冲上前，抢过嫣然手中的行李箱。

还给我！嫣然大声嚷道。

不还！张炜紧紧地握住了行李箱的把手，他冲嫣然喊道，我是不会让你走的！

张炜突如其来的大喊震住了嫣然，她看了看面红耳赤的张炜，感觉到一股暖流传递她的体内，她在心里问自己，难道眼前的这个男人是真的爱她吗？

嫣然，你这是怎么了？张炜恢复了温柔的语调，他双手揽住她的肩膀，安抚道，嫣然，看着我的眼睛，不管发生了什么，我都不要你离开我！

当晚，嫣然躺在张炜的怀里入睡。闭眼之前，她仔细打量着他的那张脸，伸出手一一抚摸了他的五官，特别是他的那个大鼻子。她突然有股上前咬一口的冲动，当她把这个想法说出来的时候，他对她说，既然你那么喜欢我的鼻子，干脆就咬下来吧，我可不介意的。

看着张炜一脸的坏笑，嫣然当然知道他是在开玩笑，但她还是白了他一眼，说了句恶心。完后，侧过身，挣脱掉他的怀抱。这一下，张炜急了，他趴在她的肩膀上，溺爱地问，怎么了，我的小乖乖，是不是又生气了？

嫣然突然想哭，她重新投入他的怀抱，紧紧地抱住她。

睡吧，我好困。嫣然把脑袋埋进他的怀里，她泪流满面，不敢去看张炜。

幸福来得如此之快，让她不敢相信这一切是真的。

每天早上醒来的第一件事，就是把目光投向于枕边的张炜，然后看他们十指紧握，而她的另一只手则放在微微隆起的肚子上。这一刻，她觉得她是最幸福的。

张炜开始每天晚上都要加班，等他回来的时候，她都已经躺在床上了，好几次都睡着了。她和张炜的交流也因此减少了，然而不变的是每天晚上张炜都会买她喜欢吃的蛋糕和水果，作为她第二天早上的早餐。当然，有些时候，张炜要是起早了，也会帮她磨豆浆或是煎鸡蛋，还告诉她怀孕期间一定得多补充维生素和蛋白质。然而他自己呢，短短的半个月就瘦了不少，尤其是那熬夜熬出来的黑眼圈及眼袋，让嫣然看了好心疼。

一天夜里，嫣然中途醒来，发现身旁并没有张炜的身影，打他的手机，发现他的手机居然在床头。她走出卧室，发现坐在沙发上的张炜盯着电脑看得出神。

你怎么还不睡呀？她来到张炜身边，把头倚靠在他的肩膀上，看到电脑屏幕上显示的都是她看不懂的编程。张炜是做 IT 行业的，用他自己说法就是一个苦逼的码农，每天面对的都是枯燥无味的编程。

张炜让嫣然去给他调一杯咖啡，咖啡端到他面前时，她抢先喝了一口。张炜白了她一脸，嗔怪道，怀孕了怎么能喝咖啡呢？嫣然一脸无辜的回答，怕你喝太多，到时候睡不着觉。张炜听完，把她拥入怀里，安抚道，这段时间等我忙完了，我好好陪你！

张炜虽然还没有同她求过婚，但是嫣然已经打心里地认同了他。和他在一起，她感受到了家的温暖。她无意间知道，张炜的父母已经不再往他的银行卡里打钱了，关于他们的一切花销，都要他独自去赚取，这也是他每天熬夜码农的结果。嫣然很想为他做些什么，她开始每天早起为他准备早餐，扮演好贤惠妻子的角色。当然，她也心血来潮想要去谋取一份工作，可是她又会做什么？

招聘广告五花八门，但是没有一个能入她眼，她在乎的不是工资多少，而是现在她怀有身孕，任何一点闪失恐怕都会导致流产，这种得不偿失的事她才不干呢！回家之前，她到商店逛了一圈，买了不少东西，当然用的都是张炜给她的那张银行卡。

她在外面吃了午饭才回到张炜的住处，开门的那一刻她听见了厨房里传来乒乒的声响，她的第一直觉就是进小偷了，她刚掏出手机想要给张炜打电话，只见他的母亲从厨房里走了出来。

嫣然慌里慌张地叫了一声阿姨，犹豫着要不要进去同她交锋，却已经听见她不动声色地说了一声，进来呀，还愣着干嘛？

张炜的母亲对她很客气，先是问她有没有吃午饭，随后又问她要不要再喝点她炖的骨头汤。嫣然委婉地谢绝了。她端正地坐着，两手交叉放在大腿上，她知道张炜母亲的客气无非是暴风雨来临的前奏，她已经做好了准备，无论对方说什么，她都不激怒人家。

出乎预料的是张炜的母亲什么也没有说，只是从包里拿出一个信封，放到茶几上，用手指滑到她的跟前，对她说，你是聪明人，你知道该怎么做！

从头到尾嫣然紧抿着嘴，一句话也没有说，眼看张炜的母亲迈出家门的前一步，她才张嘴说，我怀孕了。她做好了准备，迎接张炜母亲的张嘴大骂，可惜她错了，张炜的母亲扮演的都是文明的角色，只是投射给她的目光如同刀锋般尖锐，让她当场打了个寒颤。

那你更知道该怎么做了！

我想生下来。话刚落地，她就后悔了，因为她看到对方铁青着脸，像一只发怒的狮子吼叫道，你想都别想，我给你三天的时间，后果你是知道的。说完，房门砰的一声用力关上了。

嫣然念初中那一年，被母亲送到了一所陌生的城市，过上了寄人篱下的生活。那是她的姨妈，虽然同母亲情同手足，但是之前她从未见过。姨妈对她很冷淡，她也不知道该和姨妈怎么相处，当然她和姨妈相处的时间也不长，因为平时她都住在学校里，只有周末两天才回姨妈家。

她在姨妈家一共待了整整三年，一直到她初中毕业，在这三年里，母亲来看望过她几次，每次离开都会塞给她一笔钱。她和母亲最后一次见面是在中考之前，对于半年未见的母亲，她大为震惊，因为那时候母亲已经消瘦得不成人形，昔日的美貌早已消失殆尽。她三番两次都想问母亲你怎么了，但是话到嘴边却怎么也说不出来。离别之时，母亲紧紧地抱着她，一个劲地叮嘱她要学会照顾自己，并告诉她唯有好好读书才能出人头地！

中考完不到半个月，她接到了母亲去世的消息。原来，三年前，母亲就染上了性病，为了不拖累她，才狠心把她送走！很奇怪，在母亲的葬礼上，她一滴眼泪都没有落，倒是在她看到母亲的尸体推进殡仪馆化为灰烬的那刻，她才彻底大哭起来。

她虽然走了母亲的老路，但是她不想步入母亲的后尘，孤零零地一个人老去，她想要一段婚姻，给她最终的保障。

张炜母亲离开的那天晚上，她在他的怀里哭成了泪人。

别哭了，张炜安慰她道，再哭的话我也要和你一块哭了。说完，他扭曲着脸，装出嚎啕大哭的样子，还死命挤出了两滴泪水。

嫣然扑哧一声笑了，她摸了一把他的脸颊，提议道，要不我们把门锁给换了？

张炜摇头，他告诉她换门锁不是最终目的，我妈要是诚心在门口守着，你该怎么是好？

她坐起身来，看了一脸张炜，双手搂住他的脖子，脸贴着脸，嘤嘤地哭了起来。

张炜再次抱紧她，哄劝道，好啦，相信我，我会解决好的。

怎么解决？

还不简单，张炜胸有成竹道，眼下唯一办法就是搬家，这样我妈就找不到你了。

起先，嫣然认为张炜只是随口说说，并不当真。直到有一天，张炜回来告诉她已经托朋友找好了房子，她才领会到他对她的用心。当然，这些恐怕是托肚里宝宝的福。

张炜的朋友替他们找了一套位置适中，交通便利，光线充足的单身公寓。一天的时间，他们就搬了进去，当天晚上，就过起了新婚两口子的甜蜜生活。

肚里的宝宝三个月大的时候，张炜买了几本早教的书回来，让嫣然每天看一点。偶尔有空的时候，他自己也看。他和嫣然讨论最多的是关于宝宝的性别，虽然说生男生女都无所谓，只要健康就好，可是相对于男孩来说，他更喜欢女孩。嫣然恰恰与他相反，她希望生的是男孩，充满阳刚之气，即便是困难重重，也能顽强突破，更重要的是，这是世界上唯一同她有着血缘关系的亲人。这些，张炜都不明白，嫣然也不需要他明白，只需沉浸在他即将当爸爸的喜悦中就好。

眼看已经进入了十一月，刮风下雨那是常有的事，每每这种天气她便不出门，而是选择窝在床上对着电脑学织毛衣，她不单是为肚里的宝宝织毛衣，也给张炜织了一条蓝白灰三色相间的围巾。当围巾围在他的脖子上时，她感觉自己真正地把他拴紧了。

张炜只比她大两岁，但是却比她之前接触的所有男人都要成稳。嫣然和她母亲的最大的不同的就是，她的客人从未超过三十五岁以上，她不接受老男人，甚至说她觉得被老男人压在身下是何等的恶心和耻辱！

她知道她的美丽让每一个和她上床的男人都喜欢她，却没有一个男人甘心为她上刀山下火海。张炜不同，她相信他除了恋上她的美貌以外，必定还被她身上某种特质征服了。当然，还包括即将做父亲的荣耀和职责。仅凭最后一点，嫣然就觉得张炜已经远远超出她之前认识的所有的男的。

很奇怪，越是觉得张炜好，她越是觉得自己如此的丑陋。除此之外，她开始担惊受怕起来，唯恐张炜知道她过去从事的那份肮脏职业。虽说她已经把手机里那些男人的电话通通删除了，就连陈洁冰的电话和微信，也被拉入黑名单，但是依然消散不去她内心的恐慌。

嫣然从未见过她的父亲，但是凭借母亲的目光，她相信父亲是一个美男子，同时她也相信母亲是爱他的，以至心甘情愿生下了她。可是事实证明，她并非是什么有用之才，高中未毕业就辍学了，对于一个初次踏入社会的未成年来说，她能做什么？去应聘服务员，经理同她说他们不用童工；去工厂上班，厂长嫌弃她效率低，耽误工作进度……总之一句话，她处处碰壁。母亲去了，姨妈家不能回，万念俱灰倒不至于，却让她觉得自己是如此的渺小无助。正是在这种情景下，她碰到了老鸨妈妈。

她还记得她接待的第一个客人，整整比她大了十岁，在他的引领之下，她明白了何谓是男女之事。每接待一个客人，她就可以拿到三十块的佣金，相比那些她无法胜任的工作，这门职业再好不过了。她在老鸨妈妈那一待就是六年，第七个年头，才跳出来自己单干，虽然赚得比之前多，但是她在那三年的时间里，整个人老了许多。如今，她庆幸遇见了张炜，一个有责任担当的男人，一个喜欢她肚子里孩子的男人，一个仅需要她一句话就可以上刀山下火海的男人。

然而，她怎么没有想到，张玮暗中调查了她。将近一个星期，张炜又是深更半夜才回来，起先她以为是工作劳累所逼，正琢磨着该如何犒劳他。直到有一天凌晨，她被张炜打来的电话惊醒。电话不是张炜自己打的，是他的朋友帮忙打的。嫣然被告知，张炜就在家门口，没有钥匙开门。睡得迷迷糊糊的她一听，赶紧去开门，映入她眼前的是半眯眼的张炜，醉醺醺地倚靠在门边。

这是怎么回事？干嘛喝那么多酒？嫣然的这句话不单是问张炜，也是问他身边的朋友。

张炜的朋友耸了耸肩，回答道，他最近心情都不是特别的好，具体因为什么我也不知道。

那个晚上，她看着身边睡得呼呼作响的张炜，联想起他最近几天的表现。

归根一点，那就是张炜对她冷漠了。过去，他每天起床的第一件事就是跑到厨房亲吻她，然后穿戴整洁，吃着她做的早餐，完后哼着小调高高兴兴出门。最近几天呢，每天都起不来，以要迟到为借口，洗漱完就出门了，对她做的早餐完全弃之不理。白天给他发短信，不是简短的一两个字就是我在忙，一会儿在说。难道是张炜对她变心了吗？还是在外面又认识了别的女人？她抱着一肚子的疑问翻来覆去，无法入睡。

第二天，嫣然没有起来给张炜做早饭，待张炜起床后，她依旧装作还在熟睡。直到他准备出门了，嫣然才说话。她的声音很轻，说的时候她一直闭着眼，她突然不想去看他脸上的表情，因为她害怕在上面看到所谓的失望。

嫣然迟迟没有听到他的回答，却听见了鞋柜打开并关上的声响。嫣然睁眼去看，发现他正在认真地系球鞋的鞋带。

问你话呢，干嘛不回答？嫣然从被窝里坐了起来，她感觉到屋子里空气的闷热。

让我说什么？张炜没有看他，依旧在忙于手中的鞋带。

嫣然突然觉得好笑，她尽可能不让自己发火，毕竟她没有找到张炜如此对他的原因。

我们谈谈吧！嫣然耐着性子说，她下了床，坐在沙发上，拉近了她和张炜的距离。

有什么好谈的。张炜终于看了她一眼，可是除了漠然之外，不带有别的色彩。

那一刻，嫣然突然发现自己从未了解过张炜，眼前的他对她来说甚至是那般的陌生。

沉默横亘在彼此之间。张炜的鞋带早已经系完，但是没有离去的意思。嫣然猜到他其实是有话要说的，但是在她没有给他勇气之前，他是半句话也不会吭声的。

说吧，把你想说的都说出来吧！

你来找我之前，是做什么工作的？说这句话的张炜直视着她，不让她有半丝的逃避和犹豫。

到底是不信任她，一股排山倒海般的气势涌向了嫣然，她竟想笑又想哭，她他妈的之前真的以为他和别的男人不同，现在她倒是明白了。

你不是都知道了吗？嫣然漠然地回答，她突然底气十足，是什么给了她勇气，她自己也不知道。

是想羞辱我一番吗？问这话的嫣然站起了身，她朝衣柜走去，打开，从里面取出行李箱。

你别乱来。

毕竟有过一次，张炜知道嫣然要做什么。

分手吧！

不可能。

嫣然把衣服叠好，一一装进了行李箱。这一举措张炜看在眼里，顿时慌了。他一把上前阻止，哪知嫣然一怒之下，把衣服甩到了他的脸上。

你他妈的背后调查我，不是就想分手吗？我满你的意，你开心了吧！嫣然再也忍不住憋在心中许久的怒气，她把平日里的脏话全都说了出来，骂张炜，也骂她自己，到最后她抓着头发，无休止地哭了起来。哭的过程中，她被张炜揽入怀里，她挣扎，他就是不松手，她捶打他的胸膛，最终依偎在他的怀里不吱声了。

他们没有分手，反而因为闹过一次，俩人的感情再次进一步升温。张炜除了白天上班，剩余的时间几乎都是和嫣然黏在一起。每天吃过晚饭后，他们都会手挽着手在小区里散步，偶尔他们也去逛附近的商场，婴儿生活馆成了他们百逛不厌的地方。在那里，他们醉心于婴儿的衣服、袜子、帽子等一系列物品，每次逛下来，都有股想要把店里的东西全都购买下来的冲动。

嫣然的肚子已经很明显了，每天临睡前，张炜都要把脑袋贴到她的肚皮上，听听里面是否有动静。往往这个时候，嫣然特别期盼孩子快点出世，她足以想象一家三口温馨且幸福的时光。张炜已经向她求婚了，他们已经商定好在光棍节的那一天就到民政局领证去。

然而，就在光棍节的前一天，张炜接到了他父亲打来的电话，说是他母亲生病了，让他赶紧回去一趟。出发之前，他给嫣然打了个电话，电话里面，他对嫣然说了一声抱歉，恐怕第二天不能赶回来和她去领证了。

有什么要紧，反正过几天你就回来了，等你回来我们再去呗！只是，嫣然怎么也想不到，张炜这一走，就再也没有同她通上电话了。

张炜回到老家的当天晚上，嫣然打他的电话就打不通。那一刻，她似乎意识到了什么，但还是安慰自己没事的，张炜肯定会晚些给他电话的，也许他正忙着照顾他母亲，电话没电了都不知道呢。

事实上张炜的电话已经落在了他母亲的手里，他则被他的母亲关进了小房间，任凭他怎么叫喊都无济于事。

光棍节当天，嫣然一大早醒来，立马抓起电话重新给张炜打电话，发现电话已经呼转到了来电提醒。难道张炜收拾行李的时候忘记了带充电器了？可是她找遍了屋子四处都没有翻找到他的那根充电器。这一下子，嫣然心急了，她知道张炜的老家在什么地方，但她不认识那里的路，就算去了一时半会也会迷路的，何况张炜的电话还打不通。

这一天，嫣然度日如年，她把手机握在手里，每隔一分钟就看一眼，期盼张炜在下一秒给她打来电话。

张炜的电话终于打来了，可惜的是，电话里的不是他个人，而是他的母亲，这无疑给了嫣然当头一棒，她终于意识到是怎么一回事，她甚至在怀疑这一切是不是他同他的母亲早就设计好了的，为的就是抛弃她。

然而，张炜母亲的一番话，让她彻底明白原来这一切都是他的母亲捣的鬼，以生病为借口骗他回去，为的就是分开他们。

张炜现在在哪里？嫣然重复问了几遍，听到他的母亲回答，这个不是你要考虑的事，你需要考虑的是尽快离开我的儿子，否则我真的不客气了。

张炜的母亲说得很绝情，让她听了直打寒颤，但是她没有在张炜的母亲示弱，反而以坚定不已的语调说，我是不会离开他的，我和肚子里的宝宝会一直等他回来。

呵呵。张炜的母亲哼笑了一声说，是不是我们张家的种，那还不一定。我今天就明确和你说了，就算你把肚子里的孩子生下来了，我们张家也不会认这个孩子，而你，休想进我张家的门！

张炜母亲的这番话如同一个响亮的巴掌彻彻底底地打醒了嫣然，让她觉得心如刀割，呼吸困难。

电话挂断以后，嫣然如同一个泄气的皮球，瘫倒在沙发上起不来了，她望着天花板，两汪泪水顺着眼角流淌下来，滴落在她的衣服上。

两天后，嫣然收到了张炜发来的短信。短短的一句原谅我的懦弱，抱歉让嫣然之前仅剩的一点希望全都化为乌有。但她还是不死心，鼓足勇气拨通了张炜的电话，发现电话再也打不通了。

嫣然握着手机躺倒在沙发上，她那暗淡无色的眼睛痴痴地望着墙壁上的时钟，张炜是不回来了吗？可是屋子里到处都是他的东西，衣服、鞋子、笔记本，还有他喜欢的人，他怎么能够忍心不回来呢？嫣然眼眶里泪水终于强忍不住，簌簌滑落。她想起这几个月来，他们在一起的点点滴滴；为了躲避他的母亲，他们从这套房子搬到那套房子；太多的美好回忆，太多的温暖时刻，她怎么忘得掉？也就在那一刻，她感觉肚里的孩子踢了她一脚，她先是万分的震惊，紧接着一股巨大的风浪袭击而来，她再也忍受不了内心的悲痛，放声大哭了起来……

（选自《福建文学》2017 年第 3 期）

作者简介

李紫云，女，1992 年生，福建省作家协会会员。在《福建日报》《福建文学》《厦门文学》等报刊发表作品。出版长篇小说《去流浪吧》。

秋 白 之 死

◎ 庐 弓

当那个熟悉的身影在门外闪现，秋白就明白自己的终结了。那是一个身材矮胖的中年人，圆圆的脸庞挂着惶恐的一抹笑。一时，秋白脑中一片空白，竟忘记了这张脸的姓名。这个人从门外走进来，一直走到他的身旁。天地顿时无比寂静。这寂静让秋白在心底感到可笑。忍不住地，他朝这张脸露出一个悟然的微笑。不料，秋白的笑竟使这张本来还算正常的脸忽然变形，惊惶如一个怪兽。过去，秋白从来没有发现人的脸还有如此一种状态，不由对他怜悯起来，轻叹了口气。在审判长对他的询问里，秋白终于记起了这个工农民主政府教育文化委员会的勤杂人员。

他指认了秋白。

秋白清楚这次可真在劫难逃了。他想起被捕以来的经历，感觉自己写了一篇精彩的小说。……林琪祥，这是他被捕以后的化名。这名字哪个笔画不充满吉祥啊。可现在这个林琪祥即将随风而逝了。他为这个名字的消逝心生怜惜。他珍爱这个名字，甚至想，若有来生，一定用这个名字行医从教为文。可来生，找得回这个林琪祥吗？……一个三十六岁的江苏人，肄业于北京大学中国文学系，之后到上海经营旧书店和古董生意。又入医学校学医半年，一九三二年因病游历漳州，适因红军打进漳州，将其俘获并送往瑞金，这样他先后在红军总卫生部当过医生、医助、文书和文化教员。红军主力转移后，他被留在福建省苏维埃政府、省军区医务所做医助。一九三五年一月携款离开瑞金，但走到长汀露潭又被苏区地方武装发现，当夜，由保卫局看押，准备天明再走，不意被国民党军队发现俘虏……这是一个叫林琪祥的人的经历。秋白的一篇精彩之作。但这篇作品在今天当画上句号了。秋白喜欢这篇特殊的作品，心下不由暗生一丝得意。他想到两个月来的种种磨难，感觉没有理由不感谢这个林琪祥。是他使秋白在这段时间里一次次化险为夷。他伸出手，恍惚间要和林琪祥作最后的告别，可林琪祥溜到哪去了呢？这个林琪祥！秋白一阵剧烈的咳嗽，抚摸着胸口，对着军事法庭上所有的人灿笑起来，笑得那么坦然，叫在场的所有人都莫名其妙，匪夷所思。

秋白说：既然这样，也就不用冒混了。我就是瞿秋白。十多天来，我的什么林琪祥、上海人之类的笔述和口供，就算是作了一篇小说吧！

次日，即一九三五年五月十一日，国民党《中央日报》以大字标题刊载出秋白被捕消息：匪首瞿秋白就逮！

秋白没有看到这张报纸。他本来可以看到的，关押秋白的国民党三十六师师长宋希濂给了他不少特权。在身份暴露后，宋希濂就特别敦促上下官佐大小军士善待秋白，对秋白都以"瞿先生"相称。并亲自关照改善秋白的生活条件。囚室安排在汀州试院与自己同一座大院里。宋希濂在一端，秋白在另一端，邻近四周居住着卫兵。囚室外，还有一个与小屋相当面积的天井，秋白每日可在这小小天地中散步。实话说，秋白很知足了。他没有想到宋希濂会给他如此优越的生活待遇。考虑到他身体不好患有肺结核，宋希濂还给他特派了专门的医生。给他找来了多卷纸页微黄的唐诗宋词集。伙食也与宋希濂师部工作人员等同，偶尔还可加几两小酒。秋白在生活上再没什么要求了，也不想有什么要求。他明白这样的待遇，一定寄托着宋希濂别种目的。那目的十分明确与直白，但宋希濂又故意将它搅得隐约不清。秋白也便不卑不亢，处之泰然，心境难有的好。在天井散步时，竟然有了听高墙外小鸟唱歌的闲情。

宋希濂没有剥夺秋白看报的权力。刊登秋白被捕消息的报纸是被宋希濂收起来了。他对报纸标题上醒目的"逮"字有种莫名的不快。这种感觉一晃而过，道不清来由。此外，他也不想由这消息惹出什么麻烦。这样，登载秋白被捕消息的几份报纸自然就没有出现在秋白能够前往翻阅的"新生活"俱乐部报夹上。秋白想象过自己被确认身份后，国民党报纸大肆炒作的情景，似乎还看到蒋介石洋洋自得的长篇演说。秋白懂得自己对国民党宣传的重要性，可他终究要使他们失望。

……鲁迅在当天早晨看到报上巨大篇幅登载的秋白被捕消息，立时呆了，拿着报纸，双手不住地颤抖，久久地，他一言不发，颓坐在椅子上，头也抬不起来了。虽然一切都在意料之中，但他没有想到事情竟然来得如此之快，快得他竟无力实施营救计划。他清瘦的脸上阴郁的气色愈发浓重。他脑中闪现过和秋白第一次会面的情景，恍如昨日。记得那是一九三二年，是春末还是夏初，具体日期，他着实回忆不起来了，但他清楚地记得那是一个气候宜人，人们游兴正浓的季节。冯雪峰介绍，说有一位为革命过着地下生活的人，想乘此大好时光，出来散游一下，见见太阳。但是苦于没有适当的地方。问起来，才知道这人是秋白。鲁迅自然无比高兴，此前他们已经传递过多次条子，互相都将对方引为老朋友了。

见面的那一天，天气特别和煦。阳光斜照到东窗上的大清早，冯雪峰便陪同秋白夫妇莅临了鲁迅的住处。鲁迅住在北四川路底电车终点站附近的一座公寓里，不远处就是虹口公园。公寓三楼，四周住着不少外国人，环境相对幽静。

那天，秋白剃着一个光头，所以面孔显得特别圆，举止沉着稳重，乍一见面，鲁迅几乎都不敢相信自己的眼睛。这形象，无疑是一位百炼成钢的勇士，举手投足间透出的全是一种深思熟虑和炉火纯青。过去，在鲁迅的想象中，秋白那该是一个留着长发，英气勃勃的清瘦书生。而眼前的他，不能不令鲁迅大吃一惊。见面后，他们如久别重逢的骨肉亲人，不拘礼节，畅怀而谈。从日常生活，战争带来的不安定，彼此的遭遇，到文学战线上的情况，一个接一个，互相都滔滔不绝。旁边，刚学会走路不久的海婴，稚态可掬，更给满室增添了无穷乐趣。秋白虽然身体欠佳，中午，止不住兴奋，还是破例小饮了些酒。鲁迅清楚记得，直到夜幕催人，他们似乎还有无数说不完的话要倾心交谈。

之华托人从鲁迅那里取回福建寄来的信，信里写：我在北京和你有一杯之交，分别多年没通消息，不知你的身体怎样……看到信，之华的眼泪刷一下流下来，她明白秋白被捕了。去年一个雪夜，她去看生病的鲁迅，鲁迅问她：听说秋白在苏区病死了？让她大吃一惊。后来了解才知是一场虚惊。现在秋白被捕的消息是确实了，但怎样才能搭救他，怎样才能多知道他的情况，再和他见面？之华一整夜没有睡着觉。之后，她一面工作，一面想尽办法找铺保。好不容易找到了一位牧师，说有一个开旅馆的朋友，答应为秋白作保。

这时，周建人又拿了秋白寄给他的一封信给之华，信中写他在上杭被捕，狱中衣被单薄，夜间很冷，食物又少，受冻受饿，管监狱的告诉他，如有殷实铺保或有力的团体可以保释。看了这封信，之华再也忍不住，伤心地哭起来，赶紧给他做了两条裤子，鲁迅又送来五十元给秋白，之华把钱连同铺保一起从邮局寄了出去。

可第二天，报上以巨大篇幅登载了秋白被捕的消息。之华一看报，知道秋白绝不能活了，一时大恸。

秋白怎么也没有想到，竟然会在一个叫小迳的地方出事。这是长汀濯田一个偏僻的村庄，掩隐在莽莽群山之中。这里，远离国民党正规主力。可谁料得到，竟然就在这个地方出事了。

秋白再次回忆起这个叫小迳的地方的山川走势，恍惚间又掉进了三国里名为"落凤坡"的感觉，浑身透过一股凉风，飔飔有声……

他想到了护送队伍里的保卫队长丁头牌。这是一个全身横肉的粗蛮汉子。乍一相见，同行的邓子恢和周月林对他都没有一个好印象。到达福建省委所在地的小金村，对他刚作完简要的介绍，他便在大家面前漫天乱扯。他凑近张亮，不无炫耀地说自己曾经一梭子撂倒了五个。他拍着宽阔的胸膛，还说有他在，谁也别想动大家一根毫毛。

他的话，听得张亮不断扑闪着大眼睛，抚摸着山峦般隆起的肚子，无限安慰。周月林对他的话，却不冷不淡，只静静地听着，好像在听一个遥远的传奇，也不迎合，就当过耳叮当之响。丁头牌几次拿话和她接触，不想每次碰得都满头是灰。邓子恢将一切看在眼中，不禁暗暗摇头，私下就提醒何叔衡与秋白：此人徒有其表，华而不实，或许坏事！

秋白也有和邓子恢相同的感觉，但他转念又想丁头牌是组织挑选出来的人选，纵然有这样那样的缺点，应该是可靠的。战斗在一线的同志，头颅每天在裤腰上挂着，哪能没有一些缺点？能够苦中找乐，即便说些大话，也不是不可以理解。秋白这样一想，便没有将邓子恢的提醒当作一回事。

他们在这里稍作休整，又起程了。秋白凝重地望着雨中三十几位头戴竹笠身着蓑衣荷枪实弹的棒小伙子，暗暗地一抱拳，坚决地迈开了大步。但他没有走出三步之遥，病弱之躯一阵晃悠，止不住的又一阵剧烈咳嗽。

二天之后，他们来到了四都汤屋。大山环抱中的这个小村落，当时是福建军区所在地。很高兴地，秋白遇到了福建省委书记、军区政委万永诚。万永诚热情地招呼秋白一行留宿两日。可这二宿，谁也没有想到，却为日后秋白的遭难埋下了灾祸。因为，一个月后，万永诚在四都归龙山突围战斗中不幸牺牲，他的妻子徐氏被捕。她最终没有熬住酷刑，供出了此行人员里有个秋白。这样，秋白被捕后经过一番仔细的确认和盘查，在囚中便再也无法继续以林琪祥作主人公的"小说"了。

秋白一行化装成被红军俘虏的商人和眷属离开了汤屋。万永诚从军区冲锋连又挑选出几十人，和原有的保卫大队组成一支上百人的武装护送队伍。万永诚紧紧地握住秋白的手，赠送了一大把山间各种名目的草药。万永诚的妻子徐氏，不厌其烦，还给张亮和周月林讲解了一遍又一遍这些民间仙草的神奇作用。

闽西的这个季节，春寒料峭。秋白虽然穿着一件皮袄，可依然无法阻隔透骨的寒潮。寒风将孱弱的秋白逼得双腿发软，咳嗽连连。走了一夜，第二日在山深林密的白水寨休息了一天。脱开鞋子，张亮的小脚已经磨破了茧子，红肿发亮。何叔衡的感冒也愈加严重，阵阵发寒。周月林困得不想动了，歪在一棵树上，双眼一闭就沉睡过去。邓子恢没有停歇，匆匆吃过几口饭，便吩咐护送队员生火熬药。一时，草药的清香弥散四周，氤氲不去，令人陶醉。

时至日暮，新的夜行逼迫大家，一行人才再强撑起精神。为了方便何叔衡夜行，丁头牌撕下衣服上一块黑布，蒙着一盏马灯，为他引路。一行人行动依旧缓慢。好不容易走到露潭村，还没有渡过汀江，天色已经开始微明了。公鸡的鸣叫此起彼伏，催命似的每一声都叫得人心上发慌。

这时，有些护送队员提议就在露潭村歇脚吃饭。但丁头牌脸色冷峻，根本不理会大家的建议。他瞧瞧天色，下令加速行进，天亮前务必渡过汀江。

来到江边，找到一处水浅的滩头，一行人便开始过江。这时，护送队员临时扎了一副简单的担架。秋白被搀扶上担架，怎么也不肯落座。他想同行的何叔衡年近花甲，眼睛近视，又受冻感冒未愈，无疑更需要特别的关照。还有怀孕在身的张亮，一双小脚，举步维艰……这顶担架，怎么讲，更多应该是替他们准备的。秋白被硬撑上担架，强捂住嘴，把咳嗽逼回胸腔，满嘴是咸腥的痰味。还有说不清来由的泪水，混杂着打在脸上的雨滴，满脸纵横地流着，心上无比地辛酸。

早春的江水，冰凉刺骨，咬得人浑身打颤。在这个寂静的凌晨，除了大家被冻出的"呲呲"声外，唯有哗哗的流水无比地响亮。担架抬着秋白、何叔衡、张亮依次渡过汀江。大家擦干水迹，穿上鞋袜，顿时都涌起一股非常的暖意。此时，隔岸村落隐约几声婴孩的啼哭，在秋白的耳中异常亲切。

天色越走越明。赶到庙子角，一长溜的人马忽然和一位肩扛锄头的中年男子不期而遇。此遇让毫无心理准备的双方显得一阵慌乱。秋白瞥见这位男子，竟有一种不祥之兆在心间一啸而过。

这位男子是早起劳作的一位勤快农民。看到这个阵势，吓坏了神，呆呆地闪在一边，盯着这支疲惫不堪的队伍，一时不知如何是好。他望着队伍从身边渐走渐远，默数了一会队伍里的长短枪支，好久才明白过来这是怎么一回事情。旋即，消息便在村上迅速地传播，有人向当地民团告了密。

队伍遇到这位男子，众人心里都"咯咚"了一下，不由加快了步伐。紧张行进到外小迳，大伙忍受着饥肠咕噜，都精疲力竭了。这是，丁头牌似乎无限体贴，命令就此歇脚。听到此令，大伙嗯啦一下散开了。可丁头牌哪里想到，离此五里之外的水口，就驻扎着一支国民党保安队伍，在此歇息，后果不堪设想。

果然，大家刚端起饭碗，就听到了村口"啪啪"的两声枪响。顿时，保卫队员们扔下饭碗，急忙操枪上膛，并迅速组织撤退。沿着狭长的山谷，一溜人马撤到内小迳，丁头牌召集队员们简单碰头，决定兵分三路突围。秋白一路向东，何叔衡一路向南，另一路向东南，护送队员分三班掩护。这或许是个上上之策，至今秋白想起来，还不明白丁头牌一会儿怎么又不执行这个决定了。如果按照这个走法，秋白想脱险是可能的，只要钻进莽莽大山，就不愁没有办法甩脱后面的追兵。

丁头牌是在大伙分散冲出之后，忽然改变主意的。谁也搞不明白，他为什么要在忽然之间又改变刚作出的决定。他扬起手中的驳壳枪，朝天"乒乓"两响，便把几路人马又召回原地。他指着右侧一座地势险峻，峰峦叠起的大山，命令队伍就此据守抗敌。而他自己却瞬间没了踪影。

这座山当地叫牛子仁岽，是一座独头岭，背后即是悬崖。这边追兵一到，那边就难以有退路了。丁头牌在关键时刻，将大家引上了一条绝路……

秋白久久地沉陷在小迳的那个早晨，他真无法相信那天残酷的现实。

枪声过后，秋白和周月林搀扶着张亮，跌跌撞撞地猛奔。跑过一座石桥，张亮似乎才忽然感觉，自己的小脚早不知哪个时候歪得变了形，再也不能挪动半步了。秋白强捂住一阵盖过一阵的咳嗽，这时也感觉心脏跳出体外，整个身子飘浮起来。三人站住脚，观察了一下四周情形，相扶着便躲进半山腰一丛茂盛的灌木丛。他们想就此躲过一劫，不料天不顺人愿。

冲上牛子仁崚的民团最初发现了他们。他们吼叫着，一窝蜂从山上冲下来。跑在最前边的一位团丁看到秋白身上六成新的皮袄，揪住秋白，迫不及待地便把它剥了下来，欣喜地套在自己身上……

　　当晚，秋白与周月林、张亮被押到水口。水口是汀江边一个重要的物资集散地，江边码头每天迎送着大江南北纷至沓来的芸芸众生。自古以来，这里便是一个商贾云集、繁华的江边村镇。他们被关在这里的一间破屋，张亮几乎已昏厥过去。周月林被几位团丁拖拉了一阵，吓得出了一身冷汗，整晚依着秋白，轻轻地捶拍着他的后背，以此镇静自己慌乱的心。此时的秋白，平抚住狂乱的心跳之后，便和二位女人统一口径，叮嘱她们谁也别忘了自己设定的身份。他对脸色发青的张亮说，你是周莲玉，香菇客商的老婆，是被红军"绑票勒赎者"。我是林琪祥，周月林是陈秀英。谁也别忘了。

　　整整一夜，三人被反复折磨，严刑逼供。此后，秋白精疲力竭，病症加剧，几次昏迷之后，又被寒风催醒。他咬紧牙关，不断安慰自己。他想没事的，他们抓住的不过是一个并不重要的林琪祥。

　　这个晚上审讯秋白的是国民党保安十四团团长钟绍葵。他在几天前由武平经水口前往长汀，水口便交由其第二营驻扎。营长李玉在这天早晨得到发现小股红军的举报，当即和当地民团一起围攻，谁料到获得了如此之收获。没有损失一兵一卒，就捕获了大队人物。他向钟绍葵报告了战斗的经过。钟绍葵得知被俘的人携带有港钞、黄金，护送人员还配备有枪支，便判断，林琪祥可能是一位共产党要人。他立即从城里赶回，并亲自刑讯。李玉也不由暗自高兴。他想这个林琪祥虽然病态恹恹，不见得有什么油水可榨，但那两位女眷，或许可发一笔小财。他盯着年轻漂亮的周月林，望着望着便走了神，喜之不尽。

　　张亮和周月林自此开始了非同寻常的人生磨难。押解到上杭的第三天，周月林便被李玉以妻即将分娩，要她到家中服侍其妻为由，把她接回家中当了"保姆"。张亮怀孕在身，也由上杭县城一家糖果店老板林鸿昌保出，纳为姨太太。秋白身份暴露，她们又被重新收押，并解送第二绥靖区司令部龙岩。途中，抵达丰年桥，张亮走下轿子，抽罢一袋烟，吃过午饭，不知怎么忽然对押送的钟绍葵及副官张友民感激涕零起来，竟特别地告诉了他们林琪祥便是大名鼎鼎的原中共中央总书记瞿秋白。此时，周月林也供出何叔衡在小迳死难，邓子恢突围的情况。这意外的收获顿时使钟绍葵狂喜不止。到达龙岩，他立即向第二绥靖区李默庵司令报告，并请求李默庵即刻发电给长汀三十六师师部查询林琪祥到达情况，当得到落实，他一颗心才放了下来。原来，钟绍葵心里早已在盘算，如果林琪祥当真是秋白，他钟某便可捞得一笔重赏。旋即，秋白身份证实，钟绍葵即于五月十四日向南京发了一通邀功请奖电报。"国民政府行政院"院长汪精卫五月二十五日批文："覆电嘉奖，并交军政部查案给奖"。但给钟绍葵的这笔十万银元奖金，在拨付的过程中却被国民党福建省政府扣下绝大部分，钟绍葵仅得到三万元。由此引发了钟绍葵的忌恨，钟绍葵最终也因此命丧黄泉。

周月林和张亮又被重新收监，李默庵在致蒋鼎文的呈文中说她们：年幼识浅，被诱惑而入共党。厥后既各与匪首缔婚，则其行动，自不能不与之一致。穷之彼辈妇女心理，其主旨之定见，信仰之坚决，当不能与匪首瞿秋白等相提并论。这样，她们一九三五年九月二十日被第二绥靖区判处十年有期徒刑。在国民党龙岩狱中，周月林为张亮接生了分娩的男孩，两人在铁窗里艰难地带着这个孩子熬过了三个春秋。直至一九三七年十月二日，被驻闽绥靖公署以"在狱谨守规章，行状善良，且体弱多病"为由，提前释放。一九三八年五月，梁柏台的好友陈士明利用国共合作的有利时机，最终将俩人保释出狱。出狱后的周月林寻找党组织不遇，得知丈夫梁柏台已在战斗中牺牲，迫于生计，嫁给了上海一个贫穷的船工。正当这位前中华苏维埃中央政府妇女部长过着平凡生活之际，一九五五年八月二十四日，上海市公安局将她再次逮捕，随后，解往北京。被关押了十年后，一九六五年十二月，北京市中级人民法院作出正式刑事判决，以"出卖党的领导人"罪名，判处她十二年徒刑。但到达期限，鉴于"罪行重大"，她继续被关押在狱。直至一九七九年十一月十五日，北京市高级人民法院宣布撤销对她的原判，予以无罪释放。而张亮被释放后，只身辗转，跋山涉水，终于在一九三八年七月来到皖南新四军军部，找到了已任新四军副军长的丈夫项英。项英这时对秋白牺牲一事已有所闻，她也把事情的经过对他作了详谈，后来她还把弟弟送到延安，但就在她返回皖南时，却再也没有了音信，从此杳无踪迹……

至于那个丁头牌，传言在他"丢失"秋白后不久，即受到尚存一隅的红区有关方面的严厉惩处。当然此乃后话，秋白是断不可能知晓的了。

宋希濂几天里都没有睡好觉，没人知道他想些什么。他整天紧锁着眉头，有时站在挂起的地图前，一站就是半天。

去年秋天朋口之战，作为剿共主力，他亲赴前线。不料肩膀中了一枪，被送后方疗养。不久前，他在医院接到蒋介石南京密电，称据可靠情报，秋白在他部的俘虏群中。他接此电，深感事关重大，当即命令严密清查。这些天，秋白已经确认，他赶回师部，他深知遇上了一件难缠的事。虽然他知道将秋白交给三十六师，是蒋介石对他的赏识和信赖，但他更清楚，这不是一件好事。他熟悉秋白，过去不仅读过他的大量文章，在黄埔时期还听过他的演讲。黄埔一期的同学，大家对他都印象至深。这个曾任国民党中执委候补委员的共产党员，有很高的文学修养，会一口流利的俄语，面容清秀和蔼。在他还没有考取黄埔军校滞留广州期间，他和陈庚就已听过他的演讲，后来在答写黄埔军校入学考题作文《论中国贫弱的原因和挽救之道》，他便大受其益。他们黄埔一期的学员还把秋白当时的新作《实验主义和革命文学》当作教材。那时候的秋白已是国民党中央政治委员会委员。在宋希濂的心中，秋白是他敬仰的人物。他曾经研读过不少他的著作，常常为他字里行间的大家之气深深折服……他想不出什么办法让这位共产党人改变立场，他知道要改变他的立场几乎是不可能的。而他感觉，在不经意间，他这位国民党的中将却要被人看笑话，甚至背上永远的罪名。他很想有一条两全之策，既能向上交代，又能使自己脱离其中。

他想了几天，没有想出一个良好的结果，决定先和秋白见上一面。他知道谈不出什么结果，但怎么也得谈。为这一次见面，宋希濂着实花费了一番功夫。就在衣着上，他便大动了脑筋。他原想穿长衫和他见面，他想这样显得平民一些。但他想来想去，又觉不妥。最后，他还是选择了军装。他把细呢军装烫整得笔挺。把头发也理了，胡子也刮得干干净净。见面时，他本来想绕开政治，但仅三言两语后，俩人就又在政治问题上针锋相对了。

宋希濂劝他安心养病，别太悲观了，说他在湖南上中学时就拜读过他的文章，对他十分敬重。今天在这种场合相见，是意想不到的插曲。虽说今日有军务职责在身，但内心仍有一种抑制不住的感慨。

秋白打断他的话，说不想判断他这些话的用意，但他可以坦率地说，任何语言改变不了他们今天相对立的位置，最终主宰他命运的也不是他宋希濂。

宋希濂说曾经相信过他的主张，走了一段弯路，现在眼前的事实证明，他的那套主张在中国行不通。所以奉劝他也做一名三民主义信徒，以发挥他的才华。

秋白抑制不住地笑起来，说要同我辩论什么主义是真理，规劝我随你走同一条路，归顺蒋介石？那只好奉陪一下。他喝了口茶，紧接着说，既然你提出孙中山的三民主义问题，使我想起自己曾经是中国国民党第一次代表大会宣言的起草人之一，就在那时，我粗略地研究过三民主义。可以说，它缺乏真谛，最终不能解决中国的出路问题。后来孙先生也明白了这点，顺乎潮流，果断地确定了联俄、联共、扶助农工三大政策，重新解释了三民主义学说，在当时起着推动中国历史前进的作用。但时至今日，蒋介石背叛革命，屠杀人民，是名副其实的法西斯，还有什么资格谈论三民主义？至于共产主义学说，逐渐为觉悟了的农工民众所接受，适合中国国情，历史必将证明是人民所需。秋白激动起来，脸色绯红，滔滔不绝。

宋希濂心中恼火，却极力装出若无其事的神色，手指头习惯地弹着桌面，反而冷静地劝秋白不要激动，说共产主义在中国能不能行得通，不是高谈阔论，而是要看事实。他特别加重了"事实"这个词的语音。他说，共产党自民国十六年之后，苦心经营了若干山头，如今已荡然无存。以至于像先生这样的头面人物，也落到今天这种地步。共产主义如能救中国，何以这样奄奄一息，濒于绝境？你不愿争论这些，我也就说到此为止。但我想郑重地提醒你，别忘了眼下自己的处境。

秋白笑着对宋希濂投以冷嘲的目光，说，我也郑重地告诉你，想借此完成蒋介石交给你的任务，那将一定徒劳。

这个结果虽然宋希濂事先已经料到，但他还是极为失望。同时，他又有一丝欣慰。到底欣慰什么，一时他也难以说清楚。

此后，他再也没有去过秋白囚室。

秋白感到自己有太多的话要说了。但生命已经走到了尽头，有些话也已可说可不说了。说这些话又有何用？他思考了很久。他不是怕人家责备和归罪，那样也没有什么。人死了，责备和归罪算得了什么。他倒想乘这最后的日子，说一些最坦诚的话。

他陷落在回想之中，感觉像是回到了常州瞿氏祠堂的家里。也是这样大一间厢房，坐在天井一侧的窗前。不觉一阵恍惚，之后，平静下心来，开始认真思索自己经历的政治人生。

他是在母亲自杀家庭离散之后，孑然一身来到北京的。本想能够进北大，研究中国文学，将来做个教员度过一生。但到了北京，北大的学费和膳费没有办法解决，普通文官考试又没有考上。结果，他便挑选了一个既不要学费又有"出身"的外交部立俄文专修馆去进。这样，他就开始学俄文了。当时他想他并不知道俄国已经革命，也不知道俄国文学的伟大意义。他当时不过想谋一碗将来吃饭的本事。后来，看了许多新杂志，思想上似乎有了进步，但同郑振铎等几个朋友组织《新社会》杂志的时候，他想他还是一个近于托尔斯泰派的无政府主义者。然而就在这时，一场"历史的误会"开始了。五四运动一爆发，他就当了俄文专修馆的一位总代表。当时的一些同学，谁也不愿意干，结果他就做了学校的这一"政治领袖"，组织同学群众去参加当时的政治运动。不久，李大钊等发起马克思主义研究会，他因为对社会主义最终理想发生了好奇和研究的兴趣，所以也加入了。后来有了一个到俄国的机会，北京晨报要派通信记者到莫斯科，找到他。他想，看一看那个新国家，尤其是借此机会把俄国文学好好研究一下，那是多么惬意的事。到了莫斯科，他发现，除了他之外，一个翻译都找不到。这样东方大学开办中国班，他就当了大学的翻译和助教。不久，陈独秀代表中国共产党到莫斯科，他很自然地当了他的翻译。陈独秀回国的时候，他要他也回国工作，他就同他回到了北京。次年，于右任、邓中夏等创办上海大学，他在上海，就请他当了上海大学的教务长兼社会学系主任。那时，他在党内还兼着宣传工作，编辑《新青年》。

到了国民党改组，他奔忙于上海和广州之间，当翻译，参加国民党一些工作。一九二五年一月共产党第四次代表大会，又选举了他为中央委员。这时，他再也没有余暇研究文艺问题，简直可以说完全只能做政治工作了。武汉时代的前夜，陈独秀、彭述之等的政治主张，逐渐暴露机会主义的实质。到国共分裂之后，陈独秀退出中央。这时，不知怎么就轮到他主持中央政治局。他想，他虽然在一九二六年年底及一九二七年年初发表了一些反对彭述之的言论，随后又不得不反对陈独秀，但其实他根本就不愿意自己取而代之，可又没有什么别的办法。这样，他担负直接的政治领导一年光景。在这期间，他领导的党中央决定了秋收暴动、南昌暴动和广州暴动。其实，他对组织，尤其是军事毫无兴趣。他主持工作，也不过发表一般的政治主张，其余调遣人员和实行具体计划，完全由组织部军事部安排。那时，他想退出领导地位，可那样又感觉好像是在拆台。

一九二八年六月共产党召开第六次代表大会，许多同志反对他。他的进退成为党的政治主张的连带问题。那时，他屡次想说：我实在没有兴趣和能力担负这个领导工作了。但是，他最终没有说出口。当时形格势禁，旧干部中没有别人，新干部起来领导的形势还没有成熟，他只得仍旧担着这个名义。可事实上"六大"之后，中国共产党的直接领导者是李立三和向忠发等。他们在国内主持实际工作，而他只在莫斯科当代表。直到李立三的政治路线走上了错误道路，他才回到上海召开三中全会。这时，他更觉得自己的政治能力薄弱，竟这么长时间辨别不出李立三的错误程度。结果，中央不得不再召集四中全会，以此来开除李立三的中央委员和他的政治局委员。

他久久地忖度着，觉得自己这样的性格、才能、学识，当一个政党的领袖，确实是"历史的误会"。他觉得自己像是一只羸弱的马，拖着几千斤的辎重车，行走在险峻的山坡，一步步地往上爬，没有了后退的路，再往前走又实在不能胜任了。他想他在负责政治领导的时期，就是这样的一种感觉。欲罢不能的疲劳使他永久感觉一种无可形容的重压。

他继续地又解剖了自己脆弱的二元性格，对马克思主义的理解和信仰，以及自己所犯的错误，他难受得似乎要哭起来。他想他说这些，绝不是要脱卸什么责任，只不过是想在死之前说出来罢了。说出来，心上就痛快了。他知道很多人难能理解，或许永远也不能理解。如此想来，他的心又刀割般痛苦。他记起《诗经》中一句话：知我者，谓我心忧；不知我者，谓我何求。忽然，似乎就有一缕曙光照临在了他身上。他苍凉地微笑起来。

六天时间，他一挥而就，写完一篇两万字的自传性文章《多余的话》。在秋白就义当年八月，国民党中统主办的《社会新闻》，首次选登了这篇文章。此后，一九三七年出版的《逸经》，全文刊登了此文。

陈立夫得悉军统劝降失败，派出的要员已经赶回南京，极为高兴。他想，难能的一次展现中统的大好时机降临了。当即，约集中统要员紧急磋商。旋又将磋商意见写成呈文。陈立夫拿着呈文，星夜晋见了蒋介石，请求蒋介石准许暂缓执行枪决，由中统派"干员"赴长汀劝降。蒋介石阅罢呈文，又听取陈立夫振振有词的一番言说，即予照准。马上，中统选派了专员王杰夫、总干事陈建中前往长汀。行前，郑重其事地聚会研究，根据秋白的身份、地位、学识、个性、爱好等等，反复商讨劝降采用的方式方法，设想了种种"说服方案"。饯行宴会上，陈立夫为他们敬酒，一再叮咛：此行成功与否，关系中统前途和在委座前的信用……凡事要竭尽全力，作最大努力……工作只许成功，不许失败。

宋希濂得到中统派人来长汀的消息，猜测必定又是徒劳，但也不好说什么。与此同时，却收到军统的密电，要求宋希濂以闽西原为共产党老根据地，秋白久押恐生意外为由，将他迅速处决。宋希濂明白军统的用意，他知道军统是害怕中统劝降成功，中得大彩。但他才不管他们。这样，军统慌了，赶忙又急电福建属下立即赶往长汀，抢在中统之前再次劝降，许诺秋白可以不公开反共，暂时迁往南京近郊疗养，身体恢复健康后到国际问题研究所工作。秋白断然拒绝。

一时，宋希濂似乎找到了将秋白推诿给南京的充分理由。当即复电国民党军委会，历陈再次劝降经过和秋白坚决的态度，并强调长期关押长汀的危险，要求将秋白从速送往南京，但蒋介石毅然否决。

宋希濂顿时心情糟透了。

王杰夫以"中央组织部特派福建党委视察委员"身份和陈建中从南京起程了。途经福州、厦门、龙岩，到第二绥靖区，李默庵精心安排，又派出福建省党部秘书、调查室主任钱永健和厦门市党部书记、中统特务朱培璜一同前往长汀。

秋白从军医李炎冰口中知道了这个事情，淡然一笑。说，来吧，爱折腾都来吧。

三十五六岁的王杰夫北平燕大毕业，之后，研究过一段宗教哲学。在商震军中以清洗进步人士深得陈立夫青睐，先后担当中统训练科副科长、科长，并负责领导"中共自首人员招待所"和中统"社会调查人员训练班"，做过中共一些大叛徒的劝降工作。陈建中二十四五岁，中等身材，瘦长脸，满口陕西话。他原是共青团陕西省委书记，一九三三年被捕即叛变。叛变后，他和另一个叛徒，中共陕西省委书记杜衡在西安充当了两个月的国民党坐探和引线，将中共在西安和陕西的党团组织破坏殆尽。调往南京后，他被派到宪兵司令部做被捕中共人员的策反工作，又在中统南京"实验区"协同特务对中共地下机关进行"侦破"活动。不久调任中统局行动科干事,专门负责"指导"对西北苏区的"特情工作和检查工作",并在中统"社会调查人员训练班"讲授《说服工作》。一九四九年他逃往台湾,担任了国民党中央党部第六组主任,主管对大陆的"心战和策反"。一九五三年在朝鲜劫持中国人民志愿军大批战俘去台湾,便是他的"杰作"。七十年代,他还升任了"国民大会"秘书长。

他们来到长汀,第二天,三十六师参谋长向贤矩就将秋白带到谈话室。此时,四人已端坐在场。见到秋白,王杰夫装作见到了老朋友的样子,上前拉起秋白的手,便恨不得要来一阵拥抱。秋白却冷若冰霜,一副拒人千里之外的模样。这样,一开始便弄得王杰夫很不自然。自我嘲笑一番后,他打开皮包取出两封信给秋白,说是从上海带来的亲友的亲笔信。秋白接过信,随口说了声谢谢,只朝信封看了一眼,便把信放在桌上。秋白如此冷静,让王杰夫心上一震。催促再三,秋白似乎才无奈地一一拆阅了信件。谈话也就从相互询问的家常话里开了头,渐渐地转入正题。

王杰夫说,蒋委员长、陈部长(陈立夫)对瞿先生的真才实学至为爱惜,只要瞿先生为国效劳,过去的事可以不加追究。我们不远千里,从南京赶到长汀,就是来挽救先生的。

秋白听到他口里吐出的"挽救"一词,无比气愤,口气也随之硬起来,说谢谢你替我带来亲友的信,远道来"挽救"我,但我不想听。秋白说罢转过脸。

王杰夫没有理会秋白的话,继续吹捧秋白的才学,说秋白是当代名人,共产党内威信高,声望大。继而话锋一转,又规劝起秋白来,说现在中共已临末路,一定要迷途知返,识时务转变方针,为国尽力,如此才有远大前程。

秋白转回脸,当即将了他一军,说当前国家,民族存亡的关键是抗日。日寇已亡我东北,现在又入侵华北、胶东,你们不去抵抗,却在这里空喊为国出力,何前途之有?

王杰夫顿时哑口无言。陈建中在旁,急忙解释,说党国方针"攘外必先安内",只有先平定叛乱,统一国内,然后才能一致对外。他操着满口的陕西话,平缓着说,现在共军西窜,已临覆灭,国内统一局面已成,所以才特派我们前来争取你共同抗日。

秋白严厉驳斥，大声指责，说内未安，内不安，这是事实。但是国内安不了就不要攘外了吗？就不要抗日了，让华北继东北沦亡吗？秋白猛一拍桌子，说，不！历史告诉我们，凡是对外越屈辱，就会引起越来越多人的不满，这也就是你们认为的"内忧"，越来越大的"内忧"。因此你们所谓的"内安"，实际上是对爱国力量的摧残、镇压，而这样，敌人的侵略越加猖狂。秋白因为激动，一阵咳嗽，缓和了一会，问王杰夫，你是东北人，对故乡沦亡的感受，总比我深刻一些吧？

王杰夫扶了扶金丝架眼镜，沉重地说，我对东北沦亡体会至深，有时夜深人静，常挥泪自勉，立志报仇。他顿了顿，有些无奈又坚定地说，多年来，当局对内力求统一，对外忍辱负重，用心良苦，现在统一局势渐已形成，对外抵抗定将步步加强。

秋白站起来，一点也不饶恕，继续说，多年来，你们所谓的对内力求统一，对外忍辱负重，实际上就是要把抗日的武装消灭掉，把抗日的组织解散掉，把人民抗日的热情压下去，让日寇肆无忌惮地蹂躏中华！对于你们的这种亡国灭族的做法，广大不愿做奴隶的人民是不会答应的。

陈建中感觉秋白不该说的话说得太多了，赶忙从旁插话，说瞿先生关心国事，令人钦佩。不过，今天我们见面，还是叙叙家常吧。王杰夫看难以再谈出什么，急忙打住，说晌午了，请瞿先生休息，下午再谈。

这样的谈话连续五天进行了七次，王杰夫和陈建中用尽了各种伎俩，就是没有能够使秋白妥协半步。在这中间，他们重新布置了谈话室，将谈话室摆弄得窗明几净。又摆出了秋白喜欢的汀州家酿，配备了浓茶美点。一次，还摆开棋盘，与秋白对弈。但举杯也罢，对弈也罢，秋白没有一次败下阵来。

王杰夫狼狈不堪。在和秋白的对弈中，还未终局，他竟翻了棋盘。他几天里焦躁不安，终于再也不能保持平静的姿态，这天，几杯老酒下肚，他竟喝得酩酊大醉。

他问宋希濂，这个秋白是怎么了？软的他不吃，硬的他不怕。你说他重病在身吧，可和你辩论起来，滔滔不绝，神气十足，谁也不是他的对手。他不明白有什么在支撑着他。这个一生在政治的旋涡中奔突，屡遭挫折的书生，在临死之际，为什么依然如此勇猛？

他不断地哀叹秋白不能为他们所用。不断地感叹，说秋白是个真才实学之士，几个月来始终言行一致。他说古人"富贵不能淫，贫贱不能移，威武不能屈"也不过如此吧。他在酒醉中摔碎了一个又一个大碗，大声地喊"失败了失败了"，一时痛心疾首痛哭流涕。

宋希濂拍着他的肩膀劝他，他问宋希濂我们党国为什么缺少这样意志坚强的人。宋希濂也不能回答，只仰天长叹。

秋白几天里都在琢磨他们的问话，他从他们遮遮掩掩的言谈中知道了红军西征北上的成功，心情无比激动。他想起了一句古语"朝闻道，夕死可矣"。一时似乎看到了共产主义在全中国、全世界到来的日子。他想，我秋白纵然一死，又何足惜哉！

他感谢他们的忙乱和无可奈何。也算是给他们上了一堂教育课吧。

秋白连续几天都处在感情激荡之中，久久难能平静。他为他们的一些言语感到气恼，继而愤怒。至今，他还思忖着"时务"与"俊杰"的问题。他明白，要识他们的"时务"，做他们所谓的"俊杰"，就是投降他们，替他们办不可告人的事。而这些，都是万万不能的，不是秋白所为的。

他想到了亲戚朋友，特别是妻子之华，心里止不住地一阵阵绞痛。他们是在上海大学认识的。那时秋白在中央宣传部工作，此外担任了上海大学社会学系主任，上社会科学概论和社会哲学两门课程。那时秋白常穿一件西装大衣，手上拿一顶帽子，头发向后梳，额角宽而平，鼻梁上架一副近视眼镜。在往后的日子里，之华常说，秋白在讲台上安逸从容的神态和和蔼亲切的微笑、滔滔不绝的口才，给当时的她和她同学留下了深刻印象。如今之华日子过得怎样？秋白无限担心，但也没有办法了。他相信，凡是真正关心他，爱护他的亲友家属，都不会同意他毁灭性的生存。那样的生存只会长期给他们带来耻辱与痛苦。他相信，杨之华不仅不会要他叛党而生，必将为他的死而益增斗志。

他久久地思忖着生命的问题。想起了自己走过的人生之路。母亲的惨死。孑然一身的闯荡。苏俄的历程。党内的临危受命与无理指责……他知道，生命是极为宝贵的，一个人的生命只有一次，谁也不愿意死去。但活着没有了自由的前提，和傀儡又有什么两样。生命与其这样被剥夺灵魂，还不如死掉的好！

秋白竟有了对死的渴望。

之华不知这几天自己是怎么度过的，她的脑中每天都映过和秋白在一起的点点滴滴，心如锥刺般痛苦……

王杰夫们最后和秋白进行了一次接触，这次再也没有采取谈话的形式，而进行了正式的审讯。

依旧没有结果。四人费尽心机和口舌，终于垂头丧气。

秋白却十分地超脱了。他清楚地知道此后的日子再也不会有多少。或许更加切实地意识到这个问题，他马不停蹄地一连两天给官兵们刻了十几枚印章。

秋白的囚中篆刻，是从半截蜡烛开始的。他将夜间点剩的半截蜡烛倒置过来，用火柴梗当刻刀，就在蜡烛底部刻了一枚非常古雅隽秀的图章。这个图章被看守军官发现，极为震撼，马上跑到街上买来刻刀和石章，请求秋白为他篆刻。秋白也欣然应诺，当即操起刻刀一横一竖刻起来。只一会儿工夫，秋白就刻出了一枚精巧的图章。此后，师部上下官兵求章之人日甚一日，他也乐得高兴。这样，秋白在长汀囚中关押四十天，共刻图章七八十枚，平均每天刻两枚。

军医陈炎冰看在眼里，几次劝慰秋白别累着了身体。

秋白笑笑，说我这样动着，身体不是更好了吗？

陈炎冰几次到囚室给他看病，他的肺炎确实再也没有发作。他给秋白找了两本小说和几本医学杂志，秋白十分高兴，还热情地和他大谈共产主义。

陈炎冰看到秋白如此开朗乐观，不知怎么总有一股酸涩的感觉。

他想起几天前秋白给郭沫若信中的一些话：历史上的功罪，日后自有定论，我不愿多说……

他想起这些话，心里就不知是什么滋味。这封信是秋白听说郭沫若到了日本之后，当即写就交给陈炎冰的。这些话的意思，秋白在不久前写的《多余的话》里已经有过表述。那是他用毛笔写在长汀纸行出产的十行纸上的。

陈炎冰接过这封信，犹如接过了一份庄严的重托，轻轻地将信放入内衣口袋。

此后，这封信和秋白抄送给陈炎冰的《卜算子》《浣溪沙》《梦回》三首狱中诗及狱中照片，陈炎冰转寄给了他在美国留学的女同学、柳亚子的女儿柳无垢。信发表于一九三六年美国纽约中文周刊《先锋》。三首诗后来也在上海《人世间》杂志发表了。阿英在上海主编的《文献》一九三九年第三期也发表了这三首诗的手稿。

秋白在鲁迅寓所度过三次避难生活，为鲁迅杂文选集写了长达万字的序文。一九三四年一月初，秋白离开上海到苏区。临行前到鲁迅寓所叙别。鲁迅莫名地产生一种不祥的预感，同时生出一份深刻的忧伤。当晚，不管秋白怎样推拒，他一定要将床铺让给秋白，自己则在地板弄个临时睡铺。

这一夜，鲁迅整夜没有合眼，冥冥之中他似乎看到了秋白的终结。但他没有说出口，在黑暗里，他只伤心地默默地掉了几次眼泪。

鲁迅的泪水淌过脸颊，犹如穿过无数个黑夜，汩湿了未来的每一个天空……

秋白拨亮油灯，刚开始雕刻一枚卫兵索求的印章，参谋长向贤矩绷着脸走了进来。他见秋白正忙碌着，也不打招呼，在旁坐下来。

秋白发现今天向贤矩的脸上多了一种说不清道不明的东西。到底是什么，秋白也没有深思。但他很快明白，自己等待的那一天终于到了。

刻就印章，秋白问向贤矩带来了什么好消息。

向贤矩愣在那里，他没有想到秋白的洞察力竟然如此之强。他脸色发青，好像忽然受到伤害一样，呆了片刻，才极不情愿似地说，哪里有什么好消息，是坏消息。

秋白说，我知道了。

向贤矩又一愣，奇怪地看着他：谁告诉你的？秋白笑起来，说这还要告诉吗？他铺开一张宣纸，沾墨一阵挥毫。写的是一首词，向贤矩一字一句吟起来：

寂寞此人间，且喜身无主。眼底云烟过尽时，正我逍遥处。

花落知春残，一任风和雨。信是明年春再来，应有香如故。

吟罢，向贤矩连声赞叹好，要秋白送给他作纪念。秋白叹了口气，说有什么意义呢？端详了一会，将它揉成团撕了。他说，很久没练，书法都荒疏了。

向贤矩可惜了一通，装模作样问秋白词的意思。秋白说，随便涂鸦，会有什么意思？没意思。

向贤矩讨了个没趣，转移话题询问起秋白一个月的生活来。示意秋白，只要还有回心转意的愿望，一切都不迟。

秋白摇了摇头。

向贤矩没有想到秋白大难临头还这样的沉静和安详，他原是想看他的难堪的。谁料他的表现却让他感到了恐惧。他真后悔在今天晚上来到了秋白囚室。

宋希濂一整天烦躁不安。上午，接连收到蒋介石和蒋鼎文将"瞿秋白就地处决"的电令，他就意识到要成为千古罪人了。秋白该不该杀，他想不是他思考的问题。但他确实不愿秋白倒在他的屠刀之下。他的心里十分矛盾，看见谁都想发脾气。到商定了秋白的处决方案，他还没有从长久的难受中解脱出来。

宋希濂孤独无助，整夜未眠。

这个晚上，是秋白被捕以来睡得最踏实的一个夜晚。每个晚上都来拜访的梦魇，在这个深夜也再没有前来干扰。

凌晨，囚室背后卧龙山上寺庙的钟声响过之后，秋白才逐渐地醒过来，仿佛是迎着夕阳从一条幽深的道路上走过来一样，有那么多茂盛的林木和花草依次闪开。秋白睁开眼后，还记起来，是一双眼睛呼喊着引领他穿过一片空旷的黑夜。蓦然之间，他感觉到了无比的幸福。

他想今天多好。他伸了个懒腰，还没有起身，窗外小鸟的啾鸣便溢进来，盈满全室。

他怎么也不想再躺在床上了。他感到窗外的天空在看着他。他轻舒了口气，起床换上洗净的对襟褂、白裤和黑色鞋袜。一番梳洗后，点燃一支烟，随手便拿起桌上的唐诗集子翻阅起来。

一些句子让他兴奋不已。他轻吟罢"夕阳明灭乱山中"句，忽然就有一种醉倒的感觉。他提笔录下这句诗，迫切地期待着某种声音的到来，当即，集句得《偶成》一首：

夕阳明灭乱山中，
落叶寒泉听不穷。
己忍伶俜十年事，
心持半偈万缘空。

那个声音最终没有出现。但他似乎终于窥见了另一个自己。在感动中，他祈祷着上苍的恩赐，一时热泪盈眶……

小鸟的啾鸣不知哪个时候停息了。秋白从桌上抬起头，看到推门而入的特务连连长廖祥光，竟奇妙地笑起来。这笑让廖祥光惊骇了几个夜晚，之后，慢慢地转化成了对自己的怜悯。

　　秋白没有瞟上一眼他出示的枪决令，对这张纸他根本不屑一顾。

　　他顿了顿，吸口烟，对廖祥光，又似乎对虚无的空间，平淡地说："人生有小休息，有大休息，今后我要大休息了。"

　　廖祥光不知他这句话说给谁听，久久地都莫名其妙不知所然。

　　秋白说罢，随即又提笔写道：

　　　　方欲提笔录出，而毕命之令已下，甚可念也。秋白曾有句："眼底云烟过尽时，正我逍遥处"，此非词谶，乃狱中言志耳。秋白绝笔。

　　……秋白默默地洗净毛笔，将笔轻轻放入笔筒。眼睛毫无目标地打量了一番这间独处月余的囚室，似乎还有无尽的留恋，可那目光又无限的空茫。

　　他对廖祥光说："走吧"，便昂首走出门外。此时的三十六师师部，戒备森严，一派肃杀之气。秋白为他们对一位手无缚鸡之力的人竟用了牛刀，不觉感到可笑。他缓步走入作为临时法庭的师部正屋，环顾了一遍分立两旁的百余位军官，听着庭长的审判，感觉他们玩着的游戏真是十分的无聊。

　　他在心上默默地和这个世界告别。虽然这个世界不是他的了，但他仍然喜欢这个世界的美丽。他知道，一切新的、斗争的、勇敢的都在前进。那么好的花朵、果子，那么清秀的山和水，那么雄伟的工厂和烟囱，以及月亮的光都比以前更光明了。虽然他再不能拥有，但他依然充满了祝愿。他回顾人生，感觉一出滑稽剧即将闭幕。舞台上空空洞洞的，他知道这时即使还有什么留恋也是枉然的了。他庆幸得到了永久的休息。至于躯壳，他想再也不是自己能够作主了。他还想起了每天吃的豆腐，那是多么好吃的东西，真是世界第一……

　　秋白沉浸在自己的想象里，也不知哪个时候审判的游戏已结束了。他笑了笑，叹口气，便随同蒋先启，神态自若地又走向门外，朝中山公园而去。此时的世界，一片寂静，由此秋白竟十分清晰地听见自己走路的"扑扑"声。

　　从这里到中山公园不过二、三百步的距离，眨眼间便来到了那里。公园占地窄小，环绕一周，最多两里路程。周围散落着一些树木，中间一个小运动场。靠东边土砖砌起一个讲台，讲台后一个凉亭。秋白信步走到亭前，一位照相师傅为他拍好照片，他便独自在亭前坐下来。四碟韭菜，一瓮美酒早已摆放在那里了。但他不想喝酒。他瞅了瞅四周，忽然发现不见宋希濂的影子。他想他一定躲起来了。如果他在，他想该和他饮个痛快，顺便也对他狱中的关照表示几句感谢。

　　照应秋白日常生活的副官见秋白久久地纹丝不动，不觉黯然神伤，轻步移向秋白，轻轻地为他斟上一杯酒。四目对视，副官想起秋白的种种好处，不觉流下一行泪来。秋白看到他的模样，心生怜惜，毅然端起酒杯喝起来。

　　饮罢，秋白起身作了一场最后的演讲。结束，他举起右手高呼口号。随即，走向刑场。此时，街路夹道森严。人们只见一列百余人的队伍，前边号兵吹号"哒哒"前行，压阵一位"监斩官"骑着白马凶相毕露。唯中间的秋白，在白晃晃的刺刀下，手持香烟，口上哼着俄语《国际歌》，顾盼自如。经过街衢口，一位瞎眼乞丐蹒跚路中。秋白从他身边走过，目光所及，心间不禁一阵悲凉。

　　到达刑场，秋白选择一块草坪盘膝而坐。这时，一只不知名的虫子跳上他的膝盖，秋白张开手，虫子又跳入他掌中，两根触须在他掌上轻轻摩挲。秋白顿时涌起一股温暖的感觉。他将虫子放回草地，抬起头，便平静地说：我还有两个要求。第一，我不能屈膝跪着死，我要坐着。第二，不能打我的头。

　　阴郁的天空这时飘起了一阵细雨。在雨中，谁也没有再说一句话。

　　——此地甚好！开枪吧。

　　秋白说完这句话，枪声便响了，声裂长空，惊飞起罗汉岭上几只休眠的大鸟……

宋希濂呆愣在师部办公室的窗前，久久地眺望着远方逶迤的青山。枪声过后，他似乎才回过神来，喝了一口茶水。听过属下对秋白处决过程的汇报，便吩咐买一口棺材将秋白的遗体装殓，并就地埋葬。之后，提笔起草向蒋介石、蒋鼎文报告的电文。

　　枪声震撼了远在上海的鲁迅。他悲痛至极，当即邀约矛盾、郑振铎等着手编选秋白遗作，他说：我把他的作品出版，是一个纪念，也是一个抗议，一个示威……人给杀掉了，作品是不能给杀掉的，也是杀不掉的。并挥泪撰写一副挽联：是七尺男儿，生能舍己；作千秋雄鬼，死不还家。

（选自《福建文学》2003 年第 12 期）

作者简介

　　庐弓，本名吴启蒸，1968 年生。福建省作家协会全委会委员、龙岩市作家协会副主席、长汀县文联主席、瞿秋白文学院院长。出版文集《秋白之死》等。

散文卷

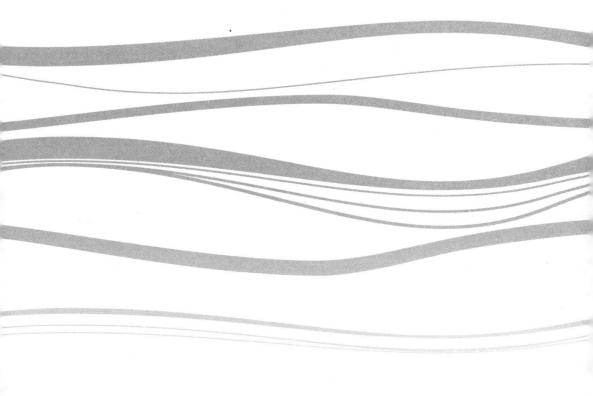

长 汀 情 怀

◎ 张存浩

1940 年秋至 1944 年夏，我在福建长汀厦大的环境中度过了难忘的青少年时代，其中，1940—1943 年，我上的是长汀中学，1943 年才上厦大化学系，不过，因为姑姑、姑父的关系，这四年都在厦大在长汀的校园度过。

首先，使我终生缅怀的是具有崇高威信的萨本栋校长。他才华出众又踏实苦干，带领一班人，在抗战时期贫瘠封闭的闽西，把厦大办得虎虎有生气，被外国人誉为印度加尔各答以东最出色的高等学府。

厦大学术空气浓厚、校舍整齐、设备精良，抗日战争时期，整个内地无出其右者。这不是自然发生的，这里面包含着萨校长及其领导的一班人的大量心血。

萨校长十分注重基础课程教学，他是当时具有最高学术声誉的名教授，他每个学期亲自讲授"初等微积分"或"普通物理"。

在他的影响下，谢玉铭教授亲自讲"普通物理"，傅鹰教授亲自讲"普通化学"。厦大这一基础课讲授阵容，不仅为国内所仅有，而且从 60 多年后的今天来看，也是很难找到的。萨校长提倡的学风是 vigor 应胜过 rigor，用今天的话来说，就是治学严谨固然重要，但是联系实际更重要。但实际上，萨校长本身治学、教学都极为严谨。他讲授"初等微积分"，每堂课都一丝不苟，认真准备。他对原理和公式的推导与应用是并重的，他对实际应用更是十分重视，他撰写的微积分教材定名为"实用微积分"，书中收集了成千条有关应用的习题和试题。

我还记得，长汀多年无电，当厦大的发电机第一次运转，把学生的每一个书桌照亮的时候，是萨校长亲自到现场调试的。

他一校之尊，能把同学的困苦放在心里并亲自到现场去解决，这样感人的场面，在我的脑海中永远也不会磨灭。

傅鹰教授在1941—1943年间亲自编写"普通化学"讲义，一面讲授，一面撰写"高等无机化学"讲义。他把"无机化学"和"初等物理化学"纳入了"普通化学"，为了编写，他真正做到了旁征博引。每写一章，他要从图书馆借来10—20本参考书；写到下一章，他又换另一批参考书。书中不仅贯穿了"热力学"基础，而且也涵盖了大量的化学事实。这部巨著着实花费了他巨大的心血，也是普通化学教材书中的一次崭新的改革尝试，可惜现在失传了。

傅先生教学的作风是严厉而又生动。我回想起他讲第一类永动机的一个例子：有人想用毛细管把水位提离，使水流出来后，再用第二根毛细管提高，如此经营若干步，以成一个高水头，再使水推动一个涡轮。傅先生讲到这里，只是笑眯眯地说，问题是：毛细管中的水只在管口上朝外招了招手说：我不出来了。这时，恰巧下课铃声也响了，留给同学的是思考。

我特别敬佩蔡启瑞教授。不仅衷心感谢他当年手把手地给予我指导，三四十年代，年轻的蔡老师就是出类拔萃的物理化学家，具有很高的学术水平和自信。回想傅先生和蔡先生30年代末从事液体色谱的研究，远在马丁（Martin）和辛格（Synge）的诺贝尔级的工作之前，他们在当年极为困难的条件下成为世界色谱研究的先驱。

后来蔡启瑞老师又进入表面催化领域研究，他几十年来把结构化学、表面化学、反应化学和催化动力学等融为一体，游刃有余，名副其实地成为我国催化领域泰斗，并培养了一支宏大的梯队。

我还记得，1944年初李约瑟博士作为英国剑桥大学物化学教授来校学术交流。当时长汀基本上处于封闭状态，与国外交流可以说基本上没有。但年轻的蔡老师在大会应对自如地和李约瑟侃侃对话，给我们青年学子留下了深刻的印象，这也说明厦大在那时就拥有冲击世界水平的学术潜力。

一次，作为一年级学生的我在进行普通化学实验时发生了事故——浓硫酸喷进双眼，系主任刘椽老师立即到现场指挥，指导实验的石阿曹老师快速处置，校医吴金声博士在几分钟内赶来急救，使我的双眼几天内就痊愈了。直到今天，我仍然衷心感谢几位老师的帮助和厦大极为过硬的、有效的运作系统。

新中国成立以来的厦大，经过几次重大的发展，今天的水平、规模，各方面都是过去所不可同日而语。在党的坚强领导下，今天的厦大拥有着若干出类拔萃的青年学术集体，这预示着：21世纪的厦大，创新加继承，必将展现世界级的学术辉煌，并为国家的振兴和强大作出非凡的贡献。

（选自《南强记忆——老厦大的故事》）

作者简介

张存浩，1928年生，山东人，中国科学院院士，中国"化学激光之父"。曾获2013年度国家最高科学技术奖。1940年，就读福建省立长汀中学（现长汀一中），1943年考入厦大化学系（当时在长汀办学）。

寒窗琐忆

◎ 沈富腾

回忆十七年寒窗，既走过了阳关大道，也经历了独木小桥，但终归踏上了我为之奋蹄数十年义无反顾的人生旅途——为我国对外经济技术合作事业而奋斗。

我于 1940 年 4 月 29 日（农历庚辰年三月二十二日），生于闽西山区——长汀县河蔡乡墙头银村（现为长汀县河田镇明光村）一个世代务农的家庭。家里主要靠祖父沈长浪、父亲沈玫发和叔叔沈佐发几个男劳力种地，维持一年四季的口粮；靠祖母吴二嫂和母亲陈滕二，天天编织苇包卖钱买油盐酱醋等零星物品；靠每年养两头猪，到年底卖钱买布，为每人缝制一套或一件衣服。就是这样连生计都难于维持的经济条件，家里还曾经让我先后到沈长庚家和沈长馨家各上过半年私塾，去杨梅山（王家祠）小学也读过半年，新中国成立前夕，还去半坑我姑父饶绍生任教的学堂读过半年。如此打游击似的，东一榔头西一棒子，虽算不上什么正规求学，但父母的拳拳之心我终生难忘。

1949 年 10 月 18 日长汀解放了，1950 年家乡办起了松林初级小学，我这才开始步入正规校门。这应是我人生旅途定向之开端。

记得，当时一学期学费是几升大米，我和富新弟二人要交 1 斗米。我深知上学机会来之不易，心怀对政府的感激，牢记父母的深切期盼，一心苦读。加之比别人大几岁，稍懂点事，老师也关爱，所以还算争气，第一学期就考了个全班第一。好像这就上了路，一直保持到初小毕业。

这期间，有一事令我终生难忘。记得是三年级下学期，因祖父去世，父亲考虑到家里缺乏劳力，要我辍学，我无奈只好服从。在家放牛，农忙时下地干活，过得倒挺轻松，可"要跳出这个穷乡僻壤"的梦想破灭了！幸亏两个多月后，丘大经校长找到家来了，劝说我父亲，要我回校续读，让我新弟辍学干活，理由是我学习成绩好，不学太可惜了。父亲听了校长的劝告，并考虑到新弟幼年时期得过中耳炎，听力较差，只好同意我回校续读，让新弟回家接替我放牛干活。这对我来说当然是件好事，是件关系到我一生命运的大事。但我两个月没上课，也没参加月考怎么办呢？校长说："没关系，你赶紧补课补考吧！我相信你能赶上！"既然校长这么器重我，我也不能辜负他的一片苦心啊！于是我白天黑夜地补课，老师也非常关照，有求必应。补了个把月的课就补考了。令我吃惊的是，学校规定补考分数只能按80%计！那我也没辙，只好听天由命呗！还好，"苍天不负苦心人！"，尽管都按80%计，也还名列前茅。加上期末考试的成绩是按100%计的，全年成绩还是全班第一。这是我人生旅途中，继从务农到上学之后，又闯过的第二关！

初小毕业了，就转到河田中心小学念高小。在俞士熊校长和老师们的精心教育下，两年后高小顺利毕业了，被保送到长汀二中（现称"河田一中"）读初中。初中三年非常顺利，德智体全面发展。除了学习成绩年年全班甚至全年级第一名外，还当学生干部，从当班长一直当到校学生会主席。还有，体育也相当优秀，学校每年一次的运动会，规定每人只能最多参加三项比赛（跑、跳、掷），我基本上每次三项比赛都在前三名。因此，我每年都被评为"三好生"或"优秀生"、"甲级优秀生"。那时，我家里卧室墙上贴满了奖状。

初中三年之所以十分顺利，离不开"伯乐"——我尊敬的魏善勋、肖天柱二位校长和我敬爱的班主任黄瑞老师的赏识！特别是黄老师，他比我大不了几岁，刚从福建师范学院毕业，分到长汀二中当我们班主任并教语文。他讲语文课生动有趣，他讲的一个小故事，我至今还记忆犹新。他说自然景物本身没有阶级性，但人们对自然景物的看法则带阶级性。他举例说明：在一个大雪纷飞的日子，有商人、秀才、财主和乞丐四人一起在路边亭子里避雪，商人下意识地说了一句："大雪纷纷落地"；没想到，秀才马上接了一句："都是皇家瑞气"；财主听了，趾高气扬地说："再下三年何妨？"乞丐一听火了，对着财主嚷嚷："放你妈的狗屁！"四句话正好构成一首小诗，虽然语言有些粗俗，但恰如其分地代表了四个不同身份的人面对大雪的截然不同的心态。黄老师不仅是我的老师，循循善诱地教导我学习和为人，同时，他和师母就像我的哥哥和嫂子一样关照着我的生活，连吃夜宵都忘不了我！

高中可不一样。我1958年保送入长汀一中，当时校长是郝曼华先生。父亲为供我上学，专门到县城拣粪卖钱，十分辛苦，我决心好好学习，以图报答。无奈赶上了"大跃进"、"大炼钢铁"，包括我们学生在内的全民大炼钢铁如火如荼。我们年级的"任务"是到三十里外的南岩山上烧木炭。那段日子就像白居易在《卖炭翁》中所描述的那样："伐薪烧炭南山中，满面尘灰烟火色，两鬓苍苍十指黑。"有时还挑木炭回汀城炼铁，在几十里弯弯曲曲、凹凸不平的山路上挑着重担行走，累得气喘吁吁，汗流浃背，有的体质虚弱者当时就倒在路边上。后来我们又到飞机坪炼铁厂上夜班拉风箱……这种非学生生活一直延续了好几个月，既耽误了功课，又损害了健康。其祸害之大仅次于"文革"！

高中的另一件难忘之事是"理科二年制"。当时的福建中等教育搞得不错，是全国的"高考红旗"，全国各地都纷纷派团到福建"取经"。在这教育界的大好形势下，省教育厅进行缩短学制的尝试，想改高中三年制为二年制，先对理工科进行尝试，便开办了"理科二年制"。长汀一中在高一年级挑选出一半学生，办了两个"理科二年制"实验班，每班各50人。我有幸成为其中一员。实验班规定，高中三年的全部课程必须在二年内学完，视同高中毕业，参加当年高考。于是，课程安排得紧紧的，老师拼命地"灌"，学生拼命地"吸"，有时连周日（那时尚未实行"双休日"制）也用上。久而久之，不少人吃不消，有的累病了，有的跟不上，逐渐地被淘汰出实验班。一年后，我们班只剩下18人。我们想"豁出去了"，坚持到底！遗憾的是到了最后一个学期，三年课程都快要学完了，省教育厅突然来了个通知，停办"理科二年制"，统统转成三年！我们一个个垂头丧气，也只好听天由命。

于是，高三年级重新分班，将近200人重新分为文科、理工科和医农科4个班〔理工科人多，分2个班〕。在分科时，我想起了不久前的体检结果：我眼睛有红绿色盲，不适于念理工科。如继续念理工，那将来只能当教员，别无选择。我干嘛"一条胡同走到黑"，何不借此机会转到文科呢？反正我文理科成绩都差不多，甚至对文科还比较感兴趣呢！这么一想，就毅然决然地转到了文科班。班主任是俞水谟老师，并教我们历史课。这是我人生旅途中，在经历了入学关和辍学关后，又一次超越的专业纠正关！

出乎我预料的是，到文科班后，除继续让我当班长之外，还要我兼任团支书。原因是我三年课程都学完了，有"余力"身兼二职。众意难违，我只好服从。

高三学年很快就要过去了，要准备高考了，怎么填报志愿是个难题。我们这个地处山区的学校，在那个交通不便、信息不灵的时代，加之我们这些穷学生孤陋寡闻，真不知该填报哪所大学、哪个专业才合适！除了招生的大学每个学校有一张"招生简报"可参考外，就再无其他信息了。较为可信的途径就只有请教老师了。于是，在咨询了一遍可请教的老师之后，觉得我原来理科二年制的班主任钟才文老师的几句推荐话比较靠谱。他说："你报北大吧！上届钟友文考上了北大东语系，你更没问题！"开始时我有些犹豫．我怕"麻布袋做龙袍——不是这块料！"可后来一想，虽然他有些夸我，但上届钟友文考上北大东语系是事实啊！经过一段分析比较之后，我想不妨来个"鲤鱼跳龙门——碰碰时气"吧！于是我就在第一志愿栏上填上了"北京大学东方语言文学系"，并进一步抓紧时间，更加全面、深入地复习功课，全身心地准备高考。尽管不巧，当时赶上牙疼，深切体验了一次"牙疼不算病，一疼就要命"的真实含意。幸亏省教育厅在这关键时刻十分给力：因当时正处"三年经济困难时期"，粮食供应紧张，给每名考生每天补助二两粮票；为确保考生身体健康，又给每人免费发放一批保健药；高考时，在考场附近还设了急救室，怕有考生晕倒。考生们对此无不感激涕零！

1961年是三年经济困难时期中最困难的一年，高考录取率太低了！当时的福建省是全国"高考红旗"，我们学校在龙岩专区（现称"龙岩市"）也是名列前茅的，可我们200多考生才被录取（包括大专在内）20多人！尽管如此，我算是幸运的——我第一批接到通知，我果然被第一志愿录取了！当时的喜悦心情难以言表。我这个世代务农的家族，竟然也蹦出个大学生！县里人说是"山窝窝里飞出了金凤凰"。村里的人则说是"他们家的祖坟冒青烟了！"不管别人怎么说，我自己心里明白，那是老师辛勤教导和我自己苦读的结果。况且，我虽然不算什么"骏马"，但我真的遇上"伯乐"了啊！这应是我人生旅途中跨越的第四关！

高中不容易，大学也不轻松。刚入学分班，系里指定我为本班负责人（后被正式选为团支部书记，到四年级时又任系学生会副主席）。我寻思是不是我的高考成绩不错啊？！但别高兴太早！慢慢地就遇到一个又一个难题。我这个南方山区农村的穷孩子，一下来到北方，来到京城，人生地疏，两眼摸黑。怎么尽快熟悉环境，适应新生活，是首先要面对的第一难题。我们初来乍到的南方人，分不清东南西北，而北京人问路和回答都说"往东"、"往西"、"往南"、"往北"；北京气候干燥，我刚来没几天就嘴唇干裂、两腿瘙痒；冷天室内外温差大，而我们习惯于室内外穿一样的衣服，动不动就感冒；我们这些"土包子"来京前，连公交都没坐过，啤酒没喝过，更没穿过棉裤、棉鞋，没戴过棉帽子；我们吃惯了米饭、喝惯了米粥，到这里要吃馒头、啃窝头……如此等等，衣食住行方方面面都不习惯。那怎么办呢？客观环境不会因你需求而改变，而只能改变你自己去适应环境。经过思考和实践，我总结出三个字：改、学、忍。即：改掉你不适应新环境的习惯，学习你不懂或不会的生活常识，忍受改、学过程中的辛苦。就这样，实践了一年多才基本适应过来。

第二难题是经济困难。国家困难，自己家里更困难。接到录取通知书后，家里东拼西凑，好容易凑足了路费来京入学。入学后不久就评助学金，我们班从农村来的同学都评上了不同等级的助学金，因我的家庭成分是中农，只评上了丙级，14.5元/月。其中12.5元交伙食费，还有2元零花钱。就是国家给的这份助学金，维持了我在北大五年的学习。家里是没钱给我寄的。因此，每到周日，有钱人家的孩子都出去观光游览，而我只能背着书包上图书馆阅览室看书，五年如一日。而且，由于路费难于筹集，五年的寒暑假只回家过一次。没有过冬寒衣，国家给我补助了一条棉裤，自己家里给买了一件旧棉袄，用积攒的零花钱买了一双棉鞋和一顶棉帽子。因北大校园大，宿舍离教室远，上下课都得走二三十分钟，便经常着凉流鼻水，得了鼻炎，一直延续至今未愈。

我们入学时，正值国家三年困难时期。粮食、布匹等主要生活用品实行凭票供应。在那"毛主席戒了肉，周总理每天一顿粗粮"的年代里，我们每天配给一市斤粮食，其中细粮（面粉馒头）三两、大米二两、粗粮（玉米面窝头）半斤。每天一斤粮食在今天来说是完全够吃的，甚至大多数人吃不完。可在当时不然，因为副食配给少得可怜：每人每月只配给三两肉、半斤油和半斤点心票。不见荤腥的肚子，饭量越来越大，整天饥肠辘辘，盼着食堂开饭。学生们一个个面黄肌瘦，无精打采。这种状况一直延续到1963年才开始逐步好转。

第三难题是阿拉伯语难学。当时的北大东语系有 13 个东方语言专业，其中，阿拉伯语是最难学的。因为阿拉伯语与汉语乃至西语都截然不同，从词汇、发音到语法都没有任何关联和相似之处。连书写都正好相反——从右到左，发音就更奇特了！最难发的是喉音和颤音，尤其是对我们南方人来说，我们说话根本就不用这些音。刚入学时可把我们吓坏了，有的人干脆就转到别的语种去了。我们几个南方学生，靠从小养成的吃苦耐劳的基本素质就会苦练，天天早起到大操场，伸着脖子，张开大嘴喊叫练发音。天道酬勤，经过几个月的苦练，终于基本过关。

发音的差距补上之后，其他方面的难点就迎刃而解了。到期末考试，总算名列前茅。这个成绩一直保持到毕业。

北大五年学业，我之所以能比较顺利地完成，除了我自身苦读之外，我打心底里感激国家的悉心栽培，我衷心感谢校（当时陆平任校长）、系领导和导师们的无私教诲，特别是学界泰斗季羡林系主任的博学多才的榜样力量和德高望重的人格魅力，对我影响至深；还有阿拉伯语权威马坚教授、"金嗓子"刘麟瑞教授、后起之秀陈加后教授、阿拉伯文学奖得主仲跻昆教授等的辛勤教导，令我终生难忘！

万万没有想到的是，1966 年 5 月 25 日，哲学系党总支书记聂元梓等人的一张大字报，把北大校园搅得乱成一锅粥。我们也不用毕业考了，但工作分配也就遥遥无期了！

本来在 1965 年冬，北大东语、西语、俄语三个外语系师生，开赴四川乐山参加社教运动。在此期间，我接到学校通知，准备派我赴开罗留学，继续深造阿拉伯语，要我在当地县级医院体检。我按要求进行了体检，体检表也寄回学校了。但一直没消息，后来得知，原来是"文革"给搁浅了。否则，我这辈子就不是从事对外经济技术合作事业，而是教研阿拉伯语了。不管它是好事还是坏事，这应是我人生旅途超越的第五道关！

突如其来的"文革"大动乱，乱了国家，也乱了个人。我们毕业生们根本就没心思去搞"文革"，我们只想尽快走上工作岗位，踏上事业征途，把所学知识付诸实践，以回报社会，也为自身成家立业。但党和国家各部门、各单位都要搞"文革"，难以正常工作，原来制定好并经批准的招收员工的计划，一个接一个地被取消了。经过一年多的焦急等待前后分配了三次（前两次分别被分配到中共中央组织部、解放军总参谋部，都因"文革"取消招收员工计划），我总算于 1968 年 2 月，分配到国家对外经济联络委员会（后改名"对外经济联络部"）。我这还算是幸运的，我们班还有一半人未分配，被送到唐山滦南县柏各庄劳动锻炼，继续等待分配。这是我闯过的第六道关——分配关。看来，我比关羽还多闯了一关呢！

到对外经委报到后，又按当时的教育方针规定，被安排到北京第三机床厂劳动锻炼一年。后又遇中央发布"五·七指示"，马上又与老职工们一起，到河南"五·七"干校劳动锻炼，"接受工农兵再教育"。直到 1970 年 1 月奉调我回京准备出国工作。此时，我已是而立之年。

回首十七年求学生涯，感想良多。其一，令我遗憾的是，入学太晚，就业也晚，真正就业就更晚！孔子说"三十而立"，不知我这个三十是否算"立"？但无论如何，我比同龄人特别是比现在的同龄人，要"立"得更晚，而且晚得多。不过，那是客观条件所致，我自身无能为力。我相信，与我年龄相当的人，差不多都会有类似遗憾。其二，令我难忘的是，在十七年间，先后超越了六道关口，才走到"我国对外经济技术合作事业"这条征途上来。其三，令我欣慰的是，农家子弟所赋予我的"吃苦耐劳"的基本素质始终伴随着我，让我从小学到大学一直保持全班第一的学习成绩。其四，令我高兴的是，无论是大学还是中学同窗共读的，大都保持联系，还经常聚会。特别是大学同班同学赵学昌、解传广、陈文如、赵士珍、王秀纯、王彤、许丽明等，我们一直保持联系，每年都要聚会一两次，沟通情况，互相帮助。特别是解传广同学，我们网上来往甚多。还有江苏淮阴的唐士贤同学也时不时地来京相聚。中学同学，平常只有部分联系，直到2010年6月，我回乡探亲时，我和邱永源一起组织联系了在长汀县城的三十多位同学，在客家宾馆聚会了一次。尽管那天滂沱大雨，凡联系上的同学们没有一个不来的，那真是久别重逢啊！说不完的话，干不完的杯，最后合影，个个喜笑颜开，依依不舍！

记得，我在上中学期间，老师就给我们推介了苏联著名作家奥斯特洛夫斯基的《钢铁是怎样炼成的》一书，我牢记书中名言："人的一生应当这样度过：当他回首往事的时候，他不会因为虚度年华而悔恨，也不会因为碌碌无为而羞愧……"我把它当做座右铭，记在心上，付诸行动中。我今天回忆十七年寒窗这段往事，或许可以自我安慰地说一句：我已经这样做了！

（选自《汀州客家》2015年春季号）

作者简介

沈富腾，1940年生。北京大学东方语言文学系毕业。高级国际商务师、中国海外工程总公司原总裁、长汀智力支乡协会北京分会会长。著有报告文学《撒哈拉之情》、随笔《足迹遍五洲》等。现居北京。

自强不息的楷模

——《铁匠的儿子当将军》序

◎ 官 鸣

读完上官志坚编撰的《铁匠的儿子当将军》书稿，不由得沉思起来："铁匠儿子"和"共和国将军"，这两个似乎差距甚大的概念，是如何在一个人的身上统一起来？一个打过铁，放过牛的农村穷孩子，为什么能攀登上最尖端的航天科技事业？一个从闽西山区走出的后生，为什么能在国际复杂多变的科技竞争中，大义凛然，为国争光？一个身处高位的将军，为什么能一直保持着谦虚谨慎，热爱家乡，关爱乡亲的炽热感情？……

实际上，这些问题长期来一直萦绕心头。因为我与世盘既是同宗、同乡，又是长汀一中和厦门大学的校友。历史因缘使我有幸与他多年来不断有所接触，对他逐渐有所了解。这本《铁匠的儿子当将军》使我突然对这些问题有了一个答案，这就是我们母校厦门大学的校训："自强不息，止于至善"。

有了"自强不息"的精神，一个铁匠的儿子就能树立远大志向、战胜艰难险阻，实现光辉的梦想。世盘出身于贫苦的农村铁匠之家，父兄均为打铁的好手。也许是"打铁先要自身硬"的缘故，他从小就继承了父兄身上坚强不屈的精神，在农村半工半读念完小学后，到长汀县城寄居上官氏宗祠，继续念完中学。生活虽然艰苦，"一箪食，一瓢饮，在陋巷"，但他勤奋用功，成绩一直名列前茅。高中毕业后，顺利考上名校厦门大学。大学四年，刻苦攻读，以优异成绩毕业，被分配到国防部第五研究院工作，扬帆启航驶向理想的彼岸。

有了"自强不息"的精神，一个农村的穷孩子就能勇攀高峰，创造出人间奇迹。二十世纪六七十年代，世盘调到西北戈壁滩上，从事国防尖端科技的实验工作。历任飞行航区科长，电子测量科长、规划计划科长。在风沙弥漫、荒无人烟的大漠中，艰苦奋斗，磨炼成长，出色地完成了各项任务。改革开放以后，因工作成绩优异，又调任国防科工委作战实验部副部长、部长(师职)，兼任中国广播卫星公司副总经理、中国卫星航天测控系统部部长，1991年晋升为中国航天测控中心副司令员(军职)，被授予少将军衔。实现了从铁匠儿子到将军的艰苦历程，成为新中国成立后我军培养的优秀国防科技人才和现代军事技术装备试验的杰出指挥员。

有了"自强不息"的精神，一个从贫困大山走出的后生，就能不断成长，不断创新，不断建功立业。世盘在长期的国防科技事业中，为多个"第一"作出了突出贡献：参加过中国第一枚导弹、第一颗人造卫星、第一次返回式卫星、第一次"两弹"(导弹、原子弹)结合、第一颗同步通信卫星和洲际弹道导弹的太平洋发射试验等任务，成绩显著，多次立功。特别在二十世纪八十年代，被誉为我国尖端技术发展里程碑的"三抓"任务(洲际导弹、潜地导弹和同步通信卫星)的发射试验中，以出色的组织协调才华，为试验成功作出了杰出贡献。同时，还在组织并参与建成我国远洋靶场测量船(718工程)中，有独特的建树，使工程获得全国科技特等奖。

有了"自强不息"的精神，一个功成名就的将军，仍能始终像一个普通的客家人，尊老爱幼，虚怀若谷，谦逊待人。世盘在1995年退出一线工作后，仍担任了总装备部系统部的高级顾问、中国宇航学会卫星应用工作委员会副主任等职务，继续发挥余热。但他把更多的精力和热情，投入到家乡和社会的公益事业中去，长期担任北京长汀智力支乡协会顾问、厦门大学北京校友会名誉会长、北京闽西革命老区建设促进会第五届会长等工作。他牢记家乡红土地的养育，客家乡亲的培养，母校师长的教诲，热情积极关心支持家乡经济建设和社会文化事业的发展，为长汀一中和厦门大学的教育改革出谋献策，为家乡贫困学子的求学深造奔走相助。年逾古稀，仍在为社会公众利益和民生事业而呕心沥血。

总之，"自强不息"是"铁匠儿子当将军"的精神源泉和本质所在，世盘就是践履这种精神的一位楷模。《周易》曰："天行健，君子以自强不息。"自强不息是中华民族的优秀传统，是中华民族立于世界民族之林的内在根据。这种精神之精髓在于：每个人处世，应该像天上的日月星辰一样，不断运行，自己力求进步，刚毅坚卓，发愤图强，永不停息。人世沉浮如电光石火、盛衰起伏、变化莫测，而命运就掌握在那些勤勤恳恳、奋斗不息的人们手中。无论世道多么艰难，命运多么曲折，只要有了自强不息的精神，就能开拓出一片属于自己的天地

因此，《铁匠的儿子当将军》这本书，可以给人们，特别是年轻人，以深刻的启示和激励。

是为序。

2012 年 12 月 4 日于厦大听涛斋

（选自《铁匠的儿子当将军》）

作者简介

官鸣，1941 年生。复旦大学哲学硕士。曾任厦门大学党委统战部部长，仰恩大学校长、党委书记。出版《管理哲学》《海峡两岸科技资源研究》等 10 多部学术专著。现居厦门。

"音乐母语"的召唤

——《长汀民间音乐曲集》序

◎ 王耀华

面对着这一大厚册的家乡父老乡亲千百年来传承弘扬的非物质文化遗产——《长汀民间音乐曲集》的搜集、整理、出版，我情不自禁地进入了对儿时音乐、艺术生活的回忆之中。

长汀，这是一个一年四季都充满着民间艺术行事和民间音乐活动的地方。

春节，从大年初二开始就有以姓氏、房族为单位组织的"打龙灯"。我们濯田的王氏宗亲分为上坊、中坊、下洋，各有一队"龙灯"，每家每户必须有一位男丁参加。我是单丁独子，于是从七岁开始就要上阵，由于力气不够，所以只能承担"打龙尾"的角色，被人称为"摇猪尾巴"。那也没关系，虽然年纪小，但这也能作为一个男子汉承担着参与集体活动的义务，具有担当的自豪。这个活动从年初二持续到年初五。然后，这种"打龙灯"在正月十二至正月十五又要和踩船灯（跑旱船）、花灯一起闹元宵。

二月二，是街上商家"开张"的日子。为了图吉祥、迎财气、祈繁荣，商家们以摊份子和自愿捐赠的方式，集资聘请本地或外地（如三十里外的三洲乡）的京剧团来演出。其剧目有：《打渔杀家》《九件衣》《苏三起解》等。作为当时的儿童，记忆中最喜欢的是丑角，诙谐、风趣；还有就是花脸，干脆、豪气；老生，潇洒、正派；最没有耐性听的是青衣的大段唱腔，但是对"苏三离了洪洞镇"这类节奏比较紧凑的唱段却能跟着哼唱。

接下来就是农忙季节了。上山砍柴和下地忙于农活的哥哥、姐姐们，常会在山上、田间对唱山歌。或则深情呢喃，或则高亢嘹亮。街上商家中的音乐爱好者，夜里经常凑在一起拉二胡、弹三弦、吹笛子、唱曲子，演唱南词北调、民间小调，叫做"打十班"。夏夜的晒谷坪上，也常有中青年农民伴随着器乐声在演唱《十二月怀胎》《送郎当红军》《泗州调》《瓜子仁》等传统民歌和土地革命时期的歌曲。遇上欢送青年参军，或者欢迎县里干部来检查工作、关心老百姓时，一定少不了"山歌会"，男女老少都会唱上一段自编歌词的山歌来表达欢迎之情。穿插在上半年后半的端午节，常有本地或外地的傀儡戏，或者是独角班，表演、锣鼓、唱念全由一个人包揽；或者是三角班，生旦丑、锣鼓吹齐全。每逢有傀儡戏或其他戏班来演出时，儿童们往往是从下午四五点钟就搬着自家的凳子，到晒谷坪上去占位置，耐心等待。

七月半是"普度"，过节的当天傍晚，每家每户要在屋场的墙角边遍插线香，十分严肃、神圣。但是，七月十二、十三却经常有佛道班子的"超度"活动，以各自不同的仪式和音声，娱人娱神，祈求四季八方吉祥平安。

八月，在中秋月圆的当夜，一群青年人躺在濯田溪边的草地上，伴随着起伏有致、神秘而安详的鼓声，他们进入梦境。大约三五十分钟后，他们陆续起来，挥刀舞棍，表演少林武术、刀棍技艺，谓之"伏少林"。很奇怪的是，原来在平时刀棍功夫不怎么样的人，此时也能舞得像模像样的。

金秋收获季节过后，十月、十一月，遇上十月半迎神，或者迎亲喜庆，更有鼓吹班的乐手敲锣打鼓、吹拉弹唱，或者是祁阳高腔，或者是京剧、汉戏，为丰收、婚庆增添喜乐的气氛。

正是在以上这些无处不歌、无时不乐的音乐、艺术氛围的熏陶下，我产生了对民族民间音乐的深厚情感和深深的热爱。我想，如果说，在日常生活中使用的语言有所谓"母语"之说的话，在音乐生活中是否也有从小就听惯了、唱惯了的"音乐母语"呢？它对人的世界观、人生观、价值观的形成也将起着深刻的影响作用呢。我后来在初中毕业时，之所以会报考音乐专业，除了经济上"吃饭不要钱"的考虑之外，更重要的是由于"音乐母语"的召唤。

再后来，选择以民族音乐研究为人生的目标和生活方式，更是由于对"音乐母语"的热爱，而导致了我的一生专心致志地从事此道的研究、传承、传播和教学、弘扬。为此，我要献上一瓣心香，借此机会对生我养我的长汀家乡、长汀父老乡亲、长汀人民千百年来艺术劳动结晶的民间音乐，致以崇高的敬意和深挚的谢忱！

以上，是以为序。

2017 年盛夏

（选自《长汀民间音乐曲集》，标题为编者所加）

作者简介

王耀华，1942 年生。福建师范大学音乐学院教授、博士生导师，国务院学位委员会学科评议组成员、召集人，国家教委教育科学规划领导小组学科评议组成员。曾任福建省政协副主席、中国音乐家协会理事、福建省音乐家协会主席等。现居福州。

高士的情怀

——读福建师大藏《上官周人物山水画册》

◎ 罗礼平

谨以此文纪念先贤上官周诞辰 350 周年（1665—2015）。

一

高士指称古代志趣、品行高尚的人，高尚出俗之士，多指隐士。而"隐士"在文献中也称"处士、高士、逸士、幽人、高人、处人、逸民、遗民、隐者、隐君子、隐士、居士、道士"等，以"隐逸，高踏，遁世，隐遁，幽栖，幽居"为生活方式。高士是中国古代人物画史上极为重要的创作母题，可以追溯到魏晋。魏晋南北朝时期，由于饱受频繁战乱、政权更迭，给中国的士人阶层的统治地位带来极大的冲击。"穷则独善其身"，以"竹林七贤"嵇康、阮籍、山涛、向秀、刘伶、王戎、阮咸等人为代表的知识分子，挣脱儒家礼法束缚，转而崇尚老庄哲学，超逸世俗，隐居山林，饮酒欢歌，吟诗作文，以此消解苦闷，创造属于自己的精神世界，逐渐形成了具有鲜明时代特征的人文品格，即文化史上所称的"魏晋风范"。与此同时，表现高士的隐逸生活，也成为当世画家的创作题材。如东晋画家顾恺之就创作了《古贤荣启期夫子》《名士图》《谢安像》等。中国文人历来重文品，明清时期高士题材常常被作为判断作品雅俗的标志。福建师范大学收藏的《上官周人物画册》十帧，是上官周表现高士题材的早期作品。

上官周是清初闽画史上一位承前启后的大家，与华嵒、黄慎并称为"闽西三杰"。他擅长人物、山水，善诗文，精工细笔人物，王伯敏称"上官周所画人物，开'闽派'先路"，有《晚笑堂竹庄诗集》、《晚笑堂竹庄画传》行世。其晚年刊行的《画传》尤为后世推崇，自乾隆八年（1743）刊行以来，版本多达十余种，成为明清时期版本最丰富、传播最为广泛的人物画谱之一。

二

上官周出生于福建汀州府地的长汀县，汀州地处闽粤赣联合部，自古以来，为客家人的聚居地。客家人历来就有崇文重教的励学传统，非常重视教育，往往会集中全宗族之力培养本族子弟，以求出官入仕、光宗耀祖。因此，即使家境再困难，大多适龄孩童也能得到助学的机会。据此传统，上官周的童年本应如其父辈一样，步入私塾，为实现祖辈的夙愿而勤耕苦读。然而，一场持续七年的兵乱，击碎了少年上官周的求学之梦。

康熙十二年（1673）开始，三位受清廷册封的藩王即云南平西王吴三桂、福建靖南王耿精忠、广东平南王尚氏家族的尚之信，分别于各地起兵策反，掀起了轰轰烈烈的"反清运动"，席卷南方各地，其声势之大可与明末抗清大潮比肩，这就是历史上著名的"三藩之乱"。福建自明末开始就有反清的传统，是此次运动的主战场，持续的时间也最长。据杨澜《临汀汇考》载，"康熙十三年甲寅三月，耿精忠伪檄至汀州府，叛将刘应麟据城以应，纵兵抢掠旬余，民不聊生；十四年乙卯，刘应麟索民助饷，通海寇入汀；十五年丙辰五月二十日，海寇陷城；十七年戊午正月，吴逆伪前锋韩大任，自江西入汀，兵溃老虎洞"。

与此同时，清政府调集兵力南下镇压，战争一直持续到康熙十九年（1681）。在这长达七年的兵乱中，福建许多城市被焚毁，无数良田被荒废，数十万人无家可归，商品生产停滞，经济上的破坏极其严重，人民生活水平急剧下降。由于受社会的动荡和战争的影响，许多适龄读书的孩童也遭到不同程度的影响，有的甚至荒废了学业。上官周回忆道："当甲寅乙卯间迭遭兵燹，窜伏草土，学殖益就荒落……"

他的童年正是在这兵荒马乱的年代度过，由于束发之年失去了求学的机会，不得不选择了拜师学画，"于是挟三寸管糊口四方间"以画谋生。

三

上官周一生云游四方，中年后主要往返粤东与闽地之间鬻画、交游四十余年，多与名士、高僧往来，其中陈恭尹、释成鹫等遗民诗人、画家对其影响甚大。特殊的生活经历造就了上官周逃逸世俗、安贫乐道的人生态度。尽管一度受到朝廷的重视，康熙五十六年，皇帝下诏招其入宫为画师，却力辞不应。

作为职业画家，他几乎没有像他的学生黄慎及同乡晚辈华岩那样，融合于世俗，以大胆求新的方式来实现自身的价值，而是一直持续着对传统的追溯和承继，追随超逸洒脱之风，表达高古贤达之气。一生中创作了许多高士题材的作品，如《老子出关》《竹林七贤》《梅花高士》《袁安卧雪》《苏长空赏心十六事》等等。

四

《上官周人物画册》十二帧，属"时戊寅（1698）秋八月"，是其34岁时的创作，册页以高士人物为中心，根据历史典故创作而成。《紫气东来》描写尹喜迎接老子的情景。一棵苍天老松树下，老子骑在水牛背上，身子微微前倾，须长素衣，神态祥和；相距丈余的尹喜俯着身子作揖，正在迎接老子的到来；水牛昂起头，炯炯有神地望着对方，人与动物之间相互顾盼。《庐山讲道》描绘的是东晋慧远的故事。画面并没有把慧远塑造成一个出家人，而是画了两位高士坐在山崖上促膝而谈，身边有位孩童侧身聆听；主体人物在画面正中间，山石以局部半环状置于右侧，大量留白，省文取意。《知章骑马似乘船》取自杜甫的诗《饮中八仙》中的"知章骑马似乘船，眼花落井水底眠"

的意境。酒后的贺知章骑着马在山路慢慢前行，身子稍前倾，眼睛微闭，头部自然微微下垂，右手紧紧拉住马绳按在马背上，左手自然下垂，形态似醉非醉；背景上半部分特意留出空白成一层云雾，恰到好处地衬托了主人公那种飘飘逸仙的状态。《终南山隐者谭景升》描绘的是唐末五代高士谭峭，画幅上方题："终南山隐者谭峭景升，出《化书》谒宋齐丘曰：'此予之《化书》，化之无穷。愿子序而传。'齐邱以酒饮景升，升醉，以革囊囊之，投于渊中，夺此以为己书，自行以传世久矣。忽有隐者得革囊，剖而视之，一人酣睡囊中。渔者大呼，乃觉曰：'我谭景升也。宋齐邱夺我《化书》，沉我江中。今《化书》曾无行乎？'渔者曰：'行之久矣。'景升曰：'《化书》既行，不复人乞。渔者再报吾……"是关于谭峭《化书》与宋齐丘的典故。谭峭，字景升，唐末五代道士，著名道教学者，泉州府清源县（今属莆田市华亭）人，其所作《化书》是道教思想史的重要典著。《化书》也称《齐丘子》，相传谭景升写就此书后，交与宋齐丘作序，被后者窃取传世。至宋代，经学者陈景元的揭露，才还原谭峭是《化书》作者的事实。上官周笔下的谭峭，蜷缩于囊袋之上，酣睡其中，头部近乎特写，表情憨态可掬，周围仅画了几组水纹，其余为空白。《观泉图》《梅花高士》《倚树听松》《柳塘游舫》《溪江秋静》等都是特定景致中的高士，笔墨疏简，传神至极。

五

《上官周人物画册》借高逸之士及其故事表达自己的精神寄托和操守，同时也反映出作者深厚的文学修养，及对人物典故的准确把握。上官周早年拜同里画家、波臣派传人熊介玉为师学习写真人物，由于聪颖好学，其才华很快得到归乡名宦、闽籍诗人、鉴藏家黎士弘的赏识，常出入黎氏书斋"溉本堂"饱览典籍、临习名作、颂诗作文。黎士弘称他"好学深思、出入古人"，"虽年少要一时奇才也"，评其画作即"置之宋元大家亦复何辨？毋论近代十洲诸贤也"。

康熙三十三年（1694），在黎士弘的引荐下，随卸任汀州知府鄢翼明游历江浙。福建师大收藏的这件作品，正是上官周出游江浙后的创作，就人物画而言，反映了作者受到福建曾鲸波臣派细腻的写真传统以及浙派马远、夏圭、吴伟等人画风的影响。

上官周画的每个人物仅五厘米左右高，造型准确生动，极其注重通过人物表情、动态及衣饰细节来表达人物的内心世界，脸部略以凹凸渲染法淡彩，既概括又体现表情的细腻，而衣饰用笔潇洒自然、疏密有致。从经营和技法上看，山水人物与景致相映成趣，布白合理，工写结合，以形载意，尽管当年上官周才三十开外，但已足见功夫之老到。古人云"鬼魅容易狗马难"，何况画人？由于人物画受特定形象的限制，在技法上难以像山水、花鸟那不计形似而逸笔草草，往往易流于率意。上官周这套人物册页，真正做到了"形似"而"意出"。

（选自《艺术时空》2014 年第 3 期）

作者简介

罗礼平，1967 年生。中国文艺评论家协会会员，全国教育书画协会高等美术教育学会理事，福建省美术家协会理事、理论委员会副主任，福建师范大学美术学院副院长、教授、博士生导师。

文以载道是文学永恒的使命（外一篇）

◎ 童大焕

　　不管我们对诺贝尔奖抱着怎样的成见和酸葡萄心理，也不管诺贝尔奖有过怎样的遗漏与缺陷，我们都不得不承认一个最基本的事实：诺贝尔奖所宣扬的价值观，永远是我们无法跨越的一座高山。

　　"因为他对权力结构制图学般的细腻描述和他对个人的抵制、反抗和挫败形象的尖锐刻画"，瑞典科学院将2010年诺贝尔文学奖颁给了秘鲁作家马里奥·巴尔加斯·略萨。在曼哈顿举行的新闻发布会上，面对在场的150位国际记者，略萨表示，身为作家，"介入公众事务是一种义务"。在发布会现场，许多记者都问起了作家写作与政治的关系。略萨回应："我是作家，同时也是公民。在拉丁美洲，许多基本的问题如公民自由、宽容、多元化的共处等都未得到解决。要拉丁美洲的作家忽略生活里的政治，根本不可能"。

　　用略萨自己的话说是"在所有小说的心脏里都燃烧着抗议的火苗……小说是社会发生某种信仰危机时的艺术。"是的，人从生下来开始，要想保持独立和自由，要想拥有一颗强悍而伟大的心灵，就必须和从一开始就比你强大得多的许多庞然大物对抗。不管这个庞然大物是有形的，还是无形的；是来自我们内心的观念和刻板成见，还是来自制度与秩序的安排。

　　中国自古有"文以载道"的传统，作家和知识分子都没有逃避现实的权利。他们是个人，但更是社会价值的坚守者和社会现实的批判者。贫贱不能移，富贵不能淫，威武不能屈。这是他们应有的人格使命。不为权力和金钱所豢养，以"不妥协"的写作姿态介入生活和政治，以独立精神批评现实。而"文以载道"的道，即是天地人间之大道，既是指社会发展的自然客观规律，也是指符合天理人性的价值观和方法论。"文以载道"，就是要坚守公正、平等、自由、正义这些人类的普世价值和秩序、方法，并且对破坏这种价值的一切行为进行揭露、批判和抵抗。就像略萨在《给青年小说家的信》中阐述的文学抱负——"对现实生活的拒绝和批评应该坚决、彻底和深入，永远保持这样的行动热情——如同堂吉诃德那样挺起长矛冲向风车"。

在"文以载道"的道路上，文学与政治，永远不能分家。政治乃众人之事，乃众人之权，乃众人之责。即使你不想关心政治，政治也一定在关心你，在时时刻刻地影响你的生活。一个人孤单单地来，孤单单地去。要想不在生活的来路与去路上形单影只孑然一身，你就只有将自己的命运、将自己的写作彻底融入到"众人之事"当中，社会发展规律、国家民族命运、人类终极价值紧密联系在一起，让文字成为火炬，成为思想的闪电，照亮人类混沌的心灵与黑暗中前行的路。

中国，你慢些走

2011 年 7 月 23 日 20 时 27 分，北京至福州的 D301 次列车行驶至温州市双屿路段时，与杭州开往福州的 D3115 次列车追尾，造成 D301 次列车 4 节车厢从高架桥上掉落。据悉事故原因是前车遭到雷击后失去动力停车，造成追尾。截至 7 月 24 日 11 时，媒体报道已有 35 人死亡、210 人受伤。

发生如此重大悲剧的前几天，铁道部发言人刚刚针对京沪高铁连日频发故障作出解释，说高铁需要 2 至 3 个月磨合期，然后进入稳定期。想必 D301 次和 D3115 次动车，开通不止三个月了吧？也许，我们不得不面对的现实是：我们正在为追求过快的发展速度付出代价。

事故发生后，人们翻出了我们曾经感到无比自豪的一些东西，比如《人民日报》2010年12月14日1版发表的《"提速先锋"李东晓》，4009字长文，报道中写道：多一天调试，就能多给旅客一份安全与舒适。上级下了"死命令"：培训时间10天。10天后，必须把第一列时速350公里的动车组开回北京！"回北京可以。就安全角度而言，只能让别的机车把这车给拉回去。"迈克斯是个倔老头儿，秉承了德国人一贯严谨的态度与工作作风。"那我们就打赌吧！10天后我们肯定能开走！"李东晓比迈克斯更倔。

此外，还有硬件建设方面的，从最初的五年工期到实际两年7个月完成铺轨，京沪高铁"创造"了高铁建设速度纪录——这个时间，在国外建设高铁时，还不足留给路基自然沉降。按照时速380公里的设计要求，京沪高铁线路建成百年内，沉降要控制在5毫米以内，时间跨度是100年内。如果超出这个限度，轻者会舒适度降低，重者可能会出现列车脱轨等安全事故。

我们大干快上，高铁却并不那么受欢迎。因为贵，即使在一票难求的春运，大量高铁仍然空荡荡运行。京沪高铁开通不到一月，已经宣布停运G181次、D238次、D242次、D241次等4趟车。因为上座率低，这4趟高铁列车3天的预订量最低仅一成。因为高铁故障频发，与此竞争的京沪航线4折机票已经基本上调回8折。高铁列车空荡荡绝尘而去的身影，像一个时代隐喻：中国高速发展的列车，把许多民众远远地抛在了身后。

被时代列车抛下的人们，远远不是被抛下那么简单，他们要承担高速发展的列车给他们留下的一系列成本：环境、安全，以及高速发展所需的资金等等。最新消息是，铁道部2010年需还本付息超1500亿元，但税后利润仅1500万元，只占应付款的万分之一。在此前的2011年两会上，铁道部部长盛光祖表示铁道部负债额约为1.8万亿元。有分析认为，目前铁道部全部经营现金流也就只够支付利息。

今天，公众对"中国高铁发展很快"抱有种种的担心，因为，这已经不是一般的"快"，而是那种"大干快上"的"快"。

中国哟，请你慢些走，停下飞奔的脚步，等一等你的人民，等一等你的灵魂，等一等你的道德，等一等你的良知！不要让列车脱轨，不要让桥梁坍塌，不要让道路成陷阱，不要让房屋成危楼。慢点走，让每一位公民都顺利平安地抵达终点，每一个生命都有自由和尊严，每一位公民都不被"时代"抛下！

（选自童大焕博客）

作者简介

  童大焕，1968 年生。当今国内最活跃的时评人之一。2013 年度"中国百位意见领袖"。出版有《俯仰天地间》《冰封的火焰》《中国钥匙》《穷思维富思维》等著作。重庆邮电大学移通学院大焕城市化战略研究院院长。现居北京。

长汀师范：回不去的美好教育

◎ 涂秀虹

近日，长汀师范同学相约毕业三十年聚会，"毕业三十年"这个词时时映入眼帘，我的思绪便常常恍惚。三十年前的故事和心情，笑颜和身影，时不时晃过眼前。忍不住捡起笔来写下这些闲散文字。

想起操场尽头的那座小楼，在那里我们度过了美好的普一。小楼连通公路，犹记得早上走过那段公路去上课，阳光透过柿子树、法国梧桐和高大挺拔的樟树，那一缕缕金光闪耀，折射出七彩的光芒，是最好的晨景。

小楼旁边沿着操场边沿，是两间教室构成一个直角的平房，那是我们的音乐教室和体育器材室。从1982年开始，我国实行精英式的中等师范教育，在优秀初中毕业生中选拔人才培养小学教师。这种理想的素质教育，在一百年的现代中国教育史上，仅仅存在了十几二十年，而我们，有幸接受了如此美好的教育。我们的音乐老师叫胡小军，据说是恢复高考后福建师大音乐系有名的才子，他的音乐课让我们第一次知道，原来音乐是如此有文化，有内涵，如此美妙。还记得他教我们唱一首台湾校园歌曲《小村的故事》。他说，唱歌之前必须读通歌词，字字落实，准确，清晰。于是，他自己先朗诵一遍，那标准的语音，那深沉的音色，立刻把我们带入了小河边、竹林旁，那飘着稻草香的小村庄。他示范，教我们如何有表情地歌唱，让我们真正体会到，有感情地歌唱，原来是这样美好的触动心灵。这首《小村的故事》，我后来才知道，是台湾校园民谣奠基者之一叶佳修的作品，词曲境界之美，三十多年过去，至今记忆清晰。

教我们美术的是童文坚老师。童老师手把手教我们学素描、调颜料，引领我们进入色彩斑斓的艺术世界。美术鉴赏课，他用幻灯片给我们看古今中外名画，那时幻灯效果不太好，但是，我至今记得第一张幻灯片女娲伏羲图。记得第一次水彩课他带我们写生，面对汀江和梅林，他教我们如何把握色彩的干湿浓淡。第一次画人体石膏，记得我选的是一尊希腊古典美女像，头很小，坐姿。还记得刚开始上国画课的时候，我模仿老师的作品，画了一幅竹子，好长的条幅。不久学校举办画展，大概出于鼓励的意思，我们八四级的作品也选了部分展出，其中包括我这幅墨竹图。那时候学校经常举办师生书画展。八二级美术专修班的作品让我们特别羡慕。八三级同学以诗配画，一幅幅诗的意境至今清晰映在我的眼前。

而我天性喜爱语文，在师范教育中语文课比重最大，对我来说真是最幸福的事情。

教我们《文选和写作》的邹顺昌老师刚从大学毕业工作一年，当时才二十出头，非常害羞，说话脸红，上课提问都不敢看我们。但他讲课常常语言犀利，冷幽默，我们大笑，他却总是抿着嘴忍着笑。

那时老师布置我们写的作文很多，老师经常在课堂上请同学朗诵范文。我印象很深的一次是，我写了一篇文章，题为"亭亭"，那是要求记事的一篇文章，但我写完拟不出记事的题目，便胡乱以主人公名字命题。邹老师把这篇文章给我，叫我刻蜡版印出来。那时我参与了班级、学校多种刊物的编辑，刻蜡版颇为熟练。语文课，邹老师把《亭亭》发给全班同学，没有说作者是谁，只是一一提问，请同学们评论这篇文章的开头、结尾、写人、叙事。我默默地听着，特别忐忑。最为令人不解的是，老师居然也提问我，叫我评论文章的结尾方式好不好。我现在还记得，那篇文章，我写的是我和亭亭到庙里，跟着亭亭一起喝了香炉灰的事情。那结尾，是戛然而止的。当时安排那样的结尾，主要是因为实在不知该如何结尾，就那么收笔了。那是我最语无伦次的一次课堂回答，印象深刻。

普三，何煌远老师教我们文选。何老师来，正好遇到中师学制调整，四年制变成三年制。我们的课程本来是按照四年制安排的，《文选和写作》共八册教材，后面几册主要是古典文学，因为学制缩短，很多课文要求自学。我们当时情绪很大，觉得我们该学的都没有学，怎么去教书？古典文学难度大，怎么自学？记得何老师那天上课，让我们就自学篇目提出疑问，现在还记得，其中一篇课文是方苞的《狱中杂记》。我立刻站起来，每篇课文，从头到尾一一请教，整整问了一节课，直到下课铃响起。我是故意的，为了表达和宣泄不满情绪。非常佩服老师，我的每一个问题，老师都不假思索脱口回应。老师显然也看出了学生为难老师的意思，但是，毫无愠色，而且，此后何老师仍然悉心指导我学习。我读的第一部《红楼梦》研究专著，太愚的《红楼梦人物论》，就是何老师向我推荐并且借给我的书。

那时候长汀师范的师资力量真的非常优秀。四班的文选老师是谌钟老师，他是我们学校的语文教研组组长，同时是福建省中师语文教研组组长。我认识他缘于一次语文竞赛。

记得是普一下学期开学不久，一个春雨绵绵的下午，学校广播通知，全校学生不分年级，包括民师班在内，用一节课时间，全体参加语文知识竞赛。那竞赛很特别，不是常见的知识抢答，而是书面考试。那样的考试内容和考试方式我从来没有见过。考试内容是100道选择题，每题1分，满分100分。试题覆盖面非常广，从语音、字、词、句、篇章结构、名家名作等语文常识，到文学作品鉴赏，无所不包。那是我考得最差的一次语文考试，大量题目无法判断，非常沮丧。但那也是我收获最大的一次考试，因为通过考试颇为全面地学习了很多未曾学过的语文知识。考试结果很快出来了，我的成绩是57分。当老师告诉我这个成绩的时候，我羞愧得无地自容。但是，老师说，这是全校最高分。我获得了这次全校语文知识竞赛第一名。因为这一殊荣，我有幸被谌钟老师认识了。

有一天，在教室旁边的宣传栏附近，谌钟老师叫了我的名字，问我对这次竞赛试卷有何想法。我说我从来没想过，考试可以是一次教学，学生通过考试可以习得很多知识。谌钟老师说这张试卷他花了很长时间才拟定，他认为这是理想的考试所应该具有的一种形式。谌钟老师的这一教学理念我至今常常想起。与谌钟老师此后多有交流，每一次的教导我都记得很清楚。

我们的口语课由教务主任周存老师教授。周存老师的课风趣幽默，几乎每一节课，我们都在欢笑中度过，在欢笑中我们学习了客家方言与普通话的差异，客家人学习普通话需要克服的困难，需要强记的字音，还有演讲的技巧，教学语言的探讨等等。周存老师学术视野开阔，他的口语课实际上涉及语言文化的方方面面。记得他举例子说方言之美，说的是客家话中"呢 nei"的四声，这四声所传达的意思，生动形象且趣味盎然，其表情达意之精妙，普通话中任何一个字音字意都无法转译。

还记得文质彬彬、斯文秀气的涂水发老师，也是刚刚大学毕业，教我们哲学，滔滔不绝为我们讲述什么白马黑马，什么逝者如斯夫，人不可能二次踏入同一条河流……从来没有听过的言论，从来没有接触过的思想，涂水发老师的哲学课，为我们开启了看世界的另一扇窗户。

我非常庆幸自己有机会就读长汀师范，有幸与那么多才华横溢的老师相遇，感谢我亲爱的老师们。在我的记忆深处，长汀师范每一位老师的美好教育都清晰如昨。写出这句话，老师们的面容真如过电影一般叠加在我眼前……

想起刚上普一时，班干部是由老师安排的。大概因为我的中考成绩相对高分，所以，老师安排我担任学习委员。第二个学期开学改由同学们自己选班干部，我完全不明白为什么，我居然获得最高票。

一天早上，我穿过操场到教室去，偶然与邓玉远老师和萧伦森老师同行。邓老师是我们的体育老师，兼任一班班主任。萧老师是三班的班主任兼语文老师。邓老师对萧老师表扬我，说一个女孩子，如此文静，居然能得到全班最高票，几乎是满票，很了不起。

我这才知道我得了高票。听了老师的表扬，我很不好意思，但心中自然是很高兴的，特别感谢同学们对我的信任。不过，当时心理活动相当丰富，至今还依稀记得，我的心里在暗自分析，为什么那么优秀的班长没能得最高票，想来是谈恋爱引起了不少同学的嫉妒，哈，这个秘密我今日第一次说起。

邓老师从此对我特别关照，青眼有加。我的文化课成绩很好，但是，体育素质向来很差，体育达标项目中，铅球怎么也无法及格。邓老师给了我无数次补考的机会，一次又一次耐心教我动作要领，最后无奈，只能以实心球作为铅球让我扔，给了我及格的成绩。他说，一个人不可能全面发展，但只要有自己的优长就好。邓老师认定我是有自己优长的学生。感谢邓老师的宽容和教育，他的教育理念对我产生了很大的影响。

但是，其实我并不能发挥自己的优长。我很任性。此时，我想起了张永金老师，那个只比我们大几岁的班主任，当时刚刚大学毕业不久，也是个说话就脸红的大男孩。

普二，全校选举学生会主席，我得到了全校最高票。这是因为，普一下学期期末，我赶在截稿之前最后一个晚上，投稿参加了全国师范生作文大赛——这样赶在最后时刻交稿的习惯，我至今如此，真是惭愧——没有想到，这篇由张老师的生物课获得灵感而创作的童话，居然获得了福建省第一名，进而获得了全国二等奖。这次获奖，学校非常重视，大红喜报几乎铺天盖地，学校还专门派了一辆校车，派出铜管乐队敲锣打鼓送喜报到我父母的单位。所以，当时全校同学几乎没有不认识我的，自然，全校性的选举，我的得票率会是最高的。然而，当领导老师找我谈话时，我却拒绝担任学生会主席。

张老师得知消息，匆匆赶到教室，把我叫到教室门外，以从未有过的严肃口吻质问我为何放弃。我立刻意识到我让老师生气了。张老师几乎是气急败坏地往他的生物实验室走，我很惶恐地跟在后头，跟了一段，他回头挥挥手说：你回去吧。我站在教学楼转角的地方，就在那棵芙蓉树下，低头想了好久。

三岁看老，三十年过去了，在一次次所谓"发展"机会面前，我的性格和选择基本没变，如今想来，不免感慨。很抱歉，让我亲爱的老师们失望了。

想起当年常常出现在同学们笔下的一个词："悸动的青春"。至今不知"悸动"在那时究竟是什么意思、要表达什么。但是，青春少年彼此的好感却至今依稀记得。那时长汀师范的录取分数线高于长汀一中50分。可想而知，当时的师范生很多都才华横溢。而师范的各种活动特别丰富，太多的平台让学生展现自己的才华。青春年少，彼此欣赏，大概很多同学都有自己暗中钟情的 ta，而有些特别优秀的同学，会被很多同学暗暗喜欢。尽管学校明文禁止谈恋爱，但是，青葱岁月，朦胧情感，人之天性，潜藏于心，哪里是学生守则所能规范得了的呢。

师范三年，承蒙同学的信任，我见证了不少清纯的爱恋，青涩的忧伤。至今记得，曾经为同学两肋插刀去找某个男生，义愤填膺正想训斥一番，人家满脸不屑地转身进了教室。也曾深夜倾听同学的满腔愁绪，熄灯之后，在教室里点着蜡烛，真恨不能帮助同学分担一点心中的忧愁。也曾感慨，人和人之间的喜欢，它怎么就像捉迷藏，你喜欢的人，他不喜欢你，喜欢你的人，你不喜欢他。那时也就十五六岁，纯真的年代，豆蔻年华。

美好的青春，我们曾一同走过，啊亲爱的同学，感谢我的青春记忆中有你最美的容颜。

想起毕业实习。普三那年，我们的班主任换成了黄经文老师。黄老师带着妻子和孩子，拖家带口地陪我们到馆前实习。

黄老师是莆田老三届有名的才子，文理全才，因为知青插队落户闽西，在我们学校是有名的"老黄牛"，特别认真负责。馆前实习，他每天从早到晚辅导我们写教案、试讲，无论是语文、数学、自然，还是音乐、美术、体育，每一篇教案他都要批改，每一堂课他都要先听试讲。他全天听课，每一个同学的课他都尽量安排听。

记得我第一次试讲那天晚上，黄老师和实习小组的同学坐在教室里听我讲课，可我怎么也没办法把老师和同学当作学生，觉得试讲非常别扭。黄老师非常着急，亲自示范。那天晚上足足磨了几个小时。

特别记得我们的师母，典型的莆田女子，勤劳善良，任劳任怨。实习期间，师母一个人管我们 50 人的一日三餐，买菜、做饭，从早到晚，我好像就没有看到她坐下来歇过。但操劳中抬头跟我们说话，眉目之间那温柔和微笑，慈母一般，至今如在眼前。

实习中印象最深的是黄湖之行。记得是一个周末，黄老师带我们全班到黄湖，那个离馆前镇 30 里山路的畲族村。村里的小学只有一位老师，我们的学长沈洪喜，早几年毕业分配到黄湖小学，是年年受县里表彰的优秀教师。他跟我们介绍他的工作和生活，特别是村民和学生对他的尊敬和爱戴，让我们深深感动。黄湖之行，我们真切感受到农村教师工作条件的艰辛，也深切认识到基础教育工作的伟大，颇为复杂的情绪在我们心头碰撞。

毕业实习是我们和黄老师一家亲密相处的最美好时光，如今竟成永恒的记忆。由于辛劳过度，黄老师英年早逝，成为我们全班同学不敢触碰的泪点。

想起行政楼旁边那棵老樟树，曾经雷劈起火，但是，生命顽强。据说至今绿意婆娑。

想起篮球场上同学投篮的身影，还记得那蓝色的运动服是我们的校服之一。想起校篮球队的队服那暗红的颜色。

想起汀师无数次的晚会，班级的，全校的，全都有板有眼，学校在汀州大戏院的表演总是座无虚席。想起与我同名那位金嗓子的美丽姑娘，刚入学那会儿，我的姓名常常被写错，医务室的校医甚至认为我冒名看病……

想起山顶食堂那高高的台阶，我们每周经过山下的小路，穿过五通桥和店头街，到汀州影院看电影，那是固定的汀师电影专场。

想起梅林，汀江沿岸一整片郁郁葱葱的树林，我们在那散步，在那写生画画，在那过生日吟诗歌唱，梅林，承载了汀师人多少美好的记忆。可惜，后来房地产开发，梅林，建成了一排排整齐的房屋，树，全被砍了。梅林，只留下一个地名。接着，我们的学校，也没了，长汀师范，教师和校舍，并入了长汀二中。

就这样，回不去的青春，回不去的学校，回不去的美好记忆。

（选自《长汀年鉴》2017 年）

作者简介

涂秀虹，女，1969 年生。福建师范大学文学院教授、博士生导师。出版《元明小说戏曲关系研究》《叙事艺术研究论稿》《明代建阳书坊之小说刊刻》等著作。

如何完成中国故事的精神

◎ 谢有顺

一切的记忆和想象都是通过叙事来完成的

在这个信息时代，尽管民众听故事的冲动依然强烈，但讲故事的艺术却面临着窘迫的境遇。尤其是虚构性的叙事作品，在一个信息传播日益密集、文化工业迅猛发展的时代，似乎难逃没落的命运。相比于叙事通过虚构与想象所创造的真实，现代人似乎更愿意相信新闻故事的真实，甚至更愿意相信广告里所讲述的商业故事。那种带着个人叹息、与个体命运相关的文学叙事，正在成为一种不合时宜的文化古董。尽管 20 世纪三四十年代，巴赫金把小说这种新兴的文体看作是近现代资本主义文明在文化上所创造的唯一的文学文体，但与巴赫金同时代的本雅明，却在 1936 年发表的《讲故事的人》一文中宣告叙事艺术在走向衰竭和死亡，"讲故事这门艺术已是日薄西山"，"讲故事缓缓地隐退，变成某种古代遗风"。

我想，小说叙事的前景远不像巴赫金说的那样乐观，但也未必会像本雅明说的那么悲观。叙事是一门古老的艺术。从穴居人讲故事开始，广义的叙事就出现了。讲述自己过去的生活、见闻，这是叙事；讲述想象中的还未到来或永远不会到来的生活，这也是叙事。叙事早已广泛覆盖了人类的生活，并借助记忆塑造历史，也借助历史使一种生活流传。长夜漫漫，是叙事伴随着人类走过来的，那些关于自己命运和他人命运的讲述，在时间中渐渐成了人类生活不可缺少的段落，成了个体存在的一个参照。叙事是人类生活中的重要内容，"没有叙事，就没有历史"（克罗齐语）；没有叙事，也就没有现在和未来。一切的记忆和想象，几乎都是通过叙事来完成的。从这个意义来讲，人确实如保罗·利科在其巨著《时间与叙事》中所说的，是一种"叙事动物"。

小说家是一个广义上的"讲故事的人"。他像一个古老的说书人，围炉夜话，"武松杀嫂"或"七擒孟获"，《一千零一夜》，一个一个故事从他的口中流出，陪伴人们度过那漫漫长夜。然而，进入现代社会之后，写作不再是说书、夜话、"且听下回分解"，也可能是作家个人的沉吟、叹息，甚至是悲伤的私语。作家写他者的故事，也写自己的故事，但他叙述这些故事时，或者痴情，或者恐惧，或者有一种受难之后的安详，这些感受、情绪、内心冲突，总会贯穿在他的叙述之中，而读者在读这些故事时，也会不时地有感于作者的生命感悟，有时还会沉迷于作者所创造的心灵世界不能自拔。当我们阅读不同的故事，我们往往能得到不断变化的体验，如一个作家所说，那些与自己毫无关系的故事会不断地唤醒自己的记忆，让那些早已遗忘的往事与体验重新回到自己的身边，并且焕然一新。

作家的灵魂视野还存在着很大的缺失

但是，这些年所讲述的中国故事中，普遍存在着两个误区。

一是在讲故事的艺术上，20 世纪 80 年代以来，我们一味求新，普遍学西方，以致这二三十年把西方这 100 多年艺术探索的经验都借鉴了一遍，但如何对待中国自身的叙事资源，如何在故事中建构起中国风格、中国语体的文化自觉还不明显。现在看来，唯新是从、唯西方是从的艺术态度未必可行。这一点，从作家为人物取名字上就可以看出。20 世纪 80 年代的小说探索，经常有作家会把人物的名字取成 1、2、3、4 或者 A、B、C、D，把人物符号化，以表征个性已被削平，现代人内心的深度也消失了，这是一种先锋意识；但在今天的语境里，中国作家若再把人物的名字取成 1、2、3、4 或 A、B、C、

D，我想，哪怕是最具先锋意识的读者恐怕都不愿去读了。为什么呢？就是因为阅读语境发生了变化。中国人的名字是隐藏着文化信息的，取名也是一种中国文化——所以文化自觉并不是抽象的，它可以从很具体的写作细节（如给人物取名字）中看出来。

二是中国小说迷恋凡俗人生、小事已经多年了，这种写作潮流，最初起源于对一种宏大叙事的反抗，然而，反抗的同时，伴随而生的也是一种精神的溃败——小说被日益简化为欲望的旗帜，缩小为一己之私，它的直接代价是把人格的光辉抹平，人生开始匍匐在地面上，并逐渐失去了站立起来的精神脊梁。所以，这些年来，尖刻的、黑暗的、心狠手辣的写作很多，我们很难看到一种宽大、温暖并带着希望的写作，可见，作家的灵魂视野还存在着很大的缺失。

在这两个误区里讲述中国故事，都只是完成了对一种新的写作技艺的学习，以及对一种日常生活的表层抚摩，而无法真正完成一种故事的精神。只有在故事中让人看到中国的文化，遇见中国人的灵魂，进而实现对中国全新的想象，才可称为是对一个故事的最终完成。

最重要的是公正地对待历史和生活

如何才能更好地完成中国故事的精神呢？我以为，最重要的是要公正地对待历史和生活。只看到生活的阴暗面，只挖掘人的欲望和隐私，而不能以公正的眼光对待人、对待历史，并试图在理解中出示自己的同情心，这样的写作很难在精神上说服读者。因为没有整体的历史感，不能以宽广的眼界看世界，作家的精神就很容易陷于偏狭、执拗，难有温润之意。这令我想起钱穆在《国史大纲》一书的开头所说的，他劝告我们要对本国的历史略有所知："所谓对其本国已往历史略有所知者，尤必附随一种对本国已往历史之温情与敬意"，"所谓对其本国已往历史有一种温情与敬意者，至少不会对其本国历史抱一种偏激的虚无主义……将我们自身种种罪恶与弱点，一切诿卸于古人。"钱穆所提倡的对历史要持一种"温情与敬意"的态度，既是他的自况之语，也是他研究历史的一片苦心。文学写作何尝不是如此？作家对生活既要描绘、批判，也要怀有温情和敬意，这样才能获得公正的理解人和世界的立场。可是，"偏激的虚无主义"在作家那里一直大有市场，所以，很多作家把现代生活普遍简化为欲望的场景，或者在写作中单一地描写精神的屈服感，无法写出一种让人性得以站立起来的姿势，写作的路子越走越窄，灵魂的面貌也越来越阴沉，慢慢地，文学就失去了影响人心的正面力量。

精神视野的残缺，很容易使作家沉陷于自己的一己之私，而无法在作品中展示更广阔的人生、更高远的想象。而好的小说，不仅要写人世，还要写人世里有天道，有高远的心灵，有渴望实现的希望和梦想。有了这些，人世才堪称是可珍重的人世。中国不少当代小说惯于写黑暗的心，写欲望的景观，写速朽的物质快乐，唯独写不出那种值得珍重的人世———为何写不出"可珍重的人世"？因为在作家们的视野里，早已没有多少值得珍重的事物了。他们可以把恶写得尖锐，把黑暗写得惊心动魄，把欲望写得炽热而狂放，但我们何曾见到几个作家能写出一颗善的、温暖的、充满力量的心灵？那些读起来令人心惊肉跳的欲望故事中，有几个写到了灵魂深处不可和解的冲突？为现代人的灵魂破败所震动、被寻找灵魂的出路问题所折磨的作家，那就更少了。

故事精神的完成即作家精神的成熟

很多小说都成了无关痛痒的窃窃私语，或者成了一种供人娱乐的肤浅读物，它不仅不探究存在的可能性，甚至拒绝说出任何一种有痛感的经验。作家们只要一开始讲故事，马上就被欲望叙事所扼制，根本无法挣脱出来去关心欲望背后的心灵跋涉，或者探索人类灵魂中那些困境。

欲望叙事的特征是，一切的问题最后都可以获得解决的方案，也就是获得俗世意义上的和解；唯独灵魂叙事，它是没有答案的，或者说它在俗世层面是没有答案的———文学就是探究那些过去未能解答、今日不能解答、以后或许也永远不能解答的疑难，因为这些是灵魂的荒原，是每一个人的生存都无法回避的根本提问。只有勇敢面对这样的根本提问，人才有可能成为内在的人，文学才能称之为是寻找灵魂的文学。木心说："五四以来，许多文学作品之所以不成熟，原因是作者的'人'没有成熟。"确实，作家如果没有完成精神成人，文学所刻画出来的灵魂就肯定是单薄的。

当下时代，写作门槛已越来越低，各种方式流行的中国故事实在太多了，有些是满足于读者一种阅读的趣味，有些是消费性写作潮流的产物，但最值得倡扬的，还是完成了一种精神的那些中国故事。毕竟，一味地展示欲望细节、书写身体经验、玩味一种窃窃私语的人生，早已不再是写作勇气的象征；相反，那些能在废墟中将溃败的人性重新建立起来的写作，才是有灵魂的、值得敬重的写作。我相信后者才是中国文学精神流转的大势。要讲好中国故事，必须看到这一精神大势的变化，也唯有如此，在中国故事中所创造的中国形象，才是健全的、成熟的、真正有中国气派的。

（选自《人民日报》2016年2月19日）

作者简介

谢有顺，1972年生。文学博士，一级作家。在《文学评论》等刊发表学术论文三百多篇，出版有《小说中的心事》等著作十几部。现任中山大学中文系教授、博士生导师，广东省作家协会副主席。系中宣部文化名家暨"四个一批"人才、教育部青年"长江学者"。

水彩画《老手》创作随笔

◎ 蓝世明

1999年新中国成立五十周年之际，中华人民共和国文化部、中国文联、中国美协联合举办"第九届全国美术作品展览"，我的水彩画作品《老手》入选参展。这是我的第一张入选全国展览作品，也是龙岩地区入选全国美术大展的首张作品。我心情激动，思绪万千，深深感谢上级领导的培养、恩师的辛勤指导、红土地人民的亲情鼓励和这片沃土的滋养……

说起这幅拙作的产生过程，我想以"深思""感受"来叙述创作此幅作品的前后过程。

深思，这是常规处事之策，对画作《老手》创作之前的思想，有较长的时间的琢磨。记得1998年的初夏，龙岩市委宣传部、文化局、文联等单位联合召开全区美术重点作者创作座谈会，我有幸以"重点"作者出席。会议精神归纳起来：新中国成立五十周年大庆，全区美术作者要早作准备，克服困难，拿出力著，冲刺全国大展，向祖国五十华诞献礼。座谈会上也谈及创作题材：龙岩地区是革命老区，有革命先烈的艰苦卓绝奋斗足迹，有可歌可泣的丰功伟绩，还有传承发扬红土地勤劳勇敢、艰苦朴素客家人精神，可唱"红土歌"，可念"山海经"。前辈们开拓的宝贵财富足以我们去发现、去创作、去讴歌。全体出席会议的作者笑容满面，情绪激昂，受到鼓舞，同时也深深感觉到要作为任务来完成存在很大的压力。绘画题材很多，大题材很难把握，也缺乏生活基础和创作素材的积累。何况，我们均有自己的本职工作，存在本职工作与创作时间的矛盾，这些都是摆在我们面前的现实问题。

是年，我已年过半百，在长汀县文化馆工作 30 余年。当时，市政府曾下达有这样的文件：各县在位干部工龄达 30 年，年岁过五十者，可持报告申请提前退休。我符合条件，呈上报告，经主管部门领导批准，签下协议作出决定：同意我提前退休，但办正式退休要待到 60 周岁，县里有重大文化活动，要无条件回县参议。从此，我有了较为完整的时间，去领会和实践市美术重点作者会议精神，如何去从事美术创作，去不断地思考和耕耘。

我出身于比较贫困的农民家庭，因而，幸福指数要求不高，把力所能及的事，均作快乐的事去完成。在学生时，上山烧过炭、炼过铁，教书时很少暑假，常参加农村"抢种抢收""秋收冬种"，还到长汀偏远山区红山乡赤土村与农民"同吃同住同劳动"；在群众文化工作时，为配合党的中心工作，下乡是家常便饭，少则数天数月，最长时间到四都乡荣坑村蹲点一整年，从没有怨言。我因为喜欢画点画，下乡时均会带上画具抽空作画写生，还创作些"风俗漫画"宣传政府农村方针政策、农业知识，为先进人物作肖像张榜表扬。在繁忙的农村生活实践中深深体验农民辛勤、热情、质朴的高尚品格，他们饱经风霜、艰苦生活，脸上布满刀刻的皱纹，双手集结厚厚的老茧，这些情景无一不深深刻在我的脑海。对他们的老实为人深感敬佩，对他们的艰苦生活深表同情，在思绪中年复一年。于是我便想起毛主席当时在延安文艺座谈会上讲话中"文艺为人民服务"意义的现实性，从而，以农村题材的创作比重在我的心头越来越重。我是一位群众文艺工作者，也是一位美术爱好者，我和农村、农民感情越走越近，我的作画题材由衷地把重点转向他们身上。

党的十一届三中全会后，"拨乱反正"，广大农村呈现一派大好生机。我经常骑上单车、驾上摩托，背上画板和相机，走村串户，观察生活，收集创作题材。每逢五日一圩农村集市，四面八方的农户会带上自产、自销、丰富多样的物资来交流。不几年，农村便是一派繁荣景象：广大农民的衣着不再是蓝、灰、黑一片，肌肤颜色红润，结实饱满，目光炯炯有神，对党的各项农村政策抱有无限的希望和自信。在去集市路上，赶着牛羊的老农、用摩托车满载家禽的青年小伙、新衣摊前挤着挑选时装服饰的姑娘、古楼门前石级盘座窃窃私语的老太、小店方桌聚着品尝客家家酿的酒仙……我在那不停地观察、琢磨，用相机和速写本将此情此景记录下来，这些都将成为我日后美术创作的选材范围。后来，怎样来表现主题又作了进一步的思考，我觉得农村生活越来越好，主要来自党的好政策，其次当然属于广大农民勤劳的双手获得。因此，我的创作思路上突出在农民的"手"上作文章。

阳春三月，我在喧闹的农贸市场中来回观察，在鸡鸭市场徘徊，后来在一处卖鸭苗的摊点驻足停留：见一位上了年纪的老妇，膝下摆着两个直径约80厘米的竹编圆篓，篓底铺着柔软的稻草上有数不清的金黄色的毛茸茸的刚出生不久的小鸭，老妇人用那历经沧桑的老手轻轻地抚摸它。小鸭子张开小小的翅膀欢快地移动，发出清脆的呱呱叫声，招来了满脸笑容的顾客，也带来了新的一年的春讯，象征农村一片繁荣的生机。暖暖的阳光留在这里，那双手在数不清的金黄色的小生命的衬托下，显得特别耀眼，像正在演奏歌曲的指挥家的双手生动地演奏一曲"春之歌"；那盛满小鸭的圆篓，呈现出古铜色双手和密密麻麻相聚在一起的小鸭子形成粗与嫩，密与疏的鲜明对比。老妇的无名指上镶着二颗闪闪发光的戒指，证明这位老妇是个养鸭致富的能手，同时也是一位热爱生活懂得享受的长者。此情此景，让我这位旁观者乐了，我找到了我要创作的画面，创作来自生活，实践让我找到了答案，突然间我就有了信心画好这张画。

我曾用油画、国画、版画创作了不少画作，但这次实践得到的题材很独特，我选用了水彩色表现技法，画面删去人物，突出人的双手，并设计在正中央，周围被一群小鸭包围着。画面以黄、赭石、黑三色为主；黄色用柠檬黄、土黄二种，赭石比较古朴，黑色是用中国画水墨、纸用水彩专用纸。最难表现的还是一大群小鸭子的羽毛，不能写实，写意也要十分小心，既要注意个别小鸭的造型，也要注意小鸭整体关系。画毛茸茸的羽毛，用了传统中国画水与色的"撞击法"，一支笔粘色，一支笔清水，不断地交叉进行，局部先行，又兼顾整体效果，很难一气呵成，所以花了较长的时间才完成。画面人物的双手，在那金黄色的烘托下，主题更为鲜明：世上无难事，人一定要勤劳，劳动是最宝贵的财富，人间奇迹均可在勤劳的双手中产生。老妇的手不光是一双勤劳的手，而且也是一双致富的老手，因而这幅画直接取名为《老手》。

这张画完成后，先后在长汀、上杭县城和我的出生地上杭庐丰乡展出，不少观众和农民朋友在画前驻足，久久不愿离去，也许他们也喜欢这幅画，也能体会出其中的涵蕴。1999年5月《老手》参加福建省建国五十周年艺术节美展，并获得了"银奖"，8月，入选《中华人民共和国建国五十周年第九届全国美术作品展览》。

有位挚友曾送我一本巨著《中国革命在这里拐了一个弯》，指"古田会议"确立了中国工农红军正确的建军路线，拜读后感受很深。我联想着：党的十一届三中全会，确定了党的工作重点转移到经济建设，中国有了四化建设突飞猛进的成就。我也深得其益，我出生在抗日战争时期，历经全国解放战争、"土地改革"、"三反五反"、"人民公社"，直到"文化大革命"，我的人生也在"认知与欢乐"、"困惑与盼望"、"自尊与奋斗"的长河中成长。1992年获评为福建省文化厅、省人事局授予的省文化系统先进工作者荣誉称号，后提前退休，争取时间走上美术"专业"创作之路，实践中确立以农村、农民为创作主题，以农民勤劳的"双手"为主线，《老手》作品入选第九届全国美展后，紧接着创作作品《老把式》《社日》《喜上眉头》均以优秀作品入选全国美展，为此，也获得了加入中国美协的会员资格。后来创作有《金秋絮语》《山歌妹》《老粱柱》《福人》《母亲》《芳草寸心》等，均以农民生活、勤劳"双手"为作品主题，得到观众好评，有的被福建省美术馆、省博物院等单位收藏。

习总书记在文艺工作座谈会上指出，中国精神是社会主义文艺的灵魂，文艺不能在市场经济大潮中迷失方向，文艺不能当市场的奴隶。我想，农民精神就是中国精神的重要组成部分，我作为一名农民的儿子，身体里流淌着农民的血液，就理所当然应该拿起手中的笔去描绘农村生活，用画去抒写农民的心声。

（选自《汀州客家》2015 冬季号）

作者简介

    蓝世明，福建上杭人，畲族，1938 年生。中国美术家协会会员、福建省水彩画会常务理事。作品多次入选国家级展览。出版有《蓝世明水彩画集》等多部专著。曾任长汀县文化馆馆长。

水晶刻就的灵魂

◎ 曾昭寿

唐义贞的衣冠冢坐落在瞿秋白烈士纪念碑背后的山坡上，沿着纪念碑左侧的台阶拾级而上，转两个弯便可看到她的墓地。

她的坟墓建好的时候，我还在长汀工作，清明节前往祭奠，立即被陆定一题写的碑文所震撼。

在简要介绍唐义贞的生平事迹后，陆老动情地写道："唐义贞是我最亲爱的亲人，是我的知己。我永远怀念她，学习她，也教儿孙们这样做。"

碑文是 1985 年写的。其时陆定一已是年近八旬的老人了，距唐义贞牺牲已整整 51 个春秋。岁月最能冲淡人的情感，老人的情感往往趋于平和，但透过这凝重的楷书，我看到一位老人的蒙蒙泪眼，泪眼里饱含着对亡妻的深爱、痛惜和崇敬。

当我走近唐义贞，才渐渐理解陆定一为何对她情深似海。

唐义贞牺牲的惨烈，无疑是她短暂人生最令人痛心难忘的一幕。年轻时我曾在长汀任教，得知 1934 年红军撤离中央苏区后，一位年仅 25 岁的女红军在四都乡被捕，至死不肯屈服，竟被地主武装"铲共团"活活开膛破肚……

从此，唐义贞的名字和她壮烈就义的形象，走进我的脑海。

由于"文革"风暴骤起，我无法了解到烈士更多的事迹。去年春，我出差到四都，打听到唐义贞牺牲的红都村离镇政府不远，村里还有一所以她名字命名的小学，于是急匆匆地前往探访。

"义贞小学"的校名是陆定一题写的，陆老还捐资在校内建了一个陈列室。

在陈列室，我第一次看到了唐义贞——

浓密乌黑的头发绾向脑后，没有刘海的额头光洁饱满，脸庞丰盈秀丽，棱角分明的嘴唇轻轻抿着，显得文静、端庄、聪慧、坚毅。

我久久凝视着她，她改变了我对她的简单想象：刚烈。

真实的她，融外秀与内慧为一体，集温柔与刚强于一身。

一封给母亲的信，让我看到了她性格极为可爱的一面。信是1930年7月2日写的。当时她跟陆定一在上海从事地下工作。信中说："我已经结婚了，他姓陆，无锡人。性格很像大哥，不过加点孩子气，只知做事业，不知其他。脏也很似大哥，不叫他洗脚，他就不洗脚……这样顽皮的脏孩子，你老乐意吧？我叫他写信给你，他说不知如何写才好，只知在那里傻笑。你老可写信骂他，这个不知事的小子……"

透过字里行间，一个爱母亲、疼丈夫、会撒娇、善戏谑的慧女跃然纸上。

难怪1943年，跟唐义贞一块留在苏区打游击的贺怡从江西辗转到延安，告诉陆定一说唐义贞被害的噩耗时，陆定一顿时如雷轰顶，泪如雨下。他在晚年撰写的回忆录中说："最坏的事情发生了。我失眠了半个多月。从此，不论是大悲事或大喜事，我都流不出眼泪来了。"

"男儿有泪不轻弹，只缘未到伤心时。"这半个多月，在不眠的夜晚，陆定一究竟流了多少眼泪，以至泪泉枯竭，心如止水，只有伴他度过漫漫长夜的窑洞知道，只有他泣血的心灵知道。

当然，追根溯源，陆定一对唐义贞痛惜缅怀终生，缘于他们拥有共同的信仰理念，特别在王明制造的党内严酷斗争中，她既是他的革命战友，也是他的人生知己。

离唐义贞衣冠冢百米之遥的一座民居里，住着陆定一和唐义贞的儿子陆范家定。前不久，我拜访了这位年近古稀的老人。

陆范家定是唐义贞在四都生育的，托付给范其标夫妇抚养。新中国成立后经过苦苦寻觅，相隔 45 年的父子终于在北京相见。见面时，儿子请求父亲将母亲的一生口述录音，让母亲永远活在子孙后代的心里。

洁净的小客厅，飘逸着淡淡的花香。随着录音带的缓缓转动，一个苍老声音的沉重诉说，我看到唐义贞恍若流星的一生，看到两颗年轻的心，如何在对真理和正义的执著追求中，燃起永不熄灭的爱情火焰。

1927 年秋，18 岁的共青团员唐义贞到莫斯科中山大学学习革命理论；次年年底，22 岁的陆定一以中共驻共产国际代表团成员的身份来到莫斯科。由于憎恶王明一伙实行"顺我者昌，逆我者亡"的宗派主义路线，两人从相识到相知，从相知到相爱，并于 1929 年结为伉俪。婚后不久，唐义贞被开除团籍和学籍。两年后，陆定一被解除团中央宣传部长的职务。

唐义贞被"双开除"后，学校当局问她："回国后革命不革命？"她回答说："还要革命。"

陆定一被"罢官"之后，要求到苏区工作。

正是这种即使遭受迫害仍对革命不怀二心的忠诚，构筑了两人坚实的爱情基础，达到"心有灵犀一点通"的默契。1933 年春，上海团中央遭到破坏，陆定一成功脱险，却被王明一伙诬蔑为"逃跑回家"，将他开除出党团组织。一个"大人物"拿着苏区团中央局机关报，对唐义贞说，陆定一已被开除团籍，不会回来了，你还是嫁给我吧。唐义贞只奉送他一句话："陆定一一定会回来，我等着他！"

回忆至此，录音机传出微微颤抖的声音："我应当怎样称呼义贞同志呢？应该称她是'知己'！我们一年不能通信，双方都不知道对方的情况。'逃跑回家，开除团籍'，是团中央的决议啊，赫然登在报上，你不相信，不怕由此而来的'残酷斗争，无情打击'。不是你深知我心，你敢这样么？"

言罢，陆老发出深深的感叹："鲁迅说'人生得一知己足矣'。义贞就是我的知己。我一世也忘不了这样的知己！"

令陆老悲愤不已的是，唐义贞殉难前被王明留在苏区的代理人无辜开除了党籍。她甚至被怀疑勾结"铲共团"杀害一名红军伤员而险些被枪毙。

一再蒙受如此的冤屈，又处在那样艰险的环境，没有强大的精神支柱，是很难撑得住的。唐义贞却一如既往地"还要革命"。

陆定一忆及贺怡告诉他的一件事：

红军长征后，有一次唐义贞、贺怡和另外三位女同志在一起大家相约，如果将来五人里有一个人见到另一个人的丈夫，要代传口信。

贺怡对陆定一说："唐义贞传给你的口信是：'只要我一息尚存，必定为革命奋斗。党籍虽然没有恢复，但我一定会这么做。相信定一也一定会这样做的。至于夫妻，是次要的，如果能团聚，当然愿意。为了革命办不到的时候，也只能随它去了。'"

实际上，这是唐义贞——一个革命者的遗嘱，一个女战士的正气歌：坚定、执著、洒脱！正因为如此，陆定一才这样称颂她：

"唐义贞烈士的心，是金铸成的。"

"唐义贞烈士的灵魂，是水晶刻成的。"

告别了老泪纵横的陆范家定，我又一次来到红都村，在唐义贞倒下的那片河滩徘徊良久。据当地老人说，唐义贞是随游击队转移到江西的途中，被国民党 36 师抓获的，关进"铲共团"的囚室。她曾在夜里逃脱，不幸又落入魔爪。被抓回的翌日清晨，也就是 1934 年 12 月 31 日，她生下陆范家定的第 41 天，给五花大绑推到这里。枪声响后，她仆倒在地，但没有死，一个头目嚎叫："这个女共产党吞吃文件，开胸破肚！"于是刺刀扎入了她业已冒血的身体，痛得她满地翻滚，满口都是咬碎的沙土……

敌人在河滩挖了个坑，草草掩埋了她。由于埋得浅，后来尸骨都找不到了。

新中国成立后，这里曾插块木牌，标明是唐义贞烈士的殉难处。如今举目四望，除了一片泥沙外，只有幽咽不息的长流水。

我不禁心里呼喊：唐义贞，你在哪里？人道是天涯何处无芳草，然而，像你这样的女子，何处寻觅？你生也坎坷，死也惨烈，但你金子铸成的心，任谁也挖不走；你那水晶刻就的灵魂，定然超越时空，永生不灭！

（选自《拾碎集》）

作者简介

曾昭寿，1943 年生。福建省作家协会会员，原闽西作家协会副主席，新闻高级编辑。出版小说集《归来的灰鸽》、散文集《拾碎集》等。曾就职于长汀一中。

客家年俗的文化神韵

◎ 张鸿祥

　　客家年俗是我国传统文化的重要组成部分，具有独特的客家神韵和文化魅力。它就像是一首流传千年的咏叹调，是那么的跌宕起伏，韵味悠长；它是祖辈传承下来的一种仪式，是对天地的感恩，对祖宗的感恩，对一年辛勤劳动的感恩。进入现代社会，随着物质供应的日益丰富，人们工作、生活节奏的加快，客家传统年味已渐渐淡薄，许多传统年俗被现代化的生活方式所代替。但是，每当岁末来临，客家传统年俗，就像绵柔、醇厚的客家米酒，萦绕心头，回味无穷！

百行歇业"入年假"

　　"入年假"是传统社会中客家人约定俗成的"春节长假"。闽西客家地区，农历十二月二十五日"入年假"，商家至正月初六开市营业，取六六大顺的意思。大多数民众则到正月十五元宵节。过了元宵节，百业复工，又开始了忙碌的一年。

　　入了年假，俗称"鬼锁山门"，从这天开始，妇女们不上山砍柴、割草，忙着在家清扫庭院，打扫房屋、洗涤床帐被褥，迎接新年。外出做工的、经商的，从这天开始辞别东家返乡过年。不论城乡，家家户户热气腾腾做豆腐、炸豆腐、腌豆腐、晒豆腐、熏豆腐，做豆腐乳；蒸年糕，炸灯盏糕、炸糯米饧、炸黄豆、炸芋头丝等。各种年食分别用坛子装好，留待新年期间招待客人和年后食用。

入了年假，客家社区犹如一年一度的"文明礼貌月"，处处一派祥和，人人互致问候，个个彬彬有礼。长辈们会教育孩子不能口无遮拦，说不吉利的话，不能骂人，更不能说"死"、"短命"、"倒霉"、"倒灶"等字眼。家中成员即使以前有矛盾的，此时也相互谦让，不打骂吵嘴。入了年假，不得在厅堂上钉钉子，妇女们不纳鞋底，这样会被认为是"抽紧日子"。特别忌讳破裂之举，如劈柴（客家话叫破柴，谐音"破财"）以及打破盘、碗、盆、缸、桶等圆形的器物。

祈福避灾话"祭灶"

"祭灶"，也叫送灶君，是客家传统年俗中很重要的一件事。灶君又称灶王爷、灶君司命，据说灶君的职责是掌管全家的祸福，是千家万户的保护神。"上天言好事，下界保平安"，"祭灶"寄托了客家人祛邪、避灾、祈福的美好愿望。客家民间传说灶君每年腊月二十三晚回到天庭，向玉皇大帝汇报屋主一年的功过，除夕日再返回人间。所以十二月二十三祭灶，有"送灶君爷上天"之说。

要事先从集市购回灶君神像，写好灶疏（一家大小姓名年龄），准备好元宝、香烛、三牲、酒、素果等祭品。祭品多用糖类等甜食，为求把灶王爷的嘴抹甜了，在玉皇大帝面前多说好话。二十三日晚饭后，将灶龛里的旧灶神图取下，然后清扫干净灶龛内壁，擦去一年来柴火熏的烟尘。用清茶水洗净灶君神牌，神牌正中写着"东厨司命灶君"，左右联是"上天言好事，下界保平安"，横联是"神之格思"。在灶边放一张"八仙桌"，摆上祭品，全家齐集灶神像前行礼，虔诚敬送灶君返回天庭述职，祈求灶君在玉帝面前美言赐福消灾，来年财丁两旺，合家平安。一般人家拜祭时只向灶君祈祷几句"赐福消灾，保佑合家平安"之类吉祥话，有文化、有知识的人家还要郑重其事地读祭文。祭完后取下旧灶君像烧掉，三十日辰把新灶君像贴上。供奉的糖果称为"灶马果子"，客家话称为"麻饼子"，供神后，众人分吃糖果，皆大欢喜。

寓意深长"蒸岁饭"

"蒸岁饭",表示旧岁有余,期盼来年更加兴旺发达。客家人认为在正月开头的几天不煮生米,要吃去年的熟米度岁,表示家有余粮,稻谷满仓。所以,"蒸岁饭"就显得极为慎重,来不得半点马虎。"蒸岁饭"是在除夕前夜进行,整个过程手续繁多,且寓意深长。在蒸岁饭之前,先备好一个菜盘,用红绳串好一百二十个铜钱,圈放在菜盘里,菜盘中间放一个银圆,在铜钱上放四个橘子,在四个橘子的中间放置一个柚子,柚子上贴着红纸剪的福字。在柚子的顶端,竖着插一枝"岁饭花",下面插一根银如意。所谓"岁饭花",即在约一尺长的竹条上扎着十二朵红纸做成的月季花,称为"岁饭花"。银如意即妇女头上插的银簪子,祝福来年日日如意。

这些准备好后,就开始蒸岁饭了。蒸岁饭要用大饭甑蒸,饭甑大约可装十五斤米,将米淘洗过后倒入饭甑内,用猛火蒸至饭甑冒热气即可,并不用蒸熟。然后将饭甑端到天井旁的方桌上,打开饭甑盖子,将已准备好的摆放有铜钱、柚子及岁饭花的盘子端入饭甑内。在饭甑的周围插上十二双筷子,十二根大蒜,十二根葱,再覆盖特制的黄、白二色的长纸钱各十二张。如果来年是闰月,则全部要加一份,即十三双筷子,十三根大蒜,十三根葱,十三张长纸钱。筷子寓意日子快意,大蒜代表会划算,葱则代表聪明,纸钱代表来年月月有钱。摆放好后,即焚香燃烛放鞭炮,敬奉天地。祭祀完后将"岁饭花"等物品收起,将饭甑里的岁饭倒在簸箕上摊晾,留待正月期间每日煮饭用。

封岁、守岁、开大门

除夕这一天,家家户户贴上新对联。中午开始,每家每户准备好三牲、供品,燃放鞭炮,在自家神龛上祭祀祖先。天还未黑,全家人就开始围坐一桌吃年夜饭了。过年的年夜饭,即使是穷苦人家也尽量丰盛一些。

年夜饭吃过后,大人们就指挥孩子们将裁好的小红纸条贴在家中的生产、生活用具上如水桶、水缸、桌脚、椅子、簸箕、米筛、扁担、箩筐等，客家人称此为"封岁"，也就是说人们休息过年了，这些生活生产工具也该休息了。年夜饭后，大人小孩都一定要洗个热水澡，要洗得干干净净，然后换上新衣服，穷苦人家也会换上干净的粗布衣服。当天晚上，家中的厅堂、房间、厨房里都点油灯，这叫"点岁"。火笼及灶膛里用灰埋着炭火，这叫"留火种"，并由老人守护到天亮，这叫"守岁"。

"开大门"是新的一年中第一次打开大门，所以客家人对开大门非常隆重。开大门的时间，一般根据通书择定在子时至寅时之间，大多是在子时即农历正月初一零点。开大门一般由家长们主持开门仪式，先在天地、神龛、灶神的神位前供上三杯清茶，摆上年糕、果饼等供品，点着大红烛，燃着大红香，整个厅堂红光满堂。然后打开大门，在门上贴上"开门大吉，万事如意"红纸条。接着便是燃放鞭炮，霎时城乡鞭炮齐鸣、香烟弥漫、除旧迎新、一派祥和。开过大门，全家互致祝贺，孩子们祝长辈长命百岁，长辈们祝孩子们快快长大、步步高升。长辈们还要给小孩发"挂颈"。"挂颈"即红包，因过去使用铜钱，用红绳穿起铜钱挂在脖颈上，称为"挂颈"。许多人家这时还摆出酒菜喝开门酒，一直到天亮。香客们开完大门后，连夜登山到寺庙烧香、拜佛。年轻人则邀集好友打牌玩耍，尽情欢乐。

（选自《汀州客家》2016 年冬季号）

作者简介

张鸿祥，1948 年生。客家研究专家，有多篇作品在报刊发表。曾任长汀县文化局局长。著有《大美容家山歌》《闽山杜鹃红》《记忆长汀》《福建客家歌谣赏析》《长汀城关传统社会研究》等。

水 声 入 梦

◎ 张红斌

　　乡愁最敏感、最缠绵、最折磨人，抑或一声乡音、一缕炊烟、一片落叶……而最能触动我思乡的却是那常常飘落枕边，潜入梦中的水声。

　　我走南闯北，聆听过排山倒海般喧嚣的大海潮声；闻见过漫天雷霆般轰鸣的江河涛声，但都不能如家乡的那条小溪，一声"叮咚"亦能让我忘忧、亦能让我倾情。家乡名曰：天邻村。人们说：天邻、天邻、以天为邻。家乡又名：天井山，茫茫苍苍，千嶂深围四面山，她就深藏在崇山峻岭之间。家乡修竹茂林、水源充沛，于是，悠悠然滴水成泉、汇泉成溪。家乡的小溪不狂不暴不怒不躁，如小家碧玉、玲珑剔透，水声欢悦且悠扬且圆润且甜美。从小我喝她、用她、伴她；她且养我、濯我、润我、悦我……当我远涉他乡，她则常在梦中润泽我、抚慰我、充盈我……就这样，家乡的水总让我如痴如醉、梦萦魂牵……

　　人们总是喜欢把家乡的河当作"母亲"的意象，并以此寄托被哺育的感恩和依恋之情。然而，对于我家乡那条无论如何都称不上河的山里小溪，哪怕你再多情也很难联想到"母亲"。它在我眼里就如清纯的处子，多情的初恋，纯得那么通透，美得那么醉人。山里人家都是依山而建，傍水而居，小溪就在我家门前欢悦地流过。小溪上架着几根木头，那就是供人过往的小桥。她就住在溪对岸，成为我童年最亲密的玩伴。小溪自然也成为我们的密友和知音。记得那是一个春天的早晨，我们又在小溪边玩耍，追逐着溪流奔跑着、嬉笑着、叫喊着，全然不顾脚下的危险。冰雪消融，春雨沛然，小溪奔流、飞泻地发出欢悦的隆隆喧响。春天的小溪颇像我们顽皮的童年，任凭曲折跌宕不管不顾，为一腔童真宣泄，一任自己横冲直撞地冒失和惊险。在一处悬崖，小溪毅然纵身跳下，蔚然成壮观的站立起来的溪流。多美啊！水声、摇曳的树声、鸟儿的啼鸣声协奏成一曲美妙的天籁乐章。我们相依着坐在一处石岩上惊奇地欣赏着这震撼心灵的美景。后来我从书本上知道这就是大自然的美丽馈赠——瀑布。

在小溪的滋养下我慢慢长大、壮实，而她则出落成村里最水灵的山妹子。我进城念中学后，我们见面的机会越来越少了。纵然寒暑假回乡，潜在的害羞心理，总会自觉不自觉地把我们的距离拉远。"两小无猜"地在溪边玩耍的时光悄然逝去，我们只能远远地注视对方，用心灵去彼此撞击。不过一颦一眸，心有灵犀……高二那年的暑假我又回乡看母亲。夏天的小溪犹如热情而又矜持的大姑娘，远远地就闻见她的哗哗欢歌。小溪也有青春期，青年的小溪和童年的小溪相比，少了一份顽皮和冒失，而多了一份理智、诚实和在羞赧掩盖下的青春律动。所以，小溪流泻而下的姿态里，显现出一种热切和率性。我沿着小溪踽踽独行，似乎想拾掇那些失落的种种往事……当我来到瀑布面前，她已经在我们曾相依而坐的岩石上等我。我们默默坐着，似乎任凭瀑布冲刷我们"剪不断理还乱"的思绪……"恢复高考了？"她瞪着我的眼睛问。我点了点头。"你不想考大学？"……"回来陪你过日子。""你傻呀！男人是山，女人是水，山往高处走，水往低处流……"我低头沉默。良久，她站起摔给我一句"我不会误你的"扭头就跑了。我没有去追她，脱了衣服跳到瀑布下，任凭清洌的溪水荡涤我纷繁而燥热的心绪……

第二年的秋天我怀揣着大学录取通知书回乡，但没有一丝"春风得意马蹄疾"的心情，更没有"一日看尽长安花"的雅兴。秋天的小溪舒缓、练达，淙淙的水声在浅唱中蕴含着淡淡的悲秋。中年的小溪在暗示我人生必须跨越的沟坎和面对的历程。"花自飘零水自流"，我不再追着小溪奔跑寻觅什么。母亲递给我一双崭新的"回力牌"球鞋，说是她送给我的。我很明白她的出嫁和这双鞋的用意：没有退路，走出大山。我不悲不怒不声不响躲在房间里睡了三天。我的脑海一片混沌，唯有小溪淙淙的水声在枕边流泻。窗外明月斜斜，照亮小溪如一条灵动银蛇，九曲迂回、穿山越隘、奔流向前……

"逝者如斯夫，不舍昼夜"。在异乡工作三十年后，忽然心生待退休后回乡颐养天年的念头，于是，我选择了腊月回乡看看。腊月的故乡山还是那么葱茏、水还是那么清澈、炊烟还是那么袅袅撩人。崎岖的山路变了，变成了可以两车交汇的水泥公路。小车一到村口我就叫停了，我依然选择了沿着小溪走的习惯。冬天的小溪犹如人的老年期，溪流枯瘦了，一改青年时的恣纵喧响而显得迟缓、犹豫且喑哑。我仰俯高山平地皆是银装素裹，想必是冬雪已经光临故乡。我从溪边的树丫上摘下一枚冰凌放到嘴里咀嚼起来，臆想咀嚼出沉淀已久的故乡的滋味……

"青青子衿，悠悠我心"。故乡的冬夜显得特别的寂寥，唯有小溪的水声那么清脆洒落我的枕边：潺潺、潺潺、潺潺……

（选自《汀州客家》2015年春季号）

作者简介

张红斌，1949年生。中国音乐家协会会员、中国音乐文学学会会员、福建省作家协会会员、原长汀县文联主席。出版故事集《红军的斗笠》（合著）、歌词集《放歌汀江畔》。

河里的乡愁

◎ 赵汀生

下放农村前，我们全家一直住在外婆家。屋子傍着一堵青砖高墙，长而窄，低矮阴暗，只有上下厅之间的天井透出些生机。天井约八尺见方，正中垒着一个周边砌着砖的土堆，上植一丛墨绿的竹子，略高出屋檐，微风吹来，摇曳婆娑，每有新客来，总要指点观赏一番，省去了今天天气如何之类的寒暄。当春季连降大雨，天井里的水就会慢慢上涨，一旦漫过上沿涌入下厅，十有八九就要发洪水了。20 世纪 60 年代中期，我正上小学，春雨时节，放学回到家里，看到天井水满了，就甩下书包，饭也顾不上吃，飞也似的跑上水东桥，攀住不知被多少代人摩挲得油光发亮的暗红色石栏，踮起脚尖看大水。

洪水中的汀江一下宽阔了许多，平添了几分恢宏之气。黑黄色的激流像连绵的小山溜过桥洞。河面上漂浮着青菜、禾苗、水浮莲、地瓜藤等，一些尿桶、橱柜在水中时隐时现。粗大的原木撞向桥墩，发出沉闷的响声。一头黑猪挣扎着试图爬上岸，一阵浪涌去便不见了踪影。码头上，几个胆大的小伙子赤脚立于临水石阶上，盯着脚下急速上涨的河水，待水将所立石阶连同自己的脚掌淹没后，猴子般敏捷地跳到上一级石阶，如此表演多时，观者无不屏息瞪目，好在悲剧并未发生。令人担心的，倒是汀江边已为数不多的吊脚楼。同为新西兰友人路易·艾黎所称道的中国最美丽的小城，与湘西凤凰相比，长汀吊脚楼的"脚"显得有些粗而短，使得那些楼远望去像一个个小胖墩。平日就总担心，吊脚楼常年浸泡在水中，哪天腐烂了，房子里的人不就去见了海龙王？如果说这仅仅是"小儿科"式的杞人忧天，那么洪水一来，危险就变得现实起来。眼下，大水狠命地撞击着楼脚，形成一群群小漩涡，挟裹着白色泡沫和垃圾在楼脚周围盘旋，有的楼脚已被许多稻草、地瓜藤紧紧缠绕，愈加粗大起来，更显不堪重负。偶有木头撞上楼脚，震得楼上的青瓦直往下掉。当中好些楼主已开始往外搬东西了，只有那些铁匠铺还传出叮叮当当的打铁声。

与那岌岌欲坠的吊脚楼相比，水东桥两个桥洞之间的桥墩稳如磐石。这桥墩除了支撑桥身的那部分外，往汀江上游方向延伸出十来米，形如轮船船头，大水冲来，激起朵朵浪花，恰似巨轮破浪前行，在阴沉险峻的空气中注入一丝与天抗争的气息。

端午是汀江的节日。那时大水刚过不久，土黄色的河水不急不缓，还淹着半爿街码头三分之一的石阶。早饭刚过，有人将分别装饰有黄色、绿色龙头的两只龙舟推入水东桥与五通桥之间的河段中，各参赛队轮番下船现场演练，空气里混杂着节日的热烈和赛前的躁动。正午时分，汀城人在家中煎煮一种叫"蚊惊草"的草药——据说用此药汤洗过澡可防蚊虫叮咬，吃几个粽子，在门框上方挂上整棵的石菖蒲和艾、桃树枝等，调好一杯雄黄酒，全家人逐个喝一小口，将剩下的酒向门背、墙脚，尔后，换了新衣，扶老携幼，匆匆向河边涌去。码头上、吊脚楼里、水东桥和五通桥上，还有其他能看到龙舟的地方，都挤满了人。河中两只龙舟在五通桥下齐齐排定，随着"咣"的一声锣响，猛地一冲，逆流而上。龙头之后一人击鼓，稍后一人边吹哨子边劲挥令旗，船两边的桨随之齐起齐落，远远望去，那细长的龙舟，活像一只急急前行的千脚蜈蚣。冲过设于龙潭的终点，龙舟突然慢下来，随后开始缓缓向下漂去。众龙舟如此轮番上阵，待近尾声时，喧嚣趋弱，观众分散开来，熟识的凑到一块，议论起今年五月节谁家包的粽子多，谁家孩子添了新衣，谁家又来了一群乡下的穷亲戚。

孩子们额头正中，还留有出门前大人用蘸上雄黄酒的筷子头印上的小圆点。这时，他们偷偷掐破了挂在胸前小网兜里的红蛋：

"妈妈，红蛋被人挤破了，怎么办啊？"

"那就剥开吃了呗。"

于是，胸前只剩下挂在衣扣上的小花布公鸡。

一群小女孩手拿小花布公鸡，在水东桥头相互追逐起来：

> 鸡公仔，啄尾巴，
>
> 啄到婆婆树兜下。
>
> 婆婆出来看鸡仔，
>
> 姐姐出来㧅桃花。
>
> 桃花开，李花开，
>
> 张郎打鼓李郎吹，
>
> 吹到姐姐心里花花开。

其实，来势汹汹和喧嚣热烈并非汀江河的性格，她平日里向人们展示得更多的是恬静和柔情。晨曦微露，河面上飘着些许薄雾。水灵的客家女肩挑杉木水桶，伴着"嘎嘎"的木屐声，一级一级走下半爿街码头的石阶。她们来到河边，静静凝视水中倩影，理理被晨风吹散的秀发，整整花围裙上的银链条，弯下腰从桶里取出葫芦水瓢，在水面左右拨动后，一勺勺地往木桶里舀满水。也有的为了挑回更洁净的水，将水担一头钩住木桶，尽量远离河岸，往河中一甩，将满满一桶水拉上岸来。

天亮了，河面上的水汽慢慢散开去，两岸响起零星的捶衣声，不一会，"噼噼啪啪"地响成一片，经高耸的明代古城墙反射，回响连绵不绝。举目望去，河滩上，码头边，吊脚楼下的大油光石上，红绿白蓝，星星点点，都是洗衣妇，有的蹲着，有的坐在自带的竹椅木凳上。捶衣棒此上彼下，捶衣声缓急轻重。

这时，半爿街码头渐渐热闹起来。汀江曾为闽粤赣边重要的水上运输线，所谓"货船日上八百下三千"，"粮油菇笋下广东，盐布百货上汀州"，尽管那时水运繁荣不再，但水东桥下仍有为数不少的乌篷船和运送大粪的小木船穿梭而行。那夜泊汀江的乌篷船上，艄公们早早起来，生起炊烟，整理好船舱，坐在船头卷一支土烟，一边吐着烟圈，一边看着在河边洗衣、洗菜的少妇，见到熟识的就打趣："今天好水灵，白嫩嫩的手就像刚出水的藕，可惜不知什么时候能帮我洗衫？"

一条装满蔬菜的乌篷船缓缓靠近码头，还未完全停住，早已候在这里的菜贩们一拥而上，船摇晃起来，河面上荡起圈圈涟漪。

汀江水清，汀城人爱水。水东桥上至龙潭，下至五通桥，几百米河段不深不浅，水流平缓，端午一过，便成了天然浴场。小男孩三下两下剥下衣服，往河滩洁净如洗的鹅卵石上一扔，奔上用长条杉木板制成的跳板，高高弹起，扎向水中。河里人头攒动，水花四溅。然而，汀江河床低，过丈深潭不在少数，每年都有游泳或寻短见的溺水而亡。因此，许多老师和家长不许小孩下河游泳。我和几个同学经不住诱惑，常悄悄穿过一大片梅树林，躲到五通桥下游一个僻静的去处。这里水面宽阔，深仅及胸，七月骄阳下，河底五彩斑斓的鹅卵石清晰可见。扑腾累了站在河中，偶有小鱼叮咬脚上被泡胀的旧疤，痒痒的，带着点酥麻。不远处漂来一叶竹排，上立几只鸬鹚。捕鱼人用撑篙猛敲几下竹排，将鸬鹚赶下河去。不一会儿，鸬鹚从水中钻出，有的攀在捕鱼人肩上，有的立于竹排或撑篙上，捕鱼人一一将其喉囊中的小鱼挤出，丢入竹篓。正可怜着鸬鹚，忽感自己腹中亦已空空，赶忙上岸穿衣，踏着夕阳回家。

童年时的河，像梦中的彩带，已是那样的悠远和朦胧，上面的图案被几十年的风霜抹得斑斑驳驳。乌篷船、吊脚楼早不见了踪影，半爿街码头改建成了市场，昔日水里岸上的光景都成了"小城故事"。然而彩带还在随风飘动，那映在越来越浅的河水中古城墙的倒影，那从河堤石缝中斜出、在风中轻轻晃动的狗尾草，那深潭边高大浓绿的百年老树，那不知传承了多少代、依然在晨雾中飘来却已显得有些单薄的捶衣声，似田园交响曲遗落的音符，在延续着古老的吟唱。

有人说，历史是一条河。其实，河也流淌着历史，承载着多少人的情和梦。

想起上小学时读过的课文：

小河流过我门前，

我留小河玩一玩，

小河摇头不答应，

急急忙忙去浇田……

是的，河是不会停下来的，连同那连绵的乡愁。

（选自《光明日报》2017 年 4 月 14 日）

作者简介

赵汀生，福州人，1958 年生于长汀。曾任龙岩市人大常委会副主任。多篇作品在《光明日报》等报刊发表。

梦 记 汀 州

◎ 陈日源

  大凡对山水的灵动和城郭的气韵能有倾情之战栗、对语之神往的人，对汀州就会有一种发自心底纬绵不尽的畅想。那梦幻般的遐思，有如汀江边的垂柳随风摇曳，伴随汀水走向汀州的深处，走入客家人由中原迁徙南蛮的沧桑……

  倨北的卧龙山是这座客家首府的脊梁，它的精气神昭示着汀州的过去、现在和未来，不管世事如何翻覆，它总是那样从容，用凝重彰显力量。由汀江源头龙门向南缓缓流出的汀水，是客家人繁衍生命的能源和血脉。无人不由此去执著地寻觅母亲那溢满乳香的慈怀，更加感念父亲那坚挺永恒的真爱。当朝斗岩金色的晨曦撑起每日的太阳，当云骧阁千年古树上升腾的雾霭渐渐消散，龙潭边的宋慈亭旁便奏起了学子的晨读，捣衣的木槌和客家山歌交响的嘹亮。泰安桥经历的风风雨雨与五通桥的千古承载，见证了妈祖庙前水东桥下惠吉门外那停依千帆的码头上熙熙攘攘的景象。为谋生，为功名，为家族的兴旺与荣耀，有艰辛无比的来来往往，更有一去难返的远涉重洋。

  城中几条纵横交错，蜿蜒迂回的深街小巷，把汀州人的生活编织得有条不紊又绚丽多彩。店头街五通街水东街是汀州人开铺掘金的华尔街。在这商贾如云的黄金路段，那蕴含中原古音的吆喝声直至华灯初上还不绝于耳。历经一日辛劳的人们，总是在腰包鼓起夜幕降临时才把打烊的店门弄响。带着一身疲惫的满足拖沓起木屐，走向乌石巷宝珠路那些调理身心的治所。哪怕是百年老店里一碗小吃的味道、一缕久负盛名的"龙门红"茶香，抑或是剃头店里老师傅搔颈掏耳的酥痒之快意，都会滋生起鸟倦飞知还的感想。当沉睡在南大街九厅十八井豪华大宅里的富人们打出傲人的鼾声时，那些诸如起早贪黑巧制出享誉八方的汀州豆腐干却又难享富贵的生计人，正把更夫"闭户防盗，注意火烛"那瘆人的喊叫声当成催眠曲，在"夜里寻思千条路，早起还得磨豆腐"的无奈中，睁着双眼熬来了又一个天亮。

汀州人是客家民系里心行独特的一族。尽管民间有汀州首富胡瞎哩曾不惜在古城墙中的高处挥洒金银掷尽万贯家财，赌得全城人息炊而往万人空巷的传说，但闻名遐迩的"揖贤斋"店号，无疑把汀州人从商逐利的热望与和气生财的经营之道整合成了一块金字招牌。无怪乎汀州曾能富庶一方，汀商走遍四海。最让人不能忘怀的是那火红的年代，当东大街的福音医院成为红军的第一所医院时，与之相邻的苏维埃商号制出的第一套红军服，使红军的军威从此焕发出一往无前的风采。"红色小上海"的街巷里时有红军斗笠在人群中攒动，遮挡着苏区的风雨，苏维埃货币在公平的商贸流通中激发起汀州人追求自由与幸福的理想。当红军长征第一村诞生时，在汀州的历史长河里又增添了一份弥足珍贵的记载。

东面挹清门边临江的谢公楼张幡待客，没有了旧日城墙下喊杀劝降的血色喧嚣，只有四方来客被汀州人的情与酒熏出的不似寻常的豪迈。当张九龄被汀州米酒浸润得浑忘宰相等身的尊严，在酒家的白灰墙上挥毫流露万分惬意时，汀州美酒从此便有了"谢公楼上好醇酒，二百青蚨买一斗。红泥乍擘绿蚁浮，玉碗馋倾黄蜜剖"如此这般的传唱。汀水也由此变得更有酒品，更有情性，更有了醉人心脾的悠悠古意。从此你对悬挂在汀州古驿道上三洲风雨亭里那块乾隆皇帝御笔亲赐"古进贤乡"牌匾的诠释，便有了心领神会的感慨，也就明白纪晓岚为何会在三元阁对面城隍庙夫子庙旁的试院里，对着双忠祠前两棵如仙般的千年古柏吟诗作赋"参天黛色长如此，点首朱衣或是君"。那如梦如幻之意境，让古柏树下常有追古怀忠的游人在此流连忘返，你也就不会对《弄墨潭记》里的噫语费心懵懂牵强附会。当上官周、伊秉绶、黄慎在城中招摇过市时，你会和这里的人一样悠然自得地汲取到些许文气而有羽化登仙之感。当毛泽东几度吹响"红旗越过汀江"的号角，最终把未来共和国的缔造者悉数引领、召唤上天安门城楼时，汀州人的那份骄傲依然沉静得如一湾汀水让人唏嘘不已。

汀州的西门总是留待落日西沉时为方便汀州人夜里行梦时关闭的最后一道城门，它留住汀州人谈古论今闲赋小康的梦想，就像我梦里时常出现的那一幕一样，总想把散落在地的颗颗珍珠用一条心血捻成的金线串起，挂在汀州人心中永世膜拜的佛颈上。梦醒时，我更记起汀州，常扪心自问对汀州雄风再起的期盼，是否像朝天门那样屹立不倒，有如归龙山寺庙里虔诚执著的信徒，在晨钟暮鼓声中依然保持着那份不问苍生问鬼神的坚守。

汀州，神赐的汀州！请一定将您无穷的魅力为挚爱您的人们换来更大的福泽！

（选自《梦记汀州》）

作者简介

陈日源，福建漳平人，1962 年生。福建省作家协会会员、福建省书法家协会会员。曾任长汀县人大常委会主任。出版《梦记汀州》等。

夜走店头街

◎ 吕金淼

夜，暗透。

与友相约，逛店头街。

小巷，不宽。路头，一座牌楼，青柱，雕梁，庄重，凝眸，在弯腰引路。路面，铺就青石板，表面呈亮，显然有些历史，留下许多不为人知的故事。或许，这就是所谓的积淀。店铺，默立两旁，不成对仗，没有规矩。门面，多为木板，一片片横向排队，已发黑，老旧。刚贴不久的对联，出现了缺角，该是顽皮孩子的佳作。

此时，大都已打烊了。

古老的小巷，似乎是一位陌生的老人，突然站在我的对面，笔直的，让我猝不及防。承接弱光的手指，拂过了幽静的暗处。一个设问就是，是什么附给它一个岁月的质感？一下子，把自己弯在了记忆的田埂上。唯那一眼朦胧的影子，拽着我的心，有点儿惊喜，也有点儿惶恐。我，试图以平静的心态，走进旧时光，直到彼此相融。

脚步声，有高有低，一轻一重，撞击石板，便有了回响，清脆，却收拾的干净。这种景致，在旁人的眼眸里，料想也是一幅挺不错的风景画。

红灯笼，高高挂在屋檐下，晕散下的光，柔和，微红，落在青石板上，有些斑驳陆离。小巷的夜，就从这暖色调开始。自己的影子，也那么真实地嵌在其中。这是我最喜欢的，总觉得它映衬下粉红色的日子，会丰饶安暖，日渐沉实。

"风来了。"友轻轻嘀咕了一声。"了"的尾音，揉进少许的夜色，有些长，也有点甜。靠近一个甜美的声音，一个不小心，就会撞见好多温柔的表情。

就这么走着，说着。谈天，也说地。谈工作，也说生活。语言，有时真的不需要太多的帮衬，三言两语，也能说到心坎，暖暖的，便有了一种亲近。嘀嘀咕咕，和着细风的言语，便一溜烟洒落，渗透进了石板缝隙。时间悄然溜走，像细沙，在指缝间滑落，堆积成过往的山丘，也把深深的依恋铺在了石板路上。不知不觉，便走出了一大段。

一家咖啡店开着。小女生，明眉，皓齿，站在柜台里，正招揽着客人。店里播放着一曲《眼睛期待眼睛的重逢》，挺湿润入耳的曲子。如此美景，不知可否与友在此消受一刻时光？我没敢问，怕是惊扰了友人心中那一池闲情。安慰自己，眼落处，若清清淡淡，心儿也会跟着安安静静的。

酒肆的小楼阁里，传来喝酒的嘈杂声，惊扰了小巷的清静。门板上的福字，仍喜庆地倒贴在那儿，竟觉得格外的开心妥帖。想过去轻轻摸摸，心竟小小的颤动了一下。一年至尾，所有的存在和最后的沉潜，许真是落在一个"福"字上。不用细说，这个字勾描了太多的期望。我，你，都希望它圆润些，饱满些，辐射面大些，巴不得它能够流向眼中所及的每一道浅湾。

汀州人书斋。新开张的，招牌，书法潦草，却有点韵味。大凡所谓的书法家，都喜欢写出让人看不懂笔画的安放，那叫高明，如医生处方，写出的都是你看不懂的字。进去看看。店的前面柜台尽是古董玩意，后排才是一些本乡本土作家的书，里面有不少是名家的书。如北村、李西闽、谢有顺等等，都曾熟悉的。店主人，在前面柜台忙着谈古董生意，对我们的光顾，却少点热情。原来卖书的老板早已回家，与他无碍。随便翻了一本书，见书中有一句"茶形细秀明净，像一种笔触，带一丝字底泛出的浅色，被摆在了眼前。"见这个句子，很是喜欢"浅色"一词。就像见到一张清晰的熟悉的面孔，便瞬间留在脑海里了。每每想来，当你阅读时，能从字下端详出一抹儿浅浅的色调来。许，就是不出声，也能哑出可听懂的唇语了吧。每一笔每一划，刚好裂落在了怀里，刚好和留存在怀里的那一捆露珠相拥。不经意间，便划破了一种潜藏的情绪。"懂"字，在这一刻显得有些狭窄了。那字，穿过睫毛的纹理，就那么真切而安然抵达于你，不容你有一丝一毫的挣扎。

小巷旁，一小拱门，有"贡元"二字。友说，院内有棵古老的铁树。转身进入。一棵曲折粗大的铁树，挨着那幢破旧的老屋，淡然的悠闲。密集的叶片，简单过滤了耀眼的灯光，落在背后的，是淡黄的廖寂。细看树牌，树龄竟达 600 多年。时光就在掌心滴溜溜地转，一时让自己不知所措。可不可以说，它，远离了喧嚣，在简单，清然，静而美地生活？不屑说，它已是朴素的先哲了。身临其境，此刻的心，圆润透明，不惹尘埃。

"走吧，我带你去一个地方。"温润的声音，叫醒了流连的信步。来不及把小巷的曾经、过往，琢磨得更为精细。

在小巷里，走了很长一段路，才找着位置。

老阿姨很是热情。非要我们从大门进去，礼节，隆重，纯朴。屁股落座，便上来盘盘水果。年轻的女主人，张罗着给我们倒茶。一壶，两盏。凉了，续上。

品茗是要底蕴的，也讲投缘。手持杯盏，举目对饮，喜欢杯盏之间隐去的语言。有"听茶"一说，有声无声，有形无形。其实，每个人，都有自己的一盏茶。世人都用水泡，却别样色彩。谁解茶性，谁就近茶一分。

一夜行走，一路感悟。走在这样古老的小巷，心灵或许就是一种抵达。矮过季节的额头，做着一种等待——彼此的相认吧。

春天，许就此也毗邻了。

（选自《醉美汀州》）

作者简介

吕金淼，福建漳平人，1966 年生，中国散文学会会员、福建省作家协会会员。出版《一叶小舟》《神秘纽扣》《在夜色里行走》《醉美汀州》《青涩的梦》等著作。

柴 锅 煮 年

◎ 陈丽华

儿时的记忆里，家乡长汀客家人的年，是热闹而隆重的。每年刚入腊月，县城里年的仪式感，就逐渐深厚庄重起来。晴好的日子，人们就开始忙着拆洗被褥、蚊帐、窗帘。那些街头巷尾飘舞着的床单、被套，就如年的先遣部队的旗帜一般，把年的气氛一天一天调动得浓稠起来。接着人们在自己的房前屋后，用稻草、丝瓜络等天然洗涤佳品，使劲搓洗桌椅和锅盖，再把这些木制物品摆放在阳光下，晒得干爽发白。这即是年前的预备战了。每家每户，几乎没有哪一个家庭敢于偷懒躲过这一战役，即使最忙碌无暇的主妇，也必须赶在新年到来之前，把家里能洗的都洗一遍，能擦的都擦一遍，仿佛不如此，不足以庄重地迎接年的到来。

对于儿童，年的感觉更多是在锅里。那时候的锅灶，都是敦实宽大的柴火炉灶，砖垒土夯，烟囱直立，像一座小城堡。灶台上通常一前一后嵌置两口铁锅，前锅极大，比现代人使用的燃气锅恐怕要大几倍，后锅稍小，但也比现在的锅大许多。柴火炉灶的灶门，通常是拱形，前面有一个小槽堆放引火的易燃刨花，兼放铁钳铁铲等工具。这样的柴火炉灶，需要一个人专门负责，及时往炉膛里添加木柴。家里安静乖巧的小女孩通常就充当此角色，因此民间颇多小姑娘曾经有过"烧火妹"的乳名。这个名字虽然土得掉渣，却还温暖，毕竟灶台炉火映红脸庞的感觉，要比西方文学作品中卖火柴的小女孩的画面温馨许多。

对于孩子们来说，这两口大铁锅，承载着他们对年的美味的所有期冀。

年前一周左右，街坊邻居们就开始在灶台上忙碌了。客家长汀的习俗，煮一系列的年节食品，是一项极为重要的内容，因此要选定吉好日子，预备足当天要在柴锅上煮的食材。其中最重要的一种，当地人称糖粿，其实就是油炸的红糖年糕。这种经典的客家小吃，需要提前把糯米浸泡，再磨成浆，然后用大块白色棉布兜住、绑牢，上面压上大磨石等沉重的物品，让浆中的水分榨出，待一两天后打开，掺入红糖，和面一样，把红糖和半干湿的糯米粉充分揉搓，搓成十多厘米长的小圆柱，依次排列在簸箕上，等候下锅煎。刚起锅的年糕，外酥里嫩，香甜烫口，无论是大人小孩，都免不得要争先尝尝。除了年糕，长汀人要煎的年货还有许多，比如灯盏糕，芋头丝，黄豆，花生米，烧大块等。一般来说，这一天制的东西，要吃上整个正月甚至更长的时间，因此这一天的工作量是相当大的，除了主妇掌勺司厨，还需要烧火妹添柴助火；男主人力壮，一般负责劈柴、揉面，其他小孩帮忙搓年糕，更有相处亲密的邻居，错开时间，互相帮助做完这一天的重要工作，那一种场面，其乐融融，欢声笑语，真正是年的大彩排。

那时候的街巷民居，门挨着门，窗对着窗，邻里之间走动尤为勤。因此在这一天煮年糕的活动中，除了帮忙做事，也是要帮忙鉴定品尝的。虽然各家都是差不多的程序和内容，但还是免不了要互相赠送，以示友好或者讨教。我小的时候，总是在这一天被指派，端着一大碗满满的年糕灯盏糕等食物，一家一家送去左邻右舍，请人品尝。也总是在那几天，天天吃着不同人家送来的煮年货。有些从农村搬来的住户，保存着原住地的乡俗，制的年糕有不同款式，不同味道，甚至还有咸味的

年糕和城里没有的小吃小点，别有意趣。

柴火炉灶上的锅，在那一天，几乎从早到晚都是不得空闲的。大半锅的油，一直沸腾到几乎只剩锅底，才能完成那一天的重要操作。烧火妹坚守岗位的酬劳，除了就近叼食最新出炉的美味，在炉火前映得通红的小脸，亦可映红得如年画一样甜美。但是如果烧火工作做得不精准，造成"前锅未滚，后

锅翻翻滚"的局面，通常是要被家长嗔怪的。在那一天，前锅忙碌，后锅也不得闲。当天吃了油炸食品，智慧的客家人知道该如何调理平衡，便在后锅同时熬煮一大锅的猪骨汤，添入白萝卜胡萝卜炸豆腐白豆腐等配料，用前炉的余温，慢慢熬煮到猪骨绵软，汤色乳白。一碗浓汤，一块香糕，这样的美味，在后来的燃气炉灶时代，再也无法追寻。现代人从科学的角度说，白萝卜胡萝卜是不宜同时食用的，但我长汀客家习俗，那一锅猪骨白萝卜胡萝卜汤，不但健康了代代客家人，更是在长汀人的胃里，浇铸上了永恒的美味的记忆。

年，愈来愈近了；年，也愈来愈远了。走近的，是那触手可及的日历上的时光，悬浮着空空落落的无所依托；远去的，是那遥不可望的童年的岁月，记忆着满满当当的多彩鲜香。柴锅煮年货，那是物质匮乏年代的舌尖盛宴，更是客居游子归乡旅途的心灵热盼。那是一锅浓浓的乡愁。

（选自《闽西日报》2016 年 2 月 16 日）

作者简介

陈丽华，女，1971 年生。龙岩市作家协会会员、龙岩市散文学会会员、龙岩财校高级讲师、民进龙岩工委副主委。

批评必须让思想牵手书法史

◎ 董水荣

批评，不能把书法的历史关进文本里。

历史眼光，就是用思想梳理出书法发展的内在逻辑，看待正在变化着的书法，这正是优秀书法批评家的过人之处。当代书法批评用任何现成标准衡量都很困难，必须在历史变动中观察，同时运动变化中的当代书法又是一个最有活力的部分。

其实个别书法理论家在史观意识批评下，获得了许多重要的批评成果。如果有一种强大的史观意识，很快就可以将一大批现代书法家迅速归位于书法发展的秩序当中。可将书法家置于特定的文化背景下，再展开书法家的具体活动事件、书写风格成因的追溯，然后论及影响，这就像张开的一个坐标那样，能够很快地为书法家找准一个定位。比如著名的书法理论家姜寿田，他在《现代书法家批评》一书中所言："对现代书法史上有影响的书家进行系统的评论，对我来说不啻是一种挑战，这种挑战不仅是精神上的，也是学术上的。因为书法批评不能光靠胆量，更需要学识，也就是古人说的，史有三才：胆、学、识。我为自己设置的批语目标是：不托空言，言必有据，力求从文化—审美的角度来观照每一位书家的创作，对其书史地位和历史局限做出实事求是的评价，而不是以一己好恶、随意臧否。"这段话一语道出了批评的写作更需要学识，"识"是有眼光的发现，靠的就是一种思想，在有历史依据下做出文化与审美的观照。书中涉及的 60 位现代书法史上有影响的书家，对其书史地位和历史局限做出实事求是的评价，这是一个庞大的批评写作，在这里史与思想两者不可偏废。

批评，不仅仅对当代作者与作品的论述，也包括对古代作者与作品的评论。书法史更多的针对材料的考据，评论在史料的基础上更需要思想，可以说不同的思想，立场在同样的史料面前也将会有不同的结果。如何让人心悦诚服接受对历史书家的带有学术见识的定位。可以肯定的不是历史的文本，而是发现历史文本的眼光，用自己的思想串连起了关于历史书法家的认识，使得整个书法史在他心里都活跃着一种创见。

让思想牵手历史。批评更侧重思想性以及独立思考的品质，不盲目崇拜权威和成见，恰恰相反，对于权威与成见往往提出别人意想不到的论点，并且通过独立思考呈现让你信服的论述。正因为批评基于书法史的材料中还有探索精神和创造性的思维，才能让思想牵手书法史，才能发现出许多令人耳目一新的观点来，同时也会发现许多权威的命题会在这种质疑下动摇。

书法批评必须要让思想牵手书法史。站在批评的角度，首先是批评然后才是历史的支援。既然以当下的书法人事为研究对象，就必须用思想、用感情、用审美与他们展开对话。要从当下发掘推动书法史进步的思想与精神，显示书法发展的内在规律与趋势，启人心智，昭示未来。就要求把自己的生命、自己的人生摆进书法史中去体悟和思考。新的批评伦理的建立，在我看来，总是要从真实、智慧、创造力和生命表达中来。

可以肯定当代的书法批评是书法理论的重要组成部分，也是联结书法理论与书法创作的中介。所以我也很欣赏书法理论家姜寿田所说："从书法思想史与批评角度而言，书法史始终存在书法批评的参与，并以此保持书史的活力以及思潮的推演，失去书法批评的参与，书法史将陷于停滞。"对当代书法而言，书法批评更具有举足轻重的作用。事实也是我们从 20 世纪 80 年代书法复兴以来当代书法发展的每一个重要阶段来看，都有着书法批评的广泛参与。可以说书法批评构成了当代书法的形塑力量。不过进入 20 世纪末以来随着学术的分化和市场商品逻辑对书法领域的宰制，书法批评遭遇空前困境，已处于失语边缘。书法批评家对书坛已难以发出有力量的声音。当代书法已陷于自说自话的境地。让思想牵手历史，成了研究书史和书法批评的重要方法。

让思想牵手历史，批评的最为重要的品质就是敏锐的眼光和宏阔的思想。它必须用自己的见解和眼光作出判断，所以我们说批评背后应该站着批评家这个人。批评不能被史料所劫持，因为站在浩大厚重的书史里面，很容易失去有灵魂的疑难和灵魂的冒险，也容易失去对书写独特的敏感。批评的重心在于它既是对书法世界的解释和发现，也是对自我、对存在的反复追问和深刻印证。如同好的书法创作需要书法家倾注整个人的才情一样，好的批评，同样需要在批评的后面活跃着一个丰富、有力的灵魂。

当然我们更愿意看到书法批评的希望和批评的态度背后，更为实际的批评方法。理论史研究也好、当代书法批评写作也好，在这里将研究纳入宏观的现代人文学科的有机境遇。宽阔的理论视野，用思想与观念的活力，打破书法学术中从文献、考据、从资料到资料看似很严密和规范的学术态度，其实是一种毫不见地的学术沉闷。说实在的批评写作的魅力，不是因为在文章中有多少新发现的史料，而是因为在常规史料中裹挟新的精神发现、新的思想创见。

让思想牵手书法史，不仅适合当代书法作品的批评，同样适合对古代作品的批评。评析作品都是要有自己的创见。让自己的眼光与心灵去品读经典，观点一定是不会与他人重复。可能会有某种公共的审美倾向是趋于同一方向，但具体的感觉却是丰富的。同样，我对只关注经典相关史料学者的审美抱有怀疑的态度，他们对作品的欣赏与定位主要依据古人的文字资料，而不是用自己的眼睛面对作品。在书法界有一种现象，很多人宁愿相信古人一句没有任何意义的废话，通过引经据典说明自己的博学，也不愿看当代人对古人作仔细观察思考后的表述。然而事实上，每个时代都会有用自己时代的眼光体察古人的作品。如果将自己对经典的阐述放到一个寥廓而漫长的历史时空，今天的思考也有可能在三百年之后成为后人的一种参照。

在经典作品的评析中，常有一种疑问，古人在书写这件作品时，是不是如你所写、所想？

可以说，我们辨析经典，最主要的目的不是去猜测古人书写时的那种状态。猜测古人的书写状态没有多大的意义，他当时是不是这样想的并不重要。最重要的是，这件经典给我们一个什么样的审美结果和一种什么样的文化影响。因为作品产生审美的结果与文化影响，才培育了一个民族内在的文化基因。我们要做的是通过经典的文本提供出来的各种书法语言，进行审美上的追寻与认定。经典的笔底下，一种细微的变化，有时就会透露出审美的流变，心境的迁移，形质的美感，这些都有可能形成审美伦理。经典作为规范与审美的参照，在一定程度上就起着一种伦理的力量。我们现在对经典的辨析，实际上就是对审美伦理的指认，并非是对经典书写状态的指认。

当然，对任何一件书法经典来说，其被解读的可能性是无限的。我们所能做的是尝试从各种书法语言的特色与审美特征的把握，切入书写背后的世界，以求得在某种程度上与经典的沟通与对话。但"误读"的可能同样存在。在我看来没有真正实质性的"误读"，"误读"是我们内心里已经有了一种所谓"正解"的观念作为参照。如果没有不断的"误读"，我们对经典的理解就永远停留在原有的基础上。"误读"实际上也是一种"破"与"立"的过程。关于"误读"与"正解"看似是对与错的争论，实际上审美的感觉是没有对与错的。我更愿意看到解读与评论本身有没有提供新的视角或更为深刻的见解，以及更为深入的观察，如果有必然会给大家带来新的启示。

经典作品的评论不再是书写技法的描述与解析，也不再是书法史的材料证明，而是关乎于一种生命的表达。随着对经典作品的细细品读，内心慢慢充实起来，并且渐渐改变了原有的书法理解。

常常因为批评没有思想，我们被太多观点重复的文章麻木了阅读。这是一个很快被阅读与遗忘淹没的时代，如果一个理论家没有自己独特的发现与观点，如果仅有史料而没有思想力的文字，同样很快就被淘汰。所以我们坚持用自己的眼光探询书法，面对经典是这样，面对当代书法也是这样——坚持内心的持守。

（选自《汀州客家》2016 年冬季号）

作者简介

　　董水荣，笔名潇遥，1974 年生。中国书法家协会会员、福建省美术家协会会员、吴江市书画院院长。现居江苏吴江。

草上乡愁

◎ 陈文波

在很多人看来，名字只不过是一个代号，起区分辨识的作用。有的时候，古人还有字，甚至还取号，谁是谁，一目了然。但如果名号多了，也未必就是好事，就像鼠曲草这样"马甲"满天飞的家伙。

对大部分人来说，鼠曲草，可以算得上是最熟悉的陌生"草"，不是没名字，而是名字太多了。鼠曲草只是学名，但要说到别名，此君足足有50多个：佛耳草、白头草、白头公、水曲草、黄蒿、清明蒿、田艾、菠菠草……说到底，鼠曲草其实是一种非常常见的可以入菜的草，而且鲜活地存在于许多地区许多人的记忆里。无数人的童年基本上都吃过含有鼠曲草成分的食物，只不过因为叫法不同，有时候说起来有点鸡同鸭讲。但只要一看到鼠曲草的真面目时，就会恍然大悟："原来是这个！"

李时珍在《本草纲目》中说："《日华本草》鼠曲，即《别录》鼠耳也，唐、宋诸家不知，乃退鼠耳人有名未用中，李杲《药类法象》用佛耳尊，亦不知其即鼠耳也。"

鼠曲草到底什么模样，其实蛮好认的，书中记载："鼠曲草，生平冈熟地。高尺余，对有白毛，黄花。""原野间甚多，二月生苗，茎叶柔软，叶长寸许，白茸如鼠耳之毛，开小黄花成穗，结细子。"和鼠曲草有关的美食，大概也都发生在春天，到清明时节最为盛行。

我小时并不清楚鼠曲草的"真面目"，那时它还以"白头公"的名字潜伏在我的身边，每年春季万物生长时，白头公就茂盛地生长于田间地头，在春天的阳光里摇曳生姿。它带来的美味至今令我怀念，并垂涎不已。

我的家乡在闽西的长汀县，那边白头公基本不单独入菜，大多需要和米类食品相结合，才能释放出最美的味道。鼠曲草一般是用来做粄。粄是一个古老的字，现在流行于客家地区的米制品大多称粄。我们摘来白头公的嫩叶和花朵，洗净过水煮之后拿到碓房捣烂，再加入糯米粉，充分搓揉糅合之后，捏成条状下油锅一炸就成了。刚出油锅的白头公粄外酥里嫩，草香四溢，吃得唇热舌烫也舍不得放手，鼠曲草的纤维让粄充满韧性，能让人在拉扯之间体会美食的美妙。油炸过后的白头公粄可以保存很久，有客人来到，上锅一蒸就是一道美食。重新蒸过的白头公粄又是另一番美味，柔韧之中，充满嚼劲。白头公在每年农历二三月时最为鲜嫩可口。由于观音菩萨的一个诞辰也恰逢其时，有的地方也称之为观音粄。

我的大学是在上海，在江浙一带，人们用鼠曲草或者艾草制作青团，这一片地区素来繁华，青团也相当精细，颜色碧绿，里面还包豆沙馅，甜糯可口。但遗憾的是基本上找不到鼠曲草的纤维，咬嚼中，也少了拉拉扯扯的较真的乐趣。

回到福建，鼠曲草也变幻成各种不同美食，包裹着不同馅料，成为春天人们餐桌上的佳肴。

在福州，它是菠菠粿，粿皮毫无疑问是鼠曲草与糯米粳米的混合，馅料则分甜咸两种，或枣泥豆沙，或香菇肉丝，各取所爱。外形可用印模压出各种形状和面纹。菠菠粿也是福州人清明必备的供品。

在三明泰宁、将乐、宁化一带，鼠曲草又摇身一变，变成了暖菇包子。三明山区吃辣，所以暖菇包子里也少不了辣椒，鲜辣可口。在泰宁，制作暖菇包子还有一些南北片的差异。南片制作，用的是新鲜采摘的暖菇草原料，形似圆月，类似包子；北片的用暖菇粉制作，形似弯月，更像水饺。南片的一般在清明前夕吃，图的是新鲜口味，不讲太多规矩。北片的多在农历二月初四吃，民间说法叫"春社"，家家户户大包暖菇包，以敬土地神，祈求五谷丰登。这一天，远近的亲朋好友来来往往，品尝暖菇包，人越多越好，以示主人为人豪爽、热情。

在闽北南平，鼠曲草也相当活跃，光泽叫文子，邵武叫包糍，武夷山、建瓯等地也都有它们的踪影，只不过米粉中糯米粳米的比例有所不同而已，但也都是腹有乾坤，最重要的是，这玩意一吃起来就让人停不了嘴。

到了闽南，就省事多了，鼠曲草在此行不更名，坐不改姓，直接用鼠曲粿的招牌出来打天下，这风格一直延续到了潮汕地区。一首民谣这样唱道："爱吃鼠曲龟，顶丘跌下丘，跌得规（全）身躯……"闽南的鼠曲粿，加工方式和福建其他地方类似，不同的是要用炒熟压碎的脱膜花生仁、红糖、香菇混合做馅，然后蘸花生油搓成龟状，便可食用。

以前，我一直以为白头公粄是家乡特有的美食，就将它深藏在个人收藏夹中，午夜梦回，时不时从脑海中调出来以解乡愁。后来发现，基本上整个中国南方，都有类似的美食，鼠曲草的食品，不仅仅是我的乡愁，原来也是很多人的乡愁。

（选自《福建日报》2014 年 6 月 29 日）

作者简介

陈文波，1978 年生。福建省作家协会会员。曾获第二十三届中国新闻奖二等奖、第七届福建省百花文艺奖荣誉奖。现任《福建法制报》主任编辑。

肖　屋　塘

◎乔　莎

梦里常有肖屋塘。

那是我生活了 30 多年的地方。醒来后，回味梦境，心里就有些疼：如若肖屋塘还是我梦里的样子，一定是个汀州古城著名的旅游景点了。那么，肖屋塘不仅保鲜了我的童年，还可以赚门票。

肖屋塘，一条铺着石子的路，头尾不过几百米，却布有肖屋、张屋、谢屋、郑屋、赖屋、吴屋、胡屋、聂屋、段屋等以姓氏为名称的一批老宅，每个老宅都住着十几户人家百来号人。宅与宅之间，是青砖高耸云天的防火墙。老宅里有一口供全屋人用的水井，井内吊桶七上八下，井边搓衣洗菜人生不断。大门进去大都有一个大大的空坪或者天井，大小石头砌着不同的花纹，石缝里长着毛茸茸的小草。大不相同的是每栋大宅的门，有的一对青石大狮子把门，有的是飞檐彩壁门楼式样，有的华表石壁雕龙凿凤，有的虽已斑驳，也看得见高级木质朱红大漆铁皮包钉。小小肖屋塘还有一口干塘，两株上百年轮的参天大树，一座无从考据的大丈夫庙。肖屋塘的老宅腾空了人的时候，肃杀如出鬼的聊斋；佳节喜庆热闹时，亦呈怡红院的闹喳。

老宅子庭院深深，地毯般的青苔布满天井或墙根，梁上的燕子穿梭，旮旯蟋蟀争鸣，青瓦古砖上冒出许多不知名的小草，四季天然更替，迎风招展，无声欢笑……

老宅里的人有的本是同宗同族，有的已七零八落出租典当。然，关起门来，无论亲疏，宛如一家。吃饭是一厅一二饭桌邻里"伙"食；睡觉是敞门两三铺床看得见孩子们的光丫露腚。老宅前门通到后门，前门进后门出就是前巷到后巷。时常，冷不丁有个生人冒出来，合掌微笑：借过，到前头某屋找个张三李四。老宅的男人上班出工早出晚归，妇女们做饭凉晒购粮买菜起早贪黑。只有老人揽孙抱小呼鸡喂鸭上厅游下厅，孩子们捉迷藏、射弹弓，爬墙跳坎，大门打闹到后门。同宅。谁家有病人，一宅子都会弥漫一股心情不佳的寂静；半夜三更有人生病，闻讯人的家门都会"吱呀"一声打开，一阵子就围过人来，如果严重到要上医院，三言两语就组成了一个救助"班子"。因沉睡不闻或外出未归者，还会为自己没参加昨晚的"公益活动"而不安。谁家丢了只鸡鸭，一宅子的人都会去帮忙找，窜走在谁家，谁家也会寻着失主抱回来。

而谁家要是有点办红白酒席的热闹事，全宅子甚至全街巷的人都有些激情高涨，街坊邻居会自发组织起来穿堂过巷，搬桌借凳腾大厅、让井（井水及井边留给做事的人用）磨刀散碗筷。到得宴席开始，又都只有每家的男主人正席。不过其他人也理所当然地会不饿着，孩子从正席上或父亲或爷爷的腋下索食，妇女在厨房吃装盆多下的余菜，老人会得到宴席上撤下来的剩菜。只到第二天，东家还会把一些剩余的干菜、果子送给左邻右舍。这些会带给整个肖屋塘好一阵人流穿梭，大呼小叫，古巷老宅里乏味的生活有几天刷新，一派大同景象。

肖屋塘人大多生活艰难，却并存着奇怪的两极。一拨子出身贫穷的苦力者、手艺人、苦命寡妇、童养媳，却因没文化甚至不识字，"根正"而南"苗红"；一拨子地主大户后裔、逃台家属、旧官吏的姨太遗属，男人儒雅挺拔，女子秀外慧中，则为着出身之"臭"见人矮三分。但总体上大家善良而乐观。只有开会、运动等情况下，"香"的冷冷地面对"臭"的，聊表政治上存在的界限。例如，日常尊称为"大叔婆"的"臭"者，通知开会时就直呼其名表示立场。平时，大家心照不宣，"香"敬仰"臭"的文化与气质上的风度；"臭"同情"香"的从精神到物质的贫乏。

肖屋塘的四季颇有特色。春雨隆隆的时候，地处汀江边的肖屋塘人会很不安，男人时不时冒雨到江边的街坊邻居"通报"：水到了城门头石公下，要小心。或者谁还在码头坎边，别担心。这时，患难与共的氛围随着肖屋塘两边的屋檐水流淌……

秋天，肖屋塘人很忙碌地备东筹年。时至深秋，老宅的大柱上就开始挂着一串串过年用的腊肉。一宅子茴香酱油和干肉的香气。

特别寒冷又下雨干不了活的冬日闲时，肖屋塘的老宅里准会有人牵头打平伙。最常见的每家凑米一两斤、黄豆几把、食油几两，炰灯盏糕，一宅飘香。灯盏糕炰到一定数量就称着分归各家；磨灯盏糕洗磨盘的“磨石子汤”则煮一大锅随意吃。

肖屋塘的夏天，傍晚最为丰富多彩。大人小孩拎一把竹椅子，持一把麦秸扇，坐在最通风又不碍出入的地方，讲古声、笑声、拍蚊子的“拍拍”声、呼唤孩子或者闹睡婴儿的哭叫声就开始大合奏，伴随着孩子追打嬉闹及木屐敲打石子路的声音，发出如爵士鼓般的音响直至集体困盹。在老人们一声“日头落山又一工（天），鸡嫲带仔好入笼”的俗语中人散而夜静。

肖屋塘给我印象最深的要算月光。天气好的时候，从月牙儿别上屋顶树梢的上弦，站在什么地方看月亮，就有什么样意境与风情。

天井里看月光，像芭蕾舞台上的聚光灯，石条搭起的花架上，素心兰在月光下“香满一轮中”，阵阵幽香，时而在天井时而进厢房，扑朔迷离中令人忘却身后尘世，只有花架下小青蛙不时弹动，把人唤回现实世界。

漫步在整个老宅最干净的井边，大有“明月别技惊鹊，清风半夜鸣蝉”的意境。探头井里看月亮，月儿出没在水中，就会想起一年级读过的《猴子捞月》的徒劳与幽默……站在“万影皆因月，千声各为秋”的街巷里，抬头望月，会发觉得月亮好顽皮够潇洒，在高高斜陡的屋顶，穿云透技，飞过一宅有一宅，它自管“月儿弯弯照九州”，却不知“几家欢乐几家愁？”

（选自《闽西日报》2003 年 6 月 12 日）

作者简介

乔莎，原名谢乔莎，女，1955 年生。原《闽西日报》社记者。出版散文集《独木桥上摇三摇》。

汀州怀旧

◎ 廖进琳

汀州古城打从唐大历四年自东坊口大丘头迁移到白石村起，历经了一千两百多年的风雨，留下了唐宋元明清及中华民国历朝历代成片成片的老建筑。那密如蛛网的巷道间，有的雄风犹在，青砖黑瓦封火墙高高挺立，傲视着旁边低矮逼仄的古街道古民居；有的柱梁蒙尘，早已"旧时王谢堂前燕，飞入寻常百姓家"。原来每条巷子都铺着黄而光滑的石头，六十年代时，孩子们穿着硬硬的木屐在光滑梆硬的石头路上来回奔跑也不易摔倒，而那过年过节时到处可见的高跷艺人更绝，居然能踩着一米五的高跷在石头路上大步流星地走动。这一切一切的古建筑，这一切一切牵动人情怀的意象是那漂洋过海出门在外的汀州游子的乡愁。

东门古街，汀州仅存且仍在使用的唐代遗址，志书对它的描述是："西北负山，东濒河，南据山麓"。在这个不大的山谷里，它敞开胸怀接纳了来自东坊口大丘头因躲避瘟疫而逃难的数万客家先民。在这个西风和北风吹不到的河边山谷里，客家先民得到了良好的休养生息环境。除了在山谷平地建房外，客家先民还在老古井之下的横岗岭择地建房，形成了层层叠叠的山下有城，城上有山的山城格局。盘桓于这道山岭之间呈东西走向的横岗岭路是1200年前通往白石村的通衢要道。白石村是客家人的福地，也是客家人的圣地。在此期间，白石村的生产力得到很大发展。至宋治平三年（公元1066年）开始第一次扩城，往南翻过乌石山，扩到了济川门、挹清门一带，往西越过横岗岭，到了通远门（古镇南门）、鄞江门、颁条门、秋成门一带。而兴贤门（即朝天门）则是唯一的唐代古城门，那城楼上保留的斑驳的泥城楼投射着当年客家先民筑城劳动的影子。

随着汀州郡城的扩大和西移，汀州人的眼界更加宽阔、胸怀更加博大、财力更加厚实。汀州人在深邃的巷道里盖起了一栋栋三进四进、中间厅堂天井、两边横屋围墙的阔大的府第式建筑。一进是客厅，二进是祖堂，三进是绣楼，四进是客房和杂物间；天井可通风采光，横屋可住人囤货。而位于汀州南大街的胡瞎叻的九厅十八井占地一万多平方米，内有九个大门、九个厅堂、十八个天井则是汀州豪宅的典型代表。那些出门在外的汀州游子每当想起发生在这些幽深巷子中的陈年往事，心中便飘起一缕缕的乡愁。

元宵节快到了，丈母娘早早地给尚未出生的外孙送上一盏花灯。在客家话中，灯与丁谐音，希望女儿生个男孩，送灯图个吉兆。主人们把家中平时不用的大泡灯、煤气灯和各种较漂亮的灯具找出来擦亮。有孩子的便买盏彩纸糊的飞机灯回来，小孩子盼天快黑，天黑后将点燃的蜡烛插进纸飞机内，然后举着五颜六色的纸飞机大喊着冲出大门。

端午节是蛋节，在洗浴的药把水中将蛋煮熟，染上红色，用红色线网袋装起来和碎布做的鸡公子一同挂在孩子的衣扣上，再用筷尖蘸着雄黄在孩子印堂上点上俏点，然后将米酒调好的雄黄用嘴喷在水缸脚下、墙旮旯里和灶台边，以驱赶蟑螂、蚊子、蜈蚣、蝎子等昆虫。在端午节宴上，以金黄的蛋做皮，以肉末香菇做馅的蛋饺成为最具汀州特色的客家菜。

在汀州古城，最能调动千家万户的活动就是在水东桥、五通桥上和半片街那断断续续的二三十座吊脚楼之间、在水东桥码头和五通桥码头、在五通门挹清门城墙上看端午龙舟竞赛。青龙、黄龙、红龙、绿龙、白龙在指挥台上发令枪的指挥下，同时用力挥桨向上游竞力。船上铿锵的锣鼓合着划桨的节奏，头尾的艄公将竹篙撑得弯弯。"加油加油"的呐喊声在比赛水域的四面一浪浪震响，从五通楼到航管站（今交通局）的五通桥木质扶栏一年年被观众压断，险象环生——观众纷纷坠河。一千多年了，这里举行过无数场龙舟竞赛，可是打从二十世纪七十年代末起，闽西这条最早发起划龙舟比赛的汀江河段就再没响起铿锵的锣鼓。那迷蒙的药把水雾气、那黄灿灿的煎蛋饺和齐崭崭的挥桨动作是出门在外的汀州游子挥之不去的乡愁。

中秋将近，买好柿、橘、柚等时新水果上供后，便在门外的地坪里玩起了扁担神。汀州是个灵异之地，当浑圆的月亮升到东塔山顶时，邻居们早已围在坪中。其中一人手握扁担中部居下方，马步向前，力朝上使。一人握扁担上部，力往下使。一个司仪燃一把香在扁担头上绕几圈。口中念念有词："扁担神扁担神，一根扁担撩两人。撩得起，成得神；撩不起，累死凡间两个人。"接着角力开始，上方不断添人，直至十人左右，但上方始终敌不过下方，以人群坍倒在一边为止。有的则玩起了转水碗：装一碗清水置于月下，把一凳面盖在碗上。四人各出一指点住凳脚。心中默祷一番。不久，凳子便徐徐转动，四人随着转动，凳子愈转愈快，四人也跟着快跑，最终人赶不上凳子的转速气喘吁吁跑破圆圈。中秋另一大型活动就是伏花———生人可通过伏在桌上的人了解往生的人。有一年问起我去世的祖父，伏花者说看到我祖父手持扁担威风凛凛不让牛鬼蛇神通过。我了解我祖父，他就是这样一个疾恶如仇的人。

腊月到了，汀州的客家人开始炸年货。炸豆腐、炸年糕、炸灯盏糕、炸黄豆花生、炸肉丸、炸芋头酥。小巷里、大坪间飘散着浓浓的油炸味。汀州客家妇女很能干，农历十一月起，随便走到哪家，都能看到悬挂在屋檐、窗口、楼栏杆以及竹竿上的腊猪耳、腊五花肉、腊猪腰、腊猪舌、腊猪肝、腊香肠。深深小巷，弥散着八角茴香和肉混合在一起的味道，出外的游子一看到这些金黄的腊货心情一阵激动——到家了，年快到了。接着，汀州人开始滤冬至添水的客家糯米酒。无论你走到哪条巷子，都能闻到醇醇的酒香——汀州，在浓浓的油炸味和醇醇的酒香中沉浮。

腊月十五一过，汀州客家人开始把珍藏了一年的太公太婆像拿出来，而蓝姓人家则把珍藏了近千年的狗头太公画像小心翼翼地展开翻晒，然后，像客家人一样，神情凝重地把狗头太公像挂上中堂。

吃过丰盛的年夜饭，大多数人已经脸色酡红。家中主妇端出早已擦净的豆油灯点亮，全家人开始守岁。扁扁的陶制豆油灯照亮每一张显得幸福的油脸，充盈着酒精的红脸变得富态而喜悦。开始漫谈去岁做了哪些大事，有哪些成就，来年有哪些憧憬哪些计划。子时将到，家长便起身在大门中间贴上"开门大吉""万事如意"的红纸条。开大门的时刻终于来到，周围邻居或由近及远，或由远及近放起了鞭炮开大门。以前是比谁的鞭炮长，谁的鞭炮响，最近二十年来，经济发展了，家境富裕了，竟也时兴那尖叫着满天飞舞的烟花。汀州首府、客家祖地汀州在浓浓的硝烟味和令人眼花缭乱的烟花中沉浮，人们在欢呼、大地在震动。硝味是雄性的物质，男人喜欢闻硝味是因为硝烟能激起人的血性，能驱邪除怪，能给来年带来幸福、吉祥、丰收和安康！

开过大门之后，熬了一夜的大人开始呼呼大睡，而孩子们则窜到各家的门口拣那未爆的鞭炮，用带来的香火点燃引线往边上一丢，小巷里响起断断续续的爆竹声。

大年初一八九点左右，家长把全家人叫醒，带队到祖宗的坟上"拜墓"。这是从遥远的中原带来的祭祖遗风，表现了客家人的追宗念祖之情。

接下来，就是到亲戚家、朋友家、同事家拜年走动。这时起，小巷里飘出的不仅仅是醇浓的客家糯米酒和客家美食的香味，那"三星高照"、"四红大喜"、"七星高照"、"八仙过海"的"请福寿"猜拳行令声，不仅表现了客家人对美好生活的希冀，也表现了客家人的生活智慧。

汀州客家人的新年味是浓郁的、热烈的，充满了生活的情趣。正因如此，汀州的客家人无论在哪里创业，只要能抽出身来，就一定要回汀州过年，因为最让人难以忘怀的就是那纯纯的汀州味、客家情。

（选自《闽西日报》2015 年 2 月 22 日）

作者简介

廖进琳，1955 年生。长汀县民间文艺家协会主席，中学高级教师。出版作品集《汀州旅游》《辉煌的汀州》等。

秋 白 轶 事

◎ 吴　浣

　　当年，有一条地下交通线，由上海到香港及潮汕，再沿韩江和汀江上溯，上岸后经永定、上杭、长汀到瑞金。此条地下交通线，被誉为共和国血脉。当主力红军纵横于闽赣大地时，此条地下交通线是安全的，红军长征后就不然了。

　　红军主力于一九三四年十月撤离苏区北上，仅留下六七千人在闽赣边境地带开展游击活动。蒋介石调兵遣将，组织主要兵力去围追堵截西去的红军主力，并命汤恩伯留下来歼灭闽赣残留的红军。红军长征后，瞿秋白留下来当中央分局的宣传部长。一九三五年初，分局决定护送一批人出苏区，有瞿秋白、何叔衡、邓子恢等。其中，瞿秋白是要到上海就医。二月二十四凌晨，于途经水口小迳村时，遭遇上国民党保安十四团。护送人员一面阻击敌人，一面赶紧疏散撤离。瞿秋白有病在身，跑不多远，被抓获了。何叔衡年老体弱，毅然跳下山崖，结束了自己的生命。只有邓子恢身体强健，且熟悉地方情形，突围回永定打游击。瞿秋白被关押在上杭县监狱。他起先化名为林祺祥，三十六岁，自称上海人，但操苏南口音，面容消瘦，职业为医生。国民党三十六师军法处长吴淞涛前去提审，瞿秋白反复说的就是这些，算是回答了姓名年龄籍贯职业等。后被叛徒出卖，才暴露了身份。叛徒并说用脑壳担保，他所指认的就是瞿秋白。瞿秋白才坦然地说：既是这样，就不用这位好汉拿脑壳担保了，我也就不用冒混了。十多天来的我的什么林琪祥及上海人之类的笔供和口供，就算是一篇小说。

五月九日，国民党三十六师将瞿秋白从上杭押到长汀，关押在汀州试院中厅左侧的偏房里。当时，国民党三十师的师长宋希濂中将是当地驻军的最高长官。出于对瞿秋白的尊敬，尊称他为先生，并给予生活饮食上的关照。此后，小城中一直流传着一个说法，说是关押瞿秋白的是他的学生。不过这可能算不得一个美丽的错误，因为原本就是信念不同。宋希濂的做法，本是想以柔克刚，先改善生活环境和条件，再用软化的办法来达成目的。宋希濂去看瞿秋白，先提出给他治病，瞿秋白说用点药减轻病痛即可，认真的治疗完全没有必要了。宋希濂又说到对伤病员的人道主义关怀，瞿秋白说蒋介石靠镇压革命起家，不顾国难当头却发动五次反革命围剿，这人道主义又都扔到哪里去了。宋希濂避开国共两党是非之争，并递烟给瞿秋白，重新询问有什么生活及健康上的需求。瞿秋白直爽地说：作为病人，不反对看病吃药；作为半吊子文人，要写东西，需要笔墨纸张书桌；还说写东西及生活习惯上需要烟酒，但已身无分文，仅有的财物都被保安团的士兵搜走了。宋希濂当即答复，这些要求都可满足。并批示：优裕待遇，另辟间室。

　　宋希濂的具体措施，是另辟一较大的房间，供给纸张笔墨和现有的古书诗词文集及书桌一张；购白裤褂两身布鞋一双；按三十六师官长饭菜标准供膳，需烟酒时另备；每天允许在房间门口的院内散步两次，指定一名副官和军医负责照料，房间门口白天可不设武装看守；自师长以下一律对瞿秋白称先生；禁止使用镣铐和刑罚。瞿秋白身患肺病，宋希濂中将师长又派一个叫陈炎冰的军医给瞿秋白看病。某日，陈军医带来一本唐诗两本小说和几本医学杂志给瞿秋白看，瞿秋白很高兴。彼此熟悉后，聊天中陈军医说到郭沫若当时去了日本，并问瞿秋白是否认得，瞿秋白说认得。陈军医说，你若想寄信给他，我可以代寄。于是便有瞿秋白监狱中寄郭沫若的一封信。留给瞿秋白的时间不多了，陈炎冰请求瞿秋白为自己刻了两枚图章，瞿秋白也把写好的诗词《卜算子》《浣溪纱》《梦回》和一张半身照片转送给陈炎冰，并在照片上题诗一首："如果人有灵魂的话，何必要这个躯壳！但是，如果没有的话，这个躯壳又有什么用处？"作者另有一行诠释："这并不是格言，也不是哲理，而是另外有些意思的话。"所谓另外有些意思，也许说的是躯壳并不能代表生命，那代表生命的当然是灵魂了。然而正所谓人死如灯灭，若连灵魂也并非不灭的话，那躯壳的舍弃更不在话下。其实这里要分辨的不是灵魂之有无，而是面对生死的态度。应该说面对生死抉择，由于心存信念，作者的态度是坦然的。通过这样的分辨，一向视之为生死事大的，也就不成什么问题了。这张照片的眉端还写着：炎冰先生惠存。此照片是一九三五年五月摄于汀州监狱中的，陈炎冰非常珍惜这些纪念之物，但感觉放在身边不妥，便转寄给在美国的女同学柳无垢。她是柳亚子的女儿，并想法将诗作在报刊上发表出来。

瞿秋白每天作息有规律，写诗词，刻图章，舞文弄墨，悠然自得。尤其写作长文《多余的话》，是对往事的回顾和剖析。宋希濂部属中能接近他的，都向他讨字要印章，还把这些诗词书法印章拿给宋师长看。唯一的提审，是被武装卫兵带进设于长汀中学的师长办公室，贴身勤务兵送上茶水，退出。宋希濂先问其身体情况，再讲最高当局的意图。又说他在湖南上中学时就读过瞿先生写的文章，但觉得其中主张在眼前的中国行不通，并表明自己七年前就改信了三民主义，奉劝瞿先生也做一名三民主义的信徒。宋希濂在黄埔军校集体加入国民党，又由老乡陈赓介绍秘密加入共产党，对瞿秋白这样的领袖人物很是尊敬仰慕，能劝降，自是一大功劳。瞿秋白则讲了新三民主义是联俄联共扶助农工，并说自己到苏区来，所做工作甚少，只管过一些扫盲识字办学校的事，其他无可奉告。换言之，既没有共产党的组织名单，也没有红军的军事情报。

宋希濂的审讯没有结果，便向南京方面汇报。南京方面也来人提审，劝瞿秋白放弃共产革命，可另给出路，去大学教书或是专门译书，仍无结果。敌人的劝降无效，宋希濂估计瞿秋白会被押往南京处置。六月十六日，却接到顶头上司蒋鼎文转发来的蒋介石在南京发下的密电：瞿秋白在闽就地枪决，照相呈验。由中央社和各大报发消息。宋希濂当即作如下安排：十七日中午，由参谋长到瞿秋白房间下达最高当局的命令，宣布后天十八日上午执行。十八日上午，由军法处长和政训处长到场监督执行，刑前在中山公园备酒菜，执行地点在罗汉岭下，拍照后备棺木埋葬。六月十七日晚，参谋长向贤矩备了二小碟荤菜，一瓶白干酒，送到囚室。他先说：瞿先生在这里有一个多月了吧！瞿秋白说：我不记日子，怎么，要送我上路？向贤矩又讲了最高当局的命令，并决定明天上午执行。瞿秋白说：我早就等着这一天了！这样做才符合蒋介石其人的作为。我提议，为你们提前给我送行，干杯！参谋长问他还有什么事要办的，瞿秋白说要委托陈军医将一些遗墨文稿转寄给一位武汉的朋友。参谋长当场答复：好说，你写的那些东西对我们没有用，我想宋师长会照准的。

六月十八日早晨，瞿秋白起床后，换上干净的对襟黑褂、白裤、黑袜、黑布鞋。梳洗毕，便点了支烟，喝着茶，坐在窗前翻阅唐诗。并提笔书写绝命诗："一九三五年六月十七日晚，梦行小径中，夕阳明灭，寒流幽咽，如置身仙境。翌日读唐人诗，忽见'夕阳明灭乱山中'句，因集句得《偶成》一首：'夕阳明灭乱山中，落叶寒泉听不穷。已忍伶俜十年事，心持半偈万缘空。'方欲提笔录出，而毕命之令已下，甚可念也。秋白曾有句'眼底云烟过尽时，正我逍遥处'，此非词谶，乃狱中言志耳。"夕阳明灭，落叶寒泉，让人伤怀，但更重要的是心持半偈。偈为佛家了生死之时的感悟，可比于心中的信念。心持偈语，万缘俱空，可见还是信念最重要。上午十时，瞿秋白被押到中山公园的一座亭子里，先拍照。他是背手挺胸，两腿分立，面带笑容。亭内已摆好酒和四碟菜，瞿秋白自斟自饮，神色泰然地说：人之公余稍憩为小快乐，夜间安眠为大快乐，辞世长逝为真快乐也！而后用俄语唱着《国际歌》，还有《红军歌》，慢步走向西门外的罗汉岭。他盘膝坐在一个土堆上，并高呼："中国共产党万岁！中国革命胜利万岁！共产主义万岁！"然后对行刑的刽子手说："此地甚好，开枪吧！"随后饮弹洒血，牺牲时年仅三十六岁。瞿秋白献身革命，可谓矢志不渝。

（选自《福建文学》2017 年第 11 期）

作者简介

吴浣，本名吴永福，1968 年生。中国作家协会会员。出版散文集《守望》《月光光》《风雨廊桥》《最美小城》《名城汀州》等。现为长汀一中高级教师。

乡 村 夜 行

◎ 谢健徽

两个月前回乡下老家时，看到村里的水泥厂拆迁了，建起了兰花基地。近日，又听村里人说我们村已列入了建设美丽乡村的规划中。周末，我于黄昏之际回了老家。

晚饭后，走出家门。远处望去，环抱的群山已成了一幅幅美丽的剪影，有的似笔架，有的似盘龙，有的在群山中凹陷处又似打开着的山门。莫非有梦的村里人都是踏着这山门，让梦想自由放飞？我呆呆地看了一会儿。

走入阡陌间，起初以为满眼是荷叶，近看，四周田里种的都是芋头。密密麻麻的芋叶一望无边。微风吹来，我的思绪已飘荡在芋叶的海洋里。水流声、蛙鸣、夏蝉，还有蟋蟀发出轻轻的声响，构成美妙交响曲。夜幕中，依稀的灯火，映在水里流动着的点点银色，在朦胧的月光下，是那样的晶莹与柔美。初秋的田园，温馨的风情，尽在这幽深的乡村夜色之中了。

远处传来隐约的音乐声。先生告诉我，前面是村里的文化活动中心，搭了戏台，十三年一个轮回的"游公太"今年轮值到咱们村了。所以整个村子张灯结彩，旌旗飘扬，恭迎"公太"的到来。据史料记载，恭迎"公太"的习俗至今千余年历史。传"公太"神通广大，有求必应，所到之处，人口平安，风调雨顺，五谷丰登，六畜兴旺。我问："公太"究竟是谁？先生说："公太"是五代十国时的闽王王审知，人称"白马公王"。在任期间，他拓疆省刑、垦荒治水、爱护百姓、功绩昭著，被后世尊称为"开闽王"，我们闽西客家地区的老百姓干脆亲昵地称他为"公太"，就是祖先的意思。二十年前，长汀南山的水口丁子坛崇新建了一座闽王庙，为的是让更多的信众对"公太"有更深的了解与敬仰。

盛夏的夜晚，劳作了一天的村民聚集在戏台前，一边纳凉一边品尝乡村文化的盛宴。此时，我已粗略地领会到乡村传统文化的意蕴。我不是农村长大的孩子，但与乡村总有着天然的难舍情结。眼前锣鼓喧天，歌乐不绝，老人顶礼膜拜，孩子欢天喜地。人与天地间一切的自然和谐，让我感动不已。

夜已深了。回家的路上，我索性脱了凉鞋，让光脚与泥土亲密接触。我发现整个身心接入地气，通体安康。难怪医学上说赤足走路可达到阴阳互补、益于健康的目的。这种感受油然升起时，我愈发觉得乡村的美丽诱人以及"天人合一"境界的深远。

（选自《闽西日报》2013 年 9 月 6 日）

作者简介

谢健徽，女，1968 年生。擅长散文创作。现任长汀县妇联主席。

九月十四赶圩去

◎ 王 英

　　每年农历九月十四，是我们汀州府城区迎奉伏虎祖师的庙会。会期三天到十天，非常大型，大街小巷水泄不通。不仅通宵达旦地举行各种民间文艺演出，家家户户还要宰鸭打醮，迎接宾客。俗称"九月十四，鸭子滴滴"。后来，庙会逐步演变成闽粤赣三省客家县物资交流的会期地。全国各地的商贩都集中到这里，吃的、穿的、玩的、用的，还有看的，无所不有。因为货物便宜实用，家乡人习惯把这一天买到的东西，像不要钱一样地统称为"捡便宜"。以至于平日里买卖双方价格讲不拢时，会急得冒出一句：你以为是九月十四，有捡啊？！

　　在这个仅次于过年的盛大节日，客家人纷纷走上街头去"赴墟"。乡下的亲戚也毫不客气地结伴到城里来，在我们家住上三两天，与父母聊聊亲房叔伯的健康与农田的收成，再摸摸我们的小脑袋，肯定地说：又长高了。然后购些锅碗瓢盆，看一场"彩船灯"表演，提着大包小包心满意足地回乡了。

　　我印象最深的九月十四，是二十世纪八十年代初，还没有电视的时代，我与两个妹妹用一毛钱轮流着看了一场小电影。单眼对着一个望远镜看着里边图片的变换，不到十分钟，一个故事就结束了。从未有机会出过远门的少女，通过拼凑一个小小的镜头，让我们对家乡以外未知的世界充满了新奇与憧憬。

几十年过去了，家乡的百姓仍然延续着一年一度购物、游玩的习俗。还记得世纪之交的两千年，父亲抱着我三岁的女儿兴冲冲地去赴九月十四。俗话说：三九月，乱穿衣。天气骤然变冷了七、八度。父亲顾不得自己冻得咳嗽，连忙找了个摊子，选了一件又长又厚的蓝色马甲给孩子套上。这件马甲，一穿就是三年。现在还整齐地摆在衣橱里，成为对父亲的念想。

生活日愈西化的现代人，逐渐厌烦了这个节日，于是取消了几年。可是，没有了熙熙攘攘的九月十四，长汀总像缺少了点什么。哪怕到了今日，全天下的人不用出门，通过网购就能让商品快递到家门口来，家乡人还是愿意在一年一度的这几日，到人群中挤一挤，去凑一凑那份久违的热闹。许多人又在纷纷表态要恢复这传统的节日。于是，天南海北的客商又云集到长汀来了。

每年都有那么多新鲜的产品摆上九月十四。镶牙、掏耳、卖布、卖铁，只要你想得出来的，三百六十行，大概能见着一半。母亲找到了去年就想买来煎薯饼的圆形不粘锅，毫不犹豫就买下了。女儿一手提着牛肉串，一手拎着几本漂亮的日记本，还赖在海峡美食城，不愿离开。我看中的是一双双竹制的筷子，漆了清漆，绘着各色古典的图案。饿了，我们在永定下洋牛肉铺前来一碗牛筋丸；累了，随手招一辆红色电动三轮车，优哉游哉地回家去。

没有一个人会空手而归。那么多的熟人站在路旁兴奋地叨着家常，交换看各自买到的东西，好像几十年都没见过面；还有那么多的老头老太牵着孩子从各乡各村各住宅区走了出来。阳光下开心的笑容、亲切的乡音、互相拉着臂膀的问候，竟是那般真实、那般亲昵。

挤过了北京城新世界大商场的人海，在那里，面对天价的商品无从下手。飞到了韩国首都首尔专对中国游客销售的大型免税商场，看一溜一溜的同胞排着长队，只为买上一件件奢侈品。那时的我，很诧异，很不解。人们都说：不到国外不知道中国人多，不到商场不知道中国人有钱。可是，我们的消费只与品牌相连么？我们的生活，只与奢侈相关么？

今日，在摩肩接踵的家乡人中间，我找到了答案：喜欢这里的人，喜欢这样的喧嚣，是因为这里是我的根，这里融入了我的客家乡亲们最真实、最丰富的生活本色。

（选自《福建日报》2013 年 11 月 10 日）

作者简介

王英，女，1970 年生。中国散文学会会员、福建省作家协会会员。作品获"逢时杯"第七届《福建日报》"新人新作"奖。出版散文集《汀水谣》。现任长汀县方志办主任。

走 梨 岭

◎ 丘贵荣

每当我坐车经过龙长高速梨岭隧道的时候，面对梨岭那三十里茫茫大山，止不住心潮起伏。山脊上那条布满岁月沧桑的古甬道，是我少年求学的漫漫长路。在我人生转折的十字路口，父亲毅然"逼"着我走梨岭……

梨岭南坡山脚下的故乡依山傍水静静地躺在大山的襁褓中，那么甜美。由于地处偏僻，乡亲们都盼着自己的孩子"跳出农门"。然而上大学只是山里人的梦，在八十年代中期，初高中毕业生能上大中专的几乎是凤毛麟角。父亲当时是村书记，他更希望我为家为村子争争脸，但我是个不争气的料，到了初三，学业不进反退，压力也很大，父亲隐隐地开始担心起来……

父亲坐在泥巴墙前的矮凳上，捻了点烟丝卷了支喇叭烟，刚抽两口就被呛了，干咳起来。我注意到父亲的脸有些阴沉，不怒而威，看得我心里发毛。那条大黄狗在父亲穿着拖鞋的脚趾上舔了舔，父亲吼了声，它知趣地摇摇尾巴走到我跟前。"转学到河田读吧！"父亲抛下一句话就大踏步走出去了，留下身后愕然的我……

开学的日子到了，我就像去参军上前线一样，奶奶、爸爸、妈妈、叔叔、婶婶和弟妹们排成长队站在家门口送我。家人的担心是难免的，因我家是隶属涂坊镇的，转学到河田镇就读，离家四十多华里，人生地不熟，一个伴也没有。奶奶一遍遍问我："你会怕吗？""不会。"在严厉的父亲面前，我假装勇敢的样子，反而安慰奶奶和妈妈，"我都这么大了，又不怕。"眼泪却差点掉出来了，我忙转过身去，径自往前走，硬着头皮走进梨岭的大山深处。我要步行四个多小时才能到达学校，如果到319国道坐车到河田，从家里到公路有十多华里的山路要走，而且还要花八毛钱的车费。家里每周给我的仅有二元钱，要用来买点菜和文具，我只好选择翻过梨岭。

在梨岭南面这十里大山中每走一步都提心吊胆，好像树丛中正藏着一只野兽。实在害怕的时候，我就学大人模样，干咳一二声，传说鬼听到人的咳嗽声会躲起来，一些动物也会避开。丛林深处有一段古甬道通到山顶，是有名的"千阶台"，善男信女到寺庙上香累得要瘫倒，更何况我才十六岁。每次爬到半山腰，两条腿就像灌了铅一样。我心里非常明白，考不上就要回家种田。于是默默鼓励自己："坚持、坚持、再坚持！"我有时认为，父亲非常无情。然而，有一次我在学校病了，高烧不退，父亲得到消息，居然连夜和母亲擎着松枝火把冒雨翻过梨岭赶到学校，父亲抚摸着我的头，那着急的眼神让我明白父亲把爱压在心里，我不禁眼眶一热。母亲喃喃道"孩子，别怪你爸，他那时家里困难，放弃了上大学的机会，叫你到那么远的地方读书，也是为了让你更静心读书啊。"

从那时起，我觉得自己长大了，我渴望成为像父亲一样坚强的男人，风霜雪雨都挡不住我求学的脚步。每次都能一鼓作气登上山顶，到了山上早已口干舌燥、饥肠辘辘，我就会到庙里讨口水喝，里面的僧人很热情，有时他们会叫我吃点庙里做的灯盏糕、艾叶饼一类油炸的酥脆可口的点心。父母经常教我，不能随便吃、拿别人的东西。我就从口袋里摸出几毛钱放在桌上，远远地听到僧人们在背后喃喃说道："这孩子真有教养。"

俗话说："上山容易下山难。"梨岭一座山两个世界，北坡直通河田镇的山却光秃秃的，千山万壑，极目望去，很有点"惟余莽莽"的气势。夏天到来的时候，在阳光的照射下，热浪滚滚，如同火焰山一样，连个遮阴的地方都找不到。我的全身被晒得又红又痛，过几天就变成黑色了，同学们都笑我像非洲黑人。我满心希望北坡能绿起来，听说省里项南书记都亲自过问了，镇里已经在公路旁边建了一个苗圃，偶尔还能看到播种的飞机就在头顶轰鸣。

飞机过后，山路又恢复了静寂，我就学传说中的巴格达商人边走边捡一两个小石子玩，商人的小石子第二天变成了闪光的红宝石、蓝宝石、绿宝石……我也希望我的小石子有一天能变成红宝石，就这样忘记了脚底下磨起来的血泡之痛，满怀憧憬走过春夏秋冬。

1987年，我如愿以偿进了师范学校，毕业后又进修了大学，工作岗位多次变动。巧的是，2010年我被调到三洲镇党委任职，父亲在家门口送我上车的时候，我看到父亲的眼里满是信任和欣慰。三洲镇是八十年代从河田镇划出来的新建镇，临近梨岭，当年荒芜的北坡下已成了远近闻名的生态园。每天清晨，我都会推开窗户，迎接来自梨岭的第一道曙光，心里感到特别的亲切和温暖。我想："多亏父亲当年把我逼上梨岭啊。"在这块土地上工作，我感到特别温馨和幸福，我喜欢经常跟那些大爷们唠唠。大爷们听到我是山那边的也很高兴："山前山后是一家嘛。"我在这里找到了久违的感觉，我突然又想起了那个阿拉伯传说，那个贪心的商人的宝石最后又变成了石头，而我的石头虽然丢了，但走梨岭这段难忘的经历又何尝不让我感觉就像得到了"宝石"。

由于工作需要，离开梨岭又很久了，偶尔坐车经过梨岭隧道，看到人们已经不用爬山了。我忽然觉得自己比别人幸福，"走梨岭"成为我人生精神财富的一部分，是梨岭让我走向成熟和坚强。有过走梨岭的艰辛历程，我比别人更懂得珍惜，更懂得感恩。不论我走到哪里、走的多远，梨岭都已根植在我的梦中，我是梨岭的儿子，她默默地支撑我的信念，常常给我力量……

（选自《汀州客家》2015年春季号）

作者简介

丘贵荣，1970年生。福建省作家协会会员。出版文集《古进贤乡》等。现任长汀县委文明办副主任。

溪 口 之 缘

◎ 钟彬彬

2007 年 9 月，一纸公文把我派到一个地处闽赣交界的偏僻山村担任第一书记。这个村庄是长汀县四都镇溪口村。

巧合的是，70 多年前，我的祖父也曾跟随红屋区苏赤卫队来到这个村庄，为的是保卫在血火中飘摇的苏维埃政权。而 46 年前，当二十来岁的父亲第一次离开自己的家乡外出谋生，落脚的也是这个村庄，那时他的任务是修路。

一家三代人和这个村庄有缘，这莫非是一种天意？父亲得知我要到他当年流下过青春汗水的村庄挂职，显得格外兴奋，也勾起了他沉睡已久的美好记忆。他向我说起了许多：那里的美丽山水，那里的风土人情，那里的淳朴好客，以及当年的许多趣事……还反复嘱咐我，当了支书，就要为乡亲们多办些实事、好事。

想象着父亲描述中的那个溪口，带着父亲的嘱托，在一个天高气爽的早晨，我独自一人坐上班车，走马上任。

村子藏在大山里，一条弯弯的山间公路连接着山里山外。路，已不再是当年父亲他们修筑的那条坎坎坷坷，车一过就扬起滚滚黄尘的沙土路了，全程铺上了水泥，虽不宽却平坦舒适。当车溜下一段长坡，眼前豁然一亮，竹木葱茏的青山脚下，溪口村悠然出现在我面前：晨光下，泥瓦房层层叠叠错落在山腰上，黄的墙，黑的瓦，袅袅的炊烟；刚收割的田头，晃着尾巴的老牛；清风中朗朗的读书声；村里清澈的小溪旁，水车吱呀旋转，几个村妇在一边谈笑着，一边洗涤着衣衫……一切显得那么清新祥和，好一幅世外桃源般的风情画！

走进溪口，我被这里犹如客家老酒般淳厚古朴的民风所陶醉。说了你怕不信，村民们养的鸭子，除了冬天，几乎都不赶回家的，夜里就留在水田或小溪过夜，有亲朋来了，才到那边逮一只回家招待客人。牛也是一样，农活一忙完，就往山上赶，几个月不理它，也不担心它被偷，冬季一到，它们自己会成群结队回到村里，有时甚至带头刚出生不久的小牛犊回来，让主人惊喜不已……这里人的热情好客也是出了名的，大碗喝酒大块吃肉，满桌子的菜肴都是他们自家种的或养的，没有丝毫污染，清香可口，令人回味无穷。招待客人时，谦逊的主人总是一个劲说，没菜，招待不周；酒淡，都是山里挑来的水云云。这里的淳朴，这里的热情，我刚到的头一夜就深深领略到了。

此后的一段时间，通过走村入户，我了解到了此前父亲所描述过的溪口风土人情之外的许多鲜为人知的故事。

溪口地杰人灵，人才辈出。村里有座年代久远的刘姓祖祠，虽然饱经岁月的风雨沧桑，却依旧掩不住它昔日的骄傲和荣光。380年前，也就是1628年，辅佐郑成功收台湾、驱外寇，后来又顺应历史潮流，最终促成台湾回归祖国的一代爱国名将刘国轩就出生在这里。46年前，适逢三年困难时期，家乡也闹灾荒吃不饱。幸好那时父亲年轻风发正茂，县里正好有一个以工代赈的修路项目，于是父亲毫不犹豫报了名，和众多民工兄弟一齐来到了溪口，也在这老屋里安营扎寨。他们正是凭着钢钎铁镐加畚箕等近乎原始的工具，肩挑手提，凭着一股艰苦奋斗的精神，硬是挖出了一条通往山外的公路。如今，站在这座老屋前，我的心里充满敬意，感慨万千：刘国轩的英名早已载入史册，但又有多少人知晓，英雄的故居竟然在这个偏僻的小山村？于是心里闪过一个念头：一定要设法让英雄的故居保存下来，让它成为重要的文物保护项目，以发挥它的爱国主义教育功能，缅怀先贤，激励后人。

溪口是著名的革命基点村，是1929年朱毛率领红四军首次入闽的第一站。走在村里，不时还能看到一些当年红军留在墙壁上的标语，让人仿佛回到那烽火连天的峥嵘岁月。在我的心底，却是希望能在村里寻找到祖父当年获救的一点蛛丝马迹。1934年10月，第五次反"围剿"失败，中央红军离开苏区长征后，革命陷入低潮，祖父在明知三个兄弟随主力红军转移生死不明的情况下，仍不顾我曾祖母的哭骂，随家乡的赤卫队"为保卫福建苏区而流尽最后一滴血"来到溪口。由于当时退据四都一隅的省委省苏领导顽固坚持王明"左倾"机会主义路线，直到最后一刻还让部队与敌人拼消耗，结果招致没顶之灾。当白色恐怖吞没这块土地的时候，我祖父本来是死定了的。突围时部队打散，他受了伤，孤身一人侥幸逃到溪口时已经走不动了，是溪口的一个好心人把我的祖父藏在地窖里，后来又转移到山洞，白军几度前来搜捕，但在乡亲们的掩护下几度化险为夷。之后，那户好心的乡亲又给我祖父送吃的送草药，直到我的祖父伤愈离开。让我颇感抱憾的是，那位好心的乡亲姓啥名谁，也随着我祖父过早的去世深埋地底。直到今日，尽管我一直打听，但由于年代久远，我一直还无从知晓救我祖父一命的恩人究竟是谁。

　　岁月悠悠，沧海桑田。溪口，一个距离我的家乡数十公里的偏远山村，却在不同的时代，与我们一家三代结上了不解之缘。如果说，70多年前，我的祖父是为着建立一个让人民当家作主的新政权来到这里；46年前，我的父亲是为共和国分享艰难来到这里；那么，我今天来到这里，担负的则是带领群众建设社会主义新农村的神圣使命。想到这些，我的心里除了自豪外，更多了几分压力和强烈的使命感。值得我欣慰的是，到任一年多了，溪口村有了些变化：几个受助的孩子回到了课堂，农民健身工程已经竣工，竹木合作社已挂牌运作，多条竹林公路已经开通……好些个夜晚，踩着村部"咯吱咯吱"的楼板，听着不知名的夜鸟"啾啾"的叫声，我望着窗外恬静的那轮弯月，想象着祖父、父亲当年在这里度过的岁月；想着如何引导本村的能人和外地的老板投资办厂搞竹木的深加工，把村里的资源优势转化为经济优势；如何发展绿色种养和无公害果蔬；如何利用人文、山水生态资源发展乡村旅游……渐渐进入梦乡。待到醒来时，又沉浸在这浓浓的乡情之中。

溪口，我的第二故乡，能和你结缘，是我今生最幸运的事！

（选自《文化闽西》2011 年第 1 期）

作者简介

钟彬彬，1971 年生。福建省作家协会会员。现任长汀县广播电视台台长。

魂牵梦萦刘源河

◎ 刘中华

　　我的故乡在河田刘源，那是一个美丽的小山村，原名柳源，因古时村里处处绿树成荫、杨柳依依而得名。村子中间流淌着一条小河，河又因村而得名。记忆中，童年的故乡并没有很多杨柳，倒是很多梨树、桃树、李树，到了春天，红的、粉的、白的花儿竞相开放，灿如红霞，白似飘雪，绚烂之态把小山村俨然装点成一个世外桃源。这亲亲的故乡哟，不管过去和现在，都给了我数不清的嬉戏和快乐，尤其是那条清清的小河，时常让我魂牵梦萦，逗引我常想着回故乡，回去流连在她的身旁……

　　家乡小河其实深不过一米，浅的仅有十几厘米，但她总是给你清清凌凌的感觉，总是有时平缓，有时悄然地流过一滩滩鹅卵石，轻盈盈地漫入一截截深浅不同的小潭，直流到村口公社下的山脚才转过一个大弯，冲下一个个拦河坝，再不紧不慢地流出村口，在青山夹翠中往河田方向迂回而去，直汇汀江，真是"青山遮不住，毕竟东流去"。

　　我品味过徐志摩笔下妩媚秀丽的康河，阅读过水平如镜的漓江，欣赏过波涛汹涌的大海，听说过巨浪排空的钱塘江大潮，体会过深沉宁静的杭州西湖……但这些名震天下的俊江秀水、阔海雄潮，怎能似家乡的小河那样，给予我亲切的滋养和心神的补剂？就连不在刘源长大的儿子、侄儿、外甥也深深地喜欢上了她。

　　这不，暑假我带儿子、侄儿和外甥进家乡去，三个小家伙连衣服也懒得脱就迫不及待地冲向河中，在潺潺的清水中恣意爬动着，翻滚着，三、两尺深的河水轻柔地托住他们，搂住他们。他们时而互相泼水：睁眼面对的他们总有一人先泼向对方挑起"战争"，让被泼到的人"灵犀一通"地快乐回泼。顿时，河面上珠玉四溅，狂泼的水珠让他们不得不闭上了眼，继而把头歪向一边，不经意的偶一张口正好被泼进一团清水，顿时呛入鼻孔，有股冒烟的感觉，赶紧"呼呼"地吐出。泼到最后往往是发疯似的狂泼乱舞又推又搡一气，直弄到一个终于筋疲力尽，才背过身子大叫："不玩了！不跟你玩了！"嘴里却定然不肯说出"我输了"之类词句的，对方也只好意犹未尽地罢手。他们还时而把头同时探伸进水里比憋气，在静谧的片刻之后有人已经实在忍不住了，猛地站了起来，一抹脸上淋漓的水珠，大喘着气，遗憾中眼望仍在水里憋气的家伙，气急败坏地用脚尖故意碰他的腋下，整得人痒痒的，很快就不得不把头露出了水面。

　　如果你玩累了，别急！河岸是一步就可以跨上去的，那处处青翠的草坝是你惬意小憩的最佳场所，你可以双手枕头，跷起二郎腿躺下来，也可以双手往后撑在草地上坐下来，还可以一手支着头，侧着身子弓起脚斜卧下来，此刻，时有轻悄悄的风拂面吹来，沁入你的心肺，软绵绵的草轻触你的肌肤，荡漾起一种痒痒的快意，再让夕阳的余晖柔和地倾泻在你身上，你瞬间便有了温暖的感觉，闭上眼聆听那飞鸟的轻叫，呼吸着草的味和稻的香，张眼仰望瓦蓝瓦蓝的天空飘洒着一抹淡淡的白云……你刚才的困意早消失得无影无踪。

　　除了在河里游泳、戏水外，抓鱼也是很有趣的。用畚箕轻快地插放在小溪出口或岸边油油的水草边，用脚伸进前面的水中或草里搅动着往畚箕口一赶，再敏捷地把畚箕提出水面，便有只活蹦乱跳的鱼儿被你活捉了，一把抓住鱼身，鱼儿便只有在你手中乱摆的份了。更显功夫的当然是把游累的鱼儿赶进石缝间或直接把手伸进石缝里把鱼摸住，自然，这也是有些危险性的，比如阴森的石缝中也许正藏着一条水蛇。不过，当你把一条条的鱼儿放入预备的水桶或玻璃瓶中，看着它们用嘴惶恐地乱啄着红色的塑料桶壁或透明的瓶体，吐出一串串圆溜溜的小气泡时，那份收获的满足便会在你心头荡漾开去……

家乡的房屋大多密集地分布在小河的两岸，也有零星地散落在远一些的山沟里、田野上的。连接村两岸的共有七座桥，村口和村尾各一座，而在房屋最密稠的村中心二百多米河段间却静卧着三座桥，最中间的那座是典型的石拱桥，其他两座并没有石拱的桥洞，桥墩却一律是大石头砌成的，才经得起雨季洪水的冲刷。近几年来村民们在河的两岸栽种了很多杨树、柳树，现在都有五六米高了，两岸杨柳伸展出翠绿的枝叶，在酷暑的夏天引来高歌的鸣蝉，飞累的蜻蜓放心地停落在临近水面的枝叶上栖息，待清凉的晚风拂动枝叶，撩翻那一双双透明的翅翼，摇曳出夜幕降临的消息时，它们才恋恋不舍地展翅飞离，在夜露凝成时再续它们飞翔的梦……啊！故乡，你又成了真正的柳源了。

仲夏的夜里，月凉如水水如天，劳累了一天的农人们三三两两地一手提着把小竹椅，一手摇着把大蒲扇，悠闲地踱到桥面上纳凉。偶尔，几个妙龄少女梳洗打扮后嬉笑着穿过桥去，在苍茫的暮色中到别人家串玩。孩童们或倚在大人的怀里聆听三国、水浒的故事；或在祖辈们"月光娃娃，点火烧茶，茶一杯，酒一杯，嘀嘀哒哒讨新婢（媳妇）……"的童谣中神往美丽的传说；或三个五个地在河岸边树荫下捉着迷藏，玩累了或幼小些的孩子干脆钻入母亲的怀中酣睡寻梦去了。大爷大伯、农妇奶奶们谈论着田里的收成、村里村外的大小消息。而新月则如佳人，撩去神秘的面纱，渐升于东山之上，皎洁了整个山村，稀疏的星星们淡淡地在天边眨眼，河面上漂浮起一层薄薄的水雾，轻缓地涌动着，远山、小树、青草、房屋都倒映在水中，人间天上，同个世界。欢快的水声应和着草丛间唧唧的蟋蟀声，一切都是那么静谧。有时会有一只蝉儿莫名地"吱"叫一声又戛然而止，令人匪夷所思，许是它们梦境中被顽童用蛛网粘住了翅膀发出了惊叫，抑或是水面倒映出月的光辉让鸣蝉们幼稚地以为晌午又来临了罢！一拨又一拨凉爽的风夹着清新而湿漉漉的水汽吹拂过来，令人心旷神怡。

夜深了，人们打着呵欠恋恋不舍地回家，小村显得更加宁静，唯有闪烁着粼粼月光的小河依旧毫无倦意地流淌着，流，流，流，流入你甜甜的梦境里，淌，淌，淌，淌入你淡淡的生活中。子曰："逝者如斯夫，不舍昼夜。"这流淌不息的故乡水，让我感觉生之弥足珍贵，让我领悟死乃自然回归，于是生命的意义在这朴素的流淌中尽显释然……

清清故乡水，悠悠向南流；

承载欢与乐，相思入梦中！

刘源河，我爱你！

（选自《汀州客家》2016 年冬季号）

作者简介

刘中华，1972 年生。龙岩市作家协会会员，作品散见于各级报刊。现供职于河田中心校。

在那鲜花盛开的地方

◎ 范晓莲

长汀是一座美丽的小城，小城里有故事，有温情，还有爱。小城有个四季鲜花盛开的地方——汀江国家湿地公园，我一直在这儿，守候着你的到来。

早春，我在玉兰花盛开的地方等你。"池塘生春草，园柳变鸣禽"，初春的风儿最是柔软，沐浴着暖暖的初阳，缓步踏入湿地公园，徐转的水车、潺潺的溪流、曲折的廊桥……这一切，总让人觉得这里氤氲着一种诗意的温馨，给美丽的湿地公园增添了无穷的魅力。

路边的非洲小百合尚未开花，茎叶却青得逼你的眼。林间树杪，鸟儿争鸣，飞腾跳跃，平仄有致。公园的大树上、亭子旮旯里、飞檐隐蔽处，都是鸟儿筑巢的好地方。走过一段绿影婆娑的小道，正陶醉于曲径通幽、鸟语声声的妙境，眼前蓦地一亮，目之所及，是上百株沿湖岸而植的玉兰树，树上已绽开无数优雅的玉兰花，它们或低首，或扬眉，或旁逸斜出，或亭亭玉立，各具姿态，各吐芬芳。"红是精神白是魂，仙娥唐女抖清纯。叶飘浦水花千树，春入林中酒一樽。"这一树树繁花，岂非一阕阕唯美的清词？

三月，我在山樱花盛开的地方等你。"轻烟冉冉绛初匀，斗艳争妍着意春。自是东皇妆点巧，无端忙煞看花人。"三月樱花之美，灿若少女之春心。湿地公园的樱花季格外惊艳！柳樱洲上，柳枝婀娜多姿，樱花明媚热烈。成千上万朵樱花缓缓舒展，晕染开层层绯红。披一方纱巾，在樱花树下漫行，风儿轻轻掠过发梢，枝上芳香四溢，树下美人逐花。如此美景，你可动心？

四月，我在杜鹃花盛开的地方等你。"白紫蓝红莫一般，青枝半曳掩眉弯。但随日月天然色，却得春秋西子鬟。"那灿若云霞的花儿承载着我多少的思念？如若四月你不来，那么，当仲夏来临，漫山的杨梅缀满枝头，当我在杨梅山庄酿就一樽樽香醇的杨梅酒，你能来否？我愿与你荡一叶扁舟，在蜿蜒的水道悠游，沿途景色美不胜收。湖岸边，巴西野牡丹、云南黄馨、山管兰竞相开放，花姿绰约。湖面上，芦苇荡、香蒲丛中，不时有野鸭、小鹧鸪凫水觅食。几只白鹭轻舒双翅，飞过澄澈明朗的天空。湖心岛的垂柳在微风中轻盈拂动，如帘似雨。鱼鳞似的波纹在柳丝的拨动下，弹奏出动听的水波曲，予人无尽遐思。真是"舟行碧波上，人在画中游"！

六月，我在莲花盛开的地方等你。这一季，因了莲的盛开，嫣然整个夏天。"接天莲叶无穷碧，映日荷花别样红。"那千姿百态的莲花，美得清纯，美得入骨。你看那水中之莲，安静时，如大家闺秀般端庄，举手投足，尽显优雅气质；喧闹时，如下凡仙女般聪灵，体态轻盈，尽展曼妙舞姿。更有那似开未开之莲，好似初嫁的女郎，含羞带怯，却掩不住那眼角眉梢的一抹笑意。常有各色蜻蜓，旁若无人地栖息于花瓣或莲蓬之上，薄如蝉翼的双翅在阳光下忽闪。"此处可采莲，莲叶何田田"，你可愿听从心灵深处的呼唤，赶赴一场莲之约？

七月，我在萱草花盛开的地方等你。萱草又名谖草，"谖"即忘之意。最早文字记载见之于《诗经·卫风·伯兮》："焉得谖草，言树之背。"朱熹注曰："谖草，令人忘忧；背，北堂也。"故而萱草花又名忘忧草。湿地公园的萱草花，迎风摇曳，婀娜多姿，高贵雅致。那娇柔的花瓣，优美的形态，宛如一个个娉婷的少女在翩翩起舞。还有那成片的美人蕉、金叶过路黄，与萱草花一道编织成一幅壮丽的锦绣。你可愿来此一游，远离都市的喧嚣，抛开尘世的烦扰，从此忘却忧愁？

"自古逢秋悲寂寥，我言秋日胜春朝。"时令刚进入八月，双夹槐花便争相怒放，那丛丛簇簇明艳的金黄是秋天里最亮丽的色彩。双夹槐的花朵芬芳，花期长又耐看，观之令人心情愉悦舒朗。水边的木芙蓉恰如露染胭脂，又似美人初醉。枫香树的树干高而直，树冠宽阔，气势雄伟，深秋叶色红艳，美丽壮观。你瞧，山之坡，湖之畔，枫香树混植于常青树间，红绿相衬，显得格外鲜艳。陆游即有"数树丹枫映苍桧"的诗句。到了九月、十月，无患子、池杉的花均已凋谢，果实却日渐成熟。这是否预示我的等待终将有美好的结局？

冬季，湿地公园依然深受上苍眷顾。山乌桕不畏秋霜，亦不惧严寒，满树叶子依然红艳无比，山坡上的青松、翠柏、杉木、杜英、黄瑞木、红花木莲、黄金宝、金森女贞，棵棵傲然挺立；成片的山茶花、一串红、三角梅……哪一种不是美若仙子？沿着木栈道一边漫步一边赏景，冬日的阳光透过林隙洒落地面，随着树影摇动，遍地浮光跃金。拾几块碎石，往水面斜斜掷出，运气好的话还能打几个"水漂"；或寻一块大卵石安坐，执手吟诗赋，并肩赏斜阳，不亦乐乎？

"天若有情天亦老"，我从春等到夏，又从秋等到冬，你是否感动于我的痴情？汀江湿地公园的山之韵，水之灵，是否牵引着你的心？

亲爱的，我在鲜花盛开的地方等你；我在美丽的汀江河畔等你；我在古老的客家首府等你。我愿与你，静听花开，笑看流年。你不来，我不敢老去！

（选自《福建日报》2017 年 6 月 9 日）

作者简介

范晓莲，女，1973 年生。中国散文学会会员、福建省作家协会会员，中小学高级教师。在《新华每日电讯》《福建日报》等报刊发表作品多篇（首）。现供职于长汀实验小学。

一千棵大树和一座小城

——唐代汀州城及周边地域

◎ 邹文清

城市是怎样诞生的？

青年散文家祝勇在《飘泊的地图》一文中，用一段非常浪漫的文字回答了它：

> 卡尔维诺在《看不见的城市》这部小说中描述了许多城市，其中一座是这样的：月光之下的白色城市，那里的街巷互相缠绕，就像线团一样。这一现象解说了城市是怎样建造而成的：不同民族的男人们做了同一个梦，梦中见到一座夜色中陌生的城市，一个女子，身后披着长发、赤身裸体地奔跑着。大家都在梦中追赶着她。转啊转啊，所有人都失去了她的踪影。醒来后，所有人都去寻找那座城市；没有找到城市，那些人却聚会到了一起；于是，大家决定建造一座梦境中的城市。每个人按照自己梦中追寻所经过的路，铺设一段街道，在梦境里失去女子踪影的地方，建造了区别于梦境的空间和墙壁，好让那个女子再也不得脱身。

那么，闽西第一城又是如何诞生的，它的梦中女子又意味着什么？

盛唐遁逃户

闽西第一座城市诞生于大唐开元盛世。

即使在边地福建，较之闽北闽东，闽西是这么沉寂。唐初，闽西属于远远的泉州（今福州）。不过，两晋南北朝以来，已有少数人"探险"般翻过南武夷山隘口、甚至溯河从广东进入了闽西。

那时候，闽西出没着闽越后裔的一支——山都木客，又隐隐浮荡着武陵蛮和汉人燃起的轻烟。

那时的闽西究竟有多少人口呢？晚唐诗人杜牧的祖父杜佑曾感叹户口统计之难："法令不行，所在隐漏之甚也！"按他的《通典》记载，福建唐中叶户口仅有9万余户，53万人。闽西则有3000余户被侥幸还是不幸记了下来，这是闽西第一个户口数字。这些人有一个恶劣的称呼——"遁逃户"，也就是逃避"皇粮国税"的人，难道他们不知道大唐盛世已经到来？

区区3000户人口，引起了一个人的用心。

两个旧州

这个人叫唐循忠，时为福州都督府长史（都督的三大助手之一）。

隋朝行政建置沿用东汉末年以来的州、郡、县三级制，闽中丰州更名为泉州，全闽并为建安一郡。唐朝行政区划改行道州县三级制，闽中初属岭南道，继则改隶江南东道，改建安郡为建州，置建州刺史部，后改称泉州。开元十三年（725），泉州改称闽州后又改称福州，置福州都督府，下领福、建、泉、漳、潮五州，"福州"一名从此开始使用。今天的泉州，在唐代原称丰州、武荣州，后来把北边不用的"泉州"挪用过来。

这个名字有着"遵循忠诚"含义的长史，的确很好地执行了朝廷"招抚流亡"的政策。开元二十一年（733），他来到荒远的闽西，唐李吉甫（758—814年，赵州今河北赵县人）的《元和郡县志》记载了他的作为：

> 福州长史唐循忠于潮州北、虔州东、福州西光龙洞，检责得避役百姓共三千余户，上表朝廷，建议置州。

同年，朝廷从福州、建州中各取一字，在原福州都督府建置下增设福建经略使，由都督府兼领，这是"福建"一名的首次出现，也是对福、建两州在闽地领军地位的肯定。

三年后，开元二十四年（736），朝廷在闽西地置汀州，州城在长汀村，村前有"长汀溪"，辖境包括今天整个龙岩市和三明市的宁化、清流、明流、永安、三明市区等地。西晋新罗被废268年以来，闽西不断隶属于各个州郡，直到汀州设置，这片空寂的土地终有了自己的家。

城市的出现是河流的期待。这样，福建四大流域全热闹起来：最大的闽江，上游有建州，下游有福州；晋江有泉州，九龙江有漳州，汀江则有了汀州。

长汀村在今上杭县城北15里的九洲村，据说是西晋新罗县旧址。两条河从北透迤而来拥抱于此，水势渐大，江面陡宽，亿万年的冲积带来了两岸绵延平地。

当初是如何选上"汀"这个妙字给新州取名的呢？后人一直流传着"字形说"：就是说州城的河流朝南方，"南"的八卦卦位是"丁"，"南流之水"合成"汀"字，南宋《临汀志》因此也说："旧志谓长老相传，州以汀名，盖因南流入海，取以水合汀之意。"

确实，在南中国，汀江"非南不流"的倔强是独树一帜的。

还有一种"字义说"，它认为按《尔雅》《说文》等书的解释，"汀"是水边的平地，"长汀村"就是长形水边平地上的村庄。州城设于长汀村，所以称"汀州"。

总之无论哪一说，"汀"这个简约的汉字，确是一个形音义美感沛然的汉字。古人是偏爱它的："汀洲无浪复无烟，楚客相思益渺然"，"谁见汀洲上，相思愁白苹"，"汀"字藏着深深乡愁和相思吧。

天宝元年（742）至乾元元年（758），汀州和众多临江城市一样（如临沂、临沧、临湘、临汾等等）易名为临汀郡，新的名字使人遐思：小城前，一水浩渺，波光潋滟，水天一色……

州城没在美丽的长汀村流连多久，至多20年吧，就往上游250里的东坊口大丘头走去。为什么要从南边大河岸边走向北边呢，往事秘而不宣。

不过，唐代汀州的重心显然在北部，就像漳州不断北迁一样："北"意味向心中原，意味开化，意味繁华……因为在古时"五方"（东西南北中）观中，南方属火，处于最不受欢迎的境地。

20 年时光，给长汀村留下了一个名字——"旧州"，后来转写成"九洲"。

北宋上杭县城最终花落长汀村附近的郭坊，或许就是当年旧州留给后人的启迪吧？

不过，东坊口拥有州城的年份比长汀村还要少，因为州城很快又迁移了。

这一次，原因很清楚，它就是可怕的瘴气和一个人的忧心忡忡。

白石仙村

迎来州城的是白石村——汀水上游白石溪畔、龙山向阳坡上的一个小村。

白石溪，没有下游长汀溪宽广，但迎来新州城绝不是理由苍白的。

也许人们早就忘记了曾有一个叫白石的村子。不过，在闽西钟氏族谱里，它有一个威风凛凛的名字——白虎村。

白石村附近，那里后来出土了大量石器、印纹陶和青铜、铁器，说明早就有人耕种于此。

可以想象，不断南迁的中原汉人，当他们从赣江源头水尽处往东翻过新路岭走完 50 里，就惊喜发现又有一条河流马上迎接着他们疲惫的脚步。有大武夷山的庇护，在这条河边的肥美盆地建村那是理想不过的啦。

所以，这个白石小村成就汀州新城也是天作之美。

晚唐诗人韦应物的《寄全椒山中道士》诗描述山中道士："涧底束荆薪，归来煮白石。"所谓"煮白石"据葛洪《神仙传》载，就是白石先生能"煮白石为粮"，那么汀州白石村，就是一个可过神仙日子的村子了？

只是奇怪的很，白石村并无白石，倒是今天长汀县城汀江龙潭岸上散卧着一堆堆黝深的石头，附近有巷曰"乌石"。

陈剑的汀州

那个忧心忡忡的人有一个英武的名字——陈剑，大历四年（769）他在东坊口任刺史。

下车伊始，喑哑不畅的鼓角之声，使陈剑郁郁不乐。他感到种种不祥正向小城袭来，于是赶紧召来属员和百姓询问，结果验证了预感。百姓说："自迁州于此，每年田地都歉收，人牲常常染上瘟疫。"他喃喃地说："州城才刚刚迁来，怎么禁得起如此折腾呢？"说完久久呆立着。

但陈剑很快从恍然中挣脱开来毅然决定迁州，五里之外的白石村正在召唤他。

迁州发生了一些插曲，在钟氏族谱里，陈剑与久居于白石村的钟氏族人发生了冲突。经过谈判，钟氏族长钟礼向官府让地，而钟氏晋朝第七代马氏夫人墓，在龙山南坡保留了下来，后世俗称"钟屋地"。

史书记载着另一番情景：一千余棵高耸入云的枫树、松树哗哗被砍倒，树上瘦小黝黑的"野人"四散而逃，他们是山都。

今天，长汀县城北山，尚有几棵古枫、古松，山下博物馆有两棵古柏，一中有古樟，它们大多被鉴定为唐树。

迁州后气象一新。可是，这么一位刺史，除了迁州，其余情况史书一片缄默。但是人们忘不了他，南宋末《临汀志》评价说：陈剑"其名虽不载于史，长老相传，与汀相为长久"。

长汀东塔山曾有一墓，据说就是陈剑墓，长汀陈姓奉陈剑为入汀始祖。不过，所谓陈剑墓，所谓始祖，更多是后人的一种追念吧。

天涯宦游人

陈剑之前的刺史还会有谁呢？据说，汀州第一任刺史是隋代忠臣穆萧，他在期满返京途经将乐金溪时，闻说唐已取代隋祚就投水而尽了。当然，此事经不起推敲，因为隋朝还没有汀州呢。

真实的汀州刺史有这么一批著名文人：韩晔、元自虚、蒋防。

韩晔，是柳宗元、刘禹锡的挚友，他们都是王叔文"永贞革新"中的"少壮派"。805 年革新失败后，柳、刘、韩等八人被贬往南方边州任司马（刺史助手），成为著名的"八司马"。十年后，五司马"高升"刺史，不过，州城更在南蛮之地，其中，柳宗元为广西柳州、刘禹锡为广东连州、韩晔为汀州、韩泰为漳州、陈谏为广东封州刺史。

著名诗人张籍（766？—830年？）的朋友元自虚，是韩晔之后任汀州刺史的。

蒋防（792—835年），江苏义兴人，著名唐传奇《霍小玉传》的作者。他少年得志，受到宰相李绅的赏识。长庆年间（821—824年），李绅在与李逢吉的政治斗争中被逐，蒋防受牵连出任汀州刺史。

"同是天涯沦落人，相逢何必曾相识"，唐代江州（今九江）司马白居易在《琵琶行》中感喟。江州尚是"黄芦苦竹绕宅生"，那些来汀任刺史者更是"天涯沦落人"了。不过，正是他们的到来，潜移默化地"文化"了蛮荒的汀州。

文人不幸汀州幸

海上生明月，天涯共此时。

这句名诗出自唐代诗人张九龄的《望月怀远》。

张九龄，广东曲江（今韶关）人。据说，年轻时他为寻找弟弟张九皋寓寄汀州，登汀州城楼酒酣临风作《题谢公楼》——

谢公楼上好醇酒，二百青蚨买一斗。红泥乍擘绿蚁浮，玉碗才倾黄蜜剖。

青蚨者，铜钱别称；红泥，用红土制的酒缸或火炉；擘，同"掰"，分开；绿蚁，浮在新酿米酒上的酒糟，后代称酒。

几十年后，白居易也读过这首《题谢公楼》吗？因而写下《问刘十九》诗邀请友人雪夜饮酒叙怀——

绿蚁新醅酒，红泥小火炉。晚来天欲雪，能饮一杯无？

兄弟分离是人生大不幸，但谢公楼上醇香如蜜的汀酒给了张九龄一丝慰藉啊，也给汀州留下了有史载的最早一首诗，真是"文人不幸汀州幸"了。

同样，为了怀念战友韩晔等人、宣泄郁愤之情，柳宗元作了《登柳州城楼

寄漳汀封连四州刺史》:

> 城上高楼接大荒,海天愁思两茫茫。惊风乱飐芙蓉水,密雨斜侵薜荔墙。
>
> 岭树重遮千里目,江流曲似九回肠。共来百粤文身地,犹是音书滞一乡。

张籍呢,他的《送汀州元使君》则充满了殷殷忧思情:

> 曾成赵北归朝计,因拜王门最好官。为郡暂辞双凤阙,全家远过九龙滩。
>
> 山乡只有输蕉户,水镇应多养鸭栏。地僻寻常来客少,刺桐花发共谁看?

的确,在百余年后的宋人《太平广记》中,元自虚由于与"树妖山魈"的矛盾,结果全家被虎所害,落得孑然一身!

但是,唐代毕竟是一个伟大的诗文时代,南朝文人留下的诗文传统在唐代重新成为风尚。因而,蛮荒之地的汀州能够步入煌煌唐诗之列。

蛮风蛋雨之后

谁能相信唐诗汀州最初三县——宁化、长汀、龙岩,竟然出自三个山峒:黄连峒、光龙峒、龙岩峒。

人类依赖山峒的历史非常久远,但唐代闽西居然还有"清流人"一样的山峒人,确实令人惊讶。这些山峒人大都是闽越后裔,自然也有畲、客、河洛先民。正如杨澜《临汀汇考》说:

> 长汀为光龙峒,宁化为黄连峒,峒者苗人散处之乡,大历后始郡县其巢窟,招集流亡,辟土植谷而纳贡赋。

黄连峒旁的黄连镇,仿佛晋代苦草镇,地方之苦,使人只有安上苦味十足的名字才能心安理得。666年黄连建镇,开元十三年(725)升格为县,天宝元年(742)更名为宁化县,这是西晋新罗废县后闽西重设的第一个县。

改名风在这一年大盛,汀州改称临汀郡,新罗县改为龙岩县。

大历四年（769）陈剑迁州，又奏析龙岩县湖雷下堡（今永定湖雷）置上杭场以理铁税，这是宋代上杭县的雏形。

从黄连苦地变成安宁教化之县，表明最靠近闽北赣东南的宁化，已成为接纳北来武陵蛮和汉人最多的地域，后人奉宁化石壁为祖地，绝不是匆促成章的。

一座城市的成长注定要经历风雨。"安史之乱"后，汀州随国运长期陷于动荡，杨澜想象得好：

> 天宝之乱，列郡望风而靡。汀，七闽之穷处也，蕞尔一城，孑然于蛮风蜑雨之中。

但是，唐代汀州与晋代新罗已截然不同，它不是走入衰灭，而是迈向壮大，虽然不会一帆风顺。汀州的设置是江南开发的结果，设州白石村为汀州的发展作了正确的抉择。

唐代汀州之城的"梦中女子"意味着什么呢？或许就是桃源幻想吧。

（选自《沧桑闽西》）

作者简介

邹文清，1974 年生。福建省作家协会会员。长篇散文《沧桑闽西》获福建省地方志优秀成果一等奖。现供职于闽西客联会。

我的松毛岭

◎ 蔡莳缃

人们问起我哪里人，我总响亮而自豪地回答，松毛岭下第一村。自幼我便对松毛岭有种很奇特的情感。每每我揉着惺忪的睡眼迈出家门，就能闻上风送来山的气息，那股由松树散发的特有的松脂味儿。我喜欢坐在家门口的大石凳上，托着腮沉思她的神秘。那山巅形状像什么？圆圆的帽子还是反扣着的碗？

听大人们说站在那，可以听到村里大人的吆喝声和孩子的哭笑声，甚至连老母鸡下蛋时发出的"咯咯"声也能听见。有时，山那边飘来隐隐约约的山歌，如梦似幻，便期待着也能上去看看。松毛岭一直被村里人当作神山，她似乎有股神奇的力量，滋养这里一代又一代的人们。那时，村里人除了靠山吃山，还会手工制作鞭炮，这可是危险的活儿，村民们却乐此不疲。一天深夜，父亲在做鞭炮时不小心把烛火给引到成堆的成品鞭炮上，所幸父亲只被轻度烧伤。第二天，看见父亲只剩一条眉毛。父亲自我解嘲说，干脆把另一条也剃了。之后很长一段时间，总看见母亲对着松毛岭默默出神。我想，她一定对着松毛岭祈祷，为她的家人，为所有善良的村民们祈祷平安。这时的松毛岭越发高大起来。

一天又一天，我发现山上的松树不再那么浓郁，变得稀疏起来。在夜间，也常看见山上有光在闪。小伙伴说那是鬼火，便开始惧怕夜里的松毛岭。

母亲终于同意让我和她一起上山去，那年我九岁。我雀跃着，第一次如此亲近松毛岭。一路上我东张西望、上蹿下跳，任由飘落的松针扎得我全身痒痒，我才留意起这些松树。这是怎样的一种树呵，有的直插云霄；有的虬着身子却不忘张扬它的发，一根根精神抖擞着向上向外伸张。突然，我指着一条深深的沟壑问母亲，母亲愠怒地说，一些人经常在夜晚来这盗伐松木，把松木从山顶往下滑，久了就成这样。我才明白先前看的不是鬼火，是由村民自发组成的松毛岭护林队队员的手电筒发的光哇。后来，二叔在一次追赶盗伐者的途中摔断了脚，邻居大伯和盗伐者在争执中受了伤……松毛岭呵，你是何等的神圣何等的尊严，值得你的子民用生命去捍卫这里的一草一木！

光阴如梭，当我再次走进松毛岭时，已是我离开家乡十几年了。树木越发的蓬勃茂盛，漫山的松树神采奕奕地迎接我们。它们快活而健康地生长着，令人感受生命的力量与美好。抬头，赫然发现杨成武将军题写的"松毛岭隧道"几个金光灿灿的大字，不禁感慨万千。记得以前远离家乡读书时，每每乘车经过松毛岭都要颠簸一个多小时，而如今只需三分钟。我那魂牵梦萦的松毛岭呵，你见证了家乡日新月异的变化，从此人们走上幸福的康庄大道。

来到"松毛岭战斗烈士纪念碑"前，蓝天、白云，还有静默而傲立的青松……默默鞠躬，献上鲜花，恍然儿时扫墓的情景。小学五年级时，老师领着我们浩浩荡荡去松毛岭的红军烈士纪念碑前扫墓。听完老师、老红军动情地讲起几十年前发生在松毛岭的战役，我飞奔回家，翻出保存许久的弹壳时，眼前的松毛岭竟然一片猩红。

终于实现儿时的梦想，站在松毛岭的最高峰。聆听着，是否真像小时他们说的可以听见村里大人、小孩还有家禽的声音？却什么也没听到。村里的大人们大都往外跑，更多的是去城里的腾飞工业开发区发展。哦，听到了，听见孩子们坐在宽敞明亮的教室里琅琅的读书声；听见"红军长征第一村"导游意气风发的解说声；听见从松毛岭隧道疾驰而过车辆的喧嚣声；听见附近工厂机器的轰鸣声；听见"海西号"特快列车远来的汽笛声……

漫山遍野铺满绵软松针的大山啊，你那蕴藏无限的宽阔胸襟里，一定牢牢记载着——历史。突然想起儿时常思考的问题，我更确信山巅的形状像圆而挺的红军帽，这个由成千上万顶红军帽堆积起来的最高峰，如此顶天立地地矗立着。

"风吹竹叶，响叮当噢，旧年红军涂坊上噢……"清亮的山歌飘得好远好远……

（选自《闽西日报》2006 年 12 月 13 日）

作者简介

蔡莳绌，女，1974 年生。龙岩市作家协会理事。现任长汀县文化执法大队大队长。

溪 源 拾 蚌

◎ 黄建良

"涂坊无名胜，溪源且充之。"尚未登场露面便沦为替补的二流角色，溪源如若养在深闺的姑娘，未经婚谈便以名分不够只能填房待嫁。这令人心生疑窦。

一直没去溪源游玩还有原由。在我心中，山水有别——喜山惧水！山，阳刚、稳重，脚踏实地心自不慌。水，阴柔、虚滑，坐在船上还不免吊胆提心加一份谨慎；山果伸手可得，野货也捕捉有术。水中之鱼则往往不易上钩，漏网之事常有；登高可以望远，神清气爽。一片漆黑的深海却只能带来恐有不测的惊惧……

终将一游，于枯水之季。大伙儿皆言，该去！去"寻宝"——挖河蚌，找珍珠！再不济，那鲜鲜嫩嫩的蚌肉下酒亦是极品。经中学校门，拐个弯，便入境了。她与我们的空间距离着实很近。山路盘旋，满目青翠的树影送来阵阵既不寒冷却又足以令人清醒的林野山风。随风荡去的不仅是燥热汗味，还有喧嚣烦絮。

干涸的湖底上已有身影攒动，是几个孩子。料想也只有他们会来"夺宝"。看情形已收获颇丰。我们赶紧分袋，快步入泥。毫无经验，不讲技巧，全是乱摸滥扒碰运气。不多时，喜讯传来，大伙儿都争着要瞅上一眼。洗净淤泥的河蚌晶莹闪亮，真有几分"宝"样。邻近的还情不自禁用手轻轻抚摸，毕竟是首战之作。欢呼声此起彼伏，分贝一浪低于一浪。待"哎呀"声起，人手一袋，欢欣的笑容亦是人均一副。包括我。

　　归路上，再次遇见那几位小孩。他们主动前来打探，尔后每只袋子都查看一番。一丝警觉油然而生——该不会是"地方保护主义者"？感觉不太像，却又猜不透其用意。我边想边走，任由后边的同事去交涉。"太小了！"刚听清有谁嘀咕一声，却见同事喜笑颜开地说，小孩们愿意把自己大个的河蚌全给我们。条件是我们把小的挑出来交换。起初我总以为闻听有误，直到换蚌成功才敢确信乃真事。有哪位同事为他们熟人？或是小孩们本不在意并非稀罕物的河蚌？然而，孩子们接着的举动否定了我所有貌似合理的推测——小河蚌被他们像平时扔石子一样，一个接一个地扔回了沼泽！见此情景，我甚是讶异。内心滋味繁杂。眼见满意的收获重回泥湖，源于生活充实的愉悦顿时远去。尽管我们手上已有"更大"的收获，但那本不属于我们。虽是自愿交换，对方最终一无所有的事实无形中反衬出我等收获之沉重！有种被施舍的味道。我甚至隐隐感到"贪婪"、"丑陋"一类词语附于自己身上……

　　"太小了！应该让它们长得大些。"一句多么稚气的话语，初闻之下近乎可笑，又似无知。此即他们付出的理由？我陷入了沉思。"太小了！应该让它们长得大些。"——小孩们的神态是那么的自然、真诚，一张张天真的小脸仿佛迎面扑来。显然，这里没有任何做作的成分！他们只是真实、本能地展示了自己的真心—— 一颗人之初的原心。我突然明白，此乃生命本能的一次真实展现，与世俗中的"高尚"、"伟大"并无关联。他们尚未受到此类的后天污染。"太小了！应该让它们长得大些。"一句多么朴素的话语啊！质朴得让所有华丽的语言在这一刻仿佛都已失去光彩；这又是多么感人的一声呵护啊！呵护弱小不需要理由，即便自身同属弱小。真水无香，真人无名。一直身处溪源准原生态的包裹之中，由"溪出天然，源于自然"的无香"真水"哺育，此等尚无功利之心的小孩们或许配称"真人"。相形之下，我们就是一群"搜刮者"。所谓喜山惧水，本质亦是于己图利索取有别罢了。貌似不扬的溪源山水犹如一面天造地设的神镜，置身其中，所有的凡尘琐物都显现得真真切切。

临别时，再回望一眼若现若隐的溪源。夜色里的水库宛如一只巨型河蚌，几颗守护了原心的"珍珠"光彩夺目。守护原心——溪源恩赐于我一颗"夜明珠"！携它随行，前路或许不再黑暗。

（选自《福建日报》2012 年 8 月 10 日）

作者简介

黄建良，1974 年生。福建省作家协会会员。出版散文集《一代名将垂千古》。现供职于长汀县名城管委会。

谢 公 楼 记

◎ 董茂慧

　　福建长汀谢公楼，感怀谢朓而建，传说在汀州府治南。左有岩洞奥突，右有杰阁云骧、石笋嶙峋龙潭之胜；粉色女墙睥睨俯临汀江，朱红跨栏横岸而陈，流水石桥下涓涓南去，推窗望去群山蜿蜒，拥翠环抱，古驿道在烟柳掩映下或隐或现。这座千年前汀州府最早的酒楼，依山傍水，集奇山、碧水、古木、桥梁、楼阁于一体，没有长安酒家的奢华富丽，京洛楼园的燕语呢喃，却也窗对千山，秀水一泓。

　　于是汀江汩汩，曲江滔滔，风度翩翩的"太平宰相"张九龄邀弟九皋乘舟而来，汀水通粤，由赣入闽，走一路山谷斗绝，看一路碧水青峰，山穷水尽，豁然开朗间汀城宛如金瓯藏于武夷南麓，令这位曲江公捋须直赞。汀州城池"观音挂珠"张开博大胸襟，笑吟吟迎接着这位赋闲故里的盛唐名相。素仰曲江公的汀州刺史摆宴谢公楼，曲江公昆仲及几位文人雅士高阁吟诗，一醉醇醪。谢公楼枕山临溪，江风缕缕，涛声漪韵，木槌声声，妇女们捣衣洗菜。远处几条狭长的竹筏轻快地漂来荡去，在船公竹竿的指挥下，鸬鹚跳进跃出不断叼给船公鲜活肥硕的江鲤。是日张九龄兴致勃发，笑语频频。"谢公楼上好醇酒，二百青蚨买一斗。红泥乍擘绿蚁浮，玉碗才倾黄蜜剖"，《题谢公楼》欣然而成。

　　盛唐，这个连政治和哲学都透着诗歌芬芳的时代；张九龄，这个唐玄宗每逢荐士都要问"风度得如九龄否"的"千古岭南第一人"；汀州，这个"一川远汇三溪水，千嶂深围四面城"，世外桃源般梦幻的福地洞天，值此相逢相碰，又岂能不成就一段千古佳话？谢公楼，从此铭刻于文学，铭刻于历史。

无从考证宴请老宰相的桌上陈列了哪些汀州美食，大野缀青中采摘的山珍佳肴传达着客家文化共同的渊源。没有葡萄美酒夜光杯的血红，只有甜甜的客家米酒黄蜜般的醇厚；没有独怆然而涕下的浩叹，只有红泥乍擘中绿蚁起伏的闲适；张九龄，这位曾被重用又遭弃用、"动为苍生谋"的"大君子"，在青石小巷里轻轻的步履声中，"行吟至落日，坐望只愁予"的感伤是否渐行渐远？远离官场应酬的虚予，远离利益纷争的尖锐，梦中的张九龄是否与谢朓相携而惜？

许是同为客家源的缘故，政治上不如意的曲江公应邀初入汀州，便对汀州赞不绝口："景色虽异，各有千秋，此地不亚于岭南风光"，将汀州与深爱的故土相比，竟也毫不逊色！逆境中坚守正道、刚直不阿的他，谢公楼上临风而饮，忘却的是被弃被贬的寒心，忘却的是孤根无托的重荷，闲云野鹤、风流自赏的超然洒脱一表无遗。"海上生明月，天涯共此时"的怀远与安宁，梦幻般的汀州，抚慰着这颗花白鬓发下高古的君子之心。

今立于汀江之畔，青山绿岸，碧水倒映，一壶酒，一篷舟，一江烟雨，人已逝去，寻楼不遇。曲江县志所书"公适乘舟往来，荒村贯酒，高阁吟诗，兴致一点，佳话千古，以故后人春朝月夕，游展如云，莫不访遗址，醉醇醪，非临风而怀谢朓，实不名而知曲江矣"。曲江边上，张九龄的雕像静听涛声，含笑看着人来人往，车水马龙。千年后的汀城岭南半日旅程，曲江公可否常忆起"玉碗才倾黄蜜剖"的闲适洒脱？历史的黄沙，湮没了多少帝王将相，君子文豪骄傲地屹立在岁月长河的烟云中放着异彩。谢公楼不再，谢公楼上醇酒长在，沽一壶，临江而歌，明月下，千年的时空，正如曲江公所愿：天涯共此时！

（选自《人民日报》2016 年 3 月 2 日）

作者简介

董茂慧，女，1976 年生。福建省作家协会会员。在《人民日报》《人民日报·海外版》等报刊发表多篇文章。现供职于长汀县教育局。

仰 望 梯 田

◎ 李 凌

"看，田梯！"站在开着杜鹃花的黄土崖上，孩子发出了惊叹。在视线定格的瞬间，我看到了田，孩子看到了梯。田，一层层从上往下叠，弯弯曲曲。梯，一级级从下往上垒，高高低低。田亦梯，梯亦田，田与梯以这种方式完美地融合为一体。

四周是峰峦叠嶂的高山，山谷里的村庄叫马罗。之前，汽车在童坊龟岭素有"九曲十八弯"之称的山路上，整整盘旋了半个小时。车轮碾过每一个坡，转过每一道弯，我们都会屏住呼吸，心生肃然。悬崖距汽车只有咫尺之遥，那满沟遍壑的青松翠竹在视野里来回萦绕。从这种高度往下看，便有了一种惊心动魄的感觉。

数不清有多少梯的田，也不知有多少田的梯。视线所及的山上，都是密密麻麻的梯田。梯田顺着山势延伸，或长或短，或宽或窄，大者不盈一亩，小者状如簸箕。我们看不到一处直的田埂，见不到一块方的田地，也寻不出一寸闲置的土地。梯田与梯田首尾相连，层层依偎，高低错落，依山势而层层弯曲，顺坡度而块块递进。梯田如涨潮的海，无数的田埂如海掀起的波纹，蜿蜒着曲折着，在春天里一层层荡漾开，铺了个漫山遍野。

清明已过，田里充满了春天的气息。大部分的梯田已经犁过耙过，褐黄的泥土翻涌着，像一道道浪花，泼溅出大地酣睡一冬之后焕发的生机。有些梯田里已经蓄满了水，水面如明镜，倒映着天光云影，还有粉白的杜鹃、青碧的毛竹。几处梯田里，农妇正在弯腰插秧，她们每后退一步，秧苗便前进一行，像一群嫩生生的孩子在母亲的手里嬉戏。梯田让我们眼花缭乱，农妇却一抬脚就站进了自家的田地里，因为母亲绝不会认错自己的孩子。

来马罗之前，我曾经在朋友的相册里认识了这里的梯田。朋友是个摄影迷，为了拍摄梯田，她夜里三点半起床，一路穿云拨雾到了山上。她站在绝佳的制高点上，用神奇的光影技术，捕捉下某个时刻某个角度的梯田，拍出了一张张精美绝伦的照片。在照片里，梯田不再是普普通通的梯田，而是成了一堆摇曳生姿的线条，一卷五彩斑斓的影像，一幅精美绝伦的风景。诗人为之倾倒，把它称作"高山诗行"；画家为之留恋，将它视为"大地艺术"。

今天，我来了，却只想站在山的脚下，以仰望的姿态，拍一张不加入任何技巧的照片，还原它真实的本质——梯田。在取景框里，我看到一群又一群的人，男的，女的，老的，少的，手里握着锄头，肩上挑着箩筐，就像当年的愚公。男人一锄一锄地挖，女人一锹一锹地铲，老人和孩子一筐一筐地抬。第一级梯田，缓慢地出现在山的最低处。然后是第二级，第三级……同样的坚定与执着，愚公移走了山，这群人却造就了山，在没有路的地方开出了路，在没有田的地方垦出了田。这座布满梯田的高山，有一个共同的名字叫"奇迹"。仰望梯田，我感觉到了自己的渺小。

在今天，马罗的梯田还保留了它原有的古朴与纯真，这是一种难得。我们前来，只是因为听来过的朋友提起过它。它不需要任何吸引眼球的广告词，马罗人的勤劳与智慧，以及大自然给人类的恩赐，是任何华美的语言也描摹不尽的。那坚守在梯田里的农妇种下的秧苗，美过任何诗句和画卷。

听朋友说，村里的青壮年纷纷走出深山去外面闯世界了，留守家中的是老、妇、孺。但我相信，只要村子里还有人，祖辈们开垦出的梯田会年年在春天里飘起银带、在夏天里掀起绿浪、在秋天里翻起金海，永远不会荒凉。因为这梯田，就是马罗人的家和根。

（选自《福建日报》2012 年 9 月 18 日）

作者简介

李凌，女，1976 年生。福建省作家协会会员。曾获《福建日报》2011 年度"新人新作"奖。出版作品集《一路芬芳》。现供职于长汀县大同中心校。

汀江深处

◎ 戴春兰

一条汀江，当它在历史里醒来，当我逆流而上溯游到它的深处，时间已经过去了一千多年。

两岸黑瓦白墙的徽派建筑立在阳光里，用它的沉默，遮住了路人匆匆的脚步。大街小巷里，时鲜青菜和水果杂然前陈，穿着侧襟衫憨憨笑着的人或蹲或站在篾篮旁边，氽猪肉、灯盏糕、煎薯粄那么多熟悉的小吃三五步一见，这里的生活似乎一直一成不变，又似乎一天一变。

在《华阳国志》《三国志》这些泛黄的典籍里，是找不到有关汀江的只字片言的，那时的整个福建，都只是一处荒无人烟的流放之地。然而，汀江仿佛嵌在福建版图里的一颗明珠，得意地告诉你，其实从旧石器时代开始，这里已有古闽族人的繁衍生息。

真正把长汀的土地推挤到阳光下，翻晒、耕种，是东汉末年开始的一群接一群躲避中原战乱，挈妇将雏举族南迁的人。

这群来自天边的人沿汀江进发，掸去风尘，用近乎温柔的声调命名每一个地方，用锄头开垦高山峡谷里的每一寸土地和滩涂。他们用粗糙双手在深山密林中建起一座城池——汀州，成为州府治所，"阛阓繁阜，不减江、浙中州"。在一千多年间，这里一直延续着古时的神韵，比如汀州试院、文庙、三元阁，比如云骧阁、店头街、宗祠。他们还用诗词文章来装点每一家门楣，张九龄、宋慈、上官周、马驯、纪晓岚，乃至毛泽东、陈毅，都曾在蔷薇花香中，把目光投向汀州城，泼墨、挥毫，纸面上的墨香便与花香融化在一起。

然后是接连震响的隆隆炮声。

1929年3月，中国工农红军第4军在长岭寨战斗大获全胜，乘胜攻占长汀城，后渡过汀江，攻下龙岩，毛泽东兴奋地挥笔写下："红旗跃过汀江，直下龙岩上杭，收拾金瓯一片，分田分地真忙"的诗句。

如今，我的手指轻轻拂过一张薄薄的文字记载：从1929年到1934年，长汀有两万多名优秀儿女参加了红军，现在册的烈士有6760多名，其中瞿秋白、何叔衡、万永诚、龙腾云、阮山、王叔振、唐义贞等为革命献身长汀。

每次读到这段简短的文字，我总想追记，在那些遥远的战争中，谁曾经流离失所，谁曾经血满襟衫，谁曾经把眼泪和着血硬硬地咽了下去！那些牺牲了的人，曾经是白发苍苍的父母跟前承欢的稚子，曾经是汀江边哼着山歌浣衣洗濯的少女心中那个"他"，曾经是眼眸乌黑清亮的孩子大山般伟岸的父亲。无情的炮火把希冀、欢笑连同活生生的肉体都深深地掩埋在焦土之下，他们的呼吸与空气融在一起，他们的血液与汀江流在一起——从此，长汀城里的人，脚步能踏响每一片经过的土地，连说话也带着金石般坚定的铿锵。

汀江河挟带着时间愈合了心灵的伤口。新鲜的田地被犁铧翻开，播下饱满的种子，秋收冬藏的时候，狭小的土仓已经不能容纳太多绮丽的梦。于是，他们像久远的先人一样，沿着汀江往外，再往外，开枝散叶，打拼天涯。

"鸡公子，啄尾巴，啄到婆婆树兜下……"只有夜阑人静时，他们才会心潮澎湃若有所思：那个挥泪而别的故乡，那条汩汩流淌的汀江，那个甜笑着浣衣梳妆的妹子，那缕阿妈亲手酿成的酒娘香……

于是，饮着汀江长大的儿女们又回来了。每年丹桂飘香时节，他们不远万里欢聚一堂，共祭客家母亲，同叙客家血缘，并襄发展大计，再促汀州腾飞！

夜幕降临，我抱膝独坐在浓荫似伞的龙潭公园宋慈亭内，汀江两岸行人熙熙攘攘脚步匆匆，也掩不住眼角眉边的一丝浅笑。水汽丝丝缕缕弥漫过来，像清澄的朝露，像幽凉的月夜，从灵魂中缓缓流过，梦也迎着光辉的花朵绚烂开放。我眯缝起双眼，看这个小城的过往在面前列队通过，眼中竟会噙上欢喜的泪。

多少年多少代，这个叫"长汀"的小城一直波澜不兴，依凭这得天独厚的地理条件，它开始发生微妙的变化。起初只是小心翼翼地试探：平整几条马路，移栽几棵颀长的树，这里建个八角亭，那里建个购物中心。现在，它一路撒欢向前了：汀江清了深了，两岸仿古建筑巍然挺立，店头街灯红酒绿熏得游人自醉，工人们来来往往在清理装修，挖土机、压路机、众人劳作声无不生动地在小城上空交织，花香鸟语中夹杂着来往游人的欢声笑语，阵阵喧哗鼓动长汀沉寂良久的心脏。长汀的旧城改建虽然只是初具规模，但我觉得满足，甚至我臆想，是这座千年古城这条古老汀江梦见了曾有的繁华，也在昭示我们，在浓荫遍布的空气里开花，在这片肥沃的土地上流下劳作的汗水！

（选自《福建日报》2014 年 7 月 24 日）

作者简介

戴春兰，女，1979 年生。福建省作家协会会员。作品散见于《微型小说选刊》《福建文学》《福建日报》等报刊。现供职于长汀四中。

记忆中的外婆和春生公祠

◎ 吴启钊

雨下得很大，天已经黑了。我急速从后坡小路跑到外婆的老房子。小舅不知道在忙些什么。雨水像断了链的珠子，从天井的瓦沿往下落。灯光摇曳中，外婆从下厅的厨房给我端来一碗热腾腾的粉干，粉干里裹着一个荷包蛋，还有几粒香菇。一股香气扑鼻而来。我接过碗时，她粗老的手让我明显有种沙沙的感觉。突然，外婆不知去向。古老的房子在昏黄的洋油灯下闪着丝丝凉意……

惊措中我睁开眼，发觉是一个梦。窗外高楼林立，我拿着手机翻看外婆的照片……其实外婆已经去世一个多月了。但这样的梦已经习惯了。因为，从在北京求学开始，每个月都会梦见外婆一两次。

我外婆叫涂岱娣，出生于涂坊镇，嫁到赖坊村。在我心中是个普通，但不平凡的客家女人。我的半个童年，都撒在了外婆家。

怀想外婆，更是因为那座有历史有故事的老房子——春生公祠。春生公祠坐落于赖坊村竹头子下。由赖氏春生公建于清代。座东南朝西北，砖木结构，穿斗抬梁式木构架，单檐悬山顶，由门楼、门坪、池塘、上下厅、天井、前围屋和横屋组成，占地 1300 多平方米。1930 年 5 月 18 日，长汀县第一次工农兵代表大会在此召开，会议宣布成立长汀县苏维埃政府，后改为汀连县苏维埃政府，政府机关设在此处。现为长汀县县级文保单位。

孩童时，父母因为农活而无暇顾及我。我便常住外婆家。印象中，这是一个非常热闹的大家庭。外婆家是做手工粉干的。每天早晨，我和表哥表弟、小姨各人拿着一团粉板子，迎着朝阳，在池塘看鱼。因为，小舅每天都会去割新鲜的草喂鱼。我们会好奇地在池塘边看着鱼抢吃青草。池塘周围是漂亮的围栏，在池塘和围栏的间隙种满了金针花（黄花菜）。花开时节，特别漂亮。舅妈们每天早晨都会在池塘的进水口洗衣服。另一侧种满了南瓜，南瓜的藤叶攀满整个木架子。我一直在想，水面木架上的南瓜怎么摘呢？南瓜长大成熟后会不会掉进池塘里？

外公很少管我们小孩子的事，但总能听见他谩骂我舅舅他们。到底是为啥，我也搞不懂。

我和小舅、大表哥、小姨经常一起去离房子不远处的小河捞鱼。门外不远处，有一个水塘，水塘里最多的鱼要属鲶鱼了，每次都能捞上十几只。天色晚了，外婆就会在大门口的石板路上大声喊我们回去吃饭。

夏天的晚上，大家都会到大门口乘凉。外公外婆各拿一把蒲扇。外婆看我热得不行，又老被蚊子咬，偶尔为我扇扇风。

要是遇上村里有什么民俗活动，有放露天电影或者可以看戏。外婆会端一条长木凳，和外公、小表弟一起去。热闹是一定的，也有很多小摊贩。有的卖花生、瓜子，端午时有人卖杨梅。要是秋天，有人卖青桔。外公一定会买些来给我们吃的。有段时间，我和小表弟是和外公一起睡的，我们的床头总会有外公给我们藏着的鱼皮花生。有时和外婆一起睡。如果是冬天，外婆会用火笼把被窝烤暖了再让我上床。可是后半夜总是很冷，我老是往外婆那边挤。外婆最讨厌我尿床，特别是冬天，不可能天天洗被子。那种味道，自己都很讨厌。第二天起来还会被表哥表弟们笑话。

夏天的中午，我喜欢躺在左侧小巷的木凳上睡觉，微风习习，甚是凉快。淘气的表弟还经常戏弄我，害我好几次从木凳上摔下来。

我最爱吃外婆煮的粉干了，几粒香菇，几根小葱，香气扑鼻。偶尔加一个荷包蛋，那真是绝佳美味。

每年正月初三我都要来外婆家拜年。桌上的白斩鸡是最好的一道菜。可总是没几个人动筷子。当时我在想，是因为鸡肉太肥了吗？有次，我夹起了鸡头要吃，我老爸立即把我碗里的鸡头夹回去了。说："傻子，鸡头还要留着给其他客人上菜呢！不能夹！"这一切，到长大了才知道。那个年代的客家人，过年基本只杀一只鸡，除去拜年用的鸡腿。鸡头要留着会好几次客人。吃鸡肉，根本就是个形式！说到这里，我们每次拜年都要背十几包的红糖、年糕，在舅舅没有分家的前提下，要给外婆一个大鸡腿，鸡腿上还要贴一小块红纸。那个年代拜年，大多如此吧。如今都用现金，但是给舅舅家拜年送鸡腿，这个习俗还被一直延续下来。

离老房子不远的地方有个小山坡，叫黄毛岭。山上有好几棵橄榄树。外婆一直是反对我们去那里摘橄榄的。但我会跟着表哥、小姨他们一起去那里摘。树很高，我也只能去凑凑热闹。涩涩的橄榄我也吃不来，可是表哥他们摘回来后下锅煮了，倒是吃得津津有味。

日子过得还是很平静的，最怕的是他们吵架。印象中，外公、大舅小舅和表哥的脾气都不好。吵起架来，整个大宅院都在沸腾。

我很讨厌下雨天。青石板湿漉漉的，就连厅里也没啥干燥的立脚之地。记忆中，雨总是下不停。当时的我一直在担心天井的水会漫出来。事实证明我多虑了，排水效果好得很。

有次，我感冒了，不愿配合吃草药。外婆买来小儿安感冒粉和安乃近感冒片，用调羹舀点温开水，小心翼翼得把药倒到调羹里。然后用手指搅一搅。我还是不愿意喝。外婆硬是把我摁在木凳上，一手捏住我的鼻子，一手把药水灌进我嘴巴。喘不过气来的我，一口就把药吞进了肚里。随着，外婆又找来一颗糖，当时的我还真是窃喜这个意外的奖励。

后来，小舅结婚了。家庭似乎变得越来越复杂。三天两头听到他们吵架。再后来，大舅小舅分家了。大舅住在右厢房，小舅住在左厢房。而印象中的外婆就没年轻过。那瘦弱的身子，轻盈的步子。而且从来没听过她大声说话。

我上小学后，比较少去外婆家。但是，只要家里有些好吃的，老爸都会让我送去。我家河甫村到外婆的赖坊村，有三里路。那时，没有任何交通工具，我就走着去。这是我很乐意做的事情。无论是家里杀猪、杀鸡、杀狗，哪怕是蒸了簸箕板，老爸都会让我送去。后来，我家有了自行车，我就骑着三角踏给外婆送好吃的。而每次去，外婆总会给我煮粉干吃，有时还会给我两毛钱。或者抓几把花生瓜子给我。

后来听我妈说，外婆家的池塘养不了鱼了。池塘里大大小小的鱼相继死去。现在回想起来，这么个偌大的家庭，似乎就是从那个年代，慢慢陨落。

在我读初二那年的一天，我正在上课。老爸突然跑来教室，让老师把我叫出来。老爸跟我说外公去世了。当时的我立即嚎嚎大哭，一定要跟我老爸去看外公，可是我老爸不愿意带我去。老师也把我请回了教室，安慰我好好学习。那堂课，我都不知道怎么过的。

从那以后，老房子传出了各种传闻，表舅去世、据说外婆曾在某个夜晚听到大厅有人在用刀剑打架。都说老房子有邪气。于是，许多有条件的人开始相继搬出这座老房子。1994 年，大舅小舅搬出了老宅子，在老房子左侧盖了一栋五六百平方米的两层土房子。

我高中、大学后，学业的繁忙致使我去外婆家的次数越来越少。每年去外婆家拜年时，我都喜欢到老房子走走。可令我一直捉摸不透的是，每次拜年，我要去老房子烧香时，外婆、舅舅都叫我别去。

2006 年 7 月。偶然的机会，我们单位和长汀县委宣传部一起组织了一次中国书画名家万里行走进老区长汀的活动。这次活动，让我重新认识了这座老宅。更意识到了外婆作为这座老宅子的主人的重要性。我从北京带了五六个画家到春生公祠写生。陪同的是时任涂坊镇文化站站长涂华招。涂站长跟我说，这座房子历史悠久，正在申请作为县级文物单位保护下来。当时，正好遇见我外婆。我深感荣耀，给来宾介绍了这位宅子的主人。当时的外婆有点不知所措。我没有给外婆准备礼物，于是从钱包拿了 300 元给外婆。

2008 年，这座老房子被命名为春生公祠，列入县级文物保护单位，县政府斥资重修。2017 年，政府部门又斥资 70 万元二次翻修。并将在此修建涂坊将军公园。

2016 年 11 月，外婆因脑瘫住院，饮食起居无法自理。12 月，出院后改居春生公祠，住在左横屋她以前睡过的房间。此时的外婆已经半身不遂。双目失明，无法再和我们沟通交流。全靠儿女轮流照顾。有次，我和老妈炖了一只小母鸡，把鸡汤熬了粥。给外婆送去。外婆已经瘦骨嶙峋。小舅和老妈把外婆扶起来。小舅贴着外婆的耳朵大声说："福连和金福生来看你了。"此时，外婆的眼角流下两行眼泪，那刻，我看见小舅也侧过脸在拭眼泪。在场的我们，谁都没再说话，房间显得异常安静，老妈开始给外婆喂食。每喂一口都是非常艰难的。中午的阳光照在房间门口。天井杂草丛生，四周长满了青苔。古老的房子显得异常沧桑。

　　2017 年 3 月 5 日傍晚，外婆在那古老的房子里走完了人生最后一程，享年 90 岁。

（选自《汀州客家》2017 年春季号）

作者简介

　　吴启钊，1979 年生。先后担任《中国青年》、《北京法制报》、《人民日报》华南分社编辑记者，《中华名流》杂志总编，国台办《两岸关系》杂志社福建工作站站长。现为福建原乡系生态农业有限公司总经理。

汀 州 雨 巷

◎ 詹兴渊

　　轻轻地走进汀州雨巷，细雨在两旁的瓦楞上跳跃，忽而又顽皮地跳到青石板的路上，和他们在青石板上的伙伴们嬉闹着、喧哗着……

　　漫步在乌石山，最让人眼前一亮的是雨中的马头墙，这是一种"叠落式山墙"。它高出屋脊，随那屋顶斜坡呈现出阶梯形。马头墙有三叠式样的，也有五叠的。从街上望过去，在一个平面的空间里，马头墙层层叠叠的，形成连续的韵律。若是在巷子的转角处，有两组马头墙相交，那更是别有韵味。"踏踏马蹄谁见过，眼看北斗直天河"。用来形容这街巷里连续不断的马头墙，是再好不过了。马头墙错落有致，顾盼生情。仰头一望，白色的墙与白色的云，交相辉映，加上屋脊上黛色的瓦，叠错的飞檐，给人一种蓝天飞雁的感觉。

　　行走在这雨巷里，眼睛看到最多的就是门。客家人家，将门视为通情达理的入口，大凡入口，都经过精心的打理，隐现着文化的流风余韵，流溢出房屋主人的文化素养和经济实力。这雨巷中的门，寻常人家门里嵌入两条木头，一条门楣、一条门槛而已，简单实用。小康人家的门则朴素端庄、灵活轻盈，大多为整块木板，饰以雕花。而大户人家则多为石库门。汀州的大户人家，不是高官显贵，就是富商，他们有得是钱，因此，即便是门也要弄出点花样。有人家在门前用矮墙围出数坪小空间，透出亲切温馨。有的在门内构筑一垛矮墙，暗示人们这是个大人家。还有的门外留有门廊。但汀州人家的门都不大，透出客家人的内敛和不事张扬的个性。

要说汀州人家的精致，那就要看那些雨巷花窗上的木雕了。汀州的木雕历史悠久，源远流长，雨巷中的木雕技艺主要体现在雕花木窗上，雕刻的种类有圆雕、平雕、浮雕等等。花窗以木露窗为主，雕刻的花式有吉祥图案、古代传说、伦理教化，不一而足。汀州雕窗的特点是不涂油彩、暴露自然木质纹理，浑然天成、清新素雅。

汀州三月，这深深的雨巷里，也是春意盎然哪。谁家门前，斜横一枝疏梅，花谢了尚有余香。这边门巷里，几丛短竹，正青翠欲滴，随风摇曳。向前几步，这家的朵朵绽放的三角梅，已经爬过马头墙，探出小脑袋，正笑盈盈向您示意。这座大门里，桃花开得最是热闹，此时，推门而进，更见主人春风满面，热情招呼入座，端茶倒酒，谈天说地，别有一番风味。人家庭院里挺拔高大的桂花、香樟，正散发出阵阵的幽香。在这雨巷里看花，要看人家阳台上、窗台上的花。爱美的汀州人家，把花儿栽在花盆里、挂在吊篮上。那些个风信子、水仙、春兰、蝴蝶兰、杜鹃、迎春、海棠和金盏最是多见。这些花儿，把雨巷装点得五彩缤纷，煞是好看。

行走汀州，我最喜欢的是店头街。徜徉在雨巷两旁，客家小吃以及雕刻、剪纸、画像、古玩、刺绣、裁缝、理发、金银首饰、纸艺、酿酒等传统手工艺特色的行业悠闲地散布其间，雨巷的两面，最多的是一排排竖立的酒旗，在斜风里飘动。这里的酒店，都是些不大的店面，临窗把酒，一边慢饮细酌，一面看街上的风景，是再惬意不过。轻挑帘裳，蓝布斜襟、杏子明眸的客家姑娘，捧一坛汀州酒酿，摆上几碟老卤，豪爽的客家汉子，猜拳行令吼起来，大碗酒喝起来……整个雨巷弥漫着客家米酒浓浓的香味，此时，这雨巷应该称为酒巷更为恰切。

行走在这雨巷里，希望逢着"一个丁香一样地，结着愁怨的姑娘"。然而，今天汀州雨巷里走过的姑娘，大都时尚而开朗，虽然，春寒料峭，我却看到了好几个穿着长筒靴、皮短裙，手里拎着真皮手袋的姑娘。这雨巷里的姑娘，也都如同花儿一样。细雨蒙蒙里，雨巷里浮动着各式各样的花伞，像是流水里浮动的落花，这些伞花儿起起落落，赤橙黄绿青蓝紫……有的素雅，有的艳丽，装点着小巷的颜色。各色的花伞下，是漾着笑意的容颜。"我奔流着向未来而去，再不会叹息。我日夜唱着歌儿，昔日的笑颜都被唤起。我守护下的汀州城，重现昨日的美丽……"是谁哼唱起汀水谣，穿城而过，如同丝雨般飘落人的心间。

这雨巷里的雨渐渐的大了。临街的屋檐下，水滴开始溅起水花。人家的花窗上纷纷撑起各色的防雨布遮棚，仿佛各色的旗帜，在雨巷里飘动。粉墙黛瓦，青石路面，半空里色彩各异的防雨棚，加上小巷里流动的花伞，这是一道你在别处绝对找不到的风景。

夜色渐暗，雨后初霁。我走出茶室，发现夜幕下的雨巷，多了无尽的色彩。汀州人家，亮起一盏盏、一串串红色的灯笼。雨巷深深处，汀州开始做起她古老的美梦。

沿着石板路，我悄悄地向巷口走去，青石板上是我笃笃的脚步声，我把脚步放轻了又放轻，不忍搅了这雨巷的好梦。

（选自《龙岩新周刊》）

作者简介

詹兴渊，1981 年生。龙岩市作家协会会员。现供职于长汀县交警大队。

古色古香的沈家大院

◎ 钟　娴

　　家乡汀城，是唐代福建著名的五大州之一。有着上千年的历史，被誉为中国十大最具人文底蕴古城古镇。除了汀州古城墙、明清古街店头街等极具代表性的建筑外，它的古与美，在乡村亦随处可觅，沈家大院就是其一。

　　来到小城馆前镇一个叫坪铺村的村庄，扑面而至的是一片散发着远古气息的祥和：田野上，小野花们开得欢。弯曲的田埂边，长着车前子。远处人家，有鸡在树下觅食。路上难得遇到村人，偶有两声狗吠，打破村庄的空灵，复又归于宁静。

　　村中鳞次栉比的古民居。放眼望去，非黑即白。黑的瓦，白的墙，一清二楚。飞翘的檐上，乌黑的瓦当，似展翅的燕，悬在上头。村中建于清代嘉庆年间的沈家大院，保存尚好。这座古民居占地两千多平方米，可容纳几十户人居住。在乡野中能看到如此规模的民居，足见当年这家姓沈的大户人家，一定极气派。当地人介绍，大院是由一位叫玄孙公的商人从京城专门请工匠所造，前后花费了数年时间，单单天井就开了十八个。

　　走进大院内，一阵古色古香之风立刻扑面而来。院内大门、正厅、后厅分别石刻"云峰萃秀""居仁由义""和气致祥"等题字，极具文化品位。整座古民居均为木柱顶梁。厅堂内雕梁画栋。梁上雕有人物、动物及花草鸟兽，工艺精细，栩栩如生。镜头里的沈屋，像一位隐居乡村年近古稀的老人，白发苍苍，脸上波平浪静，朴质、自然。

大厅的两侧是卧室，每间房的设计都独具匠心。有的房间内还住着人，有的房内却早已不住人了。橱柜、杆秤、斗笠……这些寻常之物，在这里，都成了艺术。

房间的两旁设有楼梯，杉木做的。据说，楼上以前都是小姐的闺房。人往上看，看不见。但从楼上往下看，倒是清楚得很。屋与屋的衔接处是长长的走廊，由大小鹅卵石铺成。石缝里冒出星星点点岁月暗生的绿苔。细看，是一幅幅精美的拼图。走廊两旁的墙壁保留的几幅壁画，同样令人叹为观止，让人忍不住要发上一回呆。

千百年来，多少轶闻旧事都已消逝在历史的风雨中。沈家大院却依旧坚守着最初的那份恬静、朴实，一直在无声无息地书写着历史华章。

（选自《福建日报》2015 年 12 月 31 日 ）

作者简介

钟娴，女，1987 年生。福建省作家协会会员。在《福建日报》等报刊发表散文多篇。现供职于长汀县大同中心校。

冬　日

◎ 罗佛宝

叶落空山，寒枝拣尽。在这个隆冬泛霜时节，我深切地感受到这是冬日的脚步。回顾间，这竟是我在杭州的第二个冬天了。也不知道要说时间过得快还是过得慢，我们常常觉得过程是缓慢的，结果是飞逝的，其实它应该是种不紧不慢地节奏吧。

清晨，工作日的闹钟一如既往地催醒了周末的我。六点半的世界似乎还沉浸在冰冷灰蒙里，一如那些未完待续的美梦，还残留着对被窝的迷恋。我迅速关闭闹钟，像是逃离犯罪现场般一头栽进被窝。再一次自然醒已是八点半，此时房间都宽敞明亮了起来。我拉开米色格子窗帘一米阳光直射进来，惺忪的睡眼感到一阵短暂的眩晕。空气里彩色悬浮的颗粒物在光束里来回旋转着做高速运动，遇到障碍物，水一样融化在被子上，一摊触手可及的"温水"。没想到今天第一个闯出脑海的一个词是物理学上的"布朗运动"，也着实有些匪夷所思。大抵是自己墨水不够，古诗词背得下来的无论怎么排列组合也就那几种可能。把阳光请到屋里，像把情人住进新房一样甜蜜。难得闲暇的周末，无案牍之劳形，阳光在被子上化成了一摊温水，大大的床随意地翻转，这一切的一切怎能说不是一种享受？

正当我陶然之际，肚子在浅浅地暗示，再不起床胃可难说早安了。遂悠闲地起来梳洗，可每每这样的场景我总会想起古代的侍女图，会浮现温庭筠的那首《菩萨蛮·小山重叠金明灭》。"懒起画蛾眉，弄妆梳洗迟。照花前后镜，花面交相映。"这是多么可人的画面，一边刷牙一边在暗自讥笑自己的痴。梳洗罢，打开房门一出阳台，阳光就给了我一个大大的拥抱，我多少显得有些猝不及防。于是，她布满了我半个房间。

杭州的冬天是比福建来得冷的，在这个季节我只好"引兰入室"。它是我暑假从老家带出来的，内心总有一份责任，总流露出为人父母那种殷切的目光。它也在屋里藏了一周了，搬出来也让它感受下这美好的周末，沐浴下这阳光的温暖。这时候，七夕菜地蒸腾着浅白色的雾气，"白胡子爷爷"牵着"冷玻璃"的小手正悄悄回家，只在阴面的地方尚可发现其足迹。我回房搬出了老爷椅，靠着，任凭阳光把我肆意捉弄。有些光束打在了不锈钢的栏杆上，然后折射到了我眼前，柔和里带着些许刺目，不过已是强弩之末了。如果阳光真的有声，那第一束打在栏杆上该是怎样的清脆？由于折射的缘故，所以阳光是在重重叠叠地打下来，我半睁半闭着眼睛。阳台下是七夕农庄，是大片大片的菜地，在不是田埂的田埂划分下，一条条、一块块，似乎七夕姑娘穿着一件条形格子棉袄。那是二十世纪七八十年代，村里一个叫"小芳"的姑娘。楼下有几个小孩聚在一起玩着类似三国人物卡片的扑克牌，时而大笑，时而争吵。那稚嫩的童声依稀如梦，我似乎想起了自己的童年。是的，在这样迷离的阳光下很适合追忆……

来自农村孩子的童年似乎总是要比城里的来得丰富多彩，所以我很庆幸。那时的我们并没有太大的贫富差距，家里有钱的顶多有台长虹彩色电视机。除了看《西游记》孙悟空打妖怪的动作炫一点，小伙伴们都是一样的玩乐着。像在这样的冬日里，我们一群人应该会在稻田里闹翻天。虽说这时段大部分的草都衰了，但收割过的稻茬会冒出新禾苗，而在冰脆的稻田里青苔一样不规则地覆盖着应季的米子草，还有那毛茸茸微白色的毛毛草……别看这些不起眼的小东西，这可都是牛的最爱。冬天放牛最轻松了，因为农作物都收回家中，再怎么放生也不怕破坏庄稼。但为了容易找，通常都会打一枚桩，把牛绳绑在上面。以桩为圆心，绳为半径，在这个圆内啃草。有时会有一些贴心稀奇的想法，我会把两根牛绳拼在一起，如此一来牛可食的范围就大一倍了。不过小伙伴们效仿多了，两家牛犄角相斗也是常事。

其实对我们而言放牛只是顺便，接下来的活动才是我们的压轴。玩得最多的是"人堆人""捉田鼠"。所谓的"人堆人"就是在那些成堆的稻草上小伙伴一个叠着一个。谁都不想被压在五指山下，可是欲望越大往往代价也大。在最上面的那个，高了稳定性难以保持，一个不小心就会摔下来。接着伙伴们以迅雷不及掩耳之势把你压在下面，顺序是原来的第二高、第三、第四逐个叠着。这时田里传来内容丰富的喧哗声，有被压得喊爹喊娘杀猪般惨烈，有翻身当皇帝的优越大笑，有中间承上启下的幸灾乐祸，还有侦查伙伴大老远声嘶力竭大喊谁谁谁家的爸妈来了，谁家和谁家的牛打起架来了……各种交织在一起，在空旷的稻田里回荡，乐不思蜀。

捉田鼠的破坏性大，但乐趣也成正比。要是早上出门谁带上了一盒火柴，我们都将相视一笑。来到田里一把牛安置好就找目标下手，看看田埂上下哪里有洞。只要有洞不管有没有老鼠在里面我们都会抓来一大把稻草点上，冒出浓浓的白烟。为了能源利用率最大化，我们会一起往洞里吹气，让风裹着白烟入洞。很多时候老鼠不见，倒是把我们一个个都熏得泪流满面。运气好的时候自然也是有的，真会有一两只老鼠被熏得受不了就狼狈地蹿出来。要是要往田中心跑就是没策略的老鼠，我们马上追赶，团团围住基本是没有活路的。要是从这个洞逃到另一个洞的，我们也不罢休，用烟熏、用水淹或者直接把田埂给掀开，可谓用尽浑身解数。所以来年春天农民发现田埂乱得像野猪下山之惨状，一般都会骂一句"也不知道是哪家的野孩子，把这田埂拱成这样。"骂完也就没事了，无非春耕时重修筑一道田埂而已。也许这就是农民的淳朴吧！

现在的我给孩子上写作课时，他们喜欢我上课的原因不是因为我多么作家般博学，能像那些专家可以给什么秘籍、金钥匙，而是我有许多的故事，那些童年美好的回忆是他们贫瘠的童年所缺少的。就像秋天的田野，那随风翻滚的稻浪，是他们难以想象的色彩。

自从上了初中，开始寄宿，外加学业负担的加重，那种放肆地折腾就少了。我们终究也慢慢长大了，那些时光亦渐行渐远。留在读书时代记忆最深刻的冬日符号就是"冻疮"，这是一种痒痛交加，折磨得想自残的东西。为了不放弃治疗，我试过无数种药方，有买的绿药膏，冻疮膏，止痛贴；有自制的白酒泡辣椒粉，大蒜汁，煮过野菖蒲，霜打茄子根，姜汤……事实证明，最简便有效的是泡姜汤，屡试不爽。

那时我们读书的条件还是相对比较艰苦的，所以每个回家的周末成了我和奶奶日夜翘首盼望的日子。一回到家我就把学校那无人诉说的委屈，那长冻疮的苦一股脑向奶奶吐出来。奶奶总是用那满是皱纹、老茧的双手抚摸着我的手脚，一边说："真难为你了，咋这么苦呢？我们这么大冷天可以烘火筒，暖被窝，可你们当学生的一大早起来做操、晨读，没个热水清汤的……"这些话至今萦绕在我的耳畔，特别是在天寒地冻之时。尽管那时奶奶的手割得我生疼，但比起冻疮的煎熬真的不值一提。大家都知道，病痛这东西防大于治。可周末泡了菖蒲生姜茄子根汤，在奶奶的精心调理下还我灵活的手脚。回校后一到周二便北风吹又生，如此周而复始着熬到来年春暖花开。

也许，人的这一生就是一个"走"字，从一个地方到另一个地方的迁徙，不知道该叫流浪还是成长？高中上了县城，离家就更远了，个把月才回一次家。我知道，在以后的冬天不再有那一盆叫"菖蒲茄子根生姜汤"。于是出现了一个高科技，与一个叫"电热棒"的东西结下不解之缘。往往也是以插上去就跳闸，大多数我只能把姜用小刀切成丝，泡在食堂打来的开水里使劲搓揉。我自嘲这有点像政治书上说的"谁污染谁治理，预防为主，防治结合，双管齐下，最终达到……"

对于大学，我始终不太有感情。或许也是这原因，所收获的没多少可以值得我回忆。或许电子这专业对我来说从一开始就是个美丽的错误，是我必走的一段弯路。不过，回想起来也不后悔，无论是对家庭还是对现在的自己，我相信这会是另一笔财富。而冻疮也算是老朋友了，那姜汤的味道毕业后舍友都记得。

又是一个冬天，又是一个"走"字。乌龙江畔的水位下降了许多，潮涨潮落里似乎闻得一位少年曾站在滚滚的乌龙江畔不知天高地厚地说了一句"十年后，我一定要做回自己，不管我去没去江南！"除了这条承载着我无数忧愁的乌龙江，和那片与学弟一起绕过的操场其他的似乎没有多少眷恋，甚至有点决绝。我提前出来实习了，在宿舍我是第一个离开的。

在如潮的打工族里你能看到那单薄的身影，所谓的梦想写在纸上随风飘乱。狂舞的北风刮着，一双笨拙的脚往公司赶。偌大的电子车间照不进太多阳光，一双同样鲜红微肿的手在冰冷的流水线操作台上检测数码产品的性能。晚上九点下班回家后，又是泡姜汤。要是遇到加班到半夜的，夜深人静的出租屋里除了能听到门外巷口的风声鹤唳，就是屋里电热棒煎姜汤的滋滋声。因为我知道如果今晚不泡，明天将寸步难行，抓不住电阻、二极管。

要是用一句话总结我福州工作的那两个冬天，那就是"那些年的冬天，我在风中……"

我们常常觉得自己都是被命运裹挟着前行的人，可我想偶尔的叛逆也未尝不可。我想我一辈子都不会忘记这一天，2012 年 2 月 26 日！这一天在其他人眼里与往日没差，杭州也并没有让人察觉到春的信息，但这迎来了我人生中的第二个春天，第一个自然是童年。也许这个春对我来说期待已久，当我踏上杭州的那一刻激动得几乎热泪盈眶。那个傍晚，我第一次系起围巾来，一个密码箱一个旅行包站在人来人往的城战火车站出口，来接我的是春姐，一个在这陌生的城市里给我无数关心和帮助的人之一。

一段最迷茫痛苦的求职经历之后，我进了少作协，一份我梦寐以求的文字编辑工作。于是又迎来了一个冬天，也是我在杭州的第一冬。

去年的冬天，我看到了久违的霜，久违的冰，还有那让我热血沸腾的几天几夜的飘雪。1 月 4 日，我长这么大第一次撑着伞挡雪，我甚至不想将它挡在伞外，想任由她选择我身上的任意一个地方栖息。要知道十年后与这场惊艳相遇，那是无法抑制的喜悦。于是我想《水浒传》里"林教头风雪山神庙"的场景也不过如此吧。那天下班，我没有直接回家，而是拐到了不远处的西湖，见证了杭州第一美景——雪西湖。那是我第 25 次游西湖！

一进入景区，真是叹为观止，天底下竟有这般的美景。我完全是一个不小心误入童话世界的小矮人，那样的视觉盛宴我很难用我所掌握的古诗词来描摹其意境。建筑雕栏玉砌，树木灿若梨花，湖面冰灵纯洁，只觉得"望湖亭外半山青，跨水修梁影亦寒。待伴痕边分草绿，鹤惊碎玉啄雕阑"恰如其是。走过断桥，还上了保俶塔，接着踩着积雪深一脚浅一脚地回到了七夕路。

又是一个冬天，岁月静好，阳光普照，我在七夕路的阁楼上晒着太阳将那些浮沉过往一一打谅。这样的一个午后实在是一件极为难得的艺术品，以至于我觉得无论做什么都是一种浪费！那么，我就索性这样看似什么也不做的当一只懒慵的猫，舔着小爪子，挠挠主人的脚或是解着似乎永远也解不开的线团。

浮躁，或许真正源自人心深处对生活的不满意。所以坚持每一个看似卑微的梦想，是塑造一个温润圆融的自己。未必每一个梦想都要志存高远，都可以做国家主席，腰缠万贯。最好的梦想，是让心找到一个可以投奔的方向。顺着这个方向一直走下去，这就是最好的人生！此刻就当我是一只躺在地上的平凡的猫，并请允许我满怀感激地对亲们说："周末好，亲们！"对第二故乡说："周末好，杭城！"

（选自《浙江作家》2014 年 3 月）

作者简介

罗佛宝，笔名逸之，1990 年生。浙江省作家协会会员、浙江省散文学会会员。已出版散文集《腐草为泥》。现居杭州，供职于某少年文学杂志社。

诗
歌
卷

火车（外二首）

◎ 丘有滨

火　　车

这奔驰的火车，匆匆
震颤铁道两旁农舍的房子
孤单的炊烟，一会就湮灭
就被火车的长啸撕裂。

这荒凉的脸庞，闪现
又熄灭。在一堵墙的背后
大声哭泣　莫名叹息　匆匆
时间在滴水穿石，经历教训。

这钢铁的声音，来得凶狠
是天生的疯子！一个人活下去
从明天回到今晚，匆匆
用优秀的血液接纳曙光！

假若……假若时代在火车的
轮子下呻吟，假若盲目的少女

回不到农舍，拯救无望，假若

明天就会来临。我就会

挺身而出，扑倒在

隧道的出口。我就会说出

这命运的暴虐和疾病！

烈　日

烈日转眼就要消失。翻过门前的山坡

烈日就要看见自己最后的景象

白日的光阴短暂，烈日的心中阴影重重。

在午后的村庄

野花的孩子彷徨无助

烈日驱赶着白花花的惊呼

匆匆而过

烈日光明盖顶

烈日几乎就是一只暴躁的大鸟

撞破我的梦境。或者说烈日更像一枚钉子

把我钉在岁月的深处，一切无法言说！

蝴　蝶

何必说呢，何必把包藏的火点着呢？

姐姐呀，飞走的蝴蝶是哪一只？

花儿为什么这样红？

十九岁，故乡的深井藏了几许秘密

多么青春　谁说过　一日长于百年

姐姐呀，如果天亮，让我们继续活着
爱情照耀暮年，飞呀飞呀，等到那一天
冰雪遮蔽你遮蔽我　遮蔽故乡深井

（选自《福建文学》2009 年第 8 期、《西部》2016 年第 11 期、《厦门文学》2004 年第 12 期）

作者简介

丘有滨，1966 年生。福建省作家协会会员、长汀县作家协会主席。出版诗集《长亭外》。现为长汀二中高级教师。

客家阿妹

◎ 游阶章

侧襟裳依旧矜持，
裹住阿妹天天长大的心事。
汀江边的捣衣声啊，
是与阿哥倾诉的开始。
一下下捶进阿妹的相思，
捣乱一泓思念的心池。

客家阿妹美丽的天使，
温柔的举止，
勤劳的品质。
常把日子酿成甜甜米酒，
轻轻一呷把自己醉回儿时。

蓝头巾依旧固执，
包住阿妹夜夜憔悴的故事。
阁楼里的山歌声啊，
是为阿哥思恋的泪丝。
一声声飘到阿哥的城市，

带去一叠嘱咐的诠释。

客家阿妹聪慧的天使，

大爱的无私，

善良的认知。

常把梦想写进行行诗意，

行走天下让自己一展双翅。

（选自《词刊》2014 年第 6 期）

作者简介

　　游阶章，1955 年生。福建省作家协会会员、龙岩市楹联学会会长。出版诗集《平仄人生》《心香一束》《虫吟》《搁浅的红帆船》等。

长征第一村

◎ 廖文福

岁月的风烟已经剥蚀了往事

时光的流淌给你增添了沧桑

然而，作为二万五铁流源头的你

风采依然

可歌可泣

如歌如诗

昔日的战壕仿佛依然

呼啸着苏区最后一仗的炮火

生锈的弹片

镌刻着猩红的惊颤

凝碧的小草

呢喃着英雄的悲壮

观寿公祠的大坪依稀

可见那赫赫军威

阳光下的流风犹然

萦绕着"十送红军"的旋律

老将军那十八岁的青春

就从这里开始

就在这里向前

啊，铁流万里从这里发源

席卷神州气贯寰宇

血与火的洗礼

青春与生命的交响

在这里开始啊

第一村联结着共和国的辉煌

（选自《闽西日报》2006 年 9 月 20 日）

作者简介

廖文福，1958 年生。福建省作家协会会员、长汀县诗词协会会长、中学语文高级教师。

汀州伊秉绶

◎ 廖必任

有千万个美景

汀州古城

也是你

魂牵梦萦的胜地

无论你

以哪种方式

展开汀州画卷

你总会期待

像展开张择端的

《清明上河图》那样赏析

声色俱上

流连忘返

汀江的竹排

朝斗岩的烟霞

北山的松涛

试院的千年双柏

谢公楼的醇酒

惠吉门楣的晓风

南禅寺的梵音

龙潭的奇石

店头街的灯笼

苍玉古洞

通济瀑泉

竟如此的曼妙

而你可曾思想

如此曼妙的画卷

魂灵何在

那就是

文人的履痕

让汀州古城

气韵生动

胜地

如果没有名人的气息

仿佛是一具

无脉的石人

汀州古城

走来了

伊秉绶　他

对汀州的爱抚

在他一件件

苍茫古穆

而又不失灵秀的

隶书大作中

浓缩成

别样的签署

——汀州伊秉绶

深如唇齿相依

及此

汀州辉煌的画卷里

烙上了

汀州伊秉绶

疏朗的题跋

红靓的印章

让汀州点睛龙翔

（选自《汀州客家》2014 年第 1 期）

作者简介

　　廖必任，1962 年生。福建省作家协会会员、汀州印社社长。出版诗集《廖必任诗选》《火的思考》。现任长汀县科协副主席。

日 出 日 落

◎ 刘超苏

一

总有那么一些日子

在陌生的城市里奔跑

捡拾失落的繁华

看天空

看阳光的洒落

看海水里每一颗沉寂之心

而小鸟的羽毛终于坠落

我的梦将随你而去

二

于海边

那一轮红日

我的头发被风吹起

没有人会知道晨跑的心情

独自慢跑

独自慰藉

独自品鉴海水潮汐

一颗心已然浸染三角梅的绚丽

而你在远方

轻轻地歌唱

把我的生命一点一点融入音乐的旋律

并缠绵在你的唇边

无声无息

三

风就这么吹着

你的照片就这么摆着

夜归之人不再惊悚

黑暗中你的呼吸从我的左耳传到右耳

我孤单地张开双臂

我想拥抱远处的海洋

犹如拥抱着你

（选自《隔着旧时光》）

作者简介

刘超苏，女，1964 年生于长汀，祖籍福建上杭，网名荷泥花香。龙岩市作家协会会员。出版诗歌合集《隔着旧时光》。

你的眼睛里有个我

◎ 黄海红

下班了

奇奇妈妈

领着奇奇回家

一路上

风沙大

奇奇

被风沙迷了眼

奇奇妈妈

蹲在

地上

给她弄干净眼睛

奇奇

突然

望着妈妈说

妈妈

你的眼睛里有个我

接着又问

妈妈

你看我的眼睛里

有没有你

车水马龙

夕阳西下的街道上

奇奇妈妈

诧异

第一次

和女儿平视啦

（选自《诗选刊》2004 年第 5 期）

作者简介

黄海红，笔名蓝蝴蝶紫丁香，1967 年生。著《耻辱柱》《趴下》《蝼蚁诗人》《刍狗》《巨咳》等。现供职于龙岩闽西职业技术学院，副教授。

你叫什么名字

——写给新开发景区

◎ 蓝　春

一

雨珠和我们

齐刷刷落在湖面上

大珠小珠直接扑入你怀里

我们却隔着一层冲动

只能用手爱抚你

只能用心试探你

船头　一遍遍怀想

你叫什么名字

二

你从哪里来

很早很早以前，你不是湖

是峡谷　是幽谷　是空谷

只有不屈的棱角和不羁的创口

还有硕大的古木和细小的溪流

芳草萋萋　鸟兽亲亲

三

一天过去了　又一天过去了

造化预谋了多少生机

人工酝酿了多少勇气

前簇后拥掀起滔天白浪

披荆斩棘翻动万千气韵

高峡出平湖

无声胜有声

四

我们无法想象

鬼斧神工，天机独运

仿佛亘古以来就有　你

也许，我们无从知道

痛并快乐着

梦并照耀着

其实就是生活乃至生存的真谛

而你叫什么名字

想你时，该怎样呼唤你

（选自《客家文学》2008 年第 1 期）

作者简介

蓝春，1967 年生。福建省作家协会会员、连城县作家协会主席、《客家文学》副主编。出版诗集《蓝色旗语》，诗歌、赏石集《石上春秋》。现供职于连城县广播电视台。

断裂的风景

◎ 江　鹏

淋漓尽致的想象

是诗歌分娩的痛苦

当冰冷的双臂在月光下

颤抖

哀伤的语调便向

所有方向破碎

心无城府

还有什么写诗的埋由

所有的虚假与庸俗都在忙碌

我坦荡得像一块石头

当激情置身于南极的天空

残缺与空白

便显得引人注目

源于一种悲哀的理由

哭泣成黑夜无瑕的脸孔

忧郁　开始与时间共舞

无畏的自伤

是在削弱一种虚无

（选自《青少年文学》2000 年第 6 期）

作者简介

江鹏，1969 年生。龙岩市作家协会会员。在各级报刊发表作品多篇。现供职于长汀县广播电视台。

汀州之诗（二首）

◎ 吴德荣

店头街记

店头街，中国历史文化名街头街

雍容华贵，其实它瘦

让一条河运来青石板上四百米光阴

四百米光阴，狭长的瘦

一头连着汀州府前街

一头连着惠吉门，连着汀江码头

光阴照亮明清里的繁华

无数次到来与离去

与小木楼里的商铺，与前店后宅的风格

与店家，与一场远离诗意的商讨有关

最后的悠长虚空里

每个人都是被这条街击败的过客

入镇南门，过七星桥

店头街酒肆林立，客家米酒

香醇的河水往狭长的天空排放

于此饮酒赋诗，回到唐朝

妄图做出诗家高难度动作

如斗酒诗百篇，如白发三千丈

而这一切都成枉然

酒碗中的图谋被施予时光切割术

在店头街寻不见汀江边的谢公楼

张九龄的酒兴和诗兴被谢公楼挽留

但汀州城挽留不了随风而逝的谢公楼

所以在店头街，你连唐朝的鬼魂都不是

风雨亭镇武大帝

段氏庭院六百年苏铁

于店头街的人间烟火

总是别样的风景，仿佛寄梦千秋

都在汀州美食之间穿行

我所听见的叫卖声日渐苍老

豆腐花、烧麦、木桶、碗筷一肩挑的人

壮年时光一滑而过，暮年将至

与脚底的青石板一道回到了明清的码头

出发与回归，对于行走其间的人

已无所区别，无所动容

而南端，惠吉门城楼

回望这四百米千年爬虫

四百米，一千米，无穷远的日照雨淋

可以在一壶酒，外加二两银子之间

一并抵消，四百米光阴

埋藏非凡记忆

过客曾来否？却已不得而知

云骧阁记

乌石山上乌石巷

千年风华隐于乌石之间

两层土木结构，房子里

前朝风物收尽乌石如铁的风骨

在此地，提笔渲染

清净无为，怀古情状入木三分

在此地，脚踩龙潭胜景

头顶古樟荫翳

若汀州古城浓缩于此

歌与泣皆可随风而去

石崖上，城墙边，院内石榴红透

从云骧高阁的细节出发

可以抵达一条河的内心

洗涤客家之城的尘土

在此地，可呼可唤一条客家母亲河无尽的温婉

在夜晚，云骧风月于枝叶间唱尽柔情

而我的喻词多少带着西风烈

就此席地而坐，高阁穿云，凌空追月

想象里的唐宋明清

明月又挂枝头，楼阁的影子下

身前身后的乌石一一呈现

有时历史的存在，其实是不存在

记忆，其实都在遗忘之中

（选自《汀州客家》2015 年秋季号）

作者简介

吴德荣，1970 年生。中国散文学会会员、福建省作家协会会员。出版作品集《一座城的春天》。现供职于长汀县广播电视台。

平 潭 蓝

◎ 李海珍

是九天的星辰跌落银滩

像一串珍珠闪烁梦里的蓝

她笑看船儿扬起风帆

她诉说海岛换了新颜

是神奇的银河来自云端

像一条虹桥连成海峡一湾

她遥望宝岛明珠璀璨

她倾听海潮轻轻流转

平潭蓝　美丽的平潭蓝

碧海石帆相依相伴

干礁依旧在　日日夜夜

此岸彼岸　同一个期盼

平潭蓝　吉祥的平潭蓝

远客近邻相牵相挽

君山不会老　年年岁岁

此岸彼岸　同一个明天

（该作品获"我爱平潭蓝"全国歌词大赛二等奖）

作者简介

　　李海珍，女，1973 年生。龙岩市散文学会会员。在各级报刊发表作品多篇。现供职于汀师附小。

我是夜色中无法留下的月

◎ 梁　辰

当半边脸被你看到
当留给冬的只是秋的背
我乘风来到你的阴暗里面
做一个月亮给你

圆圆的……亮亮的……
然后……

你永远看不到我
我永远看得到你

吃一个苹果
写一首诗歌
睡一个好觉
我是夜色中无法留下的月

（选自《汀州客家》2015 年秋季号）

作者简介

　　梁辰，原名梁茂霖，1980 年生。诗文散见于《中国诗人》《厦门文学》等报刊。现供职于某私企。

儿童文学卷

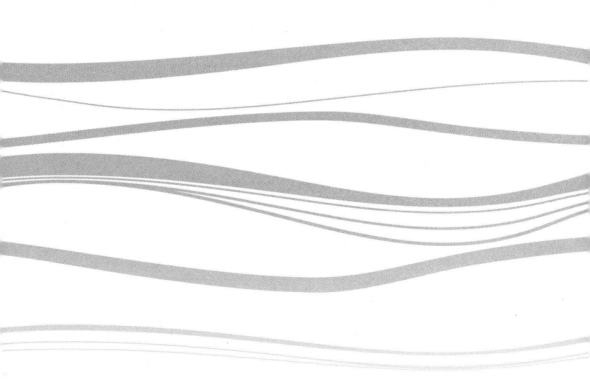

人 鲸 传 说

◎ 杨　鹏

很多年后，当长成了黑格村最漂亮最剽悍的青年龙仔回首往事的时候，他永远无法忘记那个神奇的夜晚他和小女孩雷米相遇的情景。每当他想起这段往事的时候，他的耳边，就会响起一支悲怆而神秘的歌。那是一支古老的歌，它像风一样在龙仔的耳畔飞舞飘拂，把龙仔带到他从未见过的茹毛饮血的远古，带进一个遥远而令人难以置信的传说，带入一个被月光浸透了的梦境……那是人间任何一位歌手都唱不出来的美妙的歌，作曲和歌唱者只能是博大、深沉、忧伤的大海。

那天晚上月光明媚温柔，它们像细雨一样从天空中无声地倾泻下来，远处的沙滩仿佛洒满了盐巴一样闪闪发亮，而落在海里的月光则全碎了，像万千朵银灰色的花瓣在海面上起伏碰撞。海鸟们在月光下举行盛大的舞会，它们应和着海浪的节拍捉对上下翻飞，不时发出畅快的叫声。龙仔和往常一样，立在一块礁石上，用一双纯净的眼睛出神地望着大海。每当夜幕降临的时候，在龙仔小小的心灵深处，就会听到一种来自远方的深沉的呼唤，于是，他就会不由自主地从白石垒成的小屋里出来，走过沙滩，爬到礁石上，去倾听那绵绵不绝的呼唤。

呜——呜——

听哪，有人在叫我呢。

不对，龙仔，那是风的声音。

呜——呜——

听哪，真的有人在叫我。

不对，龙仔，那是海浪的声音。

呜——呜——

听哪，那个人还在叫我。

不对，那是鱼在海里睡觉时打呼噜的声音。

……

每次龙仔随便拉住一个人让他和自己一起听那声音时，那人的语气总是充满了不屑和轻蔑。黑格村的渔民们都说龙仔听到的那些呼唤是没妈的孩子脑中的胡思乱想，龙仔是个怪孩子。

龙仔的阿爸金老大是个瘸子，只有一条腿，整天都只能在家里待着，靠向过往的行人兜售龙仔从沙滩上拾来的贝壳为生。他有时也拄着拐杖在海边走一走。黑格村的渔民说金老大年轻时是黑格村最剽悍能干的渔民，是个好佬。可是，自从那一次海难之后，他便一蹶不振。关于那次海难龙仔每次问金老大时，金老大总是语焉不详。龙仔只知道那次海难夺去了和阿爸一起出海的五个汉子的生命和阿爸的左腿。阿爸流落到一个荒无人烟的海岛上，过了一年多才被过路的渔船发现救回。而龙仔，就是阿爸从荒岛上捡回来的。龙仔的妈妈是谁？是谁将他遗落在海岛上的？金老大又是如何发现他的？……这一切，对于龙仔和黑格村的渔民来说，都是解不开的谜。有好事者去问金老大，金老大总是闪烁其词。很多年过去了，这些问题仍然像被一团云雾包裹着难以窥见其真实面目。

龙仔坐在礁石上，仍在倾听。那个声音让他温暖、舒适，让孤独和忧伤都远远地从他的心灵逃遁而去，让他透过像蓝水晶般澄澈透明的夜空看到天外的另一个世界……

就在这时，龙仔感觉到有一双眼睛在背后久久地注视着自己。于是，他猛地回过头去，看见一个秀发像黑瀑布一样披散在两肩上的小女孩正在好奇而专注地望着他。

很多年后，当龙仔回忆自己第一次见到那个女孩的感觉时，他总觉得当时有一把明亮的刀从月光下向他伸了过来：那个女孩身上什么都没有穿，皮肤白皙莹洁，带着瓷器的光泽，月光落在上面就被溅起，在她的周身形成一个蓝色的如梦似幻的光罩。

他们默默地对视良久，龙仔犹豫了一下，主动向她走去。女孩一动不动地站着，定定地望着他，目光里充满了亲切、好奇、兴奋、憧憬、惊讶……但是没有任何的恐惧和不安。

龙仔的目光落在小女孩的腕上，那圆润姣好的腕上戴着一只晶莹剔透的玉镯子，在月光的照耀下泛着蛋青色的光芒。他又低头看看自己的腕，也戴着一只，看上去大小质地都差不多，好像是一对。

"你也有这东西？"女孩先开的口。

"嗯，听阿爸说我出生的时候就戴着它。你的是从哪里来的？"龙仔问道。

"我的？是妈妈送的。"小女孩十分天真地说。她的眼睛像天上的星子一样明亮清澈。

于是，龙仔和小女孩便聊开了。龙仔告诉女孩他家养了一只大黄狗，名叫阿黄，见到陌生人就凶凶地叫，不过它并不坏，从来不咬人。女孩便问他：狗是什么动物，吃海藻吗？怕不怕大鲨鱼？龙仔又告诉小女孩他家后头的森林，他说秋天来的时候森林里的红果也熟透了，他常和伙伴们一起去森林里采红果吃。小女孩便问他：红果有没有海葵花好吃，森林是什么样子的？是不是像海里的珊瑚林一样？……

小女孩也向龙仔讲她的事情。她告诉龙仔她住的地方不分春夏秋冬，不管什么时候，都有花儿绽放。她有许许多多的朋友，比如长着很多手臂的章鱼，会射白色闪电的电鳗，嘴上带长枪的标枪鱼，长得憨厚老实的海象……他住的地方遍地都是珠宝，不过大家对它们都熟视无睹。她住的地方也并不总是安全的，有时会受到成群的鲨鱼的骚扰……

腥咸的海风拂拂而来，他们就这样坐在礁石上讲啊讲啊，时间在他们的身边悄然而逝，他们却浑然不觉。星星一个接一个地隐没，月亮也逐渐失去其光浑，沉沉地向海里坠落。黎明就要来了。

"雷米，雷米，你在哪里？——"

一个女人焦灼的呼唤声从远方飘来。小女孩中断了她讲了一半的故事，侧耳倾听。

"是妈妈在叫我。"小女孩说，她的眸子像星子一闪一闪。

"你叫雷米？"龙仔问。

女孩点点头，这时，一个白色的身影在沙滩上出现了：是一个头发很长直到腰际的裸体女人，她的身材窈窕，步态轻盈，身上的线条像月光一样柔和，皮肤洁白如雪，乌黑的长发在海风的吹拂下飘飞起来，富有光泽。龙仔还发现，她的腕上，也戴着一只手镯，和雷米的，和他的一模一样。

"雷米，快回来。"女人爬上了礁石，拉着雷米急急往下走。

"等一等。"龙仔在礁石上喊道。

雷米也回头看他。然而，女人却头也不回地拉着雷米朝远处的沙滩上奔去。

"龙仔，你怎么一个晚上不回家。"有人在背后喊他。龙仔回头一看，是阿爸，他的手里拄着拐杖。

"我和雷米在一起。"龙仔指着雷米离去的方向说。但是沙滩上一个人都没有——女人和雷米都不见了。在更远的海面上，有两柱银亮的水柱迎着黎明的光辉高高地喷起。

"雷米？！你还看见谁了？"阿爸惊问道。龙仔再次回头的时候，发现阿爸的嘴角颤动了一下，目光变得空洞而迷离，仿佛陷入了悠远的回忆之中。

于是，龙仔告诉阿爸他还看见了雷米的妈妈。他还指着阿爸手上的镯子说："雷米妈妈戴的镯子和咱俩的一模一样。"

阿爸不言语了，他定定地注视着远方。龙仔发现阿爸的眼角上驻着两滴圆圆的泪，被初升的朝阳映照着，像两滴血红的珍珠。

黑格村有个古老的传说：在远古的时候，人和海里的鲸鱼交配生出了第一代的黑格村人的祖先，从此以后人类生生不息地繁衍，这才有了现在的黑格村。当人在海上觅食遇到危险的时候，鲸鱼就会出来帮助人类。因为这个传说，黑格村人形成了一个规矩：在海上捕什么鱼都可以，就是不许捕杀鲸鱼，因为鲸鱼是人的手足兄弟，因此人要和鲸鱼互敬互爱。

多少年来，黑格村人的生活宁静而安详，虽然经常有海难的噩耗传来给一些人家带来痛苦和悲伤，但正如树木有枯有荣一般人们对此已习以为常，就像一片乌云不能遮盖整个天空人们的心情大多数时候都是格外舒畅。

很多年过去了，龙仔从一个懵懂不更事的孩子长成了一个健壮、英武、剽悍的青年。龙仔从童年摇摇晃晃地走向青年的这十年，是黑格村发生翻天覆地变化的十年，以前人们闻所未闻的玩意，比如电视、电冰箱、洗衣机，开始走进寻常渔民的家中，汽车在村里轰隆隆叫着行驶，卷起许多的灰尘，打破了黑格村几百年几千年来形成的静谧，汽轮在海上行驶留下的油污使大海泛着肮脏的白沫。人们已经不信人和鲸鱼交配产生人类的传说，开始肆无忌惮地捕杀鲸鱼，并将它们的肉分块割下油一桶一桶榨出卖给外乡人以换取大把大把的金钱。海里的鱼越来越少，人们的钞票越来越多，人们的钞票越来越多，人们的烦恼也越来越多。

传说死了。

龙仔已经到了懂得爱的年龄，他喜欢上了村长的女儿纳西。纳西也从心里喜欢这个天不怕地不怕的小伙子。可是村长不喜欢龙仔，他嫌龙仔家里穷，他想把纳西嫁给城里某官某长的公子。于是他刁难龙仔说只要龙仔能捕到一只鲸鱼他就把自己的女儿嫁给龙仔。

这一天早晨龙仔带着他的一帮穿开裆裤一起长大的朋友们一人带一只标枪驾着一条小皮船出海了。龙仔的阿爸金老大听说儿子要去捕鲸连忙拄着拐杖出来阻止他。在龙仔很小的时候，阿爸就让他发誓今生今世不得伤害海里鲸鱼的一根毫毛，如果不是为了纳西姑娘龙仔绝不会破坏誓言，但现在他不得不这样做。当金老大走到海边时龙仔他们的小皮船早已出海，在大海的尽头化作一个个只有蚂蚁那么大的黑点，被朝阳如织的金光吞没。

金老大叹了一口气，他的心中，弥漫起一股不祥的预感。他的心敲起了鼓，目光迷离起来，海浪击岸的声音变得越来越大，犹如响雷在他耳边炸响，记忆的闸门在他的脑中徐徐敞开。他眼中的阳光变得无比斑驳，在无比斑驳的阳光中他走回了二十年前如烟的往事中。

那天早晨，他也是这样和他最要好五个朋友划着小皮船出海了，那个时候，他和现在的龙仔一样朝气蓬勃，充满青春的活力。他们仿佛在炫耀自己的体力一般疯狂地挥舞着桨划着小皮船。他们想创造一个海上狩猎奇迹，这个狩猎奇迹必须是在他们的前辈看来难以想象的，他们要让所有人知道长江后浪推前浪的威力。他们带着这个梦想在海上纵横驰骋，所向披靡。的确，那天他们捕获的猎物在黑格村是前无古人的：有海豹、海象及各种各样的海鱼……足够他们每个人的一家吃上一年。

然而，那天晚上他们返航的时候，风云突变，一下子电闪雷鸣，暴雨倾盆而下，狂风恶浪排山倒海铺天盖地而来，他们的小皮船被打翻了，六人全掉入了海水中。

更糟的是这时来了一只鲨鱼，他们向金老大六人发动了袭击，当即有三人丧生于鲨鱼的利牙之下，另外两人溺水而死。只剩下金老大一人奋力游离海上杀场。鲨鱼对他紧追不舍，他用手中的钢叉和鲨鱼恶斗着，一条腿被鲨鱼咬下，鲜血染红了一大片海水。金老大当时眼睛一闭心想自己完了。千钧一发之际，金老大看见一个喷着水柱的蓝灰色岛屿在风雨中向自己飘移过来。他再定睛看时才发现那是一只鲸鱼，它的眼睛很大很亮，发出幽蓝色的光，后头竖着一个三角形的蓝色尾巴。鲸鱼气势汹汹地向鲨鱼扑去。鲨鱼自知不是比自己大好多倍的鲸鱼的对手，撇下金老大仓惶而逃。

金老大看着那个蓝色的庞然大物向自己靠近，心里无比惶恐，心想自己才出狼穴，又入虎口，今晚怕是活不成了。

然而，鲸鱼并没有袭击他，想反，却用身体十分亲近地挨着他，明亮的鲸鱼水柱像喷泉一样从天而落，落在他的脸颊上，无比的温暖。

金老大攀到了鲸鱼背上，断腿还在汩汩流血。鲸鱼带着他在惊涛骇浪中穿行，向附近的一个荒无人烟的小岛游去。

雨渐渐地变小了，天空收起了闪电和雷声，乌云散去。大海又复归了平日的温柔。一切是那么的安详，仿佛什么都没有发生过。月亮也犹犹豫豫地从云后头露出了脸庞。在银色的月光下，一件奇异的事情发生了——那个救了他的鲸鱼，竟然令人不可思议地变成了一个长发飘飘、美丽惊人的少女。她身上没有穿任何衣物，但通体透着圣洁的光，不仅不会让人产生非分之想，还足以让那些最卑鄙的人精神得到升华与净化，那是怎样的美啊。金老大目瞪口呆地望着眼前的一切，几乎忘了断腿的疼痛。

少女娉婷地向她走来，轻轻地用手抚摸流血不止的伤口。渐渐地，金老大感觉到那条断腿的血止住了，结成了血痂，他也在少女温柔的抚摸中沉沉地睡去。

当金老大清醒过来时，太阳已经升起，空气中弥漫着海水腥咸的气味。他发现自己被人放在了一棵大树的树荫下面。在远方的海面上，有一只蓝色的鲸鱼在富有弹性的海水里来回地游动，不时地有一股明亮的水柱在她脊背上冲天而起，在阳光的照耀下，它闪现成一条五彩缤纷的彩虹。

夜幕降临的时候，那只守在岛边的鲸鱼就会变成多情的少女，走上岸来，拉着金老大的手，用轻柔的声音同他说话。

金老大后来才知道鲸鱼如果沐浴着月光，就可以变成人。但太阳一旦升起的时候，它就必须复归到海中，成为鲸鱼。

像传说那样，金老大和鲸鱼相爱了，鲸鱼将一对用月光和星光炼成的镯子送给了金老大作为定情之物。又过了一些日子，鲸鱼生下了一男一女。男孩是在月亮还没落下的时候出生的，所以是人，金老大为他取名叫龙仔。女的是在太阳升起时才出生的，所以生下来就是条小鲸鱼，金老大为她取名叫雷米。在很长的一段时间里，金老大和鲸鱼相亲相爱，过得非常幸福。可是，金老大离开大陆和人群久了，就不免思念黑格村，渴望回到人类社会。一天早晨，鲸鱼带着雷米到远处的海边觅食的时候，一条渔船从荒岛边过，金老大大声呼救，渔船靠岸将金老大和尚在牙牙学语的龙仔带上了船，带回了黑格村。

金老大知道如果向人们讲述他和鲸鱼结合生下一男一女的经历绝对不会有人相信，所以别人问他在荒岛上只有一条腿是怎么过的，他就保持沉默不言。为了使龙仔长大不会有一种异类的感觉，他也向龙仔隐瞒了他的母亲是一条鲸鱼的真相。

然而现在金老大有一种不祥的预感。这种预感像毒蛇一样瞪着贼溜溜的眼睛在暗处望着他。他知道一定有什么事要发生了。

蔚蓝的天空没有一丝云彩，十几只小皮船在充满弹性的海水里乘风破浪，快捷如闪电。

远远地，出现了数十个浮动的蓝灰色岛屿，数十柱大小不等的水柱高高地喷起，犹如陆地上的喷泉。

"看哪，是鲸鱼群！我们发财了！"一个小伙子兴奋地说。

的确是几十只大大小小的鲸鱼，它们对即将到来的危险浑然不知，还在自由自在地嬉戏。

当小船靠近鲸鱼群时，一个小伙子迫不及待地将一支钩矛抛向鲸群。

"等一等。"龙仔在钩矛抛出的时候喊道。但已经晚了，钩矛在阳光下划了一道美丽明亮的弧线，但并没有扎着一只鲸鱼，甚至连鲸鱼的皮毛都没有碰着，就落在海里，发出"嗵"的一声响，溅起了几朵浪花。

这无疑是给那些玩得忘乎所以的鲸鱼群发警报，鲸鱼们马上意识到了危险，飞快地转身，慌慌张张地朝与船队相反的方向游去。

除了龙仔，小伙子们的脸上都弥漫着懊悔，他们都在责怪那个性急小伙子的冒失。这时有人在他们的耳边喊道：追！是龙仔喊的。他们这才醒悟过来，将双桨抢得跟风车似的，朝鲸鱼群急追而去。

一只小鲸鱼力不从心，落在了鲸鱼群的后头。

"射小的！"龙仔喊道。他率先将拴着绳子的钩矛甩了出去。接着其他的钩矛也纷纷飞出，小鲸鱼被许多只钩矛射中，血流如注。

小鲸鱼被小皮船包围了，已在劫难逃。

这时，人们仿佛听见了低低的一声怒吼，海水动荡起来，一个庞然大物喷着高高的水柱气势汹汹地逼了过来。是一头母鲸，它大概是小鲸鱼的母亲，此时怒不可遏地扑向小皮船队，扬起三角形的沉重的尾巴拍打那些要致它的孩子于死地的小皮船。它的尾巴每拍一次，就有一只小皮船被拍成了碎片，有一个小伙子翻身落入水中。

愤怒已经使它失去了理智，它不停地用尾巴拍打着，不时地把头埋入水中，脊背上的水柱淋得每一个人都狼狈不堪。

小鲸鱼在母鲸的解救下机灵地游走。

所有的小伙子中，只有龙仔保持着头脑的清醒，临阵不慌。他知道现在的猎物，不是小鲸鱼而是母鲸。他在别人不知所措地用桨和钩矛抵挡母鲸的进攻时从容不迫地再次抛出了手中的钩矛。

钩矛像闪电一样射出，这是致命的一击！钩矛不偏不倚，正好射入蓝鲸的额头，蓝鲸痛苦地嘶叫一声，鲜血从它的眼中迸射出来。

其他小伙子也从忙乱中清醒过来，拿着钩矛往正在失去力量的母鲸身上扎。鲜血从蓝鲸的各个伤口处迸射出，在富有弹性的海水里荡漾开去，血的腥味随风飘扬。

许多绳子从小皮船上小伙子们的手里飞出，将蓝鲸紧紧地捆绑住，小船带着因失血过多咽气的蓝鲸返航了。

夕阳西下，风在海面上低低地吼着，如泣如诉。

夜幕已经降临，许多人围住了巨大的鲸鱼，指指点点。

"让开，让我看看。"一个沙哑的声音气咻咻地在人群后面喊。人们自动地让出了一条道让那人通过。他就是龙仔的阿爸金老大，他拄着拐杖跌跌撞撞地走到蓝鲸身旁。

"阿爸。"龙仔兴奋地跑过去。他想这条蓝鲸大概可以当作他长大成人交的第一份答卷了。

"孽子啊！瞧你都干了些什么？"金老大望着眼前已经成为没有生命的躯壳的蓝鲸，昏厥过去。

"阿爸，阿爸。"龙仔用力摇晃着金老大喊道，有人给他递过来一杯水。龙仔将水灌进父亲的嘴里。

金老大一醒过来便失声痛哭起来："你这个不肖的孽子啊，你知道她是谁吗？她就是你的妈啊！"

"什么？"龙仔大惊。他以为自己听错了。人们也窃窃私语，心想金老大一定是疯了。

这时，月亮出来了。蓝鲸的身上泛出蓝色的光。突然，一件令人惊异的事情发生了，巨大的蓝鲸在月光的抚摸下不见了，取而代之的是一个披头散发的裸体女人，她的全身伏在地上，皮肤白皙而富有光泽。她的那张脸庞，她的眉毛，她的眼睛酷似龙仔。她的腕上，戴着和龙仔一模一样的玉镯子。

龙仔的心里，又响起了童年时常在他脑际回荡的悲怆而神秘的歌。这是一首古老的歌，人间没有一位歌手能唱出来。它的作曲者只能是博大、深沉、忧伤的大海。

这天晚上，小鲸鱼雷米和她的同伴们开始了朝着远方的漫长的迁徙。她的哥哥龙仔用钩矛在她身上划下的伤口仍在流血。曾经和人类互敬互爱成千上万年的鲸鱼族终于再也无法和人类相处下去了。它们游向了远方，背脊喷出的水柱在月光下银亮闪烁。前方等待着它们的是什么？家园还是屠杀场？它们的眼中充满了迷惘。

第二天，当太阳照常升起，照耀着一派现代文明、欣欣向荣的黑格村时，空旷的、了无生息的大海伸向一望无垠的远方，从此以后再也不会有一根鲸鱼柱出现在海面上。

鲸群离去了。

（选自《汀州客家》2014 年第 1 期）

作者简介

杨鹏，笔名雪孩，1972 年生。中国作家协会会员。著名儿童文学作家、少年科幻作家、动画编剧、影视制片人，中国首位迪士尼签约作家。现任中国社科院副研究员。著有《杨鹏科幻系列》《校园三剑客》《装在口袋里的爸爸》等 100 多部。荣获中宣部"五个一工程奖"等国家级大奖 20 多次。现居北京。

蓝天下的书桌

◎ 詹亮浈

爸爸从厦门打电话回来的时候，小艺还在楼顶的露台上写作业呢！那急促的电话铃声，就像学校的上课铃一样，催着小艺拔腿就向一楼跑去。小艺抓起话筒，气喘吁吁地说道："爸……爸，你还……还好吗？我想……我想你了！"

"这疯丫头，又上哪野去了？把气儿喘匀了再说！"电话那头，爸爸又是责备，又是心疼。

"爸，我在露台上写作业呢！"接到爸爸的电话，是小艺最快乐的事情，连说话都比平常大声了不少。

"上那写作业干嘛啊？太阳那么大，别晒坏了。"

"不会的，太阳都快下山了呢！我正好可以欣赏一下美丽的夕阳。"小艺一脸陶醉地说道。

"傻丫头，爸爸告诉你一个好消息哦，五一节我和你妈回家看你和奶奶，高兴吗？"爸爸似乎并不深究小艺在露台上写作业的事情。

"真的吗？太好了！"小艺兴奋得都要跳起来了。

今年春节后不久，爸爸妈妈就进城打工去了，小艺已经快半年没有见到他们了。爸爸妈妈能回来看自己，这是小艺日思夜想的事情。挂了电话，小艺蹦蹦跳跳地回到了露台上，继续写她的作业。

小艺的家是一座钢筋混凝土结构的三层小楼，楼顶的露台是小艺的开心乐园。小艺把露台打扫得干干净净，然后还在上面种上了许多花花草草，就像一个美丽的小花园。每天下午放学后，小艺就跑到露台上写作业，这也是她一天中最放松，最悠闲的时光。

就在露台的正中间，有一个小小的方方正正的砖台，那是用废弃的砖头搭建而成的。原本它就这样孤零零地堆在那边，显得特别的突兀和扎眼。小艺只是一个11岁的小姑娘，为了改造这个砖台，心灵手巧的小艺把花籽和泥土撒在了砖缝中，并且每天都给它们浇水。春天来了，砖缝中生长出了一朵又一朵美丽芳香的小花，把砖台装点得充满生机和活力，就这样，丑陋的砖台转眼变成了一个漂亮的"花台"。

如今，"花台"成了小艺每天写作业的"书桌"。小艺匍匐在"书桌"前专心致志地写着作业，她时不时地抬起头来，看看天空中美丽的云彩，看看风中自由自在飞翔的小鸟。又时不时地俯下身来，闻闻身旁开得正欢的花朵。更多的时候，小艺都是双手托着下巴，静静地想念那远在他乡打工的爸爸妈妈，每当这时，都有晶莹的泪滴从小艺的脸颊滑落。

"小艺，快下来吃饭啦！"奶奶又上楼来催小艺吃饭了！

"来啦！我很快就做完啦！"小艺头也不回地应道。

"这丫头，写不完就下去写啊！"奶奶就怕她一写起作业来就忘了吃饭。不过也难怪，小艺每天都要坚持把作业写完，才肯下楼吃饭。小艺坐到饭桌前的时候，屋外经常是万家灯火了。

"奶奶，你想爸爸妈妈吗？"小艺一边收拾作业，一边天真地问奶奶。

"嗨，能不想吗？只是苦了咱小艺啊！"奶奶摸着小艺的头，哽咽道。

小艺掰着指头数着爸爸妈妈回家的日子，她感觉时间似乎一下子变得好慢好慢。五一节那天，小艺起了个大早，她把自己打扮得漂漂亮亮的，然后就站在露台上等着爸爸妈妈的身影出现。

终于，爸爸妈妈向村口走来了。小艺一阵风似的飞奔下楼，去迎接她苦苦思念的爸爸妈妈。"爸爸妈妈……快，快去看……看看我的小书桌！"小艺一把拉起爸爸妈妈的手，就往家走。爸爸妈妈被小艺拉着，连行李都没来得及放下，就来到了露台。

露台上花香四溢，蜂蝶成群，爸爸妈妈惊讶得张大了嘴巴。"爸，妈，你们看，我的小书桌漂亮吗？"小艺一脸自豪地指着开满小花的砖台，问道。

"漂亮，真漂亮！咱家小艺长大啦！"爸爸跷起了大拇指，妈妈在小艺的脸上亲了一口。

"可是小艺啊！你在露台上写作业，时间久了，会把眼睛弄坏的。咱们把它拆了，下次爸爸回来给你买一个书桌，咱们到房间里写作业，好吗？"看着懂事的小艺，爸爸更多的是心酸。

"爸爸，不用了，这样挺好的啊！我在露台上写作业，累了，想你们了，我就抬头看看天空，看看远方。而且为了争取在天黑前把作业写完，我现在算数和写字的速度都提高了不少呢！再说了，在家里写作业还要开点灯，这样太浪费了！"小艺一本正经地算了一笔经济账。

"乖孩子……"妈妈紧紧地抱着小艺，不知道该说些什么。爸爸转过身去，泪水瞬间奔涌而出。

"爸，妈！求你们不要拆掉我的小书桌，好吗？等我长大了，长高了，我就在上面继续添上砖头，让小书桌和我一起长大，好吗？"小艺轻声地问道。

"嗯，爸爸妈妈答应你，让小书桌和咱家小艺一起在蓝天下茁壮成长！"爸爸擦干眼泪，重重地点了点头。他似乎看到了在那遥远的未来，自己的女儿正沐浴着灿烂的阳光，满脸笑容地向自己招手走来。

小艺幸福的泪花，滴落在那一方蓝天下的书桌上，晶莹剔透。

（小艺，还有另外一个名字：留守儿童。据统计，中国现有留守儿童人数超过 5800 万。）

［选自《课外生活》（小学 3-6 年级版）2012 年第 7-8 期］

作者简介

詹亮浈，笔名慕榕，1985 年生。中国寓言文学研究会会员、福建省作家协会会员。出版有《三根金条》《一个人的西岸》《丝路女神妈祖》《玉扣纸》等儿童文学作品多部。现供职于福建省少年儿童出版社。

鱼尾纹（外二首）

鱼 尾 纹

你可知道？
每天，只要我们一觉醒来，
就有两尾隐形的小鱼，
飞快游进了我们的眼里。

因为鱼儿的到来，
使我们原本灰暗的眼睛，
瞬间变成了两汪
闪烁着波光的深潭；
还像两面宝镜，
让陌生世界的精彩，
——向我们展现。

而这样一天又一天，
鱼儿虽然游得飞快，
可他摇摆的尾鳍，

有时也会把我们的眼角，

轻轻拍打一下。

一次一次的累积，

便留下道道细细的印记。

你知道那鱼儿叫什么名吗？

他的名字叫——时光；

而眼角处留下的印痕，

就叫——鱼尾纹。

（选自《少年诗刊》，被评为"百名诗人百篇代表作"之一，并被翻译成英文在美国出版）

变成一匹马

我想变成一匹马

一匹自由的马

他不属于谁

他没有配马鞍

他可以奔跑在草原和山冈

可以悠闲地在河边散步

可以站在山顶上长啸

最让人惊讶的是

他可以腾空而起

在空中飞升

像一朵奔跑的云

（选自《十月少年文学》2017年7月号，入选《儿童文学选刊》2017年11月号）

月亮躲进了云层里

小树林里

树木们全神贯注地

听着风儿讲故事

草丛里的小蟋蟀

弹着琴作伴奏

每到精彩处

还会发出一声欢呼

忽然，风打了个趔趄

树木们呀地叫了一声

蟋蟀也划出了一个

长长的休止符

哦，这是怎么啦

原来是月亮躲进了云层里

天暗下来啦

[选自《儿童文学》(故事版) 2017 年 7 月号扉页栏]

作者简介

赖崇善，笔名聪善，1965 年生。福建省作家协会会员。出版儿童诗集《梦的翅膀》《谁偷了小熊的梦》等。现为汀师附小教师。

长汀长篇小说出版目录
（2000 年—2017 年）

作品名称	作　者	出　版　社	出版时间
《望着你》	北　村	东方出版社	2003 年
《玻璃》	北　村	上海人民美术出版社	2003 年
《愤怒》	北　村	团结出版社	2004 年
《发烧》	北　村	北京十月文艺出版社	2004 年
《我和上帝有个约》	北　村	长江文艺出版社	2006 年
《安慰书》	北　村	花城出版社	2016 年
《自以为是的人》	北　村	作家出版社	2017 年
《好女》	李西闽	北方文艺出版社	2000 年
《蛊之女》	李西闽	中国电影出版社	2002 年
《血钞票》	李西闽	云南人民出版社	2003 年
《尖叫》	李西闽	云南人民出版社	2004 年
《死鸟》	李西闽	海峡文艺出版社	2005 年
《死亡之书》	李西闽	上海文艺出版社	2005 年
《黑灵之舞》	李西闽	新星出版社	2006 年
《崩溃》	李西闽	新星出版社	2006 年
《拾灵者》	李西闽	新星出版社	2006 年
《幸存者》	李西闽	万卷出版公司	2008 年
《诡枪》	李西闽	万卷出版公司	2008 年
《幻红裙》	李西闽	万卷出版公司	2008 年

续表

作品名称	作 者	出 版 社	出版时间
《狗岁月》	李西闽	新世界出版社	2009 年
《血性》	李西闽	新世界出版社	2009 年
《救赎》	李西闽	上海文艺出版社	2009 年
《巫婆的女儿》	李西闽	花城出版社	2010 年
《酸》	李西闽	上海文艺出版社	2012 年
《腥》	李西闽	上海文艺出版社	2012 年
《麻》	李西闽	上海文艺出版社	2012 年
《温暖的人皮》	李西闽	江苏人民出版社	2012 年
《致命伤》	李西闽	中国友谊出版社	2012 年
《宝贝回家》	李西闽	湖南人民出版社	2013 年
《姐姐的墓园》	李西闽	重庆出版社	2013 年
《七条命的狗》	李西闽	山东大学出版社	2015 年
《雪在烧》	李西闽	山东大学出版社	2015 年
《野河滩》	李西闽	山东大学出版社	2015 年
《彩色鸟在哪里歌唱》	李西闽	中国福利会出版社	2016 年
《新兵米西》	李西闽	人民文学出版社	2017 年
《装在口袋里的爸爸》系列 60 本	杨 鹏	春风文艺出版社 浙江少儿出版社	2001 年至今
《校园三剑客》系列 40 本	杨 鹏	大连出版社 浙江少儿出版社	2000 年至今
《幻想大王奇遇记》系列 17 本	杨 鹏	21 世纪出版社	2012 年至今
《幻想语文大战》系列 12 本	杨 鹏	吉林出版集团	2006 年至今
《少年黑客帝国》10 本	杨 鹏	21 世纪出版社	2005 年至今
《海豚王子历险记》系列 6 本	杨 鹏	21 世纪出版社	2008 年至今
《大战外星人》系列 5 本	杨 鹏	浙江少儿出版社	2008 年至今

续表

作品名称	作 者	出 版 社	出版时间
《功夫米老鼠》系列5本	杨 鹏	童趣出版公司	2008年至今
《宇宙小超人》系列5本	杨 鹏	济南出版社	2017年至今
《少年蝙蝠侠》1本	杨 鹏	大连出版社	2011年
《机甲星球》2本	杨 鹏	湖南少儿出版社	2017年至今
《百变魔猫》5本	杨 鹏	万卷出版公司	2017年
《太空三国战》1本	杨 鹏	大连出版社	2011年
《旋转的年轮》	王槐荣	中国文史出版社	2000年
《江南灵草》	王槐荣	中国文史出版社	2005年
《红军巷的老太太们》	王槐荣	中国言实出版社	2012年
《永不熄灭的火种》	王槐荣 叶永成	浙江人民出版社	2015年
《下广东》	董春水	海峡文艺出版社	2015年
《剩女单身日记》	韩 韵	朝华出版社	2008年
《天使的抉择》	曹伟荣	中国文史出版社	2014年
《萧家媳妇》	萧炳正	北京燕山出版社	2013年
《山高月亮》	林永峰	作家出版社	2012年
《去流浪吧》	李紫云	时代文艺出版社	2011年
《小城里的女人》	李学诚	漓江出版社	2013年
《血师》	鸿琳	现代出现社	2016年
《好红一片天》	詹鄞森 郑宜焜	福建少儿出版社	2017年
《一个人的西岸》	慕 榕	福建少儿出版社	2016年
《三根金条》	慕 榕	福建少儿出版社	2017年
《丝路女神妈祖》	慕 榕	山西教育出版社	2017年
《赶太阳》	庐 弓 杨 笔	福建少儿出版社	2017年

编　后　记

2000 年，长汀县文联编选出版了《新时期长汀文学作品选》，对新时期长汀文学创作进行了一次较全面的梳理。《长汀当代文学作品选》是前作品选的延续，对 21 世纪初近 20 年长汀文学创作进行了再次检阅。为此，我们力图展现这段时间长汀文学创作的概貌，力图所选作品具有代表性、全局性和前瞻性。在编选该选集时，确定了两点编选方针：一是选稿范围，明确为长汀籍以及非长汀籍但在编选规定时间内在长汀工作、生活的作者的作品，体裁上仅限小说、散文、诗歌、儿童文学，原则上每位作者仅选一篇；二是选稿原则，原则上选编在全国、省级报刊发表的优秀作品，但又不受此限制，只要编者认为具备优秀文学作品特质，值得编选的优秀作品，仍然收入选集。

这里还需要说明的是，由于本书容量所限，长篇小说以存目形式作为附录体现，戏剧、影视、纪实、古诗词、文学评论等体裁优秀作品未收入。长汀籍享誉国际的文化学者、北京大学哲学系"人文讲座教授"陈鼓应先生，以及著名时评作家连岳等的作品，因联系不畅、未获授权等原因没有收入，只能深表遗憾。

在此，特别要感谢首都师范大学博士生导师、著名文学评论家王光明教授在百忙之中拨冗为本书作序；感谢中山大学博士生导师、著名文学评论家谢有顺教授为本书题写书名；感谢福建省财政厅对国家历史文化名城长汀文化产业和文学艺术事业的关爱；感谢所有关心、支持本书编辑出版的领导、专家和文学艺术工作者。

鉴于征稿的条件限制，时间匆促，水平有限，其不全、不足之处在所难免。敬请各位专家、广大读者予以谅解并批评指正。

相信长汀文学的未来，一定会取得更大的成绩。

编　者
2018 年 6 月